U0925518

旷野黄花

李伯勇／著

中国文联出版社

目　录

序 · 钱理群

重建文学与乡土的血肉联系

读完李伯勇先生的这部长篇小说，赫然在目的，是书末标明的写作时间：从“1993 年 5 月第一次构思”到“2004 年 8 月 2 日—10 月 24 日三稿”，前后竟达十一年之久，这真是“十年磨一剑”！这沉潜功夫，这坚韧耐力，在这个浮躁的时代里的浮躁的文学界，大概是并不多见的。

我同时不无内疚地想到，我从 2004 年允诺为之作序，到此刻提笔写序，竟也拖了五年。

这不仅是因为忙，因为作者不像其他朋友那样善于催稿，更重要的是，这本书有一种逼人思考的力量，每读一次都是思绪绵绵，浮想联翩，因此，几番提笔，都始终理不出头绪，总想真正静下心来，好好消化了再写。事情也就这么耽搁下来。这又成了我的一个精神重负：不仅对不住这位老实的老朋友，而且似乎也有负于作品所写到的那些父老乡亲。我终于提起笔来，却依然不知从何说起。憋了两三天，直到今天早上躺在床上，左思右想，才突然想到，今年正是“五四”新文化运动，“五四”文学革命九十周年，或许正可以由此而开题吧。

记得作者说过，他的创作深受鲁迅和周立波的影响，而他又是在以“回到‘五四’”为追求的八十年代的文学氛围中走上文学之路的；那么，从和“五四”文学传统，特别是和鲁迅文学传统的关系的角度来讨论李伯勇的创作，大概是不会太离谱的。

这是人们所熟知的：鲁迅在“五四”文学革命中开创了一个“为人生的文学”的传统：“这是真诚地、深入地、大胆地看取人生的，并且写出它的血和肉来的真的文学”，“这是关注下层人民，着重揭示病态社会的人的精神病态的文学，是对现代中国人的灵魂的伟大拷问”，因此，这又是“撄人心”的文学，是要搅动人的灵魂，迫使人们去思考，去追问人生的文学。（参看拙作《与鲁迅相遇》，第四讲：“为人生的文学”）。特别值得提出的，还有“五四”“人的发现”中的三大发现：对妇女的发现，对儿童的发现，以及对以农民为主体的下层人民的发现；而对农民的发现，就直接引发出也是鲁迅所开创的“乡土文学”的传统，并由此建立起了新文学与乡土——中国这块土地，土地上的文化，人民的血肉联系。应该说，这是“五四”新文学的一个本质性的特征，也是它的特殊优势所在。我曾经说过，正是“现代乡土文学”与“现代都市文学”的相互对照、补充、渗透，构成了中国现、当代文学的基本格局。前者产生了鲁迅、沈从文、赵树理、艾青，后者有茅盾、老舍、巴金、张爱玲、曹禺，中国最重要的作家都集中在这两个文学世界的创造，这大概不是偶然的。

应该说，八十年代的中国当代文学基本上还是延续了这样的文学格局的；但到了九十年代以后，就逐渐向都市文学倾斜，这是和整个中国社会的都市化进程相适应的，也是城市市民逐渐成为文学的主要接受者这样的文化变迁的一个反映，因此，其本身是具有合理性的。问题是，同时发生的却是对乡土的淡漠以至忽视与遗忘，文学与乡土的血肉联系的削弱，而其背后，更是前面所提到的“五四”新文学的传统，如大胆看取人生的真的文学的传统，关注下层人民的传统，以及“撄人心”的文学功能，都逐渐淡漠，忽视，以至被遗忘：这才是真正让人忧虑的。

原因自然是相当复杂的，不是这里所能讨论的。我只想指出一点：这是一种社会思潮在文学上的反映，是和人们对“现代化”的理解与想象直接相关的。在相当一段时间，占主流地位的“现代化”观念和想象，就是要以“先进”的西方的工业化、城市化模式来取代“落后”的中国农业文明和乡村社会。这样，“乡土中国”、“乡土文化”就自然成了要被淘汰、消灭的对象；“乡土”之根既被拔掉，“文学与乡土的血肉联系”在一些人看来也就自然成了“伪命题”，至多也只能成为一个“历史”的存在。这些年，随着创造符合国情的中国自己的现代化道路的历史任务的凸现，人们开始反思前述曾经是不可置疑的现代化想象模式；特别是“建设社会主义新农村”问题的提出，“乡土”重新进入人们的视野，于是就有了“重建文学与乡土的血肉联系”的文学命题与相应的文学创作的实践——这正是构成了李伯勇的创作的社会、思想、文学背景，他的“幽暗家园”四部曲（长篇小说《轮回》、《寂寞欢爱》、《恍惚远行》，以及本书《旷野黄花》）都是这样的重建和乡土联系的自觉尝试，其意义和价值也正在这里。

但当李伯勇们重新面对乡土时，却发现脚下的这块乡土已经变了：大自然正在被污染，乡村民风民俗已经变形，随着打工潮带来的农村的空洞化，由亲情、乡情维系的乡村生活和乡村伦理也开始瓦解。这都是李伯勇们必须面对的现实：“建立在传统格局上的乡村正在解体之中。从许多村道长满了齐膝的蒿草就可得知乡村的凋敝”。由此产生的是“归属感”的失落：到哪里去寻找“心灵的依归与安妥”？（李伯勇：《潜行，并燃烧着》）这个问题，既是中国农民的，也是李伯勇们自己的，更是我们民族的。于是，就有了“乡土文化重建”的呼吁，以及在这样的文化重建中文学所能发挥的作用的思考与实践。我想，这大概就是李伯勇先生创作《旷野黄花》的最初动因吧。

但真要重建乡土文化，却又遇到了一个问题：你真的了解自己的家乡的文化吗？你真的认识脚下这块乡土吗？是的，这是自己生于斯、长于斯的热土，李伯勇们的生命和它有着天然的联系。但也正因为是天生、天然，就容易被忽视，天天厮守于此，就司空见惯，习以为常，没有感觉了。更重要的是，我们对乡土文化的认识实际上是受着意识形态的制约和遮蔽的，不仅是历史事实的遮蔽，更有价值判断的错失与混乱。于是，李伯勇终于发现，自己身为赣南人，在农村生活了几十年，其实这“动荡而沉默的赣南大地”对于他依然是陌生的。应该说，发现并承认这一点，对李伯勇是十分痛苦，并且是有几分尴尬的。

因此，李伯勇要重建自己的文学和乡土的联系，就首先要做“探寻”的工作，这需要敢于正视，善于发现历史与现实的胆识，是一个思想解放，不断“破蔽”的过程。他在面对赣南的历史与现实时，需要破什么蔽呢？在现有的历史教科书里，赣南就只是一块“红色革命根据地”。因此，今天人们理解中的赣南文化就是革命文化，而且是充满了革命浪漫主义和英雄主义的历史的光辉的。这样的理解，是有根据的，也有它的合理性。但在革命的光辉背后，是不是也存在着一些“污秽与血”呢？鲁迅早就说过：“革命是痛苦，其中也必然混有污秽和血，决不是如诗人所想象的那般有趣，那般完美”（《对于左翼作家联盟的意见》）。我们当然不会也不应因为这些“污秽与血”的存在而否定革命本身，但难道我们又可以为了肯定革命而将这些客观存在的污秽和血着意遮蔽，不去从中总结历史的教训吗？另一方面，当我们把革命的合理性绝对化、唯一化，也会造成遮蔽。比如说，在很长的时间里，我们一直把不同于“革命救国”的“实业救国”、“教育救国”的选择，视为“资产阶级的改良主义”，以至“反动政府的帮凶”而全盘否定，抹杀，以至强迫遗忘。事实上，早在十九世纪末二十世纪初，无论是在赣南，还是我所熟悉的贵州，全国各地，都有大批的学子，走出乡土，甚至走出国门，他们在现代都市学习和海外留学中，接受了现代教育，具有了现代新思想，有的又回到家乡，以“服务乡梓，传播新文化”为己任，踏踏实实地从事地方的教育、体育、卫生、法律、工业、商业、新闻、出版、学术、群众文化工作，办学校、医院，开设律师事务所、书店、报馆，兴办企业……以自己的默默贡献，给古老的乡土带来了新的活力，为传统文化（如赣南的客家文化）注入了现代精神，创造了新的现代乡土文化，开拓了乡土的现代化之路。而且还要看到，“乡土的现代化”是转型期的中国所面临的历史任务，二十世纪以来，一直吸引着无数的仁人志士为之奋斗与献身。中国共产党所领导的革命和建设在某种意义上就是被这样的历史任务召唤出来的。而上世纪三十年代蒋经国所领导的“新赣南”建设运动也应该视为“乡土现代化”的重要实验。所有这一切努力，都已经融入了历史，融入了现代乡土文化，成为其有机构成，它是一个整体，是不能阉割的，是一份丰富的精神遗产，是不能否认、遗忘和抛弃的。因此，完全可以理解，李伯勇在经过艰难的探寻，终于发现了这虽然依旧沉默，却蕴涵如此丰厚的“赣南现代乡土文化”时，他的惊喜与震撼。他说他找到了“被遮蔽、被漠视和被遗忘的乡村中,有过的向现代化转化的丰富和辉煌”,而且把握到了今天历史的脉动:“在更宏阔的历史背景中凸现现代化的起点,这正是当下社会现实的一个显著特征。”他也因此而找到了表现的对象与思想内核、创作主旨:他要写的“旷野黄花”就是这些“在这块土地上生活和奋斗过的人”,这些“乡土现代化”的先驱者,并且要“以人生悲剧、社会悲剧的艺术形式,揭示把守自己的可能与不可能,挖掘并张扬乡村现代自由精神”,以为今天的乡土文化重建提供精神资源。

李伯勇的这一发现,从另一个角度说,是对脚下的这块“土地”认识的深化:“二十世纪以来,我们民族自觉不自觉地参与到世界经济一体化、人类现代化的过程中,我们的乡土事实上已在变化,向现代转化,出现了诸多具备现代精神的人和事”。(《扎根和超越》)也就是说,我们所面对的乡土已经不再封闭,它是和中国,以至世界的更加广大的土地联结一起,息息相通的,我因此曾提出过一个“大土地”的概念。这就意味着,我们对乡土的认识,把握和表现,应该是“出于本土,又高于本土”,有一个大坐标的参照,全国,以至全世界的映衬,和更深层次的思考。(参看拙作《“土地里长出的散文”》)这也就是李伯勇先生所说的,既要“扎根”,又要“超越”。提出与强调这一点,是有一种现实的重要性和迫切性的。因为我们今天提出“乡土文化的重建”,有一个全球化的背景。可以说,正是全球化凸现了乡土的意义。这是全球化的一个悖论:在消抹差别,追求统一的同时,它还需用差异性、地方性、乡土性和多样性来加以支撑;失去了地方性、乡土性和多样性,全球化不仅没有意义,而且必然造成灾难。(参看拙作《追寻生存之根》一书的附录。篮子:《归来的学魂》)因此,我们今天对乡土性的重新发掘与表现,应该是在全球化的时代,追寻一种更合理,也更有张力与活力的世界新文明、新文化的一个努力和贡献,它也必然超越狭义的乡土概念,而具有追寻精神家园的意味。或许这正是我们今天所要创造的新乡土文学,不同于鲁迅时代的乡土文学的新的历史、时代的特点。

在获得了这样的既“扎根”又“超越”的新的眼光以后,作为作家的李伯勇还面临着一个问题:如何将这样的对历史、现实的新认识,新发现,新体验,转化为文学?在我看来,这需要解决两个问题:文学观念的问题和写法的问题。

重建文学和乡土的血肉联系,首先要重建文学观念。记得我们年轻时候的文学观念,曾深受恩格斯对巴尔扎克的一个论断的影响:“他在《人间喜剧》里给我们提供了一部法国‘社会’特别是巴黎‘上流社会’的卓越的现实主义历史。”(《恩格斯致玛·哈克奈斯(1888年4月初)》)我们因此而十分看重文学的历史品格,反映和表现社会、历史的功能,并特别追求文学的史诗性和厚重感。而在我们看来,最能体现这样的史诗性的无疑是长篇小说,于是,在那个时代,长篇小说是特别受到青睐的,我们都如痴如醉地沉湎在托尔斯泰、巴尔扎克的文学世界里,并进而走进他们所描述的俄国和法国的历史中。我们也同样通过茅盾的《子夜》去感受三十年代的上海社会,通过梁斌的《红旗谱》认识革命历史,通过柳青的《创业史》体会变革中的中国农民的命运。当然,这样的文学观念和文学追求发展到极端,也确实产生了一些弊病,例如对文学的娱乐性功能的遮蔽,对历史的图解以至扭曲,对文学风格的多样性的压抑,等等。于是,就有了突破这样的文学模式的另外的文学追求,形成了新的文学观念,思潮,这同样具有历史的合理性,并且也确有好的文学实绩。问题是,我们又把这样的新的追求(文学的娱乐化、私人化等)推向极端,而完全否认了文学的历史品格,同时否定的还有文学的思想品格,仿佛历史与思想是和文学绝缘的,甚至是妨碍文学的发挥、发展,损害所谓文学的纯正性的。这就使我想起了曾经和贵州的一位朋友讨论过的一个问题:其实,在中国传统中,文学、历史和哲学本是融为一体的,在十九世纪末,接受了西方的影响,才逐渐有了文学、历史、哲学的学科分工,以后,又陆续引入了诸如社会学、民俗学、人类文化学这样的新的学科范畴,逐渐形成了分工明确的学科体系。而到了二十世纪末和二十一世纪初,又出现了交融的趋向。这样的"合——分——合"是很有意思的;而在以后的很长时期内,恐怕都会是既分且合的。(参看拙作《"土地里长出的散文"》)应该说,今天重新提出"文、史、哲合一"的中国传统,是有现实的需要的。我读李伯勇先生的这本《旷野黄花》的一个突出感受,就是作者要实现他的表现"乡土现代化"历程中的赣南,为乡土文化重建提供精神资源的创作意图,就必须向历史和哲学延伸,并有机融入社会学、民俗学、人类文化学的知识和方法。我注意到,作者提到有评论家说他的创作是"田野作业",而"田野作业"正是考古学和人类学的一个基本方法:这大概不是偶然的。(《扎根和超越》)

文学观念之外,还有一个如何按照文学的特点和规律去创作的问题。这恐怕也是李伯勇考虑得最多,最为用心之处,并且已经形成了一种自觉的追求:文学表现历史,"并非是对宏大历史主调的应和与重复,而是对被宏大的历史所淹没和遗漏的个体生命的深刻体验之表达"。这里包含了双重反思:一是对前文提到的将文学的历史表现变成对主流意识形态的"历史主调"的图解的反思,一是对现有的历史叙述的问题的反思,作者因此引述了我的一个看法:"在我们的历史视野里,只有历史事件而无人,或者有历史伟人(大人物)而无普通人(小人物),有群体的政治而无个体的心灵世界,而真正埋在历史参与者与波及者们记忆深处的,正是这至今也没止息的内心的痛苦"(参看拙作《"遗忘"背后的历史观与伦理观》)。或许正是在历史叙述忽略、遮蔽之处,文学找到了自己的"用武之地":如李伯勇先生所说,文学所要表达的是"被宏大的历史所淹没和遗漏的个体生命的深刻体验",而且追求"原生态地展现"。这里所强调的"个体生命"、"体验"与"原生态",都是文学的关键词。记得我在一篇文章里,也曾表示过类似的意见:"文学处理的是人类生活世界的原初的、感性的经验图景,是生活的原初境遇,是人在具体历史中的存在,人的感性的存在,关注其不能为理性的观念、分析所包容的特异性与个别性,并且不仅关注人现实的生存境域，更有着对人的生命存在本身的超越性关怀。因此，文学是真正直面人自身——人的存在本身，人性本身的，而文学的感性表达所特具的模糊性、整体性、多义性、隐喻性，也正是能够展现人的生存困境的丰富性与复杂性”。(参看拙作《大学文学》。第二编，中国现代文学，导言》)我读李伯勇先生的《旷野黄花》，最被吸引的，就是那一个个鲜明的“人”的形象：无论是黄姓家族的黄萱盛、黄朝勋，还是陈姓家族的陈学余，尽管承载着丰富的历史内容，却都是具体生活情境中的，感性的，特异的存在，处处闪现出作者所说的“人性之光，生存之光，时代之光”，再加上渗透于人的日常生活中的客家人民间习俗的具体可触的描述，都产生了一种逼近历史现场的效果。而作者对他们在人生道路选择中的困境的逼视，无论是黄盛萱的“可为可不为”，黄朝勋的“可为而为”，还是陈学余的“知其不可为而为”，黄腾的“可为无不为”，更是具有某种生存论的意味，使作品获得了一种生命的厚度：这都是这部作品的成功之处。如果还有不足，大概也是这样的个体生命的特异性，在某些人物的刻画中，还不够充分；比如，在我的阅读感受里，就觉得黄家的第三代黄腾这个人物的处理，就多少有些从概念出发，未能显示其生命及人生选择的个人性，及其内在的复杂性与丰富性。

让我特别动心的，还有作者自己的生命在作品中的投入，而且我分明感觉到，在写作过程中，作者自我生命的成长，我因此为李伯勇先生感到高兴。我以为，这或许是更能显示写作的意义和更具启发性的：所谓“重建文学和乡土的血肉联系”，本质上是重建我们自己的个体生命和脚下的这块土地——土地上的文化和父老乡亲的精神联系，是我们自己——作者和读者的“寻根”。

2009 年 4 月 14 日—20 日

荒原之上，唯有你
迢迢地招摇着一种情调
岁月的尘埃湮没苦涩和忧伤
你保持着沉思的方式
巨大的孤独拥抱着经天日月
荒原沉浑
一把积雪和阳光
咽下一片伤痕累累的寂静
记忆的羽翅
老得不能再飞翔
疼痛了历史
古典的事物不再生长
一生风雨
悲怆，植根于内心
灵魂的断裂，新生的呼唤
为谁而歌，为谁而泣
渴望的明光之河泛滥
负载最初的舟楫，今生
你注定与荒原天荒地老
没有你，荒原就没有故事
没有活力的血液，你是——
荒原最初也是最后的生命诠释①

---

① 李连齐《废墟》

卷一　前　本

烽　燧　幽　兰

第一章

一

一阵亢奋的枪声撕裂了碧蓝明净的天空，在绵延群山久久回荡。

时值初夏，春莳扫尾，男人们早按捺不住把活儿推给女人，拖着陷在水田里半个多月发胀发沉的双腿，从四面八方涌向石街。古历每旬三六九赶圩，早已成了生活中必不可少的事项。赶圩成了信泉人的莫大享受。石街成了信泉圩的代称。

这天圩日，一百多间店铺又爆满，骑楼下巷道里蘑菇般冒出无数的水酒铺子。人们呼呵呵地喝热酒，龇牙咧嘴地大声叫嚷。一伙一伙凑合着，一壶酒一壶茶挨到日头西坠，石街重新空阔起来。

民国开始，短短十多年信泉却冒出了一溜连店铺，一天比一天热闹，冒出了许多生意角儿，有的手脚伸到二百里外的赣州城，在那里雄赳赳地竖起了亮眼招牌。新的名角名流又出现了。

这地方像芦苇地，惹风惹烧，返生也快。泥土烧焦了，山石烧裂了，然而，眨眼之间山又绿了，又是一派莽莽苍苍。喘息的功夫，信泉又成了一个红火的商镇。如今客家人成了气候。当初客家人只是怀揣中原先祖的一块神牌，一卷神圣的族谱，一团先祖荣光的梦幻，像钉子一样扎下来，最终都成为胜者强者，成为信泉的主心骨，完成了由边缘到中心的转变。相传，发配广东充军的陈氏的一脉初到信泉便遭灭顶之灾，剩下一个丫环怀抱主人的婴儿死里逃生，背包里没钱没粮只有一部浸透汗水血水的家谱。十八年过去，这对“母子”带着百多号陈姓后裔重返信泉，以“联魏攻赵”之术，终于挫败了土著大姓，“义门家风”的门榜从此在信泉昂立。此时土著也明白无力回天，于是改变初衷与其和平相处，最反叛最归顺的两道粗绳缠结在一起。转眼就到了民国初年。

当枪声初起，大家都不在意。许多农家都有乌油锃亮的鸟铳，围猎老虎、山牛、野猪、鹿子的枪声和震天的吆喝此起彼伏。枪声太平常了。

可是，这枪声古怪，密集而脆亮，商会会长黄宇遂立时听出了其中的钢铁味，不由自主地格愣一下，觑着眼看斜对面的庆仁店。老板娘叶宁玉坐守柜台，对会长露齿一笑。

这当儿章泰生遛狗刚刚回来，六条剑毛狗围着他嗷嗷低鸣。看到了黄会长脸上的惊讶，他立时记起刚才密集的枪声。这枪声是外来的，他不由胆战心跳，从头到脚又漫过一阵鸡皮疙瘩。不过，他很快便平静下来。天塌众人抬，这里毕竟有一两百店铺哪。他装着不在意地说："黄会长，怕是他们又猎上了一头老虎，我的狗鼻子灵。"

浓郁的中药味像条河弥漫了半条街。庆仁店主章泰生来自药都——江西的樟树。正当他在赣州生意火爆，却突然携带漂亮的妻子叶氏溯江而上，落户信泉，在黄盛萱老先生诊所之侧开了药铺，挤进石街商贾之林。黄宇遂笑笑，在庆仁店站了站，向隔壁的慎微堂走去。

枪声又一次震响。一会儿一群黄衣扛步枪的大兵护卫一顶红顶轿子，吆喝着进了镇公所。胡玉镇长慌忙走下沿阶对着轿门抱拳作揖："丁旅长好早，贵人踏贱地，真有失远迎！"勤务兵掀开轿门。高大的丁旅长慢悠悠地摸着黑髭须探出身子，眯着眼睛打量完了这山里闹市，咕哝哝连骂"他妈的"。

石街人潮如涌，早淹没了任何威风的呼喝。

二

三四万人中似乎只有章泰生心头狂跳，枪声仍在他心里噬咬。他闻出某种危险的意味，示意小舅子别翻晒药草，叫叶氏进里间喂狗。他坐守柜台不时伸长脑壳盯着隔壁店门口正在捉脉的老先生。

慎微堂主黄盛萱坐得端正，没挪屁股地一个接一个抓脉，认真地望闻问切。思忖一会，他握起毛笔一气写下病症和处方。他光头，脸偏圆，双手细柔，两道弯得中看的黑眉，洁净的细白布长衫十分清亮，一点看不出他已五十出了头。章泰生也就安定下来。

一会儿章泰生又听见年轻的胡玉镇长嘿嘿哈哈的嗓门："开道，让开啰！"他没抬头，眼盯药柜，嘴里照着药单子念叨，一只手抓药，一只手称药。然而，他的眼风却执拗地在镇长身后搜寻。

果然是个兵，而且是个挎大盒子枪的大兵，这兵跟他面熟。他心里一阵恐慌。丁旅长还不放过自己呀！

大概叶宁玉也察觉来者不善，悄悄抽掉了锁链，六只剑毛狗虎狼般扑向外面，围着大兵龇牙窜跳。大兵吓得赶紧拔手枪，可抓枪的手脖儿被狗咬住了。章泰生赶紧喝住狗，道歉说狗不会咬人。胡玉瞪了他一眼对兵赔笑："它们欢迎你哪！"

大兵恼怒地说："你这老板呀开什么玩笑！"

章泰生装着不认识,谦恭地对他们抱拳作揖,粗着嗓门骂狗,趁势放下半卷的门帘,口里笑道:“坐坐,请上坐!”

镇长带着大兵走向隔壁,章泰生松口气全身发软抓一张椅子坐下,白衬衫已湿透了。他听见镇长尊敬地说:“萱公,赣州李军长派丁旅长看你来啦!”

原来丁旅长专程请老先生赴宴。

大兵把丁旅长的手谕呈上,催促说:“请老先生立即到镇公所赴宴!”

黄盛萱正静心抓脉。老花镜搭在肉嘟嘟的鼻尖上,眼睛却抬了抬把来人看过了。他抓过张处方纸,笔尖在笔砚上蘸了又蘸,一气写道:十七诊,五月十日,脉弦滑、苔薄腻、肝脾两虚,尚乏调协之机,再拟着肝运脾法:平地木一两、山海螺一两、田萁黄一两、蒲公英一两、大小蓟草各五钱、潞党参四钱、陈木瓜三钱、橘叶皮各三钱、土茯苓一两、大川苔二钱、延胡索三钱、金钱草一两、六一散五钱(包)、大红枣七只。二十帖。收笔,套上笔筒,他和气地说:“到隔壁庆仁号抓药。庆仁号药齐。”

黄盛萱似乎把面前二人给忘了。镇长耐着性子笑道:“丁旅长山高路远到我们贱地,有事与老先生商量,脉是号不完的,表叔你就暂放放吧!”

黄盛萱微微笑道:“这里不是敝宅,招待不周请谅。来而不往非礼,圩日实在走不开。来的病家不是亲就是友,治病如救火,黄某向来不敢怠慢半分!丁旅长李军长是量大之人,改日再商议如何?”

他挥挥手又招呼一病家坐在面前号脉。

大兵显怒地说:“丁旅长是有脾气的!你们怕也听过丁猛孚的名字吧!”

镇长忙说:“丁旅长名字如雷贯耳,他在瓜子岭一战重创袁世凯部,战功赫赫,又协助李军长守护赣州。萱公你就给个面子吧!”

章泰生这才全身轻松起来。他笑眯眯地过来恭请二位到里间用茶,亲热地帮着劝老先生,也委婉地给老先生帮言。

黄盛萱把来者搁在一边,自顾号脉写单子。

大兵恶狠狠地吐言:“别舍不得几个臭钱,惹火了我们,这诊所别开了!”

黄盛萱呸地吐出一堆口水。

这俩人走后,黄盛萱轻声对章泰生说:“这丁猛孚太小看了信泉!”

正午,黄盛萱的续弦赵湘如打着红纸伞提着盒篮——有盖有耳分层的大竹篮送饭来了。

赵湘如两手相抚端坐在老先生对面,看着他吃饭。老先生头上冒出一层汗珠。她抓了镶边蒲扇为他轻轻扇凉。他说:“叫盛茗准备好钱给朝勋兄弟送去。外面不比家里,拖宕不得。盛茗经管这么多年,人太瓷实缺少心眼。你来不久,埋头做你的事。”

赵湘如点点头,掏出小手帕,宽大的衫袖落在胳膊肘儿,露出洁白丰润的前臂和白玉手镯。她说:“你歇歇,几盆花我来浇。”

他摇手说："我在这里，浇花不用你费心。你姐在世时我就养成了种花浇花的习惯，自己浇顺心，也是一种休息。花草通人性，真心伺候它，它才旺盛，开的花特香！"

隔壁，章泰生绞着双手，为老先生悬了一颗心！

三

中医黄盛萱名震一方，五十出头，因他医术精湛人品好家风正，被老幼尊称为老先生。信泉医林只有他获"老先生"美誉。他墙外开花墙内香，第一见证人竟是章泰生。

前几年章氏在赣州米市街开店。凭着樟树药材世家身份，加上妻子叶宁玉漂亮贤淑风情时现，章氏药业扶摇直上。传说叶氏的母亲是杭州一个戏子。兵荒马乱中章母把尚在襁褓中的叶氏从路上捡回抚养成人，正好与儿子完婚。章母临终前嘱儿子离开动乱的樟树奔偏僻的赣南落居。经本家介绍章氏挤进了米市街开了"永和"药铺。叶氏受赣南雨水沐浴加上环境安宁，已活脱成一个娇艳欲滴的美人，磁住了满街的眼睛。章氏喂养几只狼狗；狼狗长大刚刚逞凶的时候都突然失踪。于是他们特地收养了一个叫叶久的忠厚少年。

米市街热闹非凡。蛇药酒、黑锡丹、喉药、十全大补丸、参茸固本丸、全鹿丸、归脾丸、六味地黄丸、杞菊地黄丸等都是本街名优产品。这阵又爆出一条新闻——当地报纸一连数月登载："协记"、"玉记"从东北购进了梅花鹿和本地山区收购的金钱豹，立冬后宰杀制药。消息早惊动了省内外，药人都提前赶来。

看看立冬日近，又传出不幸，"玉记"养的两只梅花鹿相斗死掉一只。老板暗自叹息一番，咬咬牙坏事做成好事。这天，玉记老板车运死鹿游街。众目睽睽之下，死鹿被推往水东掘坑埋掉。立冬宰杀前活鹿装入栅笼敲锣打鼓游街三天。玉记店门口张灯结彩，当众绞杀配制全鹿丸。

米市街更是一锅沸水。这天叶氏再按捺不住，她由叶久护卫，随即被吸入喧闹的人群。叶久扶她站在高凳上。她更是满脸娇艳一身鲜亮。很快地，她自己倒成了万人欣赏的一道美景，她成了汹涌怒涛中的一座耀眼的灯塔。

她四周突然伸出无数的手，抓她的衣她的头她鼓鼓的胸脯。叶久用身子挡住愤怒的拳头保护她离开。章氏夫妇后怕不已。

这年春节头遭开业，米市街药人纷纷以吉利语代药名开票。开张指陈皮，大发指独活，财富指柴胡，万金指蔓荆子，万事如意指当归。"红单"联起来就成"开张大发财富万金万事如意"。章泰生不是不想写，而是一直选不到合适的书法先生。

这天章泰生又见一张字迹酣畅而且熟悉的单子，那是一个叫黄盛萱的医师写的。问问原是省赣中的家属来抓药，这黄老先生一定是那边的儒医了。他心里不由一动。

一天下午，隔壁“丁东升”号传来了一阵争执声。原来一穿布鞋满面佛态的先生在所检中药中发现将生党充当米党，要求更换。伙计不肯，还傲慢地口出秽言。老板弄清情况赶紧向先生赔礼。

站在一旁的章泰生心里热乎乎，恭敬地把先生请到自己店里，筛茶奉烟，十分诚恳。先生自报家门名字，说进城看省赣中读书的儿子，顺便逛逛米市街。

黄盛萱心里憋了一口气，有意把心中城府显露一鳞半爪。他侃侃而谈：“中药最讲究为人正气，最重等份和信誉，药能使人生也能置人死，能不慎乎！自古对加工膏丹丸散及药酒，都有严格处方严密程序。如熬龟胶只用上版不用下壳，还要刮尽余肉；熬虎胶选用腿骨，刮净毛、爪、筋肉等，制作须认真，造型好看包装完善；配制参茸黑锡丹，须配沉香红参广木香等，甚至要选用少许落水沉香、上朝红参、老山广木香。中药饮片嘛，次品和虫伤鼠咬的不上柜台。又如柜台配方，不用食用的瑞金淮山，而用河南淮光条。中药最讲究与人为善……”

章氏夫妇听热了心，相见恨晚！家宴过后，章泰生嗫嚅着请先生题写红单。黄盛萱说：“那些字眼太俗气，而且年年千篇一律，弄药人不可以金利为圭臬。你夫妇背井离乡到赣南，如同当年我祖上从广东到信泉，筚路蓝缕，殊多艰辛！我乃一山夫，承蒙礼待，给写副对联如何？”

他铺开纸笔，思吟片刻，信手写下“大地回春延年益寿，生财有道利物济生”。

章氏一家抚掌叫好。章泰生突然记起，先生墨宝好眼熟似曾见过，他一对照，更是喜不自禁：自家要等的正是这贵人！

他们关系一下子深了，章氏夫妇拜黄盛萱为师。

那天，老先生与章氏夫妇兴高采烈正讲得投机，“丁东升”号老板带了个高大军人进店来，对老先生抱拳作揖说：“真是不打不相识；正好我本家丁旅长为解李军长六姨太病体之苦，到处寻医问药，请老先生屈驾到敝店小坐一会。”

黄盛萱迟疑，推辞。他遵从先父遗训，从不与军政界相勾挽，独来独往以医为业。

他还是被拉进“丁东升”号。丁旅长笑着说：“十步之内必有芳草，凭我丁某直觉，老先生一定能解军长悬忧！”

一直陪伴的章泰生热情帮言：“老先生别推辞，治好李军长内室，你更名扬四海呀！”

黄盛萱只好就范。

接老先生上轿之际，丁旅长咬住嘴唇扶正军帽两眼直盯叶氏。叶氏双颊飞起红云，低了脑壳走进里间。以后，丁旅长经常来往米市街，每次都气度轩昂，眼珠儿骨碌碌往叶氏身上碾。叶氏躲着他，一听见他的脚步就赶紧扑进屋里。章氏夫妇心里叫苦。

六姨太郑氏被李军长捧为掌上明珠，特为她造了一栋紫云阁。一个月前产后中风昏迷数日不省人事,李军长心急如焚。医生看过不少,郑氏病情不见好转,反见恶化。没一个医生再敢相前。

黄盛萱乍到,一身长衫的李军长就赶到了,举手投足甚是儒雅。李军长同他共用茶点,席间谈笑风生,仿佛是至亲故友。此时此刻黄盛萱也受宠若惊。这是他结识的最大的人物。他好不容易才平静下来说:"开始捉脉吧。"

黄盛萱一接触病人心情更平静了。望闻问之后,抓脉,先左手后右手,久久不语。

李军长忍不住问:"有治否?"

黄盛萱斩钉截铁地说:"有治,夫人的脉元气尚存。这是瘀血所阻,先以祛瘀之剂,继而平肝息风、化瘀通络之方主之。调养三旬,病告豁然。"

李军长皱着眉说:"本地几个中医亦用此法但不见效。"

黄盛萱细心看过几张处方,沉稳地说:"等份不同而已,以前路子是走对了,譬如捉贼,贼窝已找到,但尚未抓到贼头。李军长,不瞒你说,我黄某只是凭一副蛮胆,敢下等份!照我的方子,贵夫人保治痊愈。黄某愿以身家性命担保!"

李军长大悦:"用人不疑,疑人不用,我内室就交你医好了!"

一月之后郑氏果然痊愈。黄盛萱又以调养药主之,郑氏脸色如春桃,头鬓如乌漆,身体丰润了许多。李军长乐不可支,亲笔写"华佗再世卢扁复生"制成软匾相送,还赠送一笔厚资。黄盛萱不怎么谦让就收了。

李军长用轿送他。路过信泉人开的店,鞭炮激越,红红碎屑厚厚地铺了一地。路过米市街,章氏夫妇和丁老板拦住轿子,各为他披红扎彩。章氏夫妇更是泪水浇面,逢人就说:"我家亲戚为李军长治好了病!"

那年秋天,章氏夫妇迁居信泉。

四

章泰生最有理由为老先生担心,为老先生担心就是为自己担心。

散圩时分石街一片狼藉污秽不堪。见老先生在门前从容打扫,章泰生担心他忘了大事,委婉地说:"萱公,地由我们扫,你还是上镇公所一趟,向丁旅长做解释。你虽同李军长交情好,天高皇帝远,就怕丁旅长寻隙挑拨。那支黑匣子会吃人的!"

黄盛萱继续埋头扫地,一会儿他说:"我不愿去吃这餐怄气饭,在家里吃得清气、舒服。我就是不下赣州,李军长也会理解我。李军长怎么不写一个字来?哦,我把准丁某的脉了,他决不是请我给军长看病,而是叫我去给他什么人治病。我不是五更头任人提的尿桶!"

章泰生说:"也是,这回叫他碰一鼻子灰,尝尝信泉人的厉害!"

然而,丁旅长就是丁旅长,赣州府的丁旅长。事态并不利于黄盛萱和章泰生。一场骚乱的引信悄悄点燃了。

胡镇长年纪不大，他不放过这个结交权势的机会，对丁旅长刚下轿吐言“你可要好好款待我这些弟兄”心领神会，却心里叫苦。信泉兴旺，可街上住户绝大多数都归姓氏宗祠，族规严格风化事极少，他可没豹子胆，把本地女子送给大兵淫乐。警长高源建议：把砂子山（钨砂开采地）上的三角戏班悄悄叫下来！

钨砂也叫钨金，每座砂子山都是热闹的小圩场，乃雄性驰骋之地。大把大把花钱吃喝玩女人，流荡砂子山的三角戏班应运而生。两旦一丑，加上几个乐手，演些十八相送十八摸的调情戏，把男人激得疯狂。粗横的矿工为争女人大打出手不惜搭上一条性命。民国初年，信泉兴旺得快，各路商贾云集，带动信泉人半农半商，繁荣娼亦盛，淫风肆虐。各姓绅士斥其为蛇蝎毒狼，联合起来向当局交涉，这样，三角班只有在边远山地流荡。

几伙三角戏班悄悄下了山住进镇公所。胡镇长手心手背皆是汗，担心惹恼信泉绅士！

镇公所设在石街中心的万寿宫。宏伟建构于清光绪年间落成，为历朝军政文人聚集场所。宫门堂皇壮观，大门两旁蹲着的一对石狮栩栩如生。宫内设戏台，台侧设酒楼，各有曲折回廊。戏台对面是宫殿式大厅，厅内有四根两个合抱的木柱，上有楹联。厅正中“崇礼堂”三个大字金光灿灿。内有花园，百卉争艳，别有洞天，四季如春。分启厅中厅后厅。后厅是禅房，清静幽雅，芭蕉挺立，玉兰吐香。

有副咄咄逼人的楹联——

忠贞立志孝悌立身此善事存吾这点天良何虑两间不佑

蛇蝎其心豺狼其性那奸雄任你多般恶毒总有一劫难逃

夜幕浮遮，万寿宫威严不复存在，女人浓妆艳抹婀娜身姿语软汗香，大兵们目光痴迷。胡玉总紧随丁旅长左右，揣摩其脸色。

丁猛孚十分懊恼。此行他确不是受李军长派遣。他新投靠了一位南昌的刘军长，刘军长热衷性事得了难言之疾，他夸下海口说名医黄盛萱如何高超，干脆带十几个弟兄威风凛禀上信泉。黄盛萱偏偏不理会他。此人太仗了李军长威势，太仗自己的鸟本事！

丁猛孚耐性特好，憋着性子等待。日头衔山时分出街，胡镇长提议到河边走走，那里河水清碧，河滩上有许多栩栩如生似猛兽的巨石，相传当年王阳明在信泉剿匪，兴之所至在上面题刻了“致良知”、“破心中贼”几个大字。此刻，丁猛孚文气地说：“去看看也好。”

冤家路窄，丁猛孚猛然撞上了正在河滩遛狗的叶宁玉——

沙滩洁净平展，突兀地立着褐黑的巨石，章泰生指挥着六条剑毛狗奔跑跳跃厮打，抓起石块投掷，狗就勇敢地争相扑去。叶氏赤足坐在一块高高的石头上，银铃般的笑声与流水声相嬉戏。这一切着了暗红的余晖,如同仙境。

丁猛孚像遭电击似的呆住了,真是美景美人!他叹道:“胡镇长,信泉也有好去处呀!”

突然他觉得那女人似曾相识,哦,原来正是赣州米市街永和号的老板娘叶宁玉。他们失踪几年,他也寻觅几年,不料在信泉相逢。他浑身一振烦忧顿消。

他从胡玉口里得知,章氏夫妇靠的是黄盛萱。他又想起,勤务兵说被恶狗咬就是真的了。

丁旅长置整个世界而不顾向叶宁玉走去。

狗们凶狠地朝他吠叫,他一摸腰际:没带枪,只得无奈地停下来。胡镇长赶紧跑到面前大声喝斥。叶宁玉跳下石头匆匆离去。章泰生挡住两位连连赔笑脸说:“胡镇长,客官,这狗就是样子凶,不会咬人的。瘟尸,走开!”

丁猛孚以为骂他,转为恼怒。

这一夜,丁猛孚在万寿宫禅房辗转难眠。

胡玉却以为他在与黄盛萱较劲。

其实,跟叶宁玉较劲就是跟黄盛萱较劲!

几天下来丁猛孚耳朵倒灌满了黄盛萱许多神秘传奇——

有一次三更半夜,黄盛萱被人请去出诊,走到山前一家屋子,主人抱出一病孩。他看病孩双目紧闭全身发紫,惊讶地说:“这不是死人吗!”这时屋舍、病孩、主人不翼而飞,他竟站在一座坟前。

又一次子夜,他被鬼骗到一坟前,往他嘴里塞蚱蜢,他严厉地斥道:“我黄某上对列祖列宗,中对亲朋邻舍,下对儿孙后代,坐正行正问心无愧!”几个鬼满脸羞惭地散去。周围人听见叫声赶来相救,他却满面红光安然无恙。

丁猛孚冷笑。他不动声色要胡玉叫人把石街打扫干净,大兵一早一晚整齐地巡逻。

丁猛孚已换上戎装,平添几分威严,在石街来回巡走。每次他必经过庆仁店,见到叶氏便双目铿亮,否则神采黯淡。叶宁玉防不胜防,急剧瘦削,胸乳更是挺耸扎眼。

他开始出席绅士的宴请,却始终不苟言笑。一次路经一个山坳,胡玉指着浓荫的大树轩昂的屋宇,说这是黄老先生的宝宅,示意他进去拜访。他看见了黄盛萱十分年轻漂亮的妻子。胡镇长叹羡地说:“这是老先生续弦,跟前妻嫡亲两姐妹。老先生真是福气!”

丁旅长一句话不说,一颗心更是淬了火。

五

为让狗凶猛更凶猛,章泰生由一天两次改为三次遛狗。这天是闲日,他牵着一群矫健的狗刚走出店门，几个兵相撞而来说要抓药！大兵来势汹汹，激得狗凶猛窜起扑咬。兵拔出手枪砰砰几声，两条狗血流如注挣扎而死。

丁旅长正在一绅士家里的酒席上，听见枪声，刷地立正敬酒，自个儿先把一碗热酒喝干。

叶宁玉扶起被狗拖倒的老公，把狗关进里屋，两夫妇抱着温热的死狗嘤嘤哭泣。

许多人围观，黄会长叹口气安慰说："阿泰，信泉人能让你的狗，兵就不一样了，人不与兵斗，快收拾去。"

济昌南杂货店主赵仲椒阴阴地笑，对人说："我在看西洋镜哩，好戏在后头……"

章泰生钉了两副小棺材，给死狗穿了衣服，几个活狗脖子系了黑纱。他高价请了唢呐，为死狗造了像样的墓穴，吹吹打打为狗做了道场。

过几天，又有两条狗被大兵打死。章泰生照样盛殓，眼珠子哭黄了，眼睛哭陷了，他此时担忧自家的性命了。几天却不见黄盛萱身影，小两口望眼欲穿！

这时大兵又发话："打死狗，再烧慎微堂！"

大家不明白又明白。丁旅长巨大的阴影立时罩住了信泉。大家又一次紧张了，信泉这十多年的平静太短暂了！

第二章

一

小洞离石街八里路，中间隔了条宽阔喧哗的云水河。这个小山坑只住黄氏一家，小洞成了黄盛萱家的简称。这些天他都是一早被人请去出诊。一听他回家的脚步，赵湘如放下刺绣走出耳房，轻轻地接过褡裢，打盆热水平展地放进毛巾，随后沏一盅茶。显然她已经知道他跟丁旅长交了恶，不禁担忧。

他问："昭云呢？朝勋不在家，她身怀六甲，得休息好，凡事你多担当。"

赵氏说："她也在耳房做刺绣呢。"

他说："别伺候我，做你的事去。"

他稍做整理走进大厅。正壁竖着硕大的木刻浮雕神龛，黄木格底，上面是个殷红的书法体福字，两边是对称的八仙图。威耸的神台上竖着一块小浮雕牌坊，上面嵌着先祖、祖父、父亲画像。神台右端是个祖传青花瓷瓶，右端是书匣子里面放着老版新版族谱。厅两边是一排木制古式靠背椅。两个天井，大厅深邃敞亮。大厅后面又是一个靠墙天井，叫后花池，四周放满了一色兰花。兰花清秀茂盛。两边是小厅,再是横屋。黄盛萱打穿横屋,经一道圆门再建起一排耳房。地面由厚实方砖铺成。大院由鹅卵石铺成,院角墙边是竹子、常青树。青山环绕绿水淙淙,背靠青山,眺望石街,烟云尽收眼底,十分开阔。大厅的门上方写着"江夏汪波"匾额。小门楼是翘角飞檐石狮压栋,门两边写着"鹤鹿龟松""涵养性天",自然是黄盛萱的书法。

他回家的第一件事,就是漱洗后进大厅,在祖宗像前面凝神一刻,然后静观兰花,凝神屏气一会,再动手养花,整个过程寂然无声,于是恢复了平静。有时心烦无以平复,他就默读族谱。

枪声又起传到小洞已相当微弱。赵湘如耳尖听到了,再也忍不住告诉老公。黄盛萱恼怒地说:"这些贼牯又瞄准信泉的肥肉啦!"

他浇了花沿回廊走进东园的居室。

这是一个幽静的小天地。因娶湘如他有意揣摩几遍《聊斋》,兴趣盎然。从中他读出了人心人味,读出了平常心,也读出了她的意愿和渴望。他发现她也常读《聊斋》,十分欣喜。在她面前,他为父的尊严已冰化;在他面前,她女儿般的仰视也消失。他称她娘子,她叫他相公。窗前兰花,屋里兰花,兰香馥郁。竹子婀娜日影参差。

然而这次,他深深地被激怒了,书也不想看,坐着不动。章氏在信泉举业不易,他怎能坐视不管!湘如轻轻地进屋,坐在他身边说:"几次杀狗,那个姓丁的旅长想给你颜色看。"

"哦!"他坐了起来。想不到倒把章家连累了,他还以为姓丁的离开了信泉。他骂了一句:"这些黄皮狗!宁不为良相也得为良医,我岂是为他丁某一人做事的?此人太骄横!"

他一个激灵:一定同叶氏有关!他更认定自己应该把事情揽过来,他不能再沉默了!

二

当两个儿子还小,他就经常给他们读族谱。儿子读了书能识字,他就让儿子读。先后娶赵春如赵湘如,后来大儿朝勋娶陈昭云,以及每年除夕合家吃团圆饭,都少不了读族谱。黄家人几乎能背这样一段(原文无标点)——

去粤来信记

窃尝诵诗,有曰维桑与梓必恭敬止,未尝不重叹,古人之于桑梓,若是恭敬也其于乡亦云重矣,而岂有轻去者哉。然而普天之下莫非王土,或处时势之艰而托迹异国,或负远大之志而宦处他邦,盖安土不迁者,迁固非安适彼乐土者斯适耳,又况去而来来而去天地往复之数大抵然乎,余黄氏一族系出江夏,溯其初历,邵武而建昌南丰而虔赣瑞金以及闽汀其间之迁徙，由粤东再迁，诸公先后继起俱能丕显丕承恢宏，统诸其丰功伟烈。至于我父则有异其慷以慨，其情和而穆，轻财重义取与不苟，外而具刚明果断之资，内而兼我母贤淑之助，常自谓人不囿于俗，方能出乎俗，适邦族之人不能肯俗，遂奋兴曰孟母三迁，孔训居仁，是欲人择里卜邻也。闻吴西南郡其政美其里仁，有古敦庞之风盍住处焉？于是戒仆其糗囊橐，携我母子而来，而我即以为士出于农工商，不与汝曹各务本业，勿迁异焉。须切思创业之艰难而深念守成之不易，自今而后慎记重迁之言，勿轻为离乡之举，为昭为穆依次有序，以全尊卑，或误或革念本根以深孝敬，无学赌博无好争讼，毋以恶邻，毋以富欺贫，勿奢侈，勿放荡，以孝弟忠信礼义廉耻为准则，父兄先焉子弟谨焉，自尔家道雍和子孙繁昌，而皇天后土亦默佑焉。

这是黄家由粤迁到信泉第二代的谱记，到黄盛萱辈已是第七代了。他用此文做家训的范本，其实他是有意以此冲淡和遮蔽他祖父一夜暴发的事实。这一幕已十分遥远了——

曾祖黄光亭一脉十分凄楚清贫，跟随客籍的丈人在石街开弹棉店。一日，两人抬了两包棉花后面跟着位年轻公子，极便宜地把棉花卖给他。晚上夫妇发现棉里包着许多金叶片，断定公子有来头，重新包好放在棉花中。36 包棉花原封不动地堆放。数月后鄂北一官员来取棉花。原来此人老家在粤西，把钱换成金片藏在棉花里雇船从赣江运至信泉，由儿子押运。官人知道儿子挥霍无度，瞒着儿子。官人只拆了一包发现金片未少，大为感动，当场决定把金片悉数赠与黄家。

但曾祖不敢露富，把钱埋进窖中，全力供儿子读书。待儿子中秀才在信泉崭露头角，曾祖置起 50 亩田户，更谦恭做人，乐于捐施公益事业。曾祖依然内心有愧，始终摆不脱暴富阴影，于是把儿子从教书改从医，为百姓驱病解忧，于是祖父成了半道中医。祖父投奔一乡间名医韩氏。这韩氏数辈行医，奉“大丈夫宁不为良相当为良医”为宗旨，在家设培生堂药店坐堂行医，“傲然以对财势相诱”已延续韩氏医脉的风骨。

韩氏医风在黄盛萱身上结出了硕果。他四十多岁已心领神会韩氏医道精髓，更有发展，他爱好书法，也喜爱文学，能背《三国演义》《水浒》《聊斋志异》《红楼梦》等古典中的一些精彩片断。

黄家在赣州县城和信泉都有店铺，连同田产全交给黄盛苕管。盛苕无子也不愿再娶，对阿哥忠贞不贰，但心眼瓷实怎样也学不来管理。账务其实由一远房亲戚郭能宾管。郭氏能说会道点子多，没几年在百多里远的家乡悄悄起屋置田成了大户……

他读着，也想着，又一次梳理了自家的内囊，心里踏实多了。天亮前一声鸟鸣，他呼地立起，叫湘如起床弄饭，他要去石街！

三

狗血的腥味依然满街飘荡，成群的苍蝇飞逐，剩下的两条狗嗷嗷地低鸣。章氏夫妇正哀伤地装殓。黄盛萱大步走过去，瞥了一眼围观的人群，好生安慰了一番，凛凛然端坐在庆仁店门口等候那些大兵。

叶宁玉端上碗莲子汤说："萱公，让你受累，我们真过意不去！"

他忙摇手说："哪里，我太大意了！依我的准则，抓脉是治人，说话做事也是治人，人得凭天理良心！你们因我而到信泉，立业不容易！"

半个时辰，有人传话："他们又来啦！"

来到庆仁店，丁旅长郁积的企盼夺眶而出，以为逼到这步，叶氏会屈服随他而去。然而他愣住了。黄盛萱正坐在面前。叶氏并没有躲避，决绝地站在黄盛萱身边。他脸上倒露出温和的微笑，向她迈步。

"丁旅长！"黄盛萱拦住了他，双手抱拳，声气洪亮。

丁旅长讪讪地抱拳接应。

黄盛萱问："自古，兵将不以骚扰百姓为要策……"

丁旅长马上接口说："丁某在此多日秋毫无犯。"

黄盛萱严正地说："你们接连射杀我街民的狗，该做何等解释？怕不是项庄舞剑吧？"

丁旅长一时语塞，讪讪地说："没这事吧？丁某带兵从来纪律严明，街民可以作证。"

黄盛萱紧逼一句："你部下乱来就是你乱来！在下不正在上歪。今日可以寻衅射狗，你们明天会杀人！信泉人不是好欺侮的！"

丁旅长狠狠吐出一句："放肆！"

哗一声兵士端枪对准了黄盛萱。

他拍拍胸脯仰天大笑，毫无惧色地说："这才是你们的本意！我黄某不是蛋壳孵的。原来你这样请我，我奉陪定了！"

丁旅长赶紧喝住士兵，以平缓口吻说："老先生是个正人，令人钦佩；事出有因，也请老先生明辨。"

黄盛萱冷笑。

丁旅长掉头提高声调对店里说："章老板，请你指出我哪个部下杀了你的狗！"

章泰生嗫嚅着，脸刷地惨白。

有人喊道："杀狗的缩在万寿宫不敢出来！"

黄盛萱环顾四周，一板一眼地说："丁旅长莫奈何人，是黄某自己想要问个明白。敝人是信泉人，信泉发生的事我岂可不理！丁旅长你们太使我寒心，请好自为之！"

丁旅长沉下脸,命令部下打回走。

大家像卸下千斤担子,向老先生摇大拇指。赵仲椒感叹地说:"我侄女湘如眼亮!"

四

射杀狗的行径似乎停止了,但传出"烧慎微堂"的风声,石街已家喻户晓。水火无情,连累邻居,好些石街人发慌,一些人把货物送回乡村的家里。赶圩的人大大减少。

胡镇长安慰过丁旅长,好说歹说难消丁旅长脸上的青色。胡镇长既钦佩老先生又怪怨他不肯通融,暗地里找其他信泉头面人物商榷周全之策。

一时间信泉沉闷紧张,风声鹤唳。

赵仲椒神秘兮兮地叹息:"事情明摆着呀,萱公要能点明叶氏,包信泉平安!"

黄宇遂拍拍脑壳也明白了。

第三章

一

黄盛萱回到小洞,在家门口一站雄视天地,豪情激荡不能自已。他叫赵氏多炒了几个荤盘,几盅热酒下肚,禁不住对家人绘声绘色讲了斥责丁旅长经过,连说"痛快"!

他手舞足蹈,被湘如扶着进东园。两人都醉了。刚走到花圃前他哇地呕吐,兰花被弄得一塌糊涂,她身上也弄脏了。他抱得她紧紧的,唯恐失去她。只有她明白,他敢作敢为,一个原因就是心里装着她。这最幽秘的经验是姐姐春如透露给她的,姐姐生前多次说过,"黄家男人刚毅立世要有个可心可意的女人。"

湘如还明白,他紧接下一步就要同她亲热,也渴望她亲热他。她从他怀里抽出身子,打来热水给他揩头揩脸揩身子。她洗浴过换上干净衣服,提着清水细心洗那些被污染的兰花。

湘如读小学时已是大姑娘,从姐姐那里了解了黄家。姐姐太爱黄盛萱,在得了绝症后就不断诱导她嫁与他。堂兄赵仲椒先反对后同意。湘如还在犹豫,说年龄相差太大,会被口水淹死。姐姐拧了她一把在她耳边说:"他能使你受活,凡事怕别人议论没出息。"她终于答应了。

兰花几乎是家里唯一的花种,有惠兰、秋兰、春兰、寒兰、剑兰等数种,其中鱼鲅兰居多。黄盛萱与兰花相依为命。这鱼鲅兰质地高贵,据说是贡品,是他父亲的师父韩医师所赠。黄盛萱几乎伴兰而眠了。

好不容易清理完花圃，湘如又汗湿一身。这时黄盛萱醒来走进庭院立在清秀兰花面前良久，抓住她的手率真地说："湘如你真是我心上的鱼鲅兰呀！"他似乎已忘了石街刚刚发生动肝火的事。

湘如为慎微堂遭烧担忧。

晚上月光朦胧，狗吠此起彼伏一路响到小洞。原来神足郎云龙同会长黄宇遂、副会长赵仲椒和镇长胡玉来商量要事。众人蹑手蹑脚进了后厅。昭云举着篾缆火禁不住哆嗦，说："要不要叫朝勋朝劢先躲一躲，躲到李军长那里好了。"

郎云龙笑道："表嫂看你七月慌（早）过八月，没事，我们先做准备。"他凭着双铁脚奔走于信泉、县城和赣州，及时地转达生意信息。他说："萱公为信泉人争了气，我背着他走。"

赵仲椒咳了口痰含在嘴里走出外面吐了，说："姑爷家这么干净，香幽幽的，一把鼻涕一堆痰也不知吐在哪里。"

黄宇遂急切地说："胡镇长得你去叫萱公起来，不能再避着他！"

黄盛萱慢悠悠地听完众人语，不快地说："我早料丁某会来这一手，你们倒吓得像鼻涕，姓丁的敢烧抢，高源是做么子的！他们才十几颗老鼠屎嘛。"

黄宇遂说："萱公，细声话大事，姓丁的烧房就不是一间两间，好不容易石街才挣出个局面呀！钱粮受损不要紧，人不能吃亏！"

赵仲椒眨眨眼说："有一退兵的妙法……"

黄宇遂狠狠踩了他一下。

黄盛萱摸着下颏，鄙夷地说："仲椒外公，我读出了你话中话，解铃还须系铃人，死亲爷不如死丈人，我不会躲的，更不会推脱责任。大丈夫敢作敢当！我巴不得丁某来抓我。"

胡玉说："我们不是这意思……"

黄盛萱呼地立起说："我出马，只能指责他。要我对他点头哈腰赔好话，非我的品性！叫别人抵死，更非我的品性！让他烧吧，信泉的青山是烧不掉的！"

胡玉笑道："不需萱公动口动腿，写一信由云龙速交李军长，这丁某还能再赖吗！"

黄盛萱摇头说："何必小题大作，反而抬高了丁某。"

赵仲椒拍几下巴掌站起来说："有了！我们信泉人胡保林在齐云山落草已成气候，有人有枪，他是我阿婆娘家的人，何不请他下山！"

胡玉笑眯眯地说："还是赵会长想得周全。信泉就是少自己的人马。"

黄盛萱摇头说："不行呀，这会助纣为虐，引火烧身，吃亏的还是石街。"

黄宇遂同意这一方案说："以毒攻毒，胡保林总会给面子吧。他奉行'兔子不吃窝边草'，我们只是请他壮威，丁某一走，我们送他上山。"

大家一下子轻松起来。

黄盛萱还是不语,时而摇头。

送走客人,他伫立青天下,身上沾上清凉的露水。兰花幽香漫溢。湘如掌灯等着他。他靠在床背低沉地说:"现在人总是助纣为虐,只顾眼前,人心变了……"

二

没有发生而即将发生的那一刻是最揪心的,此时体会最真最深的却是叶宁玉。好像一把刀子一下一下剜得她心口淌血。怕老公受罪受害?为萱公代己受过而良心不安?是又不全是。

"烧慎微堂"的传言阴风一样从四面八方吹来,都由章家兜住了。章家比石街任何一家更能感觉气氛的肃杀,危险的迫近。章泰生连连叹息,伤心地说:"太对不住老先生了!要是能消灾,我们宁可出一些钱。"

叶宁玉说:"你后悔啦?在赣州就没事?萱公说的:是福是祸是躲不过的,亏是人吃的,痛是人受的。"

两人紧紧地相拥而泣。他们不敢哭出声。突然,章泰生笑起来,他说:"我们太过虑了,没什么大事的!我们有叶久,有许多好街邻。不养狗我也过得去!萱公是大家的,人们还会看着他吃亏吗?"

又挨过几日,章泰生眉宇舒展,兴奋地说:"胡镇长请胡保林保驾啦!"

叶宁玉苦笑,心情并没些许轻松。她流着泪的忧郁相更动人心魄!他好像第一次看见她如此美丽,两只颤颤的乳房比以往更荡人心魄。他扑过去把她抱在怀里,深情地说:"阿玉你瘦了但更可爱了。算命先生说你有四个崽两个女,我相信!"

宁玉依然笑得忧郁:"你忘了,算命先生说我30岁以后才会得崽;你以为就太平无事了?"

他亲着她说:"我们只是小民呀,不过你的胃病还得继续服药,你服的是萱公开的紫胡疏肝散,痛时还得加木香元胡。"

叶宁玉苦笑:"胃疼牙疼无正方的。"

他说:"还是请萱公针灸一下见效快。"

她戳了他一下说:"我们还能给萱公添烦?阿泰,我得的是心病!"

她欲说又止,"唉"地长叹一声。

只有她心里明白,丁猛孚开始冲萱公后来就全冲着自己了。她十分敏感和害怕那双喷血的眼睛,在赣州她几乎支持不住了,觉得自己好像登上高塔的顶害怕往下看但心里老想向下跳,而且有股快要抑制不住的冲动。在赣州有那么一天,一身戎装的丁旅长又在米市街出现了,向永和店向她走来,她惊惶地退出柜台装着头疼走向里间,然而那一次她身上突然冒出一个羞于启齿的念头:身子向后退着,一颗心却想迎上去。幸好离开了赣州!可还是跟那人遭遇上了!

那次落日河滩她的心情不错,心里的忧郁给抹去了,不期然又撞上丁猛孚喷血的眼睛，她觉得自己像网中小鸟再也无处躲藏无法躲藏。她不敢出门了，本能地从柜台退向里间，可一颗心总想往外撞。后来，她几乎每天都能闻见丁旅长无声有声的身影，渴望、害怕、羞愧和厌恶犹如四把火炙她的心……

突然一个念头蹿上心尖。只有这样，她才能最有效地帮萱公解围，同时保石街的安宁。啊，应该这样！她不由自主地战栗，心在收缩，全身在痉挛！

章泰生摇她："阿玉你怎么了，我抱着你哪。哦，我们的狗回来了，它们在阴间还在护卫我们。别怕呀！"

她轻轻推开他，哀婉地盯着老公，认真地说："你知道么？这姓丁的是对着我们来的！开始不是，后来就盯住我们不放了。米市街他就认识我们。泰生，我看你挺不下去了……"

他点点头，也有所明白了，眼睛睁得大大的。

她抓住他的手，恳切地说："姓丁的明明对着我们，鞭子却抽到萱公脸上，他还要把祸水泼到石街。石街衰，我们店也难办，我们不能只是瞪眼，要尽我们的力量……"

他绝望地说："我们能做什么？"

她立起，严厉地说："阿泰，这些日子我混混乎乎，想呀想呀，越想越明白了，我俩不是金童玉女，你讨饭我提篮，我俩一辈子不分离。阿泰，万一你有个三长两短，我怎样过日子呀！不能坐等，要想办法！我想过两种法子，要你答应一种，我今生后世为你做牛马！"

他惊恐地说："死？"

她抱住他的头轻轻地说："我怎会去死。我是想办法生，我们俩都能生，更好地活下去。你烧开油锅，让我的脸变麻变丑……"

他哆嗦地说："不行，我不答应！还不如让我去跟姓丁的拼死算了。"

她坐得直直的，满脸端肃。他呜呜地哭了起来，狠狠地摇她："另一个法子呢？"

"你准许了？"她伏在他胸前哭泣，他反而弄糊涂了。她呜咽着说："我出去一趟，天亮前回来。"

他终于明白了，牙齿格格地响起："不！"

"那我现在先去死。"

"……"

"阿泰，你点灯等着我，熬锅药草等着我。我要姓丁的答应许多条件，度过这个劫难，以后我们就不用受惊吓了。放开我，我的心肝哥！"

三

叶宁玉绾了发髻，着荷绿裤子藕白衣衫走进万寿宫。鼓乐正酣，三角班正在演"五里亭"、"十八摸"。大兵抱着女人逗乐狂笑。门卫仿佛知情，指引她向禅房走去。

禅房灯烛通明，丁猛孚向着后窗枯坐，房里撒满长长短短的烟蒂。当叶氏一踏进，他猛地转身，狂喜在脸上泛滥，但立即平静下来，脸上现出亲切。

他用平等而热情的口气说："我知道你会来的。我等了太久，太久。"

他给她倒了杯菊花茶。

这出乎她意外；她原以为他会像饿兽扑来。这是凶神恶煞的丁某吗？

她坚定地说："丁旅长，我是有条件的！一不许再为难盛萱先生；二不许再骚扰石街；三不许再作难我家；仅此一夜，了却你的心事，天亮前我必须平安地离开，从今以后井水不犯河水！"

他豪爽地说："好，我全答应你。我一介军人，今日不想明日事，只顾眼前。我喜欢痛快！你早来，丁某早就撤离了信泉。你终于明白了！那时我就笃定你是耐不住我的。你过来！"

她原想今晚豁出去由他蹂躏；他这样傲慢却激起了她的蔑视。此刻她已冷静下来，一股力量在心中凝聚。顷刻间她又成了另一个女人。

烛光中，她从头到脚镀着一层透明的红晕，眼睛、脸、颈项发出柔白的釉光，忧郁的神情添了无尽的秀媚。她凛然端坐在凳子上。丁猛孚"啊呀"赞叹了一声，膝盖儿发软，浑身激荡。可是，他依然在骄横地等待，等待她的主动献身。

她依然一动不动，却发话要他把灯烛一一吹熄。他不允，一会还是软了下来，嘴里却说："你吹！"她严肃不语。他笑笑，乖乖地照办。月华漫涌屋里突地敞亮，她又发话要他拉严窗帘。他愤怒了，简直不能容忍！不过，他很快又屈服了，他是向美神屈服的，一股从没有过的蜜意泛涌心头。这是他所见的最独特的女人。倒是他变得像羔羊一样顺从了。

她成了女皇。他紧扑几步却被凳子绊倒，倒在地上仰看朦胧中的叶氏更叫人心动，他又像狗一样向她爬过去。她露出轻蔑的微笑。

他跪在她面前奴仆一样抬头看她。她的微笑在他看来就是逗引。他贪婪地闻她身上药草味的体息。他欲站起，又被她制止，他只有跪着替她解开衣服。

他只能挨着她臀部，两只爪子急切地用力爬沿。他跪地围着她挪动，双手高高举起触摸光滑的峰峦。她奇怪他如此的顺从，她不叫他不敢站起。此刻他的指头放肆地触探她的乳峰。她努力使自己冷静，走了几步，又走了几步。他心里狂喜，当她在挑逗，闻着她的体息哼哼地爬着过来。在她惊奇的时候，他已抱住她的腿，脸在腿上蹭。这时他冲动难抑，不由自主地宣泄了。马上他不顾溃败的狼狈，抱住她的腰，按下她。她沉着用手又使他颓败一次。他塌垮了，一个劲喘息，既满足又虚弱，此时已现油尽灯残的衰颓。他已力不从心，但他担心她溜走，死死地抱住她。

两人睡在地上，她被他搂着，闭着眼睛，装出被征服的柔相。外面月光皓亮，第一道鸡鸣响起。屋内仍模糊可见。她两眼闪亮，试着抽身，他嘴里打咕噜却不松手。她把内裤置于他鼻尖,他的手松动了。

她确定他睡死便悄悄地疾步离开了……

四

郎云龙马不停蹄带着胡玉的亲笔信直奔齐云山。这郎氏果然神奇,刚从县城回来,登崎岖小道依然大气不喘如履平地。他同样被看做是信泉的名流。

胡保林看了镇长的信大喜,认为大展鸿图的时机已来临。

胡保林身材魁梧,从小显露心大心黑的蛮相,村里怕了他,由他出外闯荡。他开初投奔神偷张绣丁。这张氏自小学得飞檐走壁功夫,专偷富户。明给不要,他就要偷。他一蹬一缩就上了飞檐,挑着一担谷子静无声地踏踩瓦面而过。他只偷食不偷色也不聚众闹事,独来独往。胡保林没多久便小觑师兄的雕虫小技,自个儿又投奔武艺高强的贼头徐龙明。不久他又看上徐龙明如花似玉的娇妻吴氏。终于他除掉徐龙明拥吴氏为妻坐稳了山主,结发妇娘(老婆)廖氏留在家中。

此刻胡保林又犹豫起来。这样就必定破了"兔子不吃窝边草"的帮规。郎云龙又说胡镇长答应给白硝乌硝,回报丰厚。胡保林咬咬牙说:"为信泉人,我胡某愿往!"

丁旅长已成瓮中之鳖。

清晨丁猛孚眼睛未张伸手想搂着叶氏云雨尽兴,却扑了空,便一跃而起。嘴边只有条裤衩,不见叶氏踪影。他立时明白自己受了大辱。他过于自信了!

他就是要她;要她就是一切。他暴怒地带着兵上街,直奔庆仁店。里间的两只狗汪汪地狂吠。章泰生拉开店门,人懵脸黄,几乎站立不住。丁旅长举枪大步冲向店里,当当枪响,两只狗瘫在血泊中。

丁旅长突然止步,和气地问:"你家老板娘呢?"

章泰生害怕地说:"我倒要问你呢。"马上他哭了:"你把人还给我!"

丁猛孚打量一会,掉头往沙滩走。河水清悠悠,河边空荡荡,码头上却放着双绣着绿荷叶的红布鞋。他盯着河对面。

黄宅淡蓝的炊烟悠悠地上升,尚没开门。鸟儿噪林,屋宇一派肃静。丁猛孚再次犹豫了。

这时章泰生气急败坏地追过来,将红布鞋抱在胸前,看着河水,大叫:"阿玉呀!我们命苦哇!"他哭着沿路向下方的鲤鱼潭跑去。

丁猛孚不由惊慌了,咬着牙说:"走!"

……趁着夜色叶宁玉直扑小洞。黄盛萱全明白了,带她进西园跟昭云作伴。她跪下一拜流着泪感激地说:"爷,你就收下我这个女儿吧!"他扶起她说:"你放心,丁旅长胆再大也不敢私闯民宅。此人一切均对我黄某而发,我自会担当和处置。"

黄盛萱得知丁旅长追到河边,果断地对家里说:“今天我得去慎微堂!”

石街依然风平浪静。大兵由黄会长带路到各店铺写款子。黄宇遂暗示丁旅长一行即将离镇。叶久代章泰生出了两份。唯独遭到了慎微堂主黄盛萱的严辞拒绝。

大家都捏了把汗!

黄盛萱严正地说:“你们有赣州民国政府的缴款文号么?信泉人好酒好肉供养你们多日,你们倒要又吃又兜,这成么子世道!信泉人靠自己节衣缩食办店,你丁旅长数百里之外竟来此地搜刮,还逼死民女,简直忍无可忍!我敢肯定这不是李军长的做法!请丁旅长出来说话!”

大家点头吆喝,一腔热血被激了起来。

大兵架开先生,呼地烧着了慎微堂。一股黑烟平地窜起,火势张牙舞爪地冲上瓦面。

丁旅长坐在万寿宫禅房摸着下颏望着升起的黑烟柱。

黑烟招来刺耳的铜锣,接着响起一阵浩亮的枪响爆炸声。刹那间石街被枪声淹没。已悄悄下山的胡保林先声夺人。丁旅长慌了举着手枪跑出万寿宫。他根本没料到会有这种局面出现,才明白此地处处有陷阱,他已落入陷阱。他们抓了几个挑夫仓皇撤离。

男女老少一起赶去灭火。

慎微堂全毁,左右店铺毁了一半,碎瓦铺地,一片焦黑。响了多日的“雷”终于落地,全由老先生兜着,人们反而一下子轻松了,上前安慰柱立街上的黄盛萱。

胡玉领头隆重慰劳下山解围的胡保林。

第四章

一

黄盛萱是看着诊所被焚烧的。

他伫立街头,没去救火,也没大喊救火,好像诊所不是他的,他跟石街没有任何联系。他看着大兵惊慌离去。他的头脸被烈焰烤得燥裂,身上落着灰烬。他相当平静,不显愤怒和哀伤。好像一切如他所料,一切已注定,无须他去解脱和挽救。他相信报应;在“报应”面前他神态自若。章泰生给他搬来了一张太师椅,他依然站立,火起火灭都保持肃立的姿势。他拒绝递来的茶水。

章氏夫妇拜先生为契爷,完成了由外地人到本地人身份的转换,跟老先生的亲友多了层情感的维系。有人说叶氏是让信泉招灾的药妖,章氏没根基。黄盛萱不为所动,对传话的盛茗说:“当初到信泉定居的客家,哪一户不是伶仃凄惨?人最贵良知,真心善心才能出良知。叶氏是石街第一的好女子。我不会看错的!”

他也拒绝石街人无偿地为他重建。往后的岁月他再没有在石街重建慎微堂。焦黑之地就像龋齿成了石街显目的印记。第二天就窜出尖尖的草芽,转眼又青草繁茂。诊所已改设在家里。从此石街少见黄盛萱的身影。

族长受全姓人之命为黄盛萱鸣不平,发誓要跟丁旅长打场官司,被他制止。他说:“你们还不是凭我有李军长做后台,去咋呼什么。这小落壳小损失算么子!这是数定的,我相信命分。丁某不来别人也会来,老天终会假一人之手,凡人岂能逃脱!我向来看轻天灾人祸,从不呜呼哀哉惶惶不可终日。”

黄盛萱的威望空前高涨。

初夏而盛夏,蚊子如团如雷,一片轰嗡。苎布帐子使人燠热难耐。黄盛萱一直汗流浃背难入眠。虽有马口玻罩大灯盏,帐子里似明似暗,更凸现了他满头皱纹。赵湘如明白,一把烈火深创他的心,女人能熬挺,男人得付出加倍的煎熬。人能五年十年不老,但会一天老过十年。她为他拍扇,轻轻地安抚他。

他说:“我们到小院去吧!”

月色朦胧,一排蕙兰绽开素心和彩心的花,幽香袭人,秋兰寒兰叶儿挺秀露水晶莹。赵氏说:“快中秋了,鱼鲅兰花快开了。”

他说:“那年鱼鲅兰开花你姐才过世的,她是劳累死的,田里家里都由她料理,她一直坚持家里要耕几亩田,她说劳苦劳累就能祛邪消灾。你姐说得有道理。我对朝勋朝劢兄弟说,自你娘过世,幸亏你姨母操持,家里才能安步从容,你们待她要跟待自己亲身母亲一样。湘如,开始我对你存疑虑,你太年轻了,能拖得动黄家这艘老船么,我要的女子不仅会生活会享福,也要能经受磨难的。不到一年我就笃信你,而且不能离开你了。”

赵氏沏了壶清茶,为他筛了一杯。他身上的汗消了,可眉头仍没解开。

他呷了口茶,继续说:“外面人不会知道我老风流的一面,我大你姐十岁,如今又有可心的你相伴,我满足之余于心是不安的!色食住行,天下好处风光都被我占了,世上有几人能如我!这不公平呀。我知道会有报应的。黄家祖上寻常一个靠辛苦吃饭的人,怎么老天就给他这么多金银和好处?几个儿子能下府读书,黄家能出人头地,我还能涂鸦几帖方子,全是上苍庇佑!在我手上经受一番磨难正为其时。这样,他们兄弟,我们一家,也许能顺遂一些。”

赵氏抚摸他的额门,宽慰他说:“我能理解哩,自我入了你家门,就是你的人,也是黄家的人,就应该和你一道担承。盛萱,你的灾星已过去了,你应该乐一乐呀!”

他仰望天上繁星,不时有流星飞逝,星光时而灿亮时而黯淡。他慢慢地说:“我总觉得大变故才开始哩。有你陪伴,黄家能挺过的。湘如,我总想家里的罪孽,我辈要担当。别人都以为我可以在石街招摇、风光,我不是那种人呀,我宁可在家守住兰花守住你。不过应该去趟庵里了。”

二

黄盛萱和赵湘如去慈姑庵烧香。

慈姑庵香火鼎盛，每年古历七月初一，方圆数十里的人成群结队到这里朝神，成了卜神问卦烧香许愿的一方天地。

有一年朝神结束，清理账目时意外发现多几十吊钱，他立即通报全体理事，并建议将这笔钱用以铺路修桥。信泉有座义仓，他也被推举为理事，义务参加管理，每逢收粮旺季，他叫家人烧好茶水，另泡一缸药茶，方便粮农。黄盛萱一直被推举为香首。

主持见是他夫妇，赶快接进茶房，另泡云山毛尖。他制止说："我们都是香客，香客饮什么茶我们就饮什么茶。"

主持说："你是香首，况且你主持正义逼退兵痞，使人不敢小视信泉，一杯清茶在所应当。"

他见茶已筛出，便双手端着给一上庵朝拜的老者，自己再接过赵氏筛的大路茶。他喜欢这里清静，高兴地说："这里的水正好洗刷凡尘。能退兵痞，当功归慈姑庵呀。"

他听见石街隐隐传来激昂的吼声，心想又有人闹街了。烦嚣匝地，信泉太小了！

到石街喧叫叫闹街。开初是读书尖子骑马或坐轿闹街以示荣耀。陈姓陈潜考上省法专，黄盛萱的大子朝勋小学毕业送往赣州深造，都在石街张扬了一番。

什么时候喊冤抗议也闹街了。豪绅蔡坡凡使出奸计霸占寡妇曾氏在石街的老店，曾氏投诉无门跪拜闹街，恰好这店遭雷击起火烧毁。又一次大户胡济坤奸淫民女，被民夫张氏捉奸，胡济坤不但不认错，反而逼张氏给挂红布放鞭炮恢复名誉，张氏跪在街上喊青天。这一年胡济坤被溜上床的五步蛇咬死。这就是闹街的神力！

夫妇俩刚进南街，浚灵小学钟校长带着几十个教师学生呼着口号走向街中心，他们举小三角旗，挥臂高呼："贪污县长龙洁滚出去！""坚决支持县小行动！"

黄盛萱问旁边的郎云龙，才知县小的示威已被弹压，浚灵小学立即发起示威抗议。他立即想起朝勋内弟陈学余八成卷进去了。

陈学余家贫读小学古文出类拔萃。陈潜率先打破闷局以高分考上省法专，稍后又出了个陈学余，他们是堂兄弟，陈家又赶上了新一轮兴旺！

陈黄两姓因土客相斗，但陈学余祖父率先破陈氏族规主动跟黄盛萱父亲和好，第一个前来治病，因而陈学余一脉被视作"吃里扒外"遭族里歧视。陈学余我行我素常到小洞黄家走动，借书看。黄盛萱断定他日后必有大作为。正好朝勋看上了他姐姐昭云，两家对亲，黄盛萱对他更是关怀有加。黄盛萱作伐，陈学余娶了朱家次女金梅，又便介绍他去县小任教。黄盛萱语重心长对他说："汉末董遇一生以三余治学,你名叫学余字足三吧!”于是他毅然改陈通原为陈学余。

黄盛萱正念着陈学余,游行队伍已到面前。钟校长异常振奋,口号喊得震天响,好些赤脚农民也跟在后面喊。常在石街闲逛的蔡振通嗓门特凶。黄盛萱见状十分恶心,便催湘如快走。

他边走边说:“县长贪污作恶,可到赣州府告他。这是城墙外骂老爷,没得用处。眼下大小暑,可放假帮农,钟校长吃了么子懵懂药!”

他在赣州早看过集队游街的大场面,信泉的阵势简直不入眼。可是赵氏大开眼界,情绪激扬。她极喜欢看着白短衫吊带蓝裙的县城女学生。他叹了口气。

三

他俩来到绽出青草的慎微堂地址。

两边店铺早已盖好重新营业。叶氏上前把他们接进店里。章泰生和小舅子正在晒“酒(九)制黄金”。叶氏包了一包上面贴片红纸,交给赵氏说:“正好经过九制,给契爷补补身子。”

黄盛萱走进里间,看了片刀、铡刀、刨刀、锅灶、缸桶、烘坑、团箕、晒簟,满意地点头。他抓了抓制白附、制南星,说:“这就对了,切片要薄,要有自然光亮。白芍,要片薄有光亮,柔软,凉干后手抓不碎片。吃饭有绝活才行,人最怕没主见赶风头凑热闹!”

有人大声叫老先生,一看是镇公所的人。那人满头大汗笑道:“我找你转了个大圆圈!镇长请你去喝庆功酒,胡大头保林先生驱走了丁痞子,还得三支德国造步枪上百发子弹!”

胡保林患得患失不料拣了个大便宜,虚晃一枪倒成了信泉救星。一连几天,上家请下家迎,镇里宴请最多。胡保林携带老婆吴氏,得意洋洋坐上首接受膜拜。

黄盛萱反对请胡保林出山,依然不改初衷。他和赵氏进了万寿宫,盯着楹联,却不赴宴。他说:“黄某无功不受禄,向来只是本分人做本分事,从不奢望受额外酬劳。别不记弗头①!”

此刻,他又念记陈学余。联想到朝勋朝劢,他心里一阵跳。他后悔当初没引导陈学余学医!

路上黄盛萱接到家里传来口信:县城一本家来人来马请他出诊。他看看蓝天,欢喜不迭,烦闷一扫而空。他实在不愿听胡玉宴请!

黄盛萱出发了。骑马乘风乃人生一快!他喜马,对马怀有特别的情愫。当年长子朝勋小学毕业,他花了高价,雇马扶他骑马闹街;朝勋去赣州读书也是骑马去的。他在李军长那里学会了骑马。

---

① 弗头,客家语,即拂头,脑壳老是晃来晃去,得意忘形;另一种解释,即佛头,庄重,冷静,平常心。

山路弯曲逼仄,不能尽兴挥鞭。经十二排,路道稍宽视野稍远,他加了一鞭,马便奔驰起来。突然,马失前蹄将他撂翻在地。好像人抱着他坐在地上,而马滚落悬崖伤了一条腿。他心头一震:得意处莫张扬呀!

县城本家九岁的长孙忽得奇症,两手痉挛全身抽搐口吐白沫,药弄过,香烧过,遵从道士吩咐在正厅背后的屋沟打枚木桩。一家子愁眉苦脸惊惶失措。黄盛萱当即用苎麻绳点燃,对准病孩脑门穴位施以火灸。几秒钟功夫,小孩"哇"一声哭出声来,危局得到扭转。

顾不上吃饭,黄盛萱立即去县小找陈学余。

第五章

一

校内清冷。黄盛萱徘徊了一会。一间小屋像在开会,有人大声说,"信泉已走到前头了,不愧是学余兄的大本营!"他们正筹划再掀驱龙高潮。他惊喜交加;喜的学余平安,惊的学余果然搅进去了。这时陈学余已看见他,走过来热情招呼,介绍给大家。大家都尊敬地说:"久仰久仰,老先生是我邑人的光荣!"

黄盛萱想,我不是来县小扬名的,更不想参与你们行列,走了龙县长又来个虎县长,县长头衔决不会落在你等头上!

陈学余带他进小卧室。他一眼看见《新青年》《向导》《红灯》等当局禁书,心里全明白了:学余已深陷其中!几月不见,这人已走上另条道。

他冷冷吐出一句:"你也耐不住了。"

陈学余说:"我们这是给社会治病,社会黑暗,得用猛药!"

这时,外面传来一阵喊声:"龙洁逃走啦!我们胜利啦!"

槐树下的大吊钟当当敲响,以示庆祝!

陈学余两目炯炯,眉结顿开。他长发飘飘,髭须粗黑,一身长衫皱巴巴脏兮兮,不显狂放。

黄盛萱稍稍心安,拉着他到僻静处说:"我给你改名是希望你以学业为重,为你家争口气。以前是你母亲,现在是你妇娘(老婆)苦累撑家,望你学有所成。族里出资叫你读书也望你争气。信泉女人像骆驼呀!你妇娘不到三十就成了老骆驼。家里成就一个人,得积几辈人心血!你堂兄陈潜去省里会考,走的正道。仕不仕我倒不倚重,我看重学识人品。出一个大儒不容易,能润几代和一方人呀!你读小学文章就做得不错,我带去给赣州先生看,他们都交口称赞,照此下去你会超过陈潜的。一时居先不是先,最后亮脸才是赢家,有时到后辈才亮。学余,恕我有顾虑呀!"

他耐心听了一会，笑着说："萱公你在山里不清楚形势。国民革命军已攻占赣州，宣传孙总理'三大政策'，新时代到来了！孙夫人宋庆龄来过赣州，信泉的发展都是民国以后才有的。军阀横行，贪官污吏招摇过市，我哪能安心学业！你在我这样的年纪，处在这样的环境也会拍案而起！我思忖过自己的路子不会错。"

黄盛萱说："'三民'好是好，但丁旅长使我失望！这等人是害民的畜生。我是抓脉的，国脉跟人脉相通吧？阔户穷人的病我都治，我这样尽尽先祖的仁心。这样我心地踏实。人凭么子能进能退？不是祖上钱财，不是一时权势，而是天良！我抓脉行医就是涵润天良尽天良。人逢得意莫忘形，说不定哪天上苍就会给你提个醒。信不信？"

他说："我哪敢张狂，我们是尽民众的天良。"

黄盛萱说："有人指我是土豪劣绅，舒服过日子……"

"我永远不把萱公当土豪劣绅，"他掉转话题，有些结巴地说："我知道王阳明'致良知'就是把握自己，知之而行。"

黄盛萱说："不学不思不悟不行是谈不上天良的，一般民众离它太远了！我行医对此体会最真最切。我要朝勋兄弟学医，体面地端上一碗饭，不致风刮雨来乱了自家方寸！"

黄盛萱叹了口气，悬着心问："你最近见了朝勋朝劢？"

他摇头说："在赣州我几次想去会会，都没得空。老伯有事可吩咐，我一定转告。"

黄盛萱稍稍放下心。

这时有人大声叫"陈学余"。黄盛萱叹息：他真陷进去了！

二

信泉陈姓自宋朝从闽迁而来，当初也是客籍，历经与土著的漫长较量而为显姓，随即又搅入与以黄姓为代表的新客籍的殊死相斗，终于颓败。陈姓最大的对手就是黄姓。

"陈家城的砖"成了信泉男女老少一句常挂嘴边的熟语，可见陈姓有过雄风。历次修的陈氏族谱都保留这一光荣印记（原文无标点）——

信泉陈氏城记

予治邑之初年，因公至村头里，见其山川清美，山之下平坦，其地有城镇甚完固既而寓城中，比屋鳞次，人烟稠密，询其居则皆陈姓也。他姓无与焉。为探其所以，有生员而言曰：此城乃生陈姓所建也，生族世居村头里，正德间生祖岁贡元宝等，因地近郴桂山深林密，易于藏奸，建议军门行县设立城池，爰纠族得银六千有余，建筑外城。先祖等又敛族得银七千余重筑内城，高一丈四尺五寸，女垣二百八十七丈，周围三百四十四丈，自东抵西径一百一十三丈，南北如之。城内悉陈姓氏，其城垣损坏城堤倒塌修补之费一出于生姓宗祠。生祖训曰：君子虽贫不鬻器，创建城垣保固宗族，其艰难之巨，祭器之若郎或食不能自存欲售屋土者，亦只可本族相授受，敢有外售者以犯祖论。故子孙世守勿失焉。美哉，陈氏为子孙计深且远也。然固守虽籍于城，而守先惟在于志。语云众志成城，盖其志可用也。今观陈氏后贤，虽罹兵燹而人无散志，城中屋土不敢鬻与外姓，惟祖训是遵询，可谓能继先志者矣。自兹以往聚族而处，居常则友助，扶持觞酒豆肉，而孝敬之风蔼然。遇变则守陴巡侦心腹干诚，而忠义之气勃发，是尔祖建城凿池，非第安而聚之，乃所以教忠而教孝也。且颜其城曰：江南名镇，陈氏后贤勿替所守也可。

天启四年甲子冬月记

陈氏族谱同样有“奖后学”的族规，但与黄氏相比，已显得十分古旧。

可是一次大杀戮使陈姓元气不再——

那年陈姓不许客籍七月十五过中元节（鬼节），扬言那日进圩见客籍便杀。哪知，以黄姓为主力联络客籍把中元节改定在十四日。

这天客籍持刀斧拦在路口，说鸡为该（音）者是自家人，说鸡为机（音）者为土著一律处斩。陈姓毫无预防，损失惨重。

接着，信泉街上，客籍掘地三尺终于找见陈家城“主脉”（白色的石筋石线）马上设锅昼夜烧煮，要将其“主脉”浇而枯竭。客籍斗志旺盛不可一世，同样播种仇恨种子。

从此陈氏死守城池。外姓不敢嫁女入陈家城，陈姓子弟难于娶妻，于是陈姓把婚嫁范围定在出三服即可，于是争风斗醋互相猜忌倾轧，而陈姓所生后代体格羸弱残缺痴呆者众，内颓之相日显。

城中一日不知世上已千年，信泉繁荣初现已没有陈姓位置。陈姓只会仇恨，仇外同时嫉内，内斗内行，不惜借黄姓之力，在万寿宫前用驴床①惩治陈家出轨的女人。

此时陈家城又流行坛子肚（血吸虫）病，陈氏束手无策。二三十年工夫，陈姓只剩百多人了。城门不用再关守。

转机终于发生了。第一个正式走进陈家城的就是黄盛萱的父亲黄光亭，一个享有盛誉的抓脉先生。

陈姓人十分惊讶，站得远远的，冷漠相对，有人手握尖刀。黄光亭确定此病是水引起的，建议搬迁。但遭陈氏严辞拒绝。昔日的辉煌成了陈姓死守城池的精神维系，陈氏聪明地识破了黄姓的狼子野心。

---

① 驴床四方形，四壁为红漆木板，三面开圆窗，一面开门，垫有二尺高基座，把犯奸淫罪的女人置于垫台，让驴子蹂躏。

难得一现的历史机遇眼看又要错失,此时陈学余的祖父挺身而出友好地走向黄光亭。既然人家走了十几里路,我们就不能迈半步吗?陈姓需要治病!这半步却敞开了陈家另一条活路。

阻隔的坚冰打破了,然而陈姓人对第一个与黄氏交往的自家人却耿耿于怀。陈学余家承担了巨大的精神压力,长时间陈姓人把对黄姓人的猜忌仇恨转向了他家。然而,好像天给补偿,这陈家一脉也终于出现了叫信泉人摇大拇指的读书尖子陈潜和陈学余!

同是陈家新人,两人境遇迥然不同。陈潜家道富有,从小好胜喜出风头,他在赣州省立中学(省赣中)读书时经常戴灰呢礼帽,喜穿白竹布长衫和灰色长袍,绅士派头十足。

而陈学余家境却贫寒,他比陈潜小几岁还在读小学。其时信泉石街大兴土木,滥砍乱伐成风,大雨过后,碧清的云水河成了浑河,陈学余奋笔写下"杉木有价肥土流失无价"的作文,提出"立民约"。文章朴实无华。恰好被为老师抓脉的黄盛萱发现了!

黄盛萱决定大儿朝勋与陈学余的姐姐昭云成婚,陈黄两姓成了姻亲。

三

黄盛萱县城回来,立马去陈家。

陈学余只有一间小厅一间灶房两间住房,低矮,潮湿。门前鹅卵石已残缺不全。众厅墙面剥落,大门上方"颖川传辉"四字犹存。屋子流荡污秽之气。

朱金梅扔下田里工夫小跑回来,黑粗布大襟衣沾着一圈圈霜花。头发粗糙随便地挽了一个髻,额上脸上皱纹重重,她因劳累更显老相,只是两个眸子闪现着青春的灵光。

她就是年轻的老骆驼,做姐姐的昭云倒年轻多了。黄盛萱一声叹息,心里却涌起敬意。

族里出了一些钱供陈学余念书,后来缺口越拉越大,担子落在金梅身上,她还得料理家务,自耕五六亩田。她的身孕已相当明显,脸上布满了蝶斑。

金梅洗了手进灶房烧火很快端出一碗放了葱丝、姜丝、茶油的荷包蛋。

金梅说,为南昌赶考,陈潜家像样地做了场酒欢送,坐了三十台,来的人都递了红包,祝他争个头名,考赢了还有大奖,还要闹街!

她禁不住激动,更希望老公争口气,她累死也值!她说:"我晓得他的志气。我不支持他谁支持他!他能考出头吃上体面的饭,我就是三餐吃苦菜心里也是甜。反正我起意嫁给他,就准备吃苦讨累。阿公你要多指点他!"

她把老公关在暗房里写材料刻钢板油印传单都看做刻苦读书——她多想告诉盛萱,话涌嘴边她又咕咚地吞下,她能沉住气,决不说过头话!

盛萱点头赞叹，心想有这贤惠女人学余准能出头！不过他放书不读，闹么子风潮呀！他不由皱了眉头。

金梅马上说："萱公你见世面多，学余是你扶着长大的，他就敬重你听你话，爷娘说的人凭天良成家立业。我就怕他染上恶习图一时痛快上了邪路！"

黄盛萱安慰说："那倒不至于，学余从小能分清是非清浊。你一女人身支撑一头家实在不易！你尽管劝导他，妇严出贵夫嘛。他要是能回家做几天农活尝尝艰苦，心志就聚敛了！"

金梅不安地说："他有事？"

黄盛萱说："有事没事，没事有事。这些天浚灵小学校长教师老在石街搅，有屁的用！"

讲着他忽的想到在赣州的两个儿子。不能再拖他得赶快下赣州！

四

黄盛萱思子心切，但还是先拜访了省赣中校长邹蔚湖。

邹先生曾任省公立农业专门学堂学监，大革命中学校把结余的数千银元埋藏，辛亥革命学校改组，大小官吏和经手财经者都纷纷浑水摸鱼侵吞公款，他却挖出银元全部如数移交。他曾在多所学校负责，除拿应得的薪水，学校财物他从不妄取分文。

虽不是头次会面，黄盛萱还是把香纸（嫩竹制的土纸）包的两斤云山毛尖双手送上。在邹先生清朗目光里，他察觉自己仍然不过是乡间的一个凡夫俗子。邹校长稍谦让欣然收下了。

邹校长高兴地说："黄先生把脉准方子灵，信泉不能小觑。"

——不久前朝勋回家说起邹校长家属因病所苦的事，黄盛萱立即赴省赣中，为邹校长家属治病。

邹校长一家住在低矮的平房，家具不多近于简陋，墙上挂着自作的山水书画，屋子收拾得清爽宜人。

邹校长人瘦小说话声气也小："这丁旅长桀骜出了名的，连军长也依他几分，却小河翻船，败在信泉你老先生手下。"

黄盛萱谦虚地说："哪里，他是败于信泉的民口，败于天理情理。我不过一介乡间俗医，哪是他的对手。"

邹校长点头说："老先生说的有理，医道跟天道人道是相通的。有你这样磊落的父亲，你儿子一定会有出息！"

黄盛萱担心地问："犬子朝勋没给学校和校长添麻烦吧？"

邹校长马上说："怕是先生家风影响，朝勋心静。现在是多事之秋，赣州亦不幸免。他抱定了出国深造的决心。这比上大学更胜一筹。如今国家急需高级人才，我历来主张高中毕业能上大学最好。省赣中推行的就是美国道尔顿制，教学结合，教师学生都不会轻松，但必须这样。朝勋跟我说过，家里支持他留洋。前一阵他又对我说，如能留学日本，增修一门法律。人人遵法讲法，民间就会少许多争斗，平白冤狱，拯救家庭。”

黄盛萱落下一颗心说：“朝勋的弟弟朝劢才 14 岁，我就送他到岭北医院学医，他喜动，能学门医技立世就可以了。我不从政，也反对子弟吃政治饭。现在偏偏有许多青年往这条道上赶。崽大爷难当，还得请校长先生严加管教！”

邹校长赞同地说：“望子成才成龙，天下父母心一体。细伢大了与社会接触频繁，会产生新念。我奉行孔夫子‘有教无类’主张，以诚以德育人。前一阵也有学生罢课，邀外面学生进校游行喊口号。他们当然不是针对我。有人要我开除，我不从。学生血气方刚，闹事总有起因，不管是谁，要求合理，我都接受。对好闹的学生，我一个不开除，对极个别还是劝其转学，换一个环境或许会变好。”

黄盛萱放下心来，突然冒出一个新念头。他躬着身子凑到邹校长耳边轻轻说：“我有个亲戚家境贫苦，他自小很有志气，国文底子不错，读小学就写出好文章。年纪轻轻被请去县小教国语。他一边教书一边继续自学想有更大作为。我想让他在校长手下浸润一年半载。他的名字叫陈学余。校长以为如何?”

邹校长沉吟一番说：“学足三余，名字取得好。从名字可以想见这青年的奋发。不过，学生进校都要考。我不敢贸然答应。既然是先生你推荐，叫他送篇国学文章过来看看，若好，我可以破格，如日后成才也是我校的光荣。”

黄盛萱比吃一顿山珍海味还痛快！

邹校长谈兴正浓，又说：“我已为赣南十大乡贤列传，书之于壁，叫学生课习。唐代钟绍京，宋代阳孝本、曾几，明代李涞、卢观象，清代魏禧、邓元昌、罗有高、戴衢亨、谢启昆等，身为赣南人不知这些人当为耻……”

黄盛萱只知其中几个名字，想不到今天全弄清楚了。他对邹校长更是钦佩！

这时，一位教师进来对邹校长说：“先生在京师大学堂的同学肖望冰已到赣州，他想在学校任几节课……”

校长“哦”地一声，边回忆边说：“明天我们一道去看肖某，看他是否真在京师大学堂读过书，现在冒充的人实在太多了。噢，我记了起来，他是纨绔子弟，一定是一时权宜之为。养尊处优惯了，生活上肯定难适应，省赣中只能使他失望。教师基本满额，就不打算聘他了。”

黄盛萱趁机告辞，走过邹校长亲笔题写的文清楼、阳明院、绿漪亭、桂泉院、夜话亭、静观堂，在绘有赣南十七县地图、书写有十大乡贤事迹的走廊墙壁上停留了一会儿。到底是赣州，到底是省赣中，气概硬是不同！

他该从容地见见两个崽了。

五

朝勋朝劢兄弟来到黄盛萱下榻的源记旅馆。这也是信泉人在赣州的落脚点。两个儿子几乎跟他一样高，朝勋敦实持重，朝劢清瘦机灵。一屈指，朝勋已二十七岁，朝劢十六岁。

他对朝勋说："我刚才已从校长那里摸底，算是叫我放心。昭云快解怀，自有家中料理，你放心念书。你们放胆出国留洋学本事！无论何地都得有真本事，切不可盗世欺名逛荡虚佞。从医乃高雅之业，我家有基础，所以我率先希望你们子承父业，西医也是医，自有比中医强的地方。但也不反对多学艺，艺多不压身的，这艺是指立世立人的大艺。你们自己把握吧。"

黄朝勋说话斯文，细声细气，有磁性，清晰、周密。他说："父亲说的极是。现在国家推行法律，也有专门的学校，陈潜兄读的就是法专进而考县长，可见法律在今后是会越来越重要的，在外国，医、法、教都是高尚的事业，我一些同学也主张我兼修法律。我想去日本学几年，以西医为主兼学法律，好为国家服务。"

黄盛萱笑着说："邹校长高风亮节真是仁义之人，你正好在他手下打做人的底子。朝劢，你好动，你没看过三角班呀，怎么对戏感兴趣！"

黄朝劢头高脚大，还是一脸的细伢气。他搔搔脑壳，用娴熟的赣州话说："这京戏呀，三角班哪能相比！你听过梅兰芳么？国家元首、将军都喜欢他的京剧。学京剧跟学医不犯冲的。我哼一句你们听听可好？"

他扮了个鬼脸，大家笑了。

店老板笑嘻嘻对黄盛萱说："你这儿子机灵活泼，以为先生你也是唱戏的哩。他一在场，场面就轻松、活气；他装鬼，鬼都会笑出尿。"

阿公阿婆怜长孙，阿爷阿娘疼满崽，黄盛萱又一次体味到这一人之常情。两个崽他都爱，不过，朝勋已成家自有老婆关爱，朝劢只有靠他怜爱了。

黄盛萱随朝劢去了岭北医院。那是较大规模的私人诊所，设有十多个床位。朝劢是学徒，做护士，得洗脏衣脏物，很累的。盛萱后悔过，但见朝劢身体没有病笑嘻嘻无半点怨言，也就心宽了。

他觉得自己欠了这个满崽，便带他上了一个馄饨面馆，炒了两个菜，要了两碗米酒。朝劢啧啧地吃得十分有味。他说："我对你们兄弟都很刻薄，以修炼你们品性。你专心学到本事，就不愁没吃喝，一辈子心里踏实。"

朝劢抹抹嘴说："我哪里都能习惯，我想三年满期到外面闯闯，爷你尽管放心！"

他慈爱地摸他的头，心里热乎乎的，他又记起学余，对儿子说："你学余哥会来读书的，你们一定要团结，他家现在困难一些。"

朝劢惊讶地说："他教书了还读书，坐得住？他总是行影匆匆的。哦，前两天在赣州我见了他……"

黄盛萱两道眉毛提了起来。

朝劢说："我还在岭北船工农友家里见过他。我经常去那里玩。"

他兴致顿无，站起说："我去找他！"

朝劢拉住父亲，笑嘻嘻地说："茫茫人海，只要学余哥在赣州，半天内我抓他来见你！"

第六章

一

岭北江边一个船工家里，正开秘密会，机灵的黄朝劢闯进，与会者惊慌地立起。主持人久久地审视陈学余。正好会议临近结束，陈学余解释几句，跟着朝劢来到源记旅馆。

陈学余衣冠不整近乎邋遢，但精神刚旺。黄盛萱隐隐约约察觉学余已走上一条充满危险的道路。他能对两个崽再三地耳提面命，在学余面前他只有旁敲侧击。几年以后黄盛萱才明白，几次善意地为学余铺路，却使他更顺畅地走上另一条路。

不过既然跟邹校长讲了，再作一次努力罢。他以平淡的口吻对学余讲了自己的设想。

果然遭到陈学余委婉而坚定的拒绝："大势所趋，时不我待！"

突然，陈学余却高兴地说："三天内我写好一篇文章给邹校长送去，萱伯你放心好了！"

果然第三天陈学余把一篇千字文章送到邹校长手中。邹校长没表任何客气说："明天上午十二点以前没得到通知，你就别再来了。"

邹校长随即将文章放进抽屉。

陈学余在学校的走廊逗留良久。赣南十大乡贤事迹拴住了他。生活如此广阔，赣南文化如此丰厚，中国，世界，更是沧海横流群星璀璨。能在这儿待一年半载也是好的。

他哪里没去，推说头疼而关在斗室里面壁等待。他已养成迟疑或等待的顽韧秉性，工作程序的打乱在所不计也在所不惜。他几乎忘了自己是国民党员更是共产党员，今天在家乡飞凤亭成立 S 县第一个支部（因当时发生了争执他记错了时间）。

此时此刻，S 县第一个共产党支部正在柳荫萋萋的飞凤亭诞生，正因他不在场他失去了委员的职位，更为严重的，是新成立的支部已不信任他。由 S 县共产党组织发出的追查正一步步逼近他。被怀疑被缉拿贯串他生命的始终。

在临近十二时的一刻，邹校长派的人气喘吁吁地找到了他。他意外地受邀出席了邹校长极朴素平常的家宴。

邹校长对他的文章大为赞赏,说果然是阳孝本[①]家乡人,国学底蕴足,不人云亦云,没有功底和专注思考是写不来的。

对他的小楷字邹校长赞不绝口:“你是学柳体起步,转学颜体,我看出了还有康南海风骨。当年我在九江庐山白鹿洞书院作讲席,也曾揣摩过康氏书法,可惜后来没坚持临砚。看得出你虽家境贫寒但很刻苦、自爱。我破格收下你这个学生。我特设一笔助学金,以后你可得到资助。本人就出身贫寒家门。一般人都以为我治校严,校园讳莫如深,其实我虽对政治不感兴趣,但支持学生举办课外活动,能有利身心健康、利于人才培养就行。你看过报纸没有,我校几位教师进行学术辩论,发表精采文章,我都支持鼓励……”

他觉得校长洞若观火对他了如指掌,感动激动交加。重要的是省赣中能给他安全感。

赶回县城方知会议已开过,他又懊悔不迭。他不知道党组织对他撒开了追查之网。稍后,他知道自己已被排除在核心圈子之外,心情反而平静下来。

当他回家刚刚踏上石街,又受到突发其来的强烈刺激!

二

这天陈姓锣鼓唢呐大号齐鸣威武雄壮地周游石街,开店的陈姓人大放鞭炮。陈氏宗祠面前炮声隆隆,炮声震撼了信泉。陈潜在省法政专门学校毕业即参加国民政府的县长考试名列第一,全省可能当县长的十人中名列榜首!信泉轰动了,它再次为全县所侧目。

它也成为了陈学余的刺激源。陈学余全明白了,忌妒立马转为轻蔑,陈潜及其阶级应该被推翻,他已经是义无反顾的共产主义革命者。他悄悄退出石街,在一农户家里待到夜幕降临。

陈潜大摆宴席,镇长陪同县长等要员坐轿直奔陈家。县长为其挂了块披着红布的贺匾。陈氏百年耻辱终得雪洗。

黄盛萱收到了陈潜的亲笔请帖。

此时的陈潜笑哈哈极有气派地接待来宾。许多店主送红包,恭贺的当儿请他题写店名。以前请他题过店名的老板得意洋洋。

黄盛萱早已预测了陈家这一转机,他的赞语也是最寻常的。此刻也有人提到正在读书的陈学余同样不可限量。陈家人敲算盘把凡有特点的陈家人都推上人才的行列,真切发觉,陈姓新的辉煌已成了事实。

他立即省悟学余陈潜有隙。在他面前学余绝少提到陈潜,陈潜对学余也似乎

---

① 宋朝不与同流合污的大隐士。

不屑一顾。陈家两个尖子早就在较劲了。此时他也对陈潜滋生轻蔑:此人变着法门抖阔气敛钱财!但此种场合,礼簿上不能没有学余名字呀。

他决定自己掏钱以学余的名字送去礼金,还替学余解释了一番。

他见陈潜打哈哈,心想我家朝勋要留洋呢,一个小小的县长算什么。能做县长的多着,丁旅长这样的人也能当的,但几个人能留洋?他不卑不亢……

黄盛萱向相当冷清的学余家走去。他对他失望过,此刻他对他的希望却是多么强烈!

朱金梅挺着大肚子行动迟缓而艰难。过门槛时她扶住墙壁吃力地抬腿。她已丢掉田块在家操弄,担水,喂猪,煮饭,收拾,她已把粗活压到最低限度。她耐心地把婴儿出世所需要的布片、锋利瓷碗片和药草一一准备好。

今天,也许受一阵又一阵震耳鞭炮所惊动,她腹中胎儿不安地拱动了。下体发沉生疼,一阵阵袭来,汗粒暴出脸上。

她扶着墙转脸看看不远处的红火热闹,脸色平淡而平静。她从不想老公能当么子官带来么子荣耀,既然嫁到陈家,就必须全力担起重担,帮老公渡过难关。

金梅为萱公再次光临而感动。

黄盛萱抓过凳子坐下,摇手示意她不必斟茶。她靠墙坐在半高凳上,伸直两腿,微微地喘息,脸上掠过一道厚道的笑意。

他说:"照理,学余会回来的。"

她说:"是呀。恐怕他有事吧。"

乡下晚饭总在晚上八九点钟的时光,金梅还在忙着,她剪开学余的破旧衫,安详地缝细伢衣。她听到了熟悉的脚步声由远而近。学余回来了。他说:"家里实在让你苦累了。"他说了去省赣中读书的打算,但他没吐露半点加入了组织的事。

她多想他留在自己身边呀!让他看看即将出世的崽。他对陈潜投之以取而代之的轻蔑。她坚定地说:"我能挺,你安心做你的事去!"她还告诉他,昭云也快解怀了。

半夜时分,陈学余又离开了家……

三

九月,陈潜选了个圩日,坐八人抬大轿赴数百里外的X县上任。俨然数万民众夹道欢送,镇里官员前呼后拥,信泉出了个县长,胡玉镇长更神气,信泉人说话更响亮,许多信泉人以此自炫。

这时黄朝勋经考试公费留学日本的佳音传到信泉。昭云刚刚生下一个胖小子;她弟媳——学余妇娘金梅也生下一男崽。显然,黄家这些喜事比不上陈潜当县长为人所津津乐道。

黄盛萱内心激荡,外表却平静而节制。不过他给陈学余家送去厚礼时,倒雇唢呐吹吹打打热闹一番，为落魄的学余张扬。

但是，“朝勋热”骤起，世风难以抵挡，说客源源不断，简直踏陷门槛，怂恿黄盛萱大肆庆贺一番。他只是笑笑，始终不表态。

朝勋、朝劢和学余都回来了，像山一样耸在黄盛萱面前。他看到他的世界一寸一寸成为过去，新世界新场景已悄然展开。

黄朝劢提前出师去了趟上海，他对京剧简直到了痴迷的地步。他特地买了一条名牌香烟殷勤问路，可没人理会这江西来的土疙瘩。他不灰心终于打听梅兰芳的琴师廖大师的确切情况，以后好拜师。他买了一张小钢丝床回家，正好送给小侄儿。

钢丝床放在大厅，众人惊奇世上还有这种软软的铁床。黄盛萱抱着孙子说：“叔叔给你置了铁马。”

不照族谱定下的的辈名，黄盛萱给孙子取了个单名叫黄腾。他一生喜马爱马，待马如神明。他希望孙子长大后像骏马驰骋，建功立业。陈学余为儿子取名心陶，黄盛萱交口称赞。

好些黄姓人说，别让陈潜独占了信泉风光！

终于黄盛萱没能抵挡住劝说，为孙子做了场满月酒。他给家里定了几条：一、在二十台以内；二、错开圩日这样可以减少客人；三、除了本姓、内亲，不接受百客，不要让官方知晓，不张扬；不分尊卑亲疏一一登上礼簿，席后对家里实在贫困者退回红包；四、不舞龙灯，只请两个唢呐，爆竹少打；五、不尽事宜以俭为要。

喜庆像一匹野马，一旦扬鞭上道就挣脱了主人意愿。整个信泉轰轰扬扬，而且赣州、县城等地都来了客人，李军长委托县长送来礼金，镇公所、石街名流，甚至大头胡保林等都早早送了礼。已突破一百台，创下信泉之最。

黄盛萱出了身冷汗！他叹息说：“我黄某乃一介小民而已。身不由已呀……”

黄盛苕更无力招架；司仪先生捧着礼簿过来说：“章泰生的礼收不收？其人是百客。”

黄盛萱惊讶地说：“虽是别姓，这是我正宗的契女，就是不请客，我也会要他们来！”

那天早上黄盛萱忙得屁股不落凳，仍拿过礼簿找到章泰生名字，见名字旁边打了个小“√”，他不由纳闷，司仪先生赶紧赔着笑说：“这是要请的记号。”

黄盛萱心里说：“势利。”

“胡保林先生……”司仪先生满头冒汗。

自驱逐丁旅长，胡保林在信泉长衫马褂大摇大摆，喜别人叫他先生。他设了赌摊，由他抽头；他又掌管几个妓院，声誉扫地。大家对他又恨又怕又巴结。

黄盛萱早就认为此人没资格称先生，说：“退！屁大的事也来问我！”

司仪不敢作声，退而问老二。黄盛苕脸黄了。司仪先生干脆找镇长胡玉。胡镇长一听,赶紧放下纸牌把黄盛苕拉到桂花树下说:“退不得!人家保信泉有功,是个人物。请客喝酒结和气图吉利。你哥哥倔,你就不晓变通?”

这样,谁也不在拒绝之列了,酒席达到一百二十台。

新县长派主任秘书作代表。来一路宾客响一路鞭炮,到了小洞更是噼里啪啦烟雾腾腾。盛萱兄弟、朝勋兄弟都到门楼抱拳迎接。黄朝勋的胖脸也笑酸了,他实在难于应付这累人场面!幸好父亲谈笑风生应付自如,弟弟喜讲话哇啦哇啦个不停,族长笑嘻嘻圆场,黄宇遂左右圆通,黄姓人帮着接待,场面才沸沸扬扬地维持下来。

进席完毕,受父亲嘱咐,黄朝勋和抱着细伢的昭云全场走一遍,大家都起立喝彩。谁也识不透,这襁褓中的婴儿正是黄家的叛逆者,二十年后他对黄宅再踹一脚……

入夜时分西山亮出最末一片绚烂晚霞。笑吟吟送完最后一茬客,黄盛萱独自站在大门前良久。他记起沉郁的学余在热闹的大厅一闪而过;他也察觉到了,朝勋学余性格不怎么相合。山地的静宁重新笼罩。静宁无时不在,“静宁”是永恒的生命,它只会被一时的喧闹所遮蔽,它默默维系喧闹的世界。

四

踏进门听见儿子的啼哭,满脸苦相的陈学余为自己没尽为夫为父责任而自责。他扎实地埋头做了一段农活和家务,毫不在意自己成了一头牛。

他成了信泉最激越而最痛苦的年轻人。去县小任教他更走上激越而痛苦的道路,从此他跨出的每一步都是这条道路的延伸。

这倒不是他因领导了浚灵小学“驱龙”学潮无人赞许而慨叹,默默做事既是组织铁的纪律也是他的性格;也不是因为开始受到自己人的指责和怀疑,因为他知道指责和怀疑正是领导者神圣的职责。他投身省赣中学习也自有秘密工作上的考虑。他不再是支部核心成员,更决心潜心学习,有半个月他没出校门。

另一个鞭策则来自堂兄陈潜。陈潜是他一贯的反面的鞭策人推动者。从小,陈潜的神气阔气自命不凡刺痛了他的自尊心。读小学时一次他背着斗笠站起来朗诵,坐在背后的陈潜用石子把他的斗笠掷得嘭嘭作响,陈潜公然藐视这位寒酸的堂弟。陈潜家另做了一栋大宅,原有房子宁可闲置也不借给他住。

陈潜考上县长使他震惊同时又使他蔑视。他断定陈潜会成为贪官污吏,他要取而代之。因而他更加发奋攻读了。正是在这个堂兄身上,他信奉的阶级斗争理论革命理论才具体化血肉化,渗入了自己的心灵。

恰好这次他赶上了萱公家的喜筵,他做了舅舅,可他依然一事无成。那天,他带着金梅和细伢一头扎进黄家西园,热闹的世界仿佛与他不相干,他像一条鱼穿过沸动的水,在姐姐房间里度过了这一天。他已锤炼出闹中能取静的毅力。

昭云认为弟弟也算个人物了,何必老鼠一样躲闪?学余沉静地说:“我是不愿同流合污!”

但她不愿惹他生气,于是同金梅扯聊,劝她别累得太苦,活得太亏。

金梅却摆出一大摞要累的理由:她认为累是女人的本分。

昭云面对弟弟不解地说:“你们男人读了书就不再受累了,转世我也要做男人!”学余说:“姐你不懂。读书其实更让人受累。”昭云惊奇地说:“那何必去读书?”学余说:“世上就是有人读了书,自觉去受累受苦的。”昭云说:“毕业你干脆回信泉算啦。朝勋他爷可推荐你当校长。”学余说:“是么?”昭云说:“几次吃饭的时候,他爷都说那个校长不该组织学生上街闹事。说黄家人靠自己本事吃饭。”

学余想说:关注社会民生是更大的本事!值得满腔热血喷洒的本事!让世界重新回炉锻造是大本事!

昭云心疼地说:“弟你好黑瘦。”学余说:“比我更黑瘦的人多的是。”昭云说:“你上街挺胸走呀,你不比陈潜差!朝勋说邹校长很赞赏你的文章,你这就是本事嘛。”学余说:“文章只给校长欣赏太没劲了。”

——他是十分崇敬邹校长的。每次去校长家都得亲切的礼待。邹校长希望他能进一步发掘十大乡贤的著述:“这件事办成功不可没。现在的青年思想越来越飘浮,不能专心致志,能坐下来做学问的人实在不多!我是知其不可为而执意为之。”他记牢的是后一句话。

学余实在不想坐守书斋,不觉又说:“人老给一个人欣赏有么子意思?”昭云不快地说:“我们做女人的不给一个人欣赏,难道还要给全石街的人欣赏么?又不是戏子三角班!”

学余赶紧解释说:“姐我不是这种意思。我是说,文章做得好,几个人说好,作用不会大。报纸上许多文章狗屎不如,还不是有人吹捧。官大好题诗,只要当了官,写出来就是书法、美文、杰作,倒把心血文章盖住了,所以现在要成事靠当官。当官会涂黑一切,也会刷亮一切,自古都是这样!世界是靠官改造的。要紧的是行动!”

他突然明悟:搞共产革命和读书,目的都是一样:做官。进省赣中他倒达到了一种平衡,但马上又不满足了。想不到,他苦苦寻思的竟在姐姐房里明确了!

他不能明白,朝勋更有把握做官,萱公为什么不为儿子谋划做官呢?他倒为朝勋惋惜了。

五

黄朝勋简直累翻了。他一屁股坐在床沿解开衣襟啪啦地舞扇。今天的累他不情愿呀!乡村就有这么多名堂,由不得你。幸亏有父亲、叔叔和弟弟帮看,才圆满了这场酒席。他虽不愿上街,可一些本家和亲戚陆续请他吃饭。盛情难却,他要父亲一道去，而父亲总是以种种理由推却，他只有单身前往。许多本家亲戚把西医看作一种妖术，但认为他是信泉人尖子，本姓争光人物，相信他的西医根本不同外国的西医。因此他对乡土有了些了解。他第一次享受了被人尊奉的快乐。

他注意到信泉已有极少数几种西药，而西医发展空间大。他对自己职业的选择充满信心。他想加学法律，也是看到法律和西医今后在中国都大有用场，这同当官不相关。人就一定要当官么？在省赣中他同一些人包括后来插班的学余争论过这个问题，邹校长既站在学余一边，也站在他一边。

他却畅快地应诺章氏夫妇的宴请。回到信泉他听到许多贬损叶氏章家的非议，但他认定叶氏是清白的，也是勇敢的，出色的，超出本地任何一个女性。叶氏反而在他心目中占了一角位置。

他一踏进庆仁店，几条狗便凶猛地叫嚷。他惊魂甫定。叶氏笑吟吟急步出来。

他想，名不虚传，她就是使丁旅长盘桓不愿离去的叶宁玉了。他见过她几次；这次阔别归来，她更成了楚楚动人的少妇。她的姣容和丰熟让他心跳。她亲热地叫他"勋哥"，其实她比他大半岁哩。这顿他吃得十分舒泰！在他面前，章氏夫妇的自卑如乌云消散。

章氏夫妇热情地送他到河边。回到家里，美丽的叶氏再次撞击他的心！他克制着，眼睛却炯炯出神。昭云正在坐月子，他无法尽床第之欢，因而他对叶氏的渴望突然强烈起来。

受情欲煎熬的经历他曾经有过。有一次，赵湘如作他后母不久，他从赣州回家又习惯地进东园翻看那几本闲书，赵湘如不知道他在房里，乍见他还以为是盛萱呢。她撒着娇要扑过来，不料是他，双双尴尬极了。他却头次近距离看姨娘初成少妇的迷人风韵。他也就坚定外出读书在外做事的决心。

昭云产后变得无比娇美，他心里算计着同房的安全期快到了，便把心投向妇娘，眼睛对她贪婪起来。喧闹了几天的屋子已安静下来。西园更静，黄朝勋能听见自己的心跳。他盯着敞怀哺乳的妇娘，灯火下她的润白更荡人心魄。

昭云还在咀嚼弟弟的话，觉得他有轻薄黄家父子的意味，黄家没人做官，生活不是照样滋润么！她对老公说："学余想做大官哩。"

他说："你也看出来啦。"

他面含笑意，扭转身，伸出手摸她的脸她的颈脖她的胸乳。她脸红了，用手隔开。"还有五天，五天后就由你"，她拒绝着，因身子不净，会给家里带来衰气的，而老公正逢好运呢。

可是，他的手像狗嘴一样又顽韧地伸来，不可阻挡。她松了手，只让出半片胸脯一只乳房。马上她整个胸乳都被他俘获了。她的奶头发胀挺耸，身子灼热着。自细伢落地，她就涌起越来越强烈的做娘的感觉，几乎把女人的本能严严压住了。如今这种本能又被他拨醒，像花一样开绽了。她不由轻轻地呻吟。

她渴望他的进攻了。她把细伢安顿好,配合着由他脱光了自己。她记起叶宁玉开玩笑说过"有文墨的人硬是不一样",老公真不一样呢。好像是为了补偿一年多的空旷,他贪婪而凶狠;而她的回报就是顺从和配合。她快意地战栗。然而他停顿下来,其实他已想到不洁性交的可怕后果。

她燃烧着,扑在他怀里扭动不已,渴望他贴近再贴近自己。她感觉一股泛红的岩浆正深处喷溅,漫涌。此刻,她豁出去了,挑逗地说:"你不怕么?见红……"

一股泛红的血腥味弥漫开来。他无所顾惜英猛地扑向她,撞击她。他俩忘记了一切,万丈深渊也不顾了。过后,血迹污了床单。她用香纸揩。血腥味更浓烈了。她的丰乳肥臀刺激着他,他俩又疯狂了一回。一张床单红梅点点。两人对视而笑。

接下来一连几个晚上他们都毫不忌讳地云天雨地,双双相拥在血腥味中睡去。不过,她还要付出另一种辛劳:换床褥收拾污垢,给细伢哺乳,换尿布,喂喂地安顿细伢。每到这时他又醒了,她乖顺地任其所为。她由满意而生出感激——对老公和黄家的感激。

她有了不适感痛楚感。在他离家的那天晚上,昭云忍受着不适,变着法子让他疯狂地蹂躏。昭云已没有欢乐,只有疼痛,加剧的疼痛。

欢乐总与痛苦相伴随,痛苦与欢乐互为代价,然而痛苦背后可能还是痛苦的延续。

阿腾一天比一天浩亮的声音像鲜活的花儿日夜开放,小洞荡动青春的气息。昭云的肉体精血不断化作粘稠的汁液流向这黄家的新生命。因而她疼痛着同时又欢乐着。

正当黄朝勋愉悦地乘坐轮船驶向太平洋岛国,昭云身上痛苦的后果已相当明显。身子一直不得干净,急剧地消瘦,脸色青焦。开始她以为是哺乳所致。赵湘如要她照照镜子,她才大吃一惊。她像朵昙花灿然一现正趋于枯萎。

黄盛萱板着脸为她捉脉,随即开出单子。频频抓药,连叶氏也猜中了她的病症,笑着说:"勋哥四五年才回来哩,你放心养身吧!"

与她相仿,学余的女人金梅也趋于凋零。她是积劳成疾。细伢的落地使她的病症一天天显豁一天天沉重。里里外外由她一手一脚拾掇。生了个瘦小子也生出个大决心,她决心亲手改建住宅。但随心陶一天天长大,她的决心成了冒着热气的虚幻之花。

黄盛萱给金梅捉脉,叫湘如到庆仁店抓药送到陈家,一再交待"孩子第一,将养身子要紧,田租出去"。金梅说:"没事的,我妹妹金巧会过来帮我。"她坚持着,也觉得能坚持下去!

黄盛萱认为这是黄家的衰败之象,自然他又归于先祖无根的骤富。继而他又在身边找原由,后悔把宴席场面搞得如此之大,不但创了信泉的纪录,而且震动了县城。信泉人都说他在跟陈潜比威风排场。这并不是他的初衷,可是结果正合时风。

不过,黄盛萱就是黄盛萱,一旦省悟,他又决绝地退守!从此石街更难见他的身影,难闻他的声气。于是又有人说他到底给丁旅长一把火烧怕了。

能真正退守吗?

第七章

一

信泉出现了梅毒。镇长等公职人员几乎都染上了。到小洞求治的络绎不绝。黄盛萱发现许多病例跟三角戏班没任何关联。好些绅士、族长痛心疾首。

石街爆发了民众撵三角班的火爆行动。一个圩日众人扭住一个叫梅花芯的三角班女班头,剪了头发,脖子上挂了两根条状鹅卵石,跪在十字街晒了一天太阳,结果晕死过去。此法确有震慑作用,三角班纷纷溃散。

几个大姓的族长联名要求镇里重新启用驴床惩治淫妇。胡镇长进退两难,其实他是反对的,毕竟是民国嘛,但他压不住强硬的乡绅。他讨好地征求黄盛萱的意见。

黄盛萱心里清楚,若恢复驴床,像叶氏一类善良力孤的女人必首当其冲,他断然说:“从来我就赞同废弃驴床,它太伤天良了。”

不过,黄盛萱第一次体会到中医的天然缺陷,梅毒必须仰仗新药。神足郎云龙说德国制六〇六是梅毒的克星,赣州已“售缺”,据说上海广州有此药,可惜路途太遥远。黄盛萱对西医有了好感。

石街又流行打摆子(疟疾)。这病好像一天内流行,黄盛萱一天之内诊治的都是这种病。他用了单方:柚子皮烧灰,温开水冲服。但大多无效。倒是石街一新办药店的西药奎宁有特效,价钱却十分昂贵。

黄盛萱感到惭愧。可是朝劢已离开了赣州,盛萱第一次发现自己对儿辈无能为力。

黄朝劢这次又是奔上海的琴师廖太可而去。廖大师终于被赣南这个机灵鬼感动了。上海商品琳琅满目使他大开眼界。可惜钱太少了。时局紧张,大上海非久留之地。但他还尽自己所有,买了一批自己殊感兴趣的洋挂表、洋拐杖、洋墨镜、洋西装、洋领带、洋皮鞋、洋花布,而把父亲交待要买的奎宁、德国制六〇六等西药全给忘了。

黄朝劢带回的东西又一次产生了轰动。

洋花布使湘如昭云爱不释手,她们披在身上比试的当儿更显得漂亮妩媚,她们要家里请进裁缝为其添制衣服。黄盛萱忍着不快，这小子倒会买女人欢心，可惜没用在正道上。朝劢毫不在乎地穿上西装，威风地走在石街上，许多人惊诧黄家出了个怪物！

黄盛萱终于黑脸斥责这个败家子花钱虫，并决定亲自同朝劢去广州采购西药！这又正中朝劢下怀，他是个喜欢流动和冒险的人，在家待上几天便脚皮发痒。

二

广州气氛严峻，荷枪实弹的兵士绷着脸封锁街头，枪声骚扰羊城。行人匆匆，不时有人被兵捕俘。街上筑有工事，满街狼藉不堪。黄盛萱紧张地问："上海那边不会这样吧？"朝劢说："差不多。"

黄盛萱捏了一把汗，这大口岸不是好待的。

他们被堵在一个饭店不准出街，他本人受到严厉的盘问。显然他属于被怀疑的对象。朝劢毫不畏缩，满街乱跑，有一次他的衣摆被子弹穿了个洞，还有一次他的耳朵被子弹擦破一块皮，每次回旅店他塞给门卫两包香烟，第二天他又能出来满街溜。终于他碰见了陆军军官学校的老乡林森。

黄盛萱不但解除了困境，还采购了阿斯匹林、六〇六、苏打、胃舒平、盘尼西宁（青霉素）和一些西医器械。还通过林森把军校卫生室仅有的一盒奎宁分走了一半。

广州之行成了黄盛萱没曾有过的人生传奇，他经历了恐惧中的等待，等待中的恐惧，尝到了恐惧突然从天而降的无奈。好像是对他大半辈子平静顺遂生活的反拨，他人生更激荡更痛苦的传奇已经开始了。

三

正当他们父子闯荡广州，信泉已挂出第一块康记西医诊所牌子，那是陈潜的手迹。康记老板陈富元，盯上信泉这块"肥肉"，用高价换得陈潜的墨宝，迫不及待挂牌门诊。康记药费昂贵，陈富元出诊更是像大官员出巡，肆无忌惮，不几天便传出他借打针奸污民女的丑闻，生意立马轻淡下来。于是西医也引起了指责和排斥。

黄盛萱心潮激荡，心境大变。回家立即挂起"公晖西医诊所"方形牌子，上面是他的书法字体，朝劢在下方加了一道英文。好些天要不是黄盛萱坐镇，无人敢问津。黄盛萱异常沉着。他让儿子坐前台，自己安心坐守里间。

一天，抬来一位外地的烂脚女子，膝盖以下已大面积溃烂，四处求医无着奔黄盛萱名望而到信泉。黄盛萱心里犹豫，朝劢则爽快地接下了她。朝劢把病家捆在病床，用了少许麻醉，用雪亮刮刀清除腐肉，再以消炎生肌药敷上，手术提前完成。整个过程他从容不迫，病者家属的顾虑打消了。黄盛萱顺势开出中药方子。不久病人即告痊愈。黄盛萱这才松了一口气！

黄朝劢名声大振。青出于蓝而胜于蓝,黄家第三代医风开始了,前景不可估量!

这阵黄朝劢在家里待得最长,天天浸在人们叹羡的目光里。然而他并不看重也不需要这些。他一生连续从医的时间只有这短暂的一瞬,却被信泉人当做名医。

黄盛萱悄悄放松了规矩,让他西装革履,允许他暂不讲婚事,容忍他不修边幅不受羁绊的样子。

叶宁玉一天过来几次,既表示亲近又显露惊奇,她努力记住这些西药的名字和用途。

当“公晖”刚刚灿亮,黄朝劢又铁心赴广州。黄盛萱不快,久久不语,学医的却不愿从医,他长叹一声说:“我小洞黄家是以医立世的!你翅膀硬了,想去哪里就去罢!”

然而,火光与乌云已激起惊天动地的呼啸,黄盛萱虽又破了“退守”的自我戒律,壮大了黄家的威势,但小洞黄家的辉煌已到了尽头;即使退守也无济于事,转眼间,惊涛骇浪已涌到跟前!

第八章

一

那是个无风的暗夜。赵湘如起来小解,马口灯锃亮,她巨大而柔软的身影沿白墙匍匐移动。

突然一声巨响天地为之一震。响声来自信泉最边远的匹袍隘(匹袍即蝙蝠),徐徐地消失。

受巨大的响声所惊吓,黄腾使劲地哭叫,久久不歇。昭云本能地搂紧他,把一个只能汲出些许黄水的奶头塞进他的嘴,黄腾吐出奶头继续响亮地哭叫。

这时又一声巨响,地动山摇。屋檐瓦片震落,哗地掰碎。落叶刷刷地掠过瓦面。这响来自附近。赵氏坐起,感到屋子像个醉汉摇晃不已。她想叫醒老公,但听到西园阿腾惨烈的惊叫,披了件衣服叩响了西园。

昭云晕乎乎地说:“他不饿的。好烦呀,让他哭个够!”

湘如试试小腾额头说:“他一定被刚才的响声吓着了。我一颗心也咚咚的跳!”

阿腾哭得更欢实,母亲和奶奶无法使他安静。赵氏突然听见,一阵巨大的呼喝声从云水河传过来。木格窗上现出一片红光。她立即肯定火光和呼喊都是从石街传来的,赶紧回东园。

信泉上空红亮,暗黑中的一切苏醒过来。火光中屋宇更加肃穆庄严。

赵氏摇醒了老公:“有人在烧石街了!我们家的诊所……”

黄盛萱缓缓地睁开眼睛。

赵氏仿佛看见诊所在大火中崩塌又变成一堆焦土。黄盛萱安慰说:“不是烧我们的。”

她偎在他的胸前。他保养得极好,下腹仍没多余的肉,他的身子跟年轻人差不了多少。这样的体态使湘如陶醉。她的手在他胸脯轻轻爬沿,往下伸过去,碰触雄根,惊吓慢慢消褪。

石街似乎依然嗡蝇,但遥远多了。小洞黄宅跟石街一道兴建,但石街历经的多次烧掠并没有蔓延到小洞,宽阔的云水河成了天然屏障,这次骚乱好像又在小洞跟前打住了。

正是清晨,黄盛萱休息得很好。由于受惊吓赵氏出了身小汗,温馨的体息更浓郁使他心旌摇荡。他明白这位年轻夫人的渴望,她的狂热高兴致和惶恐不安都要在他抚爱下平复。

他坐起来轻轻捏着她的手。她的手暄软着,柔无骨。她贴紧他,示意他的手游向她全身,然后又示意把衣服一一去掉。正是夏天,清凉的晨风帮着抚拭她灼热的肌肤。他俩互相感觉对方的身体溜凉而柔滑。在他耐心抚摸下她开始燃烧,她轻轻的呻吟就是燃烧的声息。她渴望这种透骨的燃烧。这时她渴望着被进入被劈成两半,劈成两半后再次酣烈地重合,她从而感受到自己的生命又刷新了一次。

不过他停了下来,代替他手的是他沉稳的目光。他用目光抚摸她了,这也是她所愿意的,所需要的,所渴望的。她翻了个身子配合着任他的目光遒劲地驰骋,想象着千只手同时落在她身体的每一部位。她湿润着,需要有力的进入让她享受滋润享受生命,让她忘情的消失和新生。她唉唉地哀求他了。这哀求发自她心底——这是灵魂的呼叫!

他进入了她,仍是不紧不慢。她陶醉于其中。

随着肉体之亲她融入了他的家庭,从一个天真无邪的乡间妹子、一个普通姨娘成为一位名中医也是信泉名人的新妇娘,一位拥有两个年轻儿子且年纪相差不大的灿亮母亲。在朝勋朝劢面前她惶恐过,在昭云面前她惭愧过,在这样的家庭她孤单过,她曾希望自己快生下一男或一女,这样她就有了真正的力量和信心。后来她倒不这样想了。他的生命节奏影响了她,他两个儿子尊敬她,看起来以后仍会得他俩的尊敬,她无保留地参与了家计。生活过得舒畅。他的耐劲他的置乱不惊是他的力量所在,也是她的依傍所在。

她又一次彻里彻外地放纵了自己。她的喊叫喘息越来越放肆了。东园更显幽静。她觉得自己一寸一寸地消融,一寸一寸地重现。刚才外面的呼叫大火的红光已在她心头消逝。

此刻她忘却由远而近的危险和恐惧,陶醉地说:“这么好,这么好……”

二

当他们再次舒醒，阳光灿烂满河川。黄盛茗看来已等待了良久，焦急地在东园门口来来去去。黄盛萱开门伸伸腰身，他过去说："昨晚闹红军了！在石街吆喝了一夜，捉了镇长！满街是标语，火把……"

黄盛萱问："烧了多少房子？"

黄盛茗说："我上街走了一遭，店铺倒是好好的。家里的门诊所连牌子都没损。"

黄盛萱说："别慌！大家各做各的事。照样门诊。胡玉他们也太不像话了，无能而势利，信泉已被他们糟蹋了，教训教训一下也好。"

早饭后，黄盛萱同赵氏照常去门诊所。人们三五成群窃窃交谈。郎云龙说："我缩在门缝里看，大约几百人吧，本地人有外地人也有，鸟铳梭标，每人衣袖上别一挂红布片。布告上写的什么苏维埃，建立什么铁的红军。我听说别的地方早在闹了，大家还是没忘记信泉呀！"

赵仲椒说："第一声炮响是匹袍方向传过来的，我见那边山上挥火把。"

大家惊慌起来。自古商民都是掠夺对象，信泉这些年店铺多太招眼了。大家都相信劫难不可避免，纷纷检点店铺，把一些东西送回乡间家里去。

章泰生头抵在门缝看了并听了一夜，夫妇俩惊惶不迭。

这天生意寂寥。章泰生安慰说："我们又不是土豪劣绅，是个小店。"

叶氏忧心忡忡地说："他们会不会对萱公……"

章泰生说："你想到哪里去了，萱公不是土豪劣绅！如他算，石街开店的人都是。我给你透个底吧，萱公的亲戚陈学余是共产党！"

终于逮住老先生出现在公晖店门口，叶宁玉赶紧过去。黄盛萱点头说："你跟你契母守一会店，我出去一下。"

会长黄宇遂见盛萱去镇公所，担心地说："阿公，大家都缩在屋里看风头，哪一方我们都不得罪，也得罪不起。还是回家稳妥！"

此情此景黄盛萱非常陌生，难以断定无法把握。他不在乎地说："我堂堂正正做人，怕他怎的？我不是去看镇长，是去万寿宫看看，担心万寿宫给毁了。毁万寿宫的不是好人，他们怕那副对子！万寿宫是我们信泉人的胆，现在谁也造不出来！"

黄宇遂说："人家手里有刀枪，说句烧不就烧了？"

黄盛萱急了，大步走着，大声说："这里有我们客籍人的血汗！谁也不能烧！我一条老命豁出去了！"

远远一看，万寿宫完好无损，它像一个静静地守候的敦实汉子。胡镇长被抓，高源警长逃了，镇公所几乎跑光，冷冷清清，没了往日的威风和热火，剩下一个做饭的老曹坐在凳子上喝茶。

两个驴床的基脚已彻底捣毁，他点点头，仰视飞檐翘角雕龙画凤，凝视四根红漆圆柱子，木刻金字闪闪生亮，白天黑夜都熠熠生辉。他高兴地吁口长气。

赵氏急急赶来。他肃立。信泉烟云尽展眼底。河山依旧看不出一点改朝换代的痕迹。此刻他感觉自己化作了万寿宫一块砖一根木一片瓦，默默地凝望着沧海桑田。

黄盛萱突然明悟，昨晚大风暴一定跟学余有关！

三

石街圩日热闹依然，但已不全是为生意也不是斟酒饮茶凑热闹，而是尖起耳朵听红军暴动的消息，伸长嘴巴把所听到和所想象猜测的播扬出去。

匹袍隘已宣布暴动并成立了苏维埃，那天晚上石街的暴动是匹袍隘的响应和汇合。似乎暴动队对信泉当局的武装和齐云山土匪力量估计过高，抑或他们借石街散布其影响，他们烧了几堆松柴写下了许多"一切权力归苏维埃"、"打倒帝国主义、地主土豪劣绅"、"工农革命万岁"一类杀气腾腾的标语便奔匹袍而去。抓到镇长是他们的重大胜利。

县城暴动的消息传了过来。还传来红军攻打赣州的消息。民国如此荏弱，改朝换代又在眼前，一些一肚苦水的佃农公开对抗东家，东家也一概把他们视为流氓赤膊鬼，对他们的威胁嗤之以鼻。仇恨的种子早已埋下，局势动荡磨利了仇恨的锋刃。许多穷苦农民加入了红军，有些东家雇了一些团丁，两个阵营呼啦拉起。

每天都能听见匹袍隘的枪声炮声，晚上能看见山上的火光。信泉东面西面的大雷隘十二排又传来激烈的炮声枪声。红军在那里伏击了县城开来的国军的一个营，喊杀喊打的呼叫隐约可闻。刀光剑影再次逼近石街。"陈学余是共产党"这句话在石街横冲直撞。

最先恐慌并把恐慌化作一系列逃躲行动的正是石街的商户。他们大多家眷在乡间且拥有土地。这笔丢不下、不想丢的生意经使他们焦虑恐惧有增无减。财富恰恰成了他们头上的沉重枷锁。

白天车水马龙一片热闹太平，晚上他们黑灯瞎火地搬东西。惊恐之风一天天猛烈。萧条又一次急剧降临。

石街最处乱不惊最泰然的大户要数黄盛萱。成十天黄盛萱夫妇都守在公晖。附近枪炮声石街流言蜚语他都无动于衷。一些人认为黄盛萱如此从容，是靠了当今革命红人陈学余。黄盛萱靠的是底气，但他无从想象而且小看了这场动荡。

会长黄宇遂以他为榜样也显出豁达的姿态。这一阵他经常到公晖诊所跟萱公聊天，想跟先生探讨时局。

可是，黄盛萱在这方面几乎无话可说，还抵不上黄宇遂对情况的了解。黄会长总以为他藏而不露，说："许多店都搬空哩，大家七月慌过八月。"

黄盛萱说："他要搬你还能拦住他？命中注定，你搬到天边也不成。"

黄宇遂说："匹袍暴动队杀了几个人，脑壳悬在树上。胡镇长头发被剪了，他逃了出来，八成到县里求救去了。听说一个姓胡的暴动队偷偷放了他。我看信泉躲不过这道磨难的。"

黄盛萱"哦"了一声明白了什么，他说："要死拖不住床脚，要来的就会来，我向来从容对之。宇遂，你算沉得住气的。"

黄宇遂说："跟你学的吧，搞生意的人不心定也不行。君子爱财取之有道，钱是额门上的汗，凡事以公心公道，问心无愧为准。"

赵仲椒远远地看了好一会儿，耐不住凑了过来，向两位抱拳致意，面上笑眯眯，肚里的心眼儿全张开了。

黄宇遂说："你这刁王，你守住一个空店好看呀，东西全分散啦！"

赵仲椒笑道："防人之心不可无嘛，风头一过再搬回，这有何难？你俩是本家好照应，萱公有学余撑腰，倒向哪一边都稳坐钓鱼船。"

黄盛萱立即说："我从不找人撑腰。我行不正坐不端，叫人撑腰岂不把腰撑歪了？"

赵仲椒手握一杯茶转来转去说："信泉躲过好几难，我看这一难躲不过！人是难拗时风的。那年纷纷传地震，石街几乎走空，结果没地震，人就生成折腾的命。萱公，日本、上海、广州、赣州、县城有消息么？"

黄盛萱说："你要服中药我给捉脉，要退烧热湘如可给你打针。"

赵仲椒骂道："镇长警长都是吃屎的，胡大头赌局一撤也躲上了山，他妈的只想保住实力，鸟用！"

早有人盯着小洞动静，一些人放缓了搬走的速度，一些人干脆停止不搬了。

石街暴动的标语依然在，好像已成了久远的过去。各地暴动的消息都汇聚信泉，成了人们新的谈资。石街依样太平。

四

可是在黄宅内里并不平静。黄盛茗快急得发跳了！

来自远处乡间的动荡经管家郭能宾传给了黄盛茗。郭氏没想到黄家对他如此放心，管理黄家40亩地和几个店铺从中获益颇丰，他只是动动小小的指头，大笔钱财便源源不断地流到他手中。他置了一笔可观的田产，学着石街人也在家乡的圩上建了几间店铺。他家乡闹起了暴动队，沸沸扬扬打地主分财物，不少贫苦农民参加了红军，有的财佬被捅死房屋被烧，他怎能不心惊胆战！不过他又窃喜，他断定黄盛萱树大招风难逃此劫，他的"侵吞"便无从查找。他有意把消息加倍透给了二东家。

黄盛茗见哥哥回来赶紧走过去，担忧地说："我是替黄家、替哥哥着想！哥哥你肩上负担不轻。只要你点头,我就会做安排!"

黄盛萱围着兰花走了几圈说:"我黄家上对得起天下对得起地,发么子慌!我们一动,家里几个女人害怕,别人也会说我们做了亏心事才去逃躲。红军当朝,真的苛刻我家,也说明祖辈得过不该得之财,谋过不该谋之利,两相抵消,黄家以后就轻松好过日了!你放心做你的事去!"

黄盛苕着急地说:"他们不会放过我们家的!可先叫嫂子、朝勋妇娘昭云带着阿腾躲避几天,哥哥你接着走,我无牵无挂正好守家!"

黄盛萱说:"你别说了,你不老急老的。"

风平浪静,只有零星的听上去软蔫蔫的枪声此起彼伏。小洞的狗叫得特凶。黄盛苕靠着大门,脚步匆匆,听是石溪隘陈姓人,开门一看,正是几个陈姓大户带着男女眷属仓皇出逃。

有人特地告知黄家:红军下山占了陈潜家!

黄盛苕心急如焚,不顾一切地叫醒哥哥。他发抖地说:"再迟一步我们便完了!"

黄盛萱慢悠悠起床,赵氏赶忙沏茶,点上一锅水烟。西园的昭云听见院后咚咚的一阵又一阵脚步声,赶紧抱着细伢过来。阿腾不吵不闹相当安静,似乎满意这个天崩地裂时代的来临。两个女人都要他快拿主意。

半个时辰过去,黄盛萱沉稳地说:"不走。我明天还是上诊所。"

五

黄盛萱一进街就觉得空气已变。四面街口都有人站岗。一支抓枪抓铳的农民队伍在街上巡逻。哨兵举枪向他一点,他站住了。哨兵盘问他,他不说什么抬腿继续走。哨兵拉响了枪栓。

这时一个后生从后面拉住了哨兵说:"你该认识的,这是医生黄盛萱,放他进去。"

黄盛萱觉得口音熟悉,瞥了一眼,原来是蔡振通。这小子也神气起来了。此人喜欢闹事,哪里热闹就往那里靠,狐假虎威。他最鄙视这种人。

蔡振通舔舔嘴唇问:"喂,你的年轻娘子呢?"

黄盛萱更是不快,像忘了应该说几句感激话,大步向诊所走去。

蔡振通被撇在一边心里好不窝火,嘟哝一句:"也不看形势,哼!看你老蟹能横行几时!"

镇公所已被红军占领。万寿宫的戏台当做会场。组织好的农民四面八方进入石街汇集于万寿宫,街上五步一岗十步一哨。一个首长模样的中年人腰里别一把手枪,雄赳赳地向前走,后面跟着黄宇遂和赵仲椒,他们俩人的神情平常。

黄盛萱不看他俩。他俩喊住首长悄悄地说了句什么。首长回走了几步平和地说："黄先生，开会吧！听听有好处。"

赵仲椒招手说："走吧，别人要来还不批准哩！"

黄盛萱没有任何表情，一上午坐守公晖。

那次会议红军宣布"赣西南土地法"，规定信泉地区一个月内分田，一要分二要快，严厉打击土豪劣绅！消灭一切地主武装！消灭一切反动势力！一切权利归苏维埃！由苏维埃没收地主豪绅的土地，按人平均，以原耕为基础，抽多补少抽肥补瘦插牌分定，地主也可分得一份土地。

欢呼雷动，口号响遏行云。石街像揭开锅的开水久久沸腾。

破天荒一上午没人叫黄盛萱看病，他被冷落了。这时他心里涌现不祥的预兆。

章氏夫妇从游行的人流中来到他身边，告诉了这一切。他俩掐指算按现有人口，萱公家只要抽少许田。章泰生说："我要田做么子，我不做田，田累死人，共产党说支持和发展工商业嘛！"

叶宁玉心情十分愉快，压在眉宇的忧郁一扫而空，今天走在街上自由自在扬眉吐气，她从口袋里掏出一张传单念道："红军宗旨，民权革命。平买平卖，事实为证。乱烧乱杀，在所必禁。地主田地，农民收种，债不要还，租不要送。增加二钱，老板担任。苛税苛捐，扫除干净。发给田地，士兵有份。外资外债，概不承认。外兵外舰，不准入境。打倒列强，人人高兴。打倒军阀，除恶务尽。"

夫妇俩见盛萱沉默不语也打住不说了。

蔡振通带领一支赤卫队押着几个戴高帽的财佬游街。财佬跪在废弃的驴床旧址上，接受斗争。许多农民团团围住，往财佬身上吐口水掷石头。财佬鼻涕挂丝几乎趴在地上，只有一个跪得直挺。一乡民喊："蔡队长，这鸡巴卵还神气哪！"蔡振通嘿地飞起一脚把那个财佬踢倒，举起梭标要捅，有一赤卫队员背后扯了他一把，他凶狠地抬脚踩了那财佬的手，财佬哇地惨叫，随即响起"打倒地主消灭土豪"震耳欲聋的口号……

赵氏被叔叔死死劝阻，没出家门。叶宁玉送来中饭，又沏好一壶茶。黄盛萱默默吃着，心里欣慰，他没认错这个干女儿。

这会黄宇遂进来说："萱公亏你还能坐得住。我以为谁打公晖的主意呢。"黄盛萱不搭话。黄宇遂又说："人不可貌相，这蔡振通时来运转，当上中队长啦，他们都说，中队长比镇长还大半级。"黄盛萱喝一大口茶，在嘴里咕噜一阵，爽亮地吐出，鄙夷地说："此人做县长做皇帝，信泉也差不多了！"黄宇遂叹道："再辛苦做生意也白搭，拳头硬才行！萱公你是有学余呀。"黄盛萱正色道："你当我足踏两边船么？信泉不大投机者却不少，你看我像不像投机人！照你的说法，这世道要靠心辣拳硬，陈学余有文墨，也出不了头天。我倒要好好想一想……"

石街又流行"政治身份"新名词，冒出许多新头衔，像新鲜的草帽满天飞，有人趋之，洋洋得意；有人无所适从；有人则不以为然。人分为势不两立两大派，派中又分派，分亲疏，黄盛萱不解，感到厌恶。

激荡的人流在他面前汹涌，他和他的诊所被人遗弃了。他头一遭受到冷落。许多认识他找他看过病的人对他视而不见，好像革命了，他们都健康了，从此与药物与他绝缘。这革命倒神奇呢。人生冷暖世态炎凉只在顷刻之间。

六

从此黄盛萱不再上街门诊。黄家被划归反动阵营，上门求诊的人少了。他觉得自己到头来仍是一介时医，医技实在微不足道，良好的感觉一下子被掰碎了。

押过几次土豪劣绅戴高帽游街，枪毙了和棍棒打死十来个恶霸财佬，分田分地一片忙。石街依旧人头攒动，看不出少了一些人走了一些店主。石街对它子民的去留默默无言。人们也习惯老中医黄盛萱在石街的消失。

所幸他有适意的住宅，在小洞仍有他的一方天地，而东园则是他的心之园。百思不得其解，他不是愁而是闷。东园成了他最为理想的消闷之所。他可以对着兰花品茶大半天，围着兰花花圃不停地打圈圈，在屋里看书老半天，与妻子湘如无言相对老半天。他在性事上仍兴致勃勃耐劲非凡，使得湘如打消了顾虑又产生新的顾虑。

赵氏于是同昭云要金梅过来。

陈学余家已成了革命之家，金梅成了革命家属。金梅对分田进田兴趣不大，原有的成十亩足以累死她。陈潜家成了苏维埃所在地。

黄盛萱为金梅满身憔悴而摇头叹息，知道她已病入膏肓。他细心为她抓脉，顺口问："学余有音信么？"

其实她是来安抚萱公的；她摇摇头，吃力地抱着细伢，平静地说："没有。自上次在家一阵，就不知去向。我这做女人的也不便打听。听说赣州仗打得好凶，我担心哩。"

黄盛萱原以为信泉新近爆发的一切都与学余密切相关；红军那些宣传材料都是文墨人写的，而且对信泉相当熟悉。他默想苏维埃政府今天占据陈潜的家，就意味明天开进小洞，他不由心头发紧。

趁湘如昭云去灶房张罗，金梅说："阿公，许多人羡你的房子，一些人说你的闲话。我反驳说，这是人家辛苦行医做的，若说他是个坏人，信泉就没一个好人！我看他们会讲道理的。"

黄盛萱心想：果不其然。他说："福人据福地住福屋。我尚未落棺，是不是有福之人还未可知。我行医几十年，怎不晓信泉人的本性！从来都有人盼发大水、发人瘟，他可从中图便利捞一把，别人的成了自家的。学余回家，我仍要劝解他，一时的从流趋俗免不了，为人立世少不得一根主心骨！铸主心骨是一辈子的事。"

金梅点头说："我会转告他！"

忘记一个有根的老人不容易呵。一声惊天动地的爆炸，又把老医生黄盛萱给震了出来。

七

炮弹是湘桂国民党王东源部从十里外的伯公坳打来。红三军团在那里埋伏阻击，激战的枪声动人心魄。伤员被抬到石街。黄盛萱得到邀请，他二话不说，带着湘如快步上街。当地几个医生也来了。

他们夫妇进了一间土屋，躺着一个低声呻吟的伤员，接着来了两位红军医生。黄盛萱明白，伤员是个红军干部。

一个岗哨在门口走来走去，时时投来警惕的目光。黄盛萱记起此人就是蔡振通，一股厌恶袭心头，一股屈辱感使他的手哆嗦起来。

这时走进一个打补丁穿草鞋腰里别一把手枪的敦实汉子，他的音容笑貌既憨厚又有将军的刚毅。黄盛萱断定他是不小的官。此刻，年纪最大而又最受屈辱，黄盛萱想拔腿离去。

那人站在他面前，好像早认识他似的，亲热地说："先生，辛苦了！"

他毫不犹豫地挥手示意叫那几个闲杂人员出去。黄盛萱心头一热，便沉下心思给伤员诊治。伤员跟他的崽年纪相仿呢。

他们被护送回家。黄盛萱给湘如说："这才是真角色，做得起事业的官。用人不疑、疑人不用嘛。"

过了几天金梅过家家，黄盛萱仍大发感慨。金梅惊讶地说："你不认识他？他就是彭将军彭德怀！"

德心于怀，一个响亮的名字！

当彭德怀再次到信泉，黄盛萱已在逃难中。

八

两支赤卫队气势迅猛地冲向小洞黄家，雄壮的脚步声在院墙上回荡着，犹如千军万马纷至沓来。一支队大队长蔡振通已迫不及待地扑到黄宅门前。

这是个晦暗的黄昏。立冬小雪时节下午刚过五点天地黯淡下来。每道门前都有枪口梭标相持。墙上刷出几条大标语：

一切权力归苏维埃！

消灭一切反革命！

赤色革命万岁！

蔡振通完全不是先前那种流里流气的样子，决绝而冷酷，执行命令坚决。在石街点火宣布暴动，他就成了革命洪流的一员。他一亩薄田一间烂屋是天生的无产阶级革命的坯子，情况熟悉，脑瓜子灵活，仅仅一年就升为相当营长的支队长，领导着信泉支队。这次他果断地率队单独行动，包抄了小洞黄家。

他以前多次到过黄宅，多次吃过茶饭，还享受过黄盛萱的水烟。对黄宅正屋、横屋、东园、西园、前厅后厅、大院小园非常熟悉。黄家的堂皇舒适使他艳羡不已，常常抱怨自己祖坟风水欠佳，未能让他碰上一笔意外之财。阶级斗争理论一点就通，仇恨垫了底。他可以大胆控诉了，凭什么黄盛萱娶了大老婆又娶了小老婆生活这么惬意，而他孤苦寒酸石街人当他是条灰溜溜的狗？他终于觉悟了，今天轮上他主事了，从此可以要啥有啥了。

由梭标而步枪，从石街人对他逢迎奉承，他已认定自己是信泉响当当的主宰。赵仲椒原对他不屑一顾，现在老远就对他眉开眼笑，双手送给他一大包切得匀细的黑老虎旱烟，还特意挑明是赣州进的货，以前专供镇长胡玉警长高源，他说："这还差不多。"

他耸耸肩扎进黄宇遂店铺，径直走进里间倒了杯黄金药酒一饮而尽。红军就是现在石街的官家。当长官的滋味硬是不一样。他大咧咧说："带几瓶送给支队领导，他们辛苦。"黄宇遂赶紧笑着说："应该，应该，蔡队长你自己拿，你是有功之臣！"

只有黄盛萱始终对他冷绝，他十分恼怒，这中医瓢子自不量力，欺人太甚！暴动初始，他就提出消灭黄盛萱，但遭到否决。想来想去他归于背后有陈学余。于是他打听陈学余的来龙去脉，终于探知：陈学余其实跟暴动跟红军并无直接的关系，他才吁一口气。这时他又当上大队长，信泉进行第二次打土豪分田地，地主不分田，富农分坏田，没收地主富农的一切土地，武力把地主及其家属驱逐出苏区——信泉，信泉应该成为纯洁的革命圣地！

不过蔡振通对黄盛萱估计过高，他认为黄宅必有防范，有众多爪牙通风报信，还会请胡保林下山保护。当他得知共产党红军这次与胡保林井水不犯河水，再也按捺不住，请了邻县一个支队相配合，直扑黄宅。

一路畅通无阻。两只狗躲在门楼狗洞里吠叫，立即被枪打死。众人咚咚地翻墙而进，大门大厅咣地推开了。

屋里却空荡荡的。黄盛萱出诊不在家。管家郭能宾早已离开。守家的黄盛茗听见风吹草动，从后门沿一条大水圳逃了。赵湘如惊恐一番立即匆匆走进西园，跟昭云母子守在一起。他们被押到院子里。

蔡振通骄傲地说："信泉最富豪最腐化最反动的黄盛萱老贼牯，今天终于攻下了！"

搬出铁床和一些精致用物。他愤怒地说："老家伙想睡铁床长命百岁，信泉土豪劣绅只有他家才有这高级货。贫苦人连饭吃不上，他还用豆水浇花！老家伙老牛吃嫩草，要算总账！"

他们用梭标挑着西装、领带、皮鞋、皮衣扔向火堆。蔡振通贪婪地盯着赵湘如。

他指挥把赵湘如、陈昭云和细伢关在碓间。

红军指挥部搬到这里。这里挂起了“中共河西特委”的牌子。院墙上加写了一条大标语：

坚决镇压AB团反动势力！

公晖西医门诊所被抄，招牌上的英文被铲除，牌子被砸烂。门上交叉贴了几张大封条。

蔡振通肯定黄盛萱一定把钱物转移了。一定要抓住黄盛萱把钱榨出来！

——一场灭顶之灾正等着黄盛萱！

第九章

一

此刻，黄盛萱并未走远，正在八里外的白沙陈家给人捉脉。在石街他的声誉一落千丈，但在山里他的威望依然高涨。许多村民翘首以待。山里人永远凭朴素的良知——一种经验，再激烈无情的斗争都不能最后摧毁这种人性之本。黄盛萱对此感受尤深，他对山里人总是有求必应。

遭受挫折黄盛萱习惯找自家的欠缺，他自觉地对祖上罪孽负疚，因而他能自我宽解，不怨恨，但也消退了人生的许多锐气，他的心像一条退着走的桑蚕。但他对医业依然一往情深，一丝不苟，给山里人看病不惜垫出药费。在章泰生店里，有的庄户人赊账已有几百元了，甘愿以田产做抵押，但他没一次去兑现也不想兑现。不过，他仍被认为信泉的第一富豪，富豪的富豪。

沿途都有人提醒，黄盛萱不为所动健步来到白沙。马上有人告诉他两支赤卫队已进了他家，有人说见了火焰腾空起。如此时刻，连病家也劝他先躲一躲。

低矮的屋子黯黑模糊，冷风习习。他右手捉住病人的脉，脸偏向一边静听，随后又换上左手。他握笔写单子时还沉吟了一会儿。

病人咳嗽不止，痰稀，烦渴，且嗜热饮，先请过石街胡先生抓脉，后转请他。他毫不介意。他视病家年老体衰，痰白而稀，脉细数，虽烦渴但忌冷喜热，认定是因寒极而生虚热，须“益火之源，以消阴翳；壮水之祖，以制阳光”。

他在单子上写下干姜、附子、炙芪、炙党。病家教书的儿子忍不住连连咋舌，疑窦扑面。他沉静地说：“用此单子不会错的。”

他笑着谢绝村民的挽留，坦荡地回家。经过两边长着芦苇的杉子坑，终于被弟弟盛茗和朱金梅截住了。

——黄盛茗气急败坏，一口气跑了段山路，大着胆子摸进洞头的陈学余家，哀求金梅劝阻哥哥。金梅二句不说，把细伢反锁在屋里，远远跟着盛茗疾步赴白沙。

金梅说："阿公你千万别回小洞了。"

黄盛苕哆嗦地说："蔡振通派人到处抓你！"

黄盛萱说："我堂堂正正做人，岂有不能回自己家道理！"

金梅和黄盛苕咚地跪在地上。

金梅说："你生全家生，你死全家死。你今晚回家必死，大家的火挑起来了，没人会饶你。好汉不吃眼前亏。看在学余分上，你也应躲避！学余今后还得靠你指点呀。"

黄盛萱说："那湘如昭云和细伢呢？我岂能丢下他们不管！"

金梅说："我另有办法！"

这样，谁也没估计到，金梅帮助黄盛萱躲进苏维埃所在地——陈潜家不远的陈学余家。

安顿他俩，金梅抱着哭乏的细伢立即奔小洞。她勇敢而沉着地找到那位跟她已面熟的妇女干部，说一人做事一人当，黄宅的女人穿闲衣吃闲饭更没做什么坏事，关押他们不是造孽么！这妇女干部跟头头一说，头头叫蔡队长放人。

蔡振通实在不情愿，抱怨地说："我正打算亲自审问呢。放了，我们不就白干了么！"

妇女干部说："河西特委建在小洞就是胜利。"

蔡振通盯着赵氏远去，熊熊燃烧的欲火化成了愤懑，辛苦打下的堡垒，自己反而没有支配的权力，渴望的东园倒给上级轻松地住进了。

金梅气昂昂地领着湘如一行回到自己家里。

黄盛萱兄弟藏在牛栏楼上的稻草间。眨眼功夫住信泉最高级屋子的人已躲进最低级的稻草间与牛为伴。黄盛苕老是想逃，设制了无数方案。黄盛萱则随遇而安。一切都是数定，都是迟早会来到的报应。他枕着干燥暄软的稻草并没有想得太多太远。

他还是明白自己于家里的重要性，不那么固执了，听任金梅叫他们换上浸透汗垢味的短褂，带上褐黑的旧草帽，听任金梅把他们送走。

黄家命运的关键时刻又正是陈姓人的媳妇将它引渡。

二

人生真是逆旅。行走在晓月晨风古松野莽之中，黄盛萱有旷古之感。他想起李军长家里"孔夫子出关"的山水画：那情景似乎在破晓或薄暮，苍老憔悴的孔夫子背着厚厚的书简，骑着一头凶猛的豹虎。这时，那幅画突然在他心中涌现。这是孔夫子的自信图！那头豹虎就是信心。人要紧的是要有信心。

他从不以孔夫子自居，只是想从孔夫子那里借一些光罢了。在他黄家一代一代流传的故事中，在他的想象中，黄家远祖从中原到粤北，一部分出海去了，一部分从粤北到信泉,也许远祖有一步步重返中原的夙愿。他们怀抱里不是沉重的书简,而是一部家谱。他们一手举剑一手举锄,筚路蓝缕开启山林,几经回环几经轮回终于在信泉辟有一席之地!店办到赣州,儿子到赣州念书以至出洋,不正是一步步向中原回移么!他黄家不愿再挪动了。一次挪移跋涉就是一场打斗积怨的腥风血雨,就是一次深重罪孽的轮回。

他有生以来,处处受人尊敬,没受皮肉之苦。轿没少坐。他每次出诊都是一路得关照。这次却是狼狈逃命,择荒择险而逃。没有目的地,也不知哪里是目的地。此时此刻,一家数口尽在东南西北离散中!

短暂而漫长的一夜,阿腾乖顺没哭叫一声,大概小家伙知道了不安的哭叫危及祖父的安全,没有祖父的安全自己会夭折,这样他就无法实现使命,他也就不能演绎黄家掘墓人的欢与悲。

黄盛萱最终选择了雾江。

雾江镇是个商业重镇,交通发达水陆两便出乎意外的安全。黄家在雾江镇住了整整一年。

黄盛萱身住雾江却无时不刻心系信泉,反复体会了当年先祖南迁的情愫。

黄家住在一个姓严的旧交那里。严氏房屋布局却是以黄屋为蓝本,模仿味儿很重。严氏经商,住宅自然没有黄宅幽雅,也不养兰花。黄盛萱也住在东园,老觉得狭窄,嘈杂,一颗心没处搁,因而难筑与湘如亲热厮磨的心境。孙子阿腾既给他欢乐又给他烦恼。所幸他的医名很快在雾江传开,上门求诊的人络绎不绝。

一天黄宇遂突然出现在他面前。他猛地觉得故乡伸手可触,闻到了那熟悉而浓烈的信泉气息。黄宇遂眉宇间的忧郁逃不过他的眼睛,于是他肯定兴旺信泉已是昨日黄花。

黄宇遂带来信泉时局稍稍松缓但红军赤卫队并没离开的讯息。他有意隐瞒信泉一些乱杀乱烧的事,希望萱公回去,他认为红军不会太为难萱公。

黄盛萱抿着茶问:“我们可以住回原宅么?”

黄宇遂支吾起来。他实在无法回答。不过,他告诉萱公,黄宅由于做了红军指挥部而免遭一场大火。

黄盛萱果断地说:“那我们再住一段吧!”

他叫家人出去,单独和黄宇遂待一会。他沉稳地说:“我是不干政的,谁主朝谁做皇帝跟我无关。要来的始终要来,但来的出乎我的预想。过去我肯定即使土匪也不敢毁万寿宫,但我慢慢相信,万寿宫在不远的一天会被一把火烧掉的,毁它的决不是土匪……”

黄宇遂说:“信泉生意兴旺怕跟万寿宫有关。前几天我特意去万寿宫,那里驻扎红军赤卫队,幸好四根圆柱上的对子安然无恙。它能保存的。”

两人一阵叹息,黄宇遂又说:“县城住满了兵,信泉怕有场大仗。萱公在这里住一段也好。听说红军内部乱起来了,AB 团杀得好凶,我一亲戚在红军里当连长,差点被当 AB 团杀了头,一气之下上山投奔胡大头去了。这回我看红军打不赢。"

盛萱"哦"了一声,又迷惑起来。

三

……红军连长余大同从姨父黄宇遂店里出来就收到一张浓浓油墨味的传单——

为肃清 AB 团告革命群众书

贫苦的工人、农民、贫民们!

劳苦的妇女们!

痛苦的青年们!

AB 团是豪绅地主阶级的集团,是破坏工农革命的反动组织,屠杀革命群众和共产党员的刽子手,AB 团用尽一切卑污的手段,毒辣的行动,以进行反革命的阴谋、破坏革命,所以 AB 团是中国革命的严重敌人之一,彻底肃清 AB 团是革命群众刻不容缓的责任,应有的使命。

在赣西南革命斗争日益剧烈,土地革命深入的时候,统治阶级除了躲在吉安赣州坐以待毙以外,虽然没有力量来向革命势力积极地进攻,可是他们潜伏在苏维埃区域内,混入共产党和苏维埃政府里面,作种种反革命的行为,企图作最后的挣扎,以苟延其残喘,这是革命斗争深入的必有的现象,不是一件偶然的怪事,最近整个赣西南都破获了 AB 团的组织,捕杀了许多 AB 团的首领,供出了 AB 团的捣乱计划。赣西南的 AB 团经过这一次致命的打击,我们相信可以把他们肃清了!

革命的群众们! 东路 AB 团的组织,亦有很多,现正着手进行破获 AB 团的工作,拘捕 AB 团的分子。你们不要恐慌,不必害怕,我们只杀 AB 团的负责人……我们的口号:一、革命群众一致起来肃清 AB 团! 二、革命群众一致起来消灭封建势力! 三、只杀 AB 团的首领,不杀被胁迫加入 AB 团的工农! 四、肃清 AB 团,保障土地革命胜利! 五、欢迎被压迫加入 AB 团的工农回头革命! 六、消灭 AB 团,完成赣西南地方暴动!

一九三〇年九月十六日

余大同家境贫苦,小时曾跟姨父黄宇遂学做小生意,毅然投入匹袍暴动信泉暴动,很快升为连长,驻扎信泉。平时喜欢去姨父家仰几口酒。有人批评他跟资本家反动阶级搅在一块,他眼一瞪说:"我姨父代表信泉慰问红军扛酒抬猪肉,彭军长还同他握了手。嘿!"一次小会上又起争执,那人说:"我们掌握了情况,军阀到信泉你姨父也这样两面讨好。商人更可恶!”余大同气得凸眼珠!

余大同看完把传单一揉,扔掉。半夜他被叫出,几个人扑上来缴了他的枪,把他捆个结实。有人凶狠地踢他说:“你被捕了!你必须老实交待AB团反革命罪行!”

他张口便骂;他的嘴被堵上了,被带到一间牛栏,里面关着十大几人,都是被捆绑嘴被堵住。他忽地明白这一阵接连少人的真正原因了,自相残杀,军心涣散!

那天深夜月亮又大又圆。余大同身材高大比别人粗一轮高一截,他踢块破砖垫高站在三角小窗前,看见下方鱼塘的那边还有一排牛栏,关着不少人,有队兵押着几十人向松树坑里走去。没有枪响,但能听见踢人打人推人的沉响和铲土响声。一会儿看见一长官带着一队扛刀的士兵返回,士兵脚上沾着厚厚的泥花花,刀上有血。长官原来是蔡振通。

余大同大惊,借助牛栏一枚尖细的门闩剔开嘴里的堵塞,通报给同伙。大家激动起来愤怒起来,挣脱了捆绑,挖开牛栏的后墙跳下干水圳。他们被发现了,机枪嘟嘟地向他们扫来。趁大家趴在圳底的当儿,他同另一个猴样的青年人一跃爬上几丈高的古松躲进浓密的松枝。趴在地上的人全被击毙。蔡振通上前逐一加了一枪,还向空中放了几枪。余大同身边的几枚松枝呼呼飘落。

余大同投奔齐云山的胡保林,立刻被任命为副大队长……

四

一连几天黄盛萱闷闷不乐,赵氏温婉地说:“不如在雾江另做一栋,这里人心比信泉好。”

黄盛萱眼睛一亮,心里想的被她一拨成了形。他有胆魄建新房!做新客家人!

他吩咐盛茗立即行动,请风水先生请当地头面人物请说得话响的朋友,他心里早有一张住宅图。五十多岁了还筹划建房安家,更想到日后在此地生根必定尝尽屈辱和痛苦,好不悲壮!

信泉离他越来越遥远了。

然而,盛茗“红军已从小洞撤走”一句话竟使他又改变初衷,果决地放弃了全部努力,率家回到分别正好一年的信泉,回到小洞!

他们到达信泉时红军已从信泉撤离。

最后一抹冬阳在屋顶飞檐徐徐消失的时候扑进家门,阿腾却哇哇地大哭起来。房屋比他们想象的保存完好。院子杂草丛生,显得小多了,枯黄的落叶铺满院子。黄盛萱清晰地记得去年这天下午他到白沙陈家出诊,之后就度过了翻天覆地的一年。人在他的下一刻将面临什么是不可预料的,无从把握的。正屋墙上还是那几条大标语,这表明这里有过激烈的场景。他特地保留这些标语不让粉刷,不怕别人贬损他家被革命过查抄过!

室内保存良好使他惊讶,他不由心生暖意。

赵氏扶着他走进大厅,厅壁上的神龛仍在,只不过端庄神台上再没有他先祖的画像。族谱仍在,似有人翻过。他记起了什么拉着赵氏进后花池又进东园,那些兰花疲乏却基本完好,有人曾经伺弄过。几盆寒兰花开香气馥郁。他禁不住叹道:"红军里头也有人喜欢兰花!"此时,心里竟漫涌某种亲和的感觉。

东园比西园整洁。那一夜,西园的阿腾使性子嚎哭不止;东园,湘如伏在他胸膛上一遍又一遍啜泣,痛苦和欣喜汇聚。这一晚他的心境如深秋湛蓝的天空宁静的青山明净的河湾。

五

黄盛萱的归来不啻展示了一种信号,躲难的大户富户纷纷重返家园。一天大清早黄宇遂赵仲椒就咚咚敲门。原来信泉商会宴请萱公。

黄盛萱心热了一阵,却不打算赴宴。他浇了遍兰花,慢慢修剪黄叶,把花圃清扫了一遍。他说:"我黄某何功之有?实在惭愧。我不愿去应酬,想安安静静在家休息几天。"

黄宇遂说万寿宫好好的,红军是悄悄地撤离,没惊动石街。商会已把万寿宫全部打扫了一番。两会长似乎流露曾经冷落萱公的歉意。

赵仲椒说:"亲戚,你还坐得安稳么?看吧,上门求诊的会排长串!萱公,如今的石街,乱套了,一些规矩没人听了。没谱尺生意做不发的!有你萱公这主心骨街头一站,大家心就定了!"

黄盛萱叹息人心势利,便说:"我只是做本分事说本分话做本分人,石街的事大家商量看着做。"

他却提议古历初一各店派代表到万寿宫集体进一次香。

上午石街的鞭炮声此起彼落。一些外逃的大户富户回店迫不及待地用激烈的鞭炮来显示威风。原来他们并没躲远。躲在最远的黄盛萱反而最先回家。

上午黄宅已来过几茬人,有的是佃户有的是欠钱物的。几个佃户表示继续交租,他还是他们的东家,有的说今年年成差来年补交。有人欠了多年的药费特意向别处转借来还给黄家。

一看都是补丁赤脚之人,黄盛萱感慨地说:"我黄家承蒙各位照看,这就是盛情厚意了!大家都过得不轻松。不过,我黄盛萱毕竟有门手艺,比你们滋润。这是时事变故,对谁我也不计较。我向来对家里说,自家欠别人的要尽快还;别人欠自家的从容相待。我还是这话!今年特殊,租谷就算了。我家里丢失的物件也算了。我知道田土少不得,可田土是累赘,想丢现在没这种能耐,一家有一家的开销,大家能理解照应就行。"

一个佃户说:"我穷但知人心暖不暖,萱公没说的,你家里也没说的。你那管账老郭实在傲气！他打着你的旗号来催逼，一点缝隙不给。他是死有应得！”

——郭能宾原以为红军不会过问他，他装出副比受苦人还受苦的样子，被一个当红军的佃户儿子一枪崩了。

黄盛萱几乎忘了这个郭管家。

六

半夜突然又响起一阵枪声！

赵氏梦中一声惊叫忽地跃起，抱紧老公再也没有气力。黄盛萱安慰她。他说：“不是以前的信泉了，没有一点响动那才真怪哩！”

朝香之前黄盛萱不打算上街，他宁愿被石街遗忘。可是他必须同赵氏去洞头看金梅。黄家应该永远感谢这个病蔫蔫却有主见的陈家女人。后来，他还是违背意愿抬腿迈向石街，他无法摆脱石街！

烧了好几间店铺，像一排整齐的牙齿又缺了几颗。满地是鞭炮碎屑。镇长胡玉和警长高源神气地逡巡。胡玉寒暄一番说：“高警长升为团副了，带一连兵驻守信泉，县城驻有国军一个团，危险期过去啦，那些王八羔子缩回匹袍，他们是待不久的！萱公我知道你险些做红军的刀下鬼呀！”

黄盛萱平实地问：“昨晚还是枪声不止呀！”

高源拉拉皮带说：“是零星共匪流窜，他们在匹袍饿慌了，下山抢了几家店铺。我率队赶到，他们已开溜了。”

黄盛萱想说，胡大头也在山上呢。

胡玉说：“你不相信？有人看见啦，确是共匪连长余大同。”

黄盛萱干脆挑明说：“我在雾江都听说余大同上山投了胡大头。怎么，你们消息比我还闭塞！”

——内心深处，黄盛萱不由自主以陈学余做形象揣摩共产党。

胡玉敲敲脑壳说：“黄会长赵会长都说你主持初一万寿宫进香，好呀。我本乡本土的，哪会不知道万寿宫的神力！”

黄盛萱心里好受一些，拉了赵氏走向庆仁堂。

好像生疏似的，章氏夫妇竟有些木讷；到了里间，他们才表现以前一样的热忱。他俩怎会不知萱公回来了？他俩是怕，哪一方也得罪不起。这一年来，他俩经历了多少恐怖场面！抄家烧店的算是轻的，游街示众也是轻的，当场用刀戳死砍下脑壳，半个月石街还是瘆人的腥味儿。叶氏吓得病了一场，一切让老公抛头露面。章泰生被盘问过几次，祖宗三代以及跟黄盛萱的关系，捉脉般盘问一通。蔡振通抢先到庆仁店，警告说你幸好是贫苦人出身，至多算一个小业主，再发财就成资本家反动阶级了，那就要无情地打倒了。叶氏故意把脸面颈脖掐得青红转紫，不分寒暑用粗黑布裹住脑壳，向别人买了几件旧的大襟衣，衣摆盖膝头，天天一双黑布鞋。章泰生主动地请赤卫队把狗打死煮吃了。他也分到十五亩地,叶氏骂他死笨,要地干吗?当枷锁么?他赶紧退了,倒挨了一顿"不相信苏维埃"的批评。

叶氏温了枸杞红枣酒给他俩喝。黄盛萱说:"别管红的白的,你们扎力做自己的事,就是受点损失,老天也会给弥补,这代不补下代补。泰生,你还得把狗养起来,你养狗出了名嘛。"

叶氏轻柔地问:"萱公,你家朝勋朝劢有音信么?"

黄盛萱叹口气说:"他们不在家倒好,我怕他们看在眼上记在心头化解不开,对家对人对自己都没有好处。"

叶氏说:"搭帮老天有眼……"

黄盛萱说:"学余的妇娘金梅仁义!今日我同湘如去看她。湘如,你去宇遂阿哥店里买两斤糖果。"

叶氏说:"金梅病得不像样,早些天她由她妹妹扶着到店里抓药,单子还是你开的。别人开的她不用!实在拖得太沉了。"

黄盛萱赶紧催湘如快走。

黄盛萱经过那间牛栏,浑身腾起一阵灼热。他生命中极为关键的几个钟头竟在这里面度过的。过去他觉得牛臊牛臭,很烦腻的,现在他竟闻出有些甜味。人世间即便一朽木一片石都轻慢不得,说不定你的身家性命便定在这上面!他要尽自己最大的力量诊治金梅,他必须弄清楚学余的去向!

陈潜家有许多匠人在那里修理、粉刷。赵氏说:"人家毕竟当县长,做么子就是一句话。"

当匹袍隘红军暴动的枪炮轰轰地响起,陈潜的家属早早躲开了,现在又用轿子抬回,街上和洞头的鞭炮震天响,驱邪的地炮震耳欲聋。

黄盛萱想,刚才怎么没听胡玉高源提起?

在那边修缮的响声和欢笑里,黄盛萱看到了一股炫耀与报复的凶焰,陈姓一些人始终把"出了个县长"当做骄横跋扈的资本。

这时黄盛萱分明听见金梅的呻吟和细伢的哭声!

第十章

一

正当许多人翘首等待县长陈潜还乡为陈家扬威的时候,陈潜无声无息灰溜溜地回来了。胜败只在瞬间,他是个红军手下的败将,国民党党国的逃兵,一个不被饶恕的失败者。

初到×县陈潜沉浸在官员和地方豪绅的宴请之中,一晃数月,攘袂持杯,他每每自负地大笑。不过,他也知道红军已暴动起事,许多乡隘已被赤化,不禁心惊胆战。

红军凌厉地攻城,情势危急。毕竟是民国考县长摘取了赣省桂冠,他公开表白“不成功便成仁”,誓与城池共存亡。

县城被攻破,红军蝗虫般冲向县府。一枚土炮在他旁边轰地炸开,他大惊失色,旁顾左右,只有一个老乡秘书王贯才始终跟随。这时,他又以“三十六计走为上策”自励,换上便衣连夜翻墙潜逃。他“啊呀”一声,原来县长大印丢失了!慌乱中他把大印当烟盒钱包扔掉,这等于把他的前程也扔掉了。

事后他硬着头皮到省府报告,果然受到上峰“永不录用”的凶狠训斥。

他不敢去源记旅馆露面,怕见信泉人,也怕见熟人,缩在赣州一个简陋旅馆;幸亏身边的王贯才不停开导他,他的心境才有所恢复。仕途春梦一场空,还是回家经商去。他强笑为欢,排排场场坐轿回家!

陈潜坐着一顶堂皇大轿,从赣州出发,绕道县城直奔信泉。不要随从,一路凄清。离石街一里,他下轿做了休整抖落了一身灰尘。轿子故意在镇公所门口颠了一会,可镇长等几位信泉要员身影儿不见。(胡玉等早得知消息而有意回避了。)他吼了声:“走!”

此时陈潜的心情糟糕透了,后悔不该选择回乡。然而他没想到家里族里仍厚礼相迎,族长安慰说:“波折短人世长,做一天的县长也是县长!”他不禁泪涌双颊,连说“惭愧,陈潜惭愧”,心情反而轻松起来。

换上长衫套马褂,满脸微笑,可气势收敛了许多,降低了嗓门,逢人抱拳作揖。进了石街,好些人同他寒暄,不过,他也嗅出了一些人亲热后面的白眼和冷笑。

他特意去看慎微堂和公晖旧址,耳朵装了不少黄盛萱的传闻,他倒羡慕起这位医生来了。

二

万寿宫庆典在即,大家拟定写一新对子。陈姓人争得特别凶,要请陈潜写,黄宇遂这回持反对意见。赵仲椒说:“请萱公写最合适!”

黄盛萱真心退守,即使参与公众大事他也不出头,可是退守着退守着,又会有突如其来的变局推搡他,他不觉又主动进击了。这回他一口应承下来。

进入小寒风刺骨地乱窜,浓云密布天地黑沉。兰花、药书、字帖和几本闲书都是他心爱之物,所幸没被红军毁弃,他对住东园那位不知名的红军首领怀有好感。他找出《兰亭集序》《祭侄稿》《黄州寒食诗贴》,小心用净巾拭去灰尘。他心里一阵激动。

他稍加思索就想出了一对对子。写大号字却有些气虚,他沉思良久。

赵氏把灯罩擦个通明,他撑着老花镜再次品味了一番字帖,背着手肃立兰花圃。寒花已经绽开，香浮东园，他的心胸被兰香盛满。这一夜他想了太多的事情，死去的活着的轮番复现又消失。朝勋朝劢一个东一个南，不知怎样了？还有，学余真的中邪连病入膏肓的妇娘也不理了？信泉才是你们牢靠的栖息地呀。他突然明白，万寿宫庆典对子舍我其谁？他回来是受万寿宫冥中召唤！

他运足气挥毫一气呵成，一副对子尽现眼底：

万家万姓启佑万民泽恩招万方
寿人寿世兼能寿扬和风甘寿谷

红纸上墨光灿亮，他放下笔觉得无比爽快，快乐地叫一声："湘如！"

她打了盆热水给他洗脸洗手，悄悄收拾笔墨，把对子端正铺展在大厅的神台上，筛一杯热茶端上。他调皮地在她手脖上捏了捏。她娇娆地说："我等了你一个穿心夜。"他抱歉地说："快天亮了，万寿宫鞭炮就要响了，得把对子送去！"

果然传来第一道鞭炮的巨响。

这是动乱后第一次大规模万寿宫朝香，各姓族长率领本姓男丁一路打鞭炮逶迤而来。上午九点，各路人马基本到齐。气氛端凝肃穆，镇里官员和驻军长官都毕恭毕敬。尽管陈潜个头大肥壮仍显出官威，但只能作为普通一员站在陈姓行列。

黄盛萱今天还是香首。他又惶惶不安了，觉得自己盛名之下其实难符。能治病但不能治所有病更不能救人命(此刻金梅又浮现心头)，有驱邪之心但无挽狂澜之力，眼见信泉人心日渐浮靡，他感到势单力孤气数将尽。他心里始终清醒，当年黄姓为首的客家对陈姓为首的土籍大加杀戮，伤害多少无辜生命，毁了多少家庭！黄家罪孽深重！他还明白自己默想的对子一般化，毕竟代表黄姓做稳了香首，忐忑不安中他更是心潮难平。

他无意中发现，章泰生排在末尾，小姓势孤力单呀，而黄姓是大姓，他因而被推作香首，这样说，他凭的不是自己的文才和能耐，顿时他的兴致锐减。

大家相见，都感慨唏嘘。他议论近年的新逝，叹说时局之险恶，也扯起报应来了。

庆典结束，黄盛萱赶紧脱身，在公晖诊所跟前驻足。他可以不恢复慎微堂，但必须恢复"公晖"，因为这是儿子朝劢的，他要帮儿子在信泉医林继续占有一席之地。吃苦吃累甚至流血，创业维艰必须经几个回合！教书和行医是传之久远不为党派纷争所累的大业！人读书才能识大节成大器，阿腾三岁了，家里必须有所准备……

他心里阳光灿烂，觉得充实。

什么时候叶宁玉已在他身边，请他过去坐坐，还高兴地告诉说，他的二公子朝劢回来了。他仰视上苍，非常振奋！

三

黄朝劢刚刚回家,从湘母那里得知家中的一切。他赶紧做了块新牌,上面仍写着"公晖医院",汉字和英文比上次更大更显目。他街头一站,石街好像更精神了!他激动地叫一声"阿爸"!

看来这次他回家铁心务医了,黄盛萱十分欣喜。

朝劢仍西装革履,带回一些精致的小洋货和西药。他哼的最多的是京调,大家似懂非懂都咧嘴笑。黄盛萱皱着眉也跟着笑了。

在家里的诊室,父子俩叙谈了好一会儿。他告诉父亲,他当上了某旅某团的少校卫生队长。在部队,大家佩服他多才多艺。蔡铤锴将军命令他组建"鲁阳剧社",任命他当剧团团长。他哪是当剧团团长的料子。演出失败,受到严厉的批评。

原来他是失意才回家干医疗的!

一听"旅"、"团"、"少校"这些令人生畏的字眼,黄盛萱怦然心跳,他最反对儿子从军,从军就是拿枪,不是打死别人就是被别人打死,流的都是血,毁灭的是人是家庭。不过他对满崽的失意回家重操医业,眉宇大展,正是他企盼的。

另一家西药荣记店开张不久,老板邓氏贪财,恨不得一片薄丸子抠下一团肉!常用的不过是阿斯匹林、胃舒平、苏打粉、安乃近、痢特灵等少数几种西药,开价特高。邓氏西装笔挺,黑皮鞋灿亮照人影,头发打了厚厚的发蜡,故作神秘高深。

黄朝劢听说忍不住训邓氏一顿。那人有高源团长做后台一点不示弱。第二天一个着呢子军服戴大盖帽佩戴军章穿黑皮鞋佩短剑的英俊军人精神抖擞地出现在石街。这下黄朝劢真把邓氏镇住了。

不料也把叶宁玉镇住了;她以为是丁猛孚重返,双膝发软地躲进里间,呜呜地哭起来。章泰生信以为真也慌了,两个抱得紧紧哭成了泪人。然而半天无事。章泰生悄悄打听,才放下心来。叶氏说:"怎么朝勋有这样的弟弟!"

黄盛萱的威望更高了。

可是,没几天黄朝劢又要离家赴上海!他已接到命令,日本兵侵占东三省,疯狂地南下,国军开赴上海前线要与日本决一死战。他应该随军参战!

儿子追随的是蔡将军的19路军,男儿当为国捐躯!儿子并未把小挫折当回事。黄盛萱郁郁不乐,终于又理解了这个崽,他说:"算我没白养了你,你尽管放心前去。到赣州你赶快给你哥发信,叫他快回!还留么子东洋,你就说是我的号令!"

全家隆重地为朝劢饯行。黄盛萱领着他在大厅跪拜祖宗。两支过年才用的大蜡烛滋滋地燃烧,大厅更显庄严。祭了祖宗祭天地,黄盛萱把一杯米酒洒在院子里的草坪上。

盛茗、湘如、昭云和阿腾立在他们身后。昭云蝶斑布满了脸颊。此时她在为老公担忧!

黄朝勋正在从上海到南昌赣州的归途中……

第十一章

一

阳历新年,医学和法学博士黄朝勋到达赣州,他马上看望省赣中校长邹蔚湖。

他和许多中国留学生一样,以提前回国方式来表示对日本侵华的抗议。邹校长对他提前回国并不感意外,而是倍感欣慰。

在日本在北国已是冰天雪地,在南国的赣州不过略觉寒意。邹校长的脸像过冬柚子皱巴巴的,不到五十已明显现出老相。黄朝勋向校长禀告说:“开初我力修西医内科兼外科,后来选修法学。五年课程我三年多就拿下了,回国已无遗憾。”

邹校长点头,欣慰地说:“对的、对的! 人终归受潮流启迪;你能静守,不过比过去也更英气了。医术、法律都大有用处,社会正需要。前段国立康复医院要推荐人呢,你回来得正当时。先回家看看你家里吧。我也几年未见令堂,想来盛萱先生一切如愿!”

邹校长同他游览了一遍校园。一派严冬的肃杀,似乎没有前几年那么静雅,纸屑不时随风飘舞,夜话亭、桂泉院、阳明院、绿漪亭等萎缩苍老了许多,上面的十大乡贤、十七县地图散发一股潮气。

邹校长感慨地说:“这些年学校难办,勉为其难,我仍要坚持下去。教师学生的心也乱。也不能全怪他们,社会是人之母,母乱子不安嘛。很难找像你们一届这么静心的了!”

黄朝勋记起了陈学余,问道:“我的内弟陈学余听说在你手下聆教,不知他现在何处?”

邹校长说:“令堂确有眼力,陈学余国文底子扎实,人正直诚实,看得出是苦家人出身有奋发之志。他刚来的那阵比你还静守。后来大概家里有事吧,一段时间他出去了。随后又返回,还起了一场风波。我出面平息了。我要他留校执教,他不同意,后来他又回来说要继续学习。他忧郁,刚毅,心里似有放不下的苦衷。你这内弟是有想头的!”

黄朝勋说:“我这内弟思想有些激进。他生性忧国忧民。难为校长庇护!”

邹校长说:“我不保护我的学生,谁保护? 青年人火气大难免目空一切。我决不轻易处置学校的教师学生。”

朝劢给他来过信,虽篇幅简短,尽兄弟之情罢了,但他能从中闻见弟弟的心事和行踪,而学余好像在躲避什么又追寻什么。他连去源记饭馆等几个地方,都难获学余的确切踪迹。

黄朝勋西装笔挺风度翩翩，话语恳切慈和，颇获同学好感。他虽归心似箭，但一些同学的宴请和叙旧，却不敢轻慢。因为赣州安定些，在赣州找份工作好，一些同学已当了官，请他们引荐有好处。在赣州他真有归家的感觉。

一些同学说他富态、文气、端庄，是做官的料呀！他只是笑笑。一踏上国土，这类话实在太多令人心烦，中国人就是想当官，当官是人生的全部寄托，读书人只有用官坛子装着，挖空心思想做官。

他坦荡地说："我向来想以一技立世，现在更不想从政为官。红呀白呀同我有什么关碍！治好一个病人，我比病人还要快活！"

一些同学当即反击，说他迂腐，呆气，不识时务，这是在中国呀！

一个同学说："朝勋，你记得么？你后面坐的凌贻坚、刘怀馨多激进，每次上街游行不落后，原来他们是共产党！还没毕业，他们就奔赤区，宣布结婚，献身什么革命。凌贻坚比你家还要富，还不是图做官！造反当官快呀，听说当上团长啦。"

黄朝勋不觉一怔。当年刘怀馨常常接近自己，探讨文学问题，她还把写的几首现代诗给自己看呢。当他挑明自己已娶妻成家，她突然跟凌贻坚形影不离……

那人说："当心凌贻坚拉你下水呢！"

另一个同学说："不可能，朝勋家是信泉头号豪绅革命对象，他父亲差点没被抓住宰头。"

黄朝勋心里猛跳，他一点不知道呀。他一直认为父亲从来就是一介医生，心术医术不坏，怎么成了打倒对象？在东京他问过左翼人士，都说他家决不是革命对象。他快活不起来了。

这同学不好意思地说："真对不起，我以为你早已知道；我们也是听说的。"

黄朝勋担忧地问："还能回家么？"

同学安慰道："现在形势转好。前一段红军围攻赣州，可吓坏了我们。连瞎子都组织起来听地下的掘土声，红军把炸药装在棺材里挖地道运过来，城墙炸开一个大缺口。危险终于过去了，红军已迁到几百里外的河东片去啦。蒋总统派了重兵守护赣州。信泉的红军也撤走了。"

这一夜，黄朝勋难得入眠，他的工作定在赣州是对的。

他想到更多的是父亲。自母亲赵春如病故，父亲娶了姨娘湘如，还好，湘母倾心协助，他们兄弟读书学艺才顺遂。儿子出世，都是父亲牵头操持。房子被烧了么？

他又想起叔叔，湘母……奇怪，好久好久他才想起昭云；想起昭云很快又转到学余身上去了。对昭云的欲望已久违了，它像蜗牛不知缩在身上什么地方。昭云不怎么漂亮，但贤惠，善解人意，默默地做事，不怕别人疏漏自己。娶昭云是父亲的最后决定，这方面父亲非常固执，等他结了婚父亲才让他到赣州读书。离开的那几天晚上，昭云才成了真女人。不过，昭云身上的血腥也让他惋惜。

他对昭云的欲望终于像一堆暗藏多年的松柴一下子被点燃了！这时，昭云占据了他整个心胸，他巴望一步跃到信泉……

二

黄朝勋克制着，很想见内弟陈学余。

同学和同学的朋友都主动邀他住较高级的旅馆，被他婉拒。他宁可住源记旅店，住在父亲经常下榻的那个房间，以此感受亲情和乡情。老板深感荣幸，殷勤招待他，并且高声告诉落脚源记的信泉人，大家都为之自豪。

这天晚上黄朝勋回的不算早了，老板热情沏壶云雾茶端一碟油炸花生米一盘炒南瓜籽跟他细斟，讲起了黄盛萱先生在赣州的珍闻。他注意打听内弟学余。老板摩着下颏说："是不是那个清清瘦瘦中等个子，大家叫他陈先生的？他有时到这里住一两天、三几天。我都把进店人看做做生意的。"

他击掌说："对呀，我正在找他！"

老板回忆说："这陈先生和气，沉默寡言。噢有了，我有个姑表在碧潭撑船，他好像提到过陈先生。陈先生或许在那里有生意……"

他脱口说："陈先生不是做生意的！"

老板眼一眨笑道："我晓得哩，这样可免去不少麻烦。你这亲戚怕跟共产党有瓜葛，一次当局追到省赣中，邹校长出来保他！陈先生满脸晦暗，运气不好又好的。"

天蒙蒙亮黄朝勋赶到碧潭，腰腿酸软气喘吁吁。浩瀚赣江在他面前奔腾喧叫。江风呼啸江水拍浪如千堆雪。几十只船泊在岸边。这是赣州至泰和吉安南昌的主要通道，是闽粤通向中原的要塞。船老大们赤膊赤脚粗野地吆喝。这就是碧潭——逼潭，赣江上游第一道鬼门关！虽是深冬，碧潭白浪喧腾张牙舞爪，一阵阵冰凉气浪扑面而来。

他一个寒噤，学余借此谋生！这太艰难了。

一问，学余前一段的确待过。船老大说："看不出陈先生身有上股狠扎劲，可他没我们这些粗人那样洒脱呀！"

他更是把不准了，认定学余已回信泉。

三

沿途圩镇的断垣残墙都成了黄朝勋想象中的家，不禁悲从心来。走近小洞见房屋完好，情形不是他想象的那么糟，他就由激动而感动了。阿腾在门口玩，好奇地看着这位精神饱满气度非凡的陌生人和背后的两个挑夫，飞奔进西园，嘴里喊道："客佬！客佬！"

赵氏赶紧出来，她眼睛一亮扑向东园叫道："盛萱，朝勋回来啦！"

她抱起阿腾说:“这是你阿爸呀!昭云,阿腾他爸回来啦!”

黄盛萱正思念着呢,他抻抻整洁的竹布长衫,仿佛要掩住狂喜,眼睛却迸出热泪来。赵氏忽悠脸烫脸红了。

黄朝勋进东园亲切地拜见双亲。随即拜见叔叔和昭云。所谓拜见,就是深弯腰鞠躬;他竟熟练地操起家乡这套礼节。一家人欢喜不迭。

黄盛萱这次免去祭祖这项规矩,他不愿太累了这个远洋归来的长子。

家里人(除昭云)气色之好也出乎黄朝勋意料,心中的愁惨一扫而空。昭云对阿腾说:“他就是我常常给你讲的,他是你亲阿爸!”

黄朝勋一把抱了他,举得高高。阿腾嘻嘻地笑个不停。

黄朝勋又习惯地进了东园。依然兰香馥郁雅静宜人。他抓起《聊斋》翻翻,同时眼溜父亲的清静书房。父亲斥责过朝勋不得乱翻乱动,却宽容地随他翻拣。随着年岁的增长,他从这些闲书看出了父亲不为人知,而且跟其道貌岸然外表相反的一面——父亲的隐秘生活。他似乎能从书中听见湘母的熠熠风情和尽性的笑声。父亲把威严、矜持和恣情糅合得天衣无缝呵。他心里一震:黄家男子难道中年后放纵情性才能推动事业前程么!

与湘母的滋润妩媚相比,昭云成了一片枯萎的黄叶。

西园杂乱多了,檐下放着农具和尿桶,稻草处处可见。房里稍稍整洁。看来昭云趁快把堆在床上的衣物全捞着塞进了衣橱。床上尿气呛人。黄朝勋好容易才习惯了。这是他的家呀!

各一盘千响鞭炮在家宴前后震响。这是黄盛萱给这个长子的殊荣。时局如此动荡,黄家却有惊无险,老少平安,他由衷感激神灵保佑,要合家继续低调做人做事。

湘母带走细伢。黄朝勋洗了艾蒿熬煮的热水澡。他惬意极了,好不容易才见昭云解下围裙卸下头巾进来。她变得老气,一身好肉已灌铸在细伢身上,脸黑手黑颧骨高耸蝶斑满面,胸脯平平的,衣着一般而粗糙。他拉过她,她为家里吃了一番苦啊。

她对他生疏了,眼里涌现难以排遣的敬畏,老公已成熟悉的陌生人。几年前那种如胶似漆的亲热和疯狂如在眼前,却已无迹可寻。他激动却又平和地说:“看你汗水涔涔的,先洗个身子。”

她羞涩得浮出红晕,细声说:“饭前洗过……又洗不好意思的。哦,我去,我去!”

她终于激动起来!这真是她的老公,他没有变,自己只有顺从他、迎接他!

然而,在她沐浴后坐在床沿,自卑再次占满她的心胸。她拘谨、羞涩、自卑、木讷,被一个叫老公的堂皇的男人拦腰抱起放在床上。她忘记了配合和主动,让两只温软的手在自己身上搓揉。自己干瘪的胸乳一定使他失望。她明明黑手黑脸却听见他冲动地叫一声“真好”。她迷糊着，好一会儿，好像听见他说：“你怎么不像以前呀！”

她瘦了，黑了，丑了，比湘如差远了。她被翻来覆去地搓揉，像一张干瘪板鸭正着反着贴在席子上。荡热传遍她的手指足尖，一种久违的狂喜再次回到她心头。她只是被动地享受着，应用着同时也放弃着自己的权利。感动和感激在她心中一波波泛涌，像绚烂的花把她的心尖和身子撑得满满的。她是他的，她是黄家的，劳作，颠簸，受难，忍受，她无条件地担承。今天，她出于感激而担承他，受他近于残暴的激情，从而她感知老公还是她的，而且爱她。她怕自己蓄积的情愫化成痛哭而惊骇了他，想呻吟不呻吟，想喘息却拼命抿住嘴巴，一张床上只有他的声音，他和木床格格搏斗的声音。

她昏迷了一会，仿佛过了很久很久，张开眼见他靠在床上盯着她的身体。屋里敞亮，还是下午哩。她是多么瘦弱呀！她不由抓床被子盖住自己。

激情过后，他的脸减退了生气，恢复了平静也涌现了失望。这种失望敞露无遗，更让她明白他不是先前的那个他了。不过，她仍沉浸在感激的痴迷和痴迷的感激中。

黄朝勋已清醒过来。为什么刚才他感觉的、他拥抱的、恣意的不是现在这个女人？他脑里回想和面前的是同一个女人，他的妇娘呵。他发自内心感谢她，并努力把这种感谢融入于激情中。但是这种感谢已无法汇入那种激情了。

在东京不少中国留学生找了日本女子做伴侣。他恪守父训潜心学业几乎到了两耳不闻窗外事的地步。他穿起和服跟日本人几乎一模一样。朋友拉他去留学生办的《东流》《杂文》和《诗歌》杂志社，他对时事不感兴趣，却对日本女子的温顺妩媚心旌摇动了。谁也不知道，在一次旅游中他暗恋上千叶的一位姑娘田川叶子。终于在一个假日他对田川叶子表白了爱慕之情。

那天他推开纸糊的推门，她一家向他表示热忱欢迎。她父亲着深色和服戴着眼镜坐在火钵后面的大蒲团上，右首放着中国式的茶盘茶壶和茶杯，真有点像家父哩。他体味这一家子从容体面而又不乏尊严的生活。火钵中的炭块炽烈地燃烧着。他如沐春风。她父亲同他谈中国茶中国丝绸中国儒家，他也就放松自然了。叶子姑娘送他过甬道的时候，他突然抱着她亲吻。显然两位老人是首肯女儿与他结交的，这是在日本仇华排华的时候呀，他感动极了。

后来倒是叶子姑娘到东京找他。在一个中等的旅馆，他享受了日本姑娘的初夜。她迫不及待地向他倾诉她的欢乐她的感觉。他决定带她回中国，那时他明白家里有个叫昭云的女人，跟昭云的关系他能妥善处理。不过，他心里畏父亲；父亲肯定不会同意的。于是他对叶子也动摇起来。

“九·一八”中国发出反抗的吼声，他没参加示威游行，但他悄悄终止了跟叶子姑娘的来往，并且提前回国。

任何东西只要你真诚地投身其中，它就会悄悄在你心上留下烙印，即使你一时毫无所察,它注定会有一天重现你心头!黄朝勋竟在家里同妇娘在一起的时候再次回忆这个日本姑娘,真是荒唐呢。

不是担惊受怕而是劳作苦累,昭云才色衰体弱,他怜悯她。怜悯也能产生激情。尽义务也能产生激情。两股激情汇合推动欲望的再次泛滥。他再次怜悯而又无情地进入了她。她掩住自己尽量地不挣扎,尽量地表露她不会褪色的感激。

她深情地说:"你歇会儿,以后有时间,别蚀了你的身体。你的身骨儿要紧。"

其实他的心已在退却,退到妇娘无从知晓的隐秘世界……

当一切恢复平常,黄朝勋真切发觉,青山、风和流泉还是那么年轻,而屋子窄了、陈旧了;亲人中湘母青春溢彩,阿腾尚小,而父亲、叔叔和昭云已老了许多,尤其父亲,明显老态。大概昨日父亲浩亮的泪水掩盖了遭受动乱的痕迹吧。家里人没谁给他谈起这些年惊心动魄的变故和痛楚,但他从墙上杀气腾腾的大标语,从老人的神态,确定家里遭遇了巨大的冲击。在赣州逗留数天的所见所闻,他悄悄同家乡家里对照,更感到震荡不曾远去。奇怪,在外面他苦苦地思念家乡,回来后却想离开。

他应该尽快下赣州!

四

昭云先走一步带着阿腾和礼品上洞头。

黄朝勋委婉地拒绝穿长衫马褂,穿上中山装,乐得在后面从容观赏田园风光。三岔路口他想起应去趟母校浚灵小学,顺便看看石街这几年的变化。这时背后有人大声叫他,原来是陈潜。他尊敬地脱口回答:"陈县长,早呀!"

陈潜摇摇头,泰然说:"那是过时的老皇历啰。我在浚灵小学执教。"

"好呀。"黄朝勋立即明白其中必有大变故,巧妙地转换了话题。

陈潜打响指说:"你这大留学生回乡,镇里当派大轿子,隆重为你接风呀!"

黄朝勋谦虚地说:"我一介学子没什么造诣,怎敢惊动桑梓!"

当陈潜得知他愤然提前回国以振中华魂魄,大摇拇指说:"扬了信泉人的骨气!"

陈潜明白他急着要会谁了,淡淡地说:"学余久不在家了。"

朝勋"哦"了一声,突然醒悟学余与陈潜向来面和心不和。他拐向石街。

陈潜仍紧紧跟在身边,好像他们是至友似的。他主动向人介绍:"这是黄盛萱老先生的大公子、留洋大博士朝勋先生。"

黄朝勋颇感别扭,也无心端详街景,回头对陈潜客气一句,突然扑进庆仁药店。

披蓝头巾穿黑面襟的叶宁玉正坐在柜台拨算盘子,抬头"啊呀"一声,立即认出了是他,满脸飞红。她以为他进来有一会儿,高兴地说:"朝勋先生你回来啦!阿泰,来了贵客!屋里坐!"

几只锁住的狗汪汪地叫着,黄朝勋却感到亲切,如同听欢快的唢呐。

叶宁玉老了！石街也老了！他顿时觉得自己离家很久很久，信泉历尽沧桑。

叶氏双手献上热茶。弯弯的眉毛小巧的鼻子微凸的颧骨好看的下颏似流淌一条温柔的黄金曲线，顺眼，耐看。泛红的脸犹如墨中鲜桃花，清纯，细看，真有惊心动魄之处呢。他发现，她年轻着呢，比前几年更标致了！他欢快地打量她，禁不住心猿意马了。

章泰生手忙足乱生怕怠慢这个轩昂的贵客。叶氏热情地频频添茶，茶杯里的水溢出来了。黄朝勋有些不习惯。他问了问药铺的行情。章泰生说："药不到樟树不齐，药不过樟树不灵。我们樟树人制药特重行规，要滴血烧香诅咒的，偷工减料糊弄顾客会断子绝孙的！做药材这行特重天地良心，搭帮信泉老表，生意还过得去。没你爷你家，我们哪有今天！"

叶宁玉已换了一身浅色衣服，短短的大面襟，宽短的袖子，衣边都镶了丝绸的暗花边，露出半截白白的胳膊，胸脯更丰满了，腰更细了。黄朝勋心里泛着涟漪：真是个药铺西施！

叶氏坐在他身边说："头阵说要分地给我家，我不要！"

他知道章家未受冲击，点头说："地真是害人，老祖宗留的嘛，要丢丢不了。人还是凭技术凭本事吃饭才久远。你们这样就不错！"

叶氏说："头顶别人天，脚踩别人地，风吹草动我们提心吊胆的。"

他"哦"一声理解了章家另外的苦衷，说："我们保护你们，信泉好人多。"

叶氏说："萱公替我们担当。一个大博士，大地方才放得下。你来保护，来不及呀。"

他说："我学的西医，虽立意在赣州开业，说回就回来了。"

叶氏垂眉笑着说："只怕打轿也请不来，赣州花花世界什么都有。"

他果断地说："我会回来的！"

信泉在他心目中又年轻起来美好起来。趁筛酒的当儿，她一双手久久地悬在他眼前，他总想捏捏叶氏白白的手脖儿。她身上温软的气息使他陶醉。她叫他去"公晖"看看，但他终于忍住，说要先到洞头学余家。

叶氏说："金梅病得不轻呢，她妹妹叫金巧吧伺候她，经常来抓药的。"

他一惊立起说："那我马上去！"

他不敢再耽搁，快步去洞头。昭云动手弄中饭。金巧手抱阿陶，笑着招待客人。嗬，小姨也长大成人了。学余家比他想象的差，金梅的病情比他估计的严重。他实在想象不出这几年他们如何忍辱负重！

金梅无力但骄傲地说："学余他就是跟陈潜较劲儿，不认输！我不支持他谁支持他？我不懂他做的事儿，他也从不给我讲，天大的事他心里兜着，他也就在我心里兜着。"

他说了许多安慰的话。金梅说："道理我不会讲，人心是喂五谷长的，亲戚不亲戚，我认定的好人海枯石烂也是好人！”

回家路上，黄朝勋担忧地对昭云说：“金梅的病怕有情况。”

昭云说：“烂席经得拖，我怕拖不赢她哩。”

他心里内疚，诚心说：“我让你受苦累。你当时要去治呀！”

昭云说：“开初不好意思，后来熬挺惯了也就算了。女人是男人的席子，别扔掉就行。你富贵就当我享福。”

他心头一震。她总是感激，宁可作贱自己。他想跟她说，夫妇都是平等的，用不着感激！不过她这种虔诚使他感动，他狠劲把不断闪现心中的叶氏压下了。

昭云说：“阿爸的心胆也弱了。这时局怕不会稳下来，家里有我，你放心做事去！”

朝勋决定提前下赣州。他再三嘱咐昭云说：“阿爸是家里的胆，别让他累着，凡事你们多担当！”

又传来隆隆的炮声。黄盛萱送儿子过了云水河，不容儿子拒绝，又送了一程。

第十二章

一

枪声炮声成了信泉的家常便饭。正像已适应了奔腾咆哮的云水河，大家也适应了隆隆枪炮声。

石街是取之不竭的奶牛，国军、土匪和红军都吮吸它。它又是天然舞台，任何人不用化妆，都可登台唱戏，有的现现脸就消失了，有的多盘桓几天，终归雨打风吹去。但石街有记忆；传奇故事的流传便是它记忆的体现。

生活给了信心，朝劢朝勋回来给了信心，黄盛萱同赵氏恢复上公晖诊所。这天刚到十字街头就被黄宇遂挡住了：“又来抢劫啦，这次是红军，那个蔡振通打头。他专找对头消气！萱公还是回避一下好。”

黄盛萱奇怪，不是说红军向湖南转移吗！他不以为然地说：“我与蔡氏祖辈无积怨，今辈无新仇，过往的事我早不去计较。怕他怎的！”

黄宇遂拦住他说：“有人看见他在公晖门上贴了勒令！”

黄盛萱脑壳一轰更是拉了赵氏向前走，大声说：“我更要领教领教！”

公晖诊所门前好些人围看一张“勒令”——

查信泉头号劣绅黄盛萱勾结国民党反动派帝国主义，继续与革命苏维埃为敌，剥削工农大众，勒令三天之内交出压榨人民的血汗钱两千大洋，否则后果自负！

中共河西通委一九三二年×月×日

凡这类勒令，胡保林是不写的，他们开口要；字体差劲，这是红军所写，每次一两户，这次落在黄盛萱头上。

赵氏一看脸就走色，拉住老公往回走。

黄盛萱挺得直直的，坦荡地说："我倒要坐镇公晖！"

公晖又为大家注目。

接连几天黄盛萱都不听家人苦苦劝阻，也不要赵氏陪伴，健步上公晖。他也不让通知在赣州的朝勋，更不去向胡玉高源请求保护。他似乎只听金梅规劝，但此时金梅已病重卧床。黄家忧心如焚。

最后一天黄盛萱叫人把楼上那副红杉木棺材抬下放在正厅中间，挥笔写下几句要儿子孙子继承父业的遗嘱，掷笔，然后大步上街。此时许多黄姓人已聚集小洞黄宅周围看动静，姓氏血缘把他们拧在一起。他们无法抵挡险情，只能显示本姓的团结，以此表示对黄盛萱的同情和声援。

前些天蔡振通率领几十个红军转移到邻县的蒙山。他反对部队跟胡保林谈判，当他得知红军用可观的银洋通过胡保林拉拢国军军长陈济棠而放红军过境，心疼了一阵，心里又亮堂了，后悔自己死累，空有头衔，但荷包空空，人在世上还不是为钱财！同样为钱财必须不择手段！他决定跟随部队离开江西之前再行动，黄盛萱这次成了他敲诈的对象。

正要行动，恰好被有备而来的高源撞上，他自个儿逃脱了。

中午镇里响起了一阵鞭炮，原来高源团长狙击匹袍隘红军凯旋，几个红军的头挂在街头。那一纸勒令不见了，好像蒸发了。险情也消解了。

黄盛萱却关门回家，他说："石街就是给血弄衰的，我看不得血。"

当他走上通向小洞的七孔拱桥，鞭炮激烈地响了起来，许多黄姓人前来迎接。他深受感动，破例散发了不少银洋。

客人走后他告诫家里说："以后别这样兴师动众，这是罪过！何必搬动黄家？其间必有不情愿者，以后岂不落下祸根！十年修心不够一朝谄媚呀。丁某我不畏，我怎会畏那纸勒令！"

时局平静。然而红军突然再次从天而降！

二

没响一枪一炮红军神速地占领了信泉。这次是红军由江西开往湖南，临时决定在信泉进行短暂的休整。没见骚扰，气氛寻常，石街生意量骤增，盐、布、硝、铁、铁砂、药等供不应求价格不断上扬。

凭经验一场恶战就在眼前。商家既高兴又担忧。黄宇遂赵仲椒不停地奔走，竖起耳朵打听。他们商议，红白一视同仁，哪方都不得罪，只要在信泉境内，都去犒劳。

商会组织了二三十户商民抬酒抬猪肉鸡鸭到十五里远的交界处信地。一个大操坪整齐地坐着万千的人,听一个长官做演说。一会儿一个穿草鞋的中年汉子接见了他们,还问了市场行情,叫人逐一登记付现洋。黄宇遂一行十分惊讶转而感动,不肯收钱。

离开时赵仲椒打听那头头是谁,当听说是“彭军长”,他们都伸出舌头。

有个家住信地的商民说:“这次红军修了一条四里长四尺宽的水渠,也是彭老总指挥的。”

他们琢磨不透:既然要撤离怎么又修水渠?还没听说有帮助修水渠的军队。怪不得这么多做田人愿跟红军!

这种时候,一些富豪财佬只是躲避,没有举家逃亡,他们见石街比往常热火,心定了许多。可是,小洞的黄盛苕赵湘如像热锅上的泥鳅,惴惴发跳。黄盛苕凭着经验,全家先走为上策;赵氏时时念记那张勒令,老公的示棺之举,太显耳目了!黄盛萱决绝地说:“灾祸是躲不过的。这回没谁走呀;他们就是走光了,我也不走!”

黄朝劢仿佛从天而降,大家喜欢不迭,担忧又悬上心头,可黄盛萱认为此乃大吉之象,喜出望外。跟儿子聊了几句,他便感觉大时局小时局纷纭动荡,一颗心倒更定了。

黄朝劢说:“爷,你画的符保佑我!”

黄盛萱感叹:“天道不爽也,爽!”

黄宇遂一直心神不定,打算傍晚去找萱公。这时他却意外看见了街头着军装的黄朝劢,眉头一宽。不过,他头脑清醒,并未上前与之寒暄,非常时候呀。他甚至也不想去小洞了。

黄朝劢黑瘦但依然神采奕奕。去年他跟上蔡将军的19路军投入殊死的抗日战役,坚持了数月卓绝的巷战。他贴胸口袋里一直盛着父亲给他画的护身符,内行而快捷抢救伤病员,医术也得到磨砺。那天他刚刚背下伤员,那阵地被日寇占领了,19路军将士一片悲壮的哭声!他特地购了一大批盘尼西林、葡萄糖等药带回,好让父亲放心。

在赣州他见了哥哥因而更放心了,有阿哥在父亲身边足矣!

途中他听说红军占领了信泉,他还是往家里赶。石街红火热腾压根儿不见战事,家里出乎意料的平静,他心里一下子还不习惯哩。他改穿对襟衫着布鞋,同父亲开了几天门诊。

家里只有赵湘如注视着石街的风吹草动。她哪里知道,一场匪夷所思的奇遇即将发生!

三

那天一大早,黄宇遂带着两个乡民急匆匆敲开了黄家大门,直扑诊室。

黄盛萱正在品茗赏兰花。黄宇遂不提抓脉,张口便夸朝劢做了件大好事:“一支盘尼西林能卖十个银元，一支葡萄糖能卖二块半，气坏了荣记老邓。”话锋一转，他却说段子一样说了一通商会抬酒抬猪慰问红军的情况。

黄盛萱早已听说，还是认真听着，当听见“彭将军”名字时，他不觉说“果然是了”，他记起了金梅的话，心里热了一阵，来了精神。

黄宇遂话锋又一转说：“彭老总请你们父子到信地治病！”

来人诚恳地说：“两位先生如愿去，我们立即安排轿座！”

赵氏满脸担忧，黄盛萱扬扬手示意她退开。他深思了一会，畅快地说：“黄某在信泉范围向来不坐轿的！”

来人说：“首长替你们的安全着想，再说也是应该的。”

黄朝劢说：“爷，就坐它一回何妨，在大口岸医生出诊坐轿车的！”

……坐在轿中，黄盛萱思绪起伏。福兮祸所伏，祸兮福所倚，自古亦然，在他身上也应验了。他向来奉行不与军政相勾挽的处世之法，不料政军光环总是突如其来，难以拒绝，得之失之皆在其中，人生祸福也在其中。这样他心地倒泰然。思来想去，觉得民国李将军还是共产党彭将军都是人，为人治病是医生的天职，至于红军这次会不会借机“收拾”他们父子，他也置之度外了。

他们安静地休息了一天。

在农家一个小厅，黄盛萱刚漱洗完毕就听到一个熟悉的声音。原来是位将军，他们父子先后立起。他立即想起这位一定是彭德怀将军。

彭将军说：“快坐下两位先生！打扰你们了！老先生我见过，那次是伯公坳一炮请你出来，这次我们是用轿请的，求助于人也相信人嘛。”

黄盛萱自报家门，特意说明住在小洞。彭将军好像对此没有印象，随意地扯着乡村琐事，说起这样一件事情：“你们信泉人多是客籍，很会择地而居。一次我们住进一个神仙窝子，有兰花有前中后厅有东园西园，有族谱有医书。客籍人开发信泉是有大功的！”

黄盛萱全明白了，感到亲切。

黄朝劢忍不住站起说：“将军直来直往，我也不包瞒：我学的西医，曾在蔡将军的19路军干过医务。”

彭将军点点头，似乎早已清楚，抱拳说：“蔡铤锴将军，久仰大名！是热血护国将军！哈，真是幸运，我们判断没错，那位农民也有救了！”

黄盛萱惊奇地说：“不是将军偶染微恙吧？”

彭将军朗声大笑：“世上无净水怎么有净人！风餐露宿，我这做田人坯子少不了疾病。趁这机会我也请先生捉捉脉。”

黄盛萱探去尖尖手指轻轻叩寻，见他神志清醒神思不乱两目灵活有神语声清朗面色黧黑明润形体适中体态自然活动自如头额光亮眉毛浓密……脉象雄壮有力。他佩服地说：“将军抓得起放得下，心襟坦荡肺腑贯通，疾患是不敢上身的！”

彭将军收起手臂笑道:“我是小病不畏大病硬挺死后拉倒的粗人。如实相告,我所住的一家房东排尿不畅痛苦不堪,实在苦情,你们二位先生一定有把握的!”

黄盛萱更是感动。

红军医院设在农家,分中医西医,条件极为简陋。黄盛萱头遭碰上难题,想不出周全之法;黄朝劢果断地说:“看来只有手术了。”

黄朝劢拿出少许麻醉药,辅以中草药,攥着心劲挥汗大半天,终于成功取出病者尿路结石。家属和医院欢呼“奇迹”!

彭将军高兴地赶来表示庆贺。院长捧出丰厚礼金,均被父子俩笑着拒绝。黄盛萱真心说:“乡里乡亲,也免了吧!”

彭将军说:“本人豪爽也喜豪爽之人,我手书一纸算是感谢和纪念吧!你们放心休息,晚上再由轿送你们回去。”

彭将军在一张小香纸挥笔:

医德风范书赠黄盛萱黄朝劢先生

彭德怀　　一九三三年×月×日

家里提心吊胆望眼若穿。赵氏没合一眼,泪水干复来。终于逮到老公的声气,愁惨一扫而空。

黄盛萱没有倦意,把手令交她看过藏好,再别像上次李将军赠的绣匾不翼而飞。赵氏轻声读了几遍,用油纸包好放在灶神像后面干燥温暖的窟窿。

昭云微笑。阿腾也跟着傻傻地笑。赵氏涌喜悦之泪,由厅子笑到西园再笑到东园。提心吊胆却等来大欢喜,老公真是有神相助!

此时黄盛萱已伏在诊室的桌子上呼噜噜睡去。

两天后黄朝劢又奔上海,黄盛萱把公晖所剩的药物转给了庆仁店,悄悄关了公晖诊所。赵氏不解。他说:“别不记弗头呀!我不是怕你抛头露面,你是涉世太浅。我对你说过多次,黄家是有罪孽的,你体会不到呀!我对你也有罪孽,才事事护着你,让报应落在我一人头上!”

四

红军在悄悄地撤离,有走路的,骑马的,抬担架的,抬轿的,没白天没黑夜,在陈济棠胡保林的眼皮下翻山进入湖南,许多信泉青年赤手空拳跟着走了。

黄盛萱退回家里续办慎微堂。

已提升为浚灵小学教务主任的陈潜频频地抬头挺胸出入石街出入镇公所,红军的全部撤离等于褪去他头上心上一团寒云。毕竟是考县长全省第一的骄子呀!开初他作了终身沉沦的准备,现在他一刻也不再等待了,他要东山再起!他见“公晖”铁锁把门,不由轻蔑地一笑。

有谁想到,突如其来,一河之隔的石街又惨遭兵燹蹂躏!

假装追击红军的广东陈济棠军倾巢出动却直扑信泉。这些兵一进街就焚烧店房不准人出门,接着用枪逼着写款子,稍有怠慢就遭刀挑枪杀。十几个街民已倒在血泊中,女人被大兵强暴。女人们惊惶躲藏,有的跳入水井扑进云水河。

黄宇遂赵仲椒吓得缩在屋里不敢出声。

章泰生对此已有经验,先安顿好叶氏和叶久,忐忑不安地陪好话,款子当场交齐,还故意说了一通广东话,因而庆仁店损失不大。

信泉再次掀起逃亡浪潮,人不分贫富不分男女像潮水一样一浪一浪向山里涌去。

坚守了三天。黄盛萱让盛茗领着湘如、昭云、阿腾、金梅、阿陶和叶氏、叶久从后山逃走。这次他死守屋宇一步不离开,宁可让自己与房屋同归于尽!

又出现了令人惊奇的一幕:小洞安然无恙。各处说法传开了:赣州李军长原来也是广东军,他打了招呼;黄宅院墙上红军写的大标语起了作用;黄盛萱打发了足够的银洋……黄盛萱又一次成了传奇人物。

神足郎云龙一次又一次传递消息。赣州军队对广东军的胡作非为也忍无可忍了,气势汹汹地逼过去!胡保林按捺不住了,带领弟兄们星夜直扑邻县广东军老巢,以毒攻毒,同样大肆奸淫抢劫放火,广东军赶紧撤离。

黄盛萱率先打响了庆贺太平的鞭炮。藏躲的信泉人奔走相告,纷纷返回家园。

石街像一个既刚毅又脆弱、既年老善记又年轻健忘的人,当血痕泪痕遍地,惊恐和余悸不时在人们眉间闪现,兴奋喜悦以至得意忘形的种种喧叫就犹如鲜花怒放了。人们从各处山沟跑出涌向石街回到店铺,喜庆气氛就骤然膨胀了,旺旺的人气支撑着这一隅天空。人们都能在婚嫁、生细伢、做满月、起屋、做寿,建坟(谓之做风水)等找出足够的理由,让石街一夜之间热闹起来。生活无需悲观,生活是任何人间痛苦的愈合剂。生活坦荡地承受死亡也把死亡吞没。

陈姓人以舞龙来庆祝陈氏新编族谱的诞生!

那天中午雨下得密,洞头响起几响地炮,随即响起锣鼓和长号,鞭炮在雨中如鲜花绚烂开放。陈姓人用红布包了新谱在祠堂祭了祖宗,几部新谱放在用油纸遮盖的敞口雕花红奁箱,两个剽壮后生用根红漆碗口木棍抬着,上街游行,舞龙在后。

人们惊呆了,全都是陈姓男丁,全穿蓑衣,九十九节龙,九十九个人舞龙者都穿蓑衣。陈姓开启了下雨穿蓑衣舞龙的先例。

果然,大家都归功于陈潜的能力和魄力。胡玉对高源说:“陈潜先生不可小看呀!”

有谁知道,陈潜从这次修谱净赚一百多个光洋,从舞龙赚二百多个光洋,合起来一百多担谷子呀!然而他这一着还是被人捅出去了,马上成为石街的新话题。

赵姓向来炫耀人发得快,他们占据一口好井,村里出生的男性特多,村里老头特多,耳顺、古稀者每家都有,上寿之人在信泉各姓占了首位,这实在令赵姓人脸上有光。不过读书半拉子,当大官无望,只会出做生意的角色,所以赵姓在石街还不敢把地板踏得嘎响!

赵仲椒瘦鸡屙硬屎,激将赵姓族长也以舞龙相斗。不出十天,赵姓打出庆祝光复的牌子,组织九十九个六十岁以上的老头上街进村舞龙!

信泉人奔走相告,都把眼睛盯住一直按兵不动的黄姓了。好像缺了黄姓,信泉的传奇就不圆全,缺味儿。褒陈贬黄的声浪又轰扬开了。

黄宇遂心里发急,只有萱公出面方能扭转局面;也只有萱公出面,黄姓的舞龙才能搞起来!几个黄姓头人又一次奔小洞。

黄盛萱几乎足不出户,但石街的一切未能躲开他的耳目。他知道热闹场面的背后,充斥不服、嫉妒和旧恨新仇,他真有些厌倦了。但他本能而坚决地认定:石街轰扬,不能没有黄姓的声音!

这次黄盛萱不再超脱,不再矜持,不再冷眼相观。这样黄姓弄了个九十九个读书人舞龙的壮举。大公鸡啼得迟,儒学传家久,耕读继世长,黄姓的世界正在后头!

有谁能耐心地听出闹中之静——静中呼啸的地火?有谁能承受微弱然而刺心的哀号?有谁能看到腥风血雨又正在眼前?有谁能听见痛苦和死亡正在敲打石街崭新或陈腐的门窗?有谁能辨识退守者进击者的自由和不自由?

唯一默默的是信泉大地。大地是花也是果,是死也是生,是欢乐也是痛苦。石街是信泉的心脏。小洞是信泉的眼睛。奔湍的云水河传来信泉荡跳的心音。

黄盛萱的传奇在悄悄地继续。

信泉的传奇在默默地继续……

（卷一完）

卷二　还是前本

浊　波　清　流

第一章

一

陈赵黄三大姓斗龙余波未歇的一天，陈学余像只受伤的麂子扎进洞头家中。

他的形神俱疲跟老屋和妇娘的苍疲重叠一起，恰如灶房门口那株被牛角虫糟蹋得奄奄一息的柚子树，趋炎附势的人们早已忘记了它，忘记了他家的存在。

他坐在床前守着病蔫蔫的妇娘。金梅并没有寄口信给他，他是按照几年来已形成的生活惯性时而躲避自己人、时而躲避官方、时而听从内心萌发的意愿，觉得该走了就立马拔腿而去，这样他倒在生活的荆棘丛中踏出小小的绿色空间。

去家去乡的几年间他虽在赣州但对信泉的局势了如指掌。不过，革命者内部的反复及其无情追杀却是他没有想到的。他以为全中国布满了干柴只要一处几处着火旧生活就能成为灰烬，新生活开始，到处充满生机，他自然获得满意的位置。

也许在省赣中钻古文读时报和思索太多太深，一切都是命中注定无可逃遁，萱公这句口头禅却激发他一次又一次抗命。两代人两个人却又能和谐相处。

那次他没能如期出席S县第一个支部成立大会而被排斥在核心圈子之外，一个他不认识的同志暗中跟踪了他许久，但此刻他领悟到自己的命运不全在自己手中但必须在自己手中，他就更努力也更勇敢执行组织指示去他熟悉或陌生的地方工作，以证明自己的忠贞。头头对他的怀疑已入骨髓。然而当这个头头被捕之后却供出他这个活跃分子。

跟组织的联系已中断，他回到了省赣中。无意中却听到了一个老乡讲的这个头头在一个情妇家里被捕的消息，他完全相信。邹蔚湖校长出面证明他保护他，不是为保护共产党员而是保护一个刚正有为、国学基础较深的青年。这次校长受到了严厉的斥责也处在危险中。这时一个政府要员站出来为校长辩诬，其内在情愫却是报校长之恩。从中陈学余察觉惊涛骇浪中一丝小小的情愫竟能改变人几乎定板的命运。他这才明白，省赣中敞开的是另一条济国济民平天下的路子，他一进校门就意味这条路已把住了他。命运的启示非常明显,治国济民的路不止一两条。

他已是人之夫人之父了啊！还是家乡成了他最后的依傍。他耗着家里的钱却不知妇娘金梅如此艰难!

几天来他上山砍柴下田做活。金梅觉得身子轻快了生出力气,也看到了心思像朵乌云在他身上流连。他深深体会到家里的温馨与安宁。他不怕被捕,许多时候他好像迎着被捕而去,恰恰没有遭捕。

——黄朝勋归国在赣州到处找他,他正在河东片的L县叫钟坊辉的朋友家。这人被捕由家里花钱请族长保出来。此人已厌倦革命,转为从商,但重义气,热情。他去该县一个潜在目的就是想目睹做过苏维埃大本营的地方。人去楼空,好些房屋被烧毁,中华赤俄中心的狂风怒涛已不复见。那些刷在墙上的标语因房宅是宗祠或大户人家而保存下来。土地归还了原来的东家。他深深理解土地争夺的生存含义,土客籍流血不止争斗不息都是围绕土地的占有反占有,在血与火的较量中赢得了胜利同时也留下巨大的创伤,这创伤后来成为一种仇恨的精神酵母。风餐露宿的土地是财富之源幸福之源也是痛苦之源罪恶之源。不,贪婪的人心才是罪恶之源。谁也不理会这个已既不是红方又不是白方不属于任何派别的异乡人正在紧张地思索这片被烧焦又长出青草的土地。

从L县返回赣州之后,从家里来的黄朝勋终于找到了他。两人在源记旅馆里对饮,朝勋更多地讲了在赣州谋业的打算。朝勋满面红光踌躇满志,仿佛精彩的戏剧已拉开帷幕。他肯定,这个跟自己上下年纪的姐夫在家里休整和涵养了心智;他从朝勋身上察觉了家乡莫大的磁力……

他与病妻稚子在一起哪里都不想去了,曾有过的种种抱负都成了久远的过去。他承认自己失败了,即使失败他依然藐视那些人。奇怪,他心里突然生出藐视小洞黄家的念头。

金梅劝他去小洞散散心,那边是亲戚哩,可是他却说:“我可不愿趋炎附势。”

金梅惊奇,她只晓得那是亲戚,经常接济自家关心自家,同样遭受颠簸。她伤心地说:“人可要讲良心!”

这句话击败了他;他还看出妻子想方设法要自己振作起来的苦心,感动了震撼了！是的,几步之远的陈潜家可以不去,石街可以不去,浚灵小学可以不去(陈潜已在那里执掌),小洞黄家是要去的。

正是在黄宅,陈学余得知了悬在他头上的拘捕令!

二

县当局指令胡玉:监视陈学余,有必要的话坚决逮捕之!

陈潜比陈学余风光一世界。陈潜是个党国逃兵但仍被看做是党国一分子,可以鄙视其卑劣的人格,但无人会怀疑其对党国的真诚。每个党派宁可接受卑劣的随从而坚拒持异见的狂傲者。

然而,信泉就是信泉,它只是一个山高皇帝远的边地,许多无法想象和理解的东西往往在这里畅通无阻,也往往该阻不阻该通不通。

镇长胡玉心里捏把冷汗,他最先想到的是学余是他的亲戚。信泉数百年拉锯般较量产生了本家、亲戚高于任何原则和做人做事的规则。上次不是一个本家红军放了他,他已做了红军刀下之鬼。因而他不愿在自己手上逮捕学余。

那些天胡玉心事重重,见庆仁药店旁边一坯荒土不觉双眼一亮。有了!他想起了黄盛萱。这人是忘不得的!

自那次斗龙黄盛萱亲自出来压阵,一直守在屋里,时而进山出诊,时而在东园与湘如为伴与孙子为伴。他极珍惜动荡后的平稳生活,已别无他求。纷纷传说他去了赣州助大崽朝勋打天下。

黄盛萱自会找出乐法来使平静生活产生乐趣。他看赵氏梳头描眉化妆,看她着艳色内衣以显其姣美形体。显然她受了叶宁玉来家里聊天的言传身教。他同赵氏变着法子玩老鼠捉猫一类的游戏,东园的每个角落都留存他俩追逐嬉戏的痕迹,她的娇嗔放纵不断唤起他的激情。

这天上午昭云带着细伢回了洞头娘家,盛茗赶去吃一佃户的满月酒,屋里静悄悄空荡荡。

东园飘出一阵扑鼻香的艾蒿味。赵氏突发奇想脱了衣衫在兰花圃的石凳上沐浴,故意把热水浇得叮咚作响。黄盛萱乐滋滋地过去浇水给她抹浴,激得她两个乳峰挺拔生亮,两片嘴唇嫣红。她痴迷地偎在他怀里,示意他在花圃中狂欢。他迟疑了一刻,心里想说会亵渎神灵,这样已经很出格了。可是湘如反用双手温柔地撩拨催促。他也行动起来。马上他就居下风,由着她耗尽他身上最隐秘也是最后的力气,这真是老鼠玩猫,她快活地蹬坏了几罐兰花,两只手痴迷地倒拔起几株鱼鲅兰。花圃弄得狼藉不堪。黄盛萱脑壳有些晕。

突然他听见有人叫着进门。原来是镇长,看来有要事。黄盛萱把他让进慎微堂,心里突然难为情了。胡玉本想今天有要事相告,他马上看出来了。

胡玉开门见山地说:“学余归家哩。”

黄盛萱点头说:“这是个落魄之人。”

胡玉小声说:“县里放他不过哪!要我拘押,送出去。”

黄盛萱吃了一惊,马上镇静下来说:“胳臂弯往里拐,先别声张,想个周全法子引渡。谁都会撞上难走的时候!”

胡玉说:“我不能出面呀!”

黄盛萱拍拍胸膛说:“我来办,到时把结果告诉你。学余在信泉出了事就是你的事,他好歹是你亲戚吧?”

胡玉走后,黄盛萱忍着脑壳隐隐生疼,不停地来回踱步。信泉远不平静哩。这学余真是死鸡颈硬对我也傲气了,回来多天也不上小洞,幸亏这是信泉!他自言自语一阵气也就消了。他大步走进东园,顾不上花圃狼藉,拉起赤身酣睡的赵氏,扔去衣服,说:“我们到洞头去!”

赵氏以长辈自居说:“好像我家连累了他。”

黄盛萱吼一声说:“看闲(咸)坏了你,当初金梅怎样救我们的?过了几天舒坦日子就不记弗头了……”

随即他转笑道:“总要分轻重吧?这是救命!”

两夫妇刚出门,陈学余一家跟昭云阿腾嘻嘻哈哈来了。黄盛萱笑着,见学余瘦削但两目炯炯有神,就确定他不是为躲难而归,心情也好多了。

陈学余说:“萱公比前更福相。”

黄盛萱说:“西山的日头啦。不知邹校长可好?你总是行踪不定。你还是用功求上进的样子,大种鸡不怕啼得迟。学余你一定要能对得住金梅呀!”

金梅眼圈发热,笑着说:“赣州没读够,回家不怕把族谱翻烂!”

陈学余说:“新版陈氏族谱编的还是可以的,陈潜是有一些小聪明。”

赵氏说:“听说学余这次没排上号①哩。下次一定会的!”

学余好不自在。在亲戚家里同样遭白眼!失败的陈潜比他有头脸。

只有黄盛萱理会他此时心情,安慰着说:“世事百年才一看,有的千年才显灵,你们妇道总是头发长见识短,只会叹羡人家成功的威风!”

学余稍稍心宽,后悔早没上小洞!

黄盛萱留饭款待了学余一家。两个细伢的呀呀童音占满了屋宇。阿腾抢坐了首席,大声说:“这是我的家,我先坐!”

大家哈哈大笑。黄盛萱叹道:“人说三岁看老,到了他们手上有好戏看的!再苦也得供细伢读书呀,我从不相信没字墨的人能走远。”

他问了陈学余的打算。

金梅说:“像乌龟缩在家里哩。”

赵氏说:“金梅你好狠心,学余长年不归,让他在家歇一阵呀。”

金梅说:“我不狠心谁会狠心?阿陶我狠心抽他的板子,我文化少上点,但晓得信泉那些崭角、人物子都经过磨难,白米饭不是说香就香的!”

黄盛萱心想这弱妇却有这般铁骨儿见识,高兴地说:“我看学余还得外出读书

① 本姓名人按官位入谱。

做事，困在信泉只会沤暗。你再休息几天，到赣州找邹校长让他引荐你一条路，人关键靠贵人引渡！朝勋留在家里的中山装你穿上，马靠鞍人靠装嘛。我再给筹借你一笔钱。”

陈学余突然明悟萱公有要他离开信泉的意思，难道当局还不放过他？

陈学余悄悄离家。他没有想到，还是遭捕入狱……

三

黄朝勋一路春风，顺利地进了国立博爱医院。

院长崔世济四十大几背景深，他是留德医学博士素有“赣州一把刀”之称，早些年被李军长高薪从上海请来，他父亲是上海滩有名的丝绸大老板。他专门给政府要员动手术，在赣州上层圈子如鱼得水。他看在朋友介绍的面子上接受了黄朝勋。

开初黄朝勋由同学陪同到崔家拜访，老崔总觉得他来自偏僻乡间有股土乡绅的味道，不过总体印象尚佳。既然来自乡间，他相信并且等待朝勋另外的表示。结果黄朝勋没进贡反而抖出靠本事吃饭的洒脱相，老崔便耿耿于怀了。黄朝勋处境欠佳，院里没分给一间休息室，他无所谓。单位不管膳宿，公职人员自行租房。他还是住在源记父亲住过的那个套房，把它包了下来。

他参与一般医生的门诊，多接触一些中下层人士和他们的家属，凡报酬丰厚的外科手术没他的份。无权便无威无为，他静静地坐着冷板凳。

报国有门亦无门，这跟他原先的想象多么悬殊！他可不愿当空头医家的。

星期天出去会会同学朋友，时间眨眼过去，晚上他觉得越来越难打发。他钦佩父亲练成天地一沙鸥独来独行的立世本领，不受任何羁绊。

他第一次萌发了回家的念头。

他想起了风情万种的叶宁玉，信泉的召唤就是叶氏的召唤，每天能见她一面足矣，胸中块垒全消。不过，叶氏毕竟是别人的妇娘，自己行为不端会败坏自家的声名，只能与干瘪的昭云为伴了。

源记住的信泉人都崇敬他。他开的西医单子马上见效，小巷的居民找他看病的人一天天增多。在他看来不算什么医术，用阿斯匹林扑热息痛连粗人都能掌握。有人告诉他，某某医生故意把白的黄的西药丸碾成粉末以防止别人识破。他耻笑这是雕虫小技，他向来认为医生的本事在于能识出症候，在于能用刀子做手术，崔院长虽对他冷淡，但他从内心叹服老崔医术高明，能十几年保持一把刀地位就不简单！

他是佛面待人，不发牢骚，想想就过去了。几个想寻衅滋事排挤他的同事最终也抱不成团儿。有时手术人手不够，老崔叫他当当副手，他配合得极好，老崔才从心底认可他。

一次省府一高级官员用船请崔院长主刀,老崔挑了几个副手。其中一个黄朝勋。剖开腹腔老崔几乎接错了一根血管,其他副手熟视无睹,而黄朝勋善意巧妙地暗示了一下,老崔因而避免了一次手术错误。手术获得极大成功,官员大喜,私下还给了老崔几条黄金。老崔请客,可黄朝勋没来。

崔院长半信半疑,那天晚上乘黄包车终于找上源记旅馆,黄朝勋正在灯下看医书。老崔劈头一句斥他爽约。朝勋一脸愕然。老崔明白了,是副手玩了手法,他叫他搬到医院某套房去住,另配勤杂人员收拾伺候。

进医院专门套房是一种身份一种光荣,这是院长照顾,若一个月前黄朝勋会欣然照办的,但他习惯了,诚恳地说:“家父早订的房间,很舒适的,套房给别人吧。”他举了一个副手,而其人正是经常从中作梗贬损他。

崔院长有意抬举他,介绍他参加国民党:“当今是党派政治,国民党是执政党,医院医师十有八九加入了,加入不会吃亏的,也不会妨碍医术。我也是推了几年,后来才知加入了硬是不一样! 人心险恶,人有张盾牌别人就不能随便加害。”

黄朝勋说:“在省赣中在东京都有人拉我入这党那党,我是搞技术的不是行政的,对党派没兴趣。家父亦然,我看不出有什么缺憾。谢谢崔院长的美意!”

老崔说:“一点不麻烦的,写上一个名字便行。你别太认真了!”

朝勋说:“此事不认真不行,加入了就得做工作;我向来只对自己的业务负责。”

崔院长走后,黄朝勋便蒙头大睡。

人生逆旅如同投旅店进房间确实带有极大的偶然性。搬房间跟入党派的道理是相通的黄朝勋,既然搬了房间就等于最后还会屈从院长。所以,院长如果不说加入党派,只说搬房间,黄朝勋倒会同意的。他推出家父做理由,心里就已经开始松动了。读书人的难捉摸就在于此。看上去软乎乎却是坚决的抵拒,在这坚决的态度里已包含改变初衷的可能。关键谁能坚持住。而朝勋既坚决着又动摇着,既犹豫着又坚守着,最后这坚守如淬了火变得邦邦硬。

四

次日近9点茶房发慌地推他的门(以为他突然得病),他躺在床上说:“我有气哩!”

一会儿他的门又推得嘎嘎响,他窝火,但他没有发作,悄悄地开门。不是茶房,而是过去省赣中同班同学刘锐央两夫妇。刘氏已是民政科一个年轻的副科长,娶了某官员的千金为妻,这对伉俪经常手挽手在大街上潇洒,让更多人羡慕他们的美满,许多人却说他们“溺气”。显然刘氏要与做医师的黄朝勋做朋友。

黄朝勋想,又来请吃饭啦。

这次他想对了一半。刘锐央说:“中午到茂隆号上馆子,是另一对发了财的夫妇请的,想不到吧?当医生吃香啊。”

黄朝勋说:“哪有你们潇洒,抱着政府大腿,大树底下好乘凉。是哪个同学呀?我不是猪狗别人吆喝一句就进饭局!”

刘锐央说:“你若猜出,我连请你十次,菜由你点!”

黄朝勋想过是凌贻坚刘怀馨,但马上自个儿否定了。这不可能。他们不是赴河东么?原来正是凌贻坚刘怀馨夫妇。

凌氏长衫马褂一副标准大商人模样,怀馨乌发蓬松红艳旗袍美目兮兮,洋溢一股阔太太的神韵。真是女大十八变,越看越面熟越看越靓气。他心里有惘然若失。凌氏确在做一宗砂子生意,与刘锐央联系,刘氏的上司也参与了,明当官暗发财。黄朝勋不能明白,凌氏家境好好的不去学门立世的手艺怎么着魔革起命来了。

凌氏夫妇真心请一回日本归来的老同学。凌贻坚说:“凭你提前回国我们就应宴请你!我还不相信呢,怀馨同我争执。我总以为你两耳不闻窗外事,这回怀馨是对的。”

他们五人在一家临江小餐馆。江边船桅一片,驳船发出低沉的号声,两条白亮的人字形水线向两岸伸展激起混浊的白沫,新的人字形水线又雄劲地盖过来。刘锐央妇娘伫立窗前看着半江的船排,远方的岸在雾霭中若隐若现。刘怀馨跟黄朝勋坐在一边,她的体息和口息时强时弱地喷在他耳后,他没料到她对他竟如此亲近,好像弥补以往的疏远似的。

他空了好长一段时间没这般近距离地接触年轻女人了。源记旅店晚上不时有女人相扰,他都嫌其粗俗扭捏。外面都称他是少见的正人君子,他觉得好笑。他与刘怀馨在一起觉得非常舒坦。言谈中她说了句“崔世济想当议员”,老崔在朝勋心目中一再失色。

不过,他对来自河东赤区的凌氏夫妇涌起本能的敌意。因为他的父亲这样的好人也被红军归入镇压之列。幸好刘怀馨没扯一句政治话语(后来他得知,她始终不是共产党员);他今天的心情尚好,也是因为有她在场呀!他说了一通日本的风土人情,几个人中只有她认真听,脸上荡漾微笑。

刘怀馨说:“你留学修了法律,也可挂牌的,申张正义嘛,生活更充实。”

他腼腆地说:“我还没这样考虑哩。我想以医为主站稳脚跟,两只手抓不住两条鱼,反而耽误了时间。”

她笑着说:“有时能抓住的。我小时就同时抓过两条鱼。朝勋,你头脑缜密沉稳,话音不高却有雄辩的力量,你适合当律师的。”

他坦率地说:“回来我研究过,国外的律师制好比单双杠,你可以围着它左右旋转开弓;国内它就好比一株树,只看到树杆树冠,它地底下盘根错节会搅晕你的脑壳!还是行医单纯、自由。”

她说："你真是自由坯子，不过世界怕没你想的那样复杂吧？"

他未置可否。这是他的秉性，任何规劝他都好像无动于衷，有时倒表示一通相左意见。他心里想，她竟了解他的追求，同这种女人能聊事哩，凌贻坚真有艳福。

五

医院的一个主治医师兼党部书记又神秘地持一张表格放在他面前："全医院只剩你一人啦！"这次不再是崔院长出面。看来有人研究了他的心理；原来集体加入国民党，不过是举手之劳，这次似乎不能再推脱。

他却愠怒，他的自尊心受到了伤害！他已经拒绝过崔院长；隐隐约约他察觉执管他人的崔院长也被人执管着，这地方还可以待么？

他在那人炯炯目光下一动不动地坐着。他无视那张雪白的纸，仿佛坐在船舱前面是一片白亮平静的大海，人事的幽微复杂慢慢地露出水面。这时他面前一暗，海面仿佛幽暗而深邃起来。

白纸被风刮走，那人也走了。他无意中踏了那张纸一脚，钉了铁掌的鞋底把纸踩破了。他抱着对博爱医院的失望回到源记旅店。旅店是他的退路。

他多炒了几个菜邀老板痛饮。老板以为他撞上了什么喜事。他父亲就是这样，那次李军长派人把黄先生送回旅店，黄先生乐不可支叫老板非得作陪，搞了几台酒席，凡住在源记的信泉人都入席，第二天这些信泉人凑钱买了几卷万响鞭炮把源记震得蓬荜生辉。

第二天，朝勋早早地起来漱洗完毕，研墨握笔写了封信请老板面呈崔院长世济先生。

崔院长接到辞呈吃了一惊。这时黄朝勋的许多优点像钻石般熠熠生亮，他抱怨那位主治医师催之太急。

那人嘿嘿一声冷笑："崔院长你知道么？他内弟陈学余是共产党！"

崔院长不吭声了，但他心里不服。他赶到源记旅店，黄朝勋已不知去向。

此时黄朝勋已登上赣州西北角的郁孤台，面对闪闪发亮呼啸东去的赣江，吟出辛弃疾的《菩萨蛮》——

> 郁孤台下清江水，中间多少行人泪。西北望长安，可怜无数山！青山遮不住，毕竟东流去。江晚正愁余，山深闻鹧鸪。

当年他在省赣中就读，同在县小执教的陈学余一块到这里游玩，学余信口念出这首词，如今却由他独吟，刹那间一种低沉的意绪掠过他周身，他感到隐隐却实在的压抑了。可他并不感到愁悲，此情此景，鹧鸪令他想起家乡，北去的赣江坦坦荡荡。从医独立行世，他不信偌大的赣州会没有他做事的空间！

仍在源记旅馆，黄朝勋果断地挂出公晖西医诊所牌子，上面写明他是主治医师，另写英文日文相佐。临街的一间店房作了门诊部。

第二章

一

赣州已有多所私立医院，而他资历太浅，因而门诊冷清，这是他意料的。博爱医院是世人心目中的正统医院，许多有身份有钱的病人宁奔博爱。他轻轻地付之一笑，不过他也体会到区区个人是置不起那些高档医疗设施的，因而他的技术专长有可能沤废。不，以后他能置的，一切会有的。

病友都是下层人士平民百姓，都是一些常见病，他一丝不苟地对待。他永远记得，在开张的一个星期，几乎无人问津，一些穿着简陋的市民看看他的牌子便走开了，是牌子上的日文把他们赶跑的。他心里叹息，还是不换牌子，他有这种挺劲！

崔世济虽惋惜却不计前嫌，有些手术仍请他做助手。他很感动，也正合自己心愿。两人毕竟留过洋。他每次都像是这里的正式职员，尽力而为。

黄朝劢待过的岭北医院热情地请他做主治医师，条件极为优惠，他一星期可坐班两天（手术除外），可继续搞公晖诊所。

黄朝勋矜持良久。论条件岭北在地博爱在天，何况这会伤害崔院长。人啊，许多时候首先就是顺从或挣脱某种既定的人际关系，然后才能做其他。

受岭北恳切相求，他做过一次外科学术，郭老板兼院长亲自当他下手听从调遣，就像当年郭老板调遣他弟弟一样。为了安慰崔世济，他也应邀去了另外几个公立私立医院做手术，尽医生的职责，无意中扩大了影响。

频频奔波黄朝勋觉得应该有位副手，最好是女的，能做护理便行。刘锐央非常主动接连推荐几个年轻漂亮的女性，他摇头。他想过叶宁玉，认为她是可以的，她虽然不懂西医，他相信她聪慧能极快上路。湘母也是可以的，但他马上放弃了，她只能做父亲的副手。他突然意识自己仍在渴望妩媚的女性，不觉叫声惭愧，承认刘锐央参透了人生。

他也想过刘怀馨。一次梦中不知怎的突然同她坐在一起，她的衣角不时挨碰他，他时而能触及旗袍里蠕动的胴体。她说她想来试一试。他想这是不可能的，她老公是红军的官呀。她低了头淌下两行清泪。他发现她似乎有隐衷。醒来他追思梦境，想不出个所以然。

一天他去博爱做了一次手术，崔院长陪他吃饭，坐黄包车回来已是掌灯时分。真有些累。源记老板告诉他还有病人在等呢。他一下子振作起来。一个少妇抱着哺乳的细伢微笑着跟着他进了诊所。

他急忙穿上白罩衣,将听诊器探过去,细伢哇地大哭拼命往母亲怀里钻。女人掩开大半衣襟让细伢吃奶,她说:“才断奶的,他就是怕医生。”

他摇摇小铜铃,细伢慢慢扭过脸好奇地打量四周,盯住发出悦耳铃声的铜铃。母亲把听诊器悄悄地移到细伢胸口。他细心地探听,半闭的眼睛忽地发亮——少妇敞开的胸乳磁住了他的眼睛他的呼吸,多么白皙、丰满、挺拔的一对奶子,蓝的血脉在上面逶迤起伏,胴体如凝脂,他断定她一定是闲适人家。自己的妇娘昭云简直就是一堆薄薄的枯蜡了。刹那间他迷糊了,眼睛啄住那对丰乳,不觉将听诊器伸向那勾人心魄的乳沟。少妇吃吃地轻笑起来,似乎用笑声提醒他。他顿然醒悟把听筒移向了细伢,脸上臊得不行。

细伢问题不大,小感冒。他说:细伢怕受了惊吓。

少妇的脸忽倏泛红像烂熟的桃花,她敞露的大半胸脯更白皙了。一会儿她说:“你说对了,细伢一定受了惊。”

黄朝勋是过来人,明白了其中的隐秘。他认真而慈和地说:“按照医学卫生,断了奶的细伢最好分床睡。”

他一眼看穿了少妇的幽秘。她红着脸对他投以信赖的目光。

她说:“你真跟别的医生不一样。我没来错。你不愧一个留洋博士。我姓白,细伢他爷姓温在银行做事,我家住在荷苞塘9号。这细伢体弱,怕要多麻烦你哩!”

他俩熟悉起来了。他断定她是极少出门的家庭妇女,家里生活条件不错。当听她说不去大医院而特地找他看病,他简直就要激动了。

她轻轻地说:“细伢他爷大病小病都得去博爱;我是从他爷口里得知你已独立开业,这回我终于把你等到了!”

他感动地说:“你来过多次?”

她点点头说:“前几次见铁将军把门,但也把我的胆儿练大了,到闹街上走有什么可怕?以前我也是自己做主张,很任性的。”

他不假思索地说:“你家先生一定急得发跳,我叫辆黄包车送你回去。你们怪辛苦的;以后你们只要寄个口信,我一定赶到!”

把她母子送上车他才记起该问她的名字。她亲热地说她叫白素莲,杭州人。他目送她母子远去,消失在夜幕中。还是从医好!

黄朝勋心情美滋滋的;少妇已离去,他仍用力吸她残留的体香,揣度刚才她温柔地掩上胸口,听筒有否触及她挺拔的奶头?看来她不但不反感而且很顺受的。他喜欢这多情的、有羞耻感的女人。

不知怎的,那天晚上他突然梦见了刘怀馨……

二

仿佛梦显预兆,两天后果然一年轻女人在他源记的诊所面前逗留许久,正是刘怀馨。他一早去了岭北做一个手术,山里一个披蓑衣的农夫被误当野猪,屁股腿上射进了铁砂子。他一一为之取出,实在累坏了。

源记老板说,这位女士等了多时,怕是黄先生的亲戚吧。他也就说是远房表妹。

一进房他就问:“你老公凌贻坚呢?”在他印象中他两夫妇总是形影不离的。

她笑着说:“留洋大博士也讲究秤不离砣公不离婆呀。你忘了我也是省赣中读了高中的。他是他我是我,我有腿当然要去想去的地方!你太累了,休息一会,我给你倒盆热水。”

她着学生装依然纯真灵俊,高高的胸乳说明她已做人妻。她为他沏茶打盆热水,把热毛巾递过去。多善解人意的女人!他靠在椅子上歇了一会儿。

他说:“你看我身上的药味汗味。今天我给一农夫身上夹出二十多颗铁砂子,枪铳不是好玩的!”

她坐在他身边说:“你累了那农夫却得救了,正是你们医生可以骄傲的地方。我就等见你一面。我先去了博爱,那边说你早离开了。”

他说:“害你久等,什么事呀?治病?选药还是买药?”

刘怀馨说:“你还记得我给你提过么?打出块律师牌牌来!同班同学中只有你学了法律,而且你是公正沉稳的。我一位堂兄遭了冤枉,没别人敢向前,非得你出面!”

——她堂兄刘某为逃抓壮丁把右手食指齐根斩了,保长看上他的婆娘仍起意害他。刘某学杀猪一来谋生二来震慑保长。保长果然有所顾忌,但贼心不死,趁一天刘某在圩上卖猪肉,他买通几个二流子骚扰抢顾主的钱袋子,刘某见义勇为夺了回来。几个人以买肉少秤为由要扭送刘某到乡公所,刘某忍无可忍操起尖刀捅进一人下腹,那人伤势严重,乡公所派人抓了刘某,准备这几天在乡里公审,县里一名律师已得保长贿赂,把刘某定为死罪。保长明晃晃地拥刘某妇娘上床。

黄朝勋听罢吃了一惊,乡间竟有如此霸道之人。这类事信泉也有过,但姓氏中总会有人主持公道。这刘某的妇娘也是可恶,竟跟保长抱成一团。他心里没底有些犹豫。不过,刘怀馨一对无声胜有声的眼睛简直无法拒绝,他的心松动着。

他问:“贻坚怎么说?”

她说:“因沾了红军,我们一出面我堂兄更倒霉,雪上加霜。其实堂兄是反对我们的;他是无辜可怜不该遭此惩罚。”

他不说话,送她上船还是没有肯定的答复。江水汩汩舔舐着船舷和一大片木排。薄暮中她眼睛更亮脉脉含情,短发随风飘拂更显秀美。这个女人正走进他的生活,他中年的夜空将由她璀璨地装点,生活将过得凝重和激荡;他的命运宛如一叶竹筏将负载这个女人,他因这个女人而坚强,体验到人生的峰峦生命的深邃。

其实他已答应了她,他送她一段路程就等于他在大地上用脚用手用心写下庄严的承诺。他让她继续坚定他，令他心中另一个自我跳将出来。他兼修法律不就是为这一天的到来么！他找出上海办的律师资格证明书，不由自主地咀嚼这个令他痛恨又棘手的案子，反复揣摩，辗转不眠。对此案他并无成功的把握，可第一步先得把被戳伤的人治好。

黄朝勋赶到伤者家里。伤者的阿公向他叹息说："这是爱出风头的报应，老天借刘某的屠刀教训了他。"伤者伤势大大恶化了。

他仔细检查伤口脓血奇腥恶臭，属外部严重感染。他说此病有救，不过必须保守秘密。当他说出父亲和信泉的名字，族长立即对他亲热多了，答应条件。

刘某的妇娘受保长之命观察病情。伤者若死刘某也就丢命，杀人抵命顺理成章，她也就可跟保长无忧无虑地同床共枕。保长先是强奸后是通奸，钱权起了关键作用。事态果然按保长设计的展开。保长暗中支使在敷药中加了脏药。这女人加油添醋把消息告诉给保长，保长大喜抱着她在床上打滚。

黄朝勋施以西药，伤者终于转危为安很快痊愈，对他非亲非故尽力治疗大为感动。黄朝勋已掌握了全部的事实。

在县城开庭。黄朝勋有理有利有节揭穿了真相，把后面的骇人内幕亮到前台。保长美梦顿成泡影，狼狈不堪。刘某有过失罚款处理。刘某与伤者已和解，法庭只得做出无罪判决。

三

黄朝勋一鸣惊人，《正气报》《民国新闻日报》等先后登了专文评介。他成了赣州新闻人物。他学医付出多学法律付出少，而后者反而获大成功。他从中也看了中国人事险恶的黑洞，实在不愿深涉其中，更想当个纯粹的医生。但是许多人宁愿住在源记请他打官司，这是他没料到的。

他躲到省赣中邹校长家里，校长倒鼓励他为民请命，校长以他这样的学生为荣并向赣州律师处推荐，他更哭笑不得，连校长家里也不想去了。可是校长亲自找到源记，推荐他为城府义仓保管委员会委员。

他说："校长你是知道我不干政的呀！"

邹校长说："这义仓是赣州人的，帮助渡过灾荒作用甚大，参加管理的都是地方知名人士。不少官员对义仓存觊觎之心，像黄律师又是外地人，再合适不过。这种人难物色呀！望你勿再推辞。"

他不好说什么了。朋友、同学、熟人见面纷纷向他道喜。一股巨大的力量把他推进社会旋涡之中。他摇头苦笑，但心里在承担责任了。

城府义仓建于清道光十三(1834)年，建仓二十四间能贮谷近万担，后建十六间增贮五千担，随后陆续建仓共建大小仓廒一百余间，总贮量达十多万担。各仓廒按"天、地、玄、黄……"顺序编号。义仓设有大门层层上锁，仓廒有二三十个廒连成一个V字形的四合院，院内四周设吊楼走廊，上下走廊均有大板阶梯。搬运工人可以从东端运谷进仓按仓廒编号顺序倾谷入廒，然后再从西端出口，鱼贯而入，而出。为了防鼠、防雀、防潮、防火、防盗，仓廒的底板离地三尺四周设通风气孔，每个廒内还放有四五个廒笼使谷堆中心透气。仓廒四周修有"福寿沟"排水，小沟通大沟大沟汇水塘水塘注入城内福寿总沟，分别排于章贡两江。遇暴雨仓廒无积水，雨停则院地皆干。

仓丁猜着此人定是黄博士，便领他各处看看向他详细解说：义仓贮谷每两三年出陈纳新一次，陈谷以无息或低息借贷给"豆、麦、瓜、麻、谷、麸"的六尘行，翌年归还新谷。仓丁又介绍说：

"乙卯(1915)年，赣州发过一次大洪水，城区大半被淹。交通阻绝城孤无援为时甚久，城内粮店已卖空，一片嗷嗷声。这时义仓开仓赈灾，解救了百姓。民国十一年五月北伐军与北洋军阀激战，城内粮食告急，也是开义仓解决了粮荒……"

黄朝勋顿觉责任重大，身为赣州一小民当为赣州百姓谋事，做善事也是为自家积福消灾。这样他从心里认下了这个差事。不过，义仓置于官府眼皮下，仓丁多是当地陈、苏、温三大姓人氏，也隐含着种种不测，他心里惴惴不安。

到源记找黄律师的多了，老板劝他干脆挂起律师招牌。有熟人劝导他单单纯纯做个医生，何必当刀笔吏！老板说："反正在世为寻钱，黄先生别把自己的才能沤废了！"

想单纯从医，却一次次受理找上门来的诉讼；想干脆做律师，却又一次次认真地诊治病人，依然保持博爱、岭北的医务联系。他心里特累，腻味！

四

这天上午，白素莲抱着细伢又来到他的诊所，他心头一爽，脑中立时浮现她那片白皙丰润的胸脯那对挺耸的丰乳。像上次那样，在他的听诊器的叩寻下，她几分羞涩地敞开大半胸脯，之后她又微笑地掩上衣襟，两具丰乳在衣衫里颤动，乳香弥漫。

这次细伢不是感冒，而是屙饭汤屎。他马上说："这不是病，细伢大一些这症状会消失。"她轻轻地笑了说："细伢发育不良，我翻过书的。"

原来她想来看他，跟他聊天。

她向他吐露了她"不平凡"的经历：高中刚毕业，家里要她嫁给当地一个丝绸老板，她一气离家出走到了杭州，举目无亲，盘缠所剩无几，她宁嫁黄包车夫也不回家！天天在车站踯躅，正好遇上去江西赣州银行做职员的温氏。温氏说当行长的是他父亲的哥们，打包票给她找个体面的事做。她喜出望外，自立自主的日子在眼前，人不应做命运的奴隶而要做命运的主人！到了赣州之后，他自己做了白领，对上司唯唯诺诺，却诱拐她做家庭丽人贤妻良母，一晃几年，孩子生下来，更做不成自由人,她眼看青春一天天逝去,却羡慕有主见有能耐凭自己力量踏出一条生路的自由人!

她说:“博爱医院体面收入也高,可里面关系复杂。许多医生削尖脑袋钻,而你倒果断地退出来,自己亮牌干,真正的男子汉!”

他和她对视了一会儿,他感觉她眼中心上熊熊的青春火焰,心里非常熨帖。他为她坦露心扉而吃惊折服。送走她,他面前突然明朗起来,决心继续笃志从医!

一旦白氏发出邀请,他就立即奔荷苞塘!

他把律师挂牌的事扔在脑后了。

那天他桌面突然出现了一束野蔷薇,香气纯真带着新鲜的露水。他瞬即想起,叶宁玉家里的小后院墙跟有几株野蔷薇。抬起头面前正站着微笑的刘怀馨。他慌忙站起来,用自己的茶盅给她倒了杯热开水。

刘怀馨说:“我的眼力不错吧,说你成你就成,只是让你受累了。报纸我见啦。我看,你做律师的成就会超过你的医业。”

黄朝勋说:“瞎碰的。不过,有理的总归有理,正义的最终能立脚。不是你这老同学,给多少钱我也不想干!”

刘怀馨说:“有你这句就好,我以为你挂了牌呢。把牌子亮起来!”

他说:“想想真是麻缠,小小一件案子背后竟这般复杂!这下可好了,新娘不上轿抬上轿,连邹校长也赞同我。”

他诉苦中流露出得意,得意中他想急刹车,不由喜悦锐减。

她的脸黝黑,头发沾着尘沙,神情有些疲惫。黄朝勋瞥了一眼墙上的日历,哦,不觉又是七月正是日头狠毒的时候,她来自乡下黑太阳底下。喝下一盅水,她满脸是汗,外衣精湿地溻在身上,两只乳房更扎眼。他一阵心热,叫她用水凉凉身子,进房里休息。她每次都匆匆忙忙,她和她老公忙些什么呢?他无法设想河东那个陌生的赤色世界。

他又一次立在门边倾听。正午,很静,微风轻拂院里那株大梧桐的树叶琅琅有声。他的膝盖碰了门一下,这时正好一阵习习的微风窜过来把门呀地推开了。他一眼就看见两条白皙的藕一样的胳膊,好像床上睡的是白氏似的。

他立在床前默默地端详她。她身子同样那么白皙丰润。她着了敞口内衣向外侧卧,两个鼓胀的奶子像要窜出来。他猜定她已生养过,身子才散发诱人的丰满、敞开的丰满。她比那个白氏要结实健康。她是内在美。

忽的她醒了坐了起来,大概她看自己仍穿长裤而退了羞涩。她不急于加穿蓝衫,脸上残留一丝红晕。她笑着说:“老天真热,一下子就睡着了。我妨碍你休息,真不好意思!”

他说:“没关系,我等你吃饭。在我这里是安全的。”

她说:“一碰上你我就有这种感觉。女人都想登上安全岛,因为女人天生是弱者。”

他惊讶着,实在猜不透她的心思。

女人的生理结构他了如指掌,因而他对女人厌倦过,不过一投身社会,他又倾倒于女人的魅惑中了。女人同样一句话一个表情一个叹息,背后都是一个个不同的情感世界。他相信刘怀馨这次跟上次的心情又有不同,他能感觉她的心在向他靠拢和靠拢中的退却。

以后他俩成为情人的时候,她讥笑他是好色的情种。他问过她,她确是每次找他都出自不同的心思。细伢一岁了她与凌贻坚产生了爱情危机。由于参加了革命,凌贻坚的感情决绝化坚毅化了,她开始不习惯他,抗御着他的改造。许多时候她需要缠绵的灵与肉的交流,她相信他能给予和满足。自生下凌馨,他就变得简单粗暴。他被领导粗暴地斥骂,他也如是斥骂部下,他把这一套也搬到了床上,她受不了,简直难以忍受!她开始考虑跟他是不是合适,一生有没有幸福。但每次一离开他,他的刚毅粗暴又成了她摆不脱的诱惑!

这次,她与黄朝勋面对,凌贻坚又占了她心头,她彷徨也渴望着,黄朝勋能扑过来多好!她宁愿相信这个老同学才是她意中的,渴望的。可是黄朝勋只是颤抖地碰了下她的膝盖。

他两只温软的手突然放上她的膝盖,她浑身一抖,几乎要倒下了,她由于冲动而脸色煞白。他站起来用手摸她的额门,关心地说:“你感冒了,服片阿斯匹林吧。”

她摇摇头,抓过床前的圆镜,她的脸苍白有几分骇人。她不觉愧疚了。此刻她的心又飞到了老公身边。

吃饭的时候,她连说五遍催他挂出律师牌子。她深情地说:“你会成为一流的律师!”

受人夸奖总是高兴的,他心里某种意念又涣散着,他坚持送她上船。分手时他说:“做律师做医生都有数定,你来做我的助手再好不过。”

这次,黄朝勋倒没有因刘怀馨催促而转做律师。他就是这样一个人:越是热火地劝他推他,倒劝出他内心的抗阻。他想,择业乃人生大事,应该听父亲的意见呵。

他想回家又不想回家。他很想去荷苞塘9号看看,但一直找不到正当的理由,因而想看白氏的心愿也摇摆着。他成了一个温温吞吞的人。

五

那天夜里上半夜非常闷热,黄朝勋搬张竹睡椅在窗前悠悠地摇扇。几个落地雷炸过,天空抖落阵雨。房间里飘进梧桐树叶。他躺在床上看《诊断学》,听见外室有人笃笃地敲门,声势既气馁又粗鲁:“黄朝勋先生住这里吗?”

黄朝勋立即意识到要出诊。门刚打开,那人双膝着地向他跪拜,感谢他大恩大德。他认出来了是“杀人犯”刘某。

刘某还是那么黑瘦但精神刚旺。他闻着一股血腥，把灯火拧亮，发现他身上的血迹，紧张起来。

刘某豪气地说："狗男女被我结果了！"

故意杀人。黄朝勋问："你准备怎么办？"

刘某在班房里被折磨得奄奄一息，回到家里瘫在床上。妇娘见他必死，猛着胆子将保长带回家里过夜。他俩没想到这是刘某的心计。刘某睡在小厅虚弱地呻吟。她盛了三次饭放在他床头，饭菜罩满了乌蝇。妇娘跟保长在房里浪笑。过了两天保长又来了，用脚踹他，他闭目挺尸。妇娘叫保长别走。两人便搂抱疯魔起来，婆娘趴在保长身上，瘫成一团泥。这时刘某突然出现憋足一把劲将长长的杀猪刀捅下去……

刘某说："我不想死想大活！我投奔红军去！我特地答谢你上次救命之恩。我那个堂妹我反对错了！你是好人，老天会保佑你的。"

这是黄朝勋第一次做律师的最后结果。涉及偷情，他心里不由一震。杀人无论如何是犯罪行为。他没法阻止行恶和犯罪，律师何为、何用？事情如此重大他必须向家父请教！

第三章

一

湘母脸上显现家里安详。黄朝勋刚刚回家，湘母急不可待地说，他爷以前为李军长现在又为彭军长看病，还得了彭军长的手令。她轻松地吁口气，得意溢于言表。若不是黄朝勋反应平淡，她准拿出那张手令给他过目。

黄朝勋已在庆仁店里坐了好一会儿，叶氏已告诉了这件事，她是希望他对红军有好感。但在他看来，大人物写手令不足为奇，就像他开的处方那样平凡。黄宇遂告诉他祠堂正准备修谱，他的大名和留洋事迹一定要入谱。黄姓人已从报上得知他打官司出了大名，高兴得很。他不由心热了。

黄盛萱明察他的得意所在，鼻子哼了几声捏着水烟管缓缓踱步。一会儿他叹气说：

"要么子律师，城里人吃饱了撑的，那就是刀笔吏嘛，跟衙门官员没二样！信泉不要这东西，要说有我就是。我没端衙门饭碗，主持公道嘛人的天职。天地就是大律师，最灵验的。谁忤了逆受了罪，石街上一跪一闹，善恶无可逃遁。医才是千古万代积福消灾的事！我说你能明辨，看来你也守不住哇！"

黄朝勋想，父亲有理又没理，老人家离时代太远，比过去更固执。

儿子回来毕竟是件乐事，黄盛萱缓了口气说："我孤陋寡闻，你照你的主意做吧。信泉人常说,人要记弗头!"

黄朝勋怅然若失,有些后悔回家。特别他看见昭云黑瘦,更没劲。昭云当他在赣州什么都得自己动手,身心疲累,体谅地说:"你辛苦,我带阿腾另睡。"

半夜,他扯起她用眼刀子竟挖不出几团软肉,兴头顿失,甚觉晦气。她关心地说:"你远道归来,身骨子要得紧,家里靠你哩!"

绝早他就起来,父亲已在院里浇花了。家里一年四季兰花香,此刻他的心被花香撩得痒痒的。湘母进了灶间,昭云忙开了。叔叔打扫着屋里屋外。好宁静呵,可今天朝勋觉得太闷。

他漫步河滩,那里汩汩的流水声像人呢喃细语。一阵狗吠传来,章泰生牵着五六个狗吆喝着。黄朝勋绕过他大步地上了街。

叶久正从后门担水。街上几口水井,叶久挑了水质最好最远的水井。他决然从后门而入。

卧房敞亮得多。从一面落地大衣镜他看到叶氏正在梳头,黑亮的柔发垂在她臀部,白皙丰润的肩颈闪现。她转了个身子两只奶子丰挺欲坠。好一个绝色的少妇!

他忽的释怀,此次他全然奔叶氏回来。他的胆子骤然强狠,几步扑到她身后,叫声宁宁动情地抱住了她肩头。她仰了头反手摸他的脸亲热地说:"我晓得你敢来的。"

他分不清在赣州还是在信泉,哪里都一样;心烫热伏在她的头发里几乎要哆嗦了。他抱了她让她坐在自己腿上,两只手拨开她茂密的黑发探向她的身子。他忘情地抚摸,拨弄,不停地说:"宁宁、宁宁。"她身子软软的。

她用嘴堵住了他的嘴。

一会儿她激动地说:"你在身边我就觉得安全,有你家我家才安稳。我多想你回信泉做事呀,但我又不能阻拦你。我是你的么子人呵。你不嫌厌我呢。"

他吻她,她身上落满了他烫热的唇印。他不想说话,但觉得说话更能保持激情。她在景仰他哩,她自卑哩。他坦率地说:"我就中意你一个人。你当我是个男人,我当你是个女人。我喜欢你!"

她泪眼婆娑抱着他的颈项深情地说:"我给你,你要,我给你!给你我就心定了。我像树上的红果子,别人想糟蹋,却不能夺我的心!我不再害怕啦。来吧!"

她帮他,他也帮她。两个都是过来人,紧张而不慌乱激动而不失从容,像两条滚溜溜的蟒蛇缠得没缝儿。楼下水瓮咚地响一声。他不觉停下来,这是信泉呵!

她热烈地说:"你别动,我来。"

他迫不及待地进入,觉得十分酣畅,她的红脸宛如乌云中盛开的山茶花,释放女人的娇艳。她的主动、配合让他心醉。狂潮逝去,他突然想起刘某杀妻事,他是一个医生一个律师呵。他说:"我会好生待你家阿泰的。"

他没一点架子纯粹一个大男人，他一颗心真给了自己，因而她泛起意外的狂喜。她发誓说："我一辈子对你好！阿泰是个明白人大度人，我跟他生死相依。我会向他作解释。"

她用嘴和手发疯似的亲他抚弄他，让他又一次张狂。他放松着又聚集三十岁男人的劲儿。她放肆地呻吟，扭摆，身子成了一张弓。两人又一次大汗淋漓……

信泉多么美，世界多么好！此刻，黄朝勋的烦闷一扫而空。他抚摸怀中温软的叶氏，思绪激荡，想做什么就放胆做去，一切为让自己强大起来风光起来！他坚定了干律师的选择……

二

黄朝勋精神焕发重返赣州，在公晖诊所旁又挂上公晖律师事务所牌子。既从医又从律师业务只有他一家。源记老板特地把那张报纸贴在柜台旁的墙壁上。从此他卷入频繁的社会活动，正式进入了赣州社会名流行列。

黄朝勋出席了一次城府义仓保管委员会会议。与会者都是地方知名人士和陈、苏、温三姓代表。他急想听到义仓的正式通报，觉得应该开会了。可是会场嘈杂，原来在等官府某要员莅会。这不是纯民间团体，背后有官府哩。顿时黄朝勋心里难受，他这个自由人士绕来绕去还是没能摆脱"官"系。

终于那个官员出现了，大家起立叫"张主任"，也就开会了。张主任不停地跟旁边的人交头接耳，时而嘿嘿地朗笑，盖住了汇报的人的声音。黄朝勋窝火，你张某有讲的机会，不能太不尊重人了吧。他认为汇报人认真做了充分准备，盈余几担几石几斗一一地道出，不过他希望汇报人停下静场让张主任出个洋相！

张主任不耐烦地干咳，可是汇报人并没停下来。会议主持人提前请张主任做指示。

张主任向四座抱拳致意，说了一通套话把委员们抬举了一番。这时他话锋一转竟提出要借稻谷五千担！并且再三强调是上峰的旨意，事关党国的利益，望委员们积极合作。

大家面面相觑。这明显违反义仓管理章程，而且官家借谷都是老虎借猪有去无归。沉默。最后表决同意反对各一半。黄朝勋一直不吭声。

张主任笑着指着他说："这位委员高见……"

他马上站起说："我反对！"

僵了场。反对的立马呈压倒之势。

黄朝勋缜密地摆了许多理由，说明不能开此先例，他针锋相对说："明天张主任若调走，我们问谁去？问政府，政府能长出粮食？远水救不了近火，政府当为赣州百姓着想！”

张主任脸难看，很不自在。有人附在他耳边介绍黄朝勋，他盯了几眼。最后调和折衷给他一点面子，同意暂借三千担，但三个月内必须如数归还。

张主任皱眉头，潇洒地写了张借据。他狠狠地上厕所掏出鸡巴撒了一泡尿，响亮地咳吐了几口浓痰。事后张主任对人说：真不识相，不过一座鸟仓，还不是党国的！可以马上宣布查封、开仓！你们委员当个鸟！真是露鸟不看讨鸟看，一伙酸夫子！

眨眼归还期限已到，先是几个后是全部保管委员到衙门找张主任。张主任茶水相待摆了一些客观原由，一个委员气愤地质问他言而无信想癞皮，他嘭地拍桌子说：“岂有此理。有粮就会还嘛。不还又怎么样？老百姓的东西，政府就可以要。这是党国！这是政治！你们懂政治吗？你们吃了豹子胆啦！见台阶就要下嘛。”他还放出口风，下次再缠作聚众闹事派兵弹压之！

仿佛真被镇住了。一日上司交给张主任一张散发墨气的《民国新闻日报》，上面登载着以黄朝勋为首的义仓保管委员会声明，和黄朝勋以律师身份同记者的谈话。张主任这才慌张起来，认真把黄朝勋揣摩了一番，一边派人去附近县借粮，一边亲自到义仓进行慰问，作了检讨，还主动招待了一顿饭。

黄朝勋只是出于义愤，讲不上什么谋划，只是借助了报纸，说到底义仓跟他关系不大，他一边行医一边接手诉讼案，有事要做。他跟随众委员找过张主任一次。好些委员到源记相聚把张主任骂个体无完肤，表现出“城墙背骂老爷”的勇敢。他静听着却慢慢坚定起来，暗地里跟省城的同学联系，以极快的速度在省报亮相。他并没有成功的把握，反而他成功了，在张主任看来简直是场有组织有步骤有目的的政治图谋！

这天晚饭后张主任破例步行到源记拜访黄朝勋，老板倒吓慌了。此时黄朝勋彻头彻尾成了一介平和的医生，他在诊所接待了他。

张主任说：“我听丁旅长邹校长说过令堂是信泉的首绅，你们父子兄弟都有出息呀！不打不相识，张某一时怠慢了黄先生，我们成为朋友好吗？其实那笔粮我早有准备，只是办事的人不得力。感谢你们促了我。”

黄朝勋说：“不在其位不谋其事；既然挂了委员，当为赣州百姓主持公道，不想唐突了张主任，请包涵。”

张主任说：“做医生太劳累，做律师担风险，黄先生愿意的话，我可以引荐。像黄先生这般年轻又有资望，到省府高就是适合的！”

黄朝勋致谢说：“我家数辈行医，自由惯了，对从政生分。律师也是逢场作戏，我的主业是行医。”

他看看怀表不想再周旋，背上药箱，抱歉地说：“约定我去看一个病人……”

他耐着性子把张主任送走，紧走几步进了金家巷。他仰望天空深呼吸，舒畅极了，一身是劲。他的熟人突然多起来，一路有人套近乎打招呼。他觉得自己比单纯做医生高大雄壮得多了。官员是可以藐视的，选择做律师是对的。他不愿这么快就返回寓所；寓所盛不下他心中的快乐。左拐右弯他竟上荷苞塘来了，白素莲不正住在这里吗？

他昂扬地叩开了荷苞塘九号。白氏见是他脸儿突地红了。借着蜡烛的火光，她领着他走过小巧的院子，刚到厅门口她就亮声说黄医生来了。黄朝勋泛起微微的苦涩。

屋里亮着几盏大号马口玻璃灯，几只臃肿的单人沙发暗幽无光。落地座钟沉稳地响着。

温氏金丝眼镜显现高雅而矜持。他淡淡地摆摆手示意请坐。这种居高临下的姿态使黄朝勋十分反感。白氏为他沏了杯茶，抱出细伢。黄朝勋灵机一动，坦荡地说："我来察看小孩的病情。"

她说："他就是上几次给细伢看病的黄医生，源记公晖的。"

温氏喉咙里"嗯"了一声。

黄朝勋若无其事地加了一句："我从博爱辞职出来的。"

温氏口气立即有了变化，坐端正了重新打量来人："你就是那个黄先生？胆子不小！"

他叫女人端出几碟蜜饯。

白氏从抽屉里抓出那张《民国新闻日报》，摆在老公面前。

温氏赶紧站起，态度十分谦恭，亲自为他筛茶，连声说："大律师！久闻大名如雷贯耳，你为赣州人出了口气！这些王八蛋早想打义仓的主意啦，百多年的义仓迟早会败在他们手里！黄先生一定有硬背景！白素莲，是要请黄医生看病！"

温氏羡慕律师权威大可以制约官府，他说："本人不才，但极敬重律师的，律师三寸不烂之舌扭转乾坤哪！"

黄朝勋心里冷笑。不知觉中他把律师权威、他的社会权威都用来轻蔑和报复温氏了。

黄朝勋大胆地盯着白氏，放肆而巧妙地用眼睛暗示意外之念。白氏垂眉，解开前襟让细伢偎着自己的胸乳，让他伸来听诊器。一会儿白氏愈是抱紧害怕的细伢，他轻轻一笑，直接探向白氏的胸乳。明暗衬托白氏的乳房更白皙饱满而挺耸，他心旌摇荡，放任听诊器触着她的奶头。她背过脸去却让出了另一只奶子。他清晰地看见她的脸和胸脯冒出一层油亮的汗水，脸若桃花。他多想把她抱在怀里！

此刻温氏仰视朝勋，放响了留声机，得意而放松。

闪烁灯光中，黄朝勋反复地替细伢做检查，不漏过一寸肌肤，白氏累得满身香汗。她怕细伢哭叫，轻轻地说："大夫来一趟不容易。"

温氏打着呵欠靠在沙发上作陪，迷迷糊糊地半明半醒，扯响了鼾音。黄朝勋忍着怒火欲火，写下药方，留下几粒白黄黑小药片，起身告辞。温氏半醒却被白氏递来细伢，迷糊地说："你去送送。"

走到小院，满天星斗热烈。两人投入对方的怀抱。黄朝勋现在用手抚摸她那一片勾人心魄的胸乳，进而探下嘴去咬那对紫葡萄一样的奶头。她已支持不住偎在他身上。他是强者，由白氏配合获得了报复的胜利。此刻，他纯粹是男人的渴望了。他在赣州多么孤单呀。自当上律师，他的生活他的情性动荡起来狂野起来，快乐是他的果实和回报。他不会再感到孤单和乏味了。

他甜蜜地问："欢迎我么？"

她温柔地说："白天来吧，我的大医生大律师……"

黄朝勋成了荷苞塘9号的常客。挎个药箱只是个幌子。

在他跟白氏幽会的日子里，他与她相拥，缠绵而狂放。他感谢父亲为自己选择了医道，又庆幸自己兼上了律师。不过，在头一次与白氏发生肉体关系的那一刻，他又体会她有自主的追求，因而更与她心息相通。

命运的嘲笑也开始了。不在赣州而在河东苏区，第一次人生失败急速地向他逼近……

三

凌贻坚在大操场雄壮的操练声中被捕。虽不断有人遭捕消失，但操练声像磨利的刀刃熠熠闪亮直冲云霄，他每每怦然心跳。他毕竟是省赣中的高材生思想较敏锐比别人更能察觉红军内里的溃伤。革命意味流血意味对一切人无情，他也越坚决越无情，然而终于未能摆脱被捕的命运。

这是他第二次被捕。每次被捕他与刘怀馨的爱情就会发生戏剧性变化。

凌贻坚家里是大富豪，然而他思想激进，在学校公然攻击当局宣传革命思想。许多同学提心吊胆却非常喜欢听他的高论。终于那么一天他组织一些同学上街游行喊打倒列强、打倒军阀、救中国的口号。

当时刘怀馨像块安静的石头，她总是观望，由观望黄朝勋转为观望斗志昂扬的凌贻坚。她为他的激扬、敢作敢当所吸引，同一班上似乎只有他身上闪现热血青年的刚毅。那一次凌贻坚又组织上街游行，校园门口出现了武装的军警，一些人退缩，女生一个不见。她敬佩他即使剩下一个人也振臂疾呼上街头，这样她默默地跟在后面越跟越紧。从此她就紧紧跟随他了。

毕业离校时他俩有过一次唯一的握手。他徐徐地加力，她的手骨痛酥了，全身烫热起来。她蹲在地上一只手仍在他手里，她仰脸看他不觉微笑了。他盯了她很久，然后放了她决绝地远去。她赶紧到背地里掏出小圆镜，自己的脸如春花，她为自己突发的美丽而陶醉。

回家她在Z县城区小学当教师。学校离县衙很近。一个丧妻的户籍科长看上她经常光临学校,使学校几位青年教师狼狈溃退自行打消了追求她的企图。户籍科长有足够的耐心,等着她扑进他的怀抱。

这天她突然收到一封信,一看笔迹就知道是凌贻坚写的。他说失窃身无分文进了当铺。她以为他做生意失败向她求援,当即带了一笔钱只身下南昌。二十多天靠靠停停的水路使她性格变得急躁,也坚定了她跟他结合的意念。

原来凌贻坚被捕了。他去找组织的负责人,而这个头头已叛变。他买通了狱卒把信寄给了"妇娘"刘怀馨。她毅然担承起他的嘱托,找到在南昌的几个同学。几经周折终于保贻坚平安出狱。

刘怀馨领他出来与众人聚了一餐,大家劝他吸取教训做个良民好好过日子算了,他笑笑。只有她能领略他潜藏心底的坚毅。他把自己捆绑在革命的战车上继续寻找着革命。她认为他是特别的、杰出的。她摆不脱他那种刚毅的魅力,一次她敲开了他所住旅店的房门。他很感动,终于放弃拒绝。不过,他打了个地铺,让她睡在床上。以后她才明白,他不想拖累一个为他出过大力的女人。她说:"你上哪儿我就上哪儿。"他说:"我去那边苏区,你适应不了的。"

他说对了。她跟他去了赤区,那是个艰苦的乡下。她经历一段时间体会了他所属的这场革命。当她鹤立鸡群出现在武装的农民队伍面前,她的文静美貌招致了许多怀疑的目光,连他也受到怀疑。她也就越坚定地跟了他。

她宁可另租用农家一个小房间早晚同他相处。这段时间她充分享受了他刚毅和柔情的交合。他要她参加组织参加妇女工作,她终于同意了,却遭到组织的拒绝。组织对她的背景和生活习性从来就持否定态度。她喜欢洁净喜欢与老公独处,不喜欢半夜老公被叫走不喜欢别人看动物一样打量她。他接受了同事的批评要她改一改知识分子的高傲,他暴怒地打了她,几次半夜回到他原来住的营房。他对她的温柔少了凶狠多了。她一切都能忍受,就是不回大营房。

他打她的时候她想过离开他;当得知他屡屡受批评她又原谅了他。她听从他把女儿寄养在一农家。她只希望他在紧张中泌出一道温柔;她也深知他离不开她的温柔。

她第一次见留洋归来的黄朝勋,她与凌贻坚的爱情刚刚又经历了一道危机。凌贻坚大概又受了严厉指责把一腔火气喷在她身上。那次他用皮带抽了她,怪她拖累了他,她一气带着小女儿进县城住在一家小旅店,准备回家乡。这时老公以长衫老板的模样出现在她面前。离开革命中心他似乎减退了刚毅回复了温存,她终于又对他屈服。这时她又跟随他接受组织的安排去赣州做一回钨砂生意。

找黄朝勋成了她调整情绪的需要,她认定他是自由身属另一类男人,这种男人多么少呵。自他默默办成那个案子,她就认为他是负责任的自由人。这样的男人已出现在她面前,她非常惊讶。

四

她采了一束野蔷薇花送黄朝勋，正是她与贻坚的爱情又临悬崖。

红军又要转移，而她实在不愿再受颠簸。跟敌军的战斗已减少但红军内部的争斗却加剧了。从老公时时凶狠她就知道他日子不好过，当上团政委日子更不好过。他被怀疑了。

那天她真是心神俱疲，朦胧中接受黄朝勋的伺候，觉得舒泰。她躺在他床上有一种置身他怀中的感觉，她已上了他的床也就交出了自己，她尽可放胆放心地睡去。果然黄朝勋从遥远的外面来到她的身边，他两只手伸过来了。她能感觉他异样的几乎难以支撑的渴望。这时刻她心头旋起了另一个男子刚毅的声音，她惊醒过来，无比清晰地认定贻坚正处在危险之中！她必须赶回老公身边！

在驻地的三岔路口她得知老公已被捕……

刘怀馨被叫到一处僻静的办公室，一位长官宣布凌贻坚是改良派、AB团，他所在的团、营、连干部全部遭捕，部队已重新改编。长官要她离开营地。后来她才弄明白，上面既把她看做是落后群众、小资产阶级知识分子，又把她视为跟凌贻坚的改良派、AB团作斗争的英雄，有几次许多人看见了她同他激烈的厮打反抗。

……在贻坚一次生病期间，她偷看了他的日记本，日记上抄了几行。

> 赣西南党、团、苏维埃政府的领导机关，多数为AB团所充塞。现在赣西南的党内和团内充满着富农反革命（AB团），改造全部党的组织，重新建立，不使一个富农反革命分子（AB团）留在赣西南的党团内，严厉地镇压AB团，处决AB团中一切活动分子。
>
> AB团非常阴险狡猾奸诈强硬，非用最残酷拷打，决不肯供招出来，必须要用软硬兼施的办法，去继续不断地严刑审问，找出线索，跟踪追问，主要的要使供出来的AB团组织予以根本消灭。

她猜测红军对付白军的同时内部也进行激烈的斗争。只要上面发指示，这些农会干部就闻风而动扑向上级认可的敌人。她没想到老公比那些几乎文盲的农会干部更强硬而残暴。一次两口子吵架，她骂他“踩着别人肩膀吸着别人鲜血才当上官的”。他暴怒，狠狠打她，倒把自己弄得精疲力竭。一次他竟虚弱地说：“我也会遭他们拷打的。”

她明白了什么，也就原谅了他的一切。她相信上级会原谅会继续相信无比忠于革命的老公。她忽地明白老公执意把女儿送给农家抚养的意味了。

反省期间凌贻坚非常消沉，好像为弥补他的过失，他几乎彻夜地抚弄着她。然而当她感知他以此克服心头的恐惧，她又原谅了他。她很想说：“我们离开这地方吧!”

一次他战战兢兢地说:“当时我没弄清情况,跟着一些干部说了句‘反对毛泽东,拥护朱德、彭德怀、黄公略’,连自己也记不来了。这次我出不来啦!”

她是爱他的,为他的不测前景和自己的无能力而哭泣,也为自己想离开他的念头而羞愧。

……刹那间刘怀馨反而冷静下来。她必须见老公一面!她违心表示她支持组织的革命行动,首长同意她去看看。

贻坚关在一间阴暗的小房间,被绑在柱子上受了严刑拷打。她轻声安慰说:“在南昌那次你更危险,也不是平安出来了?我去找律师!我们同学中黄朝勋是法律专家!”

他说:“那是没用的!革命不承认也不需要法律。怀馨你跟着我受苦了。我明明知道要平等地待你,可心里一股怨气总向你泼,好像我身上又冒出一个苛横的人!你不要管我,赶快带着女儿离开这里,自个儿好好生活,你年轻可以再找一个比我好的……”

她的心咚地蹿起来,安慰他说:“挺住,千万不要有别的想法,你会平安出来的!”

她按老公的嘱咐彻夜安顿好女儿,马不停蹄地返回赣州。

五

黄朝勋见她如此急迫很是诧异。听她坦述了原由,他吓了一跳!土豪劣绅受红军打击,红军干部怎么也受打击呢?他是律师,对这样的事他没把握;好像又有把握。世界还是讲理的,也要讲理,否则当年他就不需要留学。他爽快地答应了她的要求。

他俩漏夜搭船溯流而上。江风呼啸渔火点点水浪滔滔,山色江景全隐在不可见的世界中。他俩假装一对夫妇。他要了一个小间,他同她坐在床上,小煤油灯被风搅得忽亮忽暗。两人沉默相对,不时注视满江的墨黑。

他判断凌贻坚遭了冤,但实在弄不清那一套名词,他察觉这是两个世界。这另一个世界像另一星球他一无所知。他对自己的大作用产生了怀疑。他走出舱外,船工们正在吃宵夜一派嘻嘻哈哈无忧无虑的样子。她悄悄跟着站在他身边。

船老大喷着酒气笑着说:“你们放胆去睡,搞个地响天响,我这船不讲那么多规矩。”

黄朝勋平静地笑笑。他俩没脸红也没心跳。他倒知道了世上这种看起来苦累低贱实际上乐天的生活。他虽留过洋,但他的世界实在太小了。

就在他对刘怀馨不产生任何欲念的时候,她却浑身滚烫起来。恍惚中她每每把他当做贻坚;女人能依傍这种男人真是幸福!

凌贻坚一声枪响阻止了他们这次无知的努力。

几度伪装快到目的地的时候,有个熟人拦住刘怀馨说凌贻坚已经自杀。他发疯地呀呀大叫,哨兵吓懵了,他乘哨兵不备夺过枪对准自己脑门开枪。他抢在秘密处决他之前结束了自己的生命。不过无意中他却救了刘怀馨和黄朝勋。

黄朝勋责备自己来得太迟,在判决上他无能为力,但他可以劝贻坚宽怀,生活的路很多也很宽,也许贻坚的命运又是另一种样子。人就是这样,面对结果却总是设想另一种可能。他对凌贻坚有过的鄙夷和不理解油然消释。

刘怀馨头发上扎了根白净的苎麻线。从此她与赤区了无关连。黄朝勋果断逗留县城一家小旅馆。他去看过刘怀馨的女儿凌馨。三岁的凌馨很乖地偎在他身上,对周围的世界闪着一对黑亮的大眼睛。

街上纷传红军开始撤离,国军涌进县城。一天夜里查铺,黄朝勋被叫了起来,他高傲地掏出医师证和律师证。一个瘦高个子兵鄙夷地说:"伪装的共党太多了!你这是私立的,跟我到保警队走一趟!"

赣州无人怀疑他的证件,没人查过他,他在小山沟要翻船了。他压住愤懑,从口袋里掏出另一张博爱公立医院外科医师的证件。那兵看了几遍脸色和缓下来。

红军已撤离。黄朝勋跟刘怀馨带着细伢去看贻坚的坟。小石山杂草稀疏。她用力掘起一块棱角分明的大石块,他俩抬着放在墓前。她磨锋发夹用力在石块上划出一行粗字:凌贻坚之墓。

他们烧了几叠纸钱。她带着女儿跪拜三次,解下头上的一朵小白花放在石板上。

他们当做一家人回到旅馆。细伢已睡去。两人并排坐在床沿看着灯花摇曳。她突然伏在他怀里恸哭,这是她久憋的哀恸!她说贻坚死不瞑目。他搂着她的肩膀安定她。此刻他俩相互的情欲荡然无存,俨然一对兄妹。

他说:"去赣州吧,我帮你选一所小学,你能教书的。"

她说:"不,我回娘家去。"

她猛烈地抽泣和战颤。

第四章

一

回到赣州半年多,朝勋回复了先前那种沉默寡言。他悄悄改变了自己无所不能锐气逼人的狂傲,对社会活动也消极多了。刘怀馨一直没有音信;他想象她又坚强地组建了家庭。叶宁玉频频在脑中浮现。大批国军进驻了赣州,气氛却比以前松动了。这一阵他奇怪几乎没有到源记的信泉人。慢慢地他对家乡的依恋之情又浓烈起来。

这天下午听见门口瑟瑟的声音，高跟皮鞋橐橐地上楼。哦，白素莲。他奇怪自己倒把她给忘了。

白氏着件黄底点点红花的连衣长裙，头发高高地绾着更显出体态的丰盈，两只金耳环灿然生亮，淡淡的唇膏和胭脂。他不由站起表示歉意，因为隔了好一段时间没去她家了。她以主妇的姿态走进内室。他倒了杯糖开水递去，心情突然好起来。

他和她第一次在她家偷欢，她就告诉自她生小孩之后老公就外强中干了。她老公特别惧怕地位比他高的人，不喜欢把这种人请进家里做客，而喜欢文质彬彬的弱者在他家客厅出现。一坐下白氏就说，老温向单位老总推荐了他这位名律师，老温几次对她显示提升有望，她老公后来知道了他俩的暧昧关系，恳求她不要离家。她获得胜利同时获得了一种自由，不过她答应维护这个家。

她沐浴过身上散发一股清爽的香味，她的来意如此直率和急迫，黄朝勋愕然。

她伏在他肩上深情地说："不管你有没有其他的女人，我就喜欢你，你是真正的男人、好汉，赣州再找不到第二个！"

他已消沉，根本不想当英雄，只想凭自己的本事、自己的意愿悄悄生活，他看着自己在赣州消隐。他为她的热烈而感动。他盯着她，她比以前更漂亮了，真是城里的女人！真正的女人味！他的心不禁狂浪起来。他叫了辆双人黄包车去荷苞塘。

他俩从大庭广众中穿过，来到小巷，来到边缘。虽然有时跟官方跟大场面打交道，但他感觉自己行走边缘，他乐于这样。而在家乡他躲到哪里都成为中心受到关注，还是赣州好。

她撒娇地偎过来，从 U 型领口可隐约看见她柔润起伏的胸乳，那股叫人心动的清爽味使他陶醉。他这个自由人真有什么能耐？果真让她着迷，他应该有真正的力量！

他俩一道坠如汹涌澎湃的波底浪尖。她臣服的是做律师抑或做医生的自己？此时此刻他纯粹是个男人，她是他的情人。

事后他真心说："你能自食其力，应该走向社会。"她感动得流泪，紧紧地依偎他说："只有你把我当人，看出我是有追求的女人！"

经他介绍后来她果然做了小学教师。

二

黄朝勋满足而带着些许头晕回到源记旅店，突然有虚弱而狼狈的感觉。这是堕落呵！此时神足郎云龙正等着他。信泉口音顿时使他振奋！

信泉又遭大劫使他吃惊。广东军阀实在可恶！庆幸父亲、家人、章泰生夫妇都安然无恙。郎氏递给他父亲一封信。父亲在信中说家中平安，望勋儿专心不旁骛，精通医业，勿辜负桑梓厚望、祖上垂怜。

他心里一惊。难道父亲已知道他堕落、消沉？他问起陈学余。郎氏说："七斜八倒他衰透哩。上面要拘捕他……"

黄朝勋嗟叹一番。学余为什么不来找自己？

他又在赣州打听了几天，还是从邹校长那里得到信息。他赶去江边。江水哗哗，回荡船工背纤的啊嘿声。终于他又惊愕地得知，学余在吉安被捕！

陈潜来到赣州源记证实了这不祥的消息。

第五章

一

金梅接到老公多次辗转已皱巴巴的信喜悦不禁，她识字不多又几乎全忘了，于是叫身边的妹妹金巧读。一会儿她脸由红转白转黄转黑晕了过去。原来学余坦率地告知他被抓要家里设法把六十块光洋带到吉安。金梅因担心而昏倒。

金巧抱着轻飘飘的姐姐不慌不乱地蘸茶油掐她太阳穴、眉中和人中，她哎呀一声醒来，推开喂她的热水，要金巧飞快上小洞找萱公。

黄盛萱看罢此信略作沉思说人有救须加紧，他当即与赵氏商量叫盛苕拿出四十块光洋，要金梅解决二十块，请陈潜去办最合适。金梅咬牙卖了两亩好田把七十块光洋琅琅地交给陈潜手上。

筹钱之快令陈潜吃惊，他察觉金梅身边的金巧精明利索。陈潜的妇娘姓廖大他三岁，如今一副老妪相，自失败回家她怕他闷出病倒放松了管束，夫贵才能妻荣，进了陈家的女人都自觉奉行这一宗旨。陈潜在家倒养得血气兴旺。他几次对妇娘说："小洞黄盛萱五十多了立如松行如风，真得了赵湘如的阴气滋补……"廖氏心中有数，指着林子边两条嬉戏缠绵的狗说："畜生也知避人哩。"他的心鼓捣起来，更是盯上了金巧。

陈潜说句"二十年前是一家"豪爽地答应下来，但要拣良辰吉日上路。因而他频频去金梅家。金巧热情，叫得亲热，趁隙他捏了金巧圆滚滚的手脖儿。当他又伸手，金巧躲闪，立马跌脸，他不由吞了冷气。

他笃信这壶不开那壶开，把心思放在石街，左掂右量他盯上了庆仁店的叶氏。同样连遭冷遇。他岂肯罢休，屡败屡去。这次他轩昂地走进庆仁店，关在内里的几只狗狂吠起来，他慌了一下就不慌了。章泰生大声喝住狗，谦恭地叫声："陈县长！"

他大声说："我要去吉安救学余！"他的眼睛往屋里钻，听见里间叶氏甜美的嗓音！一会儿有人出来，原来是黄盛萱，他凉了半截，嫉恨信泉风光全给黄家占尽了。

歪打正着，此话仿佛说给黄盛萱听；黄盛萱把他拉到一边说："学余的事拜托啦！"

陈潜故意不顺流奔吉安，他怀揣七十块光洋却拐进赣州找黄朝勋。他要看这个博士混得怎样，同时敲他的钱。

学余果然出事，黄朝勋叹息，热情请陈潜上馆子，还另给了盘缠。黄朝勋说：学余出来就到我这里吧，我正缺个文书。

陈潜看他场面不过如此，口气倒蛮大，心里冷笑一通。

陈潜接学余出狱却遇到自己造成的麻烦。交款时陈潜的手又在褡裢里抓抓捏捏，他横了心只交出三十块。狱长见他一副大亨派头心里更来气，说上头来了命令陈学余属政治犯不能放，可能押往南昌。

陈潜下死决心不多出一块钱！他重复说陈学余家的苦困，又说吉安县长是他的同仁。狱长认钱不认人说再给三天时间！

第二天上午陈学余却出了狱，在旅馆找到了正在呼噜大睡的陈潜。陈潜掩住心中狂喜，省下的钱归自己了！

刹那间陈学余对陈潜有过的一切轻蔑和隔阂已冰化雪消。

二

……从赣州坐船飞扑吉安，陈学余怀揣邹校长的亲笔信轻松了好一阵。几经波折他把目标定低了许多，能混碗衙门饭吃就行。刚好那天县长去了省里开会，他只有住旅店等候。

更险恶的一幕接踵而来！

他在街上踯躅，想象着十万红军攻城的激烈场景，如今吉安城头只留下标语弹痕。

正好碰到一个熟人，原来是同志，此人当时属于另一个共产党支部，几年不见肥胖了满面红光。陈学余不热不冷地同他打声招呼。走了一段路那人却扑过来热情地问他下榻何处，请他就近喝几盅。

他拒绝入席，却说出了旅居地点。半夜他就被捕了。大概因为邹校长写给县长的信，他没立即遭手打足踢，上了铐子带到一所阴森的监狱，被狱卒凶狠地折磨一番。

还是邹校长那封引荐信叫他死里逃生。

此次他看陈潜已顺眼多了，甚至在陈潜身上感觉到了一些相同之处。

从医从律师只能为一民数民，当官才能为大民名垂史册。陈学余屡屡碰壁，做官做大官的意愿倒更明确更强烈，这点他又佩服这位能当上县长的堂兄了。这是两人心跳最接近的一次。扯到信泉陈姓由客而土由盛而衰衰而盛的历史，两人都会心一笑。这一刻伤痕累累的陈学余又信心十足了。

仿佛否去泰来，陈学余的好运悄悄降临。

……吉安县长捧着邹校长亲笔信好不为难，不但放人，还要为其找事做。邹校长的弟子满天下,省府几个厅长就是其学生。可陈学余加入过共产党,政治责任重大!最后县长听从主任秘书建议,让学余持他的信去找邻县的教育科长。而新上任的教育科长受宠若惊将陈学余安排做行政秘书。

陈学余尽尝颠沛终算沾上衙门气。

接下来一年多,除给家中汇款,年节写信感谢邹校长,陈学余从不与外界书信联系,勉力做妥本分工作。他不是做样子而是出自真心和真诚。不辞劳累去模范村辅导扫盲,与村里富人穷人相处甚好,对穷人还多一点关照。平时他不串门,不沾赌嫖,关门读书写毛笔字。

他的人品才干很快传开,县长提拔他做县府秘书。消息很快传遍信泉,陈潜吃了一惊,对学余家客气多了。金梅几次吐血,他亲自请黄盛萱急诊。

到陈学余做事的地方的信泉人来往增多了。陈学余热情接待,都是用自己的钱,不揩公家半点油。那地方盛产莲子,他就以莲子汤加白糖做茶点,在自己房门口的小炉灶炒几个菜。几个信泉青年人求他要工作,他一个也没引荐。

难道他的好运就不必再付代价么?

一天神足郎云龙敲开房门,这次他嫌船慢而甘愿独个儿翻山越岭。吃过饭洗过澡郎云龙在床上倒头便睡,鼻鼾悠扬。煤灯下陈学余久久注视那双一寸多厚已快穿透的布筋草鞋。陈学余以为他来做莲子生意,打算成全他。

第二天吃过早饭郎氏平静地告知金梅病危的消息。陈学余眼前一黑扑在郎氏宽厚的肩膀上!

三

金梅已几次病危了。

金巧思谅这个姐姐,在姐姐家她无所顾忌地讲了许多家计安排,金梅既惊奇又放心让她去做,一个凌乱的家倒被这妹子料理得清爽。阿陶不像别的细伢一堆尿一坯屎脏兮兮的,一身干净。金梅稍稍恢复,觉得自己能挺,催金巧回去帮家里。

这天金梅同阿陶在门口小水圳洗猪菜,镇长胡玉笑眯眯从陈潜家过来了。金梅蹲在水边叫:表兄,屋里坐呀。

他忍不住抖露县里要拘捕学余的旧话:“没事啦!谁叫我们是亲戚。”

金梅顿时觉得胸闷嗓子眼冒腥,她拼命忍住捂着肚子快步走进屋里。老公几年行踪不定原来是在藏躲!她哇地吐出一包血眼前一黑。

金巧又飞脚赶来相帮。

再挺不过了,金梅已有预感,久久憋在心里的一桩考虑盘桓她整个心胸。当妹妹过来帮她,她就想过这个问题。不过她认为自己的想法不应该,自己毁在陈家难道还要叫妹妹垫进去么!不过两姐妹相处时,她还是有意把一些床第之事讲给妹妹听,女人迟早有这么一遭。金巧总是羞涩地扑在被子上耳朵却竖起来,她已经像成熟的亮水杨梅了。

金梅吃力地又问:你要嫁个么子老公呀?

金巧红着脸说:“我还没想透哩。能嫁姐夫这样的人就行,有人骨有志气,踏实,耐磨。男人在外做事业,女人在家操持,夫贵妻也荣。待姐夫出了头天,你就可享福了。”

金梅说:“他陈家这个烂摊子,做到鼻子没风还安顿不过来哩,还敢念享福!”

金巧说:“不就把房子重新摆布一下么?这有何难!再说我姐夫已顺路顺势啦。”

金梅叹口气说:“你当喝凉水吃嚼饭,世界上的事你只要当真再小也是大事。阿巧,你看小洞的湘如满姨,不是跟萱公般配么?湘如当初也是听她姐春如的。”

金巧说:“姐你念什么呀?”

半夜,金梅叫醒了妹妹认真地说:“我晓得自家事,就担心你姐夫和阿陶呀。妹妹,我只求你一件事,你委屈嫁给学余吧,给他也给我扶起这头家!学余定会对你好……”

金巧满脸通红惊讶地说:“姐你说么子呀?我不嫁!守着你。以后我也不嫁!”

金梅说:“学余还不满三十六哩,他内里是块金!小洞标标致致的湘如愿嫁给五十多的萱公呢!”

金巧说:“她是她我是我,姐你别说了!”

金巧憋着一肚气,自己好端端一个黄花细妹,凭么子嫁给一个三四十岁的人!她恨姐姐。姐姐你好懵懂!你心肠好黑!她撇开姐姐的手开门跑出去。

外面漆黑凉飕飕袭来像露水又不是露水的水雾,金巧立即意识到自己裸着两条白胳膊。不能回家。

她第一次在夜深人静时打量着这栋破烂而凄清的屋子;平时她跟姐姐扯过,琢磨怎样改造它,那都是说着玩的。她不愿做第二!她听见姐姐咳嗽不断,阿陶梦醒大声叫姨娘……她突然想到姐姐真不行了,那副凄苦哀求的神情啊!她弄不清楚是躲避还是担承,她又悄悄地回到姐姐的屋里。

果然,姐姐躺在门边。她是摔倒门边的,头上撞了个青包。金巧心疼地把她抱上床,用热水给她抹拭。

金梅醒来又说:“我只求你这一次,只有你才能搭救学余,搭救他一家!”

金巧生气地说:“姐,你再说我真走啦!”

金梅说:“你不会走的,走不远又会返回来。”

金巧不语。

又一次金梅吐血浆昏迷了好久。金巧叫来赵湘如和昭云,问要不要寄信叫姐夫回来。金梅突然坐起说:“他位置才坐上哩。别去扰乱他。我不会死,家里几多事情,我死得成么!”

赵湘如拉金巧进另一个房间，夸了金巧一阵，两只手在她胳膊上轻轻抚摸。金巧突然想象她与黄盛萱共枕的场景，开始她怎么咬响牙齿就答应了！

赵氏一个劲夸她肉紧体子好是个藏得住事做事业的女人。赵氏又抚摸她的肩背。她顺受着，伏在床上，潮热涌荡。

赵氏说："你这对金奶哩，男人一定喜欢。年龄大点的男人更知道体恤妇娘……"

金巧耳根发烫，姐姐一定给赵氏说了。

昭云也跟金巧谈了一回。她和气地说："我弟弟熬过了大难，以后就是做官做府，好心肠是不会变的。他不因是我弟弟，我才奉承他；如今像他这么忠厚的男人打灯笼也难找了。"

金巧不好回答，她还是嘴硬说："终身大事，油纸试不得火，哪个讲我都不听！"

这事又搁置起来。

这次真有点情况了，金梅已在弥留之中。黄盛萱请郎云龙火速叫回陈学余。

生离死别，金巧觉得姐姐多么好，好人总是得不到好报！她明白，姐姐心里搁着那事，死也不会瞑目的！

四

好远陈学余就看见了家门口那具黑森森的棺材，他趔趄着差点栽倒。郎云龙扶住他。他心里只有悲愤，眼泪被悲伤烧干了。

金巧早看见他，叫一句"姐夫回来了"赶紧打盆滚水放在大门口。学余接过热毛巾擦把脸，就扑去妇娘身边，泪泉簌簌地涌流。

金梅脸如灰槁，眉峰紧攥。生死只在瞬间。

昭云担心说："弟弟，身骨子要紧。"

陈学余用颤抖的手摸拭金梅未老先衰的脸盘，感觉她仍有轻微的呼吸。他激动地说："金梅，金梅。我是学余。我回来了。"

金梅的眉头松弛着，再次苏醒过来。她的双眼射人，一字一字却叫金巧的名字，十分清晰。她叫一次停顿一次，叫了三遍。

此时金巧远远地躲着陈学余，听见姐姐叫唤心里一抖。众目睽睽之下，金巧感到长了十九年能挣脱自己的家，最后还是未能挣脱姐姐临终的托付！

金巧想再一次走近她，却本能地紧靠陈学余身边，跟他父子站在一起。

金梅总是张嘴，她似乎还在等待。

亲人们都凝神静听。终于听到了，但不是金梅而是金巧响亮而凄绝的声音！金巧笃地跪在姐姐面前一字一字地说："姐，我愿意！"

金梅浮现笑意眼一闭头一歪去了。她是信泉第二个把自己妹妹托付给老公的女人。

陈学余没想到会有这种局面，不禁愕然茫然。他很快冷静下来，最要紧的是体面地安顿好死者，他借了一些钱重殓金梅，听任族长为亡妻做道场。他对金巧视而不见。

陈潜早早送了份像样的奠礼。每一家陈姓人都送了奠礼。大家都对金巧果断地表示许给学余而惊讶咋舌，陈潜更是艳羡不已。

胡玉亲自送来奠礼。陈学余已经得知他救了自己一把，走到小桥边恭敬相迎。他心里不时涌出滑稽之感。几年前他要推翻胡玉依傍的政权，现在他倒进入了民国政府之门。他感觉身前身后总有人鄙夷他嘲笑他，让人笑去，且看行为吧！

他又一次陷进了痛苦，这痛苦无人知晓。每次回信泉他都能感觉自己的痛苦。如此反复，他已成了信泉最摆不脱痛苦，最咀嚼痛苦，在痛苦中产生快乐，注定一生与痛苦结伴同行的男人。痛苦是他的第一恋人也是他终身伴侣。

他生命的最大动力正是来自于痛苦。痛苦已成他生命的底色。他痛苦地送金梅离去。

七七四十九个夜晚，大厅锣鼓咚咚唢呐低沉。陈学余、金巧和阿陶披麻戴孝，道士唱一句喏，他们就跪一次。族人体谅学余已是衙门官员，把捆好的稻草把塞在他膝下，而让金巧和细伢跪硬地跪破膝头。临近天亮才上床睡觉，躺着躺着学余坐了起来，像蒲团打坐微闭着双眼，任油尽灯灭。

他怕上街遇见那些曾经受他鼓动在信泉掀起风潮的读书人；可是镇府必须去的，他像跌尾狗一样溜进了大门。

他在万寿宫肃立良久，凝视那几条楹联，不由自主涌起一阵激动。黄盛萱题的那副实为一般，后一副使他触目惊心如雷轰顶。

> 忠贞立志孝悌立身此善事存吾这点天良何虑两间不佑
> 蛇蝎其心豺狼其性那奸雄任你多般恶毒总有一劫难逃

他抖出一身大汗！加入共产党和进国民党政府，都必须尽天良！为人处世做官做事这副对子不正是一面心镜和魔镜！

五

隔壁就寝的金巧焦虑重重。

她表白同意许给他，一颗心更乱了。他跟陈潜一样都尽管是衙门官员，他更有理由向她施暴。陈学余回来她对姐姐鬼魂的惧怕减轻了，却产生了新的惧怕，惧怕他突然闯进来强暴她。她后悔不该一次又一次伺候苦命的姐姐！

一连几夜她迷迷糊糊睡着了却清清楚楚地做了几乎相同的梦。

他向她走来，他背后站着金梅；原来是金梅把门打开的。他却止步。在这焦灼而漫长的时刻,她向床里退躲推出阿陶做掩护。她看见他哀伤而失望,更看见他身后的姐姐睁着愤怒可怕的眼睛。她的许诺一次次响起。她不是对他屈服而是对姐姐?自己的诺言屈服。一个人必须信守诺言。她低头羞涩地解开自己的衣服……这时姐姐不见了,而他决绝地转身向外走去。

她几乎忘了可以拔腿回自己的家;她焦虑着似乎也在等待着。有几个夜晚她竟梦见与学余交欢。他还是迟疑着,受背后姐姐的推搡走到她面前。她身子已烫热起来,烫热涟漪般漾遍全身,她迎上去,以行动证明对姐姐的承诺。他巍颤颤地抱住了自己。

谁也没有料到,坚决反对这门亲事的倒是陈学余。他不能答应亡妻这种荒唐的嘱托,他单身无所谓,但不能拖累一个天真无邪的女子。

她终于察觉,他不中意自己!人家是政府的官,不愁没有漂亮女人。刹那间她的自尊和矜持坍塌,自卑占了她的身心。她悄悄又向死去的姐姐保证——不知不觉她心志倒坚定起来!

她默默地担负了主妇这一角色,里里外外利索地操持,让阿陶穿着干净,笑脸接待来客。她为他洗衣收拾,将干净衣服折叠好放在他床头,把洗澡水提到洗澡间问烫了还是凉了。她等待他一句话或一个眼色!

她装着一身轻快上小洞黄家,她要跟昭云谈谈,因为昭云才能解开学余的眉结。可是昭云去了田里,她把心思放在几亩田上。她非等她不可。

这样她进了东园看赵氏刺绣。她突然发现,湘如比自己大不了多少,生活优裕,处事比自己强过一世界,一定得了萱公的调教。

赵湘如一眼看穿了她心中的愁结,直截了当地说:"抓住一个男人不容易。"

金巧的脸更红了,眸子波光闪烁。赵湘如笑着说:"我晓得你会同意的。"并告诉了她一些方法。她臊得不行,惊愕极了,生活中有这么多道理,而自己仿佛来表决心似的。

昭云带着一身疲劳回来,关切地说:"出了'七七'就可以办。你是个黄花妹子哩,我叫学余一定办得体面热闹!你尽心扶起这头家,让他专心做事业!"

金巧羞涩地说:"姐我还是怕。"

昭云说:"女人是男人的地,由他去拱去翻,苗情才旺。你比你姐运气好!"

陈学余在姐姐严厉的催促中也改变了初衷,但他恪守婚娶的规矩。

六

十月小阳春这天是晴朗的日子,大厅和大门贴着陈学余写的两副对联:

游子点头爰扫凡尘迎女士
慈萱含笑但看新妇作羹汤

屈指计前程此后披荆斩棘新妻矢砥砺

扪心思旧昔当年阴阳诀别故妇有遗哀

黄盛萱念了几遍点头称好！这几天他天天来一趟。他已寄信叫朝勋务必回家参加内弟婚礼！他建议:本家推辞不得;以亲戚名义请胡玉,其他官员一律不请;另请黄宇遂、赵仲椒、郎云龙、章泰生等数位信泉名流。

黄盛萱同朝勋上了趟街接着上洞头,他又读了遍对联不经意地说:“参加党派做官是一种潮流,非年轻人自己可以奈何,但可以做清正之官嘛。清正就是清廉有为。”

陈学余心地一亮,萱公这句话说的太好了！

昭云在房里为弟弟缝新被。上好的缎料被面,红底金花拥着一龙一凤,是朝勋叫白素莲选的。昭云的脸因而罩上一层红晕。这缝被角色由她最适合,她多惬意呀！她更为弟弟也为老公自豪。

叶宁玉代表章泰生来恭贺,热情地叫昭云“嫂子”,说阿泰到匹袍采购药草去了。

热闹了一番,宾客散去。昭云也带阿陶回了家。眨眼这喧哗世界只剩陈学余和金巧。前些天这里苦哀绵绵现在喜气洋洋一片红火,弥漫浓浓的艾香味。如今她是这个家的主人了,她勇敢地脱光偎在他怀里。

陈学余仿佛成了一潭死水,两条胳膊僵硬,受柔滑温软肉体刺激,一阵哆嗦激动,那种久违的生命感觉又回复了。他的热泪落在她的肩膊上,真诚地说:“谢谢你金巧。”

他觉得这样抱着她,自己已相当满足了。这时金巧却激荡起来反而催促他。她的热情奔放倒令他吃惊而惭愧,尚未进入便喷射了。她奇怪地笑了。

两人的狼狈却开启了话匣子,他说了在吉安山重水复的经过。她不懂,但知道他已向自己掏心了,不觉用嘴亲着他身上的伤痕。她想多知道一些外面的大千世界！

她说:“碰上贵人了;姐姐说过你经常遇贵人渡难关。”

他同意地说:“我以前与陈潜兄不合,他也成了我的贵人。”

金巧于是把家里调钱救他出狱的情形说了一遍。陈潜在他心目中立马黯然,他说:“这人真是不可救药。我差点相信了他！”

唧唧哦哦两人聊到三更鸡鸣。他享受到了多年空旷的快活,更感自己在外的孤寂。他说:“金巧,我带你出去,阿陶也带上……”

她幸福地点头。

同一个夜晚,石街却是动荡不安。有情人相依相偎,有赌博的声浪,有纯粹的喝酒喝茶聊天,更有大事突发其来！

七

那天傍晚盛萱一家子洋洋洒洒回小洞。盛萱对朝勋说:“细伢上路要得紧,让阿腾跟你到赣州读书吧!”

朝勋畅快地称是,心里却烙着叶氏的暗示。他看着沙滩遛狗的叶久,心里想着怎样跟叶宁玉幽会。

刚入夜,黄朝勋不再犹豫,不再避嫌,果断地上了石街。街上大多店门打烊,镇公所附近走动着许多持枪的兵,气氛森严。他坦荡地穿过大街,敲响庆仁店,响亮地说出自己的名字。咚咚的脚步声从楼上滚下滚到了面前,他刚进门她就扑在他身上,喘气说:“我晓得你会来的！那些兵一出现,我就慌得不行……”

他送她一块有暗花的粉色衣料,她捂在心口眼睛扑闪着泪花。这种时候他宁可不说话,横抱她一步一步蹬上楼。感激和冲动让她激动不已。她叫他别动,而他喜欢主动。她顺从地躺着,幸福地眯上眼睛。

她不好意思地说:“看你累的。我愿意伺候你。我不再担心受怕了!”

他亲热地叫她别动,一双温软的手匍伏过来,在她身上慢慢爬沿。她一阵战颤,想用手解衣,他却不让。他是不是上次对她主动的回报呢?她渴盼他贪婪而奔放地扑上来,可他没有,她惊奇地张开眼睛,看着他用手用嘴在她身上缠绵,心里泛涌一阵阵甜蜜,身子软得不行,欲望急剧高涨。她顺从地听任他去掉衣服,她幸福地又闭上眼睛,身子迎了上去。她半闭着眼睛,却见他一边从容地脱衣,一边欣赏着她。他用眼光抚摩她呢。他多爱她呀！她冲动地跃起搂住他狂吻。他笑着说:“别动。”他冲动地上上下下抚摸她。她不由挺高了胸乳,觉得自己一寸一寸融化着,不由呻吟起来。一会儿她眯见他雄壮地压上来,她“啊”地叫响,把他搂得紧紧的……

激情过后,他打开话匣子。她十分惬意,聊个通宵才好哩！她说:“听说赣州丁旅长又来啦,带了许多兵,一个个像瘟神。”他说:“姓丁的已调走,换了个姓陈的。就是姓丁的你也不必怕他!”她说:“我见兵就怕。你看今天一下子冒出这么多兵,店门我不敢开了。”他说:“现在你还怕?”她偎在他心口说:“不怕了。”

他弄不清楚,风平浪静的来这么多兵做什么。

这会里间的狗凶狠地吠叫起来。传来一阵阵呼喝和枪声。暗黑中叶氏还是起来伏在窗口倾听。他轻轻抱起她,从从容容地抚摸她,毫不理会外面的一切,真是黄家男人啊!

满街的狗都狺狺地狂叫。街上脚步声时大时小。会长赵仲椒在起劲地喊道:“胡大头胡保林抓起来啦!”

信泉从此可以太平无事了!

第六章

一

胡保林纯粹是自投罗网。

胡保林正对陈学余不宴请自己耿耿于怀，连带又恨上信泉人，决定“就要吃窝边草”！他还打算跟新来的陈旅长拉上关系。却不知他已处在危险中。红军撤走，国军已牢牢控制局面，赣州悄悄派出一个团要一举歼灭与红军勾结并大肆骚扰地方的这股土匪。

陈旅长在万寿宫宴请胡保林。

胡氏腰里插两把枪穿件玄色长衫欣然入席。十二大盘大鱼大肉加一钵鹿肉枸杞汤更是他平生所爱，陈旅长甘拜下风频频向他敬酒。他头脑可清醒哩，一手捏着腰间两把铁家伙！

陈旅长陪他进了包厢。这时进来两个浓妆艳抹的标致女人，香气袭人，分别坐在陈旅长左右。陈旅长把女人捏得呀呀地叫喊，胡保林被激得心痒，身边的女人已偎了过来，让他摸捏，风骚地拉他进房去。此刻他把妇娘的叮嘱丢在脑后，嘿嘿笑着由着女人献媚。

他正在销魂，听见陈旅长哈哈大笑。他觉得憋得慌再睁眼一看，身边的女人不见了，自己被上了脚铐手铐，嘴被塞住。他动弹不得，被扔进轿里。国军对天空扫了一梭子机枪。

听见密集枪声胡玉从家里跑到镇公所才知如此变故。可他倒免除了以后被胡保林凶残报复的噩运。

胡保林像一坨死肉摔在黑森森冷嗖嗖的班房里。大镣大铐他不能动弹，他咬着牙以头顶地坐了起来。四面高墙只一片明瓦，班房里十分阴暗潮湿。他后悔没听余大同的劝告和妇娘吴氏的叮嘱，可他又认命。他向来不想身前身后事，一切顾眼前。他不怕死，十八年又是一条好汉！

他餐餐把菜饭吃个精光。

满城人都在议论这个头号土匪，他的武功又被夸大被神化了。几天后他关在铁笼游街，大家围着看他是怎样的一个杀人魔王。

陈旅长的意见是马上处决，县府则唯唯诺诺地拖着，因为胡保林是本县人，不是县府立意抓的。国民党县党部书记吴元洲接到胡玉和陈潜联名写来的恳求信。信的大意是说胡保林是条凶猛的狼狗，驯顺了可以为党国出力，现在非常时期网罗人才为上。马上他又收到了一笔可观的银元。他抓着信跟县长商量，又偷偷跟狱长通气。

胡保林的脚镣手铐放松了。

一天黄昏,胡保林的第二任老婆吴氏以一身农家老妇的装束抹着眼泪来看狱。她苍老得太快了,她的武功、心计连同美艳也早被人忘却。她瑟瑟地使劲往口袋里掏出几块银洋分别交给狱长狱卒,哀求他们准许她送几根长条米糕给老公。米糕是老公平生所爱;她以此为老公送行。

次日早上狱卒去送饭猛见那班房明亮了,打开铁门大吃一惊,屋顶一个天窗,胡保林已不知去向。

官员们呆了。县长赶紧赴赣州请罪。

很快赣州传来陈旅长家遭土匪奸杀洗劫的消息。

二

胡保林用了妇娘吴氏藏在米糕中的一把锉子一根棺材钉越狱逃跑,他把瓦片向东掷自己向西行。他一落地就倒穿鞋。他复仇心切,直扑赣州。

陈旅长那天正在开联防会,胡保林已在他宅中遍地开花。胡保林轻易地捅倒了两个卫兵,冲上后厅把三个正在打牌聚赌的姨太太吓懵了吓瘫了。他缚小鸡一样一一捆起她们,命令一个守住电话不许乱喊,那个刚喊就被他捅倒,鲜血溅了一地,剩下那个不敢动弹的正是最年轻漂亮的。他用刀刃划开她的衣服,她畏缩地一窜,两只丰乳悬露。他凶横地奸污了她,割下两个奶子,扬长而去。

通缉胡保林的布告、报纸遍布赣南城乡,信泉的名字漫天飞。赣州城特别紧张惶恐,出入检查证件,店门早早地关上,晚上女子几乎不敢上街,市民担心胡匪及其徒子徒孙从天而降。一时间信泉人声誉扫地,源记旅店受到监视,对每一个进出的信泉人都暗中跟踪。没人到信泉人开的店买东西。

阴影同样降临在黄朝勋头上。

他没有声张,照样独来独往。他拒绝了陈潜要他出庭为胡氏辩护的请求。不久跟踪取消了,儿子阿腾的入学却接连受到几个公立私立小学的拒绝。他带儿子到荷苞塘小学找白素莲才得解决。他也弄不明白,赣州小学好多他为何只想到荷苞塘呢? 他实在不愿被人看做这是交换和图回报。

此时胡保林已回到家中。吴氏说:“你不记弗头破了规矩才遭大难! 你再不能杀人了!”

自然胡保林感谢胡玉陈潜,对黄朝勋对黄家怀恨在心。他的队伍只剩三分之一,仍占据齐云山。觉得原先的自由自在一去而不复返,他一夜换几个地方,再不敢随意在信泉露面了。

一天中午他睡得迷糊,突然听见陌生的声音,他跳起来拔出手枪。原来是副团长高源遵从胡玉陈潜的劝说,上山求饶。高源跪在他面前,地上放着几叠银洋。

胡保林愤怒地飞起一脚,又令其爬过去站到一棵大松树旁边,他偏转身子同时拔出两支手枪却向高源叭叭开了两枪。子弹从高源左右耳边掠过，高源吓瘫了。

同样叭叭的枪响，胡保林的妇娘吴氏却倒在家门口……

吴氏在县城上演了壮烈救夫的一幕，立即回家继续捻珠拜佛。这时赣州派出的特务秘密地买通几个信泉无赖，在胡家附近逡巡。吴氏整天一动不动地打坐。黄昏时分有人在门口叫了声娘娘！声音既亲近又急迫，标准的信泉口音。吴氏慢吞吞走出来，子弹叭叭地击中了她的心脏和头颅，她哎呀挣扎几下就不动了。

胡保林听见噩耗悲恸欲绝，他听从余大同劝告不下山，出钱叫家里办丧事。他恳请陈潜为亡妻写墓志铭，碑刻一份，另一份准备进入胡氏家谱。陈潜把她视为奇女烈妇，一鼓作气写出正文，自己抑扬顿挫地朗诵数遍颇感得意。

黄盛萱发出阵阵嘲笑。

胡保林更是凶焰冲天。他得知齐云山某人向官府报水，立即把那家七口捆在屋里然后放火。他从中体会到血腥刺激的快活。

他同样再次败在女人身上。深山里仍有既有心计又敢于报水的女人。那个女人激得他神魂颠倒，正当他十分满足又十分疲倦之时，几个大汉从天而降将他擒获，施以酷刑，用铁丝穿其琵琶骨，把他投进坚固的牢房，准备第二天送到县里去。

胡保林醒来忍着巨痛磨断了铁丝并用铁丝撬开砖头逃跑。这次他走的艰难而匆忙没做假象，走不出就拉倒。追捕的人倒弃西就东把方向弄反了。

他爬进一个砂子窿里睡了三天，饿了就舔壁上的凉水。他伤势沉重没了爬出洞的气力。老鼠和蛇在他身上溜过，他看着一线蓝天无奈地等死。

一个懦弱的农夫发现了他。农夫顿时吓坏了急忙走开。好一会儿那农夫又返回喂他熟红薯救了他一命。他跪拜感谢，农夫说："你不要说我救了你。我不要你答谢。我只要你以后要能容人多做善事！"

胡保林悄悄回到齐云山，凶残的习性真改掉了许多，没再骚扰四周。都传说他死了，对他的追捕也似乎松动消失。

——其实真正帮他大忙的正是东洋小日本。日兵入侵，形势大变，一个胡大头太微不足道了。

消失几年的黄朝劢带回了中日激战的真切消息。

三

一天细雨蒙蒙，找失散的小猪，金巧一路啰啰地喊着，从陈潜家门口走过时突然撞见了胡保林，她扭脸看别处，心里扑通响，这真是胡保林呀！她跟相信黄盛萱一样相信镇长胡玉。胡玉说胡大头死了，她深信不疑。此刻她一阵心慌，拐几个弯扑小洞，她要把消息告诉给黄家，要黄家提防。

黄盛萱哦了一声，其实他早就知道了。他对胡氏的死或者活不屑一顾。

一件更重大的事堵在他心头：日本入侵了！"亡国奴"几个字如刀片刮他的

心,他也为在外的朝劢朝勋以及学余焦心了。“平安”二字突然珍贵起来。

金巧转而心系陈学余。黄盛萱最担心的是没成家的朝劢!

好像心灵感应,几天后黄朝劢平安回来了。黄盛萱见这个黑黑瘦瘦但结实的满崽不由滴出眼泪。四个年头弹指一挥间,孙子去了赣州读书。他破了退避的信条,高兴带着朝劢上街,他要让世人感受他家响亮的存在。

公晖诊所的旧牌子布满蜘蛛网,黄朝劢惭愧地说:“阿爸,我没把医院办好呀!这次药也没带。”

黄盛萱不在意地说:“平安二字值千金,人回来就成。你们年轻什么都来得及。”

黄朝劢简单地说了此次先南昌九江后上海的经历,血战上海的消息。他在赣州源记旅店已详细地说过了。

卢沟桥事变中日战争拉开了序幕。八月十三日淞沪大战在即,十四日淞沪警备司令张治中将军向上海市民发表重要讲话:

“……事至今日,和平确已完全绝望,牺牲已到最后关头,御侮救亡,义无返顾。兹应郑重声明者,上海和平既为日方炮火所震毁,而我祖先惨淡经营之国土,又复为敌军铁骑所践踏,不得不以英勇自卫之决心,展开神圣庄严之抗战。本军所部全体将士与暴日誓不共戴一天。五年以来,无日不申儆军中,以洗雪国耻,收复失地为己任。我十万健儿之血肉,即为保卫国土之长城!决以当年喋血淞沪、长城之精神,扫荡敌军出境,不达保我领土主权之目的,誓不终止。”

就在中国军队猛打猛冲的时候,张治中将军突然又接到并下达了统帅部“今晚不可进攻”的命令。待到十七日拂晓才向日军发起总进攻,炮声震撼了大上海。

黄朝劢毅然加入了孙元良的88师,任少校卫生队长。中国军队一度攻破爱国女校、海军俱乐部等日军据点。随后日军从海上大举增兵,中国军队端出家底集中良将精兵同日兵浴血奋战。罗店内外敌我两军官兵尸体成堆血流成河成了血肉磨房。

十月下旬南京国民政府准备把参战部队撤离上海战场。孙元良部掩护国军主力撤退。54团副团长谢晋元中校慨然表示“愿意率部在闸门坚守”。十月二十六日谢晋元率部驻进“四行仓库”(上海金融业大陆、金城、盐业、中南四个银行的联营仓库)。黄朝劢留了下来,他为高昂的士气所激奋战,愿意把自己交给神圣的战场。

四行仓库长一百二十米宽十五米六层楼高,紧依苏州河新垃圾桥北与上海公共租界仅一河之隔。十月二十七日谢团长率部打退日军五次进攻。朝劢率领医疗小分队抢救伤病员,在弹雨中他背下许多伤员。

使将士们感动的,上海救亡团体同万国商团谈判通过公共租界的外国巡警帮助,把食品装在布袋里用绳子把布袋抛到大楼墙根。他们赶紧在大楼底层打洞把食品抢运进来。

更使人感动的，二十八日一早，年仅十五岁的杨惠敏小姐趁敌人进攻爬向四行仓库向将士献国旗。黄朝劢看着杨小姐用两根竹竿连接扎成旗杆把国旗升起来！

三十一日深夜零时，黄朝劢随这支八百人的中国孤军在激战四昼夜后撤离进入英租界。仿佛预感在英租界的不祥，他赶紧化装成医生逃了出来。

果然，谢晋元他们进入英租界以后，英方自食诺言，不许中国军队设法突出租界并收缴枪支，像囚犯一样扣押在租界，中国军队吃不饱受着虐待。这是黄朝劢绝对料想不到的……

黄盛萱知道小子已无心从医，也坐不住，在儿子表示休息一阵奔赴粤东抗日前线时，他没持相反意见。儿子大了自己主脑，他再次把延续医风的希望寄托在朝勋身上！

他说："你不小了，你娶个妇娘再走吧！"

黄朝劢赶紧摇手说："忠孝不能两全，我可不愿拖累一个女人害她一辈子。"

黄朝劢又说："这次战火狼藉，没给湘母和嫂子买点什么。家里平安我心里高兴。我给了阿腾几颗手枪子弹，他喜欢的，细伢爱武哩！"

赵氏和昭云都说："朝劢你给家里壮了门风！"

四

这天大家正说着话，赵氏耳尖听见了什么快步走出外面，大声说："学余、金巧来啦！"

黄盛萱暗自一惊，莫非战事烧到了脚下？

陈学余恭敬地说："萱公可好！刚到家听说朝劢在家就过来了。"

金巧敬上礼物。赵氏上上下下把她看熟了。沾了老公气的金巧硬是不一样，白嫩丰满，两个奶子刮挺，脸现苹果红。赵氏把她拉进东园胳肢几下说："变成大女人啦，你着旗袍更中看哩！"

金巧羞红着脸说："旗袍在外面我穿过，回家我不愿穿。又不是做招牌！要做好几件事，我不敢忘姐姐过世前的交待呀！心陶已在那边上学啦，可懂事哩。你别笑，他不是那种风流男人！"

金巧梳了个圆形的髻，大裤腿大面襟衫都镶了暗花的花边，衫比一般的短，袖子短而宽，戴了一只玉石手镯，好耐看的。赵氏思忖，朝勋也是个人物呀，可昭云就宁愿邋遢，怪不得他奔叶宁玉。

陈学余已提升为县府主任秘书，额上晦气全无，发出油亮亮的光。他急着问朝劢外面的情形："周恩来与蒋介石两先生在庐山举行谈判，国共实现第二次合作，团结抗日，怎么一回事呀？"

黄朝劢说："国难当前，团结起来一致对外嘛。"

陈学余拍一声掌说："好！"

陈学余在小洞聊得晚，喝个酩酊大醉。金巧扶他走了一段，他推开她向着天空伸开两手，又扑过来抱住她说："金巧你给了我好运气呀！"

他心里说：我能实现"蓝图"的！

她只知道他时来运转高兴，怎会知道他心头的秘密呢？

五

这是陈学余最惬意痛快的一段时光。人应该在倒霉时坚持，在别人坚持不住时坚持，在绝境中矢志坚持。

新婚陈学余回家过春节。

这次他兴致特高，带着金巧上匹袍地界察看自家的山场。山峦叠翠弥漫粗砺的山气，古松古杉古樟傲然挺立。二三十亩杉木郁郁葱葱。山规民约写进了族谱，大家钩心斗角可以在家门口打得昏天黑地，但都恪守山规。

元宵里少不了搞一场"送灯打甑盖"[①]。正月初九日，金巧娘家抬着"麒麟送子灯"喜气洋洋地走来。陈家族长组织房族至亲隆重接灯，组织乐队吹吹打打鸣放鞭炮到村口迎接，把灯接回家。娘家的灯挂在金巧的卧室，其他送的灯按制灯人的辈份和身份顺序排列在厅堂。厅堂一下子堂皇起来了。

金巧多么激动呵！她看着房里的"灯"：双层莲花灯座，座内装灯，莲花座面上有个骑在麒麟背上的小男童，最顶上一个圆形盖灯伞。她坐在房里等待"送灯打甑盖"的到来，一颗心甜乱乱的。

昭云一再叮嘱："你坐定随大家闹去，别怕，我在你身边哩！"

入夜，厅里房里一派辉煌，青年男女相继进了厅堂。乐班把着镶银花边红衫的金巧接到厅堂正中的靠背椅坐定(昭云特地换上一把高靠坐椅)。族长虔诚地解开甑盖上的红花，左手把甑盖像戴帽一样放在她头上，右手拿根粗硕的丝瓜络。

唢呐欢快地响起。金巧的心咚咚地猛跳。

一青年男子领头呼喝。

哟嗬啰，打甑盖啰！
众唱：子啰啰子叭叭，
子叭叭子啰啰，
嘿、嘿……
男唱：一打甑盖打来个二龙来戏水，

---

① 甑盖，用篾丝编成置于饭甑底部，便于蒸饭。灯，赣南客家方言与丁同音，意即添丁。送灯打甑盖是一种春节期间的民俗活动。

女唱:三打甑盖打来个三星高高照,

男唱:六打甑盖打来个六畜多兴旺,

女唱:九打九九长九九,十打十满福满堂。

众喊:有啊!

这时族长把甑盖往金巧头上压了压,众人用手中的丝瓜络纷纷向甑盖敲去,黑亮的丝瓜籽纷纷掉落。这当儿鞭炮齐响鼓乐齐鸣,大家响亮而放肆地呼喝。金巧感受到头上丝瓜络咚咚的敲击和瓜籽哗哗的声音,幸福的晕眩潮水般一阵一阵漾开。

她毕竟才十九岁呵!她真是受不了支持不住了,做新娘子既是神圣的,幸福的,又是艰难的,应该忍受的。

由不着她,第二轮又开始了——

男领:日吉时良大吉昌,

众人:有啊!

(敲甑盖)

男领:新打甑盖正相当,

众人:有啊!

男领:甑盖打得咚咚响,

众人:有啊!

男领:福禄寿喜万万年。

众人:有啊!

(敲甑盖)

…………

金巧觉得甑盖越来越紧越来越沉地压在头上,丝瓜络咚咚地越敲越重,她动弹不得喘着气内衣早已湿透了。"有啊"的呼喝像不息的松涛响彻屋宇撞击她的耳鼓,是的,她会有的,学余会有的,他们会有的,大家都会有的!她激动地忍受着……

一会儿她觉得头上突然轻了,一片滞沉的云朵已经飘去,原来昭云挤到她旁边,悄悄把甑盖移到高出她一个头的椅把上,大家兴致不减还是唱一句应一句敲一次。她轻松了,丝瓜籽跳在她身上也跳在昭云身上。

深夜活动终于结束,众人不累而金巧累得不行。昭云端莲子汤给她喝。大家走后,她复身坐到原来的竹椅上回忆刚才的一幕,"有啊"的声音似乎又在回荡,像一团火在燃烧。她觉得一切都可以承受。她冲动地喊:"学余!"

第七章

一

在赣州的医业“大厦”仍没个影子，黄朝勋每次回家总有一种内疚感。所以返回赣州他都毅然抛开律师事务而扎进医业中。他完全有条件招兵买马添置设备亮出公晖医院招牌，然而他总是认为条件不成熟，比如缺乏一个理想的女助手。他想过刘怀馨，两年多了可她一直没音信，她一定找了个可依傍的男人开始了新的生活。

可他没坚持多久又被动或主动地接受了新的律师业务。即使被动接受，他一旦投入工作，就化作了主动，每个环节每个细节他都一丝不苟，决不敷衍。源记老板叹羡他人气旺，名利双收，称道萱公好眼光让儿子留洋。其实他不时警醒，一心建树医业，但他无法摆脱这种手抓两条鱼的工作节拍，有时他竟喜欢甚至陶醉于这种氛围。

因此他更没法管教阿腾了。

黄腾像条小鱼，一进荷苞塘小学他公然声称他是信泉人经常见胡大头，一班同学惊叹不已，皆臣服他。自听了叔叔的传奇，叔叔送的几颗手枪子弹常常在他口袋里琅琅作响。他以大英雄自居，在同学中炫耀。不过他的学习成绩不错。

黄朝勋遵循父亲的意愿决心培养儿子专注沉稳的性格打好学医的基础。他想象儿子在某一天突然懂事，像骏马照他示意的方向狂奔。

白素莲来找他。她秀媚中洋溢自主自信的气概。她跟他保持粘稠的情人关系，不仅仅是感激，而是从心底服膺他凡俗外表下特立行世的自由人气质。许多时候两人默默地相拥而坐。他告诉她一两天没见到阿腾身影，担心小家伙出事。她同样关切他这个宝贝儿子。她从另一个学生那里听到，阿腾乘船去了吉安。

他大吃一惊连连顿脚，立即奔吉安。

二

人生真是无常，刚才还在赣州城里尊贵行医，现在就成了一介寻常游民。他焦急地独自登船，无视周遭的风景。

一个女人招着手踏着沙滩跑来。啊，刘怀馨！阔别相见竟是在这种时候这种地方！

刘怀馨乘了一段黄包车出北门下码头一路小跑而来，脸色煞白，胸脯起伏，稍息脸色又红晕了。黄朝勋非常奇怪认定她有急事。她淡淡地笑道：“我从源记出来，跟你寻儿子。”

她脸上浮现蝶斑，神情疲惫，但妩媚不减，依然不失丰满。齐肩短发随风飘洒。他和她如今在另一条江河乘坐同样的船，在同样的船舱默默相对。从她的呼吸他闻着了她生活的不轻松，因而后悔一直没主动去找过她。

毕竟两三年，时间河流成了他俩情感上的栅栏。他油然回想他们有过的一切。她还是那么信赖他！

那年刘怀馨带着女儿回到Z县在校长帮助下在城区小学执教。县当局曾对她明查暗访，她坚持说老公做生意，押船下南昌在碧潭遇难，证明人是另一位在赣州做律师的同学黄朝勋，于是她过关了。其时那个等她的户籍科长已娶了一个绅士的漂亮千金，但对她忌恨，软硬兼施要她嫁给他一个四十多岁丧妻的哥哥，遭到她的严辞拒绝。学校另一个叫田方的青年教师追得她好紧，她同样冷若冰霜。

几年就这样过来了。她暗自思量着几个男士都不如意，比如那个姓田的表面清高傲气暗地里经常钻衙门拍官员的马屁；那个姓朱的傍着哥哥的权势既喜欢她又把她贬得比丑妇还不如。她不时想起黄朝勋，她宁可要朝勋不管他有无家室。她为自己这一念头而吃惊而羞耻。所以她极力克制自己不给朝勋写信。

这次她一是缓解思念之情，二是找他帮忙。

县长贪污，在某报捅出来了，行署派出要员到Z县查账。县长不愧官场老手，声色不动地餐餐宴请他们，水果香烟任他们享用。县长只有另加法宝，举行一个小型舞会，指令城区小学派出四个青年女教师派对。

刘怀馨二十大几本不属对象，由于选定的一个坚决不去，其他女教师不会跳舞，校长只有央求她。她答应了。那天晚上此官员对她的舞姿评价最高。第二天他径直到学校点名找这朵省赣中的校花，猥亵的意思明显。她毅然辞职离校……

刘怀馨要他拿主意要回校方扣压的半年工资。

他说："我在赣州给你联系一个学校，还要去Z县给你伸张正义！"

这样他又要变更行医的计划了。必须改变。

深夜，他俩走出舱外，默默地听着江水雄浑的呼啸。夜幕下的江河更沉雄而辽阔，他想起渡海的情形。想起上次船老大的戏谑不禁扑哧一笑。此时，他想到的尽快让她摆脱困境！

他们在吉安街头找到了黄腾。

吉安没有震耳欲聋的炮声枪声，黄腾说叔叔的名字，没人认识他叔叔。他心虚了而且钱用得差不多了，几颗子弹在他口袋里丧气地碰撞。

黄朝勋心疼但脸色严峻，他对儿子失望的源头可以归结于这一天。刘怀馨当了黄腾几天母亲，她记起盼她归去的女儿。

一场血腥之灾正等着她……

三

县长好说歹说安排了另一个年轻靓女，那位官员换上笑脸，贪污事大化小，小化了。刘怀馨的辞职事也就不了了之。她已主动搬出学校租了房住，摆起水果摊子维持生计，供女儿读书。

那天早上她从船上搬了几篓水果，一身湿透，便烧水洗澡。关上房门，水汽烟气成团。这次她忘了扯上挡布，伏在门缝的朱某看了个眼睛充血。雾汽中她丰润的裸体激得他想入非非。她刚刚穿好衣服，他色迷迷地推门而进。她呼地抽出把水果刀！

朱某说：别这样，你又不是黄花细妹，给我看给我玩是一回事！

她厉声说：你给我滚开去！我敢杀人的！

朱某毫无惧色地逼近她：我就要尝尝做风流鬼的味道！

哗啦一声有人从窗子跳进。正是田方。他也躲在窗下看她洗澡，见朱某放肆便从街上肉案上抢一把尖刀冲过来。这一刻她为田方的忠忱感动了！朱某慌忙抓起屋角的铁叉。危急时刻手里捏刀的刘怀馨从后面攥住朱某，哇地一声朱某倒地，田方仓皇逃走。朱某流血过多而亡。

刘怀馨成了杀人罪犯。她对此供认不讳。她反而平静下来。她唯一担心的就是女儿凌馨！再三考虑，她决定把女儿托付给黄朝勋。

此时黄朝勋已给刘怀馨联系城边的天竺小学上三年级国语。他正准备去Z县却撞见来找他的Z县小学校长，得知怀馨杀了人已被抓起来了！

他以律师身份在女牢里见了刚毅凄绝的怀馨。

他牵着凌馨回到小店。灶间血腥味依稀所闻。一切凌乱不堪。他想象怀馨生活的艰苦和艰难，她是有意躲着他不让他知道。怀馨要永别了，夫妇俩都死得这么凄惨而无奈。

她按了自己的意志去选择，真实地生活，多么不易呵，而这正是他所倚重、所感佩的。可是世界上最得意过日子的却是最虚假的人。

他想找田方老师谈谈。田方有拔刀相助的勇气为什么不早早征服怀馨呢？可是田方走了。

他不觉又来到原地打量了门窗和四周，瓦面上漏下缕缕阳光，他追思着怀馨母女艰难生活的一幕幕情景，想象他们三人相持和格斗的样子。忽然他心里一震……

他不动声色重新检尸，发现死者左肩也有一道刀口。一道新的案情在他心头闪现！

为取证他花了三天功夫。田方、朱某和怀馨的血型均属B型。

此时法院核准了刘怀馨的死刑。黄朝勋找到县长申明必须重审，他有足够证据证明真正凶手是田方。县长爱理不理的。黄朝勋严正地说："人命关天！必须请高级法院重新审定。我叫省报披露真相！"

县长惧怕上报(纸)，答应了他的要求。

案子改判,刘怀馨死里逃生。黄朝勋又花钱将怀馨保释出狱。在她们母女失声哭成一堆时,黄朝勋催她俩赶快赴赣州。

四

黄朝勋再次成为新闻人物。

他又全心扑进医业,悉心整理医案。从医再累也不累,当律师每次都累,这阵他十分疲倦。这累也是他愿意的!

这天白素莲喜冲冲拿着一张报纸扑进源记,她为他高兴!

他苦笑说:"我在意的事总不成功,不怎么在意的反而成功。"

她说:"你做事情总是很自觉、很投入、很认真的,做一件成一件。"

她走进里间看见床头插着一束鲜亮的野蔷薇,不由失意。

他进来笑道:"我的同学刘怀馨送的,正是那个被判死刑的女人呀。我跟你谈过她,她带着女儿不容易。她已在天竺山小学教书。我们去看看她吧。你们认识一下也好。"

他伸出臂膀。她浮现笑靥让他搂着,感觉他真累了。他同她去了天竺山。

刘怀馨憔悴疲惫,若不是齐肩短发简直像个家庭妇女。白氏对她更是热情,对朝勋也释怀了。黄朝勋说:"素莲原是家庭妇女,勇敢地出来做事。女人像你们能自食其力的实在不多。"

刘怀馨被素莲拉着,新的生活在她面前展开了。她一眼看出他俩关系不寻常,但她无法不感激他,无法不让心里涌起对他的深情!她已经深深地感受到了,他是另一种坚强有力的男人,他的坚强不是表现在嘴上,他在行动上一点也不锋芒逼人,而是体现在默默的行动中,而他恐怕永远不会说自己坚强。她为自己的新发现而激喜!

这天晚上九点多黄朝勋回到旅店,儿子正坐在门槛上等他,递过一张便条。阿腾说:"爷爷中风了,老家的风真大,把爷爷灌倒了!"

黄朝勋心里一抖。便条上歪歪斜斜的字非常生疏,不是昭云,不是叶宁玉,也不是湘母,又是谁呢?此刻他诸事抛在脑后,归心似箭……

第八章

一

万寿宫朝香黄盛萱第二天拂晓中风了。

一届香首五年黄盛萱连任了两届。别的实职虚职他一概拒绝却保留了做香首,管理万寿宫他投入很大精力,几十姓都有份额,半年公布一次支付都有详细说明。

由于截留陈学余的救命钱陈潜被鄙视，陈潜更做不成香首，他无所谓比过去更活跃。

他在黄盛萱面前依然谦恭，他避不开他。趁黄氏新编族谱面世，他专程上小洞，亲热地向黄盛萱祝贺。

黄盛萱说："既是一桩大事也是一件小事，大家几个钱不容易，我们办事的要尽全力才是！"

陈潜心里一怔，便哈哈笑着转变话题："上面有意让贤玮兄当硝防分局长，我们到他家看看去。萱公，信泉人当官多多益善呀！"

黄盛萱问："是么子官呀？"

陈潜说："萱公住小洞世外桃源，不知中原烽火连天。硝作用可大了，做弹药少不得。那年保林先生得了贤玮兄的好硝才下山解围。当硝官体面，油水不小！"

黄盛萱随众人一道上了张家。

张贤玮甚是富态，场面比以前扩大了一倍，增加的做工都是亲戚。屋子里硝味浓烈。黄盛萱咳了一阵。张氏把他拥上首座，往桌上撒了一大把盐煮花生，一一地筛茶。黄盛萱没料到张氏短短几年便有这种场面，不由惊叹。

张氏陪着他耐心把制作程序无保留地介绍了一遍："用锅熬汁，如有咸味，说明盐多，硝的质量差。白硝熬溶，加火屎，成乌硝。乌硝的火屎须用去皮的黄麻杆。炮硝可用杉木火屎。我用油茶壳烧灰……"

黄盛萱仔细地看着白硝被火屎吸干，加入研细的硫磺，用碓舂火屎。张氏说："碓杆用杂木，不可用生铁，才不会撞火。"

有两眼碓在吱嘎吱嘎地响。

张氏说："乌硝舂千五百次为一轮，炮硝一千次为一轮，一碓乌硝十斤，炮硝十五斤，都要踏上十轮，越踏越发光、结实，做成两斤重一个的硝饼，削晒，晒干，十五两为一斤……"

黄盛萱想说，乌硝炮硝如此难做，那些大兵、土匪抢掠真是太缺德了！

黄宇遂过来说："贤玮兄上次闹红地无一丘，他一个堂妹当红军后来被抓住杀了，他不尤不怨白手起家，已积下十几亩地。我们信泉又出了个硝王！"

眨眼间信泉又红红火火，黄盛萱心里惬意。他回家多喝了几盅酒一觉睡到天破晓，脑壳有些晕。这硝不是人闻的，仿佛硝味仍留在脑中。

赵氏不让他起来，恣意地撩逗说："从没见你一觉睡这么久的，劲蓄足了吧！"

毕竟年岁不饶人，而湘如犹如饿狼好不媚艳。他憋足劲跟她戏弄，她呀呀地受活着，继续逗他，趴在他身上呀呀地颠扑，他不顾一切地豁出去了！

这时传来院里哗啦一声。赵氏以为是猫什么的，停了片刻，她又唉唉地动作起来。他拼着命儿挺着……

狂浪消歇，赵氏拍拍他，却发现他口眼歪斜，舌头堵住了嘴，推推他半身发凉动不了。她慌了以为刚才的响动是煞气，赶紧到院子一看院墙有个新鲜的小豁口，真有谁使了邪，又一想平日他给人捉脉讲症状，估计是中风。说老就老，她以为他比别的年轻人还气旺经摔打，骤然间就老了枯了！

她赶紧叫来叔叔和昭云。

黄盛茗奔石街悄悄喊上中医赵先生。果然是中风。但赵先生对治中风尚未把握，反正几帖药吃不好，慢慢治吧，他说："突然昏仆人事不省好治；而萱公属慢中风，怕要多服几帖单子。"

一家人听出了严重性，一边由二叔去庆仁店抓药，一边商量怎么办。赵氏抓住昭云哎呀呀叹气。

一会儿叶宁玉扑进东园大声叫萱公。黄盛萱眨眨眼睛，张开嘴巴，喉咙噜噜作响。大家帮着熬了药汤喂下。黄盛萱的大小便屙在裤子里，叶氏不怕脏臭同湘如一道替他换了，还拿去洗。

其实叶氏心里同样惊惶，萱公不能死！她盼黄朝勋回来做中流砥柱！可是怎好开口？她奔洞头露风给金巧。金巧赶紧过来说叫回姐夫。赵氏哆嗦着接连糟蹋好几张香纸。金巧说："我来写！"

探访者纷至沓来。黄盛萱仍在昏迷中。喂药、喂流汁、换衣服全落在赵氏身上，十多年的轻松换来了今天的劳累和担忧，幸亏昭云、叶氏常常打下手，她适应了不那么害怕了。她想过把老公挪到慎微堂，又怕自己独守东园再遭逢那天墙头令人畏悚的响声。东园的宁静荡然无存。

金巧识透了湘如心思，想出一个办法：白天让老人躺在活动睡椅安置在慎微堂，晚上抬回东园，这样探访者就可在厅堂止步。

胡玉陈潜等一些地方官员结伴而来。他们震惊：先生素来修身养性气血甚佳，怎么好好就不能说不能动了？赵仲椒看了大院小院大厅小厅东园西园。陈潜说可能冲撞了兰花仙子，赵湘如心里咚咚地跳。

赵仲椒白了陈潜一眼，反驳说："萱公伺候兰花像伺候老祖宗，只会积下德性。怕是那天吸了硝气，我现在心头还闷哩。这硝气燥热！"

好些佃户也来探看，一些请黄盛萱看过病的人也来慰问。陈潜来得最频，不厌其烦地陪官员、石街名人随亲戚朋友，有时他竟独自探看。

赵氏愈是紧张，明白老公真的有情况。她几乎彻夜未眠，喃喃地说："盛萱，你不能死……"

所幸，黄朝勋回来了。

二

黄朝勋的归来使震荡的黄宅归于平稳。

他知道父亲险情不险，然而，他的西医及外科技术对父亲无能为力。他端立守候在父亲身边。黄盛萱几天双眼迷糊这时却明亮地睁开了，明白大崽已在身边，随即落下一串泪珠。

黄朝勋的医术在信泉已被神化，其实这神化是与他作为大律师紧紧相连的。赣州人多信西医，而大多数信泉人信中医巫医，把西医当做洋人的屁棍，对西医把听诊器探到女人胸脯上怒不可遏。石街几个西医至今被排除在名流行列。不过大家几乎一致认为黄朝勋的西医同街上几家西医屁棍会有根本的区别。

受家里熏陶黄朝勋多少懂一点中医，在赣州几年他差点给忘了。奇怪，一置身家里这种环境，他有限的中医知识突然清晰起来。

父亲给他的印象是严谨、厚笃、公正和乐观。从小在外他每次与父亲相聚，所接触的都是父亲的某个侧面，这次他算是整个地感受父亲了。父亲医过无数的人到头来难治自己的病。再豪强者的真正对手还是自身，最后绕不过的正是自己。

每次黄朝勋陪了父亲一会儿便去东园，东园有些凌乱但仍是兰花世界流淌一股淡淡的幽香。他蹲下去伸手摘黄叶，赵氏赶紧整理，歉疚地说："你爷病了，全家乱了套，顾不上料理。"

一家人忙了大半天把东园整理一新。黄朝勋纯粹是为换换空气让父亲接触绿色，同湘母把父亲抬到葡萄架下的兰花丛中。黄盛萱微微点头。看来老人病情有好转。

黄朝勋走进父亲卧室翻书，这次纯是翻检药书查阅有关中风条目。想不到这一条目同其他条目一样，后面都是一个有血有肉的生命的海，中医太复杂深奥了，精、神、气、血看似玄虚其实是实在的可以分辨的东西。他拣出几条有关中风的医方双手端给父亲过目：

络虚风入……突然口眼蜗斜，无昏迷偏瘫、言语不利……治法：散风祛邪。方药：牵正散加味。白附子，僵蚕，金蝎，荆芥，防风，红花，地龙，赤芍，甘草。

阳亢动风……平素有头晕、头痛，剧烈活动或情绪激动时，突然口眼蜗斜，舌强语蹇，半身不遂。治法：镇肝熄风，育阴潜阳。方药：镇肝熄风汤加减。生白芍，玄参，天冬，川牛膝，代赭石，钩藤，菊花，石决明，地龙。热盛者加栀子、黄芩；痰盛者加胆南星，竹沥、竹茹；昏迷抽搐者加羚羊角粉（冲）、紫雪丹（冲），加服安宫牛黄丸。

老人在这两条目上注视良久。他又一次回到东园翻检医书，湘母跟在后面担心地问："你爷的症候……"

他说："阴阳都有，有些复杂。"

他也感觉到父亲有熟悉又陌生的东西。强与弱都可能致病；几十年里父亲身上有种不曾褪减的豪情，难道这豪情也成了致病之源？

赵氏不安地走来走去，她欲言又止，眼里噙着激动而痛苦的泪水。她知道了朝勋与叶宁玉的暧昧关系;叶氏自个儿捞着病者的脏衣去洗,减轻她不少负担,嫡亲的女儿不过如此吧。能挽住朝勋留在家里只有叶氏。因此她和昭云把叶氏当做自家人。

她又一次小心地问:"有治吗?"

黄朝勋说:"得弄准症候。"

她的脸憋得通红;终于她以极轻的声气说:"那天早上我与你爷……"

他心里扑通一声,这个女人啊,父亲模糊的一面立即变得清晰起来。他并不显惊奇和怨尤,刹那间一帖单子已在他心中形成。他平静地对湘母说:"得先治阿爸的失语症。"

他掏出自来水笔沙沙地综合成一帖药方递给父亲看。父亲歇了几次好容易看完,点点头。

几天来黄朝勋没离开家门,与叶氏的会见都是在父亲的病榻前。他俩既有兄妹的感觉,又感觉到了对方的那种渴望。

又一拨客人来访,他们更多的是来看朝勋。他名声在外,而且年轻。信泉人向来尊崇在外打天下的崭角。

黄宇遂同族长跟他在慎微堂聊了一阵子,有要他回来的意思。族长说:"萱公的病十天半月好不了的,我们不能把地盘让给别人!只有你回来才能镇住他们。朝劢是武你是文,都是满世界闯荡的人物,别人敢比么!"

黄朝勋压根儿没想到这一层;他倒感到家乡是个畏途,他说:"我爷还行的。"

黄宇遂说:"请朝勋费心多关照一下族里。这兵荒马乱年头总要有人撑得住场面!"

正议着,陈潜嘿嘿哈哈进了厅堂,大声叫朝勋。他过问萱公只是尽形式,已把注意力转在朝勋身上。他亲热地说:"你跟你爷年轻一个样,你多了一些洋作派。朝勋你为县里信泉长了脸呀!我没看出你倒有这种雄辩之才。"

朝勋坦率地说:"我倒常常是歪打正着。"

陈潜闭口不谈上次请他为胡保林辩护一事,当着众人面热情邀他归故里做事。他说:"这年头能保住信泉不受践踏欺侮就不错了,信泉得有自己的文武才俊。小日本咄咄逼人,国军靠不住,上次广东兵乱信泉,亏得胡保林袭它老巢。落叶归根总有一遭,朝勋还是趁早回来好!"

黄朝勋笑笑,他不习惯陈潜这种官声官调,心里倒不想回来了。

半个月下来黄盛萱能说出话,但半边还动不了,身体非常虚弱。白天他被抬到厅堂,垫高靠背,来人均在他的审视中。他的眼睛恢复了神采。一家人松了一口气。有时他要家人抬他进东园的兰花圃,一坐就是好几个钟头。晚上在卧室他要赵氏把灯点到天亮。

难得这样陪一次父亲,黄朝勋不好说回赣州。赵氏多想他从此留在家里呀!

她叫他去石街看看。这时父亲发话了:“阿腾怎样了?得抓紧管严。你放心回赣州吧!我还行。”

三

作为答谢,黄朝勋征得父亲同意宴请来探访的族房亲友,镇里官员、金巧、陈潜、章氏夫妇、赵仲椒、郎云龙、张贤玮、卢启富等均受到邀请。黄朝勋越是虔诚和气,大家越认为黄家内囊充盈。

临行前晚上黄朝勋去石街会叶氏。他不再左顾右盼。他与叶氏相勾挽已是公开的秘密。

章泰生谦恭而拘谨,找个理由要退开,黄朝勋拉他不住,自己倒不自然了。叶氏垂眉地坐在他身边,叫他安心做事,家里人多无须他操心。他张臂抱住她,却没了先前的激情,她却主动投入。于是他由感谢的拥抱而转为一个情意缠绵男子的爱抚,让她欢悦让她激荡让她放纵,他又成了一个纯粹的男人了。她热烈地激发他的情欲,在他汹涌的情欲中陶醉,融化。她确是爱着两个男人呵!

他说:“宁玉我会回来的!”

她把他贴得好紧好紧。她不想说话,她以吁吁的气喘热烈的安抚代替说话。她还是感觉他没了先前的酣烈和从容。

——在赣州,天竺山小学教师刘怀馨正焦急地盼他回来!

四

这些年头刘怀馨甘愿蜷伏在凌贻坚的阴影里,她把这种对老公的思恋化作坚实的厚茧抵御外面的觊觎而不惜窒息自己的性情。她一直把死去的贻坚视为最强有力的男人。

她被归入县城十大怪女之一。这十女中只有她是高中文化,连家里也彻底对她失望把她当做泼出去的水。她的贞烈并没得到家里的同情和理解。在家里甚至社会的放逐面前,她抬起高傲的头高高挺起胸膛。

她对凌贻坚矢志不渝的感情是在他倒下之日浇铸的,她以老公为标尺轻蔑县城那些猥琐的男人。她迷恋贻坚,把他当做坚强的唯一。后来她才明白,她把他作为坚强的化身,她依然渴望坚强。她想过黄朝勋,认为她所接触的男人他是出色的可以信赖依傍的。有过一段时间她想提笔给他写信,可这一念头她最终还是放弃了。她违背了诺言一连几年不跟他联系。在骨子里她蔑视周遭的男人;她潜意识里还是把黄朝勋归于凡俗男人。于是她干脆掐断与外界的联系。

不由自主地撞上第三次黄朝勋帮她的忙。前两次她请求,第三次他主动帮她,在她不知晓中帮她,使她从阎王殿上返回。她心灵震动了她进了天竺山小学之后这震动仿佛来自当年的贻坚,仍叫她不得安宁。她终于打心眼认定,黄朝勋是自觉的坚强的;自觉者坚强,真正坚强者自觉。她发现黄朝勋是世界上另一类坚强的男人。

呵,他同样坚强,她发现自己早就爱上他了。别的女人爱他,她就不能吗?她不应再退让,也应该做一个坚强的女人!

置身偏远的学校陌生的环境,刘怀馨对黄朝勋的思恋多么强烈!即使他不爱她,她也应当尽自觉以表示感谢!

黄朝勋寓所门上用图钉钉着一张小小的休假告示。她得知他因父病回了家。她却看见了黄腾。

黄腾正在指挥唱歌,把"打倒日本"的喊声叫得震天响,凌馨也生出羡慕。源记老板对她们母女说:"阿腾哪像他爷,屁股像长了疥子坐不住,朝勋管不来哩。"

刘怀馨从黄腾那里要过钥匙,给他父子洗衣服。星期天她母女又给他洗了被褥。

又一个星期六傍晚,刘怀馨一人在源记朝勋房间里教黄腾唱歌,突然听见熟悉的脚步声,她一阵激动扑出去正好与黄朝勋撞个满怀。他乏力地靠在门上笑着说:"我给你打倒了。"

四五天路途奔波他已形神疲惫。她正想伸手扶他,他却一步步走到小方桌前抓一个凳子坐下。他环顾四周说:"谢谢你。好清爽呀!"

他见她精神状态焕然一新,松了口气。

吃过晚饭黄腾睡下,她急着要走。他说:"我送送你!"

两人一前一后行走在黑暗中。她大胆地紧傍着他。这段弯曲的巷道却开启了她另一条情感之路。她向往和倾倒于刚毅的、至死不回头的那种男人性格,认为这是世界上最美最好也是最动人的品格。她终于知道世上有各式各样的坚强,朝勋是另一类坚强的男人。有着自觉的品性,有一个自由而不妨碍别人的生活、高尚的工作,能轰轰烈烈却不张扬,宁肯过平静的生活,宁肯在事务中悄悄忙碌,时而像闪电,更多的时候默默无闻,就像今天晚上不选择坐车而选择走一条暗黑而边缘的荒野路。

她极少夜间出动,总认为夜里的世界覆盖着双重黑暗,夜幕下呼吸难得顺畅。今天她却看见身边的路面前的路明亮而宽敞!

她捂住心口立住,等待他拥抱和亲吻,她感觉自己在呼呼地燃烧。她扑在他身上紧紧地搂住他,但她感觉他没有用力抱住自己。

他轻轻拍她的肩膀说:"我早就讲过,你不要感激我,这是我自愿做的。"

相爱的人总有机会接近,在好不容易的接近中却会造成新的分离。怀馨咬着嘴唇,眼泪却淌了下来。她怪他粗心犯傻,她今天不是仅仅为着感激!不过,她原谅他,她心中已牢牢盛着他了!

五

一个星期天的薄暮，黄腾待在诊所等候父亲，向他报告了凌馨生病发高烧的事。黄朝勋马上雇了一辆黄包车急驶天竺山。

原来黄腾星期六下午带凌馨出北门游碧潭。其实离碧潭还远着；他俩把一个江水回旋之处当碧潭。巨大的旋涡在脚底下打旋，他俩抓起木板树枝掷去，瞬间被旋涡吞没。他俩欢呼起来赞叹旋涡的雄奇和诡谲。他俩想搬一块废木料投掷其中，但用力过猛凌馨滑向陡壁，黄腾急中生智向旁边打排桩的师傅求救。凌馨被船工抓小鸡般提了起来。她浑身湿透战颤不已。半夜她就恶寒发热。

黄朝勋给凌馨打了退烧针又给打起葡萄糖点滴。马口灯换了几次煤油。怀馨抱着女儿。他一直守着。他俩都默默地注视对方。夜晚多静尤其在这荒山岗子，野猫狰狞地叫着，猫头鹰不时傲啸长空，外面的奇响一遍遍传过来。他后悔把她母子安置在这荒僻的城郊。他抱歉地说："不知道这里这般冷清。"

她说："不怕，我真的不怕！"

他想说：老蒋太子蒋经国主政赣南，赣州倒是比别的地方安定。

她睫毛长而弯伸向发际藏匿着坚毅也闪现着妩媚，这场牢狱之灾在她脸上烙下深深的憔悴和蝶斑，可颈项部位依然闪现白皙和丰润。她的气韵丰采被深深地裹藏。这样的女人往往被人忽视。他佩服她的坚强。

她想说：有你在身边，我还会怕么！

她让他看，让他揣摩她的内心。他们又一次坐守着这无边的暗夜，多像坐在静静的船舱穿行于汹涌起伏的波涛。他俩每一次相处几乎都在暗夜旧的一天逝去新的一天到来的时候。每一次坐对，她的心境都不相同。这次她多想偎在他怀里整个儿地接受他，不加保留地献出自己，不仅仅因为感激和寂寞，也不因为自己是个已熬了太久，而是渴望和服膺于一个真正坚强的心灵。她要由被动而主动。他是她认定的强者，她就应该征服他！

黄朝勋靠在椅子上打盹。一瓶点滴结束他准确地苏醒过来换瓶，再仰在椅子上酣睡。她将自己一件外衣盖在他胸前，他马上醒来笑着说："我没事，你自己加一件衣服，这里比城里凉。"

他仍在躲她！在他热心为她每做一件事的同时就开始刻意躲着她了。她突然明白，他是怕她的感激，他拒绝感激，在两人的小天地，他不愿有一个感激者的存在。她又为自己的选择和等待而欣慰。

鸡啼二遍黄朝勋踏露归来。似露不是露似水不是水，普天普地被洗浴一派清爽，他有一种身心被洗涤的感觉，觉得充实和愉快。

不久黄朝勋见到了青年蒋经国。

六

院长崔世济乘着吉普车满街找黄朝勋。老崔满头大汗要他去治一位手腕脱臼的病人。他认为老崔小题大做,说:“无须西药,中医治跌打损伤就行。”老崔不由分说把他推进车里。

车开了一段老崔略显轻松地说:“有你我就心定啦!”

老崔脸越胖腰身越粗胆子却越细,黄朝勋猜测一定是达官贵人。

到了一个地方,公路两旁荷枪实弹排列着百多名士兵。一个团长带他们去见伤者。

伤者不到三十相当年轻,个头不高一副农家子弟的厚朴相,在随和地跟左右聊天。团部军医和找来的伤科医士已给他端合了手腕关节,包扎了绷带,已没什么危险了。

伤者谈笑风生像个恶作剧的细伢,他轻松地对大家说:“我为大家唱个‘老虎歌’吧。两只老虎,两只老虎,跑得快,跑得快,一只没有脑袋,一只没有尾巴,真奇怪,真奇怪!”

黄朝勋想,这长官细伢一样,真少见。长官听了团长介绍同他俩握手说:“我是小伤,怎么把大医师也拉来啦,我们一道回赣州吧!”

黄朝勋这才知道这是蒋总统的公子蒋经国,初始印象不错。

老崔也是头次接触小蒋,但他已略知小蒋一二——

抗日战争全面爆发,蒋经国从苏联回国不到半年就带着老婆孩子离开老家浙江奉化到南昌避难,江西省主席熊式辉面请蒋总统把小蒋留在江西工作。开始蒋经国任省保安副处长兼督练处长,时年二十八岁。此时赣南军界复杂,旧军官以抗日救国为名,招兵买马占地一方侵扰乡民,相互形成严重对峙局面。蒋经国周旋双方进行说合,那天在军队驻地的一个庙宇集合听训,蒋经国讲话不到五分钟,人群中忽地站起一人举手高呼打倒刘己达,拥护蒋处长!诸多小头目摩拳擦掌包围了刘氏。蒋经国用手阻挡,因而受伤。

黄朝勋记住了“老虎歌”。老崔诚惶诚恐地对他说:“小蒋是有来头的呀!”

黄朝勋并不在意;从此他倒留心大家对小蒋的议论。这些议论早就流布于大街小巷。比如小蒋初来乍到,要民众平塘修路读书讲文明,招到许多人反对,说小蒋嘴上没毛却要管上了年纪的人;说我们靠自己的崽干活、养老,要他来管什么读书;说装电话修马路造学校,这都是洋人干的事情,关我们屁事!有人当蒋经国的面这样说,他却不发脾气,反而劝大家“一切事情都要吃苦,后来才会享福的”。他觉得小蒋真有意思。

黄朝勋没向别人炫耀他跟蒋经国拉过手。

第二年春蒋经国在专署大礼堂举行专员就职典礼大会,他作为赣州义仓管理委员受到邀请,但岭北医院有个外科手术等他主刀,他没赴会。据说,小蒋在大会上表态:要建设新赣南,实现“人人有饭吃,人人有衣穿,人人有屋住,人人有书读,人人有工做”五项目标。

后来蒋专员真的打“四虎”:嫖娼之“虎”、吸毒之“虎”、赌博之“虎”和匪痞之“虎”。

黄朝勋知道这是个做事认真的人。站稳一个地方不容易,果然,许多赣州百姓对蒋经国改变了看法。他对小蒋也有好感。仅此而已,他和小蒋有什么相干!

七

警报骤增市民忙于躲命,黄朝勋察觉战事一步步逼近赣州。

这次日寇飞机滥炸赣州。人们惊呼学校遭了炸弹!黄朝勋立即想到在学校的儿子。他奔向荷苞塘小学,一栋小平房被掀了,学校空无一人。他慌了!幸好他在白素莲家里找到了阿腾,白氏带着几个学生躲在自挖的防空洞。

白氏说:“学校得搬迁,省赣中早已迁了。”

黄朝勋说:“老师学生就辛苦多了。阿腾请你多加看管呀!”

白氏说:“不用你我担心,他比猴子还灵醒,不会吃亏,他一声喊学生伢子跟他走哩。他不像你的性格呀!”

黄朝勋稍稍放心。由母校他想起昔日邹校长对自己的关心。几年来他上邹校长家少了,他不由内疚。应该去看望他老人家!

趁一个星期六他同白氏结伴去离赣州八十里的王母渡圩场。白氏累翻了,一瘸一瘸的,但她不要他的搀扶。他们得知,上课住宿分两地,有钱的教师学生开始坐轿往返,看到邹校长自背包袱走路,他们也步行。

校长仍健朗,黄朝勋很是欣慰。

邹校长说:“小学搬迁不得,只有以疏散为主。做教师的要多操心!”

黄朝勋和白氏住进圩尾一个小店。叽呱一片的蛙鸣把夜往深里赶。战争的气息消散殆尽。煤灯下两人火热地对视,她微笑地靠近他。晒了一天她更妩媚了,真比怀馨美呢。他一阵激荡,头一低正好对着她的嘴。两人拥抱亲吻,非常投入。

恍惚中他觉得睡了很久,又觉得这是在小洞,与他相拥的是叶宁玉。一会儿她叫他亮灯,他明白过来觉得难为情。她又铺开那张皱巴巴的报纸。真关心时事呀,他觉得有些别扭。她抓起报纸递到他面前说:“那个名字怪眼熟的,对了,信泉人,你的亲戚。”

他夺过那张《民国新闻周报》,有则简短报道:又有二赤匪伏法,新任法院推事陈学余秉公执法……

陈学余怎么调去了L县?那里正是他做律师事碰壁的地方!世事难料呀!

第九章

一

陈学余的命运继续顺转。据说是省里一个籍贯L县的厅长推荐,他担任L县法院推事(院长)。他立马判定L县治安棘手,这跟他从政当县长的目标差得太远。

一踏上L县他百感交集,几年前为目睹赤俄中心的风采他来过此地。他立即拜访老同学钟坊辉,了解县情。

钟氏已是大腹便便的商人,见了他心里涌起此人怎么也与当局同流合污的慨叹。不过,经商者颇看重法院推事,宁可得罪县长也不敢得罪推事,钟氏兴高采烈,连忙叫商会出面招待陈学余。

他马上制止说:"今天我诚心找老同学叙旧,不必兴师动众。"

钟氏说:"公事公办,商会还是要招待的。罢,这次我请客,我俩躲到僻静小店喝几盅!"

在临江的荣记饭店他们谈叙了半天。钟氏告诉他L县钟刘杨三大望族,姓氏械斗由来已久是赣南出了名的,三姓都有人在朝里做官,械斗越演越烈,常出现洗窝惨状,连县长也怕三分,没人愿到这里做推事。

陈学余此刻踌躇满志,要在荆棘里踏开一条路!

他俩趁微微酒醉信步云龙桥。钟氏说:"这云龙桥是福桥,凡是从桥上失足掉在桥下的人,从未伤亡过。学余兄此次到敝县任职,也能旗开得胜安然无恙!"

此话正说在他的心坎上!

一天他骑马到离县城十里的大堡乡,保安三团驻守此地。他隐隐约约听见瘆人的呻吟。他跟踪而去发现这是个露天班房,关满了人,一排排犯人躺在地上双脚锁进一根木头凿成的木铐,一根木头铐三四个犯人,犯人动弹不得发出痛苦的哀鸣。

他问身旁谈笑风生的邝团长,邝团长骂一声"叫死呀",转脸对他说:"犯人太多,木头不够用,一根木头锯成两片,这些人都是赤匪!我父亲就是被这些人搞死的。"

他问:"这类班房全县有多少?"

邝团长说:"没统计,反正不少。不让他们日晒雨淋,蚊叮虫咬,他们还会闹暴动!"

他又问:"抓走全家男丁叫洗窝?"

邝团长挖着鼻孔说:"洗窝是房族姓氏的事,我们不管!"

他说："这样做明显违犯民国法律，一人做事一人担当，犯了罪开庭审判该杀头的杀头，该判刑的判刑，无罪的要释放。现在全国团结抗日，蒋总统发表了文告。请你们把木铐去掉！"

陈学余坐镇，监督全部去掉木铐，释放一批，剩下的进班房。

他摸黑回到县府叫师傅打饭，剩菜剩饭，他毫不介意。师傅见他可亲近，大胆说："你儿子的书包太烂了，换一个吧，别人会讥笑的。"他说："有书读就不错了，书包将就一些。读苦书才能立志向！请师傅代我管束他。"

他对儿子提点不多，但每次都很严肃。大概亲娘过世阿陶更懂事，早晚勤奋读书写字，有时帮师傅洗菜或上街买盐打酱油。

陈学余看着墙上挂的烂书包大斗笠，心里也不是滋味。金巧劝过他买新的，他狠狠心不答应。有时他带儿子上馆子，儿子却说食堂的菜饭够可以的。他倒被感动了。儿子穿着他改做的旧衣服，一两年功夫儿子就齐他肩头。

这次他已基本摸清 L 县的情况，民风蛮悍，决不能掉以轻心！他对儿子说："爷做了这一官半职，不敢大意。我们家是苦家出身，你娘过世早，你自己要上进！阿腾的阿公说得好，人凡事要记弗头，要讲良心！阿爷做事也是尽良心。凡遇到什么困难、挫折宁可从容思索，不可自暴自弃！"

二

这天晚上陈学余又打开了宗卷。他对苏维埃、共匪、赤匪一类词十分敏感，凝神屏气久久地注目，一股紧张和激动油然而生。又一件与此关联的案子摆在他的面前：七个本地人赤匪抓获归案等候开审法办。他骤然冒出一身冷汗！

案犯是族人扭送来的，主犯姓丘，原由是寻衅闹事胡作非为，族里制服不了只好交县里处置。诉状上突出了他们参加了红军，跟随红军犯下奸杀抢劫之罪状。

他们都是红军跟随主力到湖南，一个败仗下来他们从此失散流落在湘赣山区，他们在高山竹林一个纸棚给人做工，一个姓韩的雇主收留了他们。韩氏做纸卖纸成了一个有头有脸的老板另娶了一个小老婆王氏。王氏天天翻山为他们送饭，场面热火，他们叫她美娘子，她竟迷上了纸棚。他们中六个人跟王氏睡过。结果被韩氏发现组织鸟铳上山围剿他们。他们一气把纸棚烧了。回乡后他们常聚集一起，在圩上滋事，还起歹心奸污了一个堂妹。

陈学余为增强震慑效果特地染黑了头发。

他发现其中一个粗眉大眼沉默的青年人不一样。他翻看这人的交待倒比另外几个详尽，原来这人与他们不是一伙的，却被他们咬成了主犯。"以众欺单"排外的意味明显。

他凭直觉认为他是个正直有为的血性青年，又单独提审这个叫丘平淮的青年人。

丘平淮沉静地诉说了从小到大的经历：家里苦参加了暴动参加了苏维埃红军，随红军在湖南打了场恶战受了伤，自个儿慢慢回家乡。这次丘平淮没说自己是个伙夫。

陈学余估计他是个红军干部。

陈学余问："你没参与他们一伙做坏事？"

丘平淮摇头说："你们信泉的蔡振通我认识，一个红军部队的。"

陈学余套上笔筒问："你是红军干部吗？"

丘平淮沉默了一会回答："是的。"

陈学余放低声气又说："你是共产党员。"

丘平淮轻轻地笑起来，摇摇头。

陈学余明白了，赞赏丘氏坦率。丘平淮无罪，这一伙应立即释放。这一夜他几乎未合眼。他觉得最难的倒在于说服告状的丘姓族人。

陈学余板脸对族长说："你们犯了大的错误，把不该抓的人也抓了。本姓丑事不宜外扬；给这些青年人一个改正的机会。"族长吓了一跳，同意了他的处理意见。

释放丘平淮，陈学余淡淡地说："这地方不能再待……"

后来陈学余得知，丘氏是红军的连长。十年后丘氏以解放军师长的身份出现在他的面前，那将是另一个场景……

半个月后陈学余在办公室又听到熟悉的嗓门。丘姓族长等一行人气愤地扭着两人闯进门来。正是上次被释放的。大家押着这两人跪下。族长呈上诉状，这次两贼轮奸了一个三服内的堂妹，一河两岸都震惊了。

族长阴着脸说："再不从严就不好说话了！"

这两人抢着报告：上次那个丘平淮是红军连长，掌握红军许多高级秘密。

陈学余神情严峻，斩钉截铁地说："三天之内结案，一定严惩不贷！"

他红笔一挥，枪毙了这两个畜生。

三

这些天陈学余心情甚佳。他找出几张旧报纸，耐心研墨，一气洋洋洒洒写出好几张书法。他立在窗前面对茫茫夜色，云龙桥依稀可见。

他闻着一丝兰花香，窗边那盆惠兰开花了，很细弱馨香似有似无。他不是能静心养花的人，每每忘了浇水。兰花孤苦零丁，但仍献出幽香。

他声誉鹊起，这不是他有能耐，而是真正的歹徒撞他的枪口。那两位"赤匪"处极刑，根据的是什么法律条文？他只是顺从了乡人的义愤罢了，他运用了威权罢了，非如此不能震慑卑鄙的暴徒，同时掩盖了自己的幽秘。自己踩了钢丝，老觉得隐伏某种不测，他愈发不敢得意忘形。

他雄心勃发，产生了读法专的强烈愿望。表面为精通业务，内心他是奔做县长！

他轻蔑过黄朝勋，如今他更有资本轻蔑了。黄朝勋那勺子技术不过是吃饭的本钱，改造社会、实现抱负只有行政——做官做大官。

第十章

一

小蒋初来乍到老百姓骂声不绝，黄朝勋不附和；而当许多赣州市民夸奖蒋经国的时候，他却对小蒋越来越失望了。

小蒋一些作为一度使他感动和佩服；小蒋在欧洲（苏联）留过学，见识自然不同一般。

那年（1939）三月，蒋经国任赣南专员携苏联妇娘蒋方良在专署大礼堂举行就职典礼大会，在会上慷慨陈词，许多人为之感动。蒋氏比他还小十岁呢。

日寇空袭频频警报频频，市民逃亡浪潮一拨接一拨。黄朝勋也夹在人潮中，他关切儿子、白素莲、刘怀馨等一些较亲近的人，更多时候赶去防空掩蔽所医治伤病员。

那天黄朝勋随奔逃的人们来到水西佛岭，却意外地发现几座草棚，陈列了一些书报杂志，天天有开水供应。大家都赞扬说这是蒋专员布置的。他却认为这是小蒋应该做的，安抚百姓是政府的天职。

下午四五点各路人纷纷返城，随大家走进西津路的施粥厂喝粥解饥。他记起义仓，问工作人员每天要几担米呀，那人回答说："蒋专员写张条子，要几担就有几担。"

他听了觉得不对劲，义仓不妙。

一天日机又扔了几颗炸弹，人群一片惨叫。黄朝勋挎了药箱奔去。

残垣断壁里面传出哇哇的啼哭。蒋专员现场指挥，大家不敢用锄只有用手一块一块地搬。这时一个军官昂昂然路过。蒋经国叫旁人去请，那军官毫不理睬。蒋经国大步走去，气冲冲撕下他的军官符号，责令他跪下："你见死不救，不是中国人！"

黄朝勋心里顿时热乎乎的。

一天白素莲匆匆来源记旅馆，看她的短发黄朝勋以为是刘怀馨哩。白氏虽做了教师仍保留团型发髻，丝网罩子还是他送的。就像喜欢怀馨齐肩短发，他喜欢她这种发型。白氏几分委屈地说："我不让剪也给剪了，说是蒋专员指示，管的真宽，也不给人自由自主啦！你看，我这样难看吗？"她又说，有人在城门口设卡强行剪发，有的女人想不开跳进水塘。

黄朝勋吓了一跳,小小的剪发竟酿出人命!小蒋简直开低级玩笑。他笑着对她说:"好看好看,比以前更靓气。"

她戳他的脸说:"你说假话哩。我可不会投塘寻短见!"

他真诚地说:"我喜欢你那一种美少妇发型。这小蒋总是别出心裁,他有他父亲老蒋撑腰嘛。素莲你放开心思,很快头发又盘肩的。"

她说:"西津路贴出海报,三青团举行西方有狼,东方也有狼辩论会,蒋专员亲临,我家老温会去,你也去吧!"

他笑着说:"我四十岁啦,再说我对这类活动没兴趣。辩什么呀,纯粹浪费时间。我想办个像样的私立医院,时间紧呀!"

她又说蒋专员亲自化装抓赌的事。他已听许多人讲过,他还碰到过。前几天早上散步,街上一伙人身穿军装头戴高帽,高帽上写着赌棍×××,每人手提小锣自敲自喊赌棍,其中有上校军衔的军官哩。小蒋化装打进利民商场赌窝,把聚赌的军政官员全部逮捕。市民拍手称快。但他认为这种处罚侮辱人格不可取。

不知怎的,小蒋在他心目中骤然黯淡了。

一天中午白素莲又来源记,为他没去这次精彩的辩论会而惋惜。她侃侃而谈,说蒋专员演讲了一小时,把美国、苏联也看成是狼,日本鬼子打死一百个中国人中有四十人是用美国的枪炮给打死的。苏联早就侵占了大片中国领土,对中国一直虎视眈眈。一名戴着高度近视眼镜的青年人上台,反驳说:"苏联是社会主义国家,它大力援助中国的抗日,没附带任何条件,怎么说它是狼呢?"不少人鼓掌。蒋专员尴尬极了。

黄朝勋觉得有趣,问:"那眼镜呢?"

白氏说:"台上跳下,抓了别人头上的鸭舌帽走了。他敢顶专员哩!"

他说:"这有什么,在外国平民百姓在报上骂总统哩。是狼终归是狼,无须反驳。此人想显才华出风头罢了。"

白氏笑道:"你总是跟别人不一样。"她红着脸说:"觉得别人有理,听着听着就跟过去了。你喝过洋墨水,看法当然独特呀!"

他连连对小蒋失望,突然对白素莲也失望了。他就是这样,热情着赞许着向往着,心思骤然变化,对世界对亲近的人却失望起来。

二

黄朝勋遭遇上蒋经国,这回是他主动的。

义仓管理委员会积极保护义仓,义仓躲过了日寇飞机的袭击,危机却出现了。短短半个月赣州义仓的危机成了黄朝勋自己的危机。

三青团干部与保警大队勾结想鲸吞义仓。仓丁多次告急,管委会和陈、苏、温三姓族长联合向有关方面表示抗议,但都未能平息他们的嚣张气焰。这天他们到义仓捆绑仓丁撬门挑谷,民众义愤慎膺自发起来保卫义仓,形成对峙局面。几个人跑去源记请黄朝勋出马。

黄朝勋正在紧张地筹备公晖私立医院正式开张。博爱、岭北等公立、私立医院和一些地方知名人士、朋友、同学都表示如期前来捧场,有的准备了贺匾锦旗。在赣州的老乡更是踊跃帮忙。赣州创业八九年他的事业要开花结果了!

他听到消息,正是他以前所担心的。他当即挺身而出。他刚到现场,对方就悄悄退却了。谁都知道,蒋经国替三青团撑腰。他执傲起来,破了不找政要的习气,决定找蒋专员恳谈一次。

专署设在米汁巷一号。他由秘书带着走进大门,是一条笔直的甬道,两侧是长方形花圃有树有花,四周的冬青修剪整齐。后进是一间相当大的会议室,挂着孙中山手书的对联:"安危他日终须仗,甘苦来时要共尝",上款为"介石吾弟嘱书",下款是"孙文"二字。显然这是蒋专员从其父那里拿来的。

大门两侧竖了两方石碑书有"大公无私""除暴安良"八个银色大字。礼堂外面的花园尽头又竖两碑书有"日新月异""自强不息"八个字。政府会议室的白粉墙上贴了两条褪色大字标语:"我们要为老百姓解除痛苦!我们要为老百姓谋取幸福!"

黄朝勋见气氛安静便想到是星期天,干脆步入一道月门,穿过小花园,走进蒋专员寓所。

蒋专员正与夫人蒋方良下棋,他一眼认出黄朝勋,招呼坐下,上茶。黄朝勋毫不畏悚,简洁地挑明来意,一一列出三青团骨干、保警大队长等肇事者姓名,要求专员出面制止侵犯义仓的行为。

蒋经国说:"你一个医生这样关心本市生计,实在难得。我过问一下。"

当听黄朝勋说弟弟黄朝劢奔赴粤东抗日,蒋经国点头说:"以血还血,我们已收复了英德、清远、河源、揭阳、普宁等县。赣州支团部还组织了大规模前线慰问团……"

黄朝勋出来一身轻快,认为事情已彻底解决,早就应找蒋专员。

白素莲得知他找了蒋专员,问他看见了蒋夫人蒋方良没有。他没有细看,他漠视这个俄籍女人。

白氏说:"她是保育院院长,会说许多汉话,还学唱京剧哩!我看过她的戏。她在赣南京剧院客串《苏三起解》,她饰苏三,唱的不错哩!"

他感到惊奇:"这俄国婆娘有这种能耐?"他突然对朝劢恋上京剧不再那么反感了。

白氏诚挚地说:"你主持公道一路遇贵人。你的事业会成功的!我真想在你手下当护士!"

他高兴地说:"护士虽是当下手,可重要呢,全靠自己不慌不忙,守得住坚持得住!”

过了一段时间义仓又告急,仍是三青团干部和保警大队长派人捆绑仓丁撬门挑谷,这次挑去一二百担。蒋经国竟写了张八千担稻谷的借条,几个义仓委员呜呜地哭起来。

黄朝勋同诸委员又上专署找蒋经国。

蒋氏安慰说:“非常时候,老百姓支持一下政府吧。我蒋经国一定如数奉还决不食言!”

黄朝勋认为蒋氏已经食言失信,自己人格受到了侮辱,医院可以不办也要出这口气!他提笔致文《正气报》,果然他的《三青团抢义仓谷》文章很快见了报。兼报社社长的蒋经国斥责主笔曹聚仁“破坏三青团声誉”。黄朝勋毫不畏惧,又在省报发表同样内容的文章。

在许多人拍手称快甚至欢呼的时候,噩运罩上了黄朝勋。

三

一天下午放学黄腾把那块公晖律师事务所牌子给了父亲,说老板从街上捡回的。阿腾用湿布擦净牌子请老板重新挂上。黄朝勋心里全明白了。

过了几天的一个上午,律师牌子给砸了。老板拉黄朝勋进屋里说:“还是那几个人,你一走他们便蹿出摘牌子,阿腾怎挡得住?这世上好人做不得。黄先生好在有门好手艺,别人夺不走,你过洋飘海过,这点看得破!”

中午吃饭他叫儿子好好念书莫管闲事,别管大人的事。黄腾气呼呼地说:“这些王八地痞太欺侮人了!我们信泉人也是有几手的!”

他摸摸儿子的脑壳说:“你可以跳班进省赣中,那学校不错,环境幽静,能学很多东西,你听过邹校长大名么?”

黄腾扭着身子说:“我不想进省赣中。我听别人说省府已迁到泰和,我想读泰和艺专,唱歌、演戏,指挥大家,那才有劲有味!像叔叔那样风风火火过日子!”

他摇头苦笑:“这样会一事无成!”

黄朝勋自个儿卸下儿子做的律师牌子。这时他碰上科长刘锐央,刘氏扑闪扑闪打量他好一会儿,小声而委婉地叫他“好自为之”。

义仓的末日已来临,黄朝勋对赣州也失望了。他不再参加义仓的任何会议。看不见的骇浪开始继续冲击着他。

一次他接到了崔院长派人送来一封短信,信上说电源不稳,临时取消请他做的外科手术。博爱置有柴油发电机,他马上察觉了。接着岭北也冷落他。许多官员生病也不请他了。一次,在专署门口他碰见刘锐央,刘氏装作不认识他同他擦肩而过。世间冷暖在眨眼之间!

他盯着公晖私人诊所牌子,这就是繁华喧闹的赣州,势利的市民!他更沉默了,设立私人医院——他的医业蓝图腹死胎中。

更使他吃惊的倒是一些下层人士和民众对他的攻击,说他目中无人是个洋骗子,我行我素高高在上,故意跟政府过不去,专门勾引女人,更有的说他是日本派的特务,是敌伪汉奸。连源记老板也变脸附和对他的非议。连儿子也问他"怎么好好的溜到小日本镀金"。

那天夜深,源记老板悄悄敲开他房门,手里拎着一壶酒,脸上挂着歉意说:"我还不晓得市民的品性?有几个义仓委员联名告你呢。脚踏别人地,头顶别人天,不顺时风,我这小店立马关门。你堂堂正正,你要是在我们信泉,谁扳得倒!黄先生你还是回信泉好。"

他既慰藉又伤悲,情绪低落,回信泉的念头无比强烈起来。

四

白素莲风情款款地出现在黄朝勋面前,对他直说:"我跟老温干了一架。"

他立即记起几天前老温一副傲然昂然的样子。白氏敢跟他干架就说明她已今非昔比。他对她有过失望,但她还是那个白素莲啊——她也来劝自己么?

她说:"见你面,知道你还是那个有主见能沉住气的人。舆论成人也毁人,老温他懂什么,只会跟风叫,当事后诸葛亮。你知道么,那个跟蒋专员辩论的人,被抓进了监狱……"

他一愣说:"我也会遭此一劫?"

她哆嗦着说:"你不会的!"

在白氏面前,他突然感到自己怯懦。他向来有的踏实感从容感消失了。他努力镇定着,不由拉过她让她贴紧自己,才好受些,男人也需要女人的搀扶呵!只有她临危不惧向他透露重要的信息。他不愿她离开,他需要她!

他抚摸她的短发说:"你就这样陪我一会儿。现在能讲话的人只有你了!素莲,家中有个患病在床的父亲,我决定回老家去,当然还是行医。不是害怕,我靠本事吃饭有么子好怕的;是世事提醒了我,我明白我父亲的期望了。素莲,你出来磨就了自己。老温是个好人,对他还能要求更多么!"

她搂着他的脖子说:"我是来提醒你,并不是撵你走。你好狠心说走就走。"

他一阵寒颤,说:"让他们来抓吧,让他们去讲吧,我心里明白我自己!"

他抱着她狂吻。她脸上汪亮,分不清是他的口水还是她的泪水。他对她的欲望突然强烈起来!怕她挣脱似的,他紧紧地箍着她。她顺从着,感动着,默默解衣,一步一步拥着他进里间。他多强狠多爱自己呵,简直不让自己喘息!他的激情多么新奇。你咬吧,狂野吧!她已兴奋起来,不由自主的喘息激发他的狂暴,他似乎忘了进入。她激动地帮他。可他的下体软乎,越使劲越溻软。他一定太紧张了,他心情不好,他和她空旷得太久了。她望着天花板,双臂环抱他,让他强猛,成功。

她温柔地说:“你还是那么雄壮!我相信你不会离开赣州……”

他恢复了平静,觉得自己有了力量。他说:“还是回老家好。”

谁又知道这竟是他俩抱憾的永诀!

五

六月底天气非常燠热。诊所生意清淡,他不在意,专心致志地翻读医书。他想象着父亲攻读的情形,读书能忘忧能致远,他觉得父亲更亲近了。

他的面前突然出现一束野蔷薇,刘怀馨微笑地站在他面前。她喜欢带刺的花但现在只有带刺的枝叶,她插了几朵夹竹桃花,天竺山的夹竹桃比城里早一个月开花。他心里一亮,原来自己在等待,等待刘怀馨。

她说:“蛮沉得住气的。”

她不让他起来,自个儿倒了盅热开水又往他茶盅里添水。

她脸上的蝶斑褪了不少,比以前白多了,举止之间洋溢着一股健康和丰实。他看过她的小菜地,菜种得蛮好的。

她说:“朝勋,我们外面走走。”

他俩紧紧地依傍着昂然走过大街。白素莲没这样叫他一道去外面漫步。黄朝勋涌起壮烈之情。许多同学、熟人和朋友已远避他,他体会了肃杀和势利之风,也体会了怀馨那种发自心底的独立、坚毅和决绝。她恐怕在赣州也是唯一的。他感到欣慰。

在天竺山他吃了她做的饭菜。这是个美好的夜晚。有过的接触和思恋重新聚集心头,他认为今天她最直率而且热情奔放。

趁着夜色和繁星他俩又走进了一条偏僻的乡间小道,浓重的树阴浓郁的蛙叫虫鸣让世界趟入宁静,他俩能听见对方心里的蹦跳声。晚露已沾湿了他俩的布鞋。他心里又一次涌起那种初恋的感觉。

他俩走进一个青草窠里,不约而同地脱去布鞋,两人一下扑进对方的怀抱。他们都觉得等待了太久又觉得等待是值得的因而有了今晚的酣烈。白素莲帮他抵御了恐惧,他觉得力量像风帆在心底升扬。他俩互相抱拥了很久,一同眺望着浩瀚的苍穹绚烂而澄净的群星,感觉对方的战颤。

他用力地搂住她使她暄软着娇柔着喘吁着。这也是她心灵的渴望呵!薄薄的衬衫成了一种多余。他俩抛却任何羁绊。她两只丰乳闪现滋润白皙之光。她紧贴着他;他把脸埋进乳壕。她仰睡在草丛中两眼汪漾。他两只手如同两团火在她身上滚动着燃烧,在燃烧中滚动,他的心沉雄着再沉雄着激起她心中的狂潮。终于她冲动地抓住他的手沿她肚腹推去,她哀求他叫他快些猛些。她哀求着也呼叫着转为不能自已的恸哭,她的哭叫汲出了她和他的汗。他忽地明白,他抱拥着的也是一个渴望坚强渴望沟通的奇特女人,一颗默默抗御世风的心。他俩的汗水汇合着渗入草地,无边无际柔软的青草味俨然一条裹拥他们的河流……

激情过后他们仿佛新生了,娓娓而谈。她说她已知道他处境险恶,怕他挺不住。他激动地说,有你,我怎么会偃旗息鼓呢?我应该坚持住呵!他不紧不慢的口吻让她心甘情愿地偎上他胸脯。她终于又倾倒于一个身处逆境但强悍的男人,向这样的男人献身,她选择了好久,摸索了好久,期待了好久。以前是她的老公现在是她的朝勋,她不正期待着这样性格的男儿么!她曾顽固地认为贻坚是世上最坚强,唯一坚强的男人,她不会再碰上这样的男人了。她蓦然回首,朝勋也是这种男人呵,她不应再犹豫再等待了!贻坚是刚刚生柔而朝勋是柔柔生刚。

她说:“我终于抓住了你。你终于属于了我。朝勋,我永远是你的!”

他真诚地说:“你嫁给我吧,怀馨!”

她认真地说:“你们男人喜欢一个女子就想将她笼住。我发过誓再不嫁人,我不习惯你的家庭,我不会走进你的家庭。但我爱你,心扉永远为你敞开!”

她多美呵!生命多美呵!赣州的夏夜多美呵!他惊奇,今天自己里外如此坚强,不应该离开赣州啊!

第三天,黄朝勋坦然端坐在诊所,“公晖”牌子刷过一道新漆,闪闪发亮。

这时候,信泉小洞黄盛萱和赵湘如却双双倒在血泊之中!

第十一章

一

蔡振通终于回到了信泉。回乡是自然也是最后的选择。一挨触家乡的土地心里就涌起了踏实的感觉。五年只是短短的一瞬;他成了最了解信泉这场惊心动魄革命的人,然而这一切于他又有什么意思呢?

跟随红军主力部队的一个团在湖南的一次血战几乎全团覆灭,他被炮弹震昏,醒来爬出尸体堆,那种没意思在他心里成形了。他没意思地乱走又被民团俘虏,他承认自己是共产党员营长他对一切包括自己的生命都已绝望。

他被扔进大牢。他睡不着,那场激战不时浮现脑中:一位比他年轻得多的师首长在部队受到重重包围的势态下宣布了为保存生命可采取应变措施。这一刻他被深深感动了。在他的革命经历里,上级领导总是说为了神圣的革命要舍得献出生命;在这危急关头他却感受到被当做人看待的温暖。所以在那次残酷的战斗中他奋不顾身保护了那位师首长。此时此刻他竟产生珍惜生命的大感悟。

问什么他就答什么,他连那位师首长等许多他认识的和不认识的干部名字都交待了,他认定这些人不会再聚首。他呻吟连绵。他终于攀墙从屋瓦上逃了出来。

几年他打砂子、学做纸、卖苦力,湘赣边境的纸棚砂子窿几乎都有他的足迹。

有一次他进了一个纸棚竟发现几个伙计都当过红军。大家都说，到了这田地，谁管谁呀，有乐就要享！他们勾到东家一个小老婆轮流搂着用，从而他知道了报复的滋味女人的滋味，享受了生命的滋味。

山旮旯农户也有想招他入赘的；信泉人把男到女家叫“撑门”，他鄙视“撑门者”。他堂堂一个男子汉怎能受这鸟气！他更看不惯这些人对保长甲长甘愿舔屁丫而对他却像掂尿桶一样随意指派。

荡来荡去终于回到了信泉地带。在一个小圩场他意外地见到海吃海喝的余大同，以为见了鬼吓了一跳。其实余大同早已认出他轻蔑地离去。瞬间蔡振通产生了投靠余大同的念头，他追杀过他，但这是组织的命令，可以解释嘛。他追上亲热地叫一句“余哥”，复杂涵厚的意思便在其中了。余大同见他一副落魄样子，不计前嫌，加了几个菜加了一壶热酒。他提出要入伙，余大同爽快地答应了。

余大同带他去见深居简出的胡保林。此时胡保林从死窟里拣回一条命，身子已复原，确比以前大为收敛。胡保林捻着吴氏捻过的佛珠，良久，对他说了句：“以后会告诉你。”

蔡振通空等了两个月，掏出鸡巴对齐云山撒了一泡尿粗野地骂了一通。

他一步一步挨近石街突然又产生了恐惧。许多人都认识他，他得罪的信泉人实在太多了，等于自投罗网。但他脚底发痒决心在石街走一遭。又考虑了一阵，他选择后半夜装着叫化子闪进石街的骑楼。许多店里漏出灯光飞出聚赌的声气，让他记起自己赌徒生活的回忆：放滩、摊牌九、掷骰子、摇葫芦鸡公……瘾头又上来了。

一个妖娆的女人扶着一位长衫摇摇晃晃地走来，他急忙扑进暗黑的骑楼。他记起这是当过县长的陈潜。此人吃过红军的拳头被红军撵跑如今也缩在家里。石街挂出了“怡春院”一类的红灯笼红字招牌。三角班采茶调在街上飘荡。他觉得自己真是白干了白活了。

刚被推倒的转眼又起来了，他以一个异乡人过路人耳闻目睹这一切。他心里泛涌着苦涩和酸楚。

他感到累坐在墙根休息，上下左右观望。头顶上一块小木牌暗黑无光，他站起一看原来是公晖诊所，伸手一摸手上粘着蜘蛛网和一层尘沙。他在这里贴过勒令哩！这时他记起了黄盛萱。当时因抄家没能在黄宅弄到可观的银洋，他攻占了黄宅却没能住上一个晚上，首长乐得享受。他又记起那个赵湘如来了。欲望熊熊燃烧，他不由攥紧拳头，又为自己曾在石街显示力量而欣慰。

他在清凉中感受到第一道晨风訇地而来，东面天空绽露第一抹光亮。双腿发沉但必须离开石街，他低头夺路而逃。不自觉地他过桥进了小洞。

二

山影遮躲这里依然是沉睡的暗夜，一切黑蒙蒙只有溪水汩汩地闪亮。田地暗苍空旷,晨风吻吸着这个落魄游子。黑压压的黄宅还是那么沉稳威风凛凛。他再也甩不出当年气吞山河的豪壮了。庆幸没狗吠。

他拐到东园墙外,这里几株高大的泡桐和一片低矮的油茶树,天亮前的蚊虫轰鸣像遥远的雷声。只这一栋房屋,隐蔽倒是蛮好的。他钻进树丛拣了一个平展之处铺上一层桐叶倒下蒙头酣睡。一墙之隔他的鼾音同黄家人的鼾音此起彼落……

他被树叶淌下的露水刺醒,一个鲤鱼打挺地坐起,天已亮了,对面石街的炊烟连成了一片,而这边却依然静悄悄。一会儿西园升起淡蓝的烟柱。他才记起如此空阔的房子没住几人,黄家几个强壮男人都在外面。黄盛莒背一个褡裢开门关门走了。一会儿传来一个女人呵啰啰喂猪的叫声。

他又想到钱。钱当然放在东园。他又暴出举手之劳捞到一大堆银洋的欲望。他瞄准逃走的退路从墙上溜下,一步一步摸着墙壁到窗下。他看到的竟是一副男女交欢的场景。

在那一刹那他羞涩地蹲了下来,但屋里女人的浪语刺激着也引诱着他。他浑身燥热,探头看见帐门掩起,赵氏白净丰润的身子压在黄盛萱身上不停地颠扑嘴里哎呀哎呀叫唤。老东西的脸一动不动地向着窗户。蔡振通惊慌不迭一个箭步扒墙逃离……

好一会儿他逗留在油茶树下,赵氏的疯狂和疯癫的声音已占满了他整个身心,他几乎窒息,忘了饥饿,更觉饥饿,下体雄挺起来。他甘愿沉浸在这声音里。一股嫉恨又涌上心头。他对赵氏的欲望空前地膨胀了。他不再想离开信泉了！甚至不想离开这桐子树下了！

一个黄昏他再次潜伏到东园墙背树丛中,却发现黄宅有许多人进进出出,原来老东西得了重病,老东西没用了。不过老东西的铿亮眼睛实在令他畏悚。他却下决心要同老东西较劲,非干赵氏一次不可！

他耐着性子等待,却等回了黄朝勋。

黄家的人哪真是一代比一代强！他不得不服“风水”这种东西。黄朝勋的富态福态沉稳洒脱连续多天守住东园守住老东西使他灰心沮丧。探访的来客络绎不绝,他更不敢轻举妄动。

他懊丧地悄悄离去回到自己破烂的老家。高源团长已带兵来过,原来他已被发现了。家人惊惶不已。族里已宣布将他从族谱里一笔勾去,他使太多的人痛苦。族人见他便怪他带来无尽麻烦和惊吓,别人不回你怎么回来？他先跪在哥哥面前然后由哥哥领着逐户磕头。

接着由族长带着他向黄盛萱和陈潜求情。他多不情愿呵。最后他决定向陈潜求情由其打点镇里。陈潜接过钱心花开了,还是训了他一顿,让他跪了一会儿。一会儿陈潜的妇娘廖氏拉起他,说老头子答应保你啦。他一声答谢,可心里燃着仇恨呵！

蔡振通终于安稳下来。然而，他心里怎丢得开赵湘如呢？他得知老东西跟陈潜不和，黄朝勋又去了赣州，不禁喜出望外！

三

“萱公说不出话”使他欣喜若狂；蔡振通以为老东西永远不能说话了，成了一堆废物，老天开眼呀，老天终于给了他好机会！他熟练地从东园围墙溜了下去。

东园凉爽，花圃淋了水，几排兰花散发清凉的幽香。屋里灯光明亮，赵氏丰润的身影忽高忽矮地窜动。他心太切忽视了花钵和花钵后面斜躺着穿暗蓝府绸的黄盛萱，绊翻了一钵兰花。哗啦一声，他吃了一惊，又听见黄盛萱嗯了一声，听上去，俨然一个响亮的炸雷！

蔡振通畏悚着，不由自主地瞪眼，与黄盛萱的目光相遇了！那目光像块飞转的磁铁追逐着他砸得他心惊胆战，他靠在墙根一动不敢动了。

赵氏举着马口灯盏出来走到老公身边。灯光蒙住了夫妇俩的眼睛于是蔡振通有了清醒和积聚力量逃跑的机会。他待在墙根好一会儿。

他看着她把灯放在石台上双手让老公伏在背上一步一步地走进房间，她扭动的臀部跟上次动心的浪叫连在一块又一次让他不能顺畅地呼吸。不过他想起老东西慑人的目光不由起鸡皮疙瘩，他极力稳住自己。

这时赵氏一手举灯一手操起根棍子走向花圃，他大吃一惊以为她看见了或老东西告诉了她，便一跃翻出墙外，泥沙刷刷响。听见她说：“老猫牯你蛮坏的，花钵弄翻哩，看我不敢装铳打死你！”

他又喜又惊，突然明白，老东西不行了，对他视而不见！

他在石街空手转了几转，并没有人对他在意。高源神气地走来照了他一会儿，他紧张极了。这时听见陈潜响亮的声气，他反而有了安全感。陈潜嘿嘿哈哈陪着一个穿蚂蚁布中山装的瘦矮光头：“让开，王县长到信泉视察啦！”

新上任县长王继春穿一双草鞋，引起了大家关注。刁王赵仲椒对人说：“这就是四股硬邦的王县长，蒋专员派的，一定是来写款子的！他是陈潜先生的同学！”大概王继春想过河看小洞的黄盛萱，陈潜劝阻道：“算啦，他又中了风不能说话……”

蔡振通管什么新县长，只是碍着陈潜，他装傻待了一会，一听几乎跳了起来！他怕听错，赶紧走过去向刁王讨教。

赵仲椒说：“萱公真没运气，这次中风就不好看相啰！还不让家里把儿子叫回来。该陈潜兄唱戏了，人家到底做过县长的！”

蔡振通装着附和，朗声大笑了一回。

那天下午非常闷热，蝉鸣满青山，最末一道晚霞消失，仍热气熏熏。蔡振通轻捷地翻墙而入，守在墙根看着赵氏背黄盛萱进房，便跟过去。

赵氏把老公安顿在睡椅，抓过蒲扇，一抬头见门边站着一个人，她马上明白，脸色如纸一屁股“啪”地坐在矮椅上。蔡振通前走了几步,煤灯把他们的身影连成一片,他们三人将进行生死报复,演示人世间最惨烈的苦刑。

黄盛萱已注目于他,但目光涣散无力与之对峙。蔡振通倒凶狠地盯住他的眼睛,他早就不应怕这种外强中干的老眼！可是黄盛萱眼睛像钉子毫不畏怯。终于蔡振通目光退缩却暴怒,真想攥紧拳头打瞎那两只眼睛！但他突然改变了主意,让它骨碌碌瞪着吧！

慌乱中赵湘如清醒过来,笑着说:“老表坐吧,你缺钱用,我给你拿去,在后厅……”

他一把抓她过来,拉一张太师椅坐下,她就坐在他身上了。她温馨的体息更叫他激荡。他从容下来,低沉地说:“红军又回来啦！你要声张我先把老东西结果。”

她挣扎着惊惶着。他的手攥得紧。她满脸冒汗漫上美丽的红晕,低声说:“老表你要做么子?”

他恶狠狠地说:“我就要你!”

她胸脯剧烈地起伏,汗水溻湿了衣衫,她眼波一晃温和笑道:“我给,同时给你一件值千金万银的东西,它放在灶窿里,我快去快回。”

他放了她。他等待另一个意外的大收获。

她慌乱地快去快回。她仍想应用威权拯救老公,没去西园叫昭云,而失去了一个拯救自己和老公的机会!

她急切地当着蔡振通的面展开褪色的红纸包。她一字一字地说:“彭将军写的手令……”

蔡振通伸手一抓哈哈大笑,立即把字条卷成筒儿塞进玻璃灯管,字条烧着熏黑了玻璃罩。他凶狠地说:“你毁了我的勒令,我就烧你的字条！我什么也不是了,谁也管不了我!”

他一只手抓住她一双柔弱的手脖,不等她喊出声他另一只手用衣服堵住她的嘴巴,抱起她放在床上。他任她挣扎撕开了她的衣裤,瓷白圆润柔软起伏的胴体使他血窜脑门,他用平生之力压了上去,终于享受了他多年渴盼的标致女人……

赵湘如清醒过来重新积聚力量,可是蔡振通不见了。她顾不上手脚的疼痛身上的污秽,掩上衣服扑到老公身边。黄盛萱眼睛鼓凸地瞪着,面如槁灰,弥漫一股屎尿的臭味。老公死了,黄盛萱愤怒而无奈地气绝身亡。

她哇地哭出声但马上停止,她平静下来。她回想近来不寻常的响动,为自己的大意懊悔不已,想到自己洗不掉的耻辱,不过她想到更多的是老公的凄绝及他们夫妇相依相伴的感情。她听从姐姐的央求而嫁给黄盛萱,由一个不懂事的农家妹子进入黄家,也就慢慢地体会了老公体会了这样的家庭,她发现了另一种生活和欢乐,体会了做一个女人——自己生命的美妙与幸福。黄盛萱会还她的清白！可他死了她的欢乐和幸福也不会再有。

她再没勇气面对一切！她绝望地扑在老公身上哀恸！

她再度冷静下来，用清水洗净身子，穿上老公喜欢的内衣外衫，坐在老公身边。她怕看他的眼睛，用手轻轻地抚摸，他的眼合上会儿又睁开了，此时那目光由凄绝变成祥和，她仿佛听见他无声的原谅和召唤。

她的坚定犹如一粒种子发芽生根长叶刹那间成为一棵树。她为他换了衣服，揩净身子穿上他最喜欢穿的玄色府绸长衫。她奋力地把他搬到床上。

屋里只有书而无利器；她注目黑了上半截的灯管果决地将它敲碎，选了一块干净而锋利的碎片抓在手里。她傍着他躺下嘤嘤地恸哭起来。他仍睁着眼睛。她最后勇敢地用玻璃碎片划破手腕，热血迸溅，这时，他的眼睛安详地合上了……

油尽灯灭的时候，第一道清凉的晨风从天上地上掠过来。

四

黄盛萱赵湘如的死是被昭云最先发现的。她习惯早起烧火做饭，看见灶神像被撕破便猜着取走了什么东西，她去问家公和湘母。她叫了几声东园没一点动静，倒闻着一股腥味。于是她推门看到了惨烈的一幕。

她惊惶地叫阿叔快来！

黄盛苕气急败坏找族长找宇遂，黄姓人纷纷奔小洞，消息很快传遍了信泉。大家对萱公的死不怎么奇怪，对赵湘如的殉情倒非常震惊，也就原谅了平日她的一些俗气。大家都认定她甘愿随萱公而去，萱公也算功德圆满了。

应该盛殓，这一切只有等朝勋回来。黄盛萱的死给黄姓人心上压了一块石头。大家决定一定要说服朝勋举行一次盛大的葬礼做七七四十九天隆重的法事（道场），寄托哀思凝聚人心。

黄朝勋带着儿子赶回来。悲伤欲坠的黄宅因朝勋的归来重新稳整了。他的惊惶像纸钱一样撒丢在路上，回到小洞，他一颗心已趋冷静。本来他的话语不多，如今他更沉默了。

他对乡村红白喜事的规矩所知甚少，族人体恤他不要他多做事，以他的名义按原来的步骤有条不紊安排丧事。

章氏夫妇已来过多次，叶氏坚持每天来大厅对着棺木哭泣，烧纸钱。黄朝勋一眼见她已有身孕，听出她的哭像昭云的哭一样出自心底诚挚的哀伤。

他震惊湘母同时而亡。他耳朵里已盛满对父亲和湘母的赞美，但他仿佛又长出耳朵又长出眼睛，在东园屋内外逗留良久。当他一次次走进东园，昭云跟在后面重复地叙述她的所见。他断定父亲先湘母而亡。院子花圃已经清理打扫，墙上那个豁口却磁住了他的眼睛。

大厅非常阴凉，棺木里垫了一层厚厚的石灰，因而还没有臭味。在一片恸哭声中钉棺之前他最后一次抚摩父亲和湘母。他曾暗恋湘母，如今他亲手接触的已是作古的她,眼泪再次夺眶而出。

他悄悄开始了怀疑,怀疑渗入了他的血液和生命;后来的岁月他一直悄悄延续这种怀疑,他怀疑社会和身边的一切。

除族人亲戚之外,陈潜吊唁来得最早最频。他既伤感又活跃。他把黄盛萱夸了又夸,他感动了许多黄姓人。他的威信随着对手的倒下反而猛长。

省赣中邹校长委托学生专程送来挽幛和奠仪。

陈学余带着儿子赶回,同金巧一起前来吊唁。他迟到家因而没见死者最后一面,跪在棺材面前失声哭泣了很久,坚持为死者守灵。在他最困难的时刻萱公一如既往支持他;在他转为顺境步步高升的时候萱公却别他而去。

出殡那天,唢呐奏起哀乐,棺木被抬到大院配上红花布轿顶子,几百号人头上一片白茫茫。黄姓二十四个雄壮后生抬着扎了轿顶的棺材游了一趟石街,后面依次跟着捧着牌位的黄腾、手持孝棍的黄朝勋等一干人。遗憾的是黄朝劢没回家,也不知他在何处。

转眼门楼已贴上张大红纸,表明白丧事已转为红喜事了。几十台酒席热闹了一通。傍晚放河灯,几千只五颜六色纸做的点燃松脂的荷花型河灯占据了宽阔的水面,一片辉煌,向东漂流逝去。这是黄家最后一次规模如此隆重的白红喜庆。

黄家显赫的先人就是这样告别尘寰的。这场景既亲切又陌生。黄朝勋目送河灯慢慢地流逝,直到水面重新宽阔起来,繁星在水中摇浮。水波的闪亮使他记起许多往事和童年。他四分之三时间在外四分之一时间在家,而襁褓中又睡去几年,他对家乡的记忆是深刻但却是肤浅的。他像一艘中年的木船,是受亡父冥冥召唤,还是被赣州的风浪撵回家乡?他刚下定决心坐定赣州,家中突发的变故震撼了他。人到底不能摆脱故土呵!

他与学余话少而轻飘,两人一时找不到相同的话题,他明白内弟终于做官了,他更察觉内弟对自己的轻蔑。

不管他愿意与否,他已被认定是黄盛萱的接班人。当静下来他感到非常疲累。他又考虑回家的问题。他有专长因而可以继续从容不迫地生活,即使回家他也是抱定为自己开辟生活,而不是过没有黄盛萱的黄盛萱的生活。而后者正是族人和众多亲友所希望的。

他安慰哀愁的叔叔说:“我决定回家了。”

昭云宽慰他说:“你别再苦在心里,自己身子要紧。你住东园吗?”

他说:“我暂住东园吧,待朝劢归来让给他。昭云,亏你维持家里!”

他对妇娘的感激出自内心,感激里夹有自己的歉疚,但燃不起那种肉体交合的渴望和热情。他带给她不少布料但她不肯做衣服穿几乎全压在箱底。他亲手拾掇花圃也有减轻她劳累的考虑。昭云老了许多但更干练了。

族长希望他接替父亲“扛旗”。他只是苦笑。他无从体会“扛旗”的真正涵义。

他会走父亲走过的路,他会在行医的每条大道小路回忆和体会行医中的父亲,别人会像欢迎父亲那样欢迎他。他喜欢默默地进行默默地开拓生活的局面。他发现,父亲的威望倒更多的在行医之外,不过他宁愿把父亲的威望全归于行医,行医是父亲也是黄家立足的根基,当然也是他即将在信泉站脚的根基。

就这样他回来了。他没有精心设计成功的未来,几年前留学归来的那股锐气已不再。他看着哄哄闹闹喧哗不已的信泉,觉得很有趣,也很陌生。但他有信心按自己的意愿过平平常常的生活。

故乡是条河,游子真心归来,都会由浅入深地蹚入其中。

第十二章

一

陈学余琢磨这个洋博士。他不能理解朝勋放弃干得不错的律师业;人应瞄准既定目标百折不挠。他赞同朝勋回家,但仍希望他把医业律师业同时并举,也许记起萱公的恩情,也许体恤操劳的姐姐,离家之前他带着儿子心陶又来到小洞。

这次回家陈学余只去两个地方,一是礼节性地去趟镇公所再跨几步到万寿宫,再次感受那副严峻而悚惧的对联。二就是去小洞黄宅了。

黄腾早拉住阿陶进了西园,他的嘴巴一天到晚叽里呱啦不知疲倦,活泼、大胆、尖锐,见识大大超过他的同龄人。他与阿陶相近的,就是显露对时事的极大兴趣。阿陶沉静多处在洗耳恭听的位置。黄朝勋感叹,如今细伢又是一个世界。

小洞因黄朝勋而年轻,慎微堂多了一副西医器具、行装和白大褂。父亲生前的摆设依旧,连兰花花圃还是原样,已由他和昭云收拾(昭云自觉做)。使他宽心的是叔叔盛茗仍硬朗管理着田庄,他可以全心扑进自己的医业中。他喜欢家里沉静的气氛。进进出出他感受着父亲也感受父亲毕其一生营造的沉静。

陈学余不知怎样切入才好,所以他像别人一样尽客套劝朝勋节哀,这样倒激起了自己的壮志豪情;人在春风得意之时是很难不露出一点喜色的。

陈学余说:“在L县我想要你来帮助断案。”

黄朝勋说:“人命关天呀!好些明明是错判,律师做不了自己的主……”

陈学余的脸忽倏地红了,由此他猜测,朝勋的认真态度正跟萱公一脉相连,脱离实际,留洋几年还养成了一种傲气。

黄朝勋淡淡地又说了一句:“什么民国,法律如同虚设。”

陈学余只有把话题转到其他方面,比如孙中山的“耕者有其田”,他心里一阵激灵,土地问题绕不过呀,一切的革命或动荡都跟农民即跟土地有关。他因思索这个问题而加入共产党,后来变故,但这个问题依然悬而未决。此时此刻他突然有了紧迫感！这可是他这次回乡的最大收获了。真不可思议，红军败走，革命落潮，他已上另一艘"船"，仍在苦苦思索土地问题！

陈学余并不为朝勋无动于衷而又转移话题，他继续说："趁查案我到福建的上杭、蒲田一带考察过共产党搞的土改……"

说到这里突然打住，他知道朝勋心里对那场革命有深深的抵触情绪。

黄朝勋平静地说："看看信泉看看我家，叔叔年老、昭云家务缠身，一家都不懂管理，我家几块田土成了猴子手中的姜，麻缠得很，我宁愿连续做五次手术，也不愿料理一丘田。学余你家要吧？"

陈学余摇手说："我家里几丘田也够金巧累的了。家住乡村，子孙田还是要的。这土改……"

黄朝勋不快起来，他对这两字感冒！私家财产说抄就抄，谁还会珍惜良心！谁还会自个儿拿出钱来搭桥修路！谁还会放长心思做生意！他留洋归来，更看重私人财产，认为是立人立命之根本。

屋里恢复了安静，找一个共同话题越来越难了。陈学余感觉到，朝勋在赣州失败了。他和朝勋能持守，却向着不同的方向。

黄朝勋坦荡地说："学余，我早就准备回家，我乐意做个医生，认为实在。你回来吧，当个教师也比在外强！你想那么多，能成功么成功了又怎么样！"

陈学余准备劝他宁做一个失败的律师也不去做一个成功的医生；他明白了，朝勋老是反对自己做官！

朝勋坐在父亲坐过的太师椅，翻开英文版医学书籍。

这会陈学余又走到萱公灵堂在香火中凝视萱公的瓷像，不由感慨万千。

陈学余刚走，黄氏族长扑进慎微堂说："明天吃过早饭到众厅议事，朝勋莫记忘呀！"

黄朝勋想躲事想安静，事情倒找他了。他耐着性子接待。族长紧张地说："推举香首事，别让他们踩了我们黄姓！现在黄家只有看你了，你一定要来的！"

二

古历八月初一万寿宫大规模朝神，推举香首。香首在陈、黄、赵三大姓中产生，小姓成了三大姓争夺的对象，三大姓利用血缘亲缘地缘都争取了一些姓氏。黄盛萱既殁，这次推举香首异常激烈。

这些天卢氏特别活跃。陈学余新娶不请他，他归罪黄盛萱老贼牯作梗；黄盛萱出殡他送的挽幛排在好后；黄朝勋对他不理不问。他嘱咐儿子埋头读书当上县长把黄朝勋一家压下去！

卢启富以"酸得掉渣"响名成了信泉先生（名人），得意洋洋，不在乎别人讥笑他是"酸货"，到处散布陈潜必做香首，弄得陈潜既高兴又担忧。

卢氏一边挺陈潜一边压黄朝勋。石街一家理发店新添了一台活动座椅，还有软软的皮垫子。卢氏大咧咧坐上这"洋家式"，使劲地颠了几颠。正当师傅给他围了蓝布罩裙，他跳下来对座椅摆出丁字步做出拳击模样说："不怕你这洋家伙欺生！"

各姓族长和石街知名人士云集万寿宫，陈潜着绸布长衫摇一把画着红牡丹的纸扇由陈姓人前呼后拥。镇长胡玉邀他在镇公所品茶。在许多人看来政府的意思明摆着。

黄姓族长沉稳地说："朝勋来啦，就在后边！"

黄朝勋确是在后边，可他表白决不当这一角色。族长说不要你扛不要你出油盐，萱公当香首黄姓就当旺哪，他陈潜算么子东西！好几个黄姓人都来劝。他仍不松口，族长笑着说开碰头会总要去吧？他于是答应下来。

黄朝勋着中山装一副风流倜傥模样，他绕到至今还是一块荒土的"诊所"，心里想着怎样重建，设几个床位，分检查室、门诊室、注射室，还是用公晖诊所名字好。正傍庆仁店呢。这地方荒废了十来年原来等着自己重建。他心里一阵烫热。去万寿宫开会的事他倒给忘了。

叶宁玉悄悄地站在他身边。她的身孕已十分明显。由于丧期他一直没去庆仁店。叶氏脸上布了层厚厚的胎斑，一口珍珠似的齐整碎牙煞是滋润。一街女人就数她牙白好看。她笃定他一定留在信泉做事业，这正是她热切希望的！

朝勋给她谈设想。他说："开张以后，我请你当副手。打针容易学。你的店中药西药一肩挑。"

她说："萱公在世就是这样安排的。勋哥，你给我检查一下胎位吧！别的女人不好意思叫医生，我就叫你。我正打算到赣州找你检查！"

他跟着她上楼。她掀开大面襟捋起内衣给他看凸起的肚子。她几分羞涩地说："这是你的！告诉你吧，阿泰是个寡公。"

他一阵激动一阵愕然顿生怜惜之情。他亲亲她，将脑壳放在她肚子上倾听，随后全身细心检查一遍。他高兴地说："一切正常。宁玉，你一定把细伢平安生下来！我没大本事，给人治病，保护你，保护细伢，这个能耐还是有的，应该的！"

她溢了泪水，一张脸鲜亮动人。

下楼坐在里间，他和气地对章泰生说："你们到信泉不容易，挣出个头脸。这是你的细伢……"

他已把去万寿宫聚会的事抛到脑后了。

陈姓族长窝了一肚子火等了好一会儿宣布开会。各姓把香首候选人提上来，装模作样筛了一阵，最后剩下黄朝勋和陈潜的名字。

陈潜坐立不安，当不当香首倒无所谓，那勾当没一点利禄；他一个做官做府的人物岂能败在一个洋医之下！他明白黄朝勋傍了父亲这株大树。借解手他对跟着的族长说:“还是中医实在,前几天我有痧气服了一帖中药就全身舒泰了!”

陈姓族长心领神会,立即大讲西医害人、西医不行。卢启富大声说:“打针,明明是抽人的血、抽人精气嘛,西医好恶!”

赵仲椒立即反驳说:“你上次打摆子不是服几粒奎宁,早上了西天!梅毒病还不是六〇六治的?”

刚要表决,卢启富赶紧说:“且慢,轿在人也必须在,黄朝勋不见影儿,举他做甚!”

许多人点头,朝勋不在场,岂不浪费了感情?黄氏族长差点急昏了,又不敢离场,只好请小姓蔡氏族长去街上把朝勋拉回来!他笑脸对大家说:“兴许朝勋在给人抓脉哩!”

一会儿蔡氏族长回来面含愠色地说:“洋博士在庆仁店跟章泰生妇娘喝酒搞笑哩。”

大家无不哗然。形势急剧逆转。陈潜高票当选为信泉香首。

三

当朝勋走进万寿宫,已人去楼空复归静寂,地上留着无数乱糟糟的脚印和痰沫。他不经意地睆了那几副圆柱上的对子,感慨家乡有如此恢宏殿宇。他正要离开,陈潜斜地里大步流星抓住他的手感激地说:“多承,多承!”

黄朝勋冷冷地想,各走各路。他抽出手,既不表示祝贺也不说什么,健步走着,把陈潜甩在后边。此刻,他一心琢磨下一步的医业了。

他又从石街走过,世态炎凉顷刻间。跟他打招呼的锐减,有些人用眼角睆他。在熟悉的家乡他成了一个边缘人。在赣州有过的这种感觉重新涌现。他乐意做一个边缘人。他以他不自觉的方式成了边缘人。他不知道“陈潜旋风”已在信泉强劲地肆虐,陈潜仍把他当对手较劲;他也不去考虑回到信泉同样也不会一帆风顺。

人走出每一步应该是踏实的;他充满自信昂首阔步……

(卷二完)

卷三　续　本

残　春　病　木

第一章

一

九月“秋老虎”仍在肆虐，燠热匝地，人十分难受。陈学余这次回家外表是沉静的内心却是激越的。他关注大刀阔斧行政的新任县长王继春。他在泰和读法专就多次听到王继春无私无畏廉洁勤政，心潮不由一阵阵激荡，打算回家一定看看这位力挽世风颓败的奇士。

这次他无需担惊受怕了，在县城有意做了逗留，重游了荒败不堪的县小，感慨了一番。他发现，乡下人进街都穿了补布丁的圆领短褂，街上几乎没见一个赤膊人。以往县城天热满街“赤膊鬼”，冷天则满街搂着火笼勾头缩脑的人，暮气、老气和腐浊横流。这自然是王继春政绩的一斑了。

他没想到王县长竟在孔庙办公。殿厅做礼堂。一切因陋就简。办公室两边贴着对联——

> 率廿万人民效死效劳，争取抗战胜利；
> 循三年计划矢勤矢勇，达成建设目标。

这天正是民众接持日。王继春接见每一个来访者，不断地在本子上刷刷地记着。他不怎么理搭着中山装的陈学余。办公室一张单人木凳两张杉木沙发一张办公桌，墙壁上悬着一副蓝底白字标语：“烟，是毒物。我不敢以毒物奉客；但也不愿贵客在本室服毒。”

另外一副同样引人注目：“我们所谓的小事，就是老百姓的大事。”

他作了自我介绍，特意提起省赣中邹蔚湖校长，王继春脸现喜悦嘱他中午休息时到寓所叙谈。

刚才，王继春大发脾气骂户籍科长。他自拟“贻误教育，甚于贻误戎机”为题招考了一批文化干事；近日他在去赣州的路上见了一个向他敬礼的青年李某，一问是师范毕业生，又听李某愿意回家从事教育，非常高兴，嘱李某回家后找他。但是李某当他应付自己，回家后并没去找他，他却找上中山路李某的家，以同样题目要李某写一篇文章，李某很快写出，他看后满意介绍他去某乡中心校任教，可是开学后李某一直没到职。原来李某刚回县城就遭遇抓壮丁躲到附近的乡下。他了解此事后，把户籍科长骂个屁滚尿流。

王继春寓所比陈学余的寓所还要简朴，近于寒酸。一床印花蚊帐既不通风又不透光，床头放一担胡笼一只楠木箱，一双不用搽油的黄皮鞋，墙上挂着一套礼服。门口贴着败色的春联：

一门贫病苦
合室鳏寡孤

陈学余被深深触动了！

此前陈学余获悉，31 岁的王继春向 29 岁新任赣州专员的蒋经国辞行——

王继春没有一句客套话，一见面就说自己到 S 县当县长。蒋经国把 S 县的大致情况讲了一下说："S 县乃闭塞山区，地瘠民贫，民性强悍。"王继春说："用拼命精神去工作，争取抗战胜利；用实干的态度去努力，决心建设新赣南。"蒋经国笑着说："不久前 S 县长被捆绑挨打，县长太太穿的旗袍被剪破遭污辱。"王继春坚毅地说："我不怕挨打，我准备去斗争，这次我是准备去牺牲的。专员，好在我没有爱人。"他伸手勇敢地同蒋经国握手，大方地说："再会！"蒋经国甚为感动……

王继春倒了一杯白开水给陈学余，也自饮白开水，侃侃说道："我跑遍了全县二十一个乡镇，访问民情，了解民瘼，县里最突出的情况教育落后，全县只有三所正规小学，没一所初级中学；恶霸劣绅垄断乡里；百姓受高利贷盘剥严重；匪风、淫风、烟风、赌风甚炽。信泉我到过几次，是藏龙卧虎之地，王阳明的'良知'二字刻得好，可惜在河滩褐石上，常被水淹没，不被人在意。"

陈学余更觉得遇上知音了，脱口说道："'无善无恶是心之体，有善有恶是意之动，知善知恶是良知，为善去恶是格物'。这是阳明行政管理的一句话……"

王继春高兴地击掌说："果然是信泉出来的读书人；我更重实干，才能把所想付诸实现！"

陈学余有意地提起"实行耕者有其田"，王继春叹口气说："当然要实行的，当务之急倒在于禁匪、禁淫、禁烟和禁赌，问题是我们许多政府官员身陷其中，抓不胜抓，堵不胜堵，蒋专员抓了几个月，赣州就大见成效……"

陈学余想，我做的会跟你们的不一样；只抓城镇，毒焰转眼又起，实行土地改革才能一动百动，其他问题迎刃而解！他没向王县长吐露，打算自己一上台就狠狠地抓“土地问题”。顿时,自己的方向更明朗起来,心潮激荡起来!每当情绪高涨,“土地问题”便跳了出来。

他努力使自己平静下来,问:“王县长何不把眷属带到身边?”

王继春摇头笑笑。一个鳏父两个寡嫂三个侄女皆住在邻县N县城一处偏僻简陋住所,每月靠他的二百元法币维持。

陈学余又说:“王县长你可把令尊的生活情况报告蒋专员呀!”

王继春说:“他们的生活太苦了,眼不见为干净,我不忍心去看。假如我把情况报告蒋专员,我就不是王继春!”

王继春是怕眷属影响他的工作;陈学余脑里又涌起王继春的一段笑话——

一次某县开全省的县长会议,王继春把名片交给传达,传达盯着名片问:“你们的县长来了没有?”王继春作了回答。传达讥笑说:“像你这般矮丑的人能当县长,我也可以做县长了。”以后王继春向蒋经国哀叹这种“只重衣貌不重人”的污浊风气。

王继春看陈学余朴素但谈吐不同凡俗便有了好感,主动建议说:“省教育厅长是赣南人,教书出身为人廉洁正直,你可去认识他。你不到40吧?可以干一番事业!”

做县长!此刻这个目标在陈学余心头一闪,不禁怦然心跳!这样他实施“土改”就有充分而切实的行政权和主动权。可他又自卑了,参加过共产党是自己一条“辫子”,此刻他又心灰了。

晚饭后陈学余登上浮桥。行人稀少。流水凄清。他又痛苦不已。他是生来痛苦的,与痛苦扭结着行进,他与痛苦伴终身!

被守城门的人再三催促,他返回旅店。几个浓妆艳抹的女人敲门进来扭身往他身上靠。他拉下脸叫她们出去!一个女人气足地说:“我们专陪有身份的人,听你口音是信泉人,当过县长的陈潜是我们的熟客!”

他气愤地住进另一旅店。真是暗娼遍地,他对王县长整顿的真正效果产生了怀疑。他蔑视陈潜,不过又是陈潜“推”他,他决定马上赴南昌拜见邹厅长!

鸡鸣三更他才入睡,一觉醒来已是阳光皓亮,听见外面嚷叫:花鸡卵[①]游街啦!

原来昨夜王继春出击,缉拿了有名的婊子润年妹。她这次被剪去头发游街,跪在街上晒日头,背上一块“臭婊子”牌子。

王县长真是“明知山有虎偏向虎山行”,陈学余的信心猛地高涨起来!不要任何人引荐,只身投石问路!好歹都必需走一遭。

二

那种出人意料、突如其来的成功总在他濒临失败时出现,这次他却走向了

① 鸡卵,即将下蛋的雌鸡。

成功。

陈学余在L县对邹厅长已有了解。邹氏以第三名成绩考入国立南京高等师范学校教育科毕业后曾任省立某师范校长,细伢多家里生活困厄,学校准许他一人拿两份工资。他在困境中继续奋发又去考北平某名牌大学折取桂冠造成“民国状元在江西”的震动。尔后又折取国民政府第一届行政考试桂冠,不到五十岁当上了省教育厅长和考选部政务次长、高等考试皖赣县长考试典试委员,为人正直谦和,生活简朴。

那天晚上淅淅沥沥细雨不止,陈学余在邹宅客厅枯坐了几个小时,他无视几盆兰花,逐副欣赏挂着的书画。好在他对L县人情风俗有所知,因乡土之情跟邹家人有种亲近之感。邹家非常简朴,没一件豪华的摆设。

快十二点邹厅长乘坐小车回来了。

邹厅长进里间换了双布鞋洗了个脸,刚出厅陈学余捧上过时的法院推事的名片轻声做了自我介绍。邹厅长照了他几眼说:“你的大名我早听说,L县由于你敢煞邪气,治安大有好转。好好的怎么又去了读书?”

陈学余平实地回答:“我法律底子薄,光凭威权硬干不是长久之计;我不怕读书读到老的。常想起省赣中邹校长聆教,做人做事从不敢松懈。邹厅长,容我冒昧唐突,我想进而取得考县长资格,这样为社会贡献更大!”

邹厅长满意地点点头,叹道:“我是个寒酸厅长,几十年筚路蓝缕,深知良知、正直的紧要!我做师范校长对学生说,为官为民,以技艺立身都是为社会做事,人格良知是万万不可少。为社会为技艺也应是做本分事。这样吧,我这里尚缺一个秘书,如果你乐意来的话,你先做一篇文章给我看看。我对手下是很严格的!”

陈学余爽口答应下来。

三

他回到磨子巷赣南同乡会馆,躺在床上翻来覆去几于失眠。他有些后悔,担心中断法专的学习也就中断了县长前程;他也烦腻做一个秘书角色,他是想请邹厅长帮他提前参加县长资格考试的。

他无意打听邹厅长却偏偏听见对邹氏的好口碑。几个到会馆里探望同乡的官员都说邹厅长重德行重文才,重感情,能写一手好毛笔字好诗词,关心部属,如对亡友的家属子女,他先用自己的工资接济,后为其设法安排工作使其自食其力。听着听着他的信心又恢复了。

他想过“贻误教育就是贻误戎机”这个题目,但很快放弃了。他咬咬牙研墨握笔,从孙中山先生“耕者有其田”入手,一鼓作气密密麻麻写出一篇思考土地的文章。家住农村,他对土地问题有切身感受。中山先生看到了问题,共产党的革命正是从“土地”上突破和深入的,当时他一往情深地投入其中!不过党组织却安排他到船业工会组织工人，做他不怎么感兴趣的事。后来传来红军苏维埃暴动和土改的消息，他又从萱公连续受冲击、一大批土地拥有者纷纷逃亡，一些欠缺土地管理经验的人，甚至地痞无赖却成为土地的分配者在村里颐指气使，好些贫苦农民分到一摞好田土却缺乏资金购买必要的生产资料，也缺少种田技术，这样，在红军撤离后不但恢复了老模样，人际关系更是空前紧张，仇恨之风日炽，吃亏的还是农民自己……

如今他已经站在孙中山立场而不是站在共产党立场，可他实在克制不了不从共产党角度思索，一切必须推倒重来。他设想了几种方案都被自己设身处地思索一番推翻了。何必自作多情，还是写写“思考”吧！

文章写了四天却等了邹厅长五天，他不愿通过别人转交，等一年半载也得亲手把它交到邹厅长手上！交出文章他可以安心回县了。

第二天吃早饭时教育厅一位秘书找到他要他把履历交给邹厅长。他一下子懵了！踌躇了三天！其实他的履历既复杂又简单，他可以尽量淡化和抹去在县小参加共产党这一细节而重笔写他在国民政府的任职及其表现，但他没有这样避难就易，而是如实写来。

交待履历对他成了一件沉重的精神苦刑。他如头顶泰山笔管注铅半天一天不着一字。这些年他目睹太多的泪和血，昨天相聚的朋友和同志今天却成刀下之鬼或告密者，吉安监牢的痛楚使他记忆犹新不寒而栗。现在罩在他头上的凶相已近于消失，可这道苦刑却在绵绵无尽期！他明白，如实写出意味着一次次将刀把交给别人，等于在人生途中为自己播下刀棘剑丛。可是他秉性襟怀磊落不想回避。如实写必然痛苦；即使痛苦熬煎也必须如实地写出！

想了几天他实在是耽于恐惧——重新历经了一番惨重的心狱，咀嚼了一番无以言传的痛苦。他把在县城和赣州、吉安那段经历写得颇为详尽，而把他所谓的政绩一笔带过。罢笔，他感到透里透外的惬意和轻松，人生莫大的快感莫过于倾吐心中的块垒——消除了心头的恐惧！他觉得自己又新生了。

在几乎控制不住胆颤亲手把履历交给邹厅长后，他心里又涌起灰色的沮丧黑色的绝望，在这个凄雨秋风落叶飞舞的南昌街头，他萌发了回家陪伴娇妻老死乡村的念头，他已愧对前妻何苦又亏对新妇！把家交二十岁的妇娘去担承，真是太残酷了！

他拔腿而去，却是再次登上邹宅。邹厅长约见了他。只有他俩在场。以他的直感，邹厅长此次极为严肃和诚恳，流露着像省赣中邹校长那样对高足弟子的关切与爱护。显然，邹厅长为他的直率和坦诚而深深感动了。

邹厅长说：“你很诚实；现在诚实的人太少太少了。你的文章有忧国忧民之气，看得出你不是为能够进我的门而写的，而是直抒衷肠一泻为快。你的国文底子文墨不错，字体中有康南海的耿介之气。我也极喜欢康南海的书法。你再考虑一下，如愿意做我的秘书就留下,不愿我给足盘缠。邹校长教出不少有胆有识的耿介之士呀!”

知遇之恩莫过于此吧,陈学余为他的胸襟和热忱再一次感动了。他脱口而说:“我愿留在厅长身边聆听教诲,正好弥补我学业的荒疏。”

邹厅长用红笔删去了许多,大大简化了他的履历,叫他另誊写一张交办公室存底。后来他才知道,邹厅长已受一些人的劝阻或告密,一个三青团骨干神气地状告陈学余参加了共产党闹过风潮,邹厅长胸有成竹地说:“陈学余先加入国民党,当时的形势嘛,年轻人总有言词过激的地方。”

他成了邹厅长的一名新秘书。

四

远离家乡的两三年里陈学余看到了更多上层的腐败与罪恶,在一片衰朽中却有像邹厅长清新刚健的人格绿树。

他每天都得处理堆积如山的各种信函。官方、民间、上级、平级、下级、同僚、师友、乡亲、同学、家人等等应有尽有。他拣出重要的放在邹厅长桌子上,他认为重要的也请厅长过目,有着大量一般但必须回复的信函。邹厅长负重若轻,每天准时到办公室。他经常坐黄包车上班,为的节省汽油,两部小汽车宁可不用。

陈学余以教育厅的名义常常写复函,写好之后给厅长审阅。有时一张信纸写不下两张信纸又嫌多,因而留有一大截空白。邹厅长说:“要把信纸写满,可增加几句问候的客套词。我写信从来用毛笔把信纸写满,这才能显出我们的诚意。不能太简单,更不得敷衍应付!”

邹厅长在办公室从不提国共两党之争,经常说:“我们就做本分的事。”

在处理好公文之后,邹厅长信笔写书法工几句诗词,他说:“学余,你写几首看看。唐诗宋词元戏曲明清小说,中国的世态人情尽在其中。一些学校有时搞庆典叫我写几首诗,吃了教育这碗饭就不能敷衍了。书法诗词真能陶冶性情,其味无穷。”

陈学余不谙诗赋只有悄悄用功。一天他写了几首给厅长指正,邹厅长说:“诗贵平易,好读,但忌露,典雅和诗意尽在其中。典故用在恰到好处,使别人看不出你在用典。像杜少陵的《旅夜书怀》:细草微风岸,危樯独夜舟。星垂平野阔,月涌大江流。名岂文章著官应老病休。飘飘何所似天地一沙鸥。情景交融,他的耿介胸襟也在其中了。实在是百读不厌!你慢慢悟慢慢练吧!”

邹厅长逢年过节才穿长衫套马褂,平时着黄卡其中山装,一双破皮鞋,难怪人称寒酸厅长。考虑他经常会上层人物和出席会议,办公室给他买了一双皮鞋,要提到他身边他才换。他还不习惯。一次下大雨,他家属打来电话说细伢还在学校,几个秘书商量车子正闲置不如去接一下。事后他狠狠批评了家人也批评了办公室秘书:“公家买的车供我办公用的,不是供家里用的!”

又一次下大雨,陈学余去了邹宅,见几个细伢一脸哭相,原来他们怪父亲心狠这么大的雨也不派车接。邹厅长说:“争气,学好,上进!要坐小车只有靠自己本事,我是不会松口的!”

省会种种稀奇古怪的传闻像风一样刮来刮去。一个秘书说:“省长六十多岁一个老头,保养得却像四十出头,发疯地追上海一个十八岁的歌女,不怕全城哗然,他有背景嘛,老蒋撑他的腰!”另一个秘书说:“民政厅长为跟一个戏子结婚,把剧团整套人马买下,这些钱都是抗灾救灾的救命钱,老百姓的血汗钱哪!日本兵步步紧逼,他们还在醉生梦死,民国气数……”

陈学余不说什么,他想到家乡想到一大片穷乡村,他只能眼睁睁,做秘书只能这样了!他曾经鄙薄法院推事一职,如今倒认为能做一些实事,能减轻一些善良弱势者的痛苦。

过年之前,邹厅长嘱部下一干人大年初一到他家玩,他说:“还是老规矩呀,莫带礼品。大家难得相聚,到我家吃顿饺子吧。”

这是他第一次作为秘书拜年呀。他弄不准邹厅长是真说假做还是真说真做,越大的官讲的话越似是而非教人费尽脑筋寻思。凭乡土情他打定主意大衣里藏两瓶酒……

那天他早早地上了邹宅悄悄把酒放进碗橱里。吃饺子时候邹厅长坐在上首。几句客套话说过突然点名批评了他,还批评了两位迟到者。

好一阵子他都闷闷不乐。

这天一个秘书拉过他轻声说:“洪都大学出事了!”

原来南京教育部来了一个部长,车子刚到洪都大学门口就被一群学生堵截,人越围越多,他们往小车掷石块,呼口号,跟周围一些警察争执。警察鸣枪,人反而越聚越多,连道路也堵了,那位部长缩在车里不敢出来。

邹厅长的车子赶到出事地点,许多人轰地围了上来,车身上嘭嘭地遭了石块。陈学余担心邹厅长的安危。他曾经组织过类似场面对付过县长,如今却作为官府的一员接受冲击了。他的胸背被人抓了几把。他堵住邹厅长车门。这时车门推开了他,邹厅长一身长衫挺立在众目睽睽之下。奇怪的现象发生了:周围的人平静下来乖乖散去……

刹那间陈学余涌起一阵阵滚烫。

那天黄腾机灵地找上了他的办公室。这小子才十三四岁个头性格倒泼辣老成。陈学余嗅出他无拘无束的傲气和荡来荡去的性子。家乡人都先在同乡会馆里等待,而黄腾毫不在乎地到办公室找他。他以为有事,把黄腾拉到僻静处问。

黄腾笑道:“舅舅,就不兴外甥看你啦!我现在泰和立风艺专。”

陈学余问:“你跟你劢叔可演一台戏了;朝劢有音信吗?你见了心陶吗?”

黄腾说："我叔四海为家，偏偏每次都能死里逃生。"

陈学余说："医不医的，这样也好，顺应社会嘛！"

黄腾说："学医学技术有屁用！全中国最大的事就是打日本、搞革命……"

陈学余吓了一跳示意他莫乱嚷。他从外甥看到了自己的过去，现在的青年人激进，动不动就闹革命，一股气憋得足足的。他心热一阵，又觉得自己已经落伍了。

他约黄腾在偏僻小店吃了顿便饭。黄腾告诉他一些赣南轶事，比如前些年国共第二次合作，新四军陈毅军长骑马从小梅关到D县城，着干净的白褂子，精神抖擞威风凛凛大将风度，一点不像钻山沟打游击的山大王。当局一面迎接陈毅，一面印好了"陈毅投降"的报纸，陈毅当场发表演说揭露反动派挑起矛盾破坏抗日，听众皆为之动容。

陈学余问："莫不是你胡扯吧？"

黄腾说："一个比我大几岁的朋友跟我们说的，心陶在场嘛。那人是组织欢迎陈毅的三十六个学生之一。舅舅，你倒投了国民党衙门……"

陈学余脸一红说："你还小，不能一竹篙打翻一船人。总有些人想给老百姓做事的。你别一时冲动呀！"

黄腾抹抹嘴角说："舅舅，我知道你曾经参加这个，所以我对你说，若碰上我爷我就不说了。他在赣州受了打击，就像缩头黄鳝扎进家里去了，他只关注他的医、手术刀、脚趾头，他太颓唐，没希望了！"

陈学余说："你不能这样对待你爷呀，他人不坏的，你阿公更是个好人！"

黄腾惊讶地说："都说我阿公是信泉头号土豪劣绅呀！"

陈学余心里格愣一下，年轻人太轻信！他开始为黄腾担忧为心陶担忧。也许黄腾是对的，但他无法排遣那种隐忧。

他正色说："舅舅今天给你点明，我们都会琢磨自己，你阿公、阿爷都是好人！"

他送走外甥可外甥的狂妄神态久久地在眼前扑闪扑闪。他信步来到磨子巷同乡会馆，一个L县小商人叫他"陈推事"，交给他皱巴巴的一封信。他一看是金巧的笔迹。字写得大而且夹有错别字。做房的事正在进行，她就是有点不舒服，呕吐过几回，她要他好好做事别记挂家里。

她有身孕了！他又要做爷了！这么说他真不年轻了！时间多么紧迫。

第二章

一

金巧几个月前中断了"来红"，喜溢心头。女人成了家就盼这种时辰的来临。真是"点灯打甑盖"的好兆头！

近段她呕吐，喜酸，伴有轻微的咳嗽。可惜萱公已殁不能给她开单子，她不好意思找其他中医。她倒担心惹上了姐姐的病，她在陈家尚未正式开始做事哩。她决定去找叶宁玉，因为叶氏也挺了个大肚子。她觉得好话孬话都可给叶氏说，同时也知道姐夫做诊所的进度。按照规矩亲戚家起屋，内亲都得赶在落成之前送“饭餐”（一桌或两桌酒席，款待师傅和小工），恭贺助兴也给主家减轻一些开销。

叶氏把她领进二楼卧室不容她害臊捋光了她的肚腹，这里摸摸那里捏捏，因咳嗽她一张脸胀得更红。叶氏说：“囤着一位大医师；你可以请你姐夫看呀！”

金巧说：“他是洋医只会打针开刀，捉脉开单子怕不行。”

叶氏说：“你也这样以为，信泉人都中邪啦。叫你姐夫检查一下，开几颗西药丸子，用开水冲服，省事又顶用。我就叫他看过。朝勋么子女人都见过！”

叶氏把黄朝勋叫上来。

黄朝勋以为出了“七”即可动手做诊所，黄宇遂劝他仔细盘算，先采购木头做好门窗木料再拣一个良辰吉日开工。黄宇遂说：“这不是赣州是乡下，该信（迷信）的还得信，这是小钱嘛。去年平富一大户凭血财旺自拣一个时辰买回寿木，就犯了煞一个十岁细伢给损了。现在萱公过世不久，你身上有煞气哩，听我的没错！”昭云也帮着劝。于是他缓下一口气。

外面做事难，家乡难做事。好些人远远避着这位洋医。他不忍心叫叔叔去采购木头，只有自己出马，随后请木匠做门窗木料，少不得按规矩付小红包，开张发利市大家图个欢天喜地。这些天一班子大工小工在旧址叮叮当当忙开了，章泰生包了茶水，亲戚家陆续送来的饭餐也在章家灶头煮在章家摆桌。他身上脸上黑了，心里累的腻烦！

金巧是信泉第二个叫他检查胎情的女人。她想走不敢走待在楼房里听脚步由远而近。他已套上洁净的白大褂，耳朵上挂着听筒，他手上的探诊器闪闪发亮。此刻他没有一点姐夫的亲情只有一位洋医的严肃。她臊得不行扭捏着。

这会儿金巧突然冷静下来不再那么惊惶失措，低头叫了声：“姐夫。”

他看了一下叶氏，他已明白是她要他来检查的。

金巧想象必须脱光，低头解着颈下的布纽扣。可是他叫她把衣衫捋起露出白皙的肚腹。他把听诊器轻轻地按上去接连换了几个部位。一会儿他说：“正常的。”

金巧鼓起勇气说：“老是咳，一颗心都咳慌了。”

他叫她坐定解开前襟，将听诊器从肚腹探过去。金巧觉得那闪亮的圆筒带给胸乳一片沁凉。他没有看她只是微闭着眼沉思。金巧完全平静了。他扳定地说：“开几粒止咳丸子服。没什么问题。”

金巧回到家里还是觉得难为情，她的身体只给老公一个人看的呀。不过，当她看见一些喂奶的女人敞着白白的胸乳让细伢狠吮，心头的重负也就开释了，没生细伢的女人金奶金身子，生了的就成银奶银身子，她只不过把这时辰提前了。当晚还是很咳,同房的阿娘说兴许吃凉了要吃炒蛋拌姜丝,她嘴里称是可心里认定还是相信姐夫!果然第二天咳嗽就止住了,小小的白药片好灵通。

二

金巧把大部分田块租了出去,集中精力起房子。姐姐的未竟之业由她承当。房子是公太(曾祖父)手上做的几经转手既老又杂乱,学余住的一边夹着两个叔伯兄弟的房间,但都无人住,空房的潮湿霉气只有学余一家承受了。金巧打算一定说服两位堂兄弟把房子让出来。

洞头陈家两百多号人三四十户只服从陈潜的威权。两位堂兄故意顶着,显出没有丝毫商量的余地。金巧对谁都开头笑脸宁愿低一个辈份叫人,正规和不正规请他俩吃了几顿饭,请两位阿哥多加关照。这样一来俩人倒不好意思了,答应换房。正准备画押,俩人又突然变卦,态度重新暧昧起来。

原来陈潜在背后使绊子。

显然是陈潜基于陈学余对他冷漠的一种报复。

金巧正式成为陈学余妇娘的第一天,笑吟吟地上陈潜家问候一番,一副天真烂漫的神态叫陈潜舒泰和宽心。他对别人说:“这个妹子不像她姐懂事。”他喜欢看着洞头的事在他眼皮下花一样张开闭合从而体验和享受被尊奉的滋味。

金巧说:“阿哥有件事要你做主。学余写信回来说请风水先生择一块宝地起新屋,我图清闲才不讨那个累哩。我想把老屋补齐一下就行啦。”

陈潜吃一惊。洞头几处“天子穴”他心中有数,他不希望别人房宅的地形地貌超过他,对进村的几位风水先生一一做了提醒。陈学余当县长已指日可待,在外面他以学余自炫张扬陈家的旺气,对内能挤压就挤压。他不在意地说:“选址起屋各人自由,学余说换个新鲜住处也在情理之中。我举双手赞成呀!”

金巧说:“赶在学余没下定决心之前我定了板。你也知道,我不是像我姐姐那样苦累、累死的人,有吃就吃,有穿就穿,有用就用,就像吃番薯,熟一股吃一股实在哩。”

陈潜心里冷笑,这是大花脚,你学余贪图一个嫩妇娘,怕会把一副家门给赔进去。他改变口气说:“陈家历来是鸡公叫,你定板没得用。”

金巧斩钉截铁地说:“我就要定一次板给他看看!我是我,再不是我姐金梅了!”

陈潜说:“那俩人好说话呀!”

过了两天陈潜妇娘廖氏急冲冲过来,催促金巧办餐席画押定数,金巧迟疑地说:“他们又反口怎办?餐席不是好上的。”

廖氏抓着她的手往自己手心里拍,笑着说:“你潜哥出了面,陈家谁敢违逆!”

歪打而正着,换房的事就这样解决了。

下一步就是筹集钱和木头了。好在家里有祖山，就是远了一些偏了一些。赶在细伢出世之前，该运回家里用的，该运到赣州木行卖的，她都得分项做好。她不怕碰上困难，困难越大办法也跟着来了；让老公全力奔他的事业！

三

这天陈潜的妇娘廖氏叉着腰在水边十来个洗衣的女人身边走来走去，卖弄地说："人不受教怎会有好结果？那张绣丁自逞手气高明，从不踏我家门槛，这回被逮住，就怕没人搭救啰！枉为信泉首盗呀。我家老公好孬吃过几天县长饭的！"

金巧熟悉这个名字，但她更知廖氏指冬瓜话葫芦。她想，躲在齐云山的胡保林倒好端端的，怎么一个偷富不偷贫的窃贼反而先抓？她猜估此事跟陈潜一定有关……

信泉首盗张绣丁以大烟犯身份撞在县长王继春的枪口，被活埋在齐云山，其间真是一波三转折。

张绣丁四十多岁却有三十多年"偷史"，逍遥自在地行窃了几十年也过了几十年逍遥生活。信泉人说"当了三天叫化子皇帝也懒得做"，每一行自有每一行的乐趣。

有时候张氏纯粹是为盗而盗。一次刁王赵钟椒定了两天期限赌他去偷一条阔佬肖某小老婆贴身的裤衩，又特意叮嘱阔佬。那两天肖某一到晚上搂住小老婆不松手，怕吓着她又不敢对她说。睁眼挨到下半夜第二道喔喔鸡鸣，肖某突然听见床下尿壶汪荡作响，好生奇怪，可坚持不下床紧紧贴住小老婆，心想尿壶怎会响呀。他终于忍不住探手抓过尿壶，拧开盖子那声音更响亮，他吓了一跳翻身下床双手捂住尿壶，叫了一声"鬼！"一会儿他醒悟扑在老婆身上伸手摸她腿间的裤衩，还在。次日上午刁王用小竹棍挑着条红裤衩过来。肖某懵了赶紧问老婆，她红着脸说是她的，他还看清了上面戳着自己的印章。原来趁他下床的时候张氏把一绺井里的水草塞在女人的大腿根，她睡得糊涂以为老公早泄自个儿将枕头下备用的裤衩替换。尿壶里原来是几条黄鳝。

不过人间盗窃的滋味张绣丁已尝腻了。此时信泉到外摆开赌场，赌浪阵阵激荡他的心。他于是转为半赌半偷。不过他嫌信泉赌局太小赌注太少，便一头扎进县城老米行大赌场。当局公开收赌捐，赌徒更是赌得天昏地暗，叫的笑的哭的把老婆赌掉的应有尽有。张氏没有妻室，输了就去偷，县城富户都被他偷过。张氏爱赌又爱上了吸鸦片。

王继春一上任宣布赌博为犯法，违犯的坐班房、送壮丁、挂牌跪街示众，决不姑息迁就。他收到了许许多多的举报信。

他常常化装私行日夜访察，到信泉抓到好几个打纸牌赌博的，勒令每人每天送一张纸牌下县城取得保警队的收条才能销差，这一百零八张纸牌累得他们都趴下求饶。信泉的赌风有所收敛。张氏干脆待在县城。

县城的赌徒得到王县长下乡的消息便转移到一个小窝里继续赌，张绣丁眼睛又一次赌红。这时一个农民穿双烂草鞋戴只破斗笠挤在一边装着跃跃欲试的样子。赌浪汹涌。那个农民突然亮出手枪大喝一声："不准动！都举起手来，我是王继春！"

王继春扔去绳子命令他们一个个互相捆起来像串佛珠似的带下山去。张氏被拿下了。

张绣丁跪在大街晒过毒日头。这时他的烟瘾又发作了，手在墙上抓头在地上碰惨不忍睹。于是他被关进一所大祠堂改作的戒烟所。每天有医生来检查，按时服药。王继春不时来训话。眼看三个月过去，许多瘾君子彻底戒了烟出去了，但张绣丁始终没有戒掉。

因张绣丁信泉又一次出了名。

其间陈潜下过几趟县城，县长是他的老同学且对他礼让三分，又有风声说待县中建成之后由他当校长。因而他摇着纸扇悠然走在大街上。他听说逮住了信泉的张绣丁，眉头皱了皱终于吞下搭救张氏的想法，他不认这个信泉名流。

王继春不客气地对陈潜说："张某戒烟不掉只有死罪，不杀几个难压邪气。陈潜兄听说你也好赌呀！先打个招呼，我王某是四股硬邦的！"

他心里一阵惊慌，估计下一步王继春必定全力肃匪，胡保林已危险在即，可他想让胡氏吃吃苦头，才会铁心跟他。

他转为坦然说："齐云山这股顽匪，也望王县长能早日清肃。"

王继春马上说："我是不怕死的，非亲自到匪徒巢穴走一趟不可！"

陈潜心里冷笑。

张绣丁被抓，余大同赶紧向胡保林讨主意，主张立即去救。好一会儿胡保林漏出一句话："不管我们的事，何必惹王蜂叮屁股。"

余大同跺脚带几个弟兄赶到县城。余大同向单独关押的张氏扔去一个纸团，纸上留着殷红的血迹。张绣丁感动得大哭一场，没几天果然戒掉了鸦片烟！可他过于悲观地估计了自身的处境，以为王继春定对他下手，于是他突然击倒两个保警队员，老鼠一样逃跑了。

于是齐云山胡保林成了王继春整肃的第一个目标。

胡保林正等着张绣丁的凶讯，不料余大同陪同张氏来见他，前后只是半个月！

王继春调兵遣将一路风尘仆仆到信泉，他悄然摸进齐云山。

他脚穿草鞋背着斗笠一身乡民装束，在伯公坳大松树下看见好些人围在地上掷骰子，有几个腰里鼓鼓耸耸，他知道碰上土匪了。几人抬头，突然一个人边叫边跑开了："这是四股邦硬的县长王继春。他来抓人啦！"

胡保林早做了准备，可他估不透陈潜的真实意图。他离不开陈潜，但他又时时警惕想挣脱之。他做梦没想到，堂堂一县之长的王继春竟敢只身上山！他沉思良久吩咐不许朝王继春开枪。

一见王继春如此瘦矮，胡保林顿然加深了对官府的蔑视。他跟万千信泉人一样认为官得有官相为文得有雅气为武得有霸气。

门前十几块黝黑的磨刀石上，许多人霍霍地磨刀，刀刃闪着熠熠寒光。屋檐下吊着一排硕大的沙袋。门前一株濒临枯死的巨松根部的一圈插着密匝匝的香茬，留着无数的弹痕。

王继春站在屋前的空坪上，高声问："谁是保林先生？我王继春想会他一会。"

胡保林几年没听见官府称他"先生"，心肠热了一阵。张绣丁悄悄建议把王继春干掉。终于他扬扬手示意把兵撤下把武器收起。

王继春拉一张板凳坐下说："你们不要做这勾当，这勾当不能长久，何苦！你们投顺，政府会安排你们做事的。我来此地就是讲这句话！"

看着王继春转身走远，胡保林惘然若失，突然一个激灵：靠陈潜不若投靠王继春！他响亮地喊道："喂，我就是胡某人。你比我还急咧！"

他把王继春请进石窟。石窟顶端有条悬陡的通道，两把盒子枪挂在床头闪着幽光。王继春毫不推让坐于上首。胡保林叫左右退下，问道："王县长讲话可算数？"

王继春反问道："我什么时候说的话没兑现？不懂忠信廉义耻当什么县长！"

胡保林心虚地说："我可是杀过人的。"

王继春说："现在抗日，团结一致对外，打日本胡先生不会有意见吧？"

胡保林吐了口气，又说："口说无凭，请县长写下字据，保证胡某性命安全，出来做事。"

王继春掏出钢笔刷刷写下几句把字条交给他。

胡保林说："既然讲和，我相信县长。请你手下的人进来，大家仰口酒怎样？"

王继春一个手势，一拨人马拥了上来。

酒席丰盛，大小头目共坐了两台。张绣丁以为前嫌已释，庆幸投奔齐云山，他感谢县长逼他戒了烟。人敬他一碗他就一气喝下一碗，图个酒醉肉饱。

这时王继春拍桌子喝令："将张绣丁拿了！"

几个保警队员一拥而上把张绣丁捆个结实；众人大惊，胡保林呼地拔出手枪。

王继春招呼大家坐下说："这张某烟、赌、匪、偷四毒皆全，不服管教越狱而逃，还打翻政府的人。他是逃到这里躲命的，与胡先生无关！我这次就是为抓他而来，把张绣丁埋了！"

神偷张绣丁就这样永远消失了。

胡保林安然无事，还当上镇保警队一个小队长。王继春却受着巨大的压力，他又想用"鸿门宴"干掉胡保林。

陈潜把准了他的心思，亮出信泉香首身份说："把胡氏交给我好了。说句偏袒话，我与他指腹为婚结过儿女亲家的，看我的面子吧！"

于是王继春再放胡保林一马。

胡保林想傍王继春大腿的梦想破灭，只有顺势依傍陈潜了。

一次酒后，陈潜领着胡保林附近溜达。看着遍地夕烟，陈潜指着小洞鄙夷地说："这黄盛萱的大子朝勋，名声大咧，我差点被蒙住啦。其实什么也不是，只不过会扎几针洋针罢了，比他爷的医术差远啦！他说万句抵不过我一句话！你看我家学余，转身就成了崭角！"

第三章

一

"黄朝勋不行"像薄暮奋飞的蝙蝠布满信泉。

这句话率先在黄姓族长嘴里脱口而出。大家翻着族谱，屈着手指"天干地支""金木水火土"数落，都认为黄家正当旺呀，怎么一下子就败了蔫了！那些文墨少的黄姓人火气最大，用最污秽的言辞咒骂黄朝勋，把他当做衰败黄姓的罪魁祸首！

石街刮起褒陈（陈潜）贬黄（朝勋）的热风。

对人情冷暖厚薄最感知的有两个女人。一是昭云，昭云少说话多做事一切事情都稳稳地放在心底，默默地维护家庭和亲人，老公朝勋当然是她始终不渝所维护的了。二是叶宁玉，她爱朝勋就希望他出头出色、强狠！她因朝勋在自己家喝茶留连而失去了当香首的机会而愧疚不已，听见对他的种种菲薄心里难过，教训老公不要跟风，不要倒向陈潜。她怕朝勋受不了而返回赣州，反而鼓励他医业上要冒尖尽早打开局面，要争的不能放弃！

叶氏私下劝说："勋哥，这是你回家做的第一件大事，好事好头，多请些人捧场。"

黄朝勋摇摇头说："何必！省下精神可看书，省下钱可吃营养，我这人在外面清静惯了，特别怕吵怕麻缠。这明明堂堂的规矩叫人厌烦！"

众目睽睽之下新公晖诊所终于落成，黄朝勋只打了一串鞭炮。过了几天在新屋摆了两台酒席，黄朝勋只请了包括族长、宇遂、金巧、章氏夫妇等数个亲友本家，场面有些清冷。黄盛茗忍不住亲手打了两串万响鞭炮。

此刻陈潜正在不远的顺记酒楼从容地饮酒，盼黄家人来请他——如今石街开店谁敢怠慢他！请他白吃，临走还塞一个厚厚的红包，恭敬地送一段路。果然黄朝勋像他老子不把他放在眼里。他仰头哈哈大笑地穿街而过……

黄朝勋在家乡信泉已危机四伏。

金巧心里急过来劝他说："这是在信泉，你又是个人物，该将就的就将就吧。"

他笑笑；他已知道无意中把人得罪了。可他坚信浮云难蔽日，愚昧落后的桑梓需要他的医技！

公晖诊所挂牌营业。外地购置的药物已到位。黄朝勋穿白大褂，洒水扫地喷来苏水。老远就闻着诊所浓烈的西药味。他不在乎清冷，教会叶氏注射和一般护理。

西药味使过路人掩鼻，有的发出莫名其妙的哂笑。卢启富掩着鼻子走进诊所说："朝勋先生，好些人没病在你门前过一下就得病，信泉人不服西药哩。"

他笑着说："当初信泉人服长辫服私塾哩。正规的医院都洒了来苏水。"

卢启富说："你这是稻草灰浸尿洒的，卫生个屁！"

叶氏急得不行，但她不敢挑明有人暗中挑唆，开玩笑地说："怕当初没宴请吧。"

他沉着说："这不是做买卖生意，我是凭良心技术吃饭的。我就不相信自己回家没用场！"

他坦荡同叶氏并排坐在诊所。他准时上班下班，置旁人的讥笑而不顾。他不串门子，除在章泰生家里坐坐，在家跟叔叔聊聊，就在东园看书。时间比在赣州充裕多了。

白素莲、刘怀馨——赣州一些朋友同学不知怎样了？

每天路过河滩都能见躺在那里的巨兽般的黑石，它们默默地经受洪水和时间之水的冲刷。过去他没感到这些石头的存在，倒认为它们妨碍云水河的壮观，现在感觉到而且喜爱上了。

此时，"黄朝勋在赣州大跌跟头"已在石街传得沸沸扬扬。许多信泉人盯着他往荆棘丛里陷！

仿佛是对回家兴业的黄朝勋一个警示，这时候离公晖不远的荣记西药店却遭到一次洗劫，邓氏被愤怒的人群押着跪在石街晒了半天毒日头。

邓氏有沾触标致女人的嗜好，趁听诊之便少不了摸摸捏捏，大家看在他背后的高源团长也就忍了。公晖挂牌，邓氏凉了半截，可他生意不减，他明白其中奥秘一二，喜不自禁，更是放肆。

十八岁的陈九妹心口疼习惯看中医，却被族长劝导去看一次荣记西医。九妹家人把邓医师请进家门。这是个大厅，中间天井两边厢房。九妹出来家人回避。九妹脸特黑而胸脯特白平时还有意束了胸。她颤抖着一一地解开，两个含苞欲放的奶子放肆地挺耸。邓氏心潮激荡双目灿亮。九妹害羞地指指心窝。邓氏把听诊器探过慢慢向上方爬行。九妹扭身想拒绝但还是坐定。听诊器在两个乳房上来回爬沿，扣上硬挺的奶头。九妹满头是汗"呀"了一声。藏在厢房里的族长一声喊"拿了！"成十个男人跳出擒住邓氏砸了他的出诊箱听诊器。

几十个陈姓人愤怒地叫喊把他扭上街头，把荣记招牌摘下砸了把药瓶桌凳柜架全砸个稀巴烂，邓氏才慌了，明白高源近在眼前也不敢救他，狗一般磕头求饶。

陈姓人在石街出了一次色！一连几天男丁女幼都在控诉西医的滔天大罪，大有把西医西药扫出信泉之势。有两个刚来不久的西医连夜卷了包袱逃之夭夭。一个个中医眉开眼笑。公晖诊所已落满唾沫白眼，一连几天几乎无人问津。

黄朝勋守在诊所置若罔闻，看着石街的喧闹。

会长黄宇遂嗅出其中的意外味道，看出陈姓人把矛头指向公晖的企图，他赶紧告诉族长。族长抓挠脑壳，发觉一味地贬损朝勋到头来反使本姓蒙受莫大的耻辱而削弱了本姓的力量，朝勋毕竟留洋，在赣州响名算得上一个人物，全信泉找不出第二个！

于是黄姓人悄悄行动起来！

这段日子心里最受震惊的要数黄朝勋。他对陈姓人的过分之举简直不能容忍了！他第一次见家乡人如此粗野蛮狠同仇敌忾，无理地把矛头对着他的同道，心头袭来一股悲凉。很快，许多黄姓人又上自家店看病，好像他倒占了个大便宜，他开始动摇的自信又扎住了。他不能明察自己不断受鄙夷转为受“保护”的复杂原因，却感到了本姓——信泉的温暖，到底是家乡！

他觉得应该去慰问凄惶的邓氏。

他穿了父亲的长衫上街抚慰邓氏。在连高源也溜边的时候，黄朝勋热情地上前给温暖，像黄家给他以温暖一样。邓氏感动得泪流满面。邓氏说：“你们兄弟真好，黄先生真好，这次我才深知萱公的道心源远流长，我太浅陋无知了！”

他表示如邓氏愿意，他们可以合办一家诊所。邓氏感慨地说：“我怎能跟黄大医师相比！我才疏学浅只是混碗饭吃而已。翻这跟头我记牢了令尊‘人要记弗头’这句话！我曾把你当对手哩。我有眼无珠呀……”

他说：“不必言谢，你我是同道嘛。”

邓氏说：“别拖累了你。我怪自己不检点。我想我没少给陈潜先生送礼呀！”

黄朝勋这一着使族长一干人又傻了眼。族长简直气晕了：他不感谢本家倒去抚慰癞蛤蟆！黄宇遂也觉得朝勋太呆气，劝住族长说：“朝勋毕竟飘洋过海的，量度大，同行不相轻，自有他的理由吧。我们看在萱公脸上让一让……”

陈潜正在“暗”中观动静，琢磨半天也识不透黄朝勋的真正用意，赶紧叫本姓见好就收。

团长高源也对这位洋医敬畏起来，几次在街上亮声称“朝勋先生”。

外姓人中只有刁王看出了道道，摇大拇指夸黄朝勋是“真正的崭角”。赵仲椒实在是信泉的人精，特别地爱琢磨人。他这样说也曲折地表达自己对陈潜陈姓的不满。

诊所生意兴旺了一阵又落下去了。可黄朝勋一点不惊慌。这时老天又给了他一个机会！

二

蔡振通的妇娘朱氏难产,大喊大叫了一天一夜,婴儿只探出一条腿,一老一小奄奄待毙。当地接生婆束手无策。蔡振通由狂喜转为焦虑恐慌仍保留男人不进产房的训诫在房门口走来走去由着床上两条生命挣扎。他相信这是报应。自强奸赵湘如闹出两条人命他一直不敢上街露面乖顺地跟着叔叔做田土工夫。刚好一个堂兄刚刚病故,妇娘朱氏泪眼惺忪。他眼睛一亮送礼给族长。把叔叔的劝告抛一边,趁一个雨日溜进朱氏房间半理半蛮占了她。他未花什么钱就将她抱进自己破烂的家门。朱氏不叫也不闹不久肚子一天天凸起来。他做梦没想到她会是难产而且性命危在旦夕。

蔡振通不愿上石街请医生还有另一个原因,这就是胡保林招了安由镇保警队的小队长升为队长,听说又在大抓壮丁,蔡振通老觉胸背冷嗖嗖的。他怕撞见胡保林。

蔡叔只好自己上街求救。几个中医都拒绝。走投无路之际撞见了赵老板把详情说出。赵仲椒新近在蔡家坳置了许多田产,对那里多一份关心,不假思索叫他去公晖诊所找黄朝勋——萱公的大公子。

蔡叔两腿战颤讲了半天才把情形吐明,黄朝勋背了药箱跟着他快步来到目的地。

蔡振通一愣刹那间嘶哑了嗓门,不抱希望说:"交,交给你,无论怎,怎么样,都,都不会怪、怪你!"

他又对叔叔说:"满满,你、你就陪着黄、黄医师吧!"

他撅着屁股后退,一屁股坐在大门低凹的门槛抱头发呆。他怕陈潜、胡保林现在也怕黄朝勋,又撞上新冤家,世界的一切都使他害怕!他干瞪眼等待着一大一小的死讯。

黄朝勋学过产科但在赣州只接生一两次;这次他全力以赴,非常冷静,周围的一切世界的一切仿佛不复存在。他给疲惫不堪的产妇注射了葡萄糖。消过毒的手戴上薄薄的皮手套,轻轻探进产妇的子宫合着微弱的收缩节奏把婴儿慢慢地拉出来。婴儿已经窒息软塌塌的,他倒提着拍了几下终于哇地一声叫。接着他把婴儿包扎好又忙于抢救产妇,一大卷草纸被浸红了,房间里充斥浓烈的腥臭味。他、他家跟蔡振通的纠缠无法摆脱!

黄朝勋救出了两条生命,他在信泉的第一道医疗奇迹竟在偏僻的蔡家坳产生。

黄朝勋全身冒了几道汗觉得十分疲劳。

多年以后黄朝勋从一切蛛丝马迹终于认定蔡振通是害死父亲和湘母的凶手,他惊愕不已沉浸在悲痛之中,又加深了他对革命的隔膜和拒斥,他反对儿子投身革命。然而他对那次全力抢救母子的行动不后悔。他始终没有把此事告诉给正叱咤风云领导掀起信泉又一场革命风暴的儿子黄腾；此时的蔡振通又一次趾高气扬，以"勾结地主反革命"之罪一次次状告黄腾从而加快了黄腾的失败和灭亡。几十年黄朝勋换来的是一夜之间全白的头发……

刚刚从工作状态中走出，黄朝勋虽疲累但心情愉悦而舒畅。周围多么静，浓烈的山气弥漫，不时的鸡鸣牛叫使他觉得仿佛置身于另一世界。已经傍近黄昏。许多女人纷纷扑来看奇迹见识这位从赣州大口岸回来的洋医师，拿他跟他父亲相比。乡村需要他家乡需要他，只要沉静地迈步，路就会在脚下延伸。他是有力量的。

他突然明白族人寄希望于他的不是这种力量而是另一种能直接抗衡世道的力量。

蔡叔同族长笑容满面地向他致谢，夸他青出于蓝而胜于蓝，夸他像他父亲一样看得起卑贱之地，他们对西医不那么畏悚了。

黄朝勋真切地看到，这里太贫穷寒酸，连像样的干净锅灶住房也没有，屋子低矮阴暗到处吊着大大小小的蜘蛛网，墙壁被火烟熏得发黑，随手可摸一把脏兮兮的尘沙。茶水充斥难受的烟巴气。他只吃了四个荷包蛋，碗里的酒他没沾一口。他涌起厌恶之感。他发现男主人一直未露面。

一会儿族长拉他过去。族长家干净舒适多了，男人女人穿戴较体面。族长再次感激他说："令尊以往时常到我们这个贱地方。说起来不好意思，我们有些人曾冒犯了你家。黄医师不计前嫌真是量大福大。给再多钱也应当，不过振通家底子太薄，黄先生只有将就一些。振通闪到哪去了？"

蔡叔说："他比我还胆小，被这场面吓晕啦！"

族长说："他喜欢腥血场面呀。老六，你们别让黄先生吃亏呀！"

黄朝勋说是家父的遗训，不愿留宿。

他披着星光走着，紧张一天的思绪放松了。他想起许多往事。在与怀馨、素莲交往中他才充分眺望浩瀚的星空和感受这清静如洗的夜空。这时他感到了寂寞。他设想着父亲生前在这一带日里夜里出诊只身走路的情景。他又在走父亲走过的路，不，他走的是自己的路，他要踏出既像父亲又不同于父亲更不同于别人的路。

他听见后面有人叫着赶来。蔡叔气喘吁吁地又往他手里压上一个红包。真是山里人呵！

这样，继黄姓淡化对西医的攻击，一些小姓也淡化着对洋医的菲薄，黄朝勋的好名声在信泉的边地悄然响起。

黄姓族长窝了火私下劝朝勋莫再去接生，说这是接生婆做的活，凡干此营生的家里都是人丁不盛时运乖涩。他不在意笑着说："我这是救人命哩。"

男人接生名不正言不顺，黄朝勋这次接生确是个例外。陈潜鄙夷地冷笑。

三

胡保林与余大同随陈潜一道从石街走过，这等于告示信泉已在陈潜的掌握之中。他们所到之处一片奉承声。这天黄朝勋检查过叶氏出来与陈潜擦肩而过。陈潜忍不住回头立了一会。

叶宁玉疼痛加剧分娩在即。她比预计的产期推后了一两天。叶久飞跑过来叫黄朝勋,他二话没说快步而来。

章泰生跟中草药打了几十年交道对妇娘临近分娩却惊惶失措。自叶氏肚子越来越坠行动越来越艰难,他对她的幽怨也就快速地消退着。他尝受过做一个男子的咸酸苦辣和作为男子一般不会有的屈辱,他痛恨这个社会却必须依傍这个社会,就像他痛恨黄朝勋却必须依靠他一样。当他得知妇娘与这人好上了,他狠狠地揍过她之后又抱着满脸泪花的她紧紧不放,终于又一次在她脸上读懂了她也读懂了自己。她是爱他的甘愿跟着他受苦累,她成了他唯一、不可少的伴儿和依靠。他由责她责人转为自责:谁让你无能啊!她生养了也许家里就安全了。有黄朝勋在场,另一些男人的淫邪目光也就收敛了。他稍稍感到宽心的是黄朝勋并不"有你没我"地轻蔑他作弄他排斥他,黄朝勋在为自己开辟生活道路的同时也为他一家开辟生活之路。

当妇娘呻吟着觅死觅活,他原谅了也理解了她的一切!他进一步明白,他家的、他的命运已跟黄家几代人掺和而无从分开。他不再恨黄朝勋了。

黄朝勋一路激动而紧张——由激动带来更大的紧张。他把不准叶氏是否出现像蔡家垴朱氏的那种惨状。一踏进庆仁店他便在呻吟声中沉静下来。他坐在她身边亲切地说:"想叫就叫,别忍着……"

叶氏疲倦了,她的痛苦从黯淡和扭曲的面容里迸溅。她一听见那稳整的脚步觉得心里的痛苦减轻了而肚腹的疼痛加剧了,下坠感增强了。

此刻黄朝勋尽一份医生的职责也怀着诚挚的温情和柔情。他又检查了一遍,一切正常。对头遭生产的恐惧加剧了她的疼痛。他仿佛帮她用力,说:"能看见婴儿的脑门了。别紧张,你合着一阵一阵使劲。"

他叫住想回避的章泰生,吩咐他在床头扶住她的肩膀。叶氏紧紧抓住了老公的手。他和泰生都头冒大汗。

半夜,婴儿顺利地产下,灿亮的啼叫宣告信泉的章氏已开花结果,也宣告着黄朝勋我行我素生活的继续。

黄朝勋像个细心的母亲把细伢包扎好又收拾了产妇的床铺,慢慢地收拾好器械药物。叶久已端来盆热水供他洗濯。

已归于平静的叶氏轻轻地说:"阿泰,你过来,这是你的崽。"

黄朝勋真诚地说:"这是你们的儿子。他会成为一个好角色的。"

叶氏问:"像你一样会读书,静心学一门手艺做事业。"

章泰生仔细看看,真是自己的崽哩。

叶氏又说:"细伢就叫泉生,长大后跟朝勋学医,西医好哩。阿泰你说是吧?"

泰生真心地点点头。

“朝勋接生”自然又成了石街的新话题。

四

抱着“宁使一家哭不使一路哭”的宗旨，王继春采取了向豪绅富户写款子的强硬措施，所到之处望风披靡。王继春吃硬不吃软的脾性已广为人知。

黄泥乡首富尹某善于见风使舵是个乖角儿，王继春问他：“尹先生捐多少？”他爽快地回答：“县长觉得要捐多少就多少。”王继春听了甚为高兴说：“捐八十担吧！”尹某连声说：“可以，可以！”

在寺龙乡却是另一种情形。当地首富王某家中田土并不多，山林却不计其数，几十条山坑的油茶都归他所有。每年雇大批农工采摘油茶，收工吃饭由专人漫山遍野打铜锣为号。可谓富得流油，可他生性极为吝啬且小看矮个子县长。王继春叫他捐产办学，他叫苦不迭。王继春说：“你写八十担华利吧。”他仍叫苦连天强调说他家田产少。王继春说：“还嫌多？就出一百六十担吧！”他仍讨价还价，王继春把笔一扔说道：“你再拖皮，再加一倍，三百二十担，一担不能少！”

在扫平了全县其他地方之后王继春集中精力对付信泉。当夜陈潜到他下榻处拜访以探听虚实，向他报告说：“信泉商会副会长赵仲椒近年添置了大量田产，他还有百货、南杂货等三个店铺，此人精刁，王县长不可掉以轻心！”

王继春叫镇长胡玉通知石街商户第二天中午十时准时开会写款子。

百多位与会者都准时来到，赵仲椒恰好坐在王继春桌子对面。王继春说了一遍宗旨来意接着点名说：“生利号(黄宇遂)写一千七，裕记一千五，源记一千五，昌茂号一千四……过去吃了亏的少写，面积大的多写。隆昌号一千，济昌号一千六……”

济昌号正是赵仲椒的店，赵氏不情愿面现难色。

隆昌号店主廖某脸色顿时阴下来，他是县教育督导员怪王继春不给面子，他也认为在座的大多数同样不满，信泉人不是好欺侮的！当王继春念完，廖某呼地站起硬顶起来！

王继春岂会退让，窜到廖某面前一连扫去六个耳光，一气用桌上四十多杯茶水逐一泼在他脸上身上。王继春说：“用绳子把他捆到县里去！”

廖某成了狼狈不堪的落汤鸡。在座的有几个平时爱讲“信泉人个个是崭角”这时也哑了口。硝王张贤玮、酸货卢启富、庆仁店章泰生等一个个垂眉顺眼。

赵仲椒打破闷局，讨乖地说：“廖老板写二千块，我就写一千八吧！”

王继春大喜立即准口，原来准备向赵氏发的火全喷在廖某身上！

黄盛茗代表黄朝勋把从日本带回的一套显微镜等化学仪器捐献给未来的县中，还捐田五亩。王继春一听介绍是黄盛萱家深加赞许，当场表示不要他家捐献田亩。

结果又出意外,陈潜没盼来"好戏",嘴里寡味身上没劲。

此时,黄朝勋正在洞头为金巧接生。

五

解决了房基问题金巧挺着大肚子上匹袍乡的祖山观察杉木,第一道疼痛碾过,她强忍着逐一在可砍的杉木上削了一块树皮当记号,还在山上砍回一担做月子用的香藤。

在疼得不可开交的时候她还咬牙坚持着半担半担地把水瓮担满,吊篮里放着洗净的蔬菜。她自个儿做好了一切准备。家里收拾得干净清爽。昭云已把朝勋叫来。

金巧不怎么呻吟,屋里一派安静。破口时她才吃不住唉唉地轻叫起来,做母亲的痛苦和欢悦凝聚成的剧烈疼痛将她淹没,她产生了做母亲的豪壮感。孩子顺利地产出,是个男的。

待朝勋把细伢包扎好,昭云就叫他出去休息,剩下的一切由她料理。她始终没忘女人的血污是低贱的,女人总是低微的,男人是高贵的,她的老公更为高贵!

金巧说:"姐,学余说过,是男的就叫心浩,族里名字另外取。"

昭云说:"黄腾也是一样的。他们都是做事的,为儿子取名自有男人的道理。"

金巧感激地说:"难为姐夫呀!"

黄朝勋脱了白大褂在门前屋后溜达。陈姓人交头接耳议论,但无法阻止这洋医踏进陈家的腹地。

陈姓一位老头牵着一头水牛,远远地笑着问:"你是盛萱先生的公子吧?还是学医好,实在。"

黄朝勋点头让开一条路。

老头又说:"当年你爷就躲在这稻草楼,老先生为人慈和心肠好,总会受到贵人保护。"

黄朝勋记起这是湘母告诉他的;他慢慢地踱到稻草楼跟前,牛粪臭味一阵阵扑来。珍藏性命的地方竟如此简陋。当时他家几口的性命——黄家的性命跟陈家的一座普通的牛舍如此密不可分。应该善待一切人与物啊!

六

大户陈宝能因独崽通财疾病的加剧深信是黄盛萱故意留下的祸害,仇恨发芽不能再忍耐!

通财十岁的时候得了一种奇怪的病:尿少而尿频,老是想屙尿,每次尿少而不能排净,替换的裤子晾满一竹篙。宝能夫妇比儿子紧张万分。求神打卦都用过,为图吉利把正正当当的红漆大门扭歪朝着另一方向,医生更是走马灯似的换不停。

宝能认定儿子这病是“闹红”时吓的,所以一提革命他就咬牙切齿,凡参加“闹红”的佃户他一个不宽恕。比较起来还是黄盛萱开的药有效,几年下来都是服他的药方。陈宝能表面上对黄盛萱亲热无间,心里一直以为他有意留一手好敲钱财。陈潜赞同他的看法。

黄盛萱一死,儿子返病,陈宝能拣起他开过的药单抓了一箩担中药,不但无效而且病情加剧,于是他更认定黄盛萱搞了鬼,对黄盛萱的嫉恨又转到黄朝勋身上,最激烈地反对黄朝勋反对西医!

通财害怕排尿但不得不排,二十出头的后生只有眼睁睁看着一个个他所喜爱的靓妹子投进别人的怀抱,长期受病折磨脸上皮打皱弥漫着暮气和死气,成了全家驱之不去的阴影。

陈宝能迫不及待把儿子用轿送到县城住在一个旅店,专门请了一个老妈子伺候。他满街找陈潜。

陈潜任县中教务长,县长兼了校长,县中由他全权负责。可他嫌学校清贫且官职太小,离政坛太远,于是选择及时行乐,在县城买下一寓所,把卧仙楼的班主丁香带来,在寓所开了赌场,在王继春眼皮下又刮起赌风和淫风。

他被陈宝能缠得满脸不耐烦,丢下一句“医病不是医命”。陈宝能死了一颗心把儿子抬回家让儿子自生自灭。

倒是黄宇遂好心建议他请黄朝勋诊治。他差点没跳起来说“我家被他家弄惨啦”,他牙齿咬得格格响,终于叹了口气,同意叫黄朝勋死马当做活马医。

这样黄朝勋又深入了陈姓的腹地。经过几个小时周详地检查,看了父亲以前写的病历和方子,他认真地说:“这是尿管增生,动手术才能根治。”

陈宝能想说:这不是明赚我一笔大钱么!

黄朝勋又说:“如动手术,我还得从赣州请上医师当助手。”

陈宝能绷着脸问:“你能保证治好?”

黄朝勋坚定地说:“是的。”

罢!陈宝能把牙根咬响说:“我的崽交给你!”

消息已传遍石街。

黄宇遂这时心里叫苦,拉了族长劝朝勋放弃。朝勋想,当年父亲没治好,他更应该接着诊治。他说:“我能的。”

他的决心不动摇更不会改变。

族长登门,神秘地对陈宝能说:“我问过几位洋医,他们都说这是割鸡巴!皇上的太监没鸡巴。”

陈宝能大吃一惊!越想越真,马上转为刻骨的恼怒,央请族长出面谋划。

一场姓氏械斗已在酝酿中!

这天是闲日,公晖门口挤着许多沉默的陈姓人。叶氏听从老公劝告抱着细伢躲上了楼,她无计可施,只有流泪为朝勋祈祷。

手术室非常简陋,冷三九热三伏木板屏风暴出一道道粗缝。来苏气味酒精味浓烈。赣州来的两个医师着白大褂戴大口罩。

黄朝勋用浸了麻醉药的口罩敷在病人嘴上,病人的脸逐渐变白变青发灰。挤在板缝里偷看的陈姓人大骇,惊叫一声:"黄贼牯杀人!"

几十个陈姓人抓着砍刀、虎叉、梭标和棍棒团团堵在门口,等待守在门边的宝能发话,发誓要照样劁两个洋医!!

这当儿又涌来一支队伍,都是抓刀握棍的黄姓人,在人数上几倍于陈姓人,族长打头,来的都是雄壮后生。黄姓人把陈姓人团团包围了。陈宝能慌了,低声喝住周围的本家。

这当儿镇长胡玉团长高源带着荷枪实弹的保安队插了进来。胡玉忿忿地说:"人家朝勋在赣州出过色的!撵医撵到本地人头上来啦!谁敢动医师一根毫毛,本镇对他不客气!"

陈姓人抬头盼陈潜。有人叹口气说:"陈潜去县里啦!"

陈宝能聚精会神注视着儿子。儿子已被脱光像条瘦棱棱白猪,两腿间墨黑一片,黄朝勋操着发亮发寒的刀子划开他下腹。陈宝能几乎晕了过去!

几个钟头过去,手术成功地结束。谭医师刚拉门陈宝能便挤了进去,见儿子脸色平静恢复正常,冲到门口大声说:"我的宝崽得救啦!两位医师真是天神!"

陈宝能既狼狈又感动,陈姓人一下子散开了。赵仲椒突然闪现,对黄朝勋竖起大拇指说:"萱公的崽无卑角!"

黄朝勋的医疗业务激增。

黄朝勋是可谈议的,又是不可谈议的。

陈黄两姓总是一浪高一浪地攀比,不久又传来了陈学余当上县长的佳音。

第四章

一

陈学余顺利地通过了县长资格考试。他正好也获悉金巧顺利生产。

这次取十名陈学余成绩名列第五,他却失眠了。他往往在一片赞扬声中突然嗅出了潜藏的不测,而这种不测恰恰降临。

果然,第一、二、三、四名依次安排当了县长,紧接着第六、七名也明确安排了,恰恰空了他的名字!他被搁置起来。原因还是参加共产党之嫌。他又一次陷入了深深的绝望!此时此刻他反而产生新的力量!做不成县长最终使他产生力量。他把握不住自己的命运却能把握住自己的心智:连秘书也不想做了,在离开南昌之前做另一次搏击！

他把给邹厅长那篇文章的底稿找出，挑灯熬夜花了几个晚上再思索再修改决绝地寄给了南昌的《民国日报》。文章更扣紧了孙中山的三民主义同时也更突出了属于自己的思考。他以绝望的心情甩出做县长的施政纲领——从土地入手解决中国这个最现实也最棘手的难题。

蒋经国正在赣南推行“耕者有其田”的一套做法，是实施建设新赣南的一个重要内容，陈学余的家乡县长王继春正在培育这方面的模范村。陈学余还只是纸上谈兵(登不登出还不知道哩)，可能永远是纸上谈兵。可他认为自己的思考是独特的，最切实际的，小蒋那一套无可比拟。

在这煎熬的时刻，他的文章很快见了报，过了好几天他突然接到省府通知到紧邻赣南专区的K县上任。县长之梦陡然间成为现实！

临行他再次拜谢邹厅长。在如此奔波磨难的生命之途他之所以抵制住了堕落的诱惑，心中目标始终如一，他是遇到了贵人。

他抓紧了解这个闽赣边界县的县情。K县比S县闭塞、荒凉，百废待举。K县一霸——大土匪郭超匀，此人六亲不认、想到就做到、非常横蛮但命大，如今握有近千人武装，自称为少将司令。他自忖，此人大概跟信泉胡保林亦属渴念招安的土匪吧。

溯江而上，他再次领略了逆水行舟、顶风行路的壮美。他几十年磕磕碰碰不正是为着能实现人生抱负的这一天么？人生一切不可料又可料呵。阵营不同但做的事往往相同或相近；分开两个阵营，说明做的事的路子不尽相同。

他多想回一趟家！见见自己年轻的妻子和新生的儿子，借机可以实地考察王继春的所作所为。很快他又改变了回家的主意，连拐进赣州见邹校长和儿子心陶的主意也改变了，在随从小陈的陪同下中途下船抄近路奔K县而来。

他们扑上了赣闽简易公路又跨入了一条小山路。山风松涛呼号。这是莽苍逶迤的武夷山脉。陈学余由湘赣边地又来到闽赣边地，心潮激荡起伏。自己单薄的身躯仿佛高大起来。

一路见商贾小贩挑夫，也有乘轿的、骑马的，没见一辆汽车。拐进小路，路面虽小一些但很光溜。打听已属K县地界，过往行人稀少。这会日头已偏西。一座大山横在面前，旁边就是一所客栈。

店家劝歇一晚再走，伏牛堖有拦路打抢的。

他吃了一惊，果然匪风匝地，但他自恃腰间有支硬家伙，不以为然地一笑。

店主说：“这一带仍是郭超匀的地盘，他们有枪有刀敢喝生人血吃生人胆，轻则取财，重则取命。村里每年都得向他们进贡。他们敢拦专员哩！”

他说：“我是个穷教书匠，他们拦我也没用。客人总要过路呀！”

店主说：“人都挤在中午过，下午三点一过，想过的都不过了。”

他坚定地说："碰碰吧。"

其实他俩一上山就被人跟踪了，已落在一伙土匪的包围中。

登上山顶他坐在一株大松树下歇了一会，向一眼山泉捧水喝。突然窸窣一阵响几个光头蹿出，扑上来紧紧抱住他的腰抽掉他的手枪。

一个打头的络腮胡凶狠地说："不怕你两个共产党，我早领教过了！"

小陈大声喊："他是县长，新来的县长！"

络腮胡嘿嘿一笑："郭瀚肚敢拦专员，我就拦县长。你怕是假装的！"

他们在陈学余身上搜出了身份证明，从小陈身上搜出一沓钱。

络腮胡说："我不管你么子鸟官！要命就把钱留下。我叫王兴泮，人叫络骚胡。看你瘦杆屁股溜尖，九成是冒牌货！"

陈学余上任第一天就跟土匪遭遇上了。

二

陈学余上任伊始摸清了郭氏的来龙去脉。

土匪相似的却又是不同的。郭超匀幼年家境贫穷靠砍柴卖柴度日。十五岁父母双亡只好投堂叔郭天庭做长工，练出一套乖巧刁钻迎合主人的本事。堂叔不满意做一个纯粹的地主贩猪到福建赚大钱，郭超匀成了他的铁杆保镖。

其实郭超匀从未正规地学过武功，凭着一身横肉和死胆打天下，他购置了几杆枪，在山垭口一横，大叫一声"留下过路钱"，财源便滚滚而来。他从不奉行"兔子不吃窝边草"。

第一次"闹红"他提高了阶级觉悟当上了红军副队长，认为堂叔狠心榨取了他，请求首长收拾堂叔。一次他强暴了一个农会干部未成年的女儿而受到禁闭处分。此时许多干部被当做AB团处决掉；当那干部再一次找他训话，他却一刀将其捅伤喊一句"杀死你这个AB团"扬长而去。游击队终于在福建将他抓获。不料捆他的是一位重姓氏的本家，这样他得以逃脱，干脆做土匪。他的"命大"第一次得到证实。

他率队投奔国军成了一名团副。他只是要套制服求个虚名，想在短短几年内拥兵千余能与国军平分秋色。他报复堂叔，杀其子，霸占几百亩田地和家产。

当局狠下决心将他擒获(他自恃命大很少设防)投入死牢。没想到另一支土匪王兴泮看重郭超匀有将帅之相，甘愿以上千银洋打通关节把他劫出。王兴泮隆重地为他洗尘接风。郭超匀看见王氏的婆娘蓝苑凤姿色出众，他暗自发誓非蓝苑凤不娶！

当局组织保安团进剿。郭超匀率百余兄弟投奔邻县当上保警大队长，更加肆无忌惮。专员学赣州蒋经国扬言以严正手段戒五毒，首先要撤郭超匀的职。他听到后趁专员去赣州路上将其劫持，把专员当人质讨价还价，这样他的职务未能撤消，还抢劫一家大银行，截获国民党第五战区的军火。

陈学余可没王继春的胆气；再说他实在不愿把时间精力花费在对付形形色色的匪灾，他认为土地问题是本，解决了土地问题那些众多的土匪随从就会回家安心务农，匪风自然消歇。

在会上他振振有词号召大家积极投入禁“五毒”斗争，在K县实现人人有屋住，人人有饭吃，人人有田耕，人人有事做，人人有书读。清匪只是轻描淡写几句带过。

一天他叫一位陈姓秘书陪同，骑马去一个偏远的乡检查工作。乡长端来一碗鸡汤，他马上责备他，要他端给圩上一个穿着最破烂的人吃。他说：“现在什么时候，老百姓这么困苦，哪吃得下？”

陈学余正在食堂吃着便饭，一个卖柴人笑吟吟悄悄地走到他面前说：“无功而受禄，真是西边出日头，我跟着寻过来，原来是陈县长关照。县长大人家一定是苦情人家。”

陈学余点点头说：“都是作田人。老人家砍柴好辛苦呀！”

卖柴人说：“我第一次听县长说砍柴辛苦的。你要我们改掉吃泡米饭的坏习惯，有道理；不过，你要能把土匪打下去，就算你大功大德！我儿子死了，儿媳被拐走了，王兴泮这贼头害得我家好苦呀！”

这又勾起了陈学余心里的积恨。这问题不能再绕、再搁置了！他亲自带兵征剿！

这天官溪区公所告急，陈学余带着保安团避开官溪埋伏在红杉垴。下午王兴泮果然带着队伍到这里休息。四面枪炮响起，王兴泮明白已晚只带了十几个铁杆兄弟冲了出去。

王兴泮损失惨重，怎甘罢休？向邻县要了些绿林弟兄扬言要血洗县城。

不久陈学余遭到王兴泮的伏击。几个人躲在一个石窟窿，一个手榴弹扔了过来嘶嘶地滚到面前，陈学余一惊，贴心秘书黄朝水马上扑在他身上，轰地一声，黄朝水的耳廓被削去一个缺，鲜血落在陈学余头上，大家还以为县长负伤哩。

幸亏保安团另一中队又增援过来。

陈学余剿匪的锐气大减，他也实在不愿在剿匪上陷得太深。他不剿国军也会剿，而他的“土改”则无人能替代。于是他与绅士商量对策，决定采取“以毒攻毒”之法对付王兴泮。他咬咬牙从邻县保安团请回了郭超匀。

他突然想到家乡陈潜跟胡保林抱团，不由汗颜，但他立马找到堂皇的理由，这是临时手段，是策略！

三

郭超匀胖嘟嘟圆滚滚，连粗黑的眉毛也近似圆形，摆出与陈学余平起平坐的姿态。陈学余坐得端直,自己不吸烟也不奉烟。

郭氏屈了身子,斩钉截铁表态说:“我拎着王兴泮狗头见你!”

陈学余松了口气。

趁春节前夕他特意去监狱给犯人训话,鼓励他们悔过自新将功补过,强调禁止体罚不准殴打犯人,他选择了几个做盗窃贼的做例子,放他们回去与家人团聚,春节后返回监狱。他执掌过法院,这套轻车熟路。

他发动全县开展“一县一(飞)机抗日救国捐献运动”,做表率捐出三百块光洋。都是从他工资中扣除的。一些官员受了感动也捐了。好些士绅依然爱理不理。民众响应的少。一个绅士诚恳地对他说:“匪风如此凶顽,谁有心思捐献?”

眨眼一个月满期,可郭超匀没一点消息!

——陈学余这次给了郭超匀“一箭数雕”的机会。郭氏买通外县的一个铁杆兄弟潜伏到王兴泮队伍挑拨离间。果然王氏的两个得力副手气急败坏地拔枪对击,一死一伤,王氏的元气大损。

郭超匀又暗中安排了戏班子进村演出。戏班子越演越土越荤把王氏的部下都勾住了。部队难以集中,王兴泮觉得不对劲。这天晚上王兴泮又被手下告知:郭超匀在村口有要事相告。

王兴泮没听妇娘劝阻,还是跟着去漆黑的桐子树下,心里突然一阵哆嗦,刚伸手拔枪,对方一串子弹射进了他的胸脯。

王氏的几个干将咬定是郭超匀干的,密谋干掉他。郭氏成了捕杀的对象。

这天郭氏果然前来吊唁,他大骂那个凶手得了县府的巨额悬赏,他已派人将那凶手击毙以给王兄报仇。此刻郭氏的性命像只雀儿一会儿跳在屋场长老手中,一会儿跳在蓝苑凤手中。

可这位长老抱着“冤家宜解不宜结”放弃了行动。蓝氏也好像忘了行动。郭超匀又一次命大!

仍有几个铁哥坚持执行第二计划。他们在端菜的托盘底上装上夹层,手枪藏在其中。几秒钟能叫郭超匀毙命。然而房东扑过来拉住他们说:“我辛辛苦苦起的新屋,想搞衰我家么?”房东硬是把盘底藏的手枪去掉。郭超匀再次命大!

郭超匀把王兴泮首级挂在城门上,给正在失望的陈学余一阵振奋。他也被郭氏的命大所迷惑,不由被动。郭超匀娶王兴泮遗孀蓝苑凤为妻,他不得不去捧场。郭超匀更是不可一世。

陈学余加速谋划“土改”:全县土地收归公有,按人平四亩计算,让出土地的富户仍可连收五年租。全部田亩的公粮上交国家。第一步登计造册实行土地普查……

显然他太看重自己手上的政治威权,而低估了明和暗的反对力量。

主秘黄朝水坦诚地说:“孤掌难鸣呀!谁会赞同割自己的肉?赣州蒋经国‘耕

者有其田’,家乡王继春抓模范村,能否推广还是个大问题。建议县长再思量……”

陈学余不高兴地说:“我们搞自己的,不必事事看赣州!我们搞成了,对国家的影响更大!”

可时间又不凑巧。春节眨眼就到,官员忙着打牙祭应酬,年关如山倒,谁有心思开会?百姓忙着张罗,有谁在意土改经?

次年三月上旬传来S县长王继春病故的消息。“轰轰烈烈如此短暂”八个字悲哀地涌上陈学余心头。顿时他连工作的劲头锐减,好不茫然。此刻他已把逝者当作了精神知己,决定到赣州参加吊唁。

四

陈学余突然改变主意不参加在赣州举行的王继春追悼大会,而是去省赣中见儿子和拜见校长邹蔚湖。

心陶唱着“大刀向鬼子们的头上砍去”的雄壮歌曲。他感受了儿子激越的心音。十四五岁的心陶已高出他的肩膀,他从儿子身上又一次感觉了前妻金梅。心陶已学会独立生活,说话平和但比他更内在更深沉。他挚爱这个儿子,每月定期汇去钱,宁可自己节省,不亏待心陶就是不亏待金梅。

通信中父子间似乎融洽,乍见面他俩却有陌生之感。儿子直率地告诉他在外面参加街头宣传,书写抗日标语,办夜校识字班。心陶说:“阿腾几次到赣州演戏哩,《保家乡》《最后关头》《古城怒吼》,他能演主角的。我不行只参加过几次集体大合唱。”

他认真地听着,不说话。他从儿子的激进又看到了自己的过去。真是个激进的世纪!

心陶说:“赣州的抗日救亡团体组织宣传队上矿山、下农村,发动大家奋勇抗战。可是那些大腹便便的官员们只知道收刮民脂民膏,打牌,泡舞场,清谈。阿腾说艺专一毕业他就到广州抗日前线去……”

他说:“你还小哩;也不全是官员不作为,不想抗日。比如家乡的王县长就为民众做了不少好事,连命也搭上了。你没听说?他下乡到匹袍,部下为治他的肺病花了四元多买了一只山鸡,后来他发现列在公账里,他批评财务人员,从自己工资中扣除。他治病借支公款两千多元,他卖衣物东拼西凑还清了公款。蒋专员送给他一套中山装,他舍不得穿,病重时刻,委托去重庆开会的县中校长拿去拍卖。”

此刻,他忽地明白自己要做清官,自己应该是清官。

心陶说:“我不相信!爷你也学会骗人了!”

他说:“专心读书学真本事,别浪费光阴。”

心陶说:“什么叫真本事?我姑父留洋做医生当律师,本事不小吧,可是缩回家乡图清闲。都只顾家不要国,日本兵就要灭亡全中国了!当局苟且偷安,官员贪污腐化,只有起来革命,推翻他们!"

他心里一怔。这决不是邹校长教的,儿子受了社会上不小影响,儿子又在重走自己的老路。他正色道:"你教训我还嫌早哩。不当家不知柴米贵。我能把握自己。中国的事情特别复杂,凭一时激愤不行啊。爷做的事光明正大!"

心陶讥讽道:"陷在泥淖哪有不脏的?沾了血哪有不臭的?"

他不能理解的是儿子比他当年还要偏激!他突然一阵冷颤,面前一黑。他心里乱得不行……

邹校长有些老相但精神矍铄。几经搬迁学校犹如车站乱纷纷,回廊庭院荒草萋萋。显然他把陈学余看做是省赣中的光荣。校长赞赏地说:"你的消息不断地传进学校,任职上能有作为就好!各地情形都差不多,民众深受匪风、赌风、毒风、腐风之苦。能踏实地做点事情不容易。S县王继春鞠躬尽瘁确有建树,我佩服他的人格和正气。一千多人举火把迎灵车,沿途有人祭奠,真是惊天地泣鬼神!他有小蒋支持,跟你另当别论。你付出的心血会更多。"

陈学余很觉惭愧,自己所作所为不过步王继春后尘,真正属于自己创造的还没露头。

他诚恳地向校长汇报了这几年的行踪,感慨地说:"学余不才,每每关键时刻总能遇上贵人指点。邹厅长同校长一样,人品学识堪称楷模,所以恪尽全力,丝毫不敢懈怠。我实在惭愧。我是知其不可为而为的!"

邹校长击掌赞叹说:"此正是省赣中育人的精髓!我也是一样,眼看学校就要塌台,我就是硬挺!如今办好一所学校简直不可能,除经费拮据,人心浮动就是个大问题,我又不愿依附权势,所遇到的艰辛可想而知。比起学校,你的担子更加重大,看你的头发和皮相就知道了。今天去悼念王继春的,又有几个是真心实意的?所以不在乎参加追悼会,而在于平时有无为民为国效劳之心。"

陈学余为之一振。此行有所失更有所得。

校园有股悼念王继春的气氛。贴报栏都以显著版面介绍了王继春的事迹,其中以《正气日报》为最,上面刊登了《蒋专员谈话》以及《悼政治战士王继春县长》的社论,还登了主笔兼作家曹聚仁等人的悼文。王继春遗体从泰和运回赣州装殓,蒋经国率公署大小头目到渡口迎接。追悼大会上蒋专员声泪俱下地做了《让我们来接受你的革命利剑》的长篇演讲。

陈学余逐句逐字默读了蒋经国那篇演讲,读到——

> 你身上盖了一条肮脏不堪的棉被,下面垫了一条草席,只有你那个忠实的勤务兵在那里照料你,我问你,医院里怎么样?你说:一言难尽!是的,这个医院是腐败的,是今天一个腐败社会的缩影,自己只管自己,不管人家的死活,把活人当做死人,只晓得拿来钱,不晓得做事。只知道伺候有钱有势的人,不愿

意理会没有钱没有地位的穷人。大家只晓得满足自己个人的欲望，根本不晓得什么是责任，什么是义务，最近有几个想做官过瘾的老爷们，他们正巴不得你快一点死，因为你死了之后，可以空一个县长缺来，说起来真是痛心，但是事实，一般人心，这样地刻薄、冷淡，的确不是个好的现象，我和你把当县长看做是一个工作的岗位，而有许多人却把当县长看做一个发财的肥缺……

小蒋简直说在他的心坎上！如果不是亲眼所见，他不会相信小蒋能讲这样通人心人情的话，因而县里的追悼大会他不能再回避了。

五

县中所在地原是一片荒郊，王继春筹集款项之后请外地施工队伍建造，办公室、教室、宿舍、厨房、膳厅、操场设置得相当合理，他还交待教育科长物色了一批江浙的名流学者来校担任各科教员，难怪蒋经国说："县立中学范围的宏大，建筑的堂皇，不但在我们的赣南，就是在全国的县立中学也可以数一数二了。"

为解决办学经费，王继春除向富户写款子集资外，清理公款公产，将全县祠堂、庙宇、庵所、社团以及桥渡义仓等款产一律归公充作办学经费，成立县乡两级公产保管委员会进行管理。为增强民众的教育意识，王继春在各种场合大声疾呼"三代不读书蠢如一只猪"，还带领学生下乡宣传，鼓励大家读书识字。

陈学余又一次深深感动了！

灵堂正中是王继春的巨幅遗像，两侧悬挂着蒋介石的挽联，以下依次是江西省主席曹浩森和专员蒋经国等人的挽联，各界送的挽联，真是铺天盖地一片白茫茫。蒋经国的挽联最突出——

半世飘零死犹作客只赢得两袖清风循吏传中夸首继
一生贫病终未成家最怕听满门鳏寡杜鹃声里哭残春

县中的挽联是：

后起谁为继
先生自有春

陈学余心里被"杜鹃声里哭残春"填得满满的。

他礼节性地拜会了新任县长周宇安。见周宅豪华讲客气摆排场，他就失望了。猛然见陈潜笑吟吟登台阶叩门，他脸一扭打斜道离去。

白纸白花遍地零乱。春寒料峭一片愁惨。县长可以兴业做一件几件有益于民的实事,但作为政风的有效延续就值得怀疑了。斯人逝去,一切腐朽和黑暗又恣意妄行。沮丧和灰心再一次涌上陈学余心头。也许儿子心陶说得对。王继春业绩与青山同在,而他四十多了,建树仍遥遥无期。他应义无反顾,宁愿再一次“杜鹃声里哭残春”!

春雨中陈学余悄悄考察了“模范村”——

S县广田村“扶植自耕农示范区”实际上是蒋经国的点。它包括三个保二十三个甲,二百三十户,一千一百五十人。示范区内的田不论业主大小,也不论业主在区内还是区外,均扶给佃户。除业主出租田外扶给佃户的还有“众田”即公产田、“学田”等类型。受扶植的佃户二百二十七户占百分之九十九。佃户所耕的租田都属外乡的业主。扶植自耕农,就是佃户所耕的租田(业主出租的)不论面积多少,都归佃户们所有,决不变更佃户。佃户按每亩七八十元付给地价。这种地价,由佃户写一张总的借据交信用社办理,再由信用社代付给原业主。佃户付清地价,不需再向业主交租谷,每年只向国家交公粮。

这对地主、富农即业主是个打击,好些业主气势汹汹联名告状无效。但王继春在其他几个乡村推广均半途受挫。他难道就能摆脱失败的命运?

然而他又看到了希望产生了自信。模范村的侥幸成功全靠小蒋的政治威权;他当了一阵法院推事知道,不能单靠政府发号施令,必须由代表民众和社会各界的议会制定法律,再由政府带头执行。他会成功的,会比这模范村更成功……他心里又热乎起来。

第五章

一

薄暮时分陈学余回到洞头。小儿子正逗着一条小黑狗玩。小黑狗闻着了生人气息仰天狺狺地吠叫。他怕吓着孩子老远喊了声:“金巧!”

金巧呀呀地从屋里扑出,双眼波光闪亮。她回头抱起细伢再一次狂喜地向他扑去。他张开双臂抱住了他俩。她说:“阿浩,这是你爷,快叫呀!”

心浩冷冷地看了他一眼,怕生地往娘怀里钻。儿子多像金巧,也像心陶像金梅。

他轻轻地摸着她湿润的脸盘,禁不住迸出欢悦的泪花。

金巧利索地烧火做饭,腰上系的青布围巾使她的胸乳更鼓耸,两只丰乳像小狗一般窜动。屋子收拾得干净。灶里窜出的烟火味煮饭的蒸汽香甜味令学余如醉如痴。

他说:“我不能帮你什么呀!”

金巧说:“我不过累力呀。一看你就晓得你是累心。我的信你都收到啦?我就是想提醒你注意自己的身体。家里不用你操心!屋基事讲妥了,六头请人砍已运到河边,木头干透便可动手做了。我打算自己押运木排去赣州卖,细伢叫她姑姑带着,昭云很乐意的。”

他说:“别太累了你,干脆请人算了。你不能再像你姐死累。有你,我才能一心做事!”

金巧说:“你好好休息几天吧!”

他说:“现在正是下种时候,在家做做工夫就是最好的休息。”

金巧倏地红了脸说:“你是县长,再下田就讨人笑话!你回家就给我好好歇着。”

他问:“朝勋他们好么?”

金巧说:“现在他强多了,创出了个局面,他就是改不了洋学生的脾性,该争的不去争,宁愿看着银子流进别人荷包,一点不急。诊病开药倒认真死了。那次他给人做手术呀,差点闹出了陈黄两姓斗大架。他不晓也不理会信泉的深浅。傻人傻命,好些头胎女人盼他接生呢。不像萱公,我看他洋洋洒洒倒是福分哩。”

他几分鄙薄地说:“人家喝过洋墨水,有毛子技术嘛。”

乡村的夜多静呀。金巧将细伢推向一角,急迫地扑到他身上。他脸上、胸脯落满了她温软的唇印。她双手粗糙像把薯刷使他心酸。他是个只对妇娘产生欲望的人。往上摸就光滑和瓷嫩了。久蛰的情欲像火焰哔剥地燃烧。她尽情地敞开着,奶头竟溢出清水。

他说:“别让细伢吸奶了。”

她深情地说:“我不想这么快又怀上,做全了房子再怀吧。那次我以为你有经验,比我还慌张……抱紧我,我是你的田你的地,你狠劲些吧!有时我想你,巴不得一步跳到你身边。自己的男人在家几多好!”

他说:“我真想带你到身边!”

她说:“让我把房子做全,这日子也快的。我在你身边,你的皮相会滋润的。石街的叶宁玉生下一个崽倒嫩了,像十八岁水灵灵的妹仔。你知道么,她跟朝勋就像两夫妇一样。”

他叹口气说:“我姐姐可怜呀。”

她说:“昭云姐倒想得开,她脾气真顺。嫁了一个洋派老公,只有这样了。不过,朝勋待她也是顺眼顺鼻的。两口子不斗火,真奇怪!”

他觉得轻快了,自己年轻了。享受妇娘的热情实在是世界最美好的事情。

二

她兴奋着欢快着,老公真是从天而降。他在家里时间短,她几乎能记起他在家里的每一夜,想起来还让人发笑哩。赵湘如过世,她更多跟石街的叶氏作伴,暗暗地向她学点经验。慢慢地她也认为叶氏还算个可亲可爱的好人。

她拗不过他,让他去田里做活。怕他累着,他在地里干了一会她就催他洗濯休息。炒花生上火,她特意煮了盐水花生给他吃。

中午她激他要他,心旌摇荡地应用叶宁玉的经验,果然让他舒服让他激荡,她自己也快乐。不过他很快显露力不从心,而且兴致锐减。她问:"有不顺心的事么?"他摇头,却气派地说:"终于挺过来啦,我顺呢,我要做更大的事!"她红脸笑着说:"男女同房是大事哩。"他说:"你不懂哩。"

她想,朝勋精力好旺,难道他做的医药是小事?她又释怀了,老公做县长做官,那才是扭转乾坤的大事。

陈学余深知金巧炽烈的柔情,他在家时间太少,所以拼着劲抚慰她,让她相信他在外面顺心。他真是累了,喜欢她欣赏她,但难有男人那种切实有力的行动,一上床很快入睡。

一天半夜,他扯着轻轻的鼾音,金巧却东想西想没睡意,睁开眼睛看着屋里的一切。黑暗中她突然发现床头么子东西幽幽发亮,伸手一摸吓了一跳,原来是铁家伙——老公的小手枪。显然他没放好。她把它贴着脸儿一股凉爽爽的舒服感觉。她点亮油灯,仔细揣摩这个威严发亮的铁具,它卫护老公呀!它的武威就是老公的武威!一个人一个家庭得有武威的东西!

她一抓起它心里不由生畏,这小小的铁家伙能使高大蛮横的汉子屈服。胡保林、高源他们都是靠这东西耀武扬威的。此刻她把它当做老公的化身,用它慢慢抚摸自己的颈项、肩膊、胸乳、肚腹、大腿……她感到无比的骄傲和快意!

有它在身边她更有勇气和信心抗拒那些漫长的孤寂,也不怕别的男人对自己不怀好意!它也是家的胆、女人的胆、陈家的镇邪物!她起了私藏这把手枪的念头。

她让手枪再次抚摸一遍全身,寻出一块红布把它包扎起来。几颗子弹另外用香纸包了,放在一起。考虑良久,她选中床头半墙上一个窟窿,稍加挖掘取出几把泥土,把手枪藏在里面,塞一些布筋。再移去一顶层橱挡住墙壁。她利索地完成了这一切,觉得屋子更有生气自己更有力量!

聪明天真热情的山里女人呵!福兮祸所伏,几年后这等于对脚跨鬼门关的老公再踹一脚——

好几年以后政权易手陈学余成了罪囚,奇特的命运使他走向生命尽头的前夕再现一次奇特。其时他神情坦然,已做了心里想要做的,他对生存不再寄于希望。不过他迟迟未判他又盼望一线生机。此时生了锈的手枪和子弹被搜出置于他面前,金巧也有口难辩,他却大吃一惊。他为她难过。他又一次把全部罪责包揽过来承认是自己有意窝藏的……

陈学余一生慎微但这事给粗忽了。当他返回 K 县一摸腰间才知道手枪丢了，压根儿没想到是金巧所为。

一切都得付出代价；人付出最大的代价就是人自身非正常的颓丧和死亡……

第六章

一

王继春尸骨未寒，陈潜又搭上了新县长周宇安，快要进县高层。“陈潜风”已在信泉横冲直撞……

他在县城得知信泉传出蒋经国亲自到县里看望王继春的一则趣话——

蒋经国手提沉甸甸鼓耸耸一个皮包到县府，王继春发觉是蒋专员连忙站起，问：“专员，提包这么重，里面是些啥东西？”蒋经国风趣地说：“这是老百姓一叠叠告你的状子，说你县长做得不好喽！”原来，在得知王县长病重仍坚持工作，许多人把表扬信寄往赣州专署。

在陈潜看来，捧王继春就是斥周宇安，就是斥他陈潜，他担心新县长怪罪他，害得他像热锅蚂蚁向周县长既送言（解释和好话）又送钱，装尽了孙子。此话出自信泉人之口，他还悟出了对自己讥讽的意味。回到信泉陈潜面有愠色。

陈潜在石街上连连拂袖，黑脸骂道：“真是妖言惑众，岂有此理！”他叫胡保林去追查。

原来是卢启富在县中读书的崽书龙绘声绘色传的，当然也是听县城人说的。

书龙比他爷更是酸得掉渣。一次儿子寄回一封信，上面写着：

法得（father）骂得（mother）
男在县中读卜克（book）
各科都过得（good）
唯有英格利斯（English）不懂得
希望你老大人身体拜特（better）

卢启富似懂非懂好不得意，抓着信满街跑肆意张扬，让人知道他儿子是县中的读书尖子他家出头天的日子就在眼前。他恨不得马上找到陈潜过目！

卢启富捏着信经过庆仁店被叶宁玉叫住了。她穿着鲜亮该肥的肥该瘦的瘦比以前更叫人怜爱。他想儿子以后能娶这样的靓女做妇娘，家门更风光。他指给她说：“我那个在县中啃饭的写的洋文。就是英文呀，你真不懂！”

叶氏说：“石街会有人懂的。”

她一把夺过拿给公晖的黄朝勋看。卢启富这才想起石街不声不响坐着一位洋博士哩！他笑嘻嘻地走过去，希望他信口溜出几句好话。黄朝勋溜了一眼什么没说，把信给回了他。他立即后悔平时专吹捧陈潜而冷淡了这位角色！

一会儿他停下来竖耳听，黄朝勋与叶氏哈哈大笑。他忍住不敢发作。后来别人悄悄告诉他：黄朝勋说他父子是信泉的怪物、活宝。他赌气地将脖子一扭说："他才是大怪物，窝里一个店里一个。有屁的本事，只不过会操五寸刀子，我偏不怕他！不是黄盛萱他还想有今天的威风。"

他终于逮住了陈潜，嗓门更亮，还添了黄朝勋许多坏话。不料，陈潜凶了他一眼，压低声气骂他。他眨眨眼丈二和尚摸不着头脑。

陈潜进了济昌店，又换了嘿哈哈笑脸。赵仲椒赶紧打出一碗冬酒端出一碟花生米，恭敬地立在他身边，装出什么没听见的木讷样子。陈潜有板有眼地说："周县长决定把县府搬上信泉。信泉早应成为全县中心！"

打屁的功夫传遍了石街。信泉要做县衙啦。陈潜实在有手段！

二

石街的赌风死灰复燃比以前更嚣张！陈潜加设了几处赌庄，叫胡保林坐镇维护治安。

虽然下山做了保警队头头，胡保林不敢神气，傍得陈潜巴紧，怕王继春什么时候拿了他活埋。如今王继春殁了，他觉得一身轻快。

他酒是有喝的，主动逢迎他的女人也有几个，他仍心闷，他喜欢不易上手的女人，比如庆仁店的叶氏。她背后不就一个洋医嘛。他不明白信泉人竟怕了这个独来独往的洋医。像得了传染，他也怵黄朝勋的手术刀，笃信这洋医有魔术，只有放弃鲜亮的叶氏。

他盯上了见他就躲开的广记铁铺老板娘范氏。她老公阿张光着上身两个拳头像钵头嘿呀呀地打铁，一块红软的铁左打右敲成了黑青的铁器，被阿张夹在水中淬火，滋地一声冒出一串白花花水汽。铁铺里到处是铁屑。店上摆着各式灿亮的刀具。范氏平时就守着店铺做生意。

他一旦铁心玩邪儿胆比谁都大劲比谁都狠。他重新布置了一番卧仙楼。陈潜眉开眼笑地陪着县党部书记吴元洲一行进了卧仙楼，夸胡保林这步棋实在妙，既让上级官员高兴又叫自己发财。

此时他胆子骤增，找岔子给阿张找麻烦，暗地里叫保警队去骚扰。

一位小队长叫阿张打把烟刀，不是说打短了就是嫌重了，反正都不满意。阿张火了干脆不搭理，自顾嘿嘿地打铁。保警队又过来，阿张眼一瞪将一块红铁伸来，小队长手背一层皮被嘶地掀掉疼得在地上打滚。阿张被扭进了班房。

广记铁铺关了门，却被胡保林敲开了。范氏表示只要能把老公平安释放她什么都愿。

胡保林好生安抚了阿张一番说为了救他冒了丢饭碗的危险。他直白地说:“这是有条件的,你婆娘归我用!”阿张只有顺从他。他叫阿张可以去卧仙楼。

这天晚上胡保林又在范氏房里过夜,勤务兵从窗缝里塞进一纸急件,原来是征兵令。又要送一批壮丁上前线。他搂着范氏,不假思索地说:“若蔡振通回来了,还是抓他去!”

三

蔡振通已过了做壮丁的年纪,好歹成了家,想过一种无声无息的生活。他怕上街怕见黄家人甚至怕见黄朝勋的亲戚。黄朝勋是恩人哪。他老婆朱氏对黄朝勋无比的感激,细伢一作寒发热她就奔“公晖”,她管黄朝勋叫仙医。他逐渐明白大家住在一块地方像赶圩一样,一生短暂,不能斗得太绝太恨,人离不开人,说不定么子时辰得求助于冤家对头哩。

官府却不让他过平静日子。

开头那次胡保林气势汹汹带兵围住了屋子,他以为自己的罪恶已暴露。却是抓他当壮丁。当就当吧,他怀着赎罪的心思乖乖地让人捆绑自己。集体押解上路的一刻他对胡保林对国民党的仇恨又炸开了！他真想豁出去拼一身横肉！那天押着他走过石街时,碰上陈潜,而陈潜冷眼如同看一条狗,他更气炸了！晚上陈潜见了他,拍拍他的肩膀说:“你年纪不小啦,别那么大火气。脑瓜多转几下嘛,你发财的机会到啦,有人舍得出钱。”他顿时明白了几分,自己真有本事呢。

他的年纪大了一些,可是熟兵路,训练起来大受赞赏,上战场前夕便突然失踪。他每次逃跑都直奔家里,还是家里温暖。果然家里得了票子。

第二次又抓了他。叔叔老六提着礼盒悄悄请陈潜出面帮忙,陈潜却说:“他有这本事可以卖壮丁的,比做田强哪,人只要有本事走到天边都不怕!”蔡振通果然又得了一百块光洋。没多久他又平安地出现在家里。他不再躲避,大声讲价钱。他成了出名的壮丁专业户。

这次胡保林带着保警队又开进蔡家垴,立在山嘴大叫一声:“蔡振通!”

蔡振通开溜回家不过几天,他一听胡保林贼嗓门便知道又得充壮丁了,不慌不忙出来,不声不响吧烟。他毫不含糊地说:“如今什么都涨价,不加码不行!”

胡保林亲自出马。他问:“票子呢?”

胡保林冒火说:“能少你的？脾气蛮大。镇里不追究你当了红军头头就算开天恩啦!”

他心虚了,突然暴怒地说:“有钱有势就不用当壮丁,像黄朝勋,你们敢抓他么!”

这一刻他又恨社会恨一切人！不再为做过红军、奸污赵湘如而心虚难堪。

四

在喧哗的石街黄朝勋拥有了自己的小天地。他终于挺过来了,局面大为改观。家乡的艰险和温情都出于他想象,还是家乡好。他经常出诊,像父亲一样踏遍信泉的山旮旯。即使听见蔡振通骂他恨他,他依然不事声张我行我素。

那天,趁雨水狠河流汪涨,金巧随木排出发了。她请自家堂兄当排工,几百根长木扎成像样的木排,上面盖了住棚搭了锅灶。她决心亲身到赣州卖木头筹集做房资金。不要老公到前,她做桩事业给信泉人看!

黄朝勋同昭云在河边目送着。昭云举着心浩向金巧向木排招手。河水宽阔汹涌发出强劲的呼啸。他佩服如此年轻的金巧竟有这样的心计和胆魄,惊讶信泉能出这样的奇女子。他心境变得邈远,心里涌出赣州有过的一切。赣州离他这么近又那么遥远。他不会忘记赣州的!

不久,他听见了日本飞机又一次轰炸赣州、白素莲被炸死的消息!

第七章

一

自元旦被轰炸赣州一日数惊,工作和生活秩序打乱了。每天大家就近郊躲空袭。白素莲没有走远,躲在住房附近自筑的掩蔽体。生活一天比一天艰难起来。

元月中旬那天空袭警报又拉响了,这次扑来好多敌机。人们惊惶不迭。防护团奔赴大街小巷催促疏散,哨音嚯嚯像一道道发怵的闪电。人们紧张地涌向北门到山里的唯一通道——浮桥,不怕把浮桥踏沉。敌机的隆隆声像乌云压在头顶,二十八架飞机低空飞行,炸弹纷纷落下,四处爆炸起火,赣州城成为一片火海。浮桥的一端被炸断,走不赢的投入水中。

敌机刚刚飞离,街上的哭声、呼叫声愈是响亮。白素莲推开老公走上街头。她把孩子交给老公自己随防护团参加了抢救。废墟上到处都是断头残肢和血污尸体。死于轰炸的一个妇女一手捏奶瓶一手搂住细伢。闹市区的商店、银行、酒家、旅店均被炸毁。这次炸死二百余人伤三百余人毁房屋一千余栋炸毁公私财产物资不计其数……

源记旅店不在闹市区而幸免于难。

赣州每遭一次空袭,白素莲就给黄朝勋写信。

白素莲加入了灾民收容所工作,收容了无家可归的灾民四百多人……

白素莲信中写道:"我们的收容所设在光孝寺,一开始我做入所申请、登记的工作,对入所的灾民管吃管住管医疗,发放棉衣棉被。后来转为安置灾民今后的生活，困难很大，大多由灾民自己解决。从中我体会到工作的意义、为民众做事的快乐。困在家里难过呀，走出外面海阔天空心情愉快。我是受了你的启发和帮助才走上社会的。我乐意为社会服务。

"朝勋，你如果在赣州也一定会用上你的特长，全力投入救灾工作，为灾民治病多有意义呀！我可以做你的助手，我们一起分享工作的欢乐。做一名医生真好。做这种工作要特别能沉住气。有几次我路过源记，都拐进看看你过去的诊所，好像你还在那里静候我的到来。

"如今我挑起维持家计的担子，银行被炸，老温失去了工作，他就是放不下面子，看看灾民的悲惨，还有什么面子可讲呢！幸好，孩子听话，他也听我的。几年不见你到赣州，赣州让你伤心失望了。官场归官场，赣州你还是有一批好朋友嘛。你来看看我吧。真的，我好想你……"

这封信她写了满满的七八页。黄朝勋为她的热忱深深感动了！他几乎忘了源记，而她却一直记着，他涌起了歉疚，人是因爱具体的一个人一群人而挚爱一个地方的，他内心深处，是爱源记爱赣州的！

他给白氏汇去一笔款子以补家用，本想抽空一定到赣州看一看，但还是把行程又给向后延宕了。他为了避嫌——怕她以为他寄了款项又急切地向她索取爱的回报。他还考虑刘怀馨。尽管怀馨没写一封信，但她的境况他是应该关注的……

二

黄朝勋喜欢看金巧扎排而喜欢云水河了，他喜欢到河边远眺和静坐。木排连同小竹棚在水波里的倒影好看极了。扎排更把他吸引住了。

把长条杉木从羊角子湾水运到云水河边算是第一站。金巧请了娘家亲戚当排工。长条杉木剐了皮白皙皙的像女人滚圆的大腿，过几天被日头晒得黄灿灿。一条大排成十丈长。排头竖起了竹片编织的简易住棚。再下场大雨木排便可顺水出山了。当木排升起第一道幽蓝的炊烟，排工和年轻的金巧就成了水上人家了。

黄朝勋牵头替叶久娶回一个本地妇娘黄氏，黄氏学制中药，学着掌管柜台。叶宁玉更是下决心跟他学打针学护理，成了信泉石街第一个女护士。她担心他受不了人前人后的唾沫呢，可他从容坦荡比萱公更气足沉稳！

已过了立夏山地疏疏地绽开迟开的红杜鹃，万绿丛中一点点红。这天叶宁玉抱着泉生小心翼翼地踏上木排，水没过了她的脚背，黄朝勋赤着脚悄悄地跟着，他们立在水上看岸上的风景，小洞的房舍只露出一角。

叶氏赞叹说："金巧真不能小看，敢只身押排闯赣州。"

黄朝勋说："一半时事一半自己选择，你想做什么人就能成为这种人，就像你学做护士一样。"

叶氏想，少数人能够像你朝勋这样的。她突然大胆说："看这小竹棚，像我们成一家子在水上营生哩。任水漂流多好!”

他说:“你敢?”

她说:“你敢,我就敢!现在我不再害怕了!”

他说:“你掌握了一门真技术,别人就不敢也不会欺侮。我从不以势压人,大家都是人,都有好好活着的理由。宁玉,你凭自己的力量摆脱了烦恼。”

她红着脸看着汪荡的流水说:“是你鼓励我哩!你真是跟别的男子不同。”

他说:“我也是一般人呀。宁玉,有朝一日我想在水边竖起一个楼阁,我老了就住在这里面,多清静,可以好好地写药书。那时你肯陪伴我么?”

她说:“只要你愿意,我会来!”

落霞给碧水披了一层胭脂,天色急骤地暗下来。一道闪电显出了西山一大片浓黑的乌云。他想,今晚一场大雨,木排出山,过后还是汪荡荡的水面,一切都是短暂的。

他觉得耳边温热着;叶氏抱着细伢将血红的嘴唇探过来,他不由自主地把嘴迎上去。呵,她在显示勇敢了!

这时大厅里几个排工正喝茶聊天,夸奖金巧如何能干。黄朝勋聊了几句便走进东园。朦胧夜色中十几盆兰花好像更精神。昭云忙不过来,他也是有一顿没一顿的,兰花残败着,难怪排工说父亲在世家中的兰花特亮。他打算动手收拾一下。进屋却见桌子上有一封信,他抓起一看是刘怀馨的笔迹,心里一阵激喜!她终于给他来信了!

刘怀馨带给他的是白素莲被炸死的噩耗。这封信“走”了半个月白素莲死去半个月!他懊恨不已,拣出白氏最后一封信,两串泪珠落在信纸上。

他决定马上赴赣州……

三

夜里好几个钟头狂风骤雨,漫山遍野响彻流水的吼叫,云水河浑浊起来壮阔起来正是行排的好时候。黄朝勋心切正好搭木排顺流而下。他算计着至多四天就可以赶到赣州。

然而在水上竟待了成十天。

水浪滔滔。江面不时漂来散木、腐木、残枝、死猪和死人。排工只着短裤挺立排头打着橹使木排在层层险浪险滩中劈出一道坦途。金巧挽着一个大而圆的发髻着普通的大面襟青布衣衫完全是一副乡村少妇装束。

早已经历过惊涛骇浪的海洋,呼啸奔腾的江河并未引起黄朝勋的惊奇。他这几天想白素莲想了最多也最久,他多爱她呵。

一个排工说:“许多人就是在小江细河中翻船;几任县长都被我们信泉老表搞衰哩!”

黄朝勋不以为然地笑笑。

排工又说："信泉人能把赣州府搞个晃晃动！城里人算么子，不过白净些，可死要面子。郎云龙在赣州见一个人屁股掉出一个破米袋，拾起追过去给他，他板起脸说，'潲气，我怎会有这破烂货！'到了僻静处却要求给还他，说要用这米袋借米哩。"

大家哈哈一阵大笑，黄朝勋也噗哧一声笑了。他想说城里有灿亮，山里出刁民，怕官，只敢城墙背骂老爷。

薄暮时分木排停在清湖湾。这里早已停了一大片木排竹排，水面只露出一线水色。人声沸沸好像在激烈地争执什么。原来几个穿制服的人正逐排收税。好些人忿忿不平地说："王继春手上从未要过钱，你们要苦工佬的命么？"

一个姓罗的所长高举着一叠票证说："这是周县长的命令！全县几条大河都一样要收税。东道主出嘛，跟你们放排工无关。不交税不许放行，看你们有几个脑壳！"

罗所长袋子里塞满十几本发票收据，对黄朝勋说："老板，你还等么子，迟交不如早交！"

黄朝勋忍不住说："专署制定还是县里制定的？县里设有议会……"

罗所长一怔马上喝道："你这老板倒会理论。是周县长制定的，县长的话就是法！"

一个排工说："王县长制定了禁五毒的法令，他一死你们怎么不执行啊。"

罗所长说："别啰嗦，我就管收排税，有本事找县长去！"

一个排工说："你们晓得么，这排就是陈县长陈学余的！"

罗所长几人顿住了，互相看了看，又看看着长衫一脸富态的黄朝勋。罗所长放缓了口气说："公事公办；谁晓得你们是不是冒名呀。叫陈县长找周县长退去。"

金巧过来说："交！排是我的。我已交过一次啦。"

罗所长收了钱开了票，又神气起来说："幸亏我们认真；冒名的要法办哩。"

金巧说："县长太太都是着旗袍穿绸缎的嘛。要是你们贪污叫你们进笼子，强中自有强中手！"

罗所长讪讪地说："周县长派我来收的。老板，这女的是你么子人？嘴巴子蛮利的！"

这一夜黄朝勋的心更乱，水啪啪地吮吸着木排如同万千利爪抓着他的心。木排一架架靠着成了一片金灿灿陆地，松脂火通明撑亮了一方夜空。这是个水上夜市，人们打着火把赶夜圩。排上传来女人打情骂俏的嬉笑声。浩浩江水和厚厚排子阻断了他的思路。他不轻易烦躁；在这哗哗水程他却烦躁极了！

经过县城第二道关卡，金巧不声不响地把钱交了。她刚要把发票揉成一团扔进水里，却被黄朝勋要了过去。两张发票他慢慢抚平保存起来。他只是借此宣泄烦躁罢了。

刚过县界黄朝勋吁了口气,水面宽阔水流却缓慢了许多,他多想一步到赣州!

木排停在一个大渡口一直不让放行。原来河道已被一截一截分割各由一个黑老大把持,木排要一一进贡。黄朝勋束手无策,他的本事一点也派不上用场。

金巧溜溜地周旋。打听排业协会由一个黑道康老四把持,她不声张,趁晚上她叫几个排工用锅底灰抹了脸,黄朝勋当做老公,他们都住上一个当地最阔气的旅店,然后叫船老大把康老四请来。

金巧笑着对黄朝勋说:"姐夫,你别开口,你这神态最好!"

一会儿康老四由几个把兄弟陪同大摇大把地上了旅店小包厢。当头一个年轻女老板气派地立起请他们入座,周围几个黑脸跟着立起,只有一人悠然摇着兰花纸扇。

金巧说:"我外家阿哥胡保林托我借过排之机宴请康先生。这批木头是他的,望能赏个脸。"

康老四说:"果然是信泉口音。久闻保林先生大名,难为他看得起我们!"

大家左一句右一句添油加醋把胡保林从娘胎里跌出一直到占山为王到受县长王继春招安的传奇故事讲了一通。

康老四高兴地说:"我老四政界佩服王县长,绿林佩服胡先生,两位都是贵县崭角。不收分文平安送到赣州。下次我一定上信泉拜访胡先生!请问这位老板……"

金巧说:"他是我当家的,在专署为蒋专员做事,为体察民情特走一遭。"

康老四当即掏出一盒印泥,在一张纸上左手右手各按五个鲜红的指印,递给金巧说:"这是我的放行证。"

于是一路畅通。排工吐吐舌头说:"金巧表嫂你贼胆蛮大!"

金巧说:"走在黑道只有傍黑话,天大的道理这里用不上,我们为的平安过排。学余在那边以贼制贼,以毒攻毒,以蛮制蛮呢。"

黄朝勋苦笑,摇头。

四

赣州南门上岸,黄朝勋便奔天竺山小学,打算向刘怀馨了解详情,同她一道去吊唁白素莲。

凌馨早看见他,"叔叔""叔叔"叫得亲热。她又长高一截开始显现少女的水色。他想凌馨跟阿腾倒般配的,转眼自己就到娶儿媳妇的时候了。

还是那个小学那个房间那块茂盛的菜地。墙壁上写着"以血还血"、"打倒日本帝国主义"等大幅标语。刘怀馨脸上皱纹增加了,可一双眸子依然清澈明亮。他感到有如归家的舒泰,禁不住问:"怎么你老不写信来呀!"

她说："到处都不安宁，怕我的信加重你的负担哩。假如白素莲不出事，你不会到赣州的。"

他面显愧恧，轻轻问："你们母女艰苦。"

她说："最艰苦难挺的时候，说不定我会带着女儿来找你。"

这么说，她认为她的处境还不是最差。他心里赞叹一声！

他问起白素莲遇难的事。

她说："平时我俩很少见面，她转去难民收容所工作我见过她，她兴致蛮高的，坚强多了。她告诉我经常给你写信……后来敌机又一次空袭，扔下几颗炸弹，她是被定时炸弹夺命的。那天她老公带着儿子为她送葬——她葬在天竺山学校旁边的半山腰。我以为生命总是强大的，它却是这样脆弱。"

他感到悲切。

他俩在荷苞塘小巷口遇到了摆报摊的老温，一副金丝眼镜后面是悲戚无告的小眼睛。白素莲收容和安置了许多无家可归的难民，她的老公已成了难民而无法安置。老温脸上碾过一次又一次苦楚。他看到刘怀馨离开，告诉黄朝勋几次寄的钱都收到了。他啜泣地说："素莲不该死的，死去的都是有用的人！"

老温陪他回到荷苞塘九号。围墙已坍塌，小院像山包高低不平，正房的一边也坍塌，耷拉着发黑的屋梁、椽子，遍地瓦砾。

老温抹着泪说："那天空袭过后，我跟儿子还躲在洞里。我觉得地皮震了一下，总以为是别处的爆炸。当她走到小院，一声闷响，哗地一阵泥沙响，她被一根塌下来的柱子击中头部，没见伤没流血，全身软塌塌的。你在赣州就好了，一定能及时抢救！当时以为她受的轻伤，疏忽了，她吐了半脸盆血就没用了……"

黄朝勋发呆地站在小院，眼前老闪现自己第一次叩门同白素莲缠绵的情景，那时，他为了逃避还是为了寻找？正是与她缠绵，他产生了一种责任，每一次纵情都加重着这种责任。如今她已故去，这种责任依然迫压他！赣州使他厌恶，赣州又充满温馨值得留恋。他为什么要离开赣州？要不素莲不会死的，兴许他还能救活很多人！

黄朝勋带着刘怀馨找到刘锐央。

刘锐央一副官僚作派成了废墟上的骄子，不过也流露恐慌。他说："一看就晓得你从别地方来，你还是这么沉稳。你真有孔明算呀早早回老家开业。时局不妙呀！各人都在准备退路，下一步我到信泉躲难好了。平安就是头等福气！"

黄朝勋摇摇头说："我们信泉也每况愈下，一些事莫名其妙，实在叫人气愤！这时代真得了病呢。"

刘锐央说："你也会气愤？在我印象中你靠本事吃饭，炸弹落在你身边你从容自若哩。你说对了，我提心吊胆的，病不轻，给我看看吧！"

朝勋想，神仙难治你们这种人。他说："你有病去找老崔吧；有一事相求，白素莲是我的朋友,她最近被炸死了,老温原是银行职员也没了工作,一家子凄惨。老温有文墨弄去卖报太浪费了,你积个善——也算帮我的大忙,介绍一个工作让他好歹能安稳下来。”

刘锐央说:“你还顾你死去的伙计,难得!多少人随处玩随处丢的。到底是大牌医生,你又在给老温治病了。让我想一想,叫老温赶紧来找我,求职的人无数呀。也是三头几个月的,这局势谁也把不准呀!赣州没了希望……”

赣州人心如此凋敝,黄朝勋惊讶不已。刘怀馨轻声说:“我们去看素莲吧!”

他俩合扎了一小小的花圈,默默地送到白氏墓前。到处是墓堆。素莲的红石墓碑很小,上面刻的字难以看清。他站在墓前眺望,前面正是章江贡江合流处,信泉的云水河滔滔不绝地流入章江再汇入赣江。冥冥中她一定看见了他!他流了几串滚烫的泪水。

五

他俩并排地坐在墓前整整一个下午。他搂住她的肩膀感觉她的悸动,更感到了她的孤单。他第一次感觉她在默默地走路,她的真实处境何等艰难,但她不声不响地挺着。同她相处,一切的许诺一切的嘱咐都不需要,只需要给她以真正、纯粹男人的力量。

晚上他俩散步又来到几年前他们互相放纵的地方,并肩坐了许久。他感觉她紧紧靠过来,他从她颤动泪花的眸子里读出了她的渴望和企盼。她的情感是深沉更是急切的,是沉郁更是诚贞的——情感的蕴积已化成少女般的贞洁。她虽没着一字没写一信现在没吐一句半句渴望的话语,但她的激情无法抗拒。他不由自主地抚摸着她。

然而,他突然察觉离他们不远的、隐在夜幕中的白素莲墓地,白氏似乎在云端哀婉地注视他,他的冲动再次消退着。他察觉自己虚弱着——什么时候他也虚弱了。

刘怀馨识破了他漫漶的目光,轻声但不容拒绝地说:“我们回屋里去。”

在几个住校教师的侧目下她挽着他的臂膊决绝地走进房间。她展现出一个三四十岁女人全部的炽烈,扑过来亲他咬他不惜把自己弄得气喘吁吁。她的行动是一种反抗也是一种宣告。他很快明白了:她仍把他当做强有力的男人,并决绝地为之献身!一个坚强的女人是靠心底的渴望和企盼涵养的。他兴奋着冲动地回报她,他的力量并没有消失!向她展示全部的力量就是爱她向她献上他自己。

她哀求着呼叫着,呼叫就是哀求,那声气比野外响亮百倍。她伏在他身上扭动着战栗着。她喃喃地说:“我就要证明自己,我是真正的女人,真正的人!你也是!你还是那么坚强那么有力!抱紧我呵!我情愿被你撕成碎片。让炸弹在身边爆炸吧!”

他一句话不说，将脸抵住她柔软的胸乳倾听她的心跳——一个真正女人的声音！她是独特的也是唯一的。她也是他力量的源泉呵！动荡、沉重、哀伤、抗命、反击、寻找、选择、激荡——生活的一切生命的一切聚合成她心底炽烈的岩浆向他迸发了，他俩都互相喷发着，只有她能够发出这种深沉有力的撞击！

在这短暂的一天一夜，两人总是默默地相对，身体的语言解释了一切。她忠贞如初，她不会再爱别的男人了！

临分手他的手战颤起来，但愿别像白素莲一样又成为永诀。

他觉得自己又坚强起来，也相信她无比坚强。

六

处处废墟，赣州像个垂危老人，人们紧张而惊惶地忙碌，保安队来来去去增加了紧张的气氛。黄朝勋本想拜见邹校长和见心陶，却在阳明路口意外地看见了金巧和心陶并排走着。他又强烈地念起儿子黄腾来了。

金巧说："在家难，出门更难，他们欺行霸市没得办法，我把木头干脆交给行头。搭帮源记老板为我圆场，总算没斩那么凶。原以为卖了木头可换一栋新房，还有零用钱花，现在紧巴哩。家里再紧巴比不上在外的，我给了心陶些钱，心陶成了大后生啦！"

心陶一字一句慢悠悠地说："我们正在校外组织募捐，支援难民支援抗战，没谁坐得住！黄腾在我这里住了几天，他听说赣州连遭轰炸，组织一班子同学回家搞募捐，他比我活泛。"

黄朝勋很受感动，掏出二十块钱交给心陶说："不是你们这些热血青年，赣州没有希望！我表示个意思吧。"

心陶对金巧说："姨娘，你给的钱我一半募捐，行吗？姨娘，我知道家里的钱来之不易！"

金巧笑着说："行呵！你要好好念书，这是你爷一再交待的。当年你姑父就坐得住，才有今天的本事。"

心陶说："世上的本事多着；抗战救中国才是大本事！"

黄朝勋想，这一辈人呀！他承认心陶讲的有道理，但他不喜欢他和黄腾这样大呼噪，这跟信泉石街卢启富的呱噪有什么二样？他说："凡真正的本事，都是自己选择，磨炼出的。我老觉得你们这样不踏实。"

心陶反击说："我们就是自觉选择和磨炼！姑父，我倒以为你这个自由人不踏实呀。不过，你比我爷强一些。"

金巧说："你爷不容易，你不能这样待他！"

心陶叹息说："姨娘你跟了我爷，就说这种话。刚才姑父说得对，各走各的路，不能勉强的。信泉，只有朝励叔叔才算个血性男人！"

金巧觉得委屈极了，到底不是自己生的。她改变了快去快回返信泉的主意，决定去老公那里。

第一次听人而且是毛头小伙子说自己是自由人，黄朝勋不由一振。自由人有么子不好？他坦荡地笑笑，想说，战争总是暂时的，战争过后别一无所有……

黄朝勋也觉得偌大的赣州没一个安妥之处，漂浮、动荡、恐慌肆虐。他在怀馨那里逗留了一阵。其实他也在等待老温工作的落实。

这是他们在天竺山也是在赣州最后一次的相处。几个月后赣州就沦陷了。

第八章

一

陈学余悄悄地回到K县，信泉喧哗热闹而县城死气沉沉，这一强烈反差使他产生了自己不过是一个小县长的嗟叹。此时他的整个心胸已被自己的土改蓝图撑满，“胜利”就在眼前。

往常，只要他一回到县城保安大队长廖某马上就毕恭毕敬地过来了，有事无事聊上几句。廖某感激他提拔之恩，且佩服他确实清廉一心扑在公事上，逢人便夸他。因而他产生后院安定之感。他已把廖某当心腹。可是这次他明明打从保安大队营地走过，得知廖大队长在家，好几个钟头却一直不见其身影。这点他极为敏感。不过，他没往深里想。

陈学余兴奋难平晚上去找主秘黄朝水。他滔滔不绝地讲这次回家的见闻，着重介绍了一番广田模范村的土改。他说：“我们不走蒋经国王继春的土改路子，K县有K县的情况，不过，抓一个点以便全面推开还是必要的。我们的条文比S县宽松，照理不会引起士绅的激烈反对。你可先把广田材料印发，让他们有个精神准备，我是不赞成走极端的，他们权衡利弊也就会同意我们了。”

陈学余想用“法律”定下土改举措，但觉得太繁冗，时间拖得久，现在要紧的是立即行动！

按亲戚关系黄朝水私下里一直叫他“舅公”，敢于表明意见。他慎重地说：“内外局势都不利土改，我建议县长你再放一放。广田示范村肯定失败。照我的看法，县长把其他工作抓好就不错了，几项主要工作民众对我们评价都不低呀。”

陈学余果决地说：“我宁可不要别的所谓政绩，也得抓这项工作！”

黄朝水说：“偏偏土改不是单一的，而是跟其他工作搅在一起。比如，你不剿匪，民众会相信你么？另外的工作也会拦住你，直接影响你的声誉形象，你会不抓不管么！”

陈学余心里不痛快，但不愿挫伤这个唯一敢发表反对意见人的积极性；他转过话题问:“你最近听到什么?”

黄朝水起身出外面打了一圈,进来凑在他耳边说:“廖大队长跟郭超匀打得火热,他们一些本地官员想拥戴郭某跟你抗衡……”

他不在乎地说:“郭某能当县长不成?”

黄朝水说:“我们像饮鸩止渴助纣为虐呀。当然也是没有办法的办法,问题要对他们提高警惕。郭某这人是灭绝天良的!”

他沉思着说:“权宜之计嘛。对郭匪只有请正规军解决之！不过利用他把其他的土匪镇住了,他也有所收敛,暂作维持吧。”

黄朝水说:“危险就在这里！另外,在你回家之后,我接到一个指控前任县长邝智贪污公债券的报告,跟银行主任有牵连,事情非同一般。看来这份报告已向多处散发了……”

他一怔接口说:“我对贪污受贿向来深恶痛绝！如查有实据,不怕他是县长还是专员,定当法办！此类事跟清匪一样,非抓不可!”

陈学余不得已又搁置了“土改”。

二

前任县长邝智是邻县人,极重钱财,为人还十分傲气。陈学余对他非常鄙视。这次由一个乡绅牵头控告他。陈学余心里赞叹:K县也有黄盛萱一样的崭角!

陈学余交待由黄朝水负责料理此案,并由记者在《江西新闻日报》跟踪报道。黄朝水不辱使命经两月把邝智和银行主任勾结贪污的款项和事实基本查清呈报上来,一二十万元的大数额,几多百姓的血汗！陈学余以县政府指令转高等法院核办。

邝智慌神,在囹圄中拜托郭超匀出来周旋。

这天陈学余正在看报:赣州连续遭日机轰炸损失惨重。听说蒋专员久久逗留重庆,他更意识到赣州朝不保夕。赣州是保证日军在华南、华中、华北直到东北交通运输畅通的重要城市,至少有一场血战。K县也闻到了战争的硝烟味。

郭氏廖氏结伴找他。一听是为邝某说情,他不高兴地说:“我以为二位在为抵御日军做准备呢。报纸披露已无任何回旋余地!”

廖氏嗫嚅。郭超匀咋呼呼地说:“人家答应退赔嘛。县长,官场的道道我不太懂,但认准一条:你支持我、我支持你,两个巴掌才能拍响,老邝后面有人哩!”

陈学余决绝地说:“依法办事,别再啰嗦！二位莫再提此事了!”

廖、郭的说情倒激发了陈学余抓紧搞土改。他选定东门村做示范点,分头召集士绅和乡民会议,进行土地普查按户登记造册,正好该村已有一百多亩田转到郭超匀手中。黄朝水建议另选一个点,他不吭声大有碰硬之气概。

找县长的东门士绅多起来了。他们仗着住县城旁边,村里又有好几人在衙门当官，有的在专区做官，对陈学余不怎么客气。他们说："陈县长为民众做了些实事好事；不过我们专区还没哪个县搞土改，趁大势嘛。听说我们县有共产党游击队活动。陈县长别做使亲者痛、仇者快的蠢事！"

陈学余冷笑说："这么说蒋经国在赣南搞土改也是受了共产党挑唆喽！迟搞不如早搞，孙中山先生多次倡导'平均地权照价纳税土地国有'的主张。我们的法规比赣南优越，对诸位不会有大的伤害，反能促使士绅搞实业图发展。赣南定三年归国有，我们县定五年。这也是大势，望各位士绅从国家利益着想，协助本府开展工作！"

一个士绅说："这兵荒马乱年头，日本人说不定哪天就来了，陈县长的努力岂不是瞎子点灯？"

陈学余笑道："搞了总比不搞好，我敢为地区先！人努了力而不成功，此乃天意，我心甘情愿！"

他主意已定，决定第一步以县府名义宣布东门村的土改实施方案。这样他不由自主又走上王继春"以权制法以权代法"的老路。开大会之前，他悲壮地对黄朝水说："不是为一人几人之私利，我抱定辞职的打算。我是知其不可为偏要为的！"

他在县府礼堂主持会议，表情非常严肃。他详细地介绍了蒋经国王继春在赣南的搞法，本县的土改设想。

会场一下子炸开了。叽叽喳喳议论的倒不是那几个正襟危坐的军人而是当地文官，因为他们大多家里广置良田生活优裕，且认为土地私有自古有之。

陈学余正声说："议论可以，但必须执行照办，这是本届政府要实现的目标之一！"

大家被震慑住了，议论之声变小了。好些人不敢站起来表示反对，转而小声议论陈学余背后的来头。

满面怒容的郭超匀站起发话了："这里不是赣州，完全没必要做王继春第二！搬么子鸟正统，我不吃这一壶！专区其他县都搞了，我们县再搞不迟！出这鸟风头想往上爬么！"

陈学余盯着廖某，希望他拉劝郭超匀，可是廖某一声不吭一动不动。

陈学余确信他已受郭氏拉拢，只有自己挺上去！他严肃地说："土改符合中山先生三民主义要义；为政怎可不讲政统和正统！老郭你这点常识不懂，请你三思而行，勿要以小失大！不同意的可以辞职！"

这下倒封住了郭超匀的嘴，他嗫嚅起来。他原以为一句"鸟鸡巴"可以一锤定音推翻县长的决定，不料这县长"剥"他的皮。他实在讲不出几句道道。

会场活跃起来，发出辛辣的笑声，显然大多数人对郭超匀不满，陈县长敢碰硬实在大快人心，这刻好像都忘了此次会议的主题，以为县长在抗击郭超匀。大家都举手支持县府的土改方案，其实许多人拥护的是对郭超匀的重挫！

第一关竟这样闯过,给陈学余一个意外的惊喜。他派的工作队进驻了东门村,按既定方案展开工作……

三

告状信一封封寄往省、专区,这是陈学余预料中的,他也知道告状人中有一些是会上举手支持他的。他笃定上面不会受理,因为赣南蒋经国已做出先例。都说陈学余仿效赣南,学余笑笑不语。据说他在国难当头还想到实施治县这一基本方略已引起省府某要员的赞赏。

后来陈学余得知,郭超匀不同他顶撞有更重要的原因。各县已有成立参议会的动向,参议长多由本地人担任,郭超匀已瞄准了参议长这一能制约县长的肥缺。他的土地遍布全县各地,东门村的只不过占二十分之一。郭超匀屏声敛气以求一逞。不过陈学余认为,成立县参议对自己如虎添翼!

然而,郭超匀就是郭超匀,他只能听从廖某规劝沉默一时,他的田产只能多不能少!他来硬的,出高价买通一些人到东门村放风:"哪个敢分郭队长的田,叫那人断子绝孙!"

这一着把佃户们给镇住了。于是先喜后愁想一想还是把一纸契约送回村公所。有的佃户竟埋怨县府干么子鬼名堂!把乡民当木偶玩么?

陈学余叹息乡民太猥琐胆小,饭香到鼻子下还不敢张嘴吃,宁受盘剥,不要好处,不想解放自己。相信县府还是相信郭超匀?他亲自带人到东门村逐家逐户做解释。

一个佃农说:"县长大人,你为民众,我们领你的情。你们几个是过路客,他们才是坐地虎,我们得考虑今天能吃饭,明天、后辈更能吃饭!"

一个佃农说:"县长大人,人家有枪有人,你瘦棱棱怎能敌过他们!"

民众素质太低,这又是他未能意料的。他的土改被卡了壳进行不下去。这是而立之年的民国呀,他又一次对民众深深的失望!

这次失败在许多人意料之中,他的威信不是低而是高了。可他看重的却是这一步!

许多人劝慰他,黄朝水劝得最力。陈学余沮丧地说:"别劝我了!劝我不如捅我一刀好了!"

陈学余更沉默了,他认定的事业刚起步就夭折了,不是失败于诸如郭超匀等明火执仗的反对,而是被掐于能从中大受其益的民众之手。

他大病了一场,头发又白了许多。过去为保持威仪他经常染发,现在他发也不染了颇像经了一夜冰霜。他为民众哭泣,为民国哭泣,为自己哭泣!

四

金巧正好来到他身边。

金巧见他满脸沮丧,吃了一惊,他一定遇上了大磕绊,做县长太辛苦了。做县长就是做大事,她却无法理解他因失败的满腹悲凉。她只能尽妇道抚慰老公。她换上一身软薄鲜亮的装束。清扫洗濯收拾,用心烹调做他喜欢的饭菜。他情绪有好转,还体会出女人的慰藉来,甚至理解萱公为什么满意赵湘如了。

他欣喜地说:“你再不来,我要进赌场了!”

接着又说:“金巧,你让我记起萱公跟赵湘如。”

她明白他的所指,耳根发烫。她从叶宁玉嘴里琢磨出一个真实的赵湘如。

他急切起来。她放松自己,配合和帮助他把自己消融。这次他跟在家里完全两样,全身心扑入同她的嬉戏,对她产生了莫大的兴致。他狂放她也狂野。他暴虐起来,她唉唉地顺受。

一两天功夫他更消瘦了。拥着娇妻他觉得官场县府真是大桎梏。只有娇妻才能抚慰他。只有这个可心的年轻妇娘能让他忘忧,忘掉深重的沮丧。

她娇娆地说:“交你,随你,任你,只要你喜欢,满意……”

他把工作推给下属,说是下乡视察,他带着金巧到乡下游逛。他想找一个避开政客官僚士绅,不沾一丝官尘比较恬静的地方。他携妻前往平玉乡的僧石寨。

僧石寨有个内宫禅院,原是考中进士第三名探花及第的宋代邑人所建,因病赐归夫妇奉佛于此,屡遭兵燹屡建,远近知名。陈学余曾几番路过。

方丈倒认得他待他殷勤,搬出《印光大师文钞》。他乐得清闲随手翻开第一页:印造佛经像之十大利益——

一、从前所作种种罪过轻者立即消没重者亦得转轻。……

六、至心奉法虽无希求自然衣食丰足家庭和睦福寿绵长。……

十、能为一切众生种植善根以众生心作大福田获无量胜果所生之处常得见佛闻法直至三慧宏开六通亲证速得成佛。

故凡遇祝寿贺喜消灾祈求忏悔荐拔之时皆宜欢喜施舍努力行之。

他细心对照竟无一条合他的心境。金巧倒虔诚地将卖木的钱捐了五块。

他对方丈说:“我想借禅院小住几日,房钱照付,伙食由内室操持,请挡住他人,让我清静。”

虽是七八月但非常凉爽,念佛之声如蝇嗡,环境幽静,简直与世隔绝。

金巧着意扯朝勋同叶宁玉、湘如同萱公欢悦的事情。陈学余早有所闻,鄙视过萱公,也为姐姐昭云叹息过。朝勋太过分了,都是留洋站城市沾上的坏毛病!当得知赵湘如和萱公的幽秘,他十分震惊,难怪朝勋硬朗不起,做不了中流砥柱!黄家血液里注入了颓败的毒素。

听着听着,陈学余的政治抱负又悄悄回还,对着金巧一对眼睛又贪婪起来。她的脸又一次红艳，但她明白高墙深院是神圣之地，连说话声气也收敛了，就像她走进信泉万寿宫一样。他奇怪而不满地说："这是我的领地，我就是带你找个僻静地方乐一乐的。事在人为，人要做大好事。我从来对寺庙不感兴趣，更不被它约束！"

金巧掩住他嘴说："别叫山神听见哩。你不是敬万寿宫么？"

他说："我是信万寿宫的对子！"

大白天他俩又嬉戏起来。此刻他雄心万丈，疲倦消失了。金巧却克制着，她畏天上地上的神灵，更思量瘦削的老公，轻轻说："你身骨子要紧哩！"

他发火说："你什么别说，你是我的女人！"

她温柔地顺从着。他面孔狰狞，这是他县长的作派哩。他亮出从未有过的凶狠，不怕弄疼她。她知道此刻的他只要自己服从，完完全全服膺，不得表露一点属于自己的意志。他爱她才这样的，她感到幸福。此刻她的欲火被他的暴虐拨得更旺，浑身软软的，快意潮水般将她吞没。终于他累得趴在她身上下不来。

她喘着气想帮他，却被他强狠地制止了。她有些奇怪。他是虚弱的又是有力的，他其实压不住自己却偏要驾驭自己。这会儿他狠劲拧她，她没了快意只有痛楚，不过她没有叫更没有拒绝，继续顺从着，两行热泪却控制不住地淌下来。

他得意地说："你真好看！我担心镇不住你呢。"

她想，在工作上他又想镇住谁呢？她一点快乐也没了，反而疼痛。她记起叶宁玉赵湘如，她俩好像在嘲笑她。难道她俩没有遭逢她这种痛楚？难道那几个男人跟老公真不一样？

她看着身上的青紫，却微微笑着说："你不像信泉男人哩。"

他的脸绷紧了，不快地说："舍我其谁，他们算什么！"

她突然扑过去，转为主动使出女人的疯狂，把湿濡濡挺拔的奶子按进他嘴里，要他去咬，两只汗油油柔润的手不停地出击。然而他的反应微弱，连抱搂的力气也没了，脸色转青露出痛苦的神情，像濒临死亡一样。她吃了一惊，她的劲才刚刚使呢，她企盼他更强更猛！她这才发现，他有病，病得不轻。

她害怕了，抱着他热烈地叫他摇晃他！

他虚弱地笑了，承认不行，塌垮了。

他盖着一床绵厚的被子，颧骨挺耸满脸灰青，眼睛像残冬的落日散漫无光。她慢慢明白，他一定碰上了深深的挫折。她摸摸他松弛的脸笑着说："我以为你们做官的是真老虎哩！"

他有气无力地说："成真老虎才好呢！"

两人静悄悄休息了一天。他吃力地说："真是躲鬼躲进庙！回县府去！有许多公务等着我。"

她想，神灵冒犯不得。她说："我们回信泉住一段。干脆回家算啦。"

他说："不！你陪着我，身边有你，心里就踏实多了。"

她心里却担忧起来。

五

陈学余和金巧回到县府。黄朝水见他病恹恹的,吃了一惊问:“县长你病了?那地方湿气大寒气重。”

金巧说:“你舅公凡人坯子,消受不起。”

黄朝水直白地说:“舅公就是丢不开土改事。谋事在人成事在天,只要尽了心力就行!”

金巧想,果然老公有心事。

陈学余像个病鸡脑壳难抬,“土改”失败的阴影一直挥之不去,他也下不了叫她回家的决心。他明白应该自个儿承担,过了春节让金巧回家,自己重新振作起来!

可是,二月快过大年时,赣州沦陷了!

——一月下旬蒋经国曾向民众表示“要与赣州城池共存亡”。专署下令大小机关一律撤离,居民疏散。发电厂已拆迁,晚间全城一片黑暗。一天晚上重庆来的一架飞机悄悄把蒋经国接走。日寇几乎不费一枪一弹占据了赣州,继续向通往广东的公路野蛮地扫荡……

金巧有家归不得。此时陈学余的情绪一跌再跌。他的雄心和蓝图已胎死腹中。此刻他明白,在民族存亡面前,他的“土改”能算什么!

金巧在他身边待了一年,她胖了脸白净了手脚柔润了身子更丰满了。她在小院开了一小块菜地,消磨体力和时光,消释对家里和儿子的思念。她还为学余、心陶和心浩各做了几双布鞋,织了好几双袜底。

她问:“日本兵会侵占信泉么?”

他发愣忘了回答,他无从回答,他只是一介小小县长。

喜从天降,七月中旬赣州收复,八月十五日日本投降了!时局一变再变。陈学余又振作起来,他心中爆发出新的力量!

那天晚上万千群众自发地提灯游行涌到县城中心。县城成了灯火的海洋、人群欢欣喊叫的海洋、锣鼓鞭炮通宵开花的海洋。子夜,陈学余同金巧仍沉浸在街头的狂欢中。

这是真正的民族狂欢!官民之间的界线消失了,人与人之间的仇隙不见了,大家都向着光明向着新的太阳冉冉升起。晶亮的火焰就是生活的希望也是陈学余的希望,有希望的气氛才能不断地产生希望呵!

他心中的蓝图又在撞击他了。蓝图其实并没有死去,只是缩在他心头。他果决而亲切地对金巧说:“你赶紧回去!我的病好哩。家里的事你大胆去做。你听着我的好消息!”

上头说各县要成立参议会，说明一切已走上正轨，这正是陈学余所盼望的。他的土改方案，一旦被参议会通过，一百个郭超匀也无奈何。他惊喜莫名，神圣目标的实现，只有咫尺之遥！不过，他也清楚，“虎大为患”，郭超匀爬上参议长位置已无可怀疑了。这样说来他的目标依然充满变数。他又后悔以前怂恿了郭超匀。

郭超匀贿赂了乡民代表高票当选县参议长。陈学余假惺惺向他祝贺，希望他积极协助县府开展工作。新的较量在悄悄进行。

陈学余示意黄朝水等贴己心腹串连一些乡民代表提出土改方案，派人到县中发动教师做乡民代表的工作。连表决的细微之处他都考虑了。志在必得，庆贺的万响鞭炮也准备好了。

但是，土改方案没被通过！

郭超匀并没多游说，天天泡在赌局里腾云驾雾。他仗着是参议长，加上那句“谁夺我的田我让他断子绝孙”，表决也就没有悬念。

如此结果意味着陈学余在 K 县实施土改根本无望。

太阳升起来了，大地充满生机，县长陈学余却遭到了惨败！

抬头见几只白鹤在空中翩翩飞过，他浑身一抖一振，辞职的念头油然而生。他曾叫对手辞职，不料率先辞职的倒是他自己。

第九章

一

陈心陶匆匆赶来，在禅院找到陈学余。

他对父亲独自一人待在禅院大为惊奇。他已独立生活了。他告诉父亲，他前段参加了抗日游击队，现在想同黄腾到广州文化大学进行深造。

世界从来是为青年人敞开的。儿子几乎跟他一样高，比自己英俊和坚定，他感到欣慰，也感到跟儿子已有一条鸿沟。他淡淡地说：“你们翅膀硬了，想飞就飞吧！要好好学一项两项本事，不能像你爷头发白了仍一事无成。”

陈心陶沉着说：“这次我想跟你谈谈与你后半生有重大关系的问题……”

小子是有备而来；倒教训老子来了，陈学余白了他一眼。

陈心陶说：“共产党能成事的。你看地方上那些贪官污吏横行无忌，就知道社会的黑暗，国民党的无能。爷，你走的路很危险，我为你担心啊！”

他冷冷地说：“咸酸苦辣我都尝过，我比你更懂得社会。你今天说的话我在一二十年前比你们喊得更响！人不能太冲动……”

陈心陶马上接着说：“我知道你早年参加共产党员投身革命，磕磕碰碰受挫折，于是你接受教训加入了另一个阵营。我更知道你不像别的官僚，你有自己的想法，想为社会做点实事。可你上错了船。你知道么,这个反动阵营恰恰阻碍了中国,是要被推翻的！爷,我要说,你当初不是为革命,而是为做官为自己。”

陈学余反驳说:“不做官怎样为国家为民众做事？官有清官贪官好官坏官;做什么样的官我心中明白。各为其主,有些事我无法讲个明白;革命就是为做官做府。”

陈心陶说:“你说的不对,革命就是解放全人类！正因为我认为你跟别的县长不一样,我才下决心跟你说。你干得苦心里更苦,赶紧辞职吧！人民有可能原谅你。要不你连我姑父还不如呢。”

他冷冷地说:“你姑父这样好么?”

陈心陶说:“我是说,姑父倒比你活得洒脱自在。他这一套当然也是反动的,你们都被抛弃于时代潮流之外。”

他想,小子倒说对了一半,黄朝勋是自行放逐自我抛弃。他说:“各有各的活法,我是活得不轻松,可我自愿。”

陈心陶说:“我是来看你,也来劝劝你。爷怎么你不为做儿的想一想……”

他一下子看出了儿子的私心,这拨革命者比他那时可差远了。他发火地说:“轮不上你来教训我。我走的路我负责！不会连累你,不会影响你的前程!”

陈心陶埋头而去。

几天的面壁之功全白费。全中国再没有能使他宁静的地方。乍见儿子,他的心情突然好起来,儿孙不也是一种希望吗？他多希望儿子切实助自己一把！

然而,他对儿子还是失望了。儿子任性、片面、偏激、幼稚,而且包裹着大私心。谁都不连累谁。他不明白心陶黄腾他们为什么一迈步就走上他以前走过又被抛弃的、充满危险变数的路。

他置身荒野,他觉得被官府、民众、儿子——社会遗弃了,他好像看着禅房里直挺挺躺着一个叫陈学余的人无人顾盼无人知晓寂寞凄清地死去,这个人是一具游魂——他的灵魂无所依归！

他又一次痛苦,这是无声无泪的痛苦。他不是为儿子为别的什么而痛苦,为自己而痛苦。山野的虎狼长啸增加着这痛苦,凄风苦雨浇铸着这痛苦。

岂能拒绝痛苦？在这痛苦中他终于安静下来。“知之真切笃实处即是行,行之明觉精义处即是知”,王阳明的话在空荡荡的禅房里回响不息。如今他在荒野禅院面壁感知这位先贤了。在彻骨的痛苦中他反复感知人世的一切！

他慢慢能顺畅呼吸了,心情反而轻松起来。应该感谢儿子呀,儿子把他推进痛苦的深渊。在这深渊中他又攀援上来！

阳光多么好,山那么绿,水那么清澈,一切生机勃勃,一切充满希望。无边无涯的绿和幽静使他回肠荡气。机会总会有的,他也必须找准机会不怕失败地做下去！

他大笑着走出禅院……

二

陈学余不动声色地采取了欲显故隐的手法，此事他瞒过了心腹黄朝水。

他给南昌邹厅长写了封信。告诉这位恩师，日寇投降县城狂欢之夜和自己枯木逢春之感，热情宣泄地写满了好几张纸，表示在任期间一定排除困阻争取做一两件有益国家和民众的好事。这次写信他没诉苦，通篇以激越的心情，不成就辞职教书去。他突出他屡败屡战的斗志。

黄朝水向他汇报公开考试录取乡镇长的进展情况。这是他"土改"失败后的一项他看重的工作。

K县贫困而崇尚做官。他接待的士绅中有一半为荐才而来，他开始十分高兴认为民心上进。但是，除了个别者外大多数引荐上来的乡镇长的表现实在令人失望，黄朝水给他转来了好些控告信，这些基层官员欺上瞒下吃喝嫖赌挥霍浪费，有的竟将老婆坐月子吃的大线鸡大野鸡开成招待县长的发票，有的把在县城嫖娼的巨额费用写成用于抗战的发票，有的把建私宅的费用巧妙地换成可在公家报账的发票。他们抱着升官发财大捞一把的动机，怎有精力和心思做好分内事情！他撤了几个而且依法办了几个，但收效甚微。做官能给一己一家一姓一村带来光彩和利益，想做官的越来越多手段五花八门，发展到无中生有捏造攻讦的无耻地步。

郭超匀之流就是缺失国学的基本涵养，凭着几支吹火筒几斤力气横行霸道。他想参照省里招考县长方法招考一批乡镇长，国学底子越扎实越好。政坛上那些廉洁奉公享有声望的官员几乎都有绵厚的国学渊源。

他说："就照定下的方案办。国文卷子我出，有关法律的考卷请法院推事出……你把全部题目收上来，我来挑选敲定。此事一定严守秘密。考场纪律应严明。我带县中一些教师亲自监考。"

黄朝水走后，他心潮激荡坐到桌边，想想正好把招考乡镇长一事向邹厅长汇报。他一气又洋洋洒洒写满几张。邹厅长不会腻他的。

急流勇退——辞职念头在他心中突然一闪。

为回避说情者，他成十天拉着黄朝水躲进东门村——他土改放了"哑炮"的地方。

保长以为又要进行土改面露为难之色。陈学余什么也不说，如照他的方案实施，这里一定是另一副热气腾腾的场景！看着一个绝好的历史机会与东门村——K县擦肩而过，心中涌起悲凉之雾。

一个牧牛晚归的老农看出了他，敬畏地走过来说："陈县长，你一进村我就知道了，全村的人谁不认识你！你土改的主意是好，民国手上这么多任县长没一个这样搞过，就是郭超匀他们太霸道！你用了力没舂白米，这不怪你。贱县百姓还没吃够苦头！一些人就是狗嘛，明明恨郭肚皮却又要赔笑脸巴结。陈县长你是人，是个好人!”

陈学余接过农夫捧来的一坨烟丝压在耳背,心里热乎乎的。土改遭挫他又能说什么!不过,他的土改像个足月的婴儿迟迟未落地,他在,它就不会死,可找另一个娘生出来!

他掉转话题问农夫细伢读书的情况。

农夫说:“你家乡县的王县长,实现了村村有保学,创办了中学,积功积德呀!”

他想,如果他像王继春一心抓教育就好了,就不会有今天“一事无成”的凄惶和遗憾,他挑选的乡镇长素质就会高,他的土改决不会像现在这样了无指望。

这次一百多人应考整个过程严密公正没发生舞弊现象。按高分录取了九人当乡镇长,竟有五人是贫家子弟。为慎重陈学余还叫这九人每人写一篇文章给他看看,果然国学底子不错。他特地在小会议室对他们训话,逐个勉励一番,强调为国为民必须持之以恒,做中国的事特别需要勇气和耐心。

他逐个签发了任命状,感慨万端地说:“知其不可为而为才是英雄本色!一时的失败不可避免,但不可气馁、丧志。这气馁就是王阳明先生说的‘心中贼’。宁可忍耐、迂回,也不放弃自己认定的人生目标!”

他竟颤抖起来;他正是为自己鼓气壮行呵!

这天满城议论纷纷,县长办公室关了门非常安静。黄朝水等待着陈县长的几个批文。等了许久他推开门,桌面整洁,批文上面压着一份辞呈……

第十章

一

县府刚搬上信泉,县长周宇安就按县城的样式抢盖了一栋办公楼也顺带盖了给家眷住的小院。此任县太爷讲究排场和享乐。短暂的王继春时代已经过去,好些趋附过王县长的官员再不提这位清官,倒是乡村士绅和农民口中常常提及他。

有陈潜拍胸脯保证,周宇安更相信信泉万无一失。第一届县参议长非陈潜莫属了。

安顿好家眷,周宇安返回县城,时时刻刻听着赣州的消息。如情形不妙,他就烧大粮仓不能让日寇得到粮食。县城西郊司马第等几个粮仓已准备了相当多柴草。

县城非常冷清但紧张。

黄朝勋从赣州回家路过县城。自王继春建成县中他一直没去过,他对官府特别是沾了蒋经国一点光的官员更是格格不入,他对王继春也敬而远之。他去看县中执教的省赣中老同学。

县中已停课，一些人组织学生帮助居民撤退，一支学生宣传队仍在街头演出，一边演出一边募捐。老同学江风在人群中高声喊“朝勋”跑过来。

江风说：“你还是那么超脱，于世无染！”

黄朝勋说：“你叫我这个医生怎的，我的职责是给人治病，救死扶伤，游行喊口号于我无补呀！”

江风说：“前几天你儿子到县中串连过，他的口才真不错，是个人才，前程在你之上，看不出你有这样一个崭劲儿子呀！这个宣传队就是他鼓吹组织起来的。他告诉我，他还在报上发表过讽刺当局消极抗日的漫画和批评文章哩。不简单！”

黄朝勋说：“他是暴河水易涨也易退。拜托你们给他泼泼冷水。”

江风说：“我的老师都被他说动了，他说的在理嘛，符合事实嘛，当局一片黑暗呀！”

他们回到县中。校舍、操场、亭廊布局果然合理有学府气派，外地的好教师才愿意来，有利于本县人才的培养。黄朝勋突然想起卢启富儿子卢书龙酸溜溜出洋相的事，心里叹息。没有好学风也不行。江风拉过一位四十多岁的洋作派老师介绍说：“这位王老师也在日本待过，教物理化学，还画一手好画哩。”

王老师说：“开始我也学医的，以后见大家纷纷改行，我也改了行。我是江浙人，是王县长的大老乡，他把我们从昆明联大要来。在这里混碗饭吃。这里环境不错的。”

这次在赣州，黄朝勋得知有好几个西南联大的教授曾在赣州执教，有两个被王继春请到县中，听说有他的留日同学。王继春一死，好些教师就离开了。

三人在房间里闲聊，又进来几个青年教师，他们向黄朝勋打听赣州的近况，他含糊地说了一下，他们露出失望的神情。一个问：“赣州那些官员怎样？听说蒋专员好久不在赣州，家眷也躲到重庆去了。赣州必陷！”

他们倒比他知道的多。江风说：“周县长天天喊烧仓库，不给日本鬼子留下粮食，其实他早运走了两千担谷子，想趁机一笔勾销呀！吃亏的是老百姓呀！”

大家火气旺你一句我一句凑出此位县长许多贪污手段和罪状。黄朝勋不明白，老师怎晓得这么多！王老师说：“请南昌三星公司建平房，利用城墙砖，姓周的实际付了十万元，而开票二十万元，三星公司也趁机偷工减料。”

一个本地老师说：“做飞机场，省府已拨下一笔盘缠和工钱，也给周宇安贪污了！”

王老师认真地说：“当务之急，要发动民众保卫粮食，决不许烧仓库！粮食可由县府发脚请人运到匹袍仓库存放。”

几十个学生围成一堆。一个高大的学生领头呼口号带着大家冲上街头，后面跟着百多位男女学生。王老师跟在后面。黄朝勋真有些感动了。他不想参与游行，只是不好立即走开，于是被裹挟着走在稍后。这时他见卢书龙起劲地在人群中蹿动，又不觉失望了，想退出。江风催促说："走呀，朝勋！"

他于是目睹一场围攻县府，周县长乖乖答应采取办法保护粮食的全过程。

二

教师学生在十字街头聚成一个圈，那个高个子学生站在方凳上巴掌作话筒大声疾呼："县长烧仓库烧粮食！"人们无不骇然。街上卖柴的农民粗鲁地骂开了。一会儿聚集了好几百人，一个个摩拳擦掌！民以食为天，粮食就是天，周县长连天都不要，还做么子鸟县长！高个子学生呼叫："找周宇安算账！叫周宇安滚蛋！"

数百人涌进县府。周县长非常恼火指示保警队加以阻拦和驱逐，把为头者通通抓起来！保警队却不卖力虚挡一下干脆让到一边。

有人喊："周贼牯躲进家里了！"

大家呼啦啦又涌向小院。几个农民喊："把周贼牯的墙推了！剪他老婆的裤子！捆了他俩剪头发游街！"

这时周宇安着一身整洁长衫头发黑亮笑眯眯地拱手出来："有事好商量！国难当头，日本鬼子就要打来了，本府不得不采取办法！大家不同意也就算了，不烧了！请派代表洽谈。"

高个子学生在大家愣住时冲到他面前大声说："洽谈个屁！你要答应：一不许烧仓库；二发脚把粮食火速运往匹袍！否则，你在信泉的家眷就会遭殃！"

周县长赶紧点头说："行！这是小事嘛。大家莫激动，叫别有用心的人钻了空子，本府是维护民众利益的！"

谁抓了块干牛屎啪地掷在他脸上。大家见他脸上的黑牛屎轰地笑了。他一点也不慌张始终微笑。

黄朝勋已悄悄退在一边的人群中，身上洋溢一种快意。这县长罪有应得，不过，他又认为民众不该这样野蛮地对待县长，县长也是人，污辱县长如同污辱自己，应该诉诸法律手段！他断定黄腾今天在这里一定充当那个高个子的角色，也许还更激进，做出令人发指的事来。他不禁为儿子担忧了……

就是这位外表安详的旁观者自由人，这次"被裹挟"又成了他撞击时代潮流的起步，三年后他成为代表民众状告县长周宇安的中坚，那次他用沉默的、悄悄进行的方式赴南昌向旅赣同乡发出了呼吁从而使同乡会向省高级法院提出起诉，使周宇安狼狈不堪。然而，扳倒一个县长已不是像三十年代那么容易了，周宇安不仅没倒台反而提升为另一个专区的专员……

在赣州和县城泡了一阵，黄朝勋觉得城里无法安身安心了，还是信泉好。在信泉倒有人说父亲黄盛萱退隐，他没有退更没有隐，他宁愿过不为人注目、静悄悄却是率性率真的生活，他习惯了自得其乐。

春节，传来了赣州沦陷的消息。人们只是"唉"一声又投入春节的喜庆。在人们看来信泉跟赣州相隔千山万水何其遥远，石街来了几位摆罗盘的风水先生说信泉地形险峻固若金汤。陈姓吹吹打打舞起了龙灯。黄朝勋鄙夷地一笑，从满街喧哗中，他看到了另一种加剧的纷扰。

三

三月的一天黄朝勋坐在公晖诊所静静地看着街上窜来窜去的人们。县城迁来的人更相信西医，诊所生意很不错。临近中午他正给一个小孩听诊，觉得门口一亮，刘怀馨带着女儿在他面前出现了。他不觉站了起来和她几乎同时喊一声对方的名字！

刘怀馨确是在最难熬挺的时候带着女儿凌馨拐弯抹角找上了信泉。

——在人们如丧家之犬纷纷向河东方向疏散时，刘怀馨仍在静静地观望。她所在的学校已空无一人，她母女俩仍以孤灯支撑着风雪长夜。连凌馨也慌悚地哭叫起来。刘怀馨不是没有考虑疏散，她主要想的是往哪里疏散以及疏散后的生活。她想过许多诸如回家乡或到信泉找朝勋或随大流沿贡江到哪里就算哪里，好像都行但都不尽人意。她决心趁此次疏散找到生活落脚点就不再返回赣州。

二月初日寇已推进到距赣州二十公里的五云桥。城内连中炮弹起火，通往河东的木桥熊熊燃烧。东门外堆着大量食盐也被火烧焚，附近农民冒着炮火哄抢。她带着女儿踏着燃烧着的木桥汇入了逃往河东贡江方向的人流。

但是她又一次停住，她想起L县就在这个方向而贻坚就是在那里死的。她拉了女儿又往回走不自觉来到至广东韶关的干线上。她忘了日寇必先抢占公路干线；她俩傍着干线走，为避免麻烦她先把自己头发乱剪又将女儿头发乱剪打扮成疯女模样。

一股股敌寇往返巡行，他们截住逃难的人，男的用刀挑死，女的被强奸。幸好她俩不随众与人群总有一段距离地悄悄行进。母女俩以清泉充饥躲了两天两夜，她把最后一点干粮让给女儿。这时她已把准了方向带着女儿毅然向信泉方向走，走走停停竟用去一个月时间……

刘怀馨接过一杯热茶感叹地说："这里人真多！"

黄朝勋明白了一切。他坚持把一个病人叩诊完写了处方，站起来把她俩介绍给司药的叶宁玉。

叶氏不无羞涩地说："刘老师你们母女好辛苦，到了信泉就好啦。朝勋医师经常提起你。我家就在隔壁，好住的！"

刘怀馨瞄了她几眼说："你就是叶宁玉，名字蛮好的。增加你们麻烦了。小馨你叫勋叔叔、叶阿姨呀！"

凌馨小声说："我叫过了。"

叶氏说："成大姑娘了，蛮标致的。"

叶氏把母女俩接进店里，她们换了浅色的花头巾和合身的装束，文气和靓气立刻显现出来。

黄朝勋说："我知道你喜欢住单家独户，暂住几天吧，我会安排的，有事做就好了。小馨总得读书的，不能小学毕业就拉倒。时局不稳，办法总会有的。我家里也好住，由你决定吧！"

那天中午他在家设宴为她母女接风。他叫了叶氏但叶氏借故推辞了。

刘怀馨留意了黄宅墙上的大标语，知道这里像河东有过天翻地覆。她不明白这种开明的医道世家怎么成了革命对象；她老公一直到开枪自杀都是忠于这场革命的，竟也死在这标语之下，贻坚他只不过用这种极端方式证明自己的忠忱和无奈。大标语一定是黄老先生有意留下的，因而她对黄宅产生了好感。

昭云对任何客人都是欢迎的、热情的、虔诚的，千差万差来人不差嘛。她的热情是本能的、土生土长的，出于忠厚的本性。当她听说客人从赣州逃难出来，表示由衷的同情，她隐隐地猜估这位女人跟自己老公的某种亲密关系，也许老公在赣州受到了这位文静女人的照拂而躲过了某个难关。一切都是缘分。她很快就想通了。

刘怀馨喜欢这里的环境，认定朝勋的父亲也是独特的，朝勋能成为独特的医生。

昭云说："刘老师若愿意，可以住东头或西头，房屋闲置住上人更好一些，也多有个伴。"

刘怀馨不怀疑她的情意。如果没有同朝勋的那层关系，她立马会答应下来；昭云这么一说，她倒打消了这个念头。她尊敬这个乡村女人。她虽然对庆仁店也不那么中意，她笑笑说："我母女还是先住在街上吧。"

她随朝勋进了东园如同进入一个更僻静的去处。他告诉她以前他的父亲和后母就住在这里，他说："我父亲在时，种了几十盆兰花，很清雅的。我学不来父亲抚花的脾性，兰花萧条呢。"

她说："现在人心躁动，我想守在天竺山哩，还不是爬山涉水到信泉来啦。"

他静心地陪她沿屋子里外溜达。他俩走进东园墙外的树丛中。泡桐树光秃秃的。木梓树绽出点点青果，这种树一年四季都绿叶婆娑。刚下过几场春雨地上着一层绿苔，她险些滑倒抓住一根树枝稳定下来，他张开臂膀却被她轻轻推开。

他失态地滑倒地上像只四脚朝天的木马，他抓住她的手站立起来，四周看看，临墙的树枝树丫很光滑的像有人经常攀援过，墙头留着光滑的痕迹。难道有强盗来过？

她在信泉住下来了。往后的岁月里她只到过小洞黄宅寥寥几次。她喜欢那地方僻静自成小天地，可是每次想去看看东园都鼓不来足够的心劲。她从没想做这栋房子的女主人。她宁可在别的地方与他纵情，跟朝勋单独在东园她连手也不让他碰。什么原因她连自己也不明白。

黄朝勋和她母女俩走在石街,立即磁住无数眼睛,许多人轻蔑地吐口水窃窃私语。他向浚灵小学推荐。钟校长先让刘怀馨上了几节课很满意。当听说她带女儿住在这里,他便要黄朝勋跟陈潜商量。黄朝勋偏偏去找镇长胡玉。

胡玉对他找自己十分舒服,热情地说:“你还是继承了你爷的脾性!你知道么,周县长器重你哩,他要让你做议员、做副议长,福人自有天相。亲戚,你就是太不爱理事儿,把地盘给别人占去了。大概你喝过洋墨水,我们没法子说服你。”

黄朝勋说:“一些事还是自己做主好;我有事才登门。刘老师母女俩请镇上多加关照!”

刘怀馨做了教师带着女儿住进小学。

出乎刘怀馨的意料,浚灵小学离闹街不远倒幽静得很。这原是客家人与土籍相斗做起的一栋专供客家人读书习课的书院,民国初年改做了小学,比县里城区小学创办还早。一看额枋、拱、斗、雀替、庑殿、马头墙等就知道其轩昂静穆。圆门内是个幽静小院,铺着细鹅卵石,两边是成荫的夹竹桃,再边上是蔷薇(正是怀馨喜爱的),拾级而上是个铺着厚砖立着红柱的殿舍,藻井好看极了,用油漆画了对称的五彩图案。一股远古静幽的文气扑面而来。

钟校长说:“近年这里连出两个县长哩!刘老师可以住在临河的房间。刘老师算是第一个住校的了,条件简陋只有请刘老师包涵!”

她满意地说:“我想种点菜……”

钟校长说:“行呵,操场那一角你尽管挖。”

真是柳暗花明又一村呀。刘怀馨想,洪水猛兽还是把我撵向了朝勋身边。朝勋在信泉是超脱又是强力的,她无法挣脱这样的男人。

四

开初一阵黄朝勋几乎天天往小学跑看望她母女,几个本地的老师咋舌。其实这样情境他最不抱肉体渴望,始终坦坦荡荡。他应该对这样的女人负责。他以一个老同学的热情及平常心坦荡相对,也跟别人坦荡相对。

由于刘怀馨的执教却激起一阵指向黄朝勋的冷风。一些人竟气愤地非议他,停歇了多时的种种非议陡然升温。支持他的只有黄宇遂等少数几个人。陈潜的威信反而高涨。陈潜以此为借口,极力不让他进县参议会。

县参议会已筹备就绪。议长自然是陈潜。他一气把副议长和议员的名单全部向县长兜出。周宇安点点头,指名黄朝勋可以做议员当副议长。陈潜悻悻然说:“人家一个留洋大博士会看上这虚衔?你的好心会被狗吃了!你没听见信泉人对他的非议?”周宇安只是笑笑。

石街纷传“黄朝勋搞女教师”,连县长夫人也被发动说黄朝勋的不是。周宇安不快地对妇娘说:“你也跟着山蛙乱叫!”

黄宇遂同黄家族长又来劝朝勋接受周县长好意,当议员并且参加议长、副议长竞选。

黄宇遂说:“信泉已成全县中心啦,全县都盯着我们。你去年下赣州那阵,阿腾回家搞募捐,陈潜表面上十分卖力,一上午题了几十把纸扇卖,还不是收买人心图当上议长!阿腾年轻不谙事倒帮了陈潜一把。香首你不肯当也就算了,议员、副议长可不能再推却!你可以跟陈潜赛高低!”

黄朝勋说:“当了,日本人还不是长驱直入?那年我当赣州义仓管理委员,到头来还不是抵不住蒋经国一张老虎借猪的借条!我自由惯了懒散惯了,从来不愿围着某人打转转。一根鸡巴好好的吊着,何苦割下来提?我爷在世也是这样的吧,他想做官早就跑到县府做官了。想当议员议长的大有人在,谁想当谁当去,我不眼红哩。我是不怕风言风语的,我明白自己的医业才是正道道!你们给县长说,我谢大家的美意!莫再劝了!这点我比爷还傲!”

黄朝勋不受抬举。周县长尴尬,比上次学生围攻还要尴尬。这年头学生和民众大闹县府撵县长的事不足为奇,但在公然拒绝提拔的倒绝无仅有,此人恰恰是个出色的人才。

五

这年夏天石街热闹无比、嘈杂无比。官员及其眷属、军队大量从县城涌进石街,商贩、盗贼、娼妓蜂拥而至。万寿宫被隔成好几个小间做雅座。大街小巷粪便遍地臭气熏天。

最担心时局的是那些店铺老板,他们每天晚上都要凑在一起分析一番。连刁王赵仲椒也不敢下赌注了。他们认为日寇会比红军凶狠百倍,比那年骚扰的广东军阀还要残忍,又在向山里转移物质了。神足郎云龙已入壮年,他受众店主的委托几乎每天往返于石街与太雷之间打听动静。

一次太雷传来震天地动的爆炸声,石街一下子乱了,都以为日寇开到了近前,大家争先恐后向山里跑去,连保安队保警队也惊恐万状。

虚惊一场。原来陈潜正式当上了议长,陈潜在太雷的心腹铁杆用地炮来庆贺张扬。县府、镇公所、陈姓都大放鞭炮。

紧接着,陈潜发帖省内外隆重为妇娘廖氏做五十大寿,场面比当年当上县长更显赫。八仙桌坐了四百多台,桌子不够用改吃流水席,陈姓还专门舞了龙,轰轰哈哈热闹了几天几夜。

黄盛苕随黄姓一帮人去恭贺。黄朝勋待在诊所与叶宁玉扯着闲谈。

叶氏多想叫他出任议员呀。石街有关他的一切议论她都听到了,他所面临的任何一次出众出名机会她也清楚,她希望他强盛,但她还是没开口劝他,她相信他自有主张。

仿佛知道她的心思,他笑着说:“我做了议长,怎会让我这么闲逸?”

叶氏也笑了说:“也是,不过做了议长你也可以不去应酬嘛。”

去年黄朝勋去了赣州一阵,她担心他不会回来了。刘怀馨母女来到以后,他频频走动。她察觉他这一变化,怀念起过去两人相处的美妙时光。思来想去,他只要在信泉就行,她心里就踏实。

这天中午黄朝勋久久地看着中药铺里的泉生。泉生六岁了,一副聪慧相,极像母亲,不过叶氏看出孩子脸部的轮廓隐隐像朝勋。

他对叶氏说:“山里细伢成十岁才上学,太迟了,泉生七岁就得送去上学,进校门才知道上进。别对细伢娇宠,当年我爷对我是很严厉的。”

叶氏笑着说:“对细伢严的男人对妇娘对女人就娇宠哩。你爷对待湘如比少年夫妻还缱绻。”

他坦荡地笑了,他认为是父亲的幸福也是父亲的权利。他说:“一代人做一代的事。”

叶氏说:“你应该去陈姓人酒席上露脸。人不从众就会受嫉妒受攻击。”

他说:“我不怕孤立。山里人就是趁大势,以为天塌下来众人抬,压不了个人,一人顶着就划不来。其实都在打小算盘怕吃亏。结果让江洋大盗横冲直撞,百姓谁不吃大亏!宁玉,你不知道,一个人顶着自有味道。你会陪我呀!”

叶氏点点头,情绪一落说:“就怕你身边有另一个,就不再想起我……”

近来,他往学校多而坐诊所少。她知道这个赣州来的落魄女老师很快会鲜亮起来把他吸引过去。这女人有读书女的气韵,他在她面前承认同那女人关系不同一般。他上窜下跳露骨为这女人求职安家。她比刘氏缺的不是容貌和风情,而是一种她也说不清楚的东西。

然而她不相信他已跟刘氏搭粘上了;他愈付出气力诚心助人愈不会立即去索取。他并没有冷淡自己呀。县府搬上信泉,石街女人多了,她担心他离开自己。

她轻轻地说:“朝勋,你说过在诊所开一个铺子。我给你铺好……”

她低着头走进里间,他悄悄地跟着。她转身扑在他胸前双臂勾着他的颈项。她因另一个女人而急切地向他倾倒。她说:“你事再多也不要忘记我!有时候我真想扑到你东园来。你是敢担承的,我愿意为你担承一切!”

一道热流漫过他全身。人独特的感情或想头会在瞬间爆发的;在那一瞬他察觉她心头迸射出让他惊奇的新东西,她真正坚强起来了。

他想过全信泉的女人加起来还是缺少刘怀馨身上那种决绝式的顽韧与心智——不怕将自己逼在已无退路的死角,在应该怨恨应该分手时反而产生更疯魔的深沉之爱,更牢固的结合,这些令他深深地迷恋。她这种脾性正是在河东那一边养成的。她就像一团蓝色的火……自怀馨在石街出现,他心上那种已濒于失望的等待瞬间复活了，因而他同叶氏不自觉趋向空疏。

宁玉更是一团荡动的烈火呵，他影响了她，有意无意塑造了她，这在信泉恐怕是唯一的。她不也影响和塑造了他么？今天他强烈感觉到这团烈火的存在和分量！

他生性宁静，甘于静守，这意味着心的一半无声息地燃烧，另一半却渴望孤独——由此持续产生静守的力量。自再识怀馨，他发现自己增强了静守的意志，她似乎更是静守意志的源泉。在她面前他失态过躁切过，如今她朝夕可见而他应该咫尺千里般等待——等待两个心灵默契相汇的时刻……

可是现在他怀抱的是另一具暄软发烫、能使他不由自主激荡并与之合着旋律的肉体——一团熊熊燃烧着的烈焰，他的那种等待的信心又一次动摇了。他也会动摇的呵。

叶氏已将翕动的嘴唇迎上来，她的牙齿白玉般闪亮，嘴唇像血红的鸡冠花绽开，脸多么润白，身骨儿多么丰润柔滑，他双手抱住她久久地吮吸她的嘴，又一次感觉自己在融化她也在融化——他几乎失去了抗拒的力量。

他诚恳地说："我教你学会接生，做一个接生员很光彩又有意思。你掌握了新法接生，谁家都需要你，谁又敢藐视你、欺侮你！这样，你和你一家就真正站起来了。"

她偎在他胸前咬住红嘴唇，身子不住地战颤，她相信他诚心保护她和她家，也诚心培养她、成全她，将她扶成一株独立的临风绿树，自她与他好上她就发现他这种心怀因而更爱他了；今天她明白他话的另外含义：他在疏远她。

她说："你教我的一切，我能学好的，我会成为一个接生员，我始终喜欢你，愿陪伴你身边！即使我成了医生，也还是靠你壮胆。你有其他女人我不管，我也不嫉妒，我求你永远别扔下我！"

他从她的话听出了另外的意味，他心底不正有这种幽思么！他惭愧并转为深深的感动，他动情地说："你想到哪里去了。我怎能没有你……"

他哆嗦起来，毋宁说他的坚定许诺，也动摇起来。他无法叫自己不哆嗦！

她小鸟依人地用脸摩挲他，忘情地说："你别生分我，我就是文化少一点，我能学的。我永远需要你呵！"

他逗她说："有人来看病了……"

晚饭后他踏着一片欢闹的蛙鸣走上桥头，一眼瞥见西北角浓黑夜色中亮起的那盏灯——怀馨房间的灯。她母女又在做什么呢？晚上他一直没去过那里，他多想去呵，等等再等等！怀馨也是这样等着自己吧？

这时叶宁玉从旁边的田坎下叫一声扑过来，两条大黑狗吁吁地围着他俩悠悠打转。他随即将心劲儿投向叶氏了。他拥着她走到河边一块僻静的草地，让她躺下。露水味青草味非常浓烈。他要在星光下河风中清新的青草丛中端详她的美丽。这刻他不由地又想起在天竺山跟刘怀馨放纵的情形……

叶宁玉不习惯,坐起,掩上衣襟,害臊地说:"我们进屋去吧……"

眼前朦胧而真切的幻觉像连帮的木排向远处漂去,他无法抵御身边这团烈火,跟着她走向石街的诊所……

第十一章

一

就像当年带回日寇入侵和上海激战的消息,也像当年黄家避乱返回带回平安的消息一样,黄朝劢播扬"德国投降、苏军向日本宣战、日本人仓皇撤退"的消息。小洞又一次成为人们趋往的地方。

黄朝劢着便装提着一个帆布箱从广东韶关翻山越岭,踏上信泉他已得知父亲湘母已殁。昭云在田里看见了他,赶紧跑回家告诉了叔叔,和叔叔一同快步走出来迎接这个游子。

他远远地叫了声"阿叔!""嫂子!"走到大门口咚地下了跪。黄盛苕像一个细伢嘤嘤地哭起来。

青山流水如故,但叔叔老了,屋宇小了,嫂子也老了。他干练、清瘦但结实,那股调皮、喜欢恶作剧的神情消失殆尽。信泉外出征战的就数他屡闯战火健康地回还。

黄盛苕主持着拜祖仪式,如今增加了祭祀新逝者的内容。他有些佝偻的身子哆嗦着手显现虔诚和激动。每一个人动作不那么准确周全,但都是虔诚的、由衷的。他曾多次将此角色谦让给大侄,可朝勋一直不接受而且淡忘有关程序。也许同是伶仃人,老人特别喜爱这个游子。

黄朝劢对哥哥说:"我以为你陷在赣州。我乏力啦。还是家乡好。"

黄宇遂、族长等好些黄姓人涌进屋子,叶宁玉带着赵仲椒、张贤玮等一些人叫嚷着进来。黄朝劢说:"在广东广西转战了几年,我对战事厌倦啦。日本败局已定。我不想再北上。林森跟着国军去了福建,看样子还要打仗的,那是国共相争的新战争。我真的没劲啦。"

黄宇遂说:"这样县府也会迁回原地啰。几个月腻烦透了,终于熬过来了!"

族长说:"朝劢你回的正好,族里一些事正需要你们支撑哩,一个姓没有能人就会被人欺踩。"

黄朝劢说:"我还是老脾性,我不欺侮别人别姓,别人要端开我们的脑壳拉屎,我就不答应!"

当着许多人的面黄盛苕像细伢又呜呜地哭起来,他看到这位侄子三十大几仍孤零零联想到自己的孤独身世,如今自己也无可奈何步入凄凉老境。他噙着泪说:"阿劢你别再出去了!你叔总有拉不动的时候,叔叔求你,成一个家凑合着过吧!"

他巍颤颤要跟朝劢下跪,黄朝劢赶紧站起抱住他。老人说:"只要你点头,家里就是卖掉几亩地也给你娶回一个黄花细妹!"

黄朝劢笑着说:"家道难违呀。都是为我好。在外流荡几年,我更淡漠了婆娘、细伢一类的家怀事。我想一想……要娶的话,妹子身体好、勤做苦累持家就行。我跟着哥哥开诊所吧!"

朝勋说:"东园是给你住的。"

朝劢说:"就是成了家,我还是住后厅厢房,东园给哥嫂住,西园给阿腾吧,叔叔就住慎微堂。人在世上就是这口气,人一撒手万贯家财等于零。人何必跟功名争个你死我活!我耳闻目睹英雄没战死沙场而死在自己人手里。"

镇长胡玉分开众人拉住他的手说:"信泉的大英雄回来啦,镇里当为你接风洗尘。细老表,周县长要你去讲讲战局……"

黄朝劢说:"哪个周县长?我没这种义务呀。后方一些长官实在不像话,只晓得发国难财。县府搬上了信泉,是好是差我要看看。胡镇长,若官员冒犯了本土,请你转告他,我会对他们不客气!老子在前方卖命,还容得这些蛆虫么!"

在座的人两眼一亮。

族长、黄宇遂和昭云给他物色了胡玉的一个堂妹顺英。中年娶嫩妻,虽没大摆排场(听了朝勋的意见),但也花了不少钱。几亩田真卖了。

黄朝劢不愿待在屋里陪婆娘,喜欢去本家走走,到石街走走,到公晖坐坐。许多人还记得当年初办医院给人刮毒的壮举。街上使他皱眉,遍地秽臭简直糟透了,在赵仲椒店里喝茶时他指名道姓骂了县长一顿。

骂过,火气消了黄朝劢又哼起了京戏,有时他见谁店里挂着胡琴手就发痒,抓来调试一番自拉自唱,声气酣畅浩亮,吸引了不少人。

传来收复赣州的消息,县府驻地和镇公所各响了"万响"鞭炮。县府得回迁了,参议会也要转去县城正式挂牌。信泉好像得了县府之气,闹哄哄再不能平静了!

小洞年轻的叛逆者黄腾把家里推向喧腾的漩涡……

二

黄腾归来把赣州和县城彻夜放鞭炮举火把游行庆祝日本投降的消息再次带回信泉。店主拼命打爆竹、摆席庆贺,许多姓氏纷纷组织舞龙。

黄腾有意跟着叔叔沿石街游荡了几圈。他从小就羡慕和敬佩叔叔,叔叔给的几颗子弹他一直带在身边,渴望当大英雄,现在又渴望当叱咤风云的革命家。他曾经因父亲的律师所医务所受到冲击而仇恨国民党,后来当他明白自己的家庭一度被红军苏维埃连窝端——成为革命的对象,失意、苦闷过;可他从众多赫赫有名的革命者那里得知他们大多出身于地主资本家反动家庭,他又振作起来比别的同志更坚定而决绝地投身革命!他已经同心陶商妥到广州参加更直接的革命,那里聚集无数地下革命者。

他对叔叔由敬佩转而担心。叔叔参加的是与共产党作对的国民党军队,因而他不再频频地提叔叔的名字及其英雄事迹了。

为了参加革命他又必须依靠自己的家庭。几月以前到信泉募捐是一场锻炼;那次他带几个艺专同学信心十足到信泉,爷爷故去,父亲、叔叔不在家,石街很少人认识他。满阿公出于挚爱这个侄孙慷慨地募捐了几十块钱。叶宁玉积极响应,自己捐了还带他找会长黄宇遂,口口声声说:“他是盛萱的孙子、朝勋的崽……”大家疑惑地看着他们,没几人捐款。但他获得利用爷爷、父亲名声的宝贵经验。

现在黄朝劢把黄腾给盖住了。大家热情地跟叔叔打招呼而忽视了黄腾的存在。他咬着嘴唇,渴望早日奔向广州!仿佛不沾广州就不是革命家!

一个念头在黄腾心里一闪:他要在信泉组织一个大场面!信泉人无用,镇公所无能,只会搞些小打小闹,信泉太平静了。他跟叔叔聊了很久。叔叔摇头晃脑沉浸在自拉的京调中。他大声说:“叔叔,我们组织黄家搞‘九狮拜象’,那才过瘾哪!”

黄朝劢收拢弓弦,一拍大腿说:“行呀,别老是让陈姓耀武扬威,该我们黄家闹一闹了!”

还是民国初年黄姓人闹过一次九狮拜象;黄腾的动议立即得到黄家人的响应!有力出力,有钱出钱,有手艺献手艺,没钱没手艺出人,不搞则已,要搞威震信泉!让信泉人睁大眼睛看看我们黄家的气象!

九狮拜象就是九只不同的狮子拜一头大象,加上龙灯,做工细致要求严格,狮子和象身上的毛规定要用干燥的晚稻秧苗粘贴而成,象要扎成一个仿真的大象,狮子眼睛要活动,等等,费工费时费精神。在客籍大胜土籍那次,黄姓隆重地推出了九狮拜象,信泉人为之震惊咋舌。百年间寥寥搞过几次,但技艺代代相传,谁家织象谁家织狮谁家织龙谁家打锣敲鼓从不混杂。

年过六旬只剩一颗门牙的黄盛苕激动非常,自告奋勇地亲手编织一个狮子。他告诉黄腾许多故典,如猪养(养意即象征或等同)象、狗养狮子、龙养五谷、牛养麒麟……黄腾根本没心思没兴趣听阿公啰嗦,他的任务就是宣传发动和组织这个大场面。

——四年后他以一个真正革命者的身份出现,在信泉掀起起义狂飚,局面也是在黄姓打开的。

三

晚上黄腾又去浚灵小学会凌馨。幼年凌馨给他的印象特别深,当时她是多听话,乖顺地听他指挥成为他手下一个忠诚“战士”。

凌馨已出落成一个靓女，她继承着母亲的外貌也继承着母亲的沉静，她父亲那种坚毅也开始在她身上显现。刘怀馨不打算再走，她听从黄朝勋意见准备送凌馨去省赣中读书。

在凌馨面前，黄腾却腼腆起来。

刘怀馨招呼他；她又涌起好些年前在吉安他偎在她怀里叫"妈妈"的一幕。这个青年像他父亲那样俊气，眉宇间却有股咄咄逼人的锐气和狷傲。她亲切地说："你真像你爷呀！"

黄腾主动说："抗战胜利我准备到广州读大学哩，那里能锻炼人。刘老师，小馨长大啦！"

刘怀馨说："你也一样的。好好学，争取超过你爷。"

黄腾晃晃脑壳说："我爷不过一个乡村医生。现在跟上革命潮流参加革命才有出路！我爷已成井底蛙哩。凌馨，你中学毕了业也到广州读大学吧，我帮助你！"

凌馨说："阿腾你这张嘴声气大，毛躁哩！"

黄腾不在乎地说："我怕么子？革命一定胜利，光明必然取代黑暗。三〇年这里闹过革命，有群众基础。毛躁就是气魄！"

他发觉自己爱上凌馨了。他是个大胆地表示自己爱恨的青年。一次趁刘怀馨不在场，他说："我们一同去广州吧，那里有更好的中学，那里的生活更激荡。省赣中不行呀，我爷和我舅就是省赣中出来的，一个当死医生一个死抱国民党大腿当县长，他们肯定被时代抛弃。"

凌馨说："我认为还是先读几年省赣中好。要改变，怕得先跟我妈说说。"

黄腾急躁地说："就你们妹子胆小，我看中什么就干什么，还能让家拖后腿？你现在可以决定呀！"

凌馨低头坚持说："我要先跟她说……"

过了两天黄腾实在耐不住又去找凌馨。

刘怀馨不吭声，脸上总是微笑，黄腾可不敢冒犯她，他可以指责拿手术刀的爷，却不敢得罪这个拈粉笔的女老师。听见咚咚的脚步，她出来笑着说："我以为是……哪个呢。小馨还是去省赣中好……"

黄腾失望地说："我的家庭虽那个，但我是革命的，坚决的，坚定的！你们要相信我！"

刘怀馨感到奇怪，小小黄腾怎么这样说话。

这天刘怀馨其实在等黄朝勋。

她走在鹅卵石上，夹竹桃香气馥郁，夜气异常清新。一切已走上正常。她的披肩头发已剪短一截。她正等待朝勋的到来；他果敢到来就证明他像当年有力量！她同样听到许多关于他的议论，她只是听，从不表态，心里却在判断。她看到了一个没什么改变，沉静而有主张的人！她奇怪，连黄腾都在改变，一切都在迅速改变，但他许多珍贵的东西没有变。最容易最不容易改变的都是人!

她又想到黄腾。女儿再不能重复自己的悲剧,女儿跟他只能为友不能为妻!他身上怎么也有与贻坚相似的东西呵。贻坚是对的,黄腾也是对的;但到头来他们都为自己的追求所吞噬。她忽地明白,他们自认为是主动的革命者,改变世界的骄者,却不是自我的主人。

她今晚等待的没有出现,出现的倒是追女儿的黄腾。黄腾继续走向里面;难道他没有看出她在阻拦他吗?她坚决地说:“你尊重凌馨,就让她静心读几年省赣中吧!”

他全明白了,立马止步,自负地向后转,大踏步走向石街。

四

黄腾不知道,家里正筹划他的亲事。

昭云外表平静心里却着急替儿子考虑婚事,她必须行使她的权利,她能把握的只有这种权利,再不退让了!给儿子娶回一本地妹子是她神圣的事业,自己身边也多个伴,屋宇响亮。

她细声跟老公说:“阿腾像你一样图标致、水灵、文气。你事多,我替他物色一个,由你出面给他讲,他会满意的。”

黄朝勋环顾空荡荡房子,点点头。

几天后一个晚上黄腾又去凌馨住处。抛开了情丝,他更坦荡了。他要告诉黄家将大闹九狮拜象,几十年才闹一遭,是他组织的,请她们一定去看!

然而,刘怀馨提前送走了女儿。

那天山里人早早地赶到石街。上午十点已人头攒动十分拥挤了。

小洞黄宅传出咚咚锵锵的鼓钹声。黄宅宽阔的庭院正派上了大用场。染上红黄绿紫等各种颜色的九头狮子、一头雪白的大象、龙灯队伍和数百个黄姓青壮年聚集在这里。鼓手是乐队的指挥者。上回的鼓手是黄盛萱,这次由族长挂帅。此时家族荣誉成了最高原则。

这也是黄腾难得的一次人生演习。

十二点钟九声地炮响起,鼓点咚咚的像一阵暴雨掠过,锣鼓唢呐有节奏地喧腾,十把长嘴唢呐仰天呜呜地长啸,龙狮队伍浩浩荡荡地出行,多像古代豪壮的出征呵!

前导是只制作精美的牌灯,牌灯上方扎着蝙蝠图样的花篮,中间写着“汪洋堂”,后面中间写着一个大“黄”字,随后是锣鼓亭——伴奏队伍,扎出“八仙过海”、“鲤鱼跳龙门”、“水淹金山”、“刘海砍樵”等纸牌小人物。后面是龙灯队伍,由九节蛇龙组成。再后面是各种神态的狮子共九个,红、黄、青、绿、白、紫、蓝、灰、橙等。狮面有蚕狮、猴面狮、猪头狮、狗头狮、牛头狮、猫头狮。白狮头上披了红布。各色狮子有的交颈，有的搔痒，有的佯怒，咧嘴咋舌摇头晃尾相互逗趣。夹在其中的五彩麒麟伸劲缩腰瞻前顾后。七丈多长的蛇龙来回穿插，在鞭炮的硝烟中仿佛腾云吐雾。白象腰上披了块大红布，慈祥地甩动着长长的粗硕鼻子，接受龙狮麒麟的朝拜。

因而更多人注意了这个黄盛萱的孙子，黄家的崭角，小洞灿亮的新一代。

金巧回家不久，她一上街就被叶宁玉拉住，母子四人在二楼倚窗一饱眼福。他们听见了黄腾的大嗓门。石街如此嘈杂可黄腾的吆喝声像鹞鹰一样强劲地打旋。金巧想心陶在场多好！她说："朝勋姐夫怎教出这样一个活泛崽呀！"

叶宁玉立时想起了朝勋，他在身边多好！不见他的身影，她好像见过刘怀馨的身影——她身边没有朝勋。她真想叫她一声。鞭炮的烟雾涌过，九狮拜象的团队涌过，人流喧哗地涌过，她的声音太小太弱。当烟气飘散，刘怀馨却消失了。

黄朝勋没担任任何一个角色，族里也不再为难他，这个黄姓体面人物信泉响亮人物面对如此盛大聚会却成了边缘人。目睹壮观场面他第一次真切地感受了家族也感受了信泉，黄家靠着这种超迈力量在信泉由小而大由弱变强。他感到自己能顺利开业跟家族有声无声的支持分不开。但他甘心做一个静悄悄的独行者。

此时此刻，此情此景，黄朝勋突然歉疚涌心头：自己为黄家为信泉人做的太少太少……

他夹在人流中走着走着，突然记起了什么想停步，还是被沸腾的人流推着走，他下决心悄悄地斜穿出去……

第十二章

一

学校空荡荡。刘怀馨同样受了"趁大势"的裹挟随学生和教师涌进石街。

沸腾的场面使她感动，但此种场面她并不陌生，她一颗心静了下来。她能静下来。最先尽管她不同意黄腾与女儿恋爱，她还是喜欢这个朝气蓬勃的青年。

她抬头看见庆仁店二楼窗口两个女人两个细伢；她以为朝勋一定在楼上。她被人群推着走，仍不见他的身影，她突然哦了一声。呵，他一定去了小学！

在这一刻，她才真切地发现自己迟钝而被动了……

二

黄朝勋果然在操场的一角——她家的门口寂寥地漫步。他和她老是相会在僻静的时刻僻静的一隅，被人遗忘的边缘。学校成了座静寂的孤岛，激浪在前面汹涌发出惊天的咆哮。

她进房就感知身后他由远而近,她反转身动情地扑过去;既然他勇敢地登上这艘寂寞之舟她就抓住他不放了。两人扑进对方的怀里,嘴唇搜寻着嘴唇无声地、久久地吻吸。女儿的离开让她从容咀嚼心头的寂寞,进而产生强烈的渴盼和纯粹女人的力量。

自离开赣州百折千转奔信泉而来,她就知道注定扑进他的怀抱,不过这种灵肉交融的时刻总是一再延宕。不是回避更不是淡漠,延宕也就是等待。他总是出现在她危急和尴尬之时,不遗余力地帮危解困,"落花不是无情物"——她也总是要这种时候增强和凝固对他的爱,把这种爱压在心底。这种时候他俩往往有意地退却,因爱而退却——以退却来净化和凝聚纯粹的、惊心动魄的爱。

多么静,多么好,两人咚咚的心跳盖过了世界一切烦嚣。他俩激情涌现,脸上徜徉喜悦幸福的光泽。两人并排坐在床沿相互倚傍着静静地享受这种寂寞美丽的时光。

他说:"馨,你嫁给我吧!"

她说:"不!你的家不错,我很喜欢,但我不会嫁给你。我不愿因嫁而在你家庭里消失。再说,你娶了我,你就不再是你,而是大腹便便的信泉士绅。我们现在不是很好么?我宁做你的情人……"

他惊讶她看得那么深,说:"你还让我等待呀,这等待特别艰难。"

她说:"我早习惯了,你正习惯着。那种等待给我快乐。在等待中你永远是你,一个独特而新鲜的男人。"

她用手理理黑亮的短发说:"你儿子阿腾真有意思,看着他我总想起贻坚。以前我曾经认为阿腾小馨是一对儿,现在看来他们结合肯定不会幸福,我就怕他们重复着我。长痛不如短痛,我给阿腾挑明啦。"

他赞同地说:"这小子太冒失太想当然了,这逆子好像石缝里暴出来似的。现在的年轻人以叛逆当时髦;也许他娘的考虑是对的,给他找一个乡村贤惠的妹子,对他对家里都有好处。"

她的心轻松了,因他的理解她的心又烫热起来。她靠在他的肩膀缠绵地说:"只有你能够理解我。一挨上你,我心里更踏实,更觉得离不开你。今晚你过来吧!一碰你我就觉得自己要挺不住了,就会想做个真女人……"

她突然伏在他胸前轻声哭泣起来,这是发自心底的哭泣,既呈现她的脆弱更显示她的坚强!他震撼着,感激着也歉疚着。他只有顺从。他捧起她沾满泪花的脸用嘴一一吮吸,禁不住也滚出几串泪珠。

三

喧哗狂欢的时刻,血光之灾正匍匐而行。一纸通缉令中止了黄腾人生狂欢的预演且为他悲壮地送行。

黄腾并不是共产党地下组织成员而是向往革命的狂热分子;圈外的狂热分子往往比圈内人更加声色俱厉地推涛作浪。他进入家乡便众人皆醉我独醒地认定自己能成就一番革命大业。他投入到黎明前的革命狂飚中。

他以为当年红军播下的火种经他一煽动便立即摧枯拉朽地复燃,可是好些红军家属不但穷苦同样精神不振,有的发财置地反成了革命对象,这些使他失望。这场短暂的"闹红"尽管迅猛而凌厉,在信泉不胜枚举的动乱中也是寻常的,并没有改变什么,只是凭添新的动乱记忆,埋下仇恨的种子则是千真万确。

积极向当局告密的正是那些当面夸他被他认可的"基本群众"。然而县当局不是听从下面告密而是按照上头指令对他发出了通缉令。

高源把通缉令秘密地亮给胡玉看,他俩当即感觉到危险程度胜过当年的陈学余,政局严酷起来,国共决战不可避免,新的刀光剑影频频闪现。黄腾已是胡玉正宗亲戚,胡玉又是高源的恩人。经验又一次提醒他们,以当年胡保林、陈学余为例,放人为上策。他们把通缉令压了一阵。

灯舞活动结束,那天,胡玉高源走进公晖把黄朝勋叫到手术室。胡玉笑着说:"黄家怎么出了这样一个宝呀!"

黄朝勋不语;他已明白对方的提醒了。可是他不相信儿子已经是革命分子,儿子不过喜出风头喜打抱不平罢了。在他心目中凌贻坚才算得上革命者,儿子则差得太远了。

其实,黄朝勋已察觉时局动荡着恶化着。

黄朝勋的沉默倒使胡玉不安起来,他俩干脆把通缉令给他过目。黄朝勋立即冒出一身冷汗!上次革命的阴影留在他家墙头烙在他心头。这时亲子之情擒住了他,好孬是他的独儿子呀!家里正为其扯亲事呀,儿子若有三长两短,昭云不能活了!

他冷冷地说:"上面错看人了吧?"

他真来了气,接着气愤地说:"这周宇安不是个东西!叫他干脆抓我好啦!"

胡玉赔着笑脸说:"好汉不吃眼前亏,当年陈学余也是这样,只能说运气欠佳遭遇了煞气,躲过就好!"

黄朝勋叫叶氏看店,郁郁寡欢地回到家里。他说:"给阿腾收拾好,他读书就赶快上路!真是逆子,不记弗头就有灾祸……"

他说不出确切的大道理,只有搬用父亲这句口头禅。

昭云噙着泪水。黄朝劢大发脾气劝侄子别走:"哪有不能骂政府官员的道理,我就骂过老蒋。让这些狗娘养的上小洞抓人好了!"

黄腾倒坚定了奔赴广州的决心。他一点不愁悲耸耸肩嘿嘿地大笑。想做什么人情势就会促使他成为什么人,形势造英雄,形势逼他当革命家走上革命的道路。

昭云哀求说:"待局势平稳,你一定回家成亲呀!"

叔叔护送黄腾上路。

黄朝勋久久地站在云水河边，注视西面高耸的大山，环顾东南山脉，信泉是个小盆地哩。舞龙的鞭炮味依然徜徉。石街热热闹闹，新的生活开始。他却咀嚼着苦涩。平静的日子太短暂了……

他压根儿想不到，小洞深巨的震荡就在眼前……

（卷三完）

卷四　不是正本的副本

长　河　天　籁

第一章

一

黄腾离开家乡寒冷的冬季，扑进广州，扑进南方的南方，扑进春天。

他短暂的十八个年头，心里一团火旺呼呼地燃烧，他未曾感受过真正的冬天。仿佛根本不用考虑选择，身边一股强大的热流推着他，自然而然成了他的庄严选择。他的选择与滚滚的时代洪流融为一体。

这次受到通缉叔叔护卫他离开信泉。两人穿的国军制服挡去了许多盘查。翻越飞沙走石狂风嘶鸣的江西坳之时，他心里豪迈地说：我会很快回来把信泉搅个天翻地覆！

他换上中山装觉得自己像一个真正的革命者。

广州的一切于他相当陌生。呼叫的军车开过街头，军警威严地沿街逡巡。可一旦走进文化大学他马上感受到了校园那种熟悉的热火气氛。树下、操场、寝室、教室都有成群的人，他们歌声中流荡青春的气息，他们脸上有着议论、辩论的深深痕迹。

陈心陶高兴地说："家乡扯住了你呀。定波，我说了嘛，黄腾不会改变主意的。"

陈心陶给他介绍了赣南大老乡阳定波。

阳定波是排工的儿子，大黄腾两岁，读二年级，他的笑带着严谨和深沉。黄腾有识别革命者、领导人的直觉，认定他是自己的革命向导。主动地跟他握手，一切的热情和期待在此一握中。

果然黄腾在定波的床头宿舍看见了《新民主主义论》《中国革命和中国共产党》《大众哲学》等许多书籍。这儿正是黄腾寻找的地方！

文化大学聚集许多地下共产党员和进步学生，圈内有核心小圈，圈外有外围圈子。校内比外面更知道内战爆发在即，革命趋向高潮。这正是黄腾所中意所渴望的。

黄腾多次在同学中讲他从小怎样闯赣江寻找抗日救国之路,怎样听从时代召唤锻炼非凡的胆魄,读艺专时怎样作诗画与国民党作对,怎样在敌机轰炸下组织募捐,怎样在家乡发动群众,群众怎样听从他的指挥……好像他这个圈外人比圈内革命者有更出色的表现。他多么想进入圈内呀!

黄腾又把阳定波当做组织的化身了。他诚恳地说:"定波,请多加指点!"

阳定波狠狠地扯他一把说:"你已经误课一个学期,抓紧把课补上去。"

对方竟说出这种没盐味的话,黄腾一下子失望。刹那间他怀疑心陶讲了自己的坏话,或班上别的同学嫉妒他甚至打击他。因而他以更大的热情接近定波。

阳定波说:"你跟心陶完全不一样,真奇怪!"

他立即认定心陶不是圈内人。

陈心陶平静地说:"跟你一样,我什么也不是。"

这倒使黄腾产生了另一种惊奇:心陶跟在赣州相比,不是更热情积极而是冷漠消极,一定是父亲做国民党县长的缘故吧。心陶消沉之时更是他奋起之日,他应该比以往任何时候更热情更积极更坚定!不是革命就是反革命,没有中间道路。

九月一场暴风雨掀掉了屋顶和百年大树,江水倒灌房舍倒塌。几辆警车凄厉地驶进学校。这时阳定波突然拉黄腾投进刀风剑雨中。

黄腾已上了黑名单。他终于感觉到危险。阳定波惊慌失措的样子使他心里好笑。趁着天空嘶的一声惨烈的闪电一个沉响的落地雷,他发觉自己已拴在"组织"上,这正是他所渴望和期待的!

人丛里不见心陶的影儿。他不安地问:"心陶肯定被抓了!"

阳定波安慰说:"心陶没事。"

黄腾的另一感觉又涌上来:心陶是一般的群众,消极分子。在他面前,陈心陶简直急剧地退缩。

二

陈心陶跟着阳定波投入一次次集体行动,可他的心后退着,一直后退着。

陈心陶退守在图书馆或校内偏僻的一隅。他对图书馆里几乎无人问津的建筑类书产生了莫大兴趣,公路铁路桥梁的设计让他着迷。那次他去K县声色俱厉地规劝爷的确出自内心,他已悄悄决定跟爷分道扬镳,不过,爷满脸疲惫又常常使他顿生痛惜之情。他对爷的经历已有所知,爷具有如此品质怎么投靠反动阵营!民国县长里大概只有爷活得最寒酸也最沉重了。他不能理解,爷在这糟糕情势下仍顽韧地妄图实现什么。

当他决绝地扑向火热的广州走革命道路,很快他又悄悄地选择了。因为他敏感地发现,有人对他露出怀疑和鄙视,把他当做投机者。真正属于个人的选择必须经受一番真正的痛苦;在痛苦中他把这一选择坚持下来。

人生跨出重要而关键的一步往往不是在信誓旦旦的场合而是从生活某一细微处——那里突然升起了新太阳，它照亮了今后的生活道路。他认定自己当不了职业革命家，更当不了头头，能在他心仪的革命阵营做点一般性工作他也就心满意足了。

他已从爷的汇款单得知，辞职教书的爷又在L县做县长。他沉默着，不由自主后退着，活动的圈子越来越小，更多时候他一人独处。他悄悄地开始走不同于父辈也不同伙伴的一条生活之路。

昂扬的黄腾发现他消极退缩，伸出手来挽救他了。

黄腾萌发了回家组织起义迎接大解放的宏伟设想，他设想着自己在信泉高踞万人之上指点江山，成为开县大功臣，心陶做副手再合适不过。他乐滋滋地拉陈心陶进了临江一家小餐馆。

呜呜行进的船背后伸展着巨大人字形的白色水浪，伸展着扩展着相互撞击，那些强势水浪总是后来居上压过孱弱水浪，好些小船小艇颠簸起伏摇晃不已，大船也随浪起伏……

黄腾的眼睛炯炯发亮，笑着说："阿陶，你近来消沉多了，你不应该这样。不进则退，没有第三条道路！"

陈心陶脸红了，摇头。

他说："你听收音机么？翻天覆地的日子就在眼前！我们应上前线去。你知道么，许多同学打算提前毕业回家搞游击队迎接解放，定波就准备这样干，我俩一道回去组织起义！"

陈心陶说："你想的远，不过我想的比你还要远。我是在考虑吃哪碗饭。我们都不是当头的料！你爷比我爷行……"

他惊奇地说："我爷是个自由分子，比你爷好不了多少。我们以行动证明自己。头头是人当的！"

一艘轮船悠缓地行驶。陈心陶倚窗凝视，掉头对黄腾说："你适合做宣传，我不行。一辈子能这样风风火火下去吗？那些稳整的大船照着自己的路子走，漂浮的是那些水浪。"

黄腾说："你既然冲出了罗网，又何必退缩！"

三

黄腾更加激扬。一天阳定波悄悄地告诉他："你已被接受成为一名现实学术研究社成员；你的组织问题已被通过，只差最后一道表决程序。你已是自己人了，向你祝贺！"

如此艰难而简易的门槛！他狂喜地蹦了几蹦，热烈地拥抱阳定波。他的心又狂野起来：到香港去！

许多有名的革命家云集香港,在那里发出“反内战反迫害”愤怒的吼声,一次又一次举行声势浩大的游行示威!在那里很快可以成为一个响亮人物!黄腾装扮成一个渔民偷渡到香港。

一连几天校内外不见黄腾身影,普遍认为黄腾被捕。一条线紧张地转移。阳定波受到头头严厉的批评。黄腾正式成为一名共产党员也付之东流。

十几天后黄腾笑嘻嘻出现在校园。他承认不告而别是个严重的原则错误。他以正宗革命者姿态出现却开始受到正宗革命者的排斥。

事情并没有到此了结。他被责令一次次做检查挖思想根源,真叫人心烦,他不习惯、不堪忍受这一套!可他认定还是要加入组织成为一个正宗的革命者,于是变被动为主动地写了一次次检查。阳定波机械地说轻描淡写是过不了关的,现在的党组织不是二十年代那样“随便”了。这样他咬咬牙联系了自己反动爷爷反动父亲反动舅舅反动叔叔——信泉头号反动家庭来挖思想根源,仿佛自己每一错失都是宿定的。上头并没因此待他亲和,似乎更冷脸相对了,连阳定波也回避不谈加入组织的事。到底怎么一回事?

黄腾就是黄腾,他根本不会陷入苦闷而不能自拔,苦闷过后他又嘻嘻哈哈乐开了,照样奋不顾身站前列打先锋,他的感觉依然良好!黄腾更坚定地想:信泉也一样革命,家乡十多年前就出了一批惊天动地的农民革命家。走着瞧吧!

第二章

一

正当陈学余在N县师范认真地备课教书,一纸调令从天而降又把他从师范转为一县之长。以屈求伸获得了成功,陈学余漾着残酷的微笑到L县赴任。

陈学余马上把黄朝水要过来。故地重游,他有老马识途之感。他不忘旧谊,又会钟坊辉。在这位老同学面前,他抑制不住自豪得意。他记起钟坊辉那年吟的诗:从来素魄同今夜,此地秋光改昔观。

云龙桥真是福桥,当年神灵冥冥中保护他不致于栽倒。L县驻有国军18军,土匪难得作浪,境内平稳,他心里一块石头落了地,他特地拜会了朱军长。朱军长对前几任县长都嗤之以鼻,对他倒给予礼待,吩咐部下对“陈县长鼎力相助”。怕又是邹厅长的缘故吧。

钟坊辉像个油里捞出的佛老,圆头圆脑圆肚圆屁股说笑时的嘴巴也是圆的,油濡濡的却不乏亲热,他对陈县长的再次踏访受宠若惊。陈学余身上变化不小,学友情依然,目光里那种执著和锐气更浓郁。

陈学余抛开了县长架势说:“离开这里一晃多年,情形已不甚明了,你还得如实相告呀，一句话，我还想做事！”

钟坊辉说：“贱地就是民风悍厉民性蛮狠，比以前有增无减。因是大县，大家不怎么把县长放在眼里。幸亏前几年你留下了好口碑。陈县长，时局动荡世风日下，官员自顾捞钱，你这县长难当呀。”

陈学余说：“难道还有比清匪更棘手的？K县的首匪郭超匀怎么样？还不是被我制服了！你尽管实话实说，让我心中有数！”

钟坊辉说：“姓氏械斗越演越烈，动不动拉枪响炮，什么王法不抵用，外地人不愿到这里做官。”

陈学余说：“有18军呀。”

钟坊辉说：“人家国军怎么搭理你地方的鸟事！”

陈学余咬牙说：“根子是土地问题。这次我无论如何要解决土地问题！”

钟坊辉苦笑说：“积怨已久，雪上加霜，没有几十年功夫不能彻底解决。姓与姓之间争斗不止。钟刘杨的争斗你一定闻见吧，大家背后都有权势，已成不治之症啦。县长，头发有你白的，愁有你讨的。”

钟坊辉又说：“学余，你我都是过来人，我佩服你的抱负始终如一，你有知难而进的韧劲。现在从上到下，贪污、受贿、搜刮，都为自己着想，为自己留后路。就怕你徒劳无功还落下无数的怨恨，不如去当教师吃粉笔灰实在，虽清贫可免去诸多烦忧！”

陈学余说：“我是人闲心不闲的僧行者，宁做失败者也不做养尊处优人！要享福要发财何必当县长！”

两人站在云龙桥上沉思良久。夜景浑茫黯淡，唯有船排上的点点火光，偌大的县城像座死城，远处传来轰轰的土炮。他想这桥是福桥，我在这里跌一跌，爬不起也就算了。

钟坊辉说：“人生如戏如梦，拿我打比，一腔热血成了油头滑面。昨日匪首山王今天台上奸雄，热血之士倒成荒地野魂哩！”

摸清情况，陈学余丝毫没有退却之意。

二

陈学余只睡了两三个钟头，掌灯读了王阳明《传习录》中的几篇，熄灯而思。窗户已着了白亮的曙色。他慌忙爬起漱洗，开门走到院里看依稀灿亮的半轮残月，离天亮还早哩。他叫起朝水到河边走走。

黄朝水说：“舅公，昨晚信泉胡锐跑来找事做，他在浚灵小学鼓噪还嫌不够，跑到县中闹学潮，在家待不住了。”

陈学余问：“他品质怎么样？我见见他。到底是家乡人，来找我们的，尽量给予安妥，人都有背时走黑运的时候。”

陈学余仿佛看见了自己落魄的过去，信泉老有一些人重蹈他的覆辙，一腔同情心油然涌起，他又说："信泉平常一个教师，在别的地方就是高手。L县文风枯涩，要不姓氏械斗老无休止！"

暗苍中他俩沿荒凉的河边漫步，沁凉露水浇湿了鞋和裤腿。陈学余想，当局能像前几年实行考县长就好了，他可以推荐朝水去。

天边扯起几道横云，好一个清亮灿烂的早晨。清亮河水仿佛从天边默默涌来，河风呼呼响。突然，陈学余看见近岸的河道漂着什么由远而近，隔着轻纱般的紫雾看不太清楚，他叫朝水下去看看。

原来是具男尸。死者二十多岁敞露的胸膛有着紫色伤痕，还有许多刀口，肚子膨胀。死者留着痛楚的神情。

陈学余问："谁杀的？胆子可不小！"

黄朝水说："昨天早上我就见了一具尸体顺流漂下。当地人讲这种事常有，都是上游姓氏打斗结下的苦果。前几天，河上游的刘杨两姓斗了一场大架……"

陈学余一震说："你去把法医叫来，一定要弄个水落石出，抓住一两个特别恶劣者正法！杀人是要偿命的！"

大概陈学余个子瘦撑不起眼，彭法医姗姗迟来，他勾着腰用树枝挑开死者的衣服，无所用心像翻弄一块石头。

陈学余问："他杀还是自杀？"

好一会儿彭法医冷冷地说："是他杀也是自杀，咎由自取。县长，我只能这样作答。这事弄不明白的！"

陈学余火了，下令说："人命关天岂可等闲视之！你们快去验尸，三天之内报上结果。"

彭法医鼻子哼了一声，不快地说："县长，此类事太多，若一个个认真查验，一个排的法医也不够。反正都是你搞我我搞你，用刀用棍。只能不了了之呀。我有老婆细伢，我想活哩。现在不比你做推事的时候，凶手在面前也不敢抓呀！我实在麻木啦！"

一阵冷风向陈学余袭来。这又是个绕不开的难题！姓氏械斗总不及匪风猖獗吧，土改大略只有往后挪一挪。

早饭后黄朝水把胡锐带到办公室。陈学余问了信泉的近况。胡锐说："黄腾走得快，不然早惹事了。县中毕业我回家执教，看不惯陈潜胡保林同流合污把信泉搞得乌烟瘴气。陈潜已当议长啦，陈县长，我干脆跟你！"

看来此人研究了他的心理，太狂太露太浅，陈学余改变了把他留下当秘书的主意，说："好些信泉人都知道我六亲不认的秉性。我刚刚调来，这样吧，县小还差几个额，你去试试。你年轻来日方长……"

胡锐央求说："我想留在你身边呀！再不，让我到县中吧！"

无意中陈学余得罪了胡锐。陈学余由胡锐想到黄腾心陶多了层担忧。已无法改变了。所以给心陶汇款只写只言片语,故意留空白让儿子去想……

——几年后"地下"革命者胡锐跃到地面,跟着张区委抖起了威风,信口开河列出陈学余的诸多罪状,向反革命罪犯陈学余又捅了"几刀"。

L县的最高权力机关果然按钟刘杨三大姓势力划分的,钟姓头面人物是县府主秘,刘姓的是保安大队长,杨姓的是参议长。陈学余又发现三大姓正紧张酝酿一场以县城为中心的大械斗。

刘杨各方均拉出了土炮,炮硝来自数百里外的信泉。

他骑着匹白马得得地奔驰。急骤的马蹄像鼓点敲在大地也敲在他心上!往昔如烟岁月如梦时间紧迫,他一步步迫近姓氏械斗的旋涡。

三

陈学余对L县的"洗窝"早有见闻。

头次"闹红"之后姓氏与姓氏、人与人的矛盾愈加激化,土客籍矛盾再次激化,不断变出新的花样。这里的士绅跟信泉的士绅不一样,他们以无穷无尽的械斗为荣,凝聚同姓同宗的昂扬斗志,不是好好过日子而是为面子生活,为无意义的输赢甘披血泊之灾。

偶尔遭偷窃便把怀疑当事实推上姓氏仇斗,本姓本宗之内又以大欺小以众欺寡以强凌弱,傍强势、趋众势成了人们津津有味的生活内容。

陈学余任法院推事时惩治过一些地方顽劣,效果何在?

钟秘书向他详尽地介绍了刘杨争斗——

刘杨都是客籍但刘姓坚持以开山祖坐地虎自称,蔑视后来居上的杨姓。杨姓同仇敌忾挫败过刘姓几回。因而世仇不息。刘姓想阻挡杨家风水在坝里栽树,杨姓却找了个"妨碍良田"的正当理由,于是护树、砍树争斗不止。几棵剩下的树伤痕累累已有合围之粗更成了刘姓宝贝。

钟秘书连续做了几任县府主秘,腰壮气粗心里藐视这位瘦县长,他有意隐瞒了钟刘杨三大姓正在城西构筑工事准备大械斗大决战。

路经一荒凉山村,陈学余欲小解走到山脚下一间牛栏背后。窸窣的踏草声使他想起家乡,一阵阵草味好香甜。他裤腿衣角粘着一层草屑。他好像听见人发沉的哀叹。他走着,又一声沉重的哀叹直捣耳鼓。他浑身发毛,认定牛栏里有人!他忘了恐惧再次返转。蚊子成团,几只凶狠的长嘴蚊叮他的脸,他一巴掌扇去,掌心溅着殷红的血迹。

他指着牛栏大声叫两位秘书快来!

黄朝水冲在前头一脚踹开牛栏门,成团的蚊子像乌云般袭来,一片嗡蝇之声。他挥着手在门口看了一会地儿惊叫:"吊着一个人!"

潮湿阴暗的牛栏里吊着一个“黑人”。那人足尖点地地吊在梁子上,赤裸的身上叮满了胖嘟嘟的黑蚊。两秘书用上衣包了脑壳憋着气进屋子解下那人抬出外面,他们的脸还是肿起几个大包。

那人身上红肿不堪;一会儿那人慢慢清醒过来,一手遮住阴部一手撑地坐起,脸露感激却流不出眼泪。还是个二十多岁的后生哩。

陈学余说:“有这样处罚人的?”

那人哭丧着说:“关吊我一天啦……你们不来,我定给蚊子叮死。”

两位秘书问了几遍,那人低头不语。附近的屋场走来两个蛮汉,声音凶狠:“哪个鸟胆,放人不先问我老子!”

黄朝水说:“你们这样是犯王法的!”

较胖的蛮汉凶了黄朝水一眼说:“听你声气是外方人,一张嘴别乱泼臭粪!这是刁民,欠我的钱两年了。不给味道尝尝,这种人哪会交钱!”

黄朝水问:“欠你几多钱?”

壮汉说:“两百块!”

原来后生前年借了两百元给娘治病,家境贫寒母子相依为命,养的猪发瘟,田里的禾也发瘟,此人姓华是小姓势孤力单。

陈学余沉默半天,对黄朝水说:“你去帮两家说和……”

两蛮汉正气恼地把后生推进牛栏准备再吊,对返回的黄朝水说:“你管么子鸟闲事!你心肠好垫出两百块,我立即放人。这里都用蛮法催款的!”

黄朝水说:“救人一命胜造七级浮屠,你们弄死了他,这二百块就彻底打了水漂,还结下冤仇。你们二位的后人保不定也会向人借钱啊。这后生家也是碰上了困难。二位先生不如放了人,写好借据,分期分批叫他归还。今天以前的算利息,本息年内还清。后生,争口志气,别让二百块委了自己。”

壮汉捋着下颏说:“这位先生倒热心,有道理。牛牯,算你命大,我们就再做一次顺水人情!”

牛牯赶紧作揖说:“成!我一定扎力寻钱,分期归还,我决不记仇!”

——天无绝人之路。牛牯回家后获悉中药铺子大量收购生薯(淮山),便同娘上山挖,两个月便还清了债。牛牯还砍了两斤猪肉谢蛮汉。壮汉说:“你要去谢那几位过路的人!”

一桩更重要更紧迫的使命正等着黄朝水!

四

刘杨以白塔为界埋伏着正准备土炮交锋。乡长、乡丁束手无策。陈学余阴郁地坐在顺埠乡公所。

他斥责说:“械斗不能阻止、不能平息,你们当什么官?平时一个个神里神气,遇事全都成了缩头乌龟。你们一定卷进去了。走,大家都到前面去!”

他走上宽展的河坝,平展田畴尽收眼底。两边山脚聚集着刘杨两姓,人烟稠密。中间土墩子竖着古老白塔。大概白塔是个灵信物两姓都不敢挨碰。塔两边已挖了壕沟架起了土炮。塔前面田埂上是疏疏落落一排挺拔的大树。

陈学余忧郁地说:“打千年拼万年,谁也赢不了,赢家即输家。只有不打,两方才是赢了!你们顺埠的士绅是怎么想的?”

长嘴大号呜呜地低鸣,河坝飘着灰蒙蒙雾气。两方顶着谁也不愿率先撤离。一场腥风血雨在眼前。此刻陈学余心头涌上了另一种绝望:恐怕他又错来了L县;他的土改蓝图能付诸这种地方?他本能地向白塔决绝走去。

乡长用手当喇叭喊道:“陈县长亲自劝大家!大家赶快撤退!”

大号停止了低鸣,河坝静如荒原,双方仍在对峙,谁也不愿撤离,然而双方中许多人为新任县长的大无畏感动了。

刘家有人叫道:“别上当,大家盯着,杨姓人若举刀砍树,我们就点火轰!”

18军的肖团长应该到场了,陈学余欲退不能,对18军失望起来!

黄朝水冲上来说:“县长,我替你去!我要叫他们看看信泉人!”

陈学余掉下一串热泪,他没看错人呵,而且听见信泉这个响亮的名字,心中立时涌出力量!

一个连的正规军从乡公所方向开过来。陈学余灵机一动:趁势而上彻底解决问题,把那些树连根拔掉,还平展的田畴!

两方有些慌乱但仍不想后撤。陈学余命令士兵把田地里那排大树砍倒,连根刨掉,连夜行动!几个兵扛着亮晃晃的斧头一步步走向树。刘家人嚷道:“轰!准备轰!”

黄朝水飞跑过去用身子挡土炮口,大声喊:“你们把我打死吧!”

刘家人一下子惊呆了。黄朝水说:“杨姓人已撤走,你们赶快撤下去!这是最后一次机会!”

一场械斗出乎意料地平息了。陈学余也出乎意料地解决了这个旷日持久的死结。18军驻L县是第一次正式干预姓氏械斗。学余非常惊奇。连长说:“朱军长、肖团长都佩服你,讲你有做事的样子。肖团长命令我连鼎力支持陈县长!”

陈学余真想欢实地大哭一场。他苦苦寻求的没个踪影,而稍稍着意的却大获成功。

第三章

一

顺埠的刘杨拔刀相见,县城的刘杨却趋于联合。刘杨联合以抗钟,“三国”谋略又得到新的运用。斗大架与民风悍厉相催相激,官员对L县视为畏途。

钟秘书十分敬佩陈县长,对黄朝水也刮目相看,他这才如实地报告了城西钟刘杨三大姓即将大战的情况。陈学余又紧张起来。

县城西门的卧马槽据说为钟姓所有却被杨姓租用多年,因抗日胜利店铺纷纷冒出,卧马槽的商业价值突显,争端骤起,民间调解无效,官司不能解决,上一次的械斗意味着下次更大规模的械斗,双方都争最后的赢家。

钟姓人仗着有人在省府做官和人多,卧马槽之争屡败屡战显示他们强大的实力,在刘杨联合面前毫不退缩。这时又发生庙下乡钟姓与刘姓因卖香纸之争引发了圩场械斗。杨议长以闪电速度将自己一个美貌侄女嫁与保安大队长的儿子。于是刘杨联合向钟姓正式下了战书。

钟姓占据城里,杨刘围在城外。各姓头人都在作战前发动。以城墙为界三姓均构筑了工事,一早一晚不时冷枪射击。三方头面人物不时冷面相会,都装出对在即战事的超然模样。各方都没有单方面宣战似乎等待什么。

陈学余拍拍胸膛表示要出马劝退,被黄朝水拉住。他俩待在暗处观察了叱骂加打冷枪的恐怖场面。

陈学余不知道何处下手,只有再次拜访18军。其实驻地只剩下残部,朱军长奉命率领部队开进南昌做抵抗共产党军队的准备。肖团长率一个营保护着后勤。肖团长对陈学余在国运凋零之时仍想尽守职责有所作为大加赞赏,愿意以两个连兵力相助。

肖团长又说:“以武力解决一时痛快,但不能最终解决问题。建议县长不妨去请刚退休回家的钟姓人、上校大队长钟坊云出马……”

陈学余摇头说:“此人姓钟怎好避嫌?又是军人,岂不火上浇油?”

肖团长说:“凡事不宜呆板,钟坊云是说服钟姓退兵的最佳人选。这人国文底子厚实,早年毅然投考黄埔6期工兵科,参加北伐屡建功勋,由任排连长转任政治部中校秘书。抗日后返回军校讲授《孙子兵法》,新近晋升为上校大队长,最近他毅然解甲返乡办实业……”

陈学余对此人已有所闻,今天又经肖团长推荐,尤其是“国学底子”和“毅然解甲返乡”使他产生一股不由自主的震动!学识胸襟超拔的人才有如此大彻大悟,L县也有这种社会砥柱!不过他又疑问:此人戎马之功亦一般,功成勇退以保一世的芳名,会不会像陈潜回乡之后不甘寂寞卷进姓氏争斗?

他抱着试试看态度拜访了钟坊云。在那里他接触了另一种生活面貌!

二

在钟家祠陈学余见了钟坊云。

这里不见一丝战事的紧张,倒是一派红火和谐的作坊景象。钟坊云急流勇退借祠堂办起了私立化工实用职业学校,将自己生平积蓄的银洋五千元作开办费,另筹集捐款及祠堂田租拨充学校经费,开设了酿造、肥皂、皮革、粉笔等四所实习工厂。陈学余非常惊奇。

钟坊云动作干练,脸上没一点兵戎之气,举手投足有大儒风范。他说:"我年轻时就立下实业救国的志向,虽过了二十多年军旅生活,对军政不感兴趣,而对'办实业'一直萦绕情牵。一将之下万骨枯,实在没意思!一俟抗战结束,我便决意提早退役,将下半生之精力献与桑梓福利事业,以了却我平生夙愿,也算本人聊慰苍生的救赎之举。县长你也知道,全县日用化工品都从外地运来,而本县原料丰富,我们何乐而不为!18军后勤人员中许多人懂得化工,他们乐意帮忙指导。我们已从上海购置了仪器和一些化学原料、机器设备……"

陈学余说:"听说钟先生的孙子兵法授课深入浅出,没国学底子是做不到的。"

钟坊云说:"孔子孙子都是教人审时处世的,转到实业也大有用场。可惜许多人学儒教为当官,学孙武为打仗当将帅。如今百废待举,最当紧的是办实业、强国力!"

陈学余脸发烫。

钟坊云又说:"在我们国家,当官容易又不容易,做清官、好官难!做官当将帅都不是我所长,也不是我所愿,还是觉得年轻时立下的办实业志向实在一些。听说县长家乡信泉早成商业重地,乃是人心开化的结果。哪像我们这里你踩我我压你,目睹人人都成了红眼鸡赤眼牛,家乡这等衰相,觉得自己白干了几十年!保护的竟是一些无用无能的脓包!"

陈学余心里觉得舒服一些,可心中受的震荡久久难平。自己毕其一生以当好官、清官作唯一的寄托。世界大得很哪!像钟先生,宁愿从官场、军界退出,宁可回家办工厂作坊,尽绵薄之力,实在难能可贵!这在家乡是没有的。黄盛萱无可比拟,黄朝勋差得更远,人有多种活法,一个人难道从头到尾必须是一种模样么?他暗暗为朝勋默默无闻叹息!

钟坊云又说:"凡进作坊的,不论家庭贫富,都是工友,和谐相处,不猜忌,增诚信……"

陈学余又一震,这是他无从想象的。

——几年之后的秋天,他已是罪犯关在信泉区政府一间小房,落叶萧萧风沙索索秋声如诉,荷枪的哨兵在四周巡逻,解放军张区委粗狠的嗓音不时传过来,那是另一世界的声音。这世界正是他年轻时所憧憬所追求的。共产党解放军以雷霆万钧摧枯拉朽之势在很短的时间扫除了人间腐恶,他从心底欢呼这个新世界的降临,可是这个世界已容不下他。他将为自己所仰慕的社会所扫荡,真有些滑稽可笑;不过他就是继续留在原先的阵营,又有几人会理解他?他在世上的使命已完全了结,他应该死去,因而心头漫起一道暖意。他追求过,真诚地生活过,按照自己的轨迹发了光。黄宇遂平静地来看他，还是那个温和的、几十年未变的嗓音，这是黄宇遂——他几十年所忽视的人物。黄宇遂仿佛从娘胎里长了从商细胞，他不是落魄时才从商，也不是在从商中捞取从政摆显的资本，他一辈子以从商为乐事。他遭遇过风吹雨打，都以一笑付之、以低姿态相对，他走出了一条生活之路。陈学余从小都鄙夷商人认为商人永远不能登大雅之堂、永远不可能成为生活的主流、从来就是给政治家、政客、军人、土匪、家族垫脚的。眼下，黄宇遂依然乐天。这实在是人间另一种有滋有味的生活呵！陈学余联想到L县的钟坊云，听说钟氏悄悄去了香港，钟氏办实业无意中倒延伸了钟氏的生命。在囹圄之中陈学余第一次慨叹万寿宫外的生活多么丰富而有光采，它已跟自己无关！呵，他不由又悲哀了。自己想过急流勇退，可压根不会想去搞实业……他从黄宇遂来看望的寥寥数语里察觉捕杀凶浪又起，伴随着新的报复，激起更大的怨恨，这又是他没有意料的，无从想象的，离他心中的"土改"相去甚远……这时他突然理解了他一直不怎么在意甚至鄙夷的朝勋！朝勋与钟坊云走的是相同的路呵。不同的是，一个是庸常、低姿态；另一个是激越、高姿态。朝勋发过光——这些就是光！朝勋像自己一样奋斗过，朝勋默默地奋斗着！默默的生活就是奋斗。今生今世他自己选择过也真切地奋斗过，他和朝勋——他们都脚踏实地奋斗过，顺从了自己良知做了自己要做的事情，可以死而无憾……

陈学余意识到自己此行的使命，他说："为政者力挽狂澜，能拯救众多生灵，跟搞实业不可比拟。不过，两者之间不是对立的。比如说，钟先生在搞实业之际，凭资望挺身出来，短时间便可立下立功立言立德的不朽功勋……"

钟坊云知道县长的来意了。

陈学余接着说："钟刘杨的城西械斗已一触即发。只有钟先生出马才能转危为安，使三姓免于一场血泊之灾。卑职是外地外姓人，不及先生出马的效用十之一二！学余以全县四十万民众的拳拳之心拜托了。"

钟坊云激动起来；他早看在心里，此县长果然有为！他说："回到家乡竟看到几大姓争面子争势力大动干戈，把爷娘给的性命当儿戏，我非常失望！更坚定了办实业之志。械斗爆发，我面上也无光。我私下劝解过，连本姓也不理会我这个解甲之人。既然县长亲自嘱托，我当从命！"

钟坊云决定先从自家做起，说服自己的伯父——伯父正是钟家头人之一。

这天钟刘杨同时下了战书。伯父以有这位赫赫的侄子而坐稳了钟姓头人交椅，却不敢代替侄子在战书上签字。伯父摆出长辈架势要侄子签字。钟坊云果决地说："我早声明我不会签这个字的！"伯父跳起来骂道："怕死鬼！白费在外几十年，全姓人别想得你么子好处。不敢签，你为什么回来？"

冷枪啾啾地作响。有人报告说伤了一个人的腿。伯父吼了一声："真是太小看我钟家了，看你杨贼牯横行几时！"

伯父举起那把烂步枪走到工事里叭叭地开火。钟坊云火了，第一次当众对伯父发火，他冲进掩体夺了伯父的枪拉膛退了子弹。

他认真地说："这狗屁面子是争不够的！他是乡长，你胜了他，他岂肯罢休？假如他胜了，我们岂不丢尽了面子？哪有停歇的时候！静下心搞实业，这才是真正的比赛。我走南闯北比你们看得透。这次我受陈县长嘱托；陈县长能请动18军的！"

钟坊云转身对大家说："我们钟家先撤！伯父，你若认你这个侄子，你就撤下！我回家里办实业，不是来看你们流血、丢命、呜呼哀哉的！"

钟家悄悄地撤下。陈学余、肖团长和黄朝水走到刘杨工事前，黄朝水大声说："钟家姿态高已先撤下，你们刘杨再不撤，18军将踏平你们！"

这样刘杨也撤了工事。

陈学余贴出通告：卧马槽归国家所有。

三

陈学余的好心情像片锦云亮了一会儿就成了黯淡的乌云。三姓大规模械斗平息了，但三姓势力鼎立的局面延续着。但街上的争吵、闹斗和群架像呼呼的河风一天不曾停歇。

更叫人烦恼的，是街上刁民撕打扭成一团撞进县府指名要他断理，似乎其他官员没有调解的资格。他忍无可忍把肇事者骂了一通，刁民反而满足地离去。刁民多如蝗虫，他岂能招架！他执意实行"土改"的信念再次动摇起来！

他躲到钟坊云的实习工厂和职业学校去。多去了几趟倒被守门人拦阻，说是工作期间闲人莫入。

钟主秘问："县长想办实业？"

陈学余笑着摇头说："坊云先生的雄心使我感动！任何东西，在他不去做时，没一点可能性；只有耐心去做，它才会显示可能。行动才是最重要的！"

钟主秘说："县议会讨论要给你加薪呢。"

其时物价飞涨而谷价低贱。一些议员联名提出议案：每月给县长陈学余增发薪水三百担谷子即三百块大洋。

陈学余拒绝说："使不得，我做的太少，大家都贫困呀！"

他只不过凭着一份良心做了应做的事。自己真正要做而没有做成的依然高悬。他情绪又高涨起来！

他对黄朝水说："这次肯定能通过土改方案！"

黄朝水注视桥下黑亮的流水说："一任县长能尽力解决一两个民众的迫切问题就不错，可以问心无愧了。共产党军队南下迅猛，舅公，你一定要看准形势呀！"

他咬牙说："形势再恶劣，搭上条老命我也要为此一搏！"

黄朝水说："会成功的，你早应成功了。成功了又怎么样？看看那些官员和刁民,心都寒了!"

刺着了他的隐痛,他不高兴地说:"你也帮说泄气话……"

黄朝水说:"舅公你听到了没有,我们家乡又在闹弹劾县长了。多事之秋呀,不如沉稳些好。听说朝勋哥加入了起事的行列,连石头也说话了!"

陈学余两眼闪亮胸脯剧烈地起伏。他张开双臂在桥上立成一个大字。

第四章

一

一切喧闹着躁动着,人世就像圩场一茬茬人哭着闹着逝去一茬茬人闹着笑着涌来。眨眼间就是春夏秋冬就是不同的世界。

黄朝劢像屁股生疮难得坐凳。他喜欢站在店门口同别人响亮地打招呼,"吃了"、"坐坐"一类的客套话从而与外面世界紧紧连接。家里的事、宗祠的事、石街的事,甚至政府的事只要诚心叫了他也就拔腿相前。他喜欢替弱者仗义敢当众斥豪强,战场上九死一生挂个中校军衔就是铁铸的资望。他的威望后来居上已压过了哥哥。

然而人们不敢公开冷淡黄朝勋,因为他有绝活!黄朝勋也乐意这种不冷不热的状态,坐在诊室里微笑地看着哗哗水流般的世象。他宁愿把当街的诊位让给弟弟,自已移到后面一间僻静的诊室。

叶宁玉守在临街的药柜,不时按朝勋朝劢的药方给人注射和抓药,有时她到隔壁自己家的药铺抓中药,许多人开始叫她"叶医师"。她害臊不敢亮声回答,黄朝勋鼓励说:"大声回答,谦虚什么。"

她红着脸说:"你们两人才是哩。"

黄朝勋看出了新法接生在信泉广阔的前景,想教会叶氏接生。他对她说:"你给世界接出许多生命,给家庭带来生气和欢乐,比站柜台强多了。别人只会敬重你。"

她理解他的美意,不过,她总是迟疑。她担心给别人接生反把衰气带给了自己家里,嘴里却说:"常半夜出诊,我怕哩。"

他叹息说:"你有手术刀呀。"

不知怎的,他心里想去会怀馨,可老是投入宁玉的怀抱。宁玉一叫他,他会怀馨的心志就迅速地动摇。宁玉更美润,更热烈,更温顺,更让他欢心,也距他更近,他反而觉得宁玉更需扶植。过后他抱怨自己为什么不再增加一点坚定!

他坚持耐心地启发和引导,终于她认真而幸福地点了头。每当他接下任务就不容她犹豫叫她一同随往。

二

一天深夜主家奔小洞请黄朝勋接生。他绕上石街叫来叶宁玉。

主家打着火把在前面引路，他和她一前一后长长短短的影子总是重叠。世界多安静呵。他极乐意在这种情境中工作，世事烦嚣一概消失，他能听见自己心脏的跳动，他只与叶氏结成一个小世界，听见松涛如水流——大地的呼吸。他爱上家乡了。

父亲所走过的每一条山坑他都走过，他比任何人都感知真实的父亲，他的放浪实在有父亲的影响，不过凭藉放浪他实在是在寻找什么向往什么。走夜路的时候，他更能真切地想象父亲当年从医的执著与豪情，父亲的亡灵似乎默默无言地陪伴他。步入四季常青的山地他体会到了在城里不会有的轻松和愉悦。

他能娶叶氏的，昭云也不会反对，但他始终没向叶氏表白。就这样吧。泰生一家可以避免瓦解，宁玉也不会失去独立的光采。他知道自己伤害着泰生，不由自主他又伤害着。

夜行山路，叶氏主动地替他挎出诊箱。女伴在前，深沉的夜向两边退去。她问起黄腾的婚事说："石街人都晓得昭云嫂盼儿媳哩。朝勋，黄腾娶小学钟校长的女儿秋秧么?"

他无言地笑了。

她说："阿腾不愿怎办？他是大学生呀。"

他说："别看这小子搅屎棍不安分，他会同意的。么子理由我可说不清楚。"

她说："漂亮，诱人，善解人意，叫人爱不够。这是你们小洞黄家男人选女人的秉性!"

他说："宁玉，你一定下决心学会接生呀，不然你会后悔的!"

她嗯嗯地笑着点头。

夜风吹拂，她的脑子十分清醒。她知道他时时想去小学，他们在赣州已种下情愫。他越是无保留地教会自己，她越能自信自强，他离开自己的日子也越近！她心里一阵震荡，为自己的突然发现而浑身烫热。

产妇是头胎难产，情形骇人。产妇痛苦地呻吟，慢慢地连呻吟也哼不出来，婴儿一只脚在阴门口微微地蠕动，羊水血腥味几乎使叶氏窒息。

主家显然不信任她，老是焦急地看着黄朝勋。

他非常冷静从容不迫，把叶氏推到产妇近前，指挥她如何观察如何操作。

汗水让她的头发湿成一绺绺。床头坐着抱了产妇上半身的老妪阴着脸。黄朝勋平静地说："宁玉的手指长而且软，打火找不到呢，我保证没事!"

他鼓励着，让她把洗净的手伸进洞开的阴门。她哆嗦不已，欲退不能，只有攥紧心力按着他的指点操作，他打着下手，终于婴儿平安地产了下来。在场的人都吁了一口气,被婴儿响亮的哭声撑开了笑脸。

他高兴地说:“宁玉你行呵！别退缩,大胆去做。你会成为一个很不错的接生员!”

他向主人家介绍了女人接生的许多优点,介绍了宁玉有文化、心细一类的优点,而且替她吹嘘她给别人接过生,她自己头胎生了个儿子,主家于是转忧为喜。

时间已是凌晨三四点,燃烧的火把弱了下去,遍地的清新扑面而来,叶氏觉得像坠入一个漆黑的世界而不敢挪步,她伏在他肩膀上叫道:“朝勋！我不敢走路了!”

他拍着她,明白她经历着后怕阶段,他说:“你抬头看看,到处好明亮!”

他俩第一次相拥着在山野清晨。他扶着她坐在一株古樟下的麻石板上。她偎着他,感觉在旷野她更需要有力量男人的搀扶。他说:“人始终要独立、自主,迟不如早哩。”

她说:“你跟别的男人不一样呀。你在我身边,我心里就踏实,再苦再累我能挺！你别离开我呀,你一走,我凄惶哩,么子全给忘啦！我不许你走!”

他吸着她头发的幽香说:“退到信泉退到家,我还能到哪里?”

她马上说:“你会到河边……”

他说:“宁玉,你真是个小灵精,能看穿我的心事。怀馨是我的好友,是我把她母女俩接进信泉,今天她又碰上困难,我必须接近她帮助她！现在我才明白,她选择做教师是个错误……”

她激动地说:“只要你不离开我,你尽管去帮助别人、别的女人。朝勋,我文化少,我一直看着你,你一点小小变化都逃不过我的眼睛。有本事的男人都坏、都狠心。有时我觉得你坏,你跟那些坏男人没二样;终归我又觉得你好,别的好男人都比不上你。现在我想开了,你尽管去帮扶那个女人,这样,你又会安心地回到我身边!”

他眨眨眼睛,倒真是那回事。他轻轻地拧她笑着说:“你真会琢磨心思,让我舍不得离开你！小学的情形糟透了,几个月没发薪水,教师有意见,上面狠狠地打压,好像到处都伏着共产党。你说,我可以见死不救么!”

她说:“你无职无权,讲了白讲。”

他说:“我可以把刘怀馨拉出来吧？她特别危险。她比信泉任何一个女人都经受了磨难,也更坚强！我把她的身世告诉你……”

她惊奇地睁开眼睛。

三

黄朝勋拉怀馨,拉动的不仅仅是一个女人,而是一个学校一个社会一个世界。当他豁出身子伸出手就由不得自己了,学校、社会、世界以巨大的吸力把他反拉了过去！他一出手一伸脚就亦步亦趋地陷在社会的污水中。

自凌馨去了读书，黄朝勋不时在刘怀馨房里出现，背后的目光滋滋作响，讥议声一片。人们一见男女挨近就往那件事上想了。其实他真正在她那里过夜的次数极少。

黄朝勋终于在小学撞上了尴尬。那是昭云已物色钟校长的二女秋秧，他与钟校长相见双方都有了那种亲戚的神情。当初钟校长不怎么同意，而女儿秋秧非常中意黄腾和小洞黄家，秋秧同娘及姐姐冬秀到过小洞“看家”①。黄朝勋每次来自然要在钟校长那里坐一会，于是钟校长对黄朝勋的笑容里就有尴尬的意味。他掩上门小声地详细介绍了刘怀馨的身世，钟校长大为感慨，深深地被感动了，对刘怀馨更是刮目相看，似乎也原谅了朝勋的所为。

钟校长虽四十大几但思想波动大，一会儿慷慨激昂斥责当局，一会儿俯首乖乖地依傍权势。他为刘怀馨执教忐忑不安了。

学校每况愈下，朝勋打算劝她辞职到石街做点别的，到庆仁店或公晖都行。

钟校长叹气道：“县府怎么搞的，先前县长王继春手上少一些但有保障，一连三个月没发薪水，一人一担二斗谷子的薪水哪里去了？陈潜屁也不放一个。听说周县长把教师的薪谷挪去办公司去了，简直谋财害命！”

黄朝勋惊讶地说：“有这事？我以为战事紧张，只是拖欠一阵而已。”

钟校长说：“我是没法阻止教师闹事的！还是令尊能把陈潜看透，我上陈潜的当。当初，令尊在街头一站，信泉的正气涌上来了。没这样的人啦，该衰的信泉！”

黄朝勋着急地说：“本地人还好办，大多家里有田土，可刘老师——她还得负担女儿上学的费用呀！”

钟校长说：“幸好学校掌握几亩田；我宁可少办公费也不少刘老师的薪水，人家太可怜了！”

黄朝勋说：“亲家，恕我冒昧，这书是教不得的，工薪少，一有风吹草动，学校笃定遭殃。我想叫刘老师辞职，在石街做什么都比当老师强，至少人自在！”

钟校长说：“刘老师书教得好，学生伢子喜欢她上课，她是真正的教师楷模。唉，我也把不住了，她愿意，我会放手的。”

晚上黄朝勋直去小学敲开刘怀馨的门，猛地把她抱拥怀中。这里多宁静；宁静使他想起他俩疯狂的时光。他俩嘴对着嘴长久地吮吸。无须说话，他们的心跳、喘息和身体缠绕的响声——生命的力量美丽地迸发。可是这次他俩平静下来相拥坐在床沿。

她笑着说：“我以为你当正人君子呢。”

---

① 正式订婚前女方到男方家里看看，也叫看屋场。

他说:“我算什么正人君子！学校停薪几个月,你也不吭一声。情况比我看到的还要糟糕。怀馨你辞职吧,到石街做什么都比在这儿强!”

她说:“你忘了我是教书的,校长和老师待我蛮好的,在这里我知道的比你多,我不能离开,尤其在这种大家都困难的时候。”

他说:“你再听我一回吧？你身上的担子不轻呀。你聪慧,做什么都来得及。”

这时他听到一阵杂沓的脚步声。这里也不平静了！当局刚把胡锐撵跑,老师们又聚集在一起。他明白同欠薪有直接的关系。

她说:“又在起事撵县长。”

他说:“这你没参加吧?”

她说:“这场面我见的多,我怎会参加！不过,我同情他们,逼上梁山呀,你也会同情的!”

他催促说:“你更应该离开这儿。凡聚众呼喝的,我宁愿退避三舍。”

她哆嗦一下,坚定地说:“我不走!”

四

学校又开始了新一轮罢课。小学教师赖惠琦圩日走上石街大声呼吁:县长把教师工薪挪去办公司。乡民愤怒地吼叫:“这狗卵的县长踩到信泉人头上来了,到县里抓他、撵他!”

人群中有人喊“打倒国民党反动派”的口号,有人从骑楼上抛撒传单,传单上有共产党解放军挥师南下的消息。信泉与外面的距离一下子缩得好短。

叶宁玉拾了几张交给黄朝勋说:“还是民国十九年的共产党吧?”

黄朝勋对“民国十九年”十分恼火,把传单揉成一团扔了说:“别听噪呱,我们做我们的事。什么朝代都得靠良心本事吃饭,只有癫佬才巴望天下发人瘟!”

他察觉某种危险正向浚灵小学迫近,向石街迫近,不由为怀馨担心!

陈潜突然在石街出现,身边是胡玉、高源和胡保林,两坨肥嘟嘟腮帮平添了官气。

小学教师赖惠琦向他鞠了一躬,大咧咧嚷开了:“陈议长,浚灵小学三个月没发薪水,请你向县长呼吁一下!”

陈潜白了他一眼不快地说:“国家有困难,大家忍着点嘛。县长怎能乱撵的?胡锐刚逃跑,又冒了新的胡锐!”

赖惠琦拦住他说:“信泉人敢到县里撵他,叫他当钟自为第二!”

陈潜拉下脸喝道:“现在是戡乱时候,你吃够豹子胆啦,小心被共产党唆使。胡镇长,怎么搞的,这七乱八乱老跟浚灵小学有关？一定有脓头。”

黄宇遂把赖惠琦拉进公晖说:“看你着凉发了痧气,烧得厉害。赖老师,比你苦的有的是,你就忍忍吧。”

赖惠琦气愤地说:“这些王八蛋横行不了几天啦,反动统治就要推翻!”

黄朝勋突然明白罩在浚灵小学的那种危险!果然弟弟告诉他保安队要到小学抓人,他立即想到怀馨的处境,而她极易受到怀疑。

他又出现在怀馨的房中,耐心地劝她离开学校。她还是不吭声。有过的痛苦在她眉间一闪化作无比的坚毅,好像学校里是她难舍难分的情人。可她又痴痴地望着他。

这时校门口“叭”地一声响,几十个保安队冲进了学校。办公室灯火忽地熄灭。胡保林凶狠地说:“一个也跑不了!”

除了赖惠琦,全部在场的老师被抓,一个个像瘦鸡被捆绑起来。胡保林嫌不过瘾地说:“给我搜!老子从不相信书生能成事,不给厉害不知屁眼疼!”

有人向胡保林耳语,胡氏摸摸八字胡大声说:“不分男女,凡教师都得搜查,窝藏的同等判罪!”

刘怀馨的房门被枪托撞开,胡保林第一个跨进没提防撞上站着的黄朝勋,不发作了。黄朝勋扶着怀馨的肩膀,冷冷地向着来人。保安队吆喝一阵带着被抓的老师离去。

黄朝勋说:“这里你不能再待了!上我诊所去吧。”

……两人相偎在公晖。看着红蜡烛一根接一根一寸寸地矮下去,他感觉她坚强着也疲惫着。女人再坚强也赛不过男人;她总把坚强维持到最后——掩到心底,她伏在他的胸膛上,漾过一阵阵哆嗦。

在这非常时候他又来到自己身边!她为什么要碰上身边这个男人呢?她同他疏远着不正是为着积聚向往的热力,为能够下一次紧紧地依傍他呵。

黄朝勋为她租了庆仁店对面一间小店,她住下来。她开始在公晖站柜台,不过她更喜欢去庆仁店。她的身世很快被石街人知晓,大家唏嘘着,对黄朝勋的非议近于消失,反而对他增添着敬意。

黄朝勋在赣州曾希望刘怀馨做自己的副手,如今接近成为现实。中间的路竟如此漫长而崎岖。让她安静一阵吧,他又开始了新的疏远。天天抬头低头相见,两颗心却保持着距离。

当局对刘怀馨的怀疑加重了……

第五章

一

这段时间黄朝勋心情恶劣极了。

刘怀馨连连被带去镇公所受盘查,每一次恰好黄朝勋不在场。不过很快她就被释放了。回到店里她什么也没说,对黄朝励、叶宁玉一家和街邻还是挂着隐隐的微笑。有一次黄朝勋在里间坐诊,她被带走又回来他浑然不觉,只当她去了隔壁庆仁店哩。

昭云一直催促他叫回儿子办婚事,信写出好些天,昭云又催他写信问儿子到底对秋秧满意不。他心里有底,被妇娘一麻缠又没了底,也以为儿子拒绝这门亲事。终于盼回了黄腾一封信,儿子完全中意。于是昭云一次次催他要儿子回来完婚。他捂着火气说:“兵荒马乱时候,广州不是县城赣州,别急啊,想办法。家里的准备你们做,别兴这么多礼节,何必累苦自己!”

她又为儿子担心了:“浚灵小学这样乱,广州更乱哩! 阿腾别吃亏上当呀!”

自扯上这门亲事她更憔悴了,看上去比他大十多岁。

他冲冲地回到诊所关了门自个儿待着,宁静才是无价宝!

叶宁玉敲门,他差点没对她发火! 她告诉怀馨又被传唤。他火气冲天地去镇公所对胡玉高源说:“我请她在店里做事,我担保。怎么不来提问我? 简直是阴谋诡计!”

胡玉赔笑说:“亲戚,没你的事。我们做事会注意面子。那是县里的指令,不过,我们对刘女士还算是客气的。”

黄朝勋脱口说道:“周宇安陈潜沆瀣一气,实在太欺侮人了!”

沉默的石头终于爆发了。他迈出起始而关键的一步。

第二天黄朝勋急速奔县城。他无视荷枪实弹的警戒傲然递上名片。秘书显然被他的气势镇住连忙表示叫县长,走了几步偷偷看名片原来是位乡间医生(黄朝勋没把律师身份印在名片上)便鄙夷地耸耸肩。

端坐等候一个小时竟无人理会他。秘书连头也不抬说县长下乡视察去了。周宇安拒绝见他。一股屈辱像刺痛他的心。他拂袖而去。

举目环顾,无人认识和理会他这个乡间医生。街上人头攒动,他听见人喊“陈议长”,他厌恶地拐道而行。

这样他拐到县中来了。

有人叫“黄先生”怪亲热的。那人作了自我介绍,也姓黄。黄老师拉住他热情地说:“说曹操,曹操就到。大家正叹本县无能人,寻一个过硬的律师,你就来啦。本家先生,我早些年拜读过你的文章,你驳斥三青团破坏赣州城义仓,为民做主为民解气十分痛快! 本家先生为邑人争了口气呀,不愧为留洋博士!”

黄朝勋一振却谦虚地说:“实在惭愧!”

黄教师说:“这不是一己一家一乡之私事、小事,而是公事、大事……”

他赶紧问:“么事?”

黄老师说:“状告县长周宇安! 全县民众忍无可忍!”

原来县中一些教师学生联名扳周宇安,状子石沉大海,反招来弹压和搜捕。

黄朝勋头脑热烘烘,自己来的正是时候!他摸摸口袋,好像事先有所感应,那两张河道设卡缴费的发票正在身上。

这天上午,县长周宇安躲在秘密住所洋洋得意又惶惶不安。刚把最后一批银元用船押送回了老家吉安,他又在苦心考虑怎样销毁堆了大半个房间的竹木增税票据存根,这把火是不好点的。在S县经营多年捞钱之多之快出乎他预想。他在吉安做了一溜连店铺,竞选国大代表的资金足足有余。当上国大代表意味着他可能上升专员的职位!

可他不自觉犯了个错误。听秘书说有位乡下医生找他,他连名片不看扔到一旁。临近中午他听见熟悉的敲门声赶紧开门,笑着说:“议长,请坐!一天不见你,我就觉得少了什么似的。”

两个相视而笑。陈潜打了一阵哈哈说:“信泉人的脾性是上树上到顶,为人为到头,县长你竞选国大代表一定马到成功!盘费一百担谷子足够,我批你三百担如何!”

周宇安抱拳作揖说:“知我者潜兄也!”

陈潜走后,周宇安又躲在密室静心。他哼着曲儿半醉地摆弄一张一张名片。黄朝勋!他终于记起来了,这个呆博士找过他!他责怪秘书怎么不早说!

二

黄朝勋乘船奔赴南昌。

人生真难预料,他感慨唏嘘。世界、江河、生活,就像巨大的簸箕不停地旋转把他这个沉默的边缘人推向漩涡推向亮眼之处。

周宇安犯罪的几桩主要事实黄朝勋几乎可以背诵了:省府拨给县里民工修飞机场的几项费用都被周宇安独吞;建县府一项周宇安贪污十万;增设竹木税五十万至少有四十万到了周宇安手中;日寇进犯时县城粮谷运往匹袍的力资全被周宇安贪污,等等。

他把材料整理成一篇文章交给民国日报社的老友,马上又去找徐克为首的同乡会。随即以旅赣同乡会名义向高级法院提出诉讼。报纸很快登出了那篇文章。磨子巷热闹起来,本县同乡赣南大同乡无不气愤填膺,全力支持黄朝勋把官司打到底。人心所向呵!他把这热火场景等同于官司的胜利。他们志得意足地坐镇南昌等待法院判决——胜利的到来。

周宇安躲在密室逐字逐句读报上那篇义正辞严的文章,不由心惊肉跳冒出一身大汗。“黄朝勋”几个字像锤子一样捣着他。他已垮定了。捞再多的钱——他的努力白费,他却败于另一个信泉人之手。他恨自己疏忽了黄朝勋。

周宇安称病躺了几天等待命运的发落。他接到省府担任要职的朋友的一封信,迟迟不敢开启。终于他哆嗦着拆开在微弱灯火下默读。他拧亮了灯火,眉头大开,赶紧叫妇娘点亮全部的灯火。朋友尽最大的力量保他,嘱他尽快行动别再错失良机。行动就是用钱铺路。他抱着妇娘大叫:"我的病好啦!"

法院开庭一拖再拖。黄朝勋只有等下去。他像个天真的顽童天真地等待。他们不知事情解决无望周宇安已转危为安。

他在赣州的一幕又重演。

他恍然大悟,他到南昌花钱花精神买了个普普通通的明白。他一无所获抱了个"悲凉"回家。不过当他踏上家乡土地,他一股力量又像火一样燃烧了。

三

黄朝勋昂扬地从县府门口走过。背后有人热情地叫他。那位秘书拉住他的手说:"周县长等着你哩,黄博士!他请你吃饭。上次冒昧,有眼不识泰山……"

周宇安紧紧握着他的手,两人并排坐在一张大沙发上。

周宇安说:"上次湖边乡出现险情,我确下乡去了。回来见你的名片,派人上街找,后来听说你去县中住了一晚……终于可把你盼来啦!信泉胡镇长黄会长可以作证,周某是十分钦佩黄先生才干的,想提携你任副议长,后来知你继承父业志趣放在医道上,我也就算了。你内弟陈学余是个大才,把L县整治得舒贴,已超过王继春!你家儒风相沿为人凛然正气,正是时下社会所需要的。为民请命嘛,黄先生的心情我完全理解。我不怪你,真的!做一行难一行,时下烽烟四起,县长难做呀——学余兄肯定给你说过。我也有缺点和不足嘛。三个小孩在这里出生,信泉出世的那个叫信生,我是爱S县的。县里款项一时周转不过来,拖欠了学校薪水,你们信泉是五个月,说句心里话,你们乡陈潜先生没做好工作呀!现在全补发了。听说一个姓刘的女教师是你的朋友,也同样补发了,我嘱部下要特别关照!我工作做得太迟,请你体谅!"

黄朝勋受软不受硬,头脑中丑恶县长的形象退去,一个热情通达的县长形象出现了。他感到这县长有人情味。不过,他并没向周县长做解释。他坐得直直的,心地宽展着。他压根儿没料到会出现这种场面!

周宇安说:"令尊是个名医,你更能成名医的!县里缺通手术的西医呀。你到县里来,可以施展你的才华嘛。"

周宇安暗示他可以做县立医院的院长。

他说:"我已矢志乡间,一生从医,别无他求,谢谢县长的美意,我要回家了。"

周宇安赞叹说:"先生真君子呀,哪像我等世俗之人,终身役役而不见其成功,苶然疲役而不知其所归,可不哀邪!庄子说的实在。我知你曾经沧海,县城鄙涩不是留你之处。我俩算是朋友了,你能听我两点请求否?一是我设家宴款待勋兄一次,决不邀别人;二是县中几次请我授课,我还挂着校长头衔哩;我俩一同去,我说错了请勋兄及时指正!”

他听了之后不做声。

周宇安又说:“我知令郎定了亲,妹子是浚灵小学钟校长的次女,那妹子我见过是窈窕淑女,跟令郎是天配地般的一双!届时我定前来恭贺。能交勋兄这样的高朋,实在是周某的莫大荣幸!”

干戈化为玉帛,冤家成了朋友,黄朝勋匪夷所思。应该葆有父亲那份傲骨!他不觉收敛了刚刚涌现眉宇的松弛,继续保持缄默。

周宇安似乎看穿了他的心思,猛吸一口烟徐徐地吐出,诚恳地说:“令尊脉象把得准,用药敢下等份,没有底气是做不到的。他虽远官府,可跟赣州的李军长交情甚笃,家里种着清朝翰林送的鱼鲅兰,高山流水觅知音呀!勋兄,没有这场误会,我们怎能成为朋友?”

冥冥中黄朝勋以父亲为支撑哩;父亲的另一面倒被周宇安软软地撕开。无论怎样一位高人都少不了跟权势中人打交道呀,他不觉一笑。

这一笑缩短了同周宇安的距离,他又看到了这位县长重感情的一面,于是他由着县长安排出席了他的家宴,见了虽生了三个细伢但保养得白皙丰满的县长夫人,晚上由县长陪着去了趟县中。县长授课怕是政治训话一套吧。

县中气氛平静。两百多学生纷纷往后挪,空出中前排一大段空场。主持工作的杨副校长解释说许多走读生晚上没来。黄朝勋坐在嘉宾席,看见出口处都有人把守只让进不让出。

几个月前他从县中带着火气出走,现在却带着另一种火热回来,人生如戏处处时时充满了嘲讽,他被心里的不安和惭愧网住,不敢正眼看那些老师。

周宇安一身长衫头发打了油黑亮闪闪。几盏炽亮的汽灯把县长的温儒文雅散布到每一个角落。他说公务繁冗来不及备课就背一篇庄子的《逍遥游·齐物论》吧。他背着手前后踱着步子面对台下一字一句地背道——

北冥有鱼,其名为鲲。鲲之大,不知其几千里也;化而为鸟,其名为鹏……故夫知效一官,行比一乡,德合一君,而征一国者,其自视也,亦若此矣。而宋荣子犹然笑之。且举世誉之而不加劝,举世而非之而不加沮,定乎内外之分,辩乎荣辱之竟,斯已矣;彼其于世,未数数然也……惠子谓庄子曰:“吾有大树,人谓之樗;其大本臃肿而不中绳墨,其小枝卷曲而不中规矩。立之涂,匠者不顾。今子之言,大而无用,从所同去也。”庄子曰:“子独不见狸狌乎?卑身而伏,以候敖者;东西跳梁,不辟高下,中于机辟,死于罔罟。今夫斄牛,其大若垂天之云;此能为大矣,而不能执鼠。今子有大树,患其无用,何不树之于无何有之乡,广漠之野,彷徨乎无为其侧,逍遥乎寝卧其下,不夭斤斧,物无害者;无所可用,安所困苦哉!

周宇安面带微笑，抑扬顿挫娓娓背来。台下响起热烈掌声。

黄朝勋暗自琢磨周宇安的言外之意：讲老师、学生，还是讲他？周宇安有夫子自况的味道，非逍遥中人却要装出逍遥人的洒脱！他本是逍遥中人却要挤进肮脏的尘俗中么？

黄朝勋也成了今晚的关注中心。杨校长向大家介绍他是县里第一批留学的医学博士法学博士，早名扬省内外，虽在乡间行医，却时时关注国计民生，堪为邑人表率！

台下掌声热烈地响起，众人目光像飞蟒向他扑来。他不习惯这种场面，觉得全身被捆缚动弹不得好难受的。他清醒过来，什么嘉宾，他被周宇安牵鼻子走，他是一个失败者，周宇安赢了，像在赣州义仓他又当了一次失败者。

黄朝勋装着解手大步走出外面伸开双臂呼吸。听见有人暗中叫他，原来是黄老师。他惭愧着被引到黄老师的房间，有几个青年教师已聚集那里。

黄老师嗫嚅地说："没想到县长同你到学校。黄先生，我们这次还算赢了，只是辛苦了你！这次县长没抓人，外逃的几位教师回来也没事。打个平手就算我们赢了。今天周县长蛮高兴的，第一次在这里讲课。"

他说："我总觉得周县长今天借题发挥揶揄什么人。"

黄老师说："不，今天他有卖弄也有真心的夫子自道，他对民众的愤怒是有准备的，他借庄子话说，有用于社会就会招来自身的灾难，但他不做那种长寿但无用的樗木。"

他叹口气说："国家到了这种气数，让这个饱老虎自生自灭罢！"

他失败了，撑着律师招牌出了一次大洋相！他不愿再见周宇安了！

四

镇府发放了久欠的薪水，被关的教师全释放，大家都知道是黄朝勋奔赴南昌带来的结果。浚灵小学率先喊出："朝勋是英雄！"人们这才发现他继承了其父的衣钵，他的一切过失和缺点都可以忽略不计了。

黄朝勋径直回了家，他疲惫无以复加，多需要一种无声的抚慰！

黄朝劢用拳擂着阿哥的胸膛说："差点我没去县里向周贼牯要人了！"

昭云笑脸跟着黄朝勋进了东园。因儿子结婚要占西园，她只好进东园跟朝勋住在一起。她虽在黄家几十年，东园于她总是几分神秘而恐怖。她试着住了一阵子却一直睡不好，半夜醒来听墙角树叶沙沙作响，她担心老公一去不复还。

他把婆娘拉到怀里，抚摸她；她的身子颤抖起来。她为老公这一亲昵的动作而感激。她控制住自己，别扭地挣脱，满足地说："你老远回家，我们都不是那年纪了，身子骨要紧。掐着指头算，阿腾该回来了。秋秧的爷好喜欢，说你为他们学校做了大好事!”

他沮丧地说:“这算什么。”

他心里像搁着团沉重的铅,妇娘的唠叨琐碎使他难受。她永远爱他、顺他、疼他却不能理解他!他多想她能说一句“你输了”!

次日大清老早,黄盛茗拄着拐磨磨蹭蹭地到东园说:“钟家亲戚来啦。”

钟校长声气十分响亮:“亲家,你真能!我担心你被抓了,满街都说你被县长投进了大牢,你这是为学校呀。我叫秋秧过来相帮。薪水发了,人也放了,没事啦。前些年陈潜用了学校不少钱,学校老师有事他闪边,真气人!你有这本事,议长该你做!”

黄朝勋憋得慌,他实在不想听这类话。昭云为老公自豪,利索地煮酒酿蛋,分成一二三四个蛋不等分碗盛着一一端到亲家、叔叔、老公、细婶面前,她在旁边站着殷勤地劝吃,脸笑成一朵喇叭花,儿子归娶的日脚就在跟前!

黄朝勋耐着性子去小学做了回座上宾受众人恭维巴结。他只是为刘怀馨打抱不平豁出去却成了个英雄。周宇安位子更稳固了,是他“帮”着稳固的。他应该惭愧呀!猛然间他发觉自己离医道很远很久了……

他急急地走向公晖。

他第一眼看见怀馨眼圈的晕黑和细密的鱼尾纹,她应该轻松和高兴呀。

他说:“石街人听风就是雨,别听他们叽呱。还里回家搞本行心里踏实。怀馨,你身体不舒服?这里有药哩!”

他走进自己的诊室。收拾得蛮清爽,窗台上多了几盆兰花,他觉得熨帖。

刘怀馨揉揉眼睛笑着说:“没事,怕是初住石街不习惯吧。”

叶宁玉像只雀儿跳过来,她的气色真好真诱人。他觉得离开两三个月全部的人都老了,石街也老了,只有宁玉还那么丰润鲜亮!

她说:“朝勋你真正抖起来啦。怀馨姐灵气,很上路的,学会了识药打针。”

他说:“学医要有信心恒心,急不得。书一本一本读,饭一口一口吃,从常见病入手,主要靠实际操作。朝劢的底子我不清楚?同样做大医生,找他看病的人比我多!”

黄朝劢耸耸肩头说:“信泉人冲出名,阿哥,找你看病的人会踩凹门槛的。”

黄宇遂、赵仲椒、张贤玮、卢启富等像赴宴似的叽叽喳喳向他打听怎样把周县长敲得狼狈,马上他们把话题集中到局势上来了。而这方面他表示无可奉告。他觉得无处可藏了!

五

晚饭后他一个人在河边待着,汩汩的河水闪着夜光投来一片片宁静。叶宁玉咯咯的笑声在他耳边回荡。他仿佛看见她带着一群狗来到沙滩。他蛮狠起来忘了石街的喧闹疾步走到庆仁店后面，听着宁玉逗着孩子玩，听着泰生和叶久夫妇的声音，一家子正热火哩。他是寻宁静而不是追逐喧哗的；一个转身他到了庆仁店对面的骑楼下。瞬间他产生了刘怀馨仍在河边小学的错觉，刚才没想起她已在街上呢。

门悄悄地打开了。他突然醒悟怀馨住在这里！屋子深处蜡烛火微微地摇晃。他每进一步石街上的响声就好像退去一丈，他面前似乎展现一望无际的宁静之海。他已感觉这个熟悉而陌生的身体了。

她央求也是命令："上楼去吧！"

他俩脸贴着脸身子贴着身子久久地一动不动听着对方的喘息。他伸手解她的衣扣却被她温柔地拒绝。她深情呼唤："抱住我，抱紧些，让我静一静！你也一样呵。"

是的，他需要宁静。原来的宁静已经打破，他需要新的宁静——在宁静中好好地想一想。只有她如此深入地明白他理解他。她是命运的失败者却是生活的强者；他似乎总是生活的强者，就是失败了也被作为强者。

闪烁的蜡烛使他想起江上的灯火船上的微灯、四周无垠的黑暗、黑暗中波涛的呼啸。他发现同她相聚总是涌起置身浩荡江流的感觉。相拥着沉浸于宁静，多么好！奇怪，这当儿他退去了肉欲（她也是一样的），真切地感觉这种比肉欲更高洁的东西，而它正是怀里的她给予的也是他俩创造的和开始拥有的。

她伏在他心口说："这次你失败了，你一离开信泉我就意识到这将是你的失败。你是为了我而赶赴失败的，这就是坚强！我不能拦阻你。我是一个不好的女人，让相伴我的男人陷入不幸的女人。我甘愿独个儿挣扎，可我渴望一个相知的坚强心灵，我才是弱者呢。跟你接触久了，我发现你也是弱者。可我必须让你坚强起来。我们都是既承认是弱者又显示坚强的人。我想通了，跟着你学医，跟着你和宁玉学接生，我能学会的！我以为教书能保持自己的高洁，从商从俗又会失去自己，我明白了，不会的，我还明白了，我们所依傍所向往的，到头来会把我们摧毁，吞噬！"

他说："这次不是为你，为别的什么人我也会作拼死一跃的。我实在憋得太苦啦。有你抚慰我满足啦！"

两人流着泪卿卿我我，相互舔干脸上的泪痕，对视而笑。她换了一根红烛，恣情地扑过来。他感觉她仍不失丰满的身体骚动起伏，仿佛看到宁静之海中血红的波涛泛涌。她解开了自己的纽扣，也帮他一一解开……

他不行，可他感觉着她的欲望越来越强烈，心头也激起了欲望，可下体却是没劲，无能。仿佛他成了两个人，他从没有遇到过的！老啦，他不由惊悚。

她急切地说："不会的，你从来就是英武的！"

倒是她急迫起来，好像是她的过失，她不愿这个唯一心爱的情人瞬间变成软弱，她说他是弱者其实是希望他坚强！她害怕他精神软弱，他是她唯一的、强大的依傍！没有他，她怎能踏开日后的遍地荆棘！她想起贻坚也有过这样“软弱”经历，她帮他坚强起来因而也使自己坚强。她根本没料到朝勋也出现这种情形。她点燃了好几支蜡烛，小楼一派辉煌，她调动自己的经验，放肆地显露自己曲线起伏的体态让自己白皙而润泽的柔光环绕他，她用手用嘴用了一切有声无声的言语唤起他的雄性！她心里默默地叨念：朝勋，你应该坚强呵！

终于她成功了他成功了他俩成功了。坚强的质感升起心头。

六

黄朝勋几个月奋力一搏成了英雄受人传扬又成了家族史上浓重的一笔，家族的荣耀犹如老树绽新枝又有新的延续，黄姓人无不吐气扬眉。谁会理会这炫目的光环同时也是绵长的阴影？一切荣辱只有后人充分享受与担承。同他一样，他创下的荣耀与数千里之外的黄腾无关，但黄腾成为最大的受益者，而这个受益者无视甚至鄙夷这种荣耀！

不，家族荣耀的感应不可阻挡，外地的黄腾似乎感应到这种荣耀，正豪迈地踏上归来之途……

第六章

一

黄腾一行三人由广东进入江西南端。家里三番五次催促他回家结婚恰好成了他潜行回家搞革命的契机。

他大口地吸着赣南乡土熟悉的气息。多见树木少见人，青山复青山，四周无尽的山像一道道枷锁，他心中的那股豪壮和信心忽地单薄起来。

他为主、心陶为副——他规定了自己的角色。陈心陶一直犹豫甚至一再退缩，可怜兮兮的模样使黄腾气恼又可怜。

在一株巨松下他们作了离别之前的聚合。阳定波以组织身份严肃地宣布了联络暗号和地点，他说：“稳扎稳打，千万别冒失，对黎明前的黑暗要有充分估计。届时地下党会派人指导。黄腾同志，我代表组织宣布：你是一名正式党员，是地下组织的一名正式成员。”三个人拥抱在一起，战友加学友乡友履行使命让他们热泪盈眶。

陈心陶一直沉默，选择中他又酝酿着一次选择。他不因没加入组织而沮丧。分手时陈心陶却跟在阳定波后面，越走越快。黄腾厉声说：“阿陶你走错路啦！”

陈心陶转身向他招招手，这是以微笑和软弱表达的坚定。他走出了关键的一步，因而避免了一场灭顶之灾。他参加梅岭支队后始终是一名不显眼的后勤人员。

几年后他在B县勘测桥梁时先后听到了黄腾和自己父亲被革命处决的消息。

二

黄腾穿着军服特地从石街抬头挺胸地走过，革命风暴在他心中砉然作响。他对信泉所知不多却认为对家乡了解透彻，家乡等着他拯救。信泉人似乎忘记了这位几年前掀起黄姓九狮拜象狂潮的重要组织者和募捐英雄。走进信泉的记忆不容易呵。

一些人还是认出了这是黄朝勋的儿子黄盛萱的长孙。

他看见了在诊所的叔叔，叫了一声，叔侄俩拥在一起。叶宁玉和刘怀馨高兴地叫里间的黄朝勋。他对刘怀馨印象深刻，猛地察觉父亲跟这个女人有深深的暧昧关系。对堕落父亲的愤懑跳上脑中，只是可怜了娘！叔叔比父亲更有精神，父亲是苟且偷安的可怜虫。

黄朝勋端坐在里间整理病案，他对多发病流行病在信泉的分布情况了如指掌记录详细，他对地方医药的兴趣越来越浓烈。他不能再浪费时间了，甚至不再想频频出诊了。计划写一本小册子，还准备整理父亲的医案药方。

为父的威严使他静静地等待儿子进来。黄腾感觉了父亲的傲慢。被叔叔推到父亲面前，他叫了声："爷，我回来了！"

黄朝勋关爱地说："回家好好休息，你娘在盼你哩！"

已是初秋，山里还是一派盛夏的成色，阳光灿烂田野青郁山水苍茫，田里晚稻尚未返青，散发疲惫和憔悴。黄腾在门口伫立良久凝视墙上的口号。他为家里不铲除这些口号而迷惑不解。当年的红军像热水泼地皮烫了一阵并没像样地留下什么，他感到肩上的重量。

家里人欢天喜地。满阿公老了，拄着一根修长的茶木拐杖颤颤地走近他。满公袖口衣襟上隐隐的污迹、下颏山羊胡上的污迹使他烦腻，这就是没落的地主。细婶年轻声息像一线阳光在屋里鲜活地跳荡。娘的衰老使他吃惊因而更增强了对爷的幽愤，他怜悯娘靠近娘。家里其他人应被打倒而可怜的娘除外，假如他起事成功，他宁可用全部的功劳把娘赎出来！

昭云牵着他进西园。这里没有花草，小院的鹅卵石平展展光溜溜，不同颜色的鹅卵石砌出不同的图案。娘不住地夸秋秧："双皮眼、直鼻梁、小鼻子、厚嘴唇、肉耳垂，手脚身段都好，娘知道你会满意的！这是娘替你挑拣的，许多妹子都羡慕我们家哩。你赶快去见一见。我嘱你爷拣个日子把秋秧娶回来，这样家里就更响亮啦！"

记忆中秋秧给他的印象不坏。第一次见她是在浚灵小学。那次他在学校以仅有的一点知识作革命宣传。钟校长听起了劲捋着下巴不时点头，女儿秋秧匆匆走到跟前伸手拉他，响亮地喊了声“爷！”黄腾被吸引住了，一眼盯上了她白里透红的嫩脸亭亭玉立的身材，刹那间他与她对视。他第一次被女色所迷不是在赣州也不是在其他地方而是在家乡。

石街喧闹而冷漠，黄腾在石街逛了几次，人们对他认识又不认识。他对这浑浑噩噩的乡民失望。幸好他大本营黄姓屋场和浚灵小学向他张开欢迎的臂膀，他的信心又高扬起来。他真想立即在石街振臂一呼：黑暗迟钝的信泉快猛醒吧！

二

办酒席就是圆房就是成婚，他一回来办喜事的日脚也就敲定了。然而他嫌日脚走得慢，他更渴望那件惊天动地的大事早日展开。

娘带他去会钟家妹子。哦！短短的两年秋秧成了诱人的成熟的鲜桃，耸起的胸脯臀部让他神迷心跳。

秋秧心里已认定他家是书香之家殷实之家名望之家，经年在外说明他见识超群才华非凡前程远大，她感知他对自己是出自内心的真爱，因而她不像一般山里妹子那样忸怩拘谨，常常眉开眼笑地到小洞走动。

那是个闷热的午后，秋秧戴顶斗笠过来，汗流浃背衣衫溻在她结实的胴体上，乳头尖耸。昭云打了盆热水给她拭汗，她自个儿到后厅的四方水井打来半桶凉水。屋子高深凉得快。黄腾打着赤膊笑眯眯地看着她，真是秀色可餐呵。他笑着说：“我送件东西给你。”

她站了一会儿，终于轻轻地跟着去了。西园又是个小天地，她喜欢这个地方。刚到房门口他扑来狠狠地抱紧了她，在她脸上脖子上狂吻。她一阵晕眩。一旦意识到他施蛮，她捂着衣服央求说：“再等几天吧！”

他毫不在乎地说：“现在我就做！”

她大声说：“不能！我不要！”

他是个敢掀风暴做惊天动地大事的人，不容她拒绝；她一次次奋力地拨开他的手推开他，央求说：“你家我家的名声，你我的名声；只差几天啦。”

他凶狠地从背后抱住她，一手攥住她两只柔软的手一手扒下她的裤子，凉溜溜白皙皙的肥臀更激发了他的狂劲，他把她往床上按。一切都不能阻挡他！

她挣扎着愤恨地说：“你不是人！还说你家教养好。”

她狠狠地咬了他手脖一口，马上她怜惜地替他抚摸，委婉地说：“阿腾，我不是故意的。”

猛地他又一次把她按倒，她挣扎着大声叫：“娘，娘！”

黄盛茗龙钟但耳朵特别灵敏，以为小两口发生了争吵，巍颤颤地拄拐走进西园，嘴里说：

“别赌气呀，凡事可商量。”

黄腾气愤地说：“满公你走开！”

秋秧哭叫道：“娘、娘！”

昭云从东园赶来，秋秧第二次喊她似乎明白了什么。她偏袒儿子，迟早是黄家的人，儿子火气大疯魔着不算越轨。她环顾大厅先祖肃穆的遗像和神牌，突然意识到了什么，快步扑进了西园把鹅卵石踏得琅琅作响，以此提醒儿子。她站在门边刚要开口，却给里面吁吁的喘息堵住了。

这时秋秧软软地说：“娘你别、别来……”

一切安静下来。秋秧溜出黄腾的怀抱揩干床上的血迹、他身上的污迹然后再揩干自己。凉风习习她忍着疼痛体会到另一种惬意和疲惫。他嘿嘿地笑着又把她拉进怀抱动情地爱抚，她变得乖顺温柔，妹子时代最后的反抗彻底消失，她心里倒滋生了从没有过的对一个疯狂爱她的男人的爱意。然而她又愧疚着，自己为什么不反抗到底呢？她轻声哭了……

黄腾没有劝慰，他继续冲动地抚摸她。他坚持着不惜用蛮狠手段达到了目的。革命就是征服，蛮狠地征服。果然她屈服了变成柔顺的羔羊；果然她停止了啜泣转为妩媚的微笑变得更美丽动人。

一切强暴都必然留下痛苦，秋秧只身上路时立即感受到下体辣滋滋的疼痛，她怕见人而埋头走路，无忧无虑纯真任性的妹子时光成了永久的记忆，身后的脚步由远而近，她低头闪向路边，不料是黄腾，他说：“娘要我送你回家……”他抱着她又亲了一阵。

到处是袅袅炊烟，牛蹄声阵阵。最后一抹夕阳里，她的白衫衣落着树叶的斑驳。传来悠扬欢快的唢呐声。秋秧说：“陈议长的崽阿宝娶媳妇，明天的日子，今天是暖轿日[①]。”

——陈潜胡保林为压小洞黄家把儿女亲事突然提前了。

陈家唢呐在黄腾心里激起了忿恨。他对陈潜十分恼怒。他为父亲挺身而出状告反动县长叫好；不过他又为父亲偃旗息鼓大为失望。

三

黄腾心情十分好，关在西园写了一篇讽刺陈潜的杂文，以“北胜”笔名投到县里的《源报》。他要让更多的人察觉革命风暴已经来临！

他急于发展“对象”，去本家大屋场悄悄观察。他们表示听族长的。族长说：“看其他几个大姓吧。你阿公看得准的，可惜他老人家过世啦。”

---

① 男家正式婚娶前一天举行的宴请内亲的仪式，一般是晚餐。

黄腾想，这块土地不像闹过革命风暴的。

无意中他了解蔡家埳的蔡振通贫苦出身做过红军营长屡次卖壮丁，他大喜心里已有主意。

一个圩日他由黄宇遂领着，在柴行里找到了一身补疤满口酒气的蔡振通。

蔡振通自斩一个食指终止了卖壮丁生涯，他眈恋一个温暖的家来了，干起了卖柴和给人做零活。上街卖柴酗酒成了他的爱好和乐趣。

黄宇遂说："这是盛萱先生的孙子！"

蔡振通认为黄宇遂在炫耀黄家旺气，对衣着崭亮的黄腾相当冷漠。

黄宇遂又说："他爷朝勋……"

蔡振通脸色立马和缓，他永远记得朝勋救了他儿子和妇娘的命他才有个像样的家。但他疑惑不解：这小子莫不是发现他什么啦！

黄腾满意于他健壮的体魄，正与想象中的农民代表模样吻合。他慷慨地买下这担柴送给刘怀馨，以此表达对她红军老公凌贻坚的敬佩。接着他邀蔡氏进一个整洁的馆楼喝酒。

蔡振通依然疑惑着，也感动着，抹抹嘴爽快地说："阿腾你有么事尽管讲！"

他见酒客里有几个挎手枪的保安队，改口说："我家临近办喜事有点工夫想请你做，工钱拿双份。"

蔡氏嗫嚅着说："我没文墨、没技术，气力也跟不上，黄先生还是请别人好！"

他认真地说："蔡师傅别谦虚啦，我家活儿也不多的。你一定来呀！"

第三天吃过午饭蔡氏才慢腾腾地带着一个细伢过来，他不敢来是以为黄家布下了陷阱，但妇娘逼着他来还嘱咐千万别接工钱。他带着细伢就是表示不想干的回复。

蔡氏变得十分苍老而虚弱，这座大楼深院给了他太多太复杂的记忆。一切多么熟悉呵！他跟着黄腾走进张灯结彩的大厅。还是那样丰裕堂皇。他谦恭地跟相识和不相识的人点头咧嘴微笑。他特别害怕进东园，脑子里不由浮现惊心动魄的那一幕，他的脸冒了一头大汗！

幸好黄腾领他进了西园，他的心镇定了许多。他只是践行妇娘的嘱咐，做完活马上离开。可是黄腾提着一壶酒拿着两只碗叫他坐下喝酒。他闻着酒味便两眼生亮，不怎样谦让一只脚踏在凳子上猛喝起来。

黄腾倒觉得他不像是个红军、革命者。

蔡氏用巴掌抹抹嘴立起说："么事？黄先生尽管吩咐！"

黄腾忍住鄙夷说："东园原有一堆土方，我娘已叫人挑走。难得你守信用来一趟。"

他打了个酒嗝说："没、没关系，以后黄先生尽管吩咐！"

他突然记起孩子脑壳一轰，怀疑黄家要了阴谋，飞脚跑到外面大声喊："蛮牯！

蛮牯！”

他急急地到水沟鱼塘里看看，又绕到屋后寻过去。他在东园墙边的树丛里找到了正在玩耍的儿子。蛮牯两口袋盛满现出红色的木梓，坐在光溜溜的泡桐树丫上打量这栋大屋子，墙角什么东西闪着镜子的亮光。小家伙用木梓掷去，响起笃笃好听的回音。

他舒了一口气。泡桐树身似乎留着当年他的陈迹。正是在这里他听到继而看到黄盛萱和赵湘如交欢的声气和场景，终于那么一天他翻墙而过当着老朽的面占了湘如的身子……他既感到亲切甜蜜又感到阴风扑面。

必须尽快离开此地；他招手说：“快下来！”

蛮牯说：“好滑，我不怕！爷你才怕哩。”

他伸腰打个哈欠说：“爷不会怕的。你还在你娘小腿肚里，我就上了这头树！”

蛮牯睁出一脸的惊讶。

两年后蛮牯带同桌的泉生到小洞游玩绕到东园爬树，泉生老爬不上，蛮牯猴子一样爬上了，他告诉泉生这个秘密。无意中叶宁玉又把儿子的话透给了黄朝勋。其时蔡振通是张区委信任的民兵队长……

黄腾照付了工钱，对蔡振通还是客气，但语气中少了急切和热情。

黄腾只有把注意力放在小学，赖惠琦成了他第一个发展对象。坚冰已经打破！

四

黄腾以一个革命家的气魄投入新婚。

冲着黄盛萱黄朝勋黄朝励的面子，婚礼非常隆重，同陈潜娶儿媳相媲美。县长周宇安因忙于回吉安竞选“国大代表”提前给两方送了礼，表示恭贺。人们惊诧不已，连黄朝勋也再次被感动了。黄腾倒认为父亲跟当局勾挽紧密。

秋秧已揭去红盖头，脸色白里透红双眼汪汪，如漆的长发柔软地伏在肩膊。她没了破瓜的恐惧，今晚她不再反抗全由着他了。他为她的美丽温顺而倾倒，一个革命者的强横化成情人的柔情，两人久久地亲吻。她率先骚动起来。

那天他的粗野强横化成了她甜蜜的记忆。她竟想重新体验那种辣滋滋的做爱。她痴迷地说：“你那天饿老虎似的……”

她渴望被武蛮地征服从而也使他走进自己的心！她噗哧一笑从他怀里挣脱出来，不小心撞翻了红蜡烛，屋里突然漆黑一片。小园多敞亮原来半个月亮在云海里穿行。她为戏弄他而走出到外面，马上又感到羞涩双腿紧靠用手遮住乳峰，但不能够了，他把她推到月光下。

他喜欢征服的狂劲儿又激上来了，他追逐着她，恣意地欣赏月光下她扭动起伏的姣好体态，享受着一个进攻者的豪情，显示一个强者的力量！

她也放肆起来，让笑声追逐明月。她逗着他使他凶狠起来，她自己却乏力再也挪不动腿软软地躺在溜凉的鹅卵石上，他压上来了，石头硌得她生疼。

他强狠地说："我不怕你溜！"

他凶猛地进入了她。她"呀"地一声又感觉到进入的疼痛。她被身里身外的疼痛所夹击。她拼死也挣不脱这无边的疼痛，被疼痛捣碎了……

黄腾开始了一手抱妇娘一手搞革命的生活。他通过赖惠琦组织了一个读书会，他从广州带回的《新民主主义论》《大众哲学》、香港《正报》《华商报》等书刊在一些老师中暗中传阅。

星期天晚上，读书会的七八位老师抢读《源报》上面一篇署名北胜的杂文，文章借纪念前任县长王继春痛贬陈潜。写得真好，大家兴头一下子吊起来了。这主编实在大胆一定有背景。大家都以为是黄朝勋写的。黄腾摇头晃脑地得意，是他发出第一发炮弹。不过他的文章并没提王继春，也许主编为避免麻烦加上的吧。

黄腾那篇文章其实是个臭弹导致过早地暴露自己。陈潜一见那篇文章火冒三丈找周宇安说要立即采取行动，他一口咬定是黄朝勋父子写的。周宇安正一心一意应付竞选"国代"，宽慰地说："潜兄放大量来！黄朝勋到省里发文章弹劾我，我能容哩，还礼加三等。你忍着点算是帮老弟我吧！"

陈潜以戡乱名义向胡玉高源胡保林下令："对黄朝勋严加监视，视情况可将其父子逮捕！"

胡玉当即否定文章为黄朝勋父子所写，连胡保林也认为陈潜神经过敏打击报复之心太强。

乌云悄聚悄散而黄腾一无所知。

五

一九四九年元月正是古历腊月，一场封山大雪将小洞跟外面世界隔断。秋秧已有身孕。黄腾像落在陷阱里的狼狂躁不安。下一步怎么走？起义的起点在哪里？黄腾心中无数。他等待阳定波的音信。

族长踏雪而来想跟他商量正月里搞龙灯闹元宵的事，被他坚决地拒绝了。他把族长推给叔叔。黄朝劢一口应承下来。

黄腾在大门口来回溜达，仿佛欣赏这罕见的雪景。

门前足印杂沓，有人请父亲出诊。父亲真正是有请必去，认病不认人，好像疾病能让他振奋，让他忘掉一切。父亲穿着日本带回的长统靴挎着出诊箱疾步而去，雪路上加进了独特的足印。黄腾投去轻蔑的一瞥，在这天翻地覆的时候父亲舍大道不走而宁走寂寥之路，这是父亲的悲哀、阿公的悲哀！

一个人急急地从拱桥那边走来，块头有点像蔡振通，衣着狼藉步履蹒跚，怕又是请父亲出诊的，黄腾大声说："我爷刚出去！"

那人已到跟前："请问黄腾先生在家么？"

黄腾一震一喜立即意识到这是能给自己带来推动带来辉煌的人！他让来人进屋，叫道："我的同学来啦！"

来人张新根带来了阳定波武装行动的消息。黄腾发现自己落后了……

黄腾心里激荡不已。阳定波已走在前面！人民解放军快渡江了，各地游击队纷纷从地下转到地上。张新根说："这是真刀真枪的斗争，呼喝一声就把队伍拉起来了。"

黄腾说："你们那里基础好，信泉虽闹过红，一切还是老样子，令人失望！"

张新根说："利用别人壮大自己，大胆应用策略，为了实现目标，一切为我所用！"

黄腾心里热呼呼。到处是机会，每一个人都可利用。他叫叔叔给张新根治腿伤。

张新根说："劢叔，你的京腔高亢圆润，中气很足，人听了精神！"

黄朝劢说："学兄，你是在信泉第一个夸我唱京剧的人。我早年学徒就迷上了京剧，战事再紧事情再多每天得拉唱几段。"

张新根说："劢叔何不继续为国出力？"

黄朝劢说："战事什么也没有改变，叫我厌烦，一些有本事的人却流血倒下了。"

张新根对黄腾说："你叔跟你爷不一样，一腔热血没有冷却，你可以争取他、依靠他！"

黄朝劢成了黄腾第一个发展对象。

六

一个偷枪的计划在黄腾心头闪现。

送走张新根，黄腾央求满叔宴请亲戚胡玉一行。他同秋秧频频敬酒，众人呵呵大笑一个个喝得烂醉如泥。

晚上胡玉发觉丢了一支手枪两支步枪几个手榴弹，不敢声张。

黄腾的心潮激荡，偷来的几件武器他不会用。武器给他们壮了胆。好些文化青年很快被吸引过来。

发展之快大大超过了黄腾的设想，他已处在首领的位置，他既得意又担忧每每感到心虚。每天他都要偷偷看一遍武器，有时把手枪抱在胸前以坚心志。

昭云到黄家几十年目睹了太多的动荡，她是黄家每次变故的默默见证人。她从西园闻着不安的气息。她多么疼惜儿子、老公和这头家呵！

一天上午她蹑手蹑脚进西园发现黄腾抚摸一支寒光闪闪的盒子枪。她脸都黄了，再忍不住悄悄告诉了小叔子。黄朝劢不在乎地说："我晓得阿腾他们在煽火推翻政府。"

昭云哀求说："你可要提点他、保护他呀！他小不知天高地厚，我只有盼他了。"

黄朝劢耸耸肩说:“阿腾鄙视我哩……大嫂,你放心!我怎会叫自家人吃亏!”

叔叔决定打破沉默,加入起义行列。黄腾跳起来,拜请叔叔做军事参谋。

黄朝劢的加入稳住了镇长胡玉,黄腾的队伍猛地增加到四五十人。他们对黄盛萱父子的尊敬化为对黄腾无条件的相信。

下一步就是夺枪,好几人极力劝他立即投入行动。他早就心痒痒的渴望这一天!可黄朝劢警告他别草率行动。这使黄腾十分不快后悔把叔叔拉进来。他说:“争取主动就是胜利!叔叔,再不动手我们就落后了!”

黄朝劢说:“你们谁能对付胡保林?”

黄腾愣住了。

黄朝劢说:“争取他。他是土匪出身,有时极好说话。”

黄腾发火说:“不能要他!”

他很快又想通了,态度来了个一百八十度转变,把争取胡保林、高源、保安队、陈潜当做重要工作,这是策略!

四月末五月初山花斗艳。春天就是春天,遍野是新枝嫩叶满目清新,流泉淙淙百鸟啁啾,仿佛为他的胜利伴奏,松涛习习增添着无限豪情,日程何其紧迫!黄腾带着赖惠琦直奔B县。按敲定的地点,他望眼欲穿地等上了十天。他得知起义中阳定波和张新根壮烈牺牲,更得知共产党解放军已渡过长江!

黄腾为这番见面,却失去了赣州地下团派人同他联系的珍贵机会。

第七章

一

五月下旬“二野”解放了南昌城。收音机里一次次响起新华社播的解放军迅猛南进的消息,游击队员们一次次欢呼。陈心陶学的物理无线电知识派上了用场。他这个唯一的大学生因有手绝活而倍受优待。

陈心陶深入这个小玩艺,发现无线电是个能覆盖天空海洋人寰的大世界,够他一辈子使劲了。他热爱这个专业这个行当,乐此而不疲。他冥冥中认准了自己的岗位,在无线电世界扎根,因而他更加沉默寡言。

一旦回到现实世界,阶级,家庭,社会关系,尤其是反动父亲,如同铅云悬上他心头,他对现实更加望而却步。如同他扎入无线电世界,他无法与现实世界割裂呵,不过这又是自己选择的。

他痛恨父亲意味着反动父亲成了他沉重的精神包袱,内心深处却难割父子之情,父亲那种忧郁中的执著坚忍不时闪现在他心头。他恨着恨着又流淌出爱和体恤。他自觉而本能地一次次冒出挽救父亲的愿望!

六月上旬的一天，陈心陶以一个大学生模样出现在父亲面前。

陈学余神情疲惫而憔悴，头发白了大半。每一次见到儿子他都会激动莫名，由儿子想起了死去的妻子金梅，想起自己开初走的路儿子接着走，他并没有要儿子怎样选择，正如当年他选择了共产党，儿子受时代潮流也会有自己的选择。由儿子的长大成人他想到自己老了、属于自己的世界正在缩小消失。他更知道儿子又来给自己上政治课、来规劝自己。

陈心陶恳切地说："阿爸，谁叫你我是父子呢？多少官员悬崖勒马呀。"

陈学余坐得端直，一会儿稍稍垂下头。儿子的话——只有亲人才能进入他心灵深处。他年轻时向往追求的那种社会很快就要降临。许多一贯享乐的官员正准备拍拍屁股投进另一个阵营，他却做不到，他决不是想顽抗。假如二十年代革命成功，他做这件事；后来加入了另一阵营他也努力做这件事。知其不可为而为！一个人在世仅仅几十年，做了自己认定要做的大善事大好事，才不会抱憾。

儿子说："阿爸，你已经辞过一次职，再辞职对你不是难事。你又有什么舍不得的！你能教书，不教书回家耕田陪我姨母和弟弟，平平静静过日子，多好呀！人民政府会区别的，一定会宽待你的，大家欢欢喜喜一道进入新的社会，多好呀！我不是怕你牵累我，而是做崽的为你着想！"

陈学余慢慢抬起头，神情凝重，双眉紧锁。真是奇怪，他一颗心竟沉静下来。他仍想着这件毕其一生精力要实施的土改蓝图，18 军就要全部撤走对他不啻是个福音。现在他才明白，18 军是为进行江南内战驻守 L 县。18 军有力地帮助了他，但他们经常骚扰百姓，破坏了正常的社会秩序，他花了巨大精力时间去为其善后，他的"蓝图"也就受到阻碍。

落叶萧萧，遍地动荡，暴雨前大地一片飘摇。陈学余更平静而坚定！

二

陈学余决定举行参议会通过土改方案。

肖团长热情地回请，他抱着肚子作焦苦状表示歉意。肖团长诚恳地说："我在贵县驻防三年，深知陈县长人格、品质和学识，陈先生这等人才实为罕见。我也是书生秉性，喜读书、审时度势，结识陈先生荣幸之至。请到舍下聊叙一刻！"

陈学余品出他话中有话，立即赶到他的住所。

营房一派狼藉，肖团长的家眷已离开，住所零乱不堪，香烟味凝重不散。

肖团长说："一般人只知道 18 军驻扎 L 县是为抵抗共军南侵，其实还另有原因，即为撤到台湾做接应。老蒋已决定退守台湾，我们去福建执勤就是准备渡海。老蒋败局已定。钱财、军队精华、各种人才纷纷渡海。假如老蒋接受教训，以关心民众福祉为圭臬，还可以作为一番。也许你去那里能更好地施展才华，你所敬仰的邹厅长已去了台湾，请你当机立断！"

陈学余一怔。他对他的热心提携抱拳感激,思绪却一片混乱。又一天大的难题摆在面前!他真感到全身疼痛,脑壳犹如插着万杆箭矢。

肖团长又说:“你可以自带三几人,至多不能超过五个。我必须先走。至迟七月×日中午十二点之前你们必须赶到福建H县城东的栖凤桥。时不待人,老兄可去做准备,待在大陆凶多吉少!”

儿子的规劝并没使陈学余彻夜不眠,这次他两眼睖睁到天明。隔海万里不可望妻儿山乡!有金巧足矣,他不会对别的女人感兴趣的,孤独后半生难熬呀。但生命诚宝贵。还是走吧!

他急忙叫来黄朝水商量。

黄朝水毫不犹豫地说:“我跟你!”

黄朝水接着又说:“我就是舍不得家中父老和家园。走遍天下也找不出第二个信泉。舅公,我们没做恶事,共产党会宽待我们的,至多去职为民,回到家里一身轻呀!杨议长把你的议案和开会通知印发下去了……”

陈学余“哦”了一声心里一震。他擅自逃阵么?难道放弃这个即将到手的目标?然而他仿佛又听到一阵急切的提醒:你的方案通过了又怎么样?士绅会把你恨死!共产党当朝肯定一脚踢开这个方案。一走了之,在海峡那一边照样可以施展宏图。他相信老蒋会吸取教训,否则邹厅长怎会跟去台湾!

他认真地说:“朝水,我看你还是先回家准备一下,按时赶到栖凤桥,莫辜负肖团长一片拳拳之心!我也随后回家。”

肖团长的话像重型炸弹把他炸得魂不附体,也炸亮了眼睛。他震惊地发现,谁都忙忙碌碌蚂蚁一样寻找安妥的后路,只有他还念叨“蓝图”,想实现几十年自己梦寐以求已经上手的东西!

这一天他无心工作了,丧魂失魄地走上肮脏狭窄、人头攒动的象湖街。钟坊辉想跟他寒暄,他不搭理装作没听见。这时他突然看见金巧在他前头,他憋足劲紧撵过去,追上云龙桥,她却不见了,他扶栏惊魂甫定,原来是一场幻觉。他怎能拔腿远离故土家园!

江水喧哗、回旋、流逝,雄伟的云龙桥遭受无数的践踏和冲洗依然雄踞,因为它敢于承受,从未逃避。默默地承受就是它的命运。他搔着枯涩的头发,思绪的激浪滔滔。

三

日程紧迫,他一次又一次被推向人生和生命的十字路口!

那天他又伫立云龙桥。一个戴礼帽着长衫的中年人,在他身边站立良久。他正欲离去,那人叫住他说:“你是县长陈学余先生吧?”

他点点头。

那人说:"陈县长肯为人解忧,我有一家事一定要你帮忙。我一笔生意连本钱也蚀光了,妇娘气得要寻短见,被我捆梆在家里,她说非得你才能宽解。我家就在附近的河背街溪子下……"

他惊奇,跟着走进一处僻静的深宅。原来是一客栈。他又感奇怪。那人笑着说:"陈先生莫惊慌,我不是歹人。想请你去见一个人,这个人却在南昌。丘平淮先生你记得吗?他急想见你,一定嘱我找到你。"

丘平淮?名字有些熟。他摇头说:"我不认识,别开玩笑!"

那人笑着说:"贵人忘事多,你再想想,当年你在县里当法院推事的时候……"

他终于想起来了,此人曾是红军连长,现在跟自己没任何关系。

那人说:"丘平淮同志现在是人民解放军一个师长,路过江西,想见你一面。事关先生命运前途,陈先生一定要去!"

他想,各为其主各尽其力,即使自己作阶下囚,也不想再去投靠新的大树。不过,当上共产党高级将领的人还念及他,他情不自禁一阵激动!他无法拒绝这人间至情。

于是他秘密地随那人火速奔赴南昌。

四

一进南昌陈学余便敏锐地感知一个新的时代新的社会,涌起一股激荡之情亲和之情。他觉得自己渺小如尘芥。他不断地摸索、寻觅和苦斗却走上了另一条道路,呕心沥血却浇灌出苦树与苦果,生命于他开着残酷的玩笑。

他被带进一栋庄严肃穆的楼房,"南昌军事管制委员会"、"南昌市人民政府"牌子下是荷枪实弹威严的士兵。在南昌他接触过国民党高级文官,这次将接触共产党高级武将,他瘦削的身子不由颤抖起来,汗水浸溻了衣衫。

他又被带进一个被武装门卫守护的房间,绿色窗帘布使阳光柔和,沙发椅凳极为简朴。他突然觉得自己来接受审判,不禁一阵哆嗦。

一个戴军帽着军衣的中年人威严地进来。一定是丘将军了。壮实,武威,步履铿锵有力,身上充满了新时代的灿亮和力量;微笑里闪现纯朴的乡土气。陈学余感到亲切。人世沧桑尽在一瞬中!

丘师长叫他坐下,勤务员给他倒了一杯开水。

丘师长说:"一进江西我就派人打听你,原来你在我家乡县做县长。国民党已土崩瓦解,全国解放就在眼前。国民党江西当局已解体。得知你为民众做了些好事,当年你又救了我一命。功过人民评判,人民政府会区别对待的,你还是能继续为人民做点事,比如教书……"

陈学余头脑轰然炸响。上头成空巢,他在县里仍在苦苦支撑。不过,他执意要做的一些事都是出于内心,他为那件大事蹉跎了几十年,接近完成了,头上却响起了丧钟。丘师长今天能以礼相待,他几十年的选择、修养和应对没有白费。他面对刚毅又随和的丘师长,一颗心逐渐平静下来。

丘师长吸着大烟斗,室内充斥着麻辣的旱烟气和浓烈的汗臊味。他说:“你可以在隔壁房间休息,抓紧写份履历,晚上十一点钟交给我。我用车让你看一遍南昌,你可以感觉人民解放军摧枯拉朽的力量。”

陈学余感觉出此人真心报答他帮助他。

多年没详细地写履历了,但他命运的重大转折关头都必定撞上这道“鬼墙”。上次邹厅长要他写履历他也是如履薄冰呵!上次,光明磊落的脾性最终占了上风,他咬着牙蘸着痛苦之汁如实详细地叙写,他却从痛苦里站了起来。这次全翻了个儿,“污点”回复成了美丽的光环,民国县长及其作为却成了反动的见证。为了活命为了奔一个新的婆家可以把罪愆简化和涂改么?可以把自己极力丑化和否定么?

然而当他面对自己走过的全部道路,两个阵营都是他先后自行选择的,待在后一个阵营的时间不短但他悄悄做了前一个阵营要做的或没能做妥的一些事情,善待民众善待良心——正是这点使他没有混迹于滔滔的污泥浊水,而始终守护着自己。写吧,如实地写,把自己又一次赤裸裸地交出去,把赤裸裸的自己抛向刀山剑丛!哪怕这是遗言……

丘师长正是帮自己尽早摆脱苦海——摆脱自己的痛苦,而他又一次沉浸在痛苦中,这次他来南昌是向自己讨痛苦的。呵,痛苦成了他生命之源——他新的希望新的人生在痛苦的沼泽中一次又一次闪现。

一旦落笔就不可收拾,他从家庭从小写起,参加共产党,搞工人农民运动,在省赣中读书,在吉安被捕,在L县当法院推事,在南昌当邹厅长秘书,通过县长考试,先在K县任县长,后辞职去N县师范教书,再任L县县长。他淡化了在任期间为民众做的一些实事,突出两大罪恶:一是当法院推事期间处死了两个红军;二是当几任县长都极力实行土改——为国民党效忠……

他再一次写出赤裸裸的自己——自己的生命和精神经历,一个全新的他从咸水苦水里探出头来,他觉得自己轻松了又新生了。

他感觉自己的心灵又一次历险一次次在惊涛骇浪中穿行,阳光明媚的时候少,凄风苦雨的时候多。热的泪冷的泪交相融会,他不禁为自己哭泣!

终于收了笔他感觉无比轻松,心里竟有了充实感,既是心灵的付出也是心灵的收获呵。

窗外繁星满天。丘师长十一点准时敲他的门。突然停电,丘师长点着了矿烛。丘师长看得慢,有时轻声念起来,看完之后托着下颏久久地沉思。

丘师长感慨地说:“我所接触的履历中,陈先生你写的最详尽而坦率,人应该这样！人民政府会全面客观地对待每一个人，尤其像陈先生这样的人。赣南很快就会解放的！人民政府欢迎你继续为人民做事。我现在写张字条给你，你回去可交给当地县委书记。陈先生，我们后会有期！”

第二天果然丘师长派人用吉普车接他游了几条街道。街头处处是红旗、条幅和标语。军队、工人队伍整齐严肃地行进。激烈战斗的痕迹不时可见。

他双手沁汗，又一次捧读丘师长的字条。一会儿字条溻湿了，他轻轻地揉成一团像粒种子撒向车外——广袤的大地。一股坚实的力量又从他心底涌现，漫向周身……

可是他并没有按丘师长的意思直接回家乡。三岔路口他停顿了好一会又赶回L县，那桩认定的最庄重的事他一定要完成！

他的土改议案没遇任何阻力几乎全票通过，可做实施的法律法规的依据。那是一场表面认真实际草率的表决。这个难产的婴儿在他“胎”中早已枯槁憔悴，落地之日正是死亡之时。他被这目标煎熬了一辈子把守了几十年！

那一夜他一人关在房里嘿嘿哈哈地大笑不止。这笑是忧郁的，苦涩的。他拼出全身气力想笑出甜蜜的欢乐，最终还是笑出了浓烈的苦汁。后来他淅淅沥沥地痛哭起来……

他不告而别悄悄回了家乡。

信泉的风暴——人生的大风暴等待着他。他能回避吗？能够，又不可能。因为这是生他育他的家乡。在家乡怀抱中的每一个，富者，贫者，智者，愚者，老者，少者，男人，女人，命运已经落定，家是生之地也是死之所。你天马行空叱咤风云你匍匐蠕行苟延残喘，蓦然回首你其实没走多远……

第八章

一

信泉又一次风起云涌。风暴眼不是在石街也不是在高高的山上而是在浚灵小学，首领不是武装架势的共产党员不是占地一方的苏维埃，而是出身信泉赫赫士绅之家的黄腾。黄腾自认为是共产党员，火暴激进的姿态叫人相信他受了共产党高级机关的派遣。

他同赖惠琦火速赶回信泉在小学宣读从收音机里记录下的《中国人民解放军布告》《中国人民解放军宣言》。他分开几路人马到路口刷写标语。读书会一下子发展到近百人，相当一部分是黄姓人，陈姓极少；有一半是富家的年轻读书人。

镇公所军政官员真正的外强中干，高源自恃是个军人以服从命令为圭臬，县戡乱司令陈潜威严地敲过他几次警钟：不能再重走老路必须坚决挺住，将地方的一切暴乱一举扑灭。陈潜决定单独行动逮捕黄腾等人。

消息不胫而走,黄腾将读书会搬到家里的西园。

一方起义暴动,一方镇压消灭,水火不容,势不两立,信泉也简单化明朗化了。

黄朝勋从不理家事多在公晖,他发现晚上家里来人特多,立即联想路边标语,隐隐地知道这同儿子有关联。儿子已走上一条危险之路,但他不相信儿子能成事。不知为什么,他对这场由儿子咋呼的革命反感,革命破坏了他家的安宁——他宁愿清苦也要宁静,今天倒是儿子把“火”带进家里,他岂能忍受!他对妇娘说:“乱糟糟的,我家是住人的,不是开会惹邪的,叫他们到外面闹去!”

昭云委婉地说:“我也是心吊吊的,到底是自家独儿子呀,他搬出去准会没命的!朝劢护着他哩。”

黄朝勋说:“干脆中间隔开,西园开扇门,随他们搞龙还是打狮。各走各路,互不干涉。总有一天我会叫这小子走!”

昭云相信老公还是会心疼这个儿子的,捂在心里不敢给儿子和朝劢讲。她可以包涵儿子的一切!

那天晚上高源带了一个排包围了小洞黄宅,几次想冲进去,还是犹豫了。刚好被从娘家归来的胡顺英撞见,很是尴尬。一会儿黄朝劢一身戎装神气地走出来发火说:“装香要看佛,进店先认门牌,来硬的明讲,想继续踩我黄家,睁大你们的狗眼!”

高源似有所悟悄悄把兵撤了。

传来人民解放军攻克省城南昌的消息,镇里官员面面相觑,只有胡保林不在乎,说草里饿不死蛇大不了上齐云山。又传来不祥的消息:一是陈潜悄悄从县里回来一头扎进洞头老家,称病闭门谢客;二是L县做官的陈学余黄朝水也回家了。

胡玉苦笑着劝高源说:“这次共产党非同小可,你何必这样认真!”

黄腾的队伍几乎半公开了。石街又流传黄腾准备血洗镇公所收缴富商的钱财,一九三〇年那场腥风血雨又闪现人们心头。众商人推举会长黄宇遂赵仲椒先后疏通黄朝勋兄弟。黄朝勋鄙夷地说:“见风就是雨,我这小子臭尿臊,共产党怎会要他这种人!”

黄朝劢指着自己的军服说:“别听噪呱,我这侄子不过想发发牢骚罢了!”

黄朝劢确信这次共产党稳坐朝廷,他要说服侄子和平解放信泉!他告诉说:“洞头人林森从福建回来了,这人是黄埔科班出身,他比我有经验,争取了他,你的大事更妥帖!”

黄腾放弃了上山打游击的念头,高兴地说:“我听叔叔的!”

——年近三旬的林森因病转到后勤总部的后方医院负责保卫。七月解放军迫近福建县城,院长带家属先走翻车身亡。游击队下山做他的工作,他负责把医院二十多支枪集中宣布起义。他不愿再打仗了返回信泉。

林森带来共产党解放军势如破竹节节胜利的消息。

黄腾彻底地定了心。他当即把手枪让给林森,坦诚地说:“由你掌管好,我学不来使枪。我只当领导,你和我叔作军事指挥,军事上由你说了算!”

黄腾激奋难平,信泉像列火车正在自己牵引下隆隆地滚动了!

二

七月禾黄转绿疲惫的田野又开始绿色的播衍。毕竟是山里,白天日头把水烤得如滚汤,一傍黑就普天普地回复润心的清凉。胡玉天天提早回家,忍受燠热和蚊子扎进里屋。他知道民国已朝不保夕,但他不想离开镇长这个肥缺,走一步看一步,对人对事能宽则宽能拖则拖,于人方便于己也方便。

屋场的狗咬得凶,他不由一阵惊悚。头次闹红的恐怖场面老浮现脑中。他把油灯火吹灭。响起侄女胡顺英脆亮的叫门声。他放心地打开门,顺英笑吟吟闪进,她身后几个人紧步跟了进来,其中一个是黄朝劢,另外两人是林森和黄腾。险情即刻解除。

黄腾性急开口感谢胡玉上次通风报信,有良心有功劳。他说:“再给国民党效劳死路一条。可配合解放军维护治安,也可保住石街不受损失。你可以立新功!”

胡玉宽心,答应去拉五隘十乡的乡长。

果然胡玉很快把乡政人员说通拉了过来,黄腾狂喜不迭。但是内部分歧也明朗化了,比如赖惠琦说像匹袍曾乡长这种人不能要!黄腾不高兴地吼道:“一切为了早日起义!策略,这是策略!”

下一个争取目标是陈潜,拉过了他就拉过了胡保林、高源,把信泉的保安团、保警队全解决了,还可影响县府。

黄朝劢说:“他最怕死,信泉最没气节的读书人就是他。他巴不得拉根稻草保命呢。”

林森说:“做县长的陈学余也回了家,两夫妇下田做功夫呢。把他也拉过来吧,陈潜跟他不能比!”

黄腾一愣果决地说:“拉我舅公没用的,他没能耐,拉陈潜才能带动一大片。”

陈潜以保护宗祠为名拉起了一支十多人的小武装由胡保林坐镇训练。解放军攻下南昌,他即预料当年在X县的惨剧必定重演,他这次再逃不出了。近日见陈学余不声不响归来,心里欣慰,自己享尽了荣华富贵啊。

这天下午日头扑山时分,黄腾突然在陈潜面前出现,林森黄朝劢两位紧紧相随。陈潜用哈哈的笑表示欢迎,估定对方叫他投降。当黄腾说人民解放军已解放了吉安,他不由地一抖,吉安专员正是周宇安呀,他呆了。

黄腾见陈潜犹豫,不由冒火,表示要走。陈潜倒急了一把抓住黄腾的手说:“用得上我,我一定全力以赴。当年我与你阿公交情不薄哪。现在又是你们黄家当盛啦。”

黄朝劢表明要他投诚的来意，黄腾加了一句：“立功赎罪，立功受奖，解放军的约法八章里写得明明白白！”

陈潜难堪一会儿，咬牙说：“老蒋小蒋无情，我也无义。民国的气数到头了。胡保林、高源包在我身上，算我立一功。到时请黄腾帮我说上几句话！”

不出三天陈潜将保安团、保警队十几个大小头目亲笔签字的投诚书交到黄腾手上，还说可去县城拉军政人员。

已有三百多号人马。黄腾定下了八月九日正式在万寿宫宣布起义，组织名称叫赣南人民自救第六团。他兴奋地说：“阿叔，经费紧呀，你叫满公调出四十担谷子，别让我爷知道！”

黄腾成了信泉空前的大革命家、大英雄！

三

可是秋秧却再不许黄腾晚上出门，这也是娘的主意。她们从不过问他的大事，只是关切他的安危。秋秧说：“娘要我提点你记弗头。阿公这句话全信泉人都晓得，就怕你给忘了。爷不理搭你怕有他的道理吧。”

晚上又下过一阵透雨空气十分清爽。秋秧堵住门口喜滋滋地看着他。她多么美丽，膨胀的乳房夺人心魄，大腿白皙而丰润。猛地他双手抱起她溜溜地打旋。

他大声说：“我怕什么！你该慰劳我。”

她的奶头竟被他吸出水汁。两人站着紧紧地贴住墙上成一个人影。他狂浪着把她推到床上！她屈着手用力地撑住他的胸膛，让出下体……这当儿，她的脸由红转白，出现第一次痉挛，她的疼痛由弱而强。

她微声说：“下腹抽的疼，怕要生了。提前来啦，快叫娘……”

秋秧已为黄家发出了第一声哀号。

第二天下午刘怀馨叶宁玉为秋秧接下了个男孩，产期提前了十三天。

当婴儿微弱的叫声划破屋宇的宁静，昭云和黄盛苕赶紧点着一对红蜡烛烧三支红线香，在厅门口打了三响大炮竹和一串万响红鞭炮。在蜡烛袅袅的火焰中，神台上一排列祖列宗瓷像既真切又虚幻。

黄朝勋特别注视着画像上的父亲，更察觉了家的分量，应该让儿子知道家的分量！他不能再等待不能再忍耐，必须拉住儿子不向危险的方向滑行。

四

信泉镇公所军政人员哗地倒向黄腾为首的第六团，但社会名流如黄朝勋、陈学余以及黄朝水等少许人自隔于这热流之外。

陈学余背上犁具赶着一头大水牛。金巧把自己头上的褐黑草帽戴在他头上，用拦胸裙裹了自己脑壳。大草帽遮住了他大半个脸，他笑着说："你指点着，我很快会习惯的！"

曾经沧海难为水，虽然他横下一条心有足够的精神准备，真正回到出山前那种状态难呀！两个阵营他都真心投入做事，到头来他仍在两个阵营之外，他缩在家里好几天不愿见人。就是长年待在屋里，也有个战胜自己的抉择。庆幸在自己家乡自己的家，妻子一如既往体恤他，他还有什么放不下的！

他卷起裤腿，苍白瘦削的小腿像贴了一层厚厚的黑毛。犁干土，坚硬的泥块和土里的小石子崴得脚底酸疼，汗水如注。他倒被水牛带着走。日头灼毒像狠毒的黄蜂。他身上着了一层土尘，手掌起了几个大泡，肩酸手坠非常疲倦。生活是艰辛的，有艰辛才能更体会温馨。这会儿他体会到土地的温暖家乡的温暖。

金巧心疼地说："你回去歇着吧，你不是做土活的料。"

他不吭声地坚持着。他怎么不是做土活的料呢？脚底下的裂口生疼。金巧发现了血赶紧扑过来拉住他说："快去井边冲洗，我扯布给你包扎，你不能硬撑呀！悠着点……"

包扎后他咬紧牙坚持犁完地，金巧已是满脸汪汪的泪水。

得知老公这次彻底"出局"，她暗自惋惜，琢磨怎样来劝说他。黄朝水不时过来，举手投足延续着对他的尊敬。见他不去黄朝水也不去福建。他平静得快，她放心，欣喜。朝勋留了洋不也平平常常吗？人家活得自在呀。她倒希望朝勋过来跟老公聊聊。可她又知道老公鄙薄过他，何况，阿腾旺着，黄家旺着，谁会接近落魄的老公呢？

然而朝勋向学余家走来了，她喜出望外！

朝勋还是那种超然、洒脱、不紧不慢、神态沉静。这一刻学余从朝勋身上看到了萱公的影子，产生了理解的感情，朝勋成了一个真正的医生成功的医生，他在信泉立住，是他接上了萱公的气韵。不过，朝勋跟萱公还是不一样！朝勋身上有着萱公所没有的东西——朝勋做的是自己喜欢的事，走的是自己认定的路。刹那间学余不觉自惭形秽，但是他想到自己同样做过自己喜欢自己认定的事，做了与众不同的县长。两人都历经沧桑啊！他的心又坦然了。

两人会聚于世界的边缘信泉的边缘，平静地交谈着，平静地看着阳光恣肆流水喧哗田野滚沸。小时两人也常常这样相处，一晃就是几十年！

正如学余避开谈县长的职务和工作，朝勋也没谈医疗和医术，他们不约而同聊童年聊乡间生活聊故去的先人，两颗心靠近了。他俩的共同之处愈是明显：对时事人世陶然自若，神态平静。在自若和平静的后面，是沉定，而沉定又来自属于他们自己的持守和持恒。

后来朝勋劝他还是去教书，这次说的更明确："县中需要国语教师，你能够胜任的。"

朝勋没说出的话是,教书也是能保持自己思想的独立,是受人尊敬,为社会所需要的。

丘师长也是这样讲的,当然出发点跟朝勋不一样。陈学余心又动了。这一刻他把朝勋看做家乡的代表;他又是在家乡获取了再选择的力量!他不是听从什么人的指令而是听从内心选择教书的。

不久县中欣然聘请了陈学余。

五

黄朝勋跟儿子黄腾终于爆发了争执。

在小洞黄家,仿佛与大厅的人声嘈杂相抗衡,不时响起婴儿宇彬稚嫩而浩亮的的啼哭。

胡玉把陈学余拒绝加入起义告诉给黄腾。黄腾冒火说:"我是为他好啊,看看人家陈潜嘛。信泉的花岗岩脑壳就是我这个舅公!"

黄朝勋忍无可忍,从东园过来指着儿子说:"你到外面放屁!这是我的家。我的家不是公共场所,不是万寿宫!"

没料到父亲斜地里来了一手,不把做领袖的儿子放在眼里,黄腾难堪极了。他正气在胸,寸步不让地说:"我早料到你俩会走到一堆的;你的房子,还不知是谁的房子哩!"

黄朝勋冷笑:"世界不会这么简单!"

他愠怒地调头向外走去。

黄腾望着父亲的背影,讥讽地说:"绊脚石、神经病!"

决不后退,为着起义成功黄腾更坚决了!

家里到河边有一里路;黄朝勋不假思索地又来到河边,他想寻找安静。

他无数次从云水河边走过,朝霞和落日增添着它的清新和美丽。他原以为信泉哪个读书人取了这个富有诗意的名字,后来他才弄清,上游大量淘洗铁砂和砍伐,大雨一过它就成浑浊的红水黄水,它也就叫浑水河。它时而平缓时而激荡,时而低吟时而呼啸,不管春夏秋冬清水浑水这条河永远美丽。对面沙滩一大片黑石平添着威严和静穆。每次走过都是爽快的。这里做个亭阁一定可意可心,一切喧嚷都被河风所消融。

东园也随兰花的日渐荒芜(昭云忙不过来)显现老暮,儿子破坏了它的宁静。信泉再没有别的地方能长久保持他所需要的宁静了。

他叫儿子离开意味着他选择离开。他就必须离开。一个想法清晰起来。

他立在水边,河面似乎更为宽阔,几天连降豪雨河水成混浊的红浆凝重而急骤地向东流逝。他蹲下捧了几把浑水擦洗脸面,清凉中他仍感到浑水中的静宁。他马上决定,他所蹲之处就是建阁楼之处。阁楼不要大不要金碧辉煌,能住一两人成一个小天地就成……

他对楼阁构想入迷了，心里的幽愤渐渐消失，他不去想儿子因而不再思虑儿子的一切。崽大爷难做，他不做这逆子的爷罢了！

浑浊河水搅着旋涡浮着白沫汪洋恣肆，河边一些草暂时地被淹没，高高的草尾随水浪不停地飘摇。许多人扳罾和抄网。河对面几头水牛下水沉稳地游过来，有的牛身趴着赤裸裸的细伢。前方排工抓紧扎排趁今年最后一次洪水让木竹出山。排工嘶哑地唱着山歌——

老妹呃生得靓呀靓溜溜，
日思呀夜想呀不想丢，
一朝呀把妹勾呀勾到手，
不呀不知天光呀搭夜铺。
啊喂——笃笃——喂啊

他心里滚烫着，仿佛是童年梦境的再现。他突然发现信泉还有这么一方天地一种生活，总是有人傍着这条河开辟出一种生活。他以前实在是粗疏了。

想象中的楼阁一头落在岸上，一头落在浅水里，父亲的医案、方子，他自己的医案，可以从容地整理出来了，可以从容会友了。他又记起几次同刘怀馨船行水上的情形，人是可以开辟出一方宁静的天地呵。

第九章

一

宣布起义的时刻一分一秒地逼近。黄腾人生最辉煌的时刻就要来临！

八月初人民解放军从东、北、西面包围了赣州，国民党军队弃城逃窜。省赣中宣布无限期放假。学生们投入到迎解放的洪流中。苍老的邹校长激动地说："你们都可毕业，明日里你们就是国家栋梁，你们要牢记省赣中的传统！"

凌馨在容貌上比年轻时的刘怀馨靓水多了，她继承了父亲的秉性——尽管她对父亲所知甚少，朦朦胧胧从妈妈口中得知父亲曾经是红军干部在一次战斗中英勇牺牲，这一点给她精神以巨大的鼓舞，她心里悄悄涌起一种优越感，积极投入了革命浪潮，父亲的理想要由她实现。她意气风发地回到信泉——她已把信泉当家乡了。

她跟妈妈依偎着从楼上窗户看人头攒动的石街，这里看不到赣州解放的火热的气氛。妈妈并没有她想象中的那样激动。

妈妈平静着,似乎没受到她的感染。两年里少女该鼓该耸的地方已突凸,润白丰满令自已莫名其妙兴奋。

八月的阳光格外爽亮。凌馨与黄腾相互发现了。他挎着一支盒子枪,身后紧跟随的几个人也是全副武装。她顿时发觉信泉同样涌荡着解放的红色激流!她快步下楼,两双手热情地握在一起。

好一个漂亮的女学生!这是黄腾的第一个印象。他的活动已公开化了。他立即想起他的几百号人马女性很少,热情地说:“我们马上就要举行暴动,正缺一位能干的女青年干部哩。让我们一起战斗吧!”

凌馨脸忽地红了说:“还是你能呀,既做了爷又成了革命家。”

他真心说:“你积极投身进来,也一定会受到很好的锻炼!”

她兴奋地说:“我又能做什么呢?”

他说:“听从我指挥,以后你再指挥别人。好,算你参加了。这几天晚上我们在镇公所开会。我有几百号武装,我已经把县里的国民党反动武装全争取过来了!”

可是凌馨遭到妈妈的阻拦。刘怀馨放下脸说:“你在家好好给我待着。你这几年学到了什么?”

她非常吃惊,央求说:“妈妈,你过去不也跟爸爸参加革命吗?你们为的不正是这一天!妈妈你落后了!妈妈你不能落后啊!”

刘怀馨说:“小馨,你是我唯一的女儿,妈不能没有你!你太年轻。我奔四十了尝尽咸酸苦辣。妈求你别去,我们母女俩厮守一块……”

她叹口气说:“妈,你真受了黄腾他爷的影响呀!”

刘怀馨噙着泪说:“你也像阿腾一张嘴没遮拦啊,你以后会慢慢明白的,我也是慢慢明白的。黄腾他爷是好医生好人呀!”

她说:“黄腾反对他爷哩。”

刘怀馨说:“你朝勋叔叔从没故意要拉拢我。我们家在几个危急关头他都挺身而出。他凭着自己的本事吃饭,他活得踏实真实。小馨,我只认定人做事要真实踏实!任何时候你不要打你父亲的旗号,心里记住你父亲就行!”

终于她还是挣脱了妈妈,毅然加进了黄腾的队伍。

二

凌馨穿白衬衣着蓝吊带裙加上脸盘儿艳秀吸引了一条街。她鼓起了胸脯为自己走在信泉女人的前头而自豪。

在浚灵小学开了会,晚上她跟着雄赳赳的黄腾进了镇公所。黄腾开会研究起义场所的布置。主会场设在万寿宫正厅。

黄腾又给她介绍胡保林说:“他是军事参谋兼一中队队长,能飞檐走壁,曾是国民党当局缉捕的人,以前打击过广东军阀保护过信泉……”

胡保林摇着大蒲扇，摸着八字胡嘿嘿地笑着。

凌馨在赣州读书时听过胡保林血洗国民党陈旅长一家的传奇故事，这会儿她已把胡保林当做革命队伍里忠诚的一员，不过她看不惯他的八字胡和骨碌碌的豆鼓眼。

她对这里的一切都感到新鲜有趣，她喜欢这种热腾的气氛，觉得脚下每一寸土地都有过壮烈的传奇故事。

她悄悄走到万寿宫面前。繁星下万寿宫的金碧辉煌隐约可见，那么肃穆而神秘。她立在门口，里面的空旷潮气使她顿起鸡皮疙瘩。以前她随女伴溜到这里受过"女人不许入内"的警告。今天她可以蔑视它昂扬进入了。她迅速地镇定下来，里面黑幽幽什么也没有，她的白衣服倒带来一丝光亮，几根大柱和神龛隐约可见。

她发现了微弱灯光。里面一定有人。她悄悄地穿过大厅。原来还有戏台，戏台旁侧是楼房，再就是曲径回廊，走廊外是铺着鹅卵石的花圃。灯光就是花圃后面的平房发出的。芭蕉叶肥刷刷地淌着露水。

一个女人问道："谁？看他一枪崩了你！"

一排木格窗子帷布半卷，几支大红蜡烛滋滋地燃烧。她知道了这就是万寿宫的禅房，她昂首跨入。那个女人愣住了用手挡住自己鼓胀的胸乳。这女人似曾见过。

女人神气地说："黑灯瞎火你好大的胆子！"

她不搭话，转身离开。那女人又问："你娘么子名字？"

她高傲地回答："刘怀馨！"

女人不在乎地说："哦。好秀气的洋学生，你的胆气我真服了！"

她脱口问道："你在这里……"

范氏捋着鼓耸的奶子说："告诉你吧，我老公是街上打铁佬，本人姓范。我在陪野老公！你娘跟我差不多啊。"

她血涌脸面，气愤极了也厌恶极了，疾步离开差点没撞上柱子。经过大厅她险些滑倒赶紧扶住柱子。刹那间妈妈在她心里顿然失色。石街，家里，有着许多令她不快的秘密。她也不想随黄腾去镇公所了。

第二天她满街走仔细地打量每一个打铁店。脑子轰轰的，好像听见有人叫她，她回头一看正是那晚见的那个姓范的女人！她又看到信泉的肮脏污浊！

她坚定地跟随黄腾而去。

可她无心开会。她不觉地又溜到万寿宫门口，向大厅走几步扑向那束微弱的灯光，一步一步来到了禅房门口。芭蕉像幽灵撒下一大片暗影同时闪现露水的幽光，没见范氏。粗硕红蜡烛的光焰在微风中摇曳。屋里好像没人。她打量着禅房中间那张凌乱的床铺，心里不由乱纷纷。

她身后突然响起男人粗狠的嗓门："是你这个小破板呀，撵走姓范的，你自己想来哩，比你娘还骚！"

原来是八字胡胡保林！

她掉头就跑，没迈几步被抓住。她从惊慌里清醒过来狠狠地咬了他的手脖，愤怒地喊道："土匪！"

凌馨像只白鸽扑拉拉地逃奔，吊带裙飘起，大腿隐隐发亮。她怎能跑得过他！他紧走几步便傍近她的身子。她不知道这里长了绿苔，夺路而逃偏偏踏向绿苔，爬起来又跑又滑倒，终于她失去了爬起的力气，扑在地上两手撕着绿苔两脚蹬的还是绿苔。但她不求饶。

胡保林恶狠狠说："这些年没人再叫我土匪，倒让你叫个新鲜，我就是啥事敢做的土匪！"

他嘿嘿地蹲下伸手就摸。她翻滚着晕了过去。他抱起她，凶横地说："尝不到你娘，我就要你！"……

离黄腾暴动的日子还有三天！

三

黄朝勋头次在石街上对儿子亮出了为父的威严。

凌晨鸡鸣两遍章泰生叶久带着两条狗奔小洞叫他，他以为有急症立马跟着来，叶宁玉却带他到公晖对门。刘怀馨脸色晦暗地默守着床上的女儿。凌馨脸上泪痕重重，她见黄朝勋便一头扑在妈妈身上又嘤嘤地哭泣起来……

——他明白了一切！他不能再沉默了！

当年他父亲冲上街头喝斥兵痞，如今他守在街上要怒斥的却是他的儿子。他气愤地叫住石街经过的儿子："你给我滚回家待着！你懂个屁！你能成事，狗有裤子穿！都是那班乌七八糟的东西，你的死日就在眼前！"

战车风驰电掣能停下来么？黄腾坚定地说："爷，你走你的路，我过我的桥，我自己独立了！"

黄朝勋气得打哆嗦，啪地扇了儿子一记耳光！平生他暴怒过、幽愤过，可从未打过人，今天他第一次打的却是刚做了父亲的儿子。他恼怒地说："你到刘老师家去看看！"

黄腾昂然进了屋子。凌馨哭着骂他。他终于明白了，是老土匪胡保林干的好事！

他气愤，但又一次想到策略，一切为了起义的成功！别的什么他顾不上了。他压下愤慨，诚心安慰了凌馨。

八月九日正是农历七月十五，上午十点万寿宫门口响起九响震天动地的地炮。三百武装共七百多人聚集在万寿宫，黄腾宣布成立"赣南人民自救第六团"，举行武装暴动。

原国民党武装撕去了国民党帽徽胸章，全体成员佩戴"第六团"袖章、胸符。

他激动得大声说:“我团唯一宗旨是拥共反蒋,在人民解放军未到之前,自动拿起武器,推翻国民党反动统治,为配合人民解放军解放全县而奋斗!现在大家的任务是维持地方治安,保护粮库和其他设施,俟解放军到来,即前往投奔……我庄重宣布:第六团团长黄腾,副团长林森,参谋长黄朝劢,政工组长赖惠琦,参谋兼一中队队长胡保林,二中队队长余大同,三中队队长高源,情报组长郎云龙,总务组长赵仲椒,后勤组长张贤玮……原镇公所人员维持现状,俟解放军接管再行安排。信泉人民永远出头的日子终于来到了!”

接着游行。一夜之间标语遍地开花。信泉在金秋阳光下闪光。黄腾终于如愿以偿。他的愿望是在家乡实现的!信泉新时代开始了。他看见的是人们的尊奉和赞扬,人们一边倒的趋势,看不见热闹下许多人的沉默,未想过既神奇又不测的信泉……

起义军在镇公所大摆宴席。

“万寿宫起火了!”石街响彻凄惨的呼叫。

万寿宫禅房冒出一股浓烟,很快浓烟遮住了大半个天空。火势凶猛摧枯拉朽吞噬了这百年华构。大家惊恐失色。黄姓人奋勇救火再次成为保护万寿宫的主力。

黄宇遂指挥着收拾残局。正厅的一侧被破坏但正厅保下来了。场地一片狼藉。他用水抹拭几根大围柱,几对对子清晰无损依然显示着威严。他叹道:“萱公说准哩,烧万寿宫的果然不是土匪!”

“黄腾火烧万寿宫”立即传遍了信泉。黄腾对自己的威信一落千丈无所知,他仍在激奋之中,渴望把他的成功推向全县,毫不介意地说:“烧得好!早就该烧掉!这是旧信泉灭亡新信泉诞生的标记!”

第十章

一

信泉先于县城解放;当张区委率领一连解放军战士雄赳赳开进信泉,黄腾更黯然失色了。他的被抛弃在加快,可他毫无觉察,依然沉浸在自我陶醉之中。

八月十四日赣州城获解放。十六日解放军一枪未发扛着红旗进县城。S县立即成立了县委和人民政府。黄腾兴奋成焦急,赶到县里亲自向县委庄书记汇报。他从庄书记惊奇的神情确认自己在全县各乡镇实实在在摘了个头筹,狂喜不已。

梁县长同样惊奇。书记县长惊奇的后面是一个陌生、简约而齐整的世界,它悄悄地对黄腾敞开了,当然也向信泉——全县敞开了。

第二天两位领导带他参观了如同雄狮的正规部队。那一刻他油然意识到自己的队伍实在是乌合之众，顿时也觉得自己渺小了。这是一个让知识分子时时感到自我渺小、时时保持自卑的时代的开始。可是，黄腾这种珍贵的感受刚闪现就消失了，家乡让他自信，劳苦功高让他自信，肚中的“墨水”让他自信，巨大的成功让他自信。

于是他自信地跟县里最高领导并肩而立，心里再生豪情，希望有好的安排。再接再厉，他遵照庄书记指示回信泉向全团做了动员报告之后，带着档案、财产清册和许多成员资助的钱粮以及肥猪鸭子等物资，率领武装人员和其他人员共千人开赴县城，参加在县中大操场召开的全县青年大会。会上庄书记大声表扬他是全县革命青年的楷模，梁县长当场奖给他一支左轮手枪。他们共同宣布第六团已完成历史任务予以解散。此时此刻他感觉到了自己的灿烂前景。

第六团短短十天里闪电般由轰轰烈烈而无疾而终。黄腾突然发现他和第六团一样也成了别人的“策略”。他心里泛涌说不出的滋味。他明知第六团必定解散，但失落感挥之不去。三天集中学习，大部分的青年教师和学生自愿报名参加军校、干校或新政府的工作。他被安排在县中担任副校长。

赖惠琦赴军校学习前一天晚上和黄腾在操场聊得很晚。黄腾郁闷不乐。赖惠琦说：“你去县中也合适，一面听从别人指挥，一面指挥别人。”

黄腾脱口说：“指挥老师没意思。到学校任职非我所愿，我认为自己能干行政的。阳定波在这里就好啦，他了解我。看来庄梁不会理解人。几天前他们待我多热情，现在形同路人。因为我对他们没什么用处了。”

他想说：反动舅舅陈学余正在县中呢。

赖惠琦说：“他们是北方人啊，肯定人生地不熟。阿腾，你不如去读省干校。”

黄腾脖子一扭说：“我跟他们不在一个层次啊！”

黄腾不知道的另一面却是，庄书记怀着警惕，立即跟赣州联系调查核实，由地下转到地上的团组织负责人否认跟第六团有任何联系，没有人证明黄腾是共产党员，相反却提供了黄腾大量的家庭背景材料。全县青年大会上庄书记表扬黄腾之日正是对他加剧怀疑之时，黄腾的悲剧命运悄悄显现了。

二

黄腾索然寡味地回到信泉。

轰轰烈烈已成昨日黄花。石街店门大开流溢着平静与祥和。区人民政府门前一竿红旗呼啦啦不停地飘扬。

黄腾又一次感觉民众对他的拥戴急速下降，不过比起县城，他还是感觉得到了小小的尊敬。腰上的那支左轮手枪重新唤起了他的豪情，一些人尊称他“黄团长”，还是家乡好呵！

一个挎手枪的解放军带着一队战士由会长黄宇遂陪同在石街逐一地看店铺。

会长向他招手要他过去。会长笑着说:“这位是新到的张区委宗辉先生;这位是我家叔,县委庄书记大会表扬的,有为革命青年黄腾,他家是医疗世家。”

张区委咧开嘴笑着,伸出一双大手握住黄腾说:“秩序很好,路道、桥梁、仓库等保存良好,有利于开展工作。我是大老粗,希望你继续协助我们!”

黄腾不无骄傲地说:“我也是从小在外读书,回来组织起义迎接解放。”

张区委说:“我跟庄书记说,你干脆到区政府来吧。信泉工作一定要站在全县前列! 眼下最要紧的就是调集人力物力支援前线,解放全中国!”

黄腾脸面顿然生光。

公晖门口他遇见了叔叔。黄朝劢笑眯眯,显然察觉到侄子失意中的满足、满足中的失意,安慰说:“当将帅大官是有时辰的,不是想当就能当的。我是凑了几天热闹。你的事你做主,总要跟你爷说一句。他正在忙做亭阁呢。你爷比你看得远,做一件成一件。”

黄腾不快地说:“我爷懂什么,我跟他没共同语言!”

庆仁店站柜台的凌馨偏过头去,黄腾知道她还在伤心。童年的友谊就这样终结了。他多想对她说:我不是头了,别再怪我啦!

三

一个迟来的得志者正悄悄地从后台跃到前台。

蔡振通几乎天天到石街卖柴喝酒,因做过红军干部敢冒敢斗,为一些贫苦农民所赞赏。不过在石街几乎无人理会他,黄腾的第六团也拒绝他。他无所谓,当解放军开进信泉,有人怂恿他去结识张区委,他动了心却一直打不起精神。

好几次在街上他逮住迎面走来的张宗辉,巴结地叫“张区委”。张宗辉觑了他一眼,嘴里“嗯嗯”,表情冷淡,一口山东话俨然一座难于逾越的高墙。他不由自惭形秽。

然而命运再次给他灿烂的微笑,这座“高墙”片刻之间消失了。

这是乍阴乍晴的一天,两个挎盒子枪的解放军骑马奔信泉,亮出县委庄书记的亲笔批示。张区委亲自把蔡振通叫到区政府。那阵势叫蔡氏产生了恐慌,立即怀疑黄腾一定在县里检举了他害了他家两条人命,紧张极了。

两个解放军在桌上撒开多张黑白照片,请他辨认,相片中好些人他认识啊,他轻松了,非常兴奋,一一叫出名字和当时的红军职务,脑中浮现一连串惊心动魄的往事。

解放军又要他辨认其中一张照片,他两眼放光大声说:“这个瑞哥阿毛牯呀!”

原来当年湖南战斗中他掩护过的那个师长,现在已是某方面军的政治委员,专门派人调查了解他的下落。这位首长一直对用生命掩护过自己的蔡振通怀感激之情。

张区委久久握紧他的手。

瞬间蔡振通成了信泉老红军老革命的明星，身上披上耀眼的光环，一下子把黄腾盖没了。张区委立即任命他当民兵大队长。从此他跟着张区委抬头挺胸出入区政府，行走石街。

张区委也是受苦受难的贫农子弟，在部队锻炼成长，对蔡振通非常顺眼。他对黄腾愈是看不惯了。蔡振通公开说信泉只听张区委的，张区委舒服极了，各种场合大肆表扬他有深厚的有革命的坚定性，值得信赖和依靠！

看着蔡振通对张区委粘乎乎，黄腾反而更清高。他心里后悔当时没坚持把蔡氏拉进第六团，不过现在他心里又鄙视蔡氏了。"靠本事吃饭"，黄腾不由自主地喊出了黄家这句口头禅，文化高又组织了轰动赣南的起义，在信泉他的本事舍我其谁！既表示了对蔡氏的轻蔑，也表示了对张区委的傲然。

张宗辉对黄腾更没好感了，对黄腾的怀疑有增无减，油然产生了敌意。

蔡振通今非昔比，再不压抑他的喜好厌恶，公开贬低和丑化黄腾。他把黄腾家的反动背景，以黄盛萱为中心的信泉反动势力一一数落给张宗辉听。蔡氏眼中的信泉也正是他眼中的信泉。

张宗辉非常满意，觉得真正掌握了信泉。他的革命警惕性一再提高，他心里慢慢冒出更深的想法：必须依靠老蔡才能挫败狂妄的黄腾，彻底摧毁信泉反动大本营。他赞赏蔡氏说："斗争就要狠。老蔡你不愧是老红军。不用怕，这回共产党坐朝廷坐定了！"

一切为了前线，按上级指示完成输送人财物的任务！当蔡氏不厌其烦地向张宗辉报告黄宇遂赵仲椒等生意人的种种不是，他笑着阻止说："党中央的政策是保护工商业，不是我们说要碰就可以碰的。"

蔡振通不解地说："他们老奸巨猾呀！"

张宗辉笑着说："利用呗。"

蔡振通搔搔脑壳，立马想到张区委会利用黄腾——在他看来"利用"就是让其做官得好处。他眉头一皱说："黄腾这婊子经常邀第六团成员喝酒，发牢骚攻击你。"

张宗辉来了精神说："哟，我好心拉他进区政府，发挥他的作用。我就是文墨比他少一点，他怎能跟我比高低！"

蔡振通愤恨地说："这婊子拉的都是地主、富农、国民党、土匪，八成他是广州国民党派回来，伪装进步，他就是匪首嘛！他一家反动透顶……我们信泉的贫苦人心里早窝了火，盼着你们哪！"

黄家这些"肮脏"张宗辉早有所闻，现在他感到黄腾——小洞黄家更可疑了！

张宗辉贴已地说："你要注意他们一伙的动静，及时报告我。不过，老蔡你这一组的工作硬是比不赢黄腾那组，他那组军鞋任务大大超过，鞋子结实。你就是喜欢喝酒，灌下几碗什么也不记得了，你可要给我争气呀！”

蔡振通受了批评，反而舒服，他明白张区委离不开他了。

四

张宗辉从不去万寿宫，他看不惯飞檐翘顶。可他耳里塞满了许多有关万寿宫的种种传说，连小孩吵架也说“你要记清万寿宫的对子！”许多人都用“万寿宫的对子——在劫难逃”打比方。他感到可笑，叫人垒了一扇矮土墙隔开，中间开扇小门。不过他还是避开不了万寿宫话题。

晚饭后信步走到那边，在那块废墟上伫立了一会儿，默念大厅柱子上那副对子——

忠贞立志孝悌立身此善事存吾这点天良何虑两间不佑

蛇蝎其心豺狼其性那奸雄任你多般恶毒总有一劫难逃

他读不顺畅，但明白大体意思，认为信泉封建势力盘根错节。不知怎的，他习惯把万寿宫跟黄腾联系起来。黄腾在劫难逃！他心头忽地一亮，那个隐秘的念头清晰的浮现！信泉根本不平静，敌人就在身边。敌人不投降就叫他灭亡！

蔡振通言必称受张区委指示，背着三八步枪腰系子弹夹雄赳赳地沿石街逡巡。悄悄监视着黄腾、胡玉、胡保林、高源一伙。

他在胡保林面前故意耸耸肩哼哼鼻子抖神气，今天他可以报羞辱之仇了。他发现胡保林经常进出广记铁铺店，进前一看那个颇有几分姿色的范氏便明白了。他不满胡氏仍占着范氏！

蔡振通不快地对阿张夫妇说：“现在共产党当朝，不要怕胡大头！”

他用枪托笃笃地点地，腰板坐得端直。阿张夫妇怎会不知如今的蔡队长？他们用水酒和炒花生招待他。范氏颈下露出一线肥白，双手把住他的手恳求说请蔡队长赏光。他不禁心旌摇荡，心里特别舒坦。他成了信泉一个响当当人物了。

他大口喝酒，钳着香喷喷的花生，美滋滋地咀嚼翻身做主人的滋味。对大献媚眼的范氏，他心里突然腻烦起来。不过他又喜欢她这种软软的逢迎。他说：“胡保林算什么东西！”

一天他又在广记铁铺喝酒，张区委突然出现在店面前。当得知张区委要去街上请商会会长，他自告奋勇地说：“哪需劳你张区委大驾，我叫他们两人过来不就行啦！”

张宗辉说：“中央对工商户有政策的，态度不得生硬！”

张区委接到发行“胜利公债”的任务亲自出马，这次他对工商户表现出特别的耐心。

黄宇遂赵仲椒跟着张区委上了区政府。

张区委亲自给两会长斟茶说:"国民党是写款子,我们共产党讲究自愿,是有借有还的,还算利息。"

黄宇遂嘿嘿地笑着用屁股碰碰赵仲椒,终于赵氏又刁张起来,一不让自己吃大亏二不让张区委小看信泉人!他傻乎乎地说:"张区委要写多少,尽管说!"

张区委就是不说,坚持由二位自愿报。黄宇遂用眼睛催促赵仲椒。过了好一会儿,连张区委也难堪起来。赵仲椒见火候已到,便缓缓地分析全国总的公债数目,把省分为四等,又分为北方省南方省,县分为四等,区分为四等,说全县可分配三千份,信泉算三分之一,报一千零一份,超额完成任务。

张区委的脸立马晴朗连连夸奖说:"你这刁王名不虚传,我们信泉正好分配一千份!这项工作任务完成啦。他妈的,小小的信泉鬼地方真有能人哪!"

由赵仲椒一个个报数把五千块公债分了下去,赵氏给自己多加了一份。

傍晚两人回到石街,黄宇遂感谢赵仲椒帮了大忙。赵氏叹息说:"在石街我是最后一次做刁王,共产党里能人多,共产党的事也最难应付,自古当出头鸟的都没得好下场。我总会有躲不过的一天!你们黄姓的盛萱才是刁种。过去我小觑黄朝勋,他比他爷更刁崭哪!信泉就数黄朝勋活得潇洒,他什么事也没有。万寿宫衰败了,张区委在万寿宫面前竖起一道墙。犯忌呀!还有,黄腾回来耍么子神气呢?有好看相的。这小子差得太远,忘了弗头哩!"

黄宇遂点点头说:"朝勋不像萱公,阿腾更不像朝勋。"

表面上赵仲椒像根芦苇随风倒,他心里却长了眼睛。今天张区委笑哈哈地表扬了他,他却警觉起来,回到家里直冒冷汗!

果然,张区委对赵仲椒的惊叹立即转为对赵氏的玩味和怀疑了。他拿出第六团花名册反复揣摩……

就在张区委准备在万寿宫设鸿门宴歼灭黄腾和第六团骨干的前夜,刁王赵仲椒一人悄悄潜入万寿宫焚烧香烛纸钱,对神龛跪拜磕头,然后悄悄在信泉消失……

——三十四年后香港老板赵仲椒已八旬高龄,思乡念头一天天强烈,此时他想要家乡的后辈知道信泉曾有刁王这样一个人物。他宁愿住在南昌的宾馆静候亲属的到来。因为他得知,欢喜变成忧愁,家里亲属为争夺"台风"即钱款不惜反目大动干戈。他若回家自然引起后辈之间一场决绝的争斗,争的不再是可消灾避难的身份而是钱财,花钱不讨好他反成怨府。他实在把信泉人变化的心理琢磨透了。这样,只有真正讲感情的亲人才会毅然奔赴南昌看这位垂暮老人。果然只有两个穷苦志坚不失忠孝的年轻后辈借盘缠到南昌看望他。他老泪横流悲喜交加,好一个信义之泉——信泉!两个后生得到一笔馈赠。在家的人幡然醒悟,几十年前的刁王重新在信泉"出山"……

五

黄腾的失意有增无减。完成几项任务看到了张区委的笑脸，却泛涌被当工具的苦涩。他对张区委的缺点十分敏感，没文化、处事太简单、工作能力差。他简单地待人，却对别人简单对待他而耿耿于怀。他靠着家乡，手里有枪，跟张宗辉应该平起平坐。

他没想到第六团已给信泉也给自己前程投下了浓重的阴影。正如许多人抓住黄朝勋许多把柄，人们已抓住他更多的把柄。他的功劳恰恰成了套在脖子上的枷锁。

妇娘秋秧能挽救他的，就是能消除他的烦躁。可是秋秧刚刚分娩不到四十天，娘三番五次哀求他再不能凭性子乱来。

爷也可以挽救他的，只要他主动跟爷通气，掏出心思跟爷交流，听爷的建议，冥冥中他能踏上另一条生路。但他依然看不惯甚至嫉恨这个一心做亭阁安乐窝的爷！父子俩连会面也难……

他无处可去，只有去黄姓大屋场散心。本姓人仍称他是大英雄，他仍觉得自己有水平有能力有力量！不过这段时日他接触了农民的真实生活，听到了农民的真实呼声。

张区委叫蔡振通来通知他开紧急会议。

会上张区委说上级指示要加紧征收农业税，因商户刚交公债，不要对他们再加税！

与会者纷纷顺着张区委意思大讲一通向农民征税的重要性、保护工商业者的必要性。黄腾却表示了反对意见：今年晚稻普遍出葱，歉收已成定局；信泉大多农户是自耕农，再征税农户难以承受，石街商户多再承担一点是可以的。

有人点头。黄腾被全场关注。蔡振通吃紧地看着张区委。沉默。大家不由窃窃私语，黄腾的意见明显有市场。

张区委黝黑的脸绷得好紧，激动地说："这非常时期，应该讲究政策和策略；我听上头的，你们听我的！下去抓紧工作，一天一汇报，看哪组先完成任务。别用农户做挡箭牌，我家就是贫农，我不懂农民的感情？人民政府就是为贫苦农民服务的！大家提高警惕，信泉复杂，别听坏人挑唆！"

黄腾一愣，仍坚持着说："大目标一致，大家再议一议。"

张区委冒火地说："听你的还是听我的？庄书记任命我领导信泉，散会！"

刚散会，张区委忍不住对蔡振通说："真他妈的嚣张，我跟这王八蛋怎么会目标一致！要同我作对，走着瞧！"

蔡振通讨好地说："是嘛。黄腾有屁的本事，他们说好的我们就要坚决反对！"

张区委愤怒地说："什么第六团，全是土匪窝子！"

他决定立即骑马奔县城向庄书记梁县长汇报……

黄腾回到家里,想起张宗辉窘迫样子,不禁得意,几天来的烦闷大为减轻。

黄腾已站在"悬崖"而且探出一只脚!

过了两天,黄朝劢提醒说:"你同张区委争啦? 听说要拔枪哩。不在其位不谋其政,你急什么!老张他行伍出身,他只听上面,也要下面听他。你还是出外好,趁年轻好好寻自己的饭碗。"

黄腾惊讶说:"没那么严重;我只是想替信泉农民说几句公道话!"

他才不退缩哩。他有的是劲、是信心。

秋秧奶着孩子说:"阿叔说得对。我看你还是去县中教书好。你学余舅公当过县长,还不是安心去教书了……"

他说:"舅公怎能跟我比? 我是革命的!"

上苍既冷绝又仁慈,这片生他养他的热土依然慷慨地向他昭示躲避灾祸的契机。这天他又跟爷相遇了,爷憔悴了黑了,还是那么高傲而冷漠!他多想叫一声爷,然而话涌嘴边他又吞进肚子,昂昂然跟爷擦着肩而过……

第十一章

一

黄朝勋置身信泉的边缘默默地走他的路做他的事,河边亭阁按自己的意愿已立了起来,虽简朴但让人清心,他感到慰藉。在建造中他感悟了另一种动力——这一点唯有刘怀馨感受到了。

她带着女儿常常去河边看阁楼施工。在女儿受到巨大伤害面前,她宁可捂住淌血的心而代之以一种沉静,力量又从沉静中产生。阁楼——河边的风景真使人沉静呢。虽然心里的伤楚是恒久的,沮丧却一天天减退。她更不让女儿往人丛往热火的地方钻。这样她的心跟黄朝勋更贴近了。

钟校长几次极力主张她们去找张区委找县里领导,都被刘怀馨委婉拒绝,——那些天黄朝勋几乎天天走进刘怀馨住所,总是抱歉地说:"真对不起,是我害了你们,信泉害了你们!"

刘怀馨劝慰说:"不!都是命。注定遭罪、受苦。小馨你千万别怪朝勋叔叔呀!你以后会理解的。"

她家艰难的时刻,眼前这个人一次又一次帮扶啊。凌馨终于恨不起来。

刘怀馨喜欢去河边。有时黄朝勋正在揣摩阁楼,她静静地站在一旁。也许他们已讲得太多,他俩只是默默地相伴。共同感受宁静多么好。云水河的宁静是活的,清新的。她抓了块薄薄的缸片奋力地打着水漂,发出的是活的轻脆但宁静的声音！

她说："那个张区委让我想起凌贻坚的那个上级……"

黄朝勋似乎明白了什么，他佩服她比自己有主见而且藏得深。他还没有正面遇过全副武装的共产党官员，但他感觉张区委对自己的冷淡。

他笑着说："现在金圆券狗屎不如，我想用它糊裱阁楼。"

她说："你总是跟别人不一样，别人更会讲你摆架子显阔哩。"

他说："人有一张嘴，让人去讲。这阵累乏呀，可我体会我爷我阿公起屋的艰辛。创造总是艰辛的，自己的东西自己才会珍惜。我可以整理我父亲的医案了。我过去一位同事写信要我协助办卫校培养护士，我不想去啦。怀馨，近来我想过，把凌馨送去赣州读卫校吧，以后可以自食其力。如果你们同意，我陪你们去，正好作一番故地重游。"

她同意了。

二

这是黄朝勋和刘怀馨最后一次游赣州。

满街没几人认出他。他带着她们到源记——诊所旧址，这里住的已是几户陌生人家。他感叹："容易遗忘的人是贫乏的人，容易遗忘的时代是贫乏的时代。"

她说："记住也没用，以往许多事你也给忘了。"

他承认自己也贫乏着，心想，当年他在赣州那股劲呢？

当年国立医院的崔世济一头白发，他被安排做卫校校长培养新中国第一茬年轻的护士和医生。他为黄朝勋念记旧谊感动得不行。他在馆子招待了他们。他对凌馨考试的高分十分满意。他对往事缄口不提，仿佛遗忘了。他也贫乏了呵。

他说："朝勋，我们都老啦，你还是那种豪爽不羁的好气色，我担心你在乡下萎掉呢。萎顿的倒是我，挂着一个头衔，像个苦力，可一天没轻松过自由过。我不想干了，组织上要我继续干。精力大不如从前了。你还没进党派门吧？还是你把得准。当初我想多一些自由而加入党派，不料反成枷锁，履历填了一遍又一遍，现在我也弄不清自己履历，哪是自己亲身，哪是听别人讲的，反正都算是自己的履历。"

城市比乡村贫乏得快，黄朝勋庆幸自己早早离开了赣州，这是父亲的召唤呢。他说："改朝换代，填这东西少不了，先城市后乡村吧。我虽没进党派门，但留过洋呀，既简单又复杂。一个时期有一个时期的心情，一个时期有一个时期的痛苦和欢欣。大家都在奋斗，活得都不轻松，只希望人人能设身处地理解，连儿子也鄙夷我……"

崔世济说："小馨，难得。乡下妹子敢报名读卫校你算第一个。我五十老几了枉世一场，只有一个体会，就是人靠本事吃饭踏实过日子，你能学出样子的！"

凌馨心情晴朗起来。

把凌馨送进卫校，朝勋怀馨肩傍肩走着，她挽起了他的臂膀。他们先去了趟天竺山小学。她在曾经住过的房间前待了一会，眼里溢出了泪水。

他拉着她来到他俩曾经疯狂过的山野。青色枯涩，树木和野草都亮出深秋的成色。赣江依然。他俩找了大半个下午也没找到白素莲的墓地，只有对青山大江凭吊了。

江边那座小酒楼已夷为平地。那次同学相聚的情形一一地重现。他抓住她的手说："我在找初识你时的那种感觉，是毕业之后那次你穿镶着金边的红旗袍……你就这样闯进我的生活。怀馨你现在比我沉静多了！我一个家乱哄哄的，我一颗心像只吊桶。你在我身边，我就能稳住自己。"

她激动地说："朝勋，我看你真有些乱，你想摆脱孤独呢。你向来不是这样的，你总是不同凡俗！当初我的心那个乱呀，我从你身上感受到了宁静振作的力量。我不后悔，对一切都不后悔。我们好好地在赣州待几天。"

黄朝勋"哦"了一声。心里好些东西其实他也没意识到，却被她识破了。真的，他是乱了方寸啊。

三

他俩住在一个新旅店。他俩紧紧相偎。刘怀馨说："那次我同贻坚出现了感情危机，我一头扑到你这里，你们男人总是粗心呀。自酒楼相会，我就开始羡慕你这种生活，不过那时我倒希望你积极地干预社会。干预过后，你还是悄悄地回到本行，证明你自信，有能耐。后来我慢慢明白，今天大家夸你的贡献，你的贡献恰成明天你的罪状，你的独特就是漠视和躲避这种夸奖……"

黄朝勋说："那时我想物色一个助手，第一个想的就是你。"

她说："我现在是不是？"

他说："是，不是；不是，又是。重返赣州，我愈觉得离不开你。世界上一个人独自走一段路，走远路非得有好同伴，但这样的同伴不需多。怀馨，你现在好啦，贻坚为之奋斗的社会来临啦。"

她察觉他有些消沉，真诚地偎在他胸前说："我们这辈子是颠簸命，熬吧，我陪着你，医生越老越吃香呵！你能走下去的！"

她已兴奋起来了，流露那种渴望。他盯着她红潮起来年轻起来美丽起来。这一阵不是她而是他忧郁，是她沉静而他躁切。他心里一震，她也在躲避荣耀呢。

她温柔他，唤起他的激情他的强悍！

放纵之后她在他臂弯里睡得甜蜜，而他没一点睡意。环顾四周，灯光明亮而新鲜。多平静安详，却是别人的城市！这时床边那张《新闻日报》磁住了他，标题上出现"×县破获反革命第五团"，他心里一阵哆嗦！

他错看成了"第六团"。第五团第六团搅成一团蒙住他的心。他立即察觉儿子已在某种危险中！他虽恼怒儿子，可儿子还是儿子啊！他记起那时蛮狠地促儿子抄读唐诗的情形。

他不由抱紧了她……

这次黄朝勋逗留赣州，从而避开了儿子遭难家中惨痛的一幕幕……

四

同样的一张《新闻日报》，却终止了S县庄书记梁县长张区委的一场激烈的争论。

这天张区委又骑马下来汇报反革命第六团仍在活动的情况，催促县里立即采取镇压措施。其实庄书记梁县长已接到了有关第五团首领交待的黄腾与之联络的密电。有梁县长支持，张宗辉暴躁地说："要绝对相信报纸，上级对此定案了！再不动手，我们就被动啦，必将造成不可弥补的重大损失！"

大学生出身的庄书记满头是汗，仍坚持说："通知黄腾立即到省八一革大学习……"

黄腾的死亡之网悄悄张开。生命总是仁慈的；黄腾仍存一线生机！

第十二章

一

黄腾表示服从县委的安排，又说得回家带上过冬的衣物。其实他想跟妇娘亲热一场。

县城回信泉这一百多里路黄腾的思絮从峰尖跌入谷底，又从谷底跃上峰尖，一刻不得平静。他终于引起了县委的重视，南昌回来职务肯定在张宗辉之上，他到底做什么领导工作呢？他突然茫然了。这一定是张宗辉极力排挤他，县里采取的平衡措施；他早就拒绝继续进学校，可最终还是进了学校，还是他输了！

他习惯地拍拍腰间：硬邦邦东西还在。他忘了交枪了，不能交枪，枪成了他的信心……

家人高兴，能出远门的都是崭角，何况这次是官方派遣。娘叫秋秧别去田里了，给阿腾收拾收拾。

秋秧更把他当做骄子，热水提到浴间。洗过澡，房间床头放着一碗四个蛋的酒酿蛋，上面浮着一层茶油……四周多静呵，爱河在西园涌动起来。秋秧衣襟半掩，两只肥兔一样的奶子就要蹦出来。坐了一个月子她更丰腴白胖诱人了。她红着脸大胆地偎上他身边，他抓住她的奶子说："你不怕了么？"

她搂着他甜蜜地说："没事了；我由你几天，哪里别去！"

她配合着让他抚摸,两人都听见对方叮咚有力的心跳和荡人心魄的喘息。他是座高山,她是绕缠的小溪。他是叱咤风云的大英雄,她是娇弱的山里妹子、臣服他的年轻女人。他再次品尝胜者强者的欢悦,生命的欢悦。

他伏在她的乳壕里,脸上沾着粘乎乎的奶汁,她的奶子丰挺、鼓胀、诱人。她迷醉地说:“你想吃奶吗?”

白色粘乎的奶汁溢出来,他张开嘴,一股奶汁喷溅而来,腥味甜味交糅着青草味一样的体息。他贪婪地吞着。她翻了个身子将奶头伸进他嘴里让他狠劲地吮吸,发出“呀呀”的呼叫。他搂紧她,深情地说:“么子地方我不想去,我就想陪着你,我真的不想走了……”

她多么激荡多么幸福多么感激,她是世界上最幸运的女人!

第二天他们夫妇没离开西园一步。

欢情总是短暂而易于厌倦,他疲倦了秋秧也疲倦了。上苍没有暗示她用别的法子让他耽于西园而他躲过生命的劫难。她担心他的身体,叫他去石街跟亲友辞别。

二

第三天一大早黄腾疲惫地走出西园走出小洞,一个真实的信泉又在他面前展开了,一个真实的世界扎进他心里,那种“输了”的感觉涌上心头,化作了对张区委的蔑视。

蔡振通背着步枪走上拱桥,怔了一下笑呵呵地说:“今天中午万寿宫大摆酒席,张区委要宴请你们诸位有功之臣,县里的领导也请来了。我以为你得到消息啦!”

蔡氏大步进小洞通知黄朝劢。

黄腾打回走说:“没空。我不去了。”

黄朝劢毫不犹豫地拒绝说:“老子么子大块肉大碗酒没吃过! 咬脚根的来啦,我再没这种邪劲。你娘娘肚疼得厉害,怕要生了。叫你娘回来吧。我要去叫叶宁玉啦!”

蔡振通说:“别可惜了餐席,你不去叫朝勋先生代表吧!”

朝劢冷冷地说:“我哥去了赣州,他在家,也不会去凑热闹!”

蔡振通着急地说:“张区委再三交待,一定给面子呀! 才十几个人,都是第六团的功臣。肥猪宰了一头,买了一坛冬酒,林森、胡保林都爽快地答应啦!”

黄腾回到西园忿忿地吐一声“谁稀罕你这鸟餐席”,他漠然地看着妇娘敞开胸乳给细伢喂奶。秋秧按着另一只奶头说:“家里正在割禾,我们去看看吧。你哪里也别去。”

已经不算早了,可田野还是一片晶莹的露水,被太阳照得碎镜般闪闪发亮。黄腾抱着细伢。秋秧美滋滋地跟在身后,耸起的胸乳在阳光下好看地漾动。

他被田里晚稻的出葱吸引住了,晚稻年成太差!他想起了什么,把细伢递给秋秧。

他在房间抽屉里找出那份农户晚稻受灾的调查报告。他花了精神熬夜写的。必须临走前交给张宗辉,让张某知道信泉还有个有骨气、讲道理、敢同他争辩的人。

他大声对叔叔说:"我还是去一趟!"

黄朝劢嘟哝着说:"神经病,总想去张扬,怪不得你爷生气。"

秋秧抱着细伢叫他别去,他盯住她,她把鼓鼓的胸乳故意挺高了。不过这次他盯住的是她身后受灾的稻田!

黄腾踏上拱桥时,叔叔在背后大声叫道:"你去把宁玉姑姑叫来!"

生命也是生机默默地做着抵抗,缱绻到最后一刻。

三

秋阳显示着燥热,干燥的风扬起石街的灰尘。胡保林穿湖绸打着蒲扇迈着八字脚在街上晃悠,得意地对人说:"今天区委请我们吃饭哟!"

黄腾厌恶地避开他,故意在一家电筒锁匙修理铺前待了一会。

师傅热情地说:"这铁家伙要搽油么?我这里只有茶油,茶油跟机油一样的。"

他自豪地拔出左轮枪交给他。师傅麻利地左看右看,拔出枪机,亮给他看,笑道:"你这枪没用的,撞针早锈了。"

他大吃一惊,脸忽红忽白难堪极了。枪是梁县长亲自发的,难道县里早对自己不信任了?第六团解散,对第六团的种种非议如洪水猛兽在石街游荡;依恃庄书记的表扬,他对这些议论傲然相对。他觉得自己从交出起义队伍就开始受觊觎和欺骗,顿时他觉得无地自容!这么说庄书记调自己去南昌学习包含着歹意?他被一只烂枪蒙了半个多月,他的信心他的期待却建立在这烂枪上呵!回家吧!此刻他的眼睛寻找公晖里的爷,爷是能识破的……刹那间他理解了心陶接近了超然的父亲。

待了一会他强笑为欢地收了枪说:"怕是我从未用过,我不会使枪哩。"

他想起叔叔的嘱咐去公晖叫叶宁玉。爷不在可叶宁玉在呵!

他是在庆仁店找着她的。她正在给儿子换衣衫。此时他打量着她——爷的情人。她像才三十出头一样丰满白皙充满诱力。他第一次近距离地跟她相对。章泰生拘谨、随和而老气,热情地邀他入座喝茶。

叶宁玉说:"头胎,刚发作,不用慌。你爷下了赣州,只有我顶了。你儿子阿彬也是怀馨和我接的。"

她知道他们父子不合。她多想做些撮合的工作呀!

一队武装的解放军从门口铿锵地走过。她说:"怎么今天兵多起来了?"

叶久说:"听说县里在寺竹乡剿匪,怕不是那边的土匪流窜过来吧?黄先生,幸亏信泉没动刀枪,各个店铺才旺,多买公债多交税应当。”

黄腾摸摸口袋里的那份材料,心里一阵热乎。

叶宁玉笑着说:“阿腾你眼圈发乌哩,注意身体呀!”

黄腾撇淡地说:“姑姑,我被县里调去南昌学习。”

她拍着巴掌说:“好呀!难怪要出门了,抓紧跟秋秧亲热,秋秧不错的,坐了月子嫩水,抱着含着不嫌够,我以为你走了呢。同我上你家吧,让我看看秋秧和阿彬。”

黄腾说:“区委宴饭哩。”

她说:“这么多人吃没味道。一看见胡保林,我心里就反胃,他这人就是八辈子没吃够!走,你要当哥哥了,陪你姑姑上小洞去!”

这真是一个让人舒心的女人。同她走了一段,黄腾掉头向区政府——万寿宫走去!

四

张宗辉远远地迎上来抓住他的手说:“快十二点啦,大家等你呢,咱们去万寿宫。”

黄腾神情严肃地把那份材料交给他。他连看不看一揉塞进口袋说:“好说,好说。吃了饭再议,请你多提意见!”

黄腾觉得别扭,又不想去了,但被张区委抱着双肩推着走。

正午仍很燠热。他立即撑出一副昂扬的神态,气派地把手枪连同皮带解下挂在床头的蚊帐竹杠上。林森、胡保林、吴庆谋、高源、胡玉、张贤玮、卢启富卢书龙父子等十几人围坐在桌旁,都向他点头。卢启富粘乎乎地叫他“黄团长”。

他宁愿同张宗辉坐在一起。张区委谈笑风生,那一口山东话既威严又亲热,不时夹几句生硬的客家话,讲信泉的一些笑话。大家笑他不笑,他的心情放不开。他明显地表现与张区委合不来,何况他刚递去批评的材料。

开始上菜了,热腾腾香喷喷的酒菜摆满了桌面。黄腾心里叽咕:不是说县领导莅临么?两桌酒席怎么只有张区委一人作陪,连叭儿狗一样的蔡振通也没闪面。要是叔叔来了,他可以问他。

张区委笑着招呼大家,筛酒,笑着说:“你们看见了么,万寿宫剩下一块空坪,还是有人烧香朝拜,迷信鬼神。共产党不相信,还要打倒一切妖魔鬼怪,革命就是要铲除反动腐朽乌七八糟的东西!”

大家敬酒劝酒一片喧哗。黄腾没有胃口更后悔没随叶宁玉回家去。张区委离开他呵呵地大声说话,胡保林哇啦啦啦笑得最响。黄腾又发现没见陈潜影儿。

这时房门口出现了两个着军装持冲锋枪的战士,其中一人高声招呼说:“老张,我们走啦!”

张区委送客,笑容满面地走出外面说:“你们要走啦,慢走……”

张区委刚闪出门外,冲锋枪叭叭地向里扫射!枪声震撼着万寿宫!

十几人哇啦地慌成一团,好几个人纷纷倒地,有的趴在地上打着滚儿,血腥味浓烈地弥漫开来。

黄腾胸前像被什么尖锐地穿透,脑子一轰眼前一黑栽倒了。他惊醒地奋力站起来,耳边响着胡保林“张区委救命啊”的哀求。他左胸疼痛但脑子异常清醒。

机枪又扫射了一阵,呻吟和哀号小了。听见张区委喊叫着用枪扫射万寿宫神龛的激烈响声。这时一股宁静漫涌他的心头。

……童年在小洞在信泉的许多场景争相浮现,阿公带着他在慎微堂玩,他好奇地走遍家里东园西园后厅大厅等每一个角落,阿公既热情又严肃、既随和又冷傲……他几乎把童年给忘却,好像自己没有童年。这会儿秋秧抱着细伢热切地向他走来,叫他去田地里哩。田野多么清新,九月田野的早晨多么漫长到处是阳光和清澈的露水。妇娘真美,让人爱不够,为什么他以前老被秋秧所迷,怎么这次他竟无动于衷!秋秧抱着细伢离他而去,他想喊却喊不出来。他再也追不上了!亲人,我是爱你们的!他眼里溢出了滚烫的泪水。这会儿他记起了父亲理解了父亲,是他疏远和惹恼了父亲,气走了父亲。父亲是恨铁不成钢。他总以为自己进步,走在时代的前锋,是信泉纯正的革命家,总以为父亲消极落后反动不能理解自己的斗争策略,以为父亲比阿公差远了,现在他理解了,父亲宁可把房宇让给他,父亲又悄悄建了阁楼,扯起信泉又一道风景,云水河更美了。父亲总是不声不响做事情,父亲多希望他成为凭自己本事踏实生活的人,他辜负了父亲,现在他多想父亲,再见一眼父亲……

几个战士冲进来,其中一个端枪顶着林森胸膛,指着自己腹部的红纱布,厉声说:“你要证明是黄腾先打我,否则我一枪崩了你!”

林森哆嗦了一会说:“我作证,我作证。”

张区委指着黄腾说:“黄腾这个匪首,伪装进步的反革命,他这次回来召开秘密会议,要进行反革命暴动!”

一个战士顶着黄腾的太阳穴,黄腾平静地闭上眼睛。枪响了。

这时小洞黄宅黄朝劢的细伢落地发出第一声清亮的叫声……

省市报纸的显目位置上出现了醒目的题目新闻:

S县第六区破获一起反动地主武装组织,匪首黄腾被当场击毙……

五

秋秧抱着细伢蹲在田边看着收割的人们。乒乓一强一弱的打斗声在田野此起彼落。她多想同老公下田一试身手呀。婆婆弯腰割禾不时大声地逗着孙子。一家子在一起多热火美气呀！秋秧老是望着来路，心里响起黄腾急步赶来的脚步声……

然而，秋秧再听不到也看不见活生生的老公了！

噩耗飞速地传到小洞传到地头，在场的人都惊呆了，昭云一屁股坠在烂泥地里。秋秧懵了细伢从怀里滑到地上，她扑向剩下禾蔸的烂泥田里——面前纵是刀山火海深渊黑潭都不顾了！

她仿佛竭尽力气去拉就要陷没头顶的老公，奋力地拔着禾蔸，泥浆溅了一身，浅色的衣衫糊上无数星星点点的"黑花"。她面前出现一口黑水潭，阿腾无奈地越陷越深！她没再放弃努力，一头扑进泥水中扑腾，挣扎，抓握。黑色的泥浆黑色的绝望铺天盖地，冰凉的泥浆糊上她洁白的身躯，她哇哇地、绝望地嚎叫。她扑在烂泥田里打滚，依然奋力去盘掘寻找，她年轻丰满的身子镀上了盔甲般的泥浆。

昭云巍颤颤走过来，她的头她一身也糊满了泥花花，细伢的哭叫秋秧的恸哭中她冷静下来。她又一次赶上了黄家的巨大劫难和悲伤。她是小洞黄家的女人，黄家普通但坚实的一员，承受一切成了她的命运，她走进"泥潭"扶起秋秧，让媳妇抱着自己悲恸，婆媳俩一起颤抖。她抱着泥兮兮的媳妇说："秧妹子，节骨眼上珍惜自己要紧！我扶你回去……"

秋秧啜泣着喃喃地说："阿腾！他爷呢？我恨你呀老天爷，你怎么不给我留住他！"

黄家女人的悲戚哀伤刚刚开始。命运要让年老、年轻的黄家女人担当打击和磨难，承受生活的阴影，承受新的社会向黄家发射的怒火，担承起埋葬和安顿小洞男人的使命。黄家一心一意浇铸男人不期然更浇铸了女人，她们承继着黄家的血脉家风。她们没像黄家男人走荡江湖享受风光，却吞饮着黄家男人酿造的苦水和忧伤！

昭云抱着细伢招呼几个人把秋秧扶回家，自己紧跟着回去。她环顾愁惨的田野又听见了顺英的哭声！黄朝劢得子的兴奋已被侄子遇难的噩耗冲消，这位豁达的男人茫然失措，闯荡半辈子他从容应对的经验全然失效。

万寿宫鸿门宴当场击毙六人，其余的人均受伤。胡保林的膝盖被子弹穿过。林森受了小伤。蔡振通利索地率民兵清场，拖出死者，把没死的一个个捆起来。

蔡振通率民兵扑向小洞逮捕黄朝劢。他巴望此人反抗从而现场将他击毙。他又一次以胜利者身份占领了黄宅，从墙上那几条久远而年轻的标语，他觉得自己置身于当年烈焰熊熊的革命中。他多想抄家，但张区委没有示意，只是同意把黄朝劢一人抓来。

他在西园放了几枪，又走进东园，身子不由一阵紧张，墙上那个豁口还是那样明显，他的身形好像烙在上面，他朝豁口放了几枪又把凋零的兰花打得七零八落。

黄朝勋不在场，他尽情地发泄着暴怒与仇恨。在这深宅大院，他应该时时处处显示强狠。他恼怒地瞪了叶宁玉一眼。他宣布黄家人在家里呆着不许离开一步。

蔡振通将黄朝劢逮捕扭着他向外走，后者倒沉静下来安慰妇娘和家人："带好细伢，我会回来的！"

昭云想起了年迈叔叔，赶紧走进慎微堂。

黄盛莒佝偻地缩成一团奄奄一息。自侄子回家起事，他就退在角落了。听到黄腾的死讯老人禁不住老泪纵横，他谅解侄孙的一切。这是报应，黄家的报应。当蔡振通持枪领着民兵冲进，他惊恐万状地挨着墙壁躲进房间，凄厉的枪声还是把他吓出了屎，他瘫倒了，想挣扎而无力挣扎，死了。

昭云叫了几声叔叔，麻利地给他拭身换了衣服。她准备请族长和黄宇遂过来为家里料理后事。叶宁玉在灶间烧水煮汤，把黄朝劢甩下的工夫捡了起来。

叶宁玉安慰着秋秧。为什么她当时不把黄腾拉回小洞呢？此刻，她也弄不清自己怎么一下子如此平静，对凶狠的蔡振通熟视无睹，对小洞的巨大变故泰然面对。

六

临晚黄朝勋到了家。

他已在赣州知道了儿子遇难的消息。他从不赞许儿子而且隐隐约约感知儿子走上一条险象环生的路，儿子的死对他并不感到突然，这是轻浮狂暴的代价吧。然而他惨痛不已，毕竟是他的独崽呀。他是被"中年失子"的悲恸击中的。他颓然坐在椅子上两眼发花一片空茫。刘怀馨啜泣着红了眼圈，端了杯热茶安顿他。此时，他心里又产生了自责。作为父亲，他应该像当年挺身而出打官司一样，坚持拉儿子走另一条路，而自己只是让开，幼稚的儿子怎会理解呢？他过高地估计了儿子；读了大学的儿子对世事的察觉竟如此浅薄。当年凌贻坚逃脱不了，儿子则是可以挣脱噩运的。他心里不禁一抖，信泉多么贫乏，儿子多么贫乏，自己多么贫乏；贫乏就得付出代价！

刘怀馨安慰他，陪着他回家。

在大雷隘他与被押的黄朝劢等人相遇，胡保林等装在猪笼里，他迎上前叫了声"朝劢！"弟弟对他笑笑说："家里拜托你了，阿哥，我会回来的！"

他不知道自己的罪状已压在张区委的抽屉，早有人提议在赣州逮捕他，他一条腿已踏进牢房，可是张区委犹豫着。此时蔡振通倒为他求情，因而张区委决定放他一马。

在拱桥边他毅然将刘怀馨挡回去。

回到家里他心里已平静下来。昭云给他打热水，一切在悄悄中进行，细伢生鲜的哭叫驱散沉重的死寂。他坐在大厅父亲曾经坐过的位置。昭云、顺英、秋秧静静地坐在旁边,不时发出悲恸的啜泣。他第一次强烈地意识到自己担肩着巨大的责任——家的责任,父亲托付的责任。

他站起来无比恳切地说:“我对不住你们!对不住进我黄家大门的女人,对不住黄家人……”

大家禁不住又呜呜地哭。

昭云赶紧说:“你俩月子嫩,伤心不得!好生将养,带好细伢。天上人犯事,地上人担当,我一身老骨头担得起!我们家男人,女人,都拿出主心骨来,做事,走路!”

黄宇遂领族长几个人过来,为黄盛茗烧香烧纸钱。有现成的棺木。黄朝勋果决地说:“人死不能复生,从快从简。”他肃穆地盯着像过冬柚子一样的叔叔,替他抻直新衣。他决定为叔叔守灵。

黄朝勋久久地打量被石灰拥着的儿子。死者葬在黄家祖山上。

这夜黄朝勋失眠了。下半夜他往返地从西园到东园经过大厅踱步,一颗心如同残月在宁静云空穿行。父亲的音容笑貌清晰地浮现。他想象着头次闹红家里遭冲击父亲的沉静模样,那次父亲肩负家的使命带着叔叔和阿腾大步行走在晓风残月下的连绵青山……他又一次沉痛地感到:黄家的男人耽误了进了黄家的女人!黄家犹如一艘船被急浪打入水底,他就是船长,他应该让黄家悄悄地浮现!他沉静的脚步成了黄家生活新的节奏。

子夜,石街上空一片火光,小洞院墙蹿跳着微弱的暗红。叫喊声不绝,静穆田野晃动着火焰的影子。

昭云出大门站在他身边,痛心地说:“万寿宫被彻底毁了……”

街上只有兵在巡逻,商民从门缝里注视着冲天烈焰发出轻轻的慨叹。无需救火,也没人救火。空旷一片。区政府的人不敢留在原地过夜,悄悄地转移到河坝的木堆上宁愿忍受蚊子放肆的叮咬。满街听见哔哔剥剥的燃烧,镌刻楹联的几根大圆柱轰然倒地,接着瓦面轰哗一声坍塌……

万寿宫成一片废墟,区政府却敞亮起来。

小洞黄家如同一架牛车驶向嶙峋的坡地进入剧烈的颠簸之中。

七

蔡振通带领一队民兵分两路,一路往黄家宗祠将其做斗争大会会场,另一路奔小洞黄家押解土匪婆钟秋秧进行大会批斗(黄盛茗不死也在批斗之列)。

蔡振通拍胸膛对张宗辉说:“信泉人民一致拥护张区委的英明决策,坚决支持区委的一切革命行动!”一大批穷苦农民——信泉黑压压的沉默之海沉默之林已骚动起来愤怒起来,成为另一场难以消歇的扑天大火,舔舐着信泉大地,他们盛有深仇大恨而没有别的精神负担,毫不犹豫地投入老红军蔡振通的行列,发出地动山摇的叫喊。那股久蓄的仇恨一旦爆发无人能阻挡，形成了比前次闹红更加刺激的景观。信泉又掀开了火爆而动荡的一页。

蔡振通一进院子便凶狠地叫道："把土匪婆押到会场批斗，钟秋秧你滚出来！"

昭云慌忙一头扎进西园，哆嗦着好声劝慰着秋秧。她说："我替你去挨！妹子，你可要挺住，么子时候都念着细伢、念着这头家！"

黄朝勋挺身挡住了气势汹汹的蔡振通。

蔡振通一怔，缓口气说："我们按张区委指示……"

他气愤地说："我儿子犯了法，儿媳犯了什么法？我的罪比他们任何人都大，抓我斗我好了！"

蔡氏绷脸说："别阻拦运动，人民的眼睛是雪亮的，黄先生，这回没你的事，你要识相呀。"

他不示弱地说："下回提前到这回吧！儿子是我的，你们处理我，何必找女人出气！"

蔡振通脖子一扭气恼地说："冤有头债有主，谁叫钟秋秧是黄腾的老婆？不是把她押去枪毙，而是弄清她老公罪状。黄先生你不懂！"

民兵愤怒地呼口号。

秋秧穿了一身黑装出来说："黄腾是我老公，我为他担当！只有一生世的公婆，算我再送他一程。"

把黄朝勋撇在一边，蔡振通向天放了几枪，手一挥，几个民兵押着秋秧向外走去。

这个年轻的女人在呼天抢地的动荡里开始显现黄家女人的成色，女人的本色在苦难中形成和显现！她不理解老公做的事但她永远认同老公，在老公死后更认同老公所属的家族！为黄家的煎熬而煎熬！昭云抱着哭着的细伢说："去吧秋秧，你没做错事，更没犯法，家里等着你，家里有我们。"

叶宁玉挎着药箱对秋秧说："妹子你放心去，没事。做女人都要受这么多磨难。"

黄家的女人呵！信泉的女人呵！

八

黄朝勋怔怔地看着，一片茫然。他多么弱小无助呵。他学的知识他的医术有什么用？黄家的为人有什么用？他治好了这么多信泉人有什么用？人有好心肠有什么用？他从不指望回报，可治好的人依然懵懂无知，一个被人不齿的人转眼成了掌管别人命运的人。他感知蔡振通后面有强大的威权。新时代绚烂的朝霞瞬间变成黯淡的乌云悬在他心头。

昭云忙叫叶宁玉扶他进东园。

男人到底没有女人坚韧。男人可以被失望和绝望而终身受折磨，女人可以毫不理会所谓希望而仅以一种母性本能踏出生活之路，她们无望的行动就是出自母爱母性的行动，就是希望！就是世界的未来！

他沮丧地说："让我安静……"

叶宁玉安慰着说："想开些。你是想得开的！"

他说："我什么本事也没有。我对不起你们……"

叶宁玉掏出手帕轻轻地拭泪说："勋哥，你有信泉人没有的大本事，真正的本事！"

他平静下来叫昭云去看秋秧。

昭云在会场旁边等回了秋秧。

秋秧满面灰青在麻木状态中接受了第一次斗争。生命多么脆弱，转眼间她就像一朵花凋零了；生命又多么顽强，在声势俱厉的批斗和如上刑场的肃杀中，她一颗心已趋向沉静。她已有孩子有家——黄腾的娘就是她的娘，他的父亲就是她的父亲，这个家在她心里崭劲地扎根。一切都是命。想到这地步心地倒敞亮了。在没有路的地方能看到路，由着生命踏足出去就成了路。小洞的宁静已化作她生命的底色。

黄朝勋更关注家里两个年轻女人未来的路，她们的天地广阔，他不同意她们在黄家白白厮守浪费生命。他再不能犯错误了。黄家的男人不能再耽误黄家的女人！

他跟昭云商量，昭云叹口气同意了。她悄悄地把意思透露给顺英和秋秧，还添了许多好话温存的话，证明她和朝勋出于真心，而不是把她们当包袱甩出去，她的劝解也是引导。两个年轻女人又一次簌簌落泪。顺英说："朝劢说过他很快就会回来，我等着他！到哪里都是生儿育女求个依傍。"

黄朝勋同昭云进西园劝秋秧。

秋秧的前襟湿了一大块，她把孩子搂得紧紧的。她坚定地说："我不走。"

黄朝勋说："你年轻有一大片的世界，我们黄家怎能再耽误你？我跟你娘都是真心，你可以带着细伢走。"

秋秧哭着说："你们别再逼我。这是我的家。阿腾跟我共了一天夫妻，就是一生世的公婆！他是冤死的！我要把细伢拉扯大。我守着他的家他的人，他在阴间就不会感到孤单。我不怕被撵去受斗，一切都是人受的，我能习惯的……"

金巧也过来劝；她正在为学余的性命担忧，整天提心吊胆。劝着劝着两人哭成一团，秋秧深沉地说："我是黄家人，我不走。"

——她要尽把守黄家的责任呵！

小洞黄家的女人呀，信泉的女人呵！

第十三章

一

胡保林押出县城第三天就被公审判处以极刑,他死后无人收尸,当晚被人砸烂了脑壳割了鸡巴。消息传到信泉,各乡村农会无不欢欣鼓舞斗志高昂,自发地找冤头债主算账。像斥责,骂詈,扇耳光,拧嘴,抓着头发撞墙,用锥刺,捆绑,吊打,用刺刀捅,砰砰地枪毙,多刺激,多干脆,群众欢呼冲云天,村村赛势儿攀比,看谁更扎猛!

蔡振通慷慨激昂杀气腾腾成了革命坚决的标杆。他是老红军老革命是区委的化身,虽是民兵队长,好些场合比张宗辉更叫板,当然他不会忘了天天向张区委汇报,搞铁关系。向他谄媚投靠他的人越来越多。

张区委只要求对石街店铺不能乱动。凡是跟镇公听、保安团、保警队、第六团有瓜葛的人,只要在群众大会上被一人揭发,就可当场抓捕交由群众处理。他不是一味听蔡振通,而是相信革命群众的革命行动,他在山东老家就是这样的。

万寿宫事件之后信泉乱捕滥杀成风。

胡保林的惨死驱走了陈潜最后一丝犹豫和等待,他决定自杀。那天他好好地洗了个澡穿上几层质料最好的短衣长衫,对着镜子摸摸油亮的光脑壳和富态的脸容,溅出几串滚烫的泪水,偷偷溜进荒败的卧仙楼自缢。

蔡振通终于下狠心要搞掉黄朝勋,这样他就不用再顾虑什么了。有足够的材料证明此人敌视革命政权,生活糜烂,至今还占着几个女人,其中一个还是红军干部的遗孀!公晖诊所不是店铺嘛。他对那天黄朝勋的顶撞一直耿耿于怀,并把自己当时的忍耐当做对他接生的回报,他已经给足了面子。他代表信泉人民提出要法办黄朝勋。

然而他不知道,张区委几次听到庄书记梁县长肯定黄朝勋有技术在赣州有影响的正面评价,张区委正为失眠症搅得心烦意乱……

张宗辉不耐烦了,摆出脸色说:“共产党是讲政策的,不能动黄朝勋!”

蔡振通心里抱怨张区委太软弱,同时也因什么时候得罪了他而惶恐不安。这时,老资格的革命同志胡锐春风得意回到信泉请他带去见张区委,揭露说信泉还有一个反动县长在县城逍遥自在……

二

县中虽处县城僻静的郊区,在操场开的各种大会使它与整个时代紧紧相连。陈学余确知一个翻天覆地时代已经来临。他面前展现一派晴和的阳光。虽然儿子跟他断绝了任何联系,他庆幸心陶低调做事做人而躲开了血光之灾。他上课的情绪高涨。

他继续着面壁思索的习惯。黄腾跟他年轻那阵有些相像,真是激进动荡的年代!不同的是黄腾极快毁灭。他突然感觉到了新时代的一股冷气,自信骤然消退……

这天陈学余正在讲课。

他刚被叫出教室,蔡振通凶狠给他戴上手铐。他浑身一抖立即明白了。他对被捕不感到意外,他早有心理准备,即使对着死亡他也抱着安详的态度。他很快平静下来。

他被押上信泉关进区政府临时的一间班房,黄朝水已在里面。

黄朝水由于年轻而更惊慌。他曾履约赶去福建H县临近栖凤桥,却躲在一个偏僻处果然看见肖团长如期而至等了好一会儿,老家之念让他没迈出关键的一步。上苍安排他陪伴陈学余走完生命的最后时光。

两人相对无言。陈学余鼓励他说:"你罪责小,年轻,能释放的。在家耕田好。"

有陈学余这棵"罪树"比照,黄朝水松了一口气,他说:"舅公你就是上错了船;你做的事情就像共产党,做共产党的官蛮合适哩。"

陈学余说:"别说了,都是自己的选择。选择党派为了实现自己的抱负。"

押着他们去会场接受斗争。这是打掉反动气焰唤起群众斗志的必经程序。他是信泉所剩下的最大最反动的官。蔡振通相信有群情激昂场面出现。

斗争会成了信泉人的狂欢方式,来人很多。蔡振通押着金巧站在陈学余身边。金巧两股战战脸色青灰,陈学余低下头站着。胡锐等几个人声色俱厉地揭发批判,讲来讲去的还是那几条几点。可是没有出现群情激昂的场面。人们只是跟着胡锐呼口号,出现了明显的冷场。没几个人揭露陈学余的劣迹。不少人小声议论:"他是苦出身哩,总要区别对待吧?"

在几个村游斗,场面清冷。有人提议:"陈学余在外地做县长,我们不熟悉情况。"

于是陈学余和黄朝水被押去K县和L县接受群众的斗争审判。

正是阳春三月万木欣欣向荣。故地重游,阶下囚的陈学余仍涌起亲切之感。他从群众场面得知大土匪郭超匀被解放军抓获枪毙,心里激动了。

在K县游斗时,群众竟跪地为他求情。求情者都是衣着破烂的穷苦人,其中一个是当年喝他鸡汤的卖柴者。在L县同样遇上了这种情形,为首求情者竟是曾吊在牛栏差点丢命的华牛牯和他年迈的母亲。他心中热流涌荡,多想说:你们可以好好生活了!

明知国民党反动统治垮台还决定实施和平土改,真是负隅顽抗顽固到底反动到死。他不做任何争辩。

陈学余关押在L县期间，钟坊辉以老同学身份看望他。钟坊辉自由自在却不敢得意，他说：“我是沮丧灰心才从商的。我读了些历史演义，功过胜败不能以时定论。老同学，我认为你还是做了一番事业，你目标始终如一，不可为而为之，做了自己应做之事。也许只有我才理解。我家坊云阿哥邀我去香港，我不愿去，在家乡不是好好的吗！”

他叹口气说：“老同学，你再当大一级就好了，能保一条命，还能得优待哩！”

陈学余突然觉得两眼发黑，沮丧地说：“我一定走不出了！”

钟坊辉安慰说：“新的时代不要你，难道会要我这样的尘芥吗？我现在就被人视为奸商，还是从政当官好，我认为你总能遇上贵人逢凶化吉！或许他们会将你当特例吧。”

陈学余抱着必死的信念但也滋生能保命的希望。这完全出自他的感觉。新的社会如丘师长所说会给他一碗饭吃，还可做点事。生活着多么好，即使在农村他也心满意足。为金巧他也应该勇敢地活下去！

陈学余提起解放军丘师长写字条一事，黄朝水惊奇感奋地说：“你早该把字条给他们看！”他充满信心地说：“我做的事对得起天地良心。新的社会也会讲良心道心，字条我早丢了。”

黄朝水认为他犯了一个致命的错误。

K县L县都认为不好处理陈学余，退回给S县，县里干脆交信泉，待后发落。

押回信泉关押，金巧几乎天天带着心浩看他，朝勋昭云也常看望他，许多信泉人也来看他，他成了被看望最多的囚犯。大家都把希望传染给他，他却更被一股彻骨的寒冷抱拥。

他看着年轻端美的妇娘，心里一阵阵内疚：他贻误了她！为什么当时他不坚持拒绝？否则她不会今天遭连累。金巧做了几年县长太太，什么福没享，而且在她以后的世界里，再难抬头。金巧以黄腾妇娘秋秧老是挨斗自己情绪已稳定下来，反而安慰和鼓励他。他捂住心头绝望说：“金巧，你一定要带好心浩呀！”

陈学余和黄朝水关押了很久（好几个月）一直没有宣判。这么多的人探监，张宗辉不能理解；他心里怪县里怎么不表态也不授权让他处理这个反动县长，这会影响革命工作的！

黄朝水感到有希望。陈学余黄朝水情绪好转而高兴因而强笑为欢。他头发急剧地枯白，把全部过错全揽过来。

从黄朝勋神情自然断定他安然，陈学余开始用整块的时间思量他了。时局柳暗花明波谲云诡黄朝勋竟然走出一条通道。他藐视和轻蔑过他，一直认为他比萱公差得太远，凭着一点医技我行我素倚花傍柳，枉留洋几年，他为姐姐昭云感到悲哀。在急流勇退上，朝勋跟萱公相近。朝勋的错误过失不会少，但他踏出了一条生路，朝勋是信泉新的崭角！无根无据无本无源，信泉怎会生出这样的角色?!

三

一件雪上加霜的事悄悄来临。

胡锐因闹风潮逃到L县应该说陈学余救了他一把，但他一直对陈学余的不重视自己而耿耿于怀，万寿宫事件启发了他，靠近县委区委的大好时机终于来临。他比蔡振通更懂谋划。他终于打听陈学余家里可能藏有枪，立即报告区委。蔡振通率民兵立即抄了陈学余的家。金巧红脸白脸乌脸双手颤抖交出了那把手枪。手枪和子弹已着厚厚的铁锈，包扎的红布也烙着血痂般的锈迹。

金巧跪在地上哀告说："这是前些年我偷的，不关老公事，你们关我，杀我吧！"

这个心灵手巧的年轻女人能妥帖地安排家计扶携老公，藏着这铁家什为的壮胆祛邪，怎会想到给老公埋下了灭顶之灾！她想过把枪偷偷扔掉，又怕被人察觉，也就拖了下来。

蔡振通和胡锐立即隔离陈学余，对他进行严厉的审讯。

在锈迹斑斑的枪弹面前，陈学余大吃一惊。他终于想起，当时他决没想到是妇娘拿走的。审讯在升级，胡锐等人的嗓门响亮咄咄逼人。他反而一下子沉静下来——进入真正的沉静之中。他向往有新的生活，可新生活的太阳对他收起最末一束光线。他咎由自取。于是他编造了口实把全部罪恶包揽于自己一身，他要给年轻的老成又幼稚的金巧留下更多、更实在的生机！他一生抱着一份忠忱力图给别人以生机，而恰恰堵塞了自己的生路。

一天陈学余突然同黄朝水分开关押，情势明显恶化了。

他被单独关押，窗外增加了持枪的哨兵。被禁止见任何人。于是他又获得人生最后一个独自面壁的机会。

他用耳朵去听、用心去感受身边这个动荡的世界。他从隐隐约约传过来的嗓音判别是不是熟人和亲人。他听出了黄宇遂。他并不知道，这个老人正曲里拐弯地为他和黄朝水说情。

这个商业会长经历了无数的风风雨雨都跟当事者当政者打交道而囫囵无损。这是个豁达的商人，不怎么看重钱财也不怎么看重利害得失，与人为善而乐天。这确是信泉另一种由来已久却实实在在的活路，看上去虚伪却充满真诚，中庸却不减锐气，嬉皮诞脸却充溢智慧，远远回避什么却呈现石街的良心人的良知！这同黄朝勋多相像呵。他突然醒悟，黄盛萱、黄宇遂、黄朝勋这些新角色的出现，黄家才兴盛不衰，信泉才兴旺荣昌！

陈学余的死已基本码定了。

张宗辉被正反两方面的意见搅晕了头，仿佛有两个陈学余似的。他严厉喝斥褒奖陈学余的议论，但他控制不住自己不去想。他不相信国民党反动阵营会有这种官员。他叫陈学余写履历，想从履历中把两个陈学余统一起来。陈学余只能是革命的投机分子，忠实的反革命。此人死有余辜。有革命觉悟的信泉人怎么想不到这点呢？

这是陈学余最后一次写履历。他通过写履历一颗心更加沉静，对死坦然以待。他依然不想为自己评功摆好，只想回视走过的路。二十年代他追求革命投身于壮烈的行动，“打碎”、“推翻”成为他的巨大动力。在遭受失败后他思索出“土地改革”才是乡村之本中国之本，应该彻底解决土地这一重大问题，走和平土改路子效果最好。他失败了不等于没尽责任，他终于从政以迫近和达到这个问题的解决。他以小洞萱公家为标本，认为实行土地改革可走不同的路子，为此他历经艰辛耗费了毕生精力。一辈子只做一件事且没能彻底做圆全，只是刚刚开了个头，多么悲壮。不过，一辈子为这个目标而激荡而呼啸而奋斗他感到生命的充实。一辈子为良心驱使攀登目标不容易，但他基本做到了。他死而无怨！他可以从容沉静地去死了！

其他的经历可以忽略不计，他包揽了一切罪责，没一句扯上丘师长约他的南昌之行，他决不让丘师长受到无谓的牵连。他详细地写了力图实行土改的经历，因为这件事仍在困扰自己！他曾经把写履历视为畏途，这次他浩浩荡荡地一气写了下去。这是他离开这个世界的坦荡心声！

张区委一目十行地看着，他看不懂，但感觉到了另一个不能理解的陈学余。啰啰嗦嗦说个啥呢？他骂了一句：“反动透顶。”

四

陈学余转押到县城，恰好又跟黄朝水关在一起。黄朝水已获知，原准备在信泉处决学余，但许多群众缠张区委求情，他们不愿一个信泉好人死在信泉！黄朝水不敢说出，叫“舅公”叫得更亲热了。这时的陈学余已放松，侃侃地对黄朝水回忆起许许多多有关信泉的往事，他讲了黄朝勋和黄宇遂——黄家人的许多点点滴滴。黄朝水毫不含糊地说：“舅公，你也是陈家——信泉的真角色！”他叹道：“我这样的角色该过时了……”

那天下午伙食突然好起来。陈学余明白最后的时刻来临了。他饱餐一顿对没胃口、两眼枯涩的黄朝水说：“你罪轻，年轻，能出去的！好好生活。下辈子我们再结伴吧！请你多提点金巧，她和心浩要走自己的路。感谢你跟着我协助了我几年，不过也拖累了你，只有请你原谅了！”

黄朝水泪水如注。

陈学余看看身上的呢子外衣和纯羊毛线衣，这些衣服质地较好他平时舍不得穿，他打算送件给黄朝水，送件给看守。

第二天陈学余的头发全白了！他想，下辈子名字叫雪余吧。被押出走时，他沉静地脱下呢子衣扔给黄朝水，又脱下毛线衣扔给看守。来到世界上他尽了责任，尽了最大力量谋自己所认定的使命,他可以平静地离开了。

他沉静地向死亡也是向旷野走去。

县政府没张贴处决陈学余的布告。

第十四章

一

黄朝勋由石街退回家中,整天待在东园或阁楼。他深夜不停地来回踱步。他极力想避开这个烦闷不堪的世界。儿子死于毛躁,学余又死于什么?不该死的却死了,他不寒而栗,苦闷难解。上门求诊的人少多了,好些人因避嫌而远之。但宁玉怀馨不时讨教,其实来安慰他。宁玉来的多一些而怀馨少一些。怀馨终于走进他的家,但逗留的时间比宁玉短。他很感动;他的心已分出一半来应对时风的冲击。从秋秧被押去受斗或陪斗,他感到事情恶化着,远未了结,会不允许让他个人开业的,世界杳无希望,生活没什么意思。

漆黑的夜晚,他常常坐在东园几盆残败兰花面前闻吸稀薄的兰花香。父亲的面目无比清晰仿佛就坐在他面前,父亲永远是那副处乱不惊的样子!东园顿时敞亮起来。他盯着围墙上的弹痕突然涌起父亲的死之谜。顺英告诉过他,蔡振通那天在西园东园都开了枪,蔡氏为什么去摧残兰花和墙上的豁口呢?前几天宁玉来看他不经意提起蔡氏在墙外的树下待过。他心里一震!赶紧走到那树下久久肃立……

他忽地明白自己退回家中是肩负着使命的!

他第二天吃过早饭便去公晖,悄悄端坐在里间。因为叶宁玉有自己的店,公晖常常由刘怀馨独守。柜台桌凳、里里外外拾掇得非常清爽。他的桌上整齐地放着一叠药书一叠医案。床铺被晒过发出一股清爽的气息。显然,怀馨宁玉希望并相信他会回到公晖。叶宁玉最清楚,而黄朝勋似乎无所察觉。她祈祷出现奇迹。

一天刘怀馨告诉他,镇里准备成立合作医院,张区委要她当负责人,她拒绝了,但她明确地推荐他。张区委终于同意,但指明他不能做负责人。

黄朝勋淡淡一笑,他的情绪好转。

二

万寿宫的腥风迅速向四处弥漫率先浸润了区政府,这些天一傍夜区政府人员便转移到河坝里木堆上或其他地方,他们不时对空开枪,震慑和警告敌人实际为驱散心头的恐惧。消灭敌人却激出自己的恐惧,这是信泉的民兵们没想到的。张宗辉虽不高兴但不能拒绝人们私下谈论万寿宫,这个嫉恶如仇的军人终于受了感染而恐惧起来，他无法叫自己不产生恐惧。这是身处异乡所产生的无法排遣的恐惧。

他把蔡振通带到身边，不让他走远。他精神刚旺可身子瘦削着，他经受着失眠的折磨。

信泉的乱捕滥杀影响极坏，告状者竟是些穷苦人家。庄书记严厉批评他。他做了充分的准备预防黄朝勋和当地人的报复。他相信黄朝勋不会罢休，会以牙还牙以血还血，袭击随时可能发生，信泉每一寸土地都可能有陷阱。

蔡振通突然让他腻烦了。

这时发生了一件对蔡振通极不光彩的事情——

蔡氏押了陈学余黄朝水到K县和L县游斗，暂作回避的余大同以为风头已过悄悄回到家里。一天傍黑余大同出来散步被人看见且立即向张区委报告，因而余大同被押上了审判台，当晚他被推出河滩枪毙了。余姓人迟了一步无比气恼，说这是搞姓氏报复，况且民兵队长蔡振通接受了金条做了保证。张区委大为恼怒骂"妈拉巴子"。张区委又自觉跟有人为黄腾喊冤联系起来，担心局面不可收拾。他始终认为消灭黄腾和第六团骨干是绝对需要的革命行动，否则不会有信泉今天大好的革命形势。

张宗辉失眠加剧，到了彻夜不合眼的地步。中药他可吃腻了，西药他也尝试了，不见有丝毫好转。几个西医再不敢给他开药。他记起了大医生黄朝勋，不觉失口吐了黄朝勋的名字，蔡振通说："怎能请共产党的仇人看病！"

他瞪了蔡氏一眼，偏偏叫黄宇遂去请黄朝勋。

黄朝勋着白大褂挎着药箱走进了区政府，他无视门前门后不停走动的荷枪民兵，走进张区委房间。张宗辉正等候着。他没说一句客套话虚饰话，叫敞开胸脯，按上发亮的听诊器。他发现背后一个民兵用枪口对着自己，呼地立起。

原来蔡振通以为他要行刺。张宗辉一震，凶了民兵几眼。门口蔡振通大声说："放老实点，这是张区委！"

黄朝勋朗声说："要我看病，无关的人一律离开！"

张宗辉倒被镇住了，认定他必定有真本事，和缓地说："对不起，我忘了交待部下。用人不疑，疑人不用。我请你来就是相信你。你儿子的事与你无关。"

黄朝勋坐下说："你的失眠相当厉害，只有用安眠药。超量用药有危险，药量太少会产生抗药性。你决定吧。"

张区委迟疑了好一会说："你看着办。"

黄朝勋不含糊地说："先足量，以后慢慢减少，恢复了正常就不再用安眠药。"

张宗辉点头。

十天后黄朝勋回访，见蔡振通同另一个人在办公室，便立在门边默然等待。那人也是信泉口音，不时提到了陈学余。他心里一坠。张宗辉送走客人接进他，给他倒了碗开水，高兴地说："效果不错。我向县委庄书记打听过，你这种治法最有用也最安全。刚才那个也是你们信泉人,叫胡锐什么的,是地下党员,提供了不少情况。信泉毕竟做过苏区,革命者还是不少……”

黄朝勋表情冷漠。

不久蔡振通又升为副区委兼民兵大队长。

向来与疾病无缘的黄朝勋病倒了。

他的威信又上扬着,而他对一切漠然。他觉得如同坠入了一条漆黑的巷道,出口处的亮光离他越来越远。一般人当他尚未排遣丧子的悲伤。只有刘怀馨、叶宁玉和昭云知道他被一种新的苦情所笼罩。

自去南昌状告县长未果,他便告别了律师生涯。如今他要告别医业了;这是他突然的决定。连他自己也吃了一惊,仿佛身上一根筋索砰地绷断了!他把公晖让给章泰生,把医疗器械和药书先后赠与宁玉和怀馨。

那天蔡振通自告奋勇到小洞叫他给张区委诊病,他冷冷地拒绝,他当场声明他从此不给任何人看病了。

黄朝勋把父亲留下的一捆捆医案、药单转到河边的楼阁。

叶宁玉流着眼泪劝慰说:“你别这样伤心呀,泉生也是你骨肉哩。雨过天晴,张区委表扬你呢。我还不敢单独接生,要你陪着,你在场,我心不慌手脚不乱!”

他说:“我决定了的事情就不会改变,就像当年我真心喜欢你一样。宁玉,谢谢你给我抚慰和温馨,你和你家也终于站起来了。新的社会不会为难你们的。你已能独立操作,再说还有怀馨哩,你们对自己要有信心。”

她问:“你为什么不娶我!”

他说:“我想过,那是好几年前的事情了。现在是什么世纪?我不能再伤害你们了,你们一家子不是很好的么。”

她激动地要扑过来,却被他轻轻地推开了。

三

那天昭云惊奇他的头发全白了。他着了极少穿的长衫,坐在公晖弟弟就诊的位置漠然向着外面。蔡振通气昂昂地从街上走过。黄朝勋几个大步截住他,许多人踏踏地围上来。面对肃然的他,蔡振通竟不敢跟他对视。他厉声质问蔡振通是残害湘母和父亲的凶手!

蔡振通脑壳也不敢抬,非常窘迫,黄朝勋的问话像一声巨雷将他震懵了。他以为是黄盛萱呢!他的难堪反证了事实的存在!那件事实今天暴露在人来人往的石街上!

一会儿蔡振通抬起头环顾四周,打量着满脸怒色的朝勋,像蝎子蜇了一下跳起来大声说:“他们要死,关我屁事!我执行的是张区委的指示。是我又怎么样?难道只配你们反动人家有钱人享受吗?我们穷苦人更有资格享受!过去我不曾怕过你，现在更不怕！算我对你够宽宏大量，已给了你大面子。现在再不是民国十九年那次革命啦，共产党稳坐了朝廷。你们盘剥了多少穷人的血汗，这个账还没算哩。我谁也不欠，只有你们欠我的！看着吧，你家这栋房子你住不稳的！我现在是区委啦！告诉你，你做不做医生，下一步收拾你！”

事情水落石出，可以告慰于父母在天之灵了！黄朝勋奈何不了蔡氏；况且他认为同这种人说话简直是人的耻辱。他直挺挺站着，蔡氏仓皇地离去。

黄朝勋如释重负地回到东园。偌大的屋宇中两个婴儿啼叫得非常响亮。空空的出诊箱挂在墙上。父亲留下的药书，《聊斋》等书保存完好。他把一壶热酒洒在东园，算是对父亲和湘母亡灵的祭祀和安抚。

在仅存的几钵兰花面前他开始琢磨蔡振通一些大话的意味。奇怪，一些智者善者对时局的估计往往落空，而那些像蔡氏这种人张口吐出的却逐渐成为了现实。他的房子、他的公晖、他的一切财产将属于蔡振通们吗？他们会好好保护这房子吗？他心中寒噤顿起，身子如置冰窖。猛然间他感到屋子有股彻骨的寒气和死气。蔡氏抖落一份神气如同给他关上一扇希望的门窗。这时他耳边回荡起弟弟经常唱的西皮散板——

学一个奇男子万古留名……

他从来就不愿做万古留名的奇男子，打从留洋他就认定做一个凭本事凭劳动自由行走大地的医生，一个照自己意志生活的凡庸者！

烦闷不得祛除，黄朝勋又退向河边阁楼，那里使他平静轻松。他把父亲的药书《聊斋》等书带到阁楼。流水汩汩仿佛唱出他心中的浩叹。计划中他想把阁楼弄得堂皇一些，像父亲精心设计东西园一样，现在再也凝聚不了这种心境和心力了。

那天他在阁楼待到子夜，刘怀馨悄悄地推门进来。尽管她没参与，但她得知石街的风起云涌；只有她明白此时他真正地绝望了。

她颤栗地说：“看在我面上，你应该挺胸活下去。现在我还是我，我能扶助你，我们不是磕磕绊绊地相互搀扶着过来的？有时我念着你，有时你想着我，你依然有力量有能耐，别绝望呀，朝勋！”

他说：“你比我更早更多地遭遇了不幸，你们是能熬挺的女人呵。我比不上你们呀！”

她闪着泪花偎在他胸前说：“我不要你这样说！我才是一个使男人不幸的女人。我想过挣脱，可最终还是来到你身边。没有你，我不能挨到今天。所以我控制不住奔向你、扑向你。你能浇灌我心中的神灵。我说过我情愿终身做你一个不入你黄家门的情人！你再有闪忽，我又怎能挺下去呢？”

他吃了一惊。她披着新时代的辉光雨露，心情怎么跟他差不多！他劝阻说：

“你已经挺过来了,新的社会不会为难你。”

她战颤着说:“不一定,你忘了我以前说过,人会被他们追求的所摧毁,贻坚的死就证明了一切。这一点我特别顽固,大概这就是女人的顽固——女人永远不会改变她的初衷。”

他自言自语说:“难道我也一样被我所追求、所创造的摧毁吗?不!我只是觉得生活渺茫,信泉渺茫,我的家渺茫……”

她摇着他鼓励说:“你跟贻坚不同一条路,不必悲观。我们有自己安身立命的东西!我多想同你继续探讨人生和生活呀,比如,我想过,黄腾他们自认为是主动革命——主动选择的骄者,可他们从来不是自我的主人,甘愿掏空自己……”

他绝望地说:“我许多时候也是这样的,可我明白我是自己的主人,应该继续做自己的主人。又怎么样?退呵退呵,我再没退路了!”

她扑在他肩上悲怆地说:“我也一样的;你是我的进路和退路呵!”

他抱着她深情地苦笑:“不!是你的遭际才使我挺过一步又一步。我因帮你而自己坚强起来。你应该继续帮助宁玉,她渴望你的帮助,她也挺过来了。你还要帮女儿小馨呀!”

受昭云恳切请求,黄宇遂、黄氏族长等又一次登阁楼劝解他。

黄朝勋的心情稳定下。他整天待在阁楼,三餐饭由昭云送来。昭云几个月像老了二十岁,走路趔趄。他心酸不已。

四

那些天午后总是暴雨倾盆狂风呼啸,云水河成了汹涌的红河,大地肥沃鲜红的膏脂汇入成雄浑的红色浊流,滚滚东去。

中午电闪雷鸣暴雨连续下了几个钟头,云水河又成了红河像怒狮奋迅,天地间一片风声水声。黄朝勋悄悄地开门出去,立马浑身精湿,倒觉一阵爽快。走了好远返身看电闪中苍白憔悴的老屋。他继续向河边走去,向阁楼走去。暴雨中坐在阁楼有另一种滋味哩。他倚望窗口闪电中洪水从上游的天际涌来浩浩荡荡。惨白的闪电不时照亮大地,云水河水面漂着的长木短木急骤而下。这时阁楼摇晃起来。桌上父亲的遗物掉在地板上。转眼滔滔的洪水淹没了阁楼的大半木柱,阁楼的榫头吱嘎作响。

一个闪电他突然看见宁玉从拱桥跑过向阁楼跑来!她看见他了!向他叫喊!不能来呀,他感动地呼喊。她也许听到了也许没有听到,女人的决绝是世界上最伟大而神奇的。他怎能拒绝风雨中向他奔靠的人——他的情人呢?她扑进他张开的臂膀里,两人都湿濡濡的觉得冷,两人紧紧相拥,都感到对方的温暖。

阁楼剧烈地摇晃着跟岸上错开了一股深深的裂痕。他突然想到死,而她不能死!她伏在他怀里脸上呈现视死如归的微笑。突然她指指下方,一个女人正蹒跚地向这边跑来，呵，怀馨！洪水汹涌着，岸壁哗哗地坍塌。怀馨跌入水中，一个浊浪掩过去。朝勋觉得心哗啦地撕裂，抱紧了宁玉。朝勋和宁玉齐声喊："怀馨！"她听见么？没有听见么？滔滔洪水淹没了阁楼的木桩，榫头吱嘎作响，阁楼猛烈地摇晃起来。惨白闪电照亮大地，他俩看见怀馨抓着崖边的树根登攀！又一个浊浪掩来，长木短木急骤地顺水而下。轰哗一声阁楼倾倒，他俩被掼在铺天盖地的洪水中……

电闪皓亮，雷鸣轰隆，浊流一浪高一浪，青山默默，旷野茫茫……

1993 年 5 月第一次构思
1996 年 4 月第二次构思
1997 年 4 月第三次构思
1997 年 6 月 26 日 – 11 月 2 日，多雨的夏秋一稿
2001 年 2 月 22 日—9 月 10 日二稿
2004 年 8 月 2 日—10 月 24 日三稿
2009 年 9 月 15 日—10 月 12 日正稿

后记·李伯勇

起看苍穹觅黄花

——修改散记

一

从1997年写成,2001年修改,2004年再修改,到今年10月第四次统稿,一晃12年。这是我出自自觉,修改间隔最长修改次数最多的一部长篇,而且从1993年开始构思到现在,围绕这部作品的思索没有中断过,即持续性思考相随至今。依凭它能让我时时回望生我养我的赣南乡土。平时包括读书和与文友交流在内的日常生活都会不期然触发我联想此作的人物和内容,而且我还及时而认真地记下新的的体会(思考),从而我得到精神的喜悦和满足。可以说,这种频频发生的来自现实思想和精神的"触发性思考",自然带着明显的"现实体温",不但让我不时徜徉于此作的艺术世界,而且融入了我的精神历程,成就了我的一种精神方式。因而我激情不减,数次修改激情充沛而不会感到枯燥厌烦。这也说明这部作品具有开放的思想艺术基质。当然不是说我根据时代社会的主流意识变化而使我不断地对作品做适应性、随顺式修改,而是在作品已经确立人物和基本立意(主题)即基质的基础上,通过作者我(现实)的传导,多次进行"割爱式"删减,让主题更雄劲而内在,人物更鲜活,语言更准确,叙述更凝炼而顺畅,意蕴更饱满。我老是觉得社会场景人事沧桑呈一种显豁的轮回状况,自己叙写的有着鲜明时代和地理文化及环境特征,20世纪前50年的人物,依然活在当下,他们在我身边轮番出现。但是他们因其"背景"已全然消失而成了真正的"游魂"。我时时与这些"游魂"相厮磨,相关思考也一路持续下来。

二

初稿定名《热土游魂》之前,我历经了一段最初的触发和写作酝酿。它源于我所在县20世纪50年代初的一个冤案。解放前夕一个家庭成分高的青年大学生(作品中的黄腾)回乡组织起义迎接解放,不久便遭到区政府设"鸿门宴"射杀,当时地方报纸说是镇压了一个地主反革命武装(作品中的人民自救第六团)。(后来我得知,在赣南几个县当时也发生了相似的情形。)在"文革"结束大量平反冤狱的

80年代以来,为黄腾和此案鸣不平的呼声很高,其中积极的推动者,就是当时"第六团"一般成员中有不少后来或是县里的县级和中层干部,或是在海外的成功人士,当然这些已进入老年的人也是为自己去掉一缕"精神阴影",消释一个旷久的情结,但他们更表达了一种扎根于社会的良心和良知,以"平反昭雪"抚慰冤死的亡灵。良知和良心仍是我们社会基础性的存在。当时我的心灵受到震撼,也一度照许多人的心愿,像"文革"中许多老干部蒙冤一样,把黄腾定位于一个献身革命而蒙冤的大英雄,我想象他具有大写革命者的熠熠丰采。我当时就想到以"热土游魂"为题目,定位于为家乡冤魂还原真贞的意味。我无意中还是暗合了当时曾流行一时的平反昭雪的文学主题。

依我写长篇必经的准备阶段,我开始了从容的"田野作业"——实地采访和体验。我进入了黄腾所生活的乡土环境——也是赣南一个较大的圩镇,通过许多七八十岁老人的口述,接触了赣南客家——民间状态的物质生活和精神生活,发现了许多我以前不熟悉甚至不知道的赣南真实生活——生活真相,一个沉默却真实的客家赣南文化赣南开始在我面前敞现。

赣南是客家人的聚集地,千百万年来我们的祖先不间断南迁聚集赣南,不断给赣南注入新的生机活力,形成了以客家乡绅为中间阶层的乡间社会结构,已培育出自强不息把守开拓开放融洽的客家文化精神,是中原文化的延伸和新创造。20世纪初不少客家人子弟毅然留学日本,回来从政从教或从商办实业,毫不逊色地走在时代前列。即使在那样交通不便(只有水运)的偏僻圩镇,也与世界现代进程相连,现代化有了起步,敞现了由客家传统向现代转型的生活趋势。

黄腾(40年代后期)虽在广州读大学,但他的血液和基本情感与家乡相连,他组织的"起义"就是在他家乡实现的。我注意他背后的客家文化形态。经过初步采访,我却产生了与许多人不同,也跟我当初的设想(立意)相左的看法,认为黄腾尽管有一定的知识分子思想成色,但从其主导面,他还是属于激进左倾知识分子,无知、片面、幼稚、毛躁,不是他做英雄的时候他偏要做英雄(其时武力胜者即英雄的社会位置已排定),他更无从知道知识分子的时代已将终结,即属于知识分子的自由自主空间已趋向关闭,其实他本人由于趋附革命并没多少属于自己的精神空间。他照搬革命初期(1930)的"为达目的不择手段"加某种知识分子气息所获得的成功,恰恰成了置他于毁灭的枷锁。于是同样以"热土游魂"为题,立意的重心不再是"被冤屈——拨乱反正,恢复其革命真贞",而是转到黄腾的性格与精神的内在探寻上,趋向对中国知识分子的反思。我的这种转向当然跟我平时阅读和思考——关注中国现代知识分子命运紧紧相连,也跟"黄腾"自身的性格命运内涵相吻合。

我所接触并感觉到的赣南生活形态、文化形态和精神状态,与我要写的黄腾仍是相割裂,我立即感到,从"当代知识分子命运"这一时代主题着眼,黄腾这一人物形象——原先拟定的主题是不足于支撑起一个有着真正思想魄力的长篇。换言之,一个大于黄腾命运的文学主题如同一座山峰默默地耸立在我的面前。

三

初次采访我不期然发现了另一个压过黄腾的悲剧性人物,一个比黄腾生活经历、性格命运涵盖力更广,更具震撼性冲击性的人物(作品中的民国县长陈学余)进入了我的视野。他20年代初参加了共产党,遭到国民党逮捕,家里用钱赎出,后又去读书,从政,做过民国县级法院院长,释放过红军连长,打压过乡村流痞,后又做县长,生活节俭,体恤民众,勤政廉政,一生为实现和平土改而奋斗,临近解放,当年那个被他释放的人已是解放军师长,特意叫他不要再当县长,可去学校教书,但他还是回到县里执意通过土改法案,随后辞职回家,他最后死于家乡人告发(他是国民党县长也必死)。他身上的理想情操深深震撼了我。至今在他的家乡仍有不少人以崇仰之情谈论他。很快他替代黄腾成了我思考的焦点,并且认定"把守精神"是其亮眼的精神品质。它与黄腾相联系就有着"把守的可能与不可能"的丰富内涵(黄腾其实没有把守自己)。显然,在陈学余身上所体现的历史意识、文化精神内涵是黄腾所不能比拟的。陈学余是向着现代转型的赣南客家精神的产儿。某种程度他人生的辉煌与暗淡,幸与不幸,更能体现赣南客家的开创与把守精神——向现代转型的赣南客家文化精神——的悲壮和悲凉。于是我又调整了立意。

我转为以陈学余为主轴继续采访,采访范围扩展到他工作过的多个地方——赣南内外多个市县,查阅县志和文史资料,我接触和掌握了更多的有价值的素材,在更大的时空考察陈学余的所作所为。陈学余在赣南数县工作过,那些地方跟他的出生地一样对他性格命运都具有重要影响,积极也好消极也好,都化成了他把守的内在情愫,实现理想的定力,而他确立这种理想往往逆潮流而行,在不可能——面临失败甚至加重自身毁灭——情境中仍作飞蛾扑火般的一搏!他坚持的是自己的理想,亮的是人的精神——客家人的精魂。

一个业已消失的,真实而陌生的赣南灵魂默默地在我面前展现!

由发现陈学余进而发现赣南,让我觉得,自己对脚下的土地——生我养我的乡土的了解太少太表面了。长久以来我们生活在一个主流意识形态造就,光荣、简单却虚幻的家乡,与一个虚假的家乡相拥,误把虚无之乡置换了实有之家乡,而漠视了一个真实的家乡。我们就是生活老死在家乡也不会真正了解家乡。这种无根的生存和生活成了我们的常态。这不是一个人几个人一部分人,而是一代人几代人或者说我们时代的严重缺失,既是时代的不幸也是我们的不幸。这样的欠缺并不会随时间流逝自行消失,而是直接对现实起作用,当下我们的种种生活世相精神状态(如缺乏诚信,一味功利,只顾自己罔顾他人,言行不一,心灵无所寄托)都源于这种"先天不中后天失调",因而完全有必要从更广更深层面重新认识乡土。

在这样的基础上,我取名"热土游魂"也就具有另外的更为深广的意味,对黄腾又有了新的认识。此时陈学余"加入了"我拟定的"游魂者"行列。

在那个炎热的夏天我一人上路,一个县接一个县采访,还认真地读了赣州市(80年代出版)好几本文史资料,进一步体察了产生"陈学余"的存在环境,而且获得大于"陈学余"的认识。我喜悦不尽。比如百废待举中对新生活的渴望成了整个社会的共识,抗日战争胜利后决绝地脱下戎装回家搞实业,具有现代自由主义知识分子出现,这块土地上已滋生现代意义上的自由情怀个人精神,等等。以赣南——中国而言,20世纪上半叶已展现现代性,中国现代化地平线应移到20世纪之初,这应该是不争的事实。我把当年苏维埃革命和主政赣南的蒋经国的生活和作为(包括其挫折)都视为赣南现代文化的有机组成。1930年发生在赣南的苏维埃革命有其正当性,也属于中国现代化的重要内容。这些给赣南客家精神的现代锻造注入了强劲的思想资源。"革命是痛苦,其中也必然混有污秽和血"(鲁迅),它在锻造赣南精神的同时,也给赣南精神留下深深的阴影,这也不应该否认的。当然赣南同全国一样仍处在社会转型的动荡时期,腐朽与新生同在,社会病灶突显。

客家乡绅形象(作品中的黄盛萱)、自由知识分子形象(作品中的黄朝勋)及富有文化色彩的地方名流,他们都进入了我的视野,与黄腾、陈学余一道在我脑中活泛起来。为能更准确理解、把握和表达,我集中阅读和重读60多本当代文史哲学术书、评论书籍,尤其是20世纪90年代以来数本有思想魄力的书,对我的构思启发很大。

比如我从钱理群先生的《"遗忘"背后的历史观与伦理观》里得到启示:"在我们的历史视野里,只有历史事件而无人,或者有历史伟人(大人物)而无普通人(小人物),有群体的政治而无个体的心灵世界,而真正埋在历史参与者与波及者们记忆深处的,正是这至今也没止息的内心的痛苦。"我以为作为文学,应该原生态地展现和表达"被宏大的历史所淹没和遗漏的个体生命的深刻体验",这也是刻画我的主人公所必须的。

比如我从别尔佳耶夫著述中得到启发。他说:(传统)共产主义者生活在由他们所创造的虚幻的光怪陆离的神话般的抽象几何形状的世界中,他们完全看不到人的个性和事实上的复杂多样性。20年代的中国共产主义者为着神圣的革命而把世界和人简单化(黑白两极化),作为一种策略手段是可以理解的,但也催化了精神简单化、人心退化这一消极后果。

又比如我从赵汀阳《论可能生活》得到启示:生活首先是一个存在论事实。生活的意义在于创造可能生活。可能生活就是幸福生活。如果一种可能生活具有自成目的性,那么它是生活意义的一种显示方式。可能生活是现实世界所允许的生活,但不等于现实生活。可能生活是理想性的,它可以在现实生活之外被理解。可能生活可以定义为每个人所意味着去实现的生活。

这样，把守就是开辟可能生活成了我意识到的历史和精神蕴涵而注入此作的创作之中。

我做读书笔记，并开始写构思笔记。这也是营造这个长篇的精神氛围，凝聚以人物为主轴的精神意象，积累创作能量的过程。

四

人物和主题相互扭结，一个具有全新内涵的“热土游魂”的长篇构思在我脑中成型。

它的立意是，以人生和社会悲剧的艺术形式，展示把守（理想和自己）的可能与不可能，张扬乡村现代自由精神。寻找被遮蔽被漠视和被遗忘的乡村中，有过的向现代转换的丰富与辉煌，寻找乡村中已滋长而又丧失的现代性，展示悲剧人生和人性魅力，展示蕴藉的本土精神资源。在时尚、思潮一边倒，时代简单化极端化即贫乏化的特定情势下，在历史情境中性化显现中，把守的可能性，开辟可能生活的现实性，以及这种可能性、现实性不断被外在、内在的力量所否定、所摧毁的历史过程和心灵过程。作品被赋予“前本”和“副本”，决定了它并非对宏大历史主调的应和与重复，而是对被宏大的历史所淹没和遗漏的个体生命——个人生命和精神历程——的深刻体验之表达。在世俗——趋众趋时之中，人的主动选择——个人的把守空间已经很小，但仍有把守者在，把守者的自由情怀和辉煌正是这个喧嚣世界的蓝色天空和清新绿叶。

在写作上我分为四卷，每一卷一个“现实时间段”，以一主要人物为侧重，同时兼顾其他人物的呼应及人生轨迹，所以全书呈拱型结构，从而原生态全方位地显现赣南那个时代的历史风貌和人心流向。闪现人性之光，生存之光，时代之光。

——陈学余的人格修养，其勤政廉政，终其一生钟情于梦寐以求的“和平土改”，不正是属于他的“可能生活”——精神高度吗？他在几乎不可能的情境中开辟可能生活，并以此作为自己人生最大幸福——精神的寄托。

——黄盛萱（中医、乡绅）在家族的发达（历经与当地土著旷日持久的争夺）中，在反复的“红”“白”冲击中，产生赎罪意识，有坚定的退守精神，当然其退守也包含着消极的意义。他是传统客家精神向现代客家精神转化的乡村把守者，在把守中开创，在开创中把守。他身上如人格、把守、进取、融合等掺进了现代精神的新质素。

——黄朝勋留学日本，学西医和法律，因抗日而提前回国，他敬业，血液里有父亲自守的自由基因，独立不羁，敢于选择，勇担责任，在动荡时局中，他屡次放下医业从事律师业（干预社会），他在意的医业总不得成功，而不是人生目标的律师业反而给他带来名利，社会现状让人激进，但他最终还是选择医业过平静的生活。他比他父亲走得更远（包括阅历和精神），他身上所体现的民间化个人化——可能生活成了家乡一道新的生活风景。然而他这一愿望——他自己建造的水中楼阁最终也付之东流。

——黄腾(青年大学生)在前辈创造的环境中取得了某种成功 他对家乡的了解十分有限,他浮躁,自负,浅薄,其内在精神比父辈差得太远,他(前面已提及)的悲剧是时代贫乏精神贫乏的产物,他的命运也见证了时代的贫乏、精神的贫乏。

初稿写到四分之三时(好些小地名我都采用了真实地名),我才明确主要人物的主导性精神特征,黄盛萱是"可为可不为",黄朝勋是"可为而为",陈学余是"知其不可为而为",黄腾是"可为无不为"。

不管怎样恶劣的环境,总是有人在开辟可能生活——幸福生活。它与金钱和世俗无关,而与自由公平正义——健全的个人精神有关。自由公平正义不正是开辟可能生活的精神动力吗?

陈学余黄朝勋成了最重要人物,而黄腾的分量减轻,只是以一个主要人物出现。他们曾经是赣南大地鲜活却又让人扼腕长叹的灵魂……

五

1997 年夏秋我以《热土游魂》为名满怀激情地写出了初稿。我抑制不住兴奋分别告诉了雷达等师友。1998 年 2 月雷达来信说:"《热土游魂》思路之缜密,结构之繁复,较之《轮回》,大有长进,我相信这是一部独特的东西,不论何时出版,其价值不会埋没。早晚的事。生活和体验均是你自己的,文化情调也绝对是南国的。要充满信心。"

因此作我又结识了李建军先生。2001 年 2 月,李建军先生看了书稿之后(此时我以《边风与黄花》为题目),在电话中同我交谈了看法,稍后他又寄信说:"作品有较深的内涵,你写东西很沉静,细心,在当代作家中别具一格,所写也很厚重。但叙述上过于稠密,细致,欠可读性。""你要舍得割爱。一部小说要经过多次修改。如今的读者都是电视时代的读者。"2001 年我消化了他的许多意见,进行了修改。

大概我走了赣南许多市县,感受了广袤裹的旷野,这时我觉得"热土游魂"的题目不能表达作品中的内涵。我想了几十个书名,最后定名为《旷野黄花》。"黄花"指那些在这块土地上生活和奋斗过的人,指涉传统文化之花,客家精神之花,黄家之花,红军之花,信泉之花,人性之花,自由之花,中华民族的现代之花。写作和修改的过程就是一次又一次追寻并展现"黄花"的过程。

2003 年 12 月,周泽雄先生在读了《旷野黄花》(修改稿)来信说,小说结构是一流的,思想也是厚重的,他也指出欠可读性问题,并具体地指出赣南方言的运用等问题。

其时我开始写信跟钱理群先生讨论"精神创伤"和重新认识乡土等问题,自然又谈到这部长篇。2004年11月，他来信说，我的思考“仍能引起强烈的共鸣”，“我们所处在其中的中国，并不为我们所认识……在某种意义上，30年代的赣南乡村改造与建设也应是这一运动的一个部分。”他希望我“耐心等待，同时不放弃自己继续写作的努力”。他欣然允诺作序。

王晓明先生给予了积极的帮助。诸多师友的帮助使我更坚定了信心，却也显现《旷野黄花》虽“落地”，但未成为“正果”，一直牵扯着我的神经的心结。这是部让我激荡又让我平静的长篇小说，是我挚爱的“精神之子”，也是对生我养我的赣南母亲的赤忱回报。

六

2004年8月，当得知我2003年创作的长篇《恍惚远行》即将在山东文艺出版社出版，我油然涌起再次修改《旷野黄花》的冲动。它不仅是我90年代中期以来创作的“幽暗家园”四部曲（另外三部为《轮回》《寂寞欢爱》《恍惚远行》）的有机组成，更是我自认为最为厚重的一部，我始终坚信它的思想艺术价值。所谓“正果”，不是指印成了铅字成了文化商品，而是指经过修改使作品较完满地体现作者的追求，于是我进行了第三次修改。

借助电脑（我是写完《恍惚远行》〈2003〉之后学会使用电脑的），我这次修改能够斟字酌句反复琢磨。原以为会很快，实际却相反，很慢，不得不慢，每天修改的字数大大少于当时我每天手写的字数。我又一次深入到人物的内心——性格命运。我更加觉得，一部有内在思想价值的作品，迟几年迟些年面世也许更好。关键在于作者对所写的东西深层次意蕴的把握和开掘。这种“深层次意蕴”不仅在于素材的坚实绵厚，人物性格命运对时代的穿透性、覆盖性和超越性；而且在于，作者对所处时代及其发展的内在精神的确切感知与把握。

平时包括阅读在内的生活仍不时激发我对此作的思考。比如书中我几次写了赣南客家的家庭和族群祭祀，正印证了英国霍布斯鲍姆《传统的发明》所说，即使一个反复重复的仪式（如加冕），其“意义”的深刻变化取决于背景的本质。在一个本质上静止不动的时代，未曾变化的仪式或许真正反映并巩固了稳定性，但在一个充满变革或危机的时期，仪式有可能故意被维持原貌……同样的礼仪可能呈现出集体性的渴求昔日荣光特征。所以它既是赞歌也是挽歌。又如当读到谢泳“一个时代有一个时代的文化精神——在信奉各种各样主义和思潮的知识分子当中，公平地说，做人做事的气质和风度，自由主义知识分子最有魅力”，我联想起自己笔下的黄朝勋，油然会心一笑。又比如葛兆光在《中国思想史》说，对于祖先的重视和对于子嗣的关注，是传统中国一个极为重要的观念，甚至成为中国思想在价值判断上的一个来源。此作主人公及客家男女，不管怎样生活，内心都保持这一情结，他们“就不再是孤独的，而是有家的，他会觉得自己的生命在扩展、生命的意义在扩展,扩展成为整个宇宙。因而他们在死亡面前从容不迫”。凡此等等,我有一种踏实感。

七

中国文联出版社接受了我这部作品。2009 年 4 月恰好钱理群先生也寄来了以《重建文学与乡土的血肉联系》为题的序文。我非常感奋。钱先生指出:“这本书有一种逼人思考的力量”,他又指出“黄家的第三代黄腾这个人物的处理,就多少有些从概念出发,未能显示其生命及人生选择的个人性,及其内在的复杂性与丰富性。”这是准确中肯之言。同时我也惊讶,自己最先关注和拿捏,费力颇多的一个人物竟有概念化之嫌。或许我不由自主地也把黄腾简单化了,在“简单化”意念下凸显(刻意)其简单化单向度的行为举止。意识形态化必定造成对人对生活的简单化、单向度理解。这说明我在“简单化”语境中长久浸润,我也深受“简单化”的深巨影响,把我在如此境况中产生的体验到的简单化单向度“复制”到过去时代的人身上,自然造成了人物的概念化。

趁出版之前我又一次进行了梳理,梳理了黄盛萱、黄朝勋、陈学余、黄腾等三代人的县乡自由知识分子的精神谱系,立意不变,人物主导性格不变,又删除了许多枝蔓和赘句赘语。尤其我注意删减许多刻意突显黄腾“简单化”的言语,以减少我已经意识到了的遗憾。

这些日子我连读了几遍,仍为我笔下的人物命运热泪盈眶感慨不已。要是援用贾樟柯的话,“无论是最好的时代,还是最坏的时代,经历这个时代的个人是不能被忽略的。”通过这些人物和生活场景,我重现了历史记忆,我向“隐没于历史深处,已经倍感模糊的传统致敬”(《贾樟柯电影手记》),向已锲入传统的父老乡亲致敬。自然,修改跟写作一样,我又一次经历“自我生命的成长”(钱先生语),体会到一种如莲的喜悦。

在这里我仍以 2001 年修改时的一段话表达我的心情:这是个新世纪太阳升起,滋长心灵和人格绿树的时代,这也是个动荡频仍、文化植被稀薄化、人的心灵沙漠化的时代。当仇恨、无知、愚昧、奸佞、依附、趋浪赶潮如猛兽洪水驱逐精神的阳光,贫乏的大地裸示了。大地的贫乏在新的年代留下长长的阴影。在灿亮晨曦中,我的父老乡亲带着生命悲欢带着体温,在重重山地——历史的折皱里向我们走来……

2009 年 10 月 13 日寓所

图书在版编目（CIP）数据
旷野黄花／李伯勇著．－北京：中国文联出版社，2010.4
ISBN 978-7-5059-6647-5

Ⅰ.旷… Ⅱ.李… Ⅲ.长篇小说－中国－当代
Ⅳ.I247.5

中国版本图书馆CIP数据核字(2010)第021091号

书　名	旷野黄花
作　者	李伯勇
出　版	中国文联出版社
发　行	中国文联出版社　发行部（010-65389150）
地　址	北京农展馆南里10号(100125)
经　销	全国新华书店
责任编辑	李金玉
责任印制	陈　晨
印　刷	北京隆昌伟业印刷有限公司
开　本	700×1000　1/16
印　张	20
插　页	2页
版　次	2010年4月第1版第1次印刷
书　号	ISBN 978-7-5059-6647-5
定　价	29.80元

您若想详细了解我社的出版物
请登陆我们出版社的网站http://www.cflacp.com

责任编辑：李金玉
书籍设计：鲁　夫

李伯勇把握到了历史的脉动，经过艰难的探寻，找到了被遮蔽、被漠视和被遗忘的乡村中，有过的现代化转化的丰富和辉煌。《旷野黄花》有一种逼人思考的力量，每读一次都是思绪绵绵浮想联翩。

——著名文学评论家钱理群

《旷野黄花》思路之缜密，结构之繁复，生活和体验均是李伯勇自己的，文化情调也绝对是南国的。李伯勇的小说命意独特，思考深邃，风格坚韧而沉静，富于文化底蕴。他力图写出南方土地的精灵。这是一部独特的富有价值的作品。

——著名文学评论家雷达

对生活在现实世界中国人自立精神（包括其缺失和丧失）的询问和探寻是李伯勇创作的文学母题。他通过《旷野黄花》这样一种文学方式和精神方式，寻找中国乡村知识分子曾经有过的辉煌，寻找中国乡村曾经初步出现而又丢失的现代性。

——著名文学评论家谢泳

李伯勇的写作是健康而积极的。他的文字里流贯着感时忧世的道德热情，显示出作者高尚的乡愁痛苦和重建理想生活的强烈渴望。他的写作姿态和思想深度都是难能可贵的。

——著名文学评论家李建军

《旷野黄花》的结构能力当属一流，小说进程如水之就下，滔滔汩汩，略无窒碍，足见作者手笔之大，手眼之高。

——著名文化学者周泽雄

ISBN 978-7-5059-6647-5

9 787505 966475 >

定价：29.80元